Classic
is Gold

# 글이 금이다

양 성 철

박영사

# 글이 금이다

### 고전에서 삶의 지혜를 찾는다

양 성 철

# 차례

# 머리말에 대신하여

제2차 세계대전 뒤 금 1온스를 미화 32달러로 바꿔주는 달러-금 태환(兌換)제도가 생겼다. 달러로 금을 쉽게 바꿀 수 있었던 1940년대 중반에서 1970년대 초까지만 해도 달러는 곧 금이었다.

이 제도를 미국 닉슨 정부는 1971년 일방적으로 파기했다. 그 뒤 금값이 오르락내리락 널뛰기를 시작한 지 48년이다. 아직도 미 달러는 기축통화이고 세계에서 몇 안 되는 경화(硬貨) 중 하나다.

하지만 이제 달러를 포함, 기축통화도 금은 아니고 종이 위에 그 값을 표시하는 화폐일 뿐이다. 더구나 쉴 새도 끊임도 없이 삶과 세상이 빛의 속도로 바뀌는 *전자 인간*(homo electronicus) 시대에 이름도 생소한 '비트코인' 같은 가상화폐(crypto-currency)가 우리나라는 물론이고 전 세계 온 세상을 뒤흔드는 기세다.

요즘 갈수록 종이책이 줄어들고, 책 읽는 사람이 가뭄에 콩 나듯 한다지만, 돈이 금이 아니고, 글이 금이다. Kindle, Nook 등 전자책이나 Facebook, Twitter 등 SNS 전자매체들도 글이 없다면 무용지물 아닌가?

물이 생명의 원천이듯이 글은 인간지식, 과학기술, 지혜의 샘이다. 글은 문명과 문화의 씨앗이요 그 뿌리다. 글을 전달하는 매체, 형태, 도구, 기기는 쉴 새 없이 바뀌어도 글은 인류문명과 문화가 살아 숨 쉬는 한, 인간이 지구상에 살아있는 한, 죽지도 결코 죽어서도 안 된다. 글의 죽음은 바로 인류문화와 문명의 죽음이기 때문이다.

"태초에 말씀이 있었다. 그 말씀은 하나님과 함께하셨다. 그 말씀은 하나님이셨다"로 시작하는 성경 요한복음서 1장 1절의 우리말 '말씀'이 영어로 'Word'이니 직역하면 '글'이다. 기독교뿐만 아니라 힌두교, 불교, 유대교, 도교, 유교, 회교 등의 경전들도 모두 '글'이니 글은 금보다 더 귀한 보물이 아닌가.

"말이 씨가 된다"는 우리 속담 속의 '말'도 글의 정곡(正鵠)을 찌른다. 자유, 평등, 평화, 복지, 박애, 홍익(弘益)인간 등 인류 보편적 개념이나 '혁명적 구호'에서부터 한 사람의 마음을 바꾸거나 사로잡는 '따뜻한 한 마디'에 이르기까지 좋은 말(나쁜 말), 바른말(그른 말)도 글이 되어 영원히 남는다. 글이 빛이 되어 세계인을 깨우고 세상을 밝힌다.

"사람이 책을 만들고, 책은 사람을 만든다"는 서울의 한 대형서점 벽에 붙은 문구는 명언이다. 좀 아쉽다면, "사람은 글을 짓고, 글은 사람을 만든다"는 문구가 책을 포함, 우리가 사는 전자인간 시대의 다양한 새 매체의 글까지도 모두 아우른다고 생각한다. 돈, 금, 부동산 등 재물은 기껏해야 사람이 쓰기 위해 모으지만, 좋은 글은 바람직한 사람을 만드니 그보다 더 값진 것이 무엇인가?

마치 금광에서 금을 캐내듯이 비단 종교 경전뿐만이 아니고, 좋은 글은 그것이 시, 산문, 소설, 희곡… 아니 인문사회, 역사, 철학서, 과학서든 모두 금이다. 아니 금보다도 더 값진 보물이다.

엘리엇(T. S. Eliot, 1888-1965)은 '고전이란 무엇인가?' 강의*에서 고전이란, 마음의 완숙, 행동거지의 완숙, 언어의 완숙, 문체(文體) 또는 표현 방법의 완벽함에 이른 작품이며, 특히 마음의 완숙은 행동거지의 완숙과 편협성의 부재(absence of provinciality) 등을 든다.

그리고 고전이 되기 위한 조건으로 포괄성(comprehensiveness), 즉 그 말을 하는 사람(들)의 인격을 묘사하는 작가의 감정표현이 거의 극치에 달해야 하며("the maximum range of feeling which represents the character of the people who speaks that language…"), 작품이 모든 조건의 사람과 모든 계층(계급)에 호응할 수 있는 가장 폭넓은 호소력("the widest appeal")을 지녀야 하고, 그리고 생각, 문화, 신념이 좁거나, 가치들을 왜곡, 배제, 과장하지 않는 뜻으로서의 보편성("universality") 등 세 가지를 주문한다.

이 책에 소개된 작품들은 위 엘리엇이 주문하는 고전이거나, 그 범주에 가까운 소설과 희곡이라고 나는 생각한다. 아무튼 여기에 소개된 몇 개 소설과 희곡들을 읽고 내 나름대로 느낀 독후감을 포함, 이 이야기들을 엮은 이 저자는 문학인은 아니다. 문학애호가일 뿐이다. 사회과학, 특히 정치학 관련 책을 평생 읽고 쓰고, 배우고 가르치고 이제까지 살아온 글쟁이지만 문학은 저자의 생업과는 직접적인 연관은 없다.

또 하나, 이 책 속 열두 편 작품들의 작가 일곱 사람은 지역적으로 모두 유럽 출신들이다. 시간 간격도 기원 전 500년에서 20세기 초까지 거의 2,500년이란 긴 세월이다.

구체적으로, 옛 그리스, 소포클레스(c. 496−405 B.C)의 3부작—『오이디푸스왕, 콜로누수의 오이디푸스, 안티고네』—, 스페인, 세르반테스(1547−1616)의 『돈키호테』, 영국, 셰익스피어(1564−1616)의 『리어왕』, 독일, 괴테(1749−1832)의 『파우스트』, 러시아, 도스토옙스키(1821−1881)의 『쥐구멍에서 쓴 노트』, 노르웨이, 입센(1828−1924)의 희곡 네 편—『민중의 적』, 『인형의 집』, 『유령들』, 『야생오리』—, 그리고 콘래드의 『어둠의 속마음』이다.

셰익스피어와 콘래드의 작품만 원문이 영어이고, 다른 작품들은 원래 옛 그리스어, 스페인어, 러시아어, 노르웨이어 등이지만 여기에서는 위 비(非)영어권 작품들도 이 저자가 모두 영문 번역본을 읽고 쓴 것이라는 것도 분명히 밝힌다.

위 책들만을 고르게 된 무슨 특별한 이유나 기준도 없다. 꼭 하나 개인적인 까닭을 찾자면, 평소 바쁘게 살면서 언젠가 시간과 여유가 생기면 이 저자가 읽고 싶어서 서제에 꽂아놓았는데, 어느 날 내 눈길을 끌어 무작위로 뽑은 작품들이다.

끝으로 이 책에서 저자가 강조하고 있는 것이 하나 있다.

즉, 여기에 소개된 몇몇 작품뿐만 아니라 고전이란 동서고금, 종교, 문명, 문화권을 모두 훌쩍 뛰어넘어 인간의 가장 본질적인 문제들—인간조건, 인간관계, 권력, 재산, 명예를 둘러 싼 사람의 다양한 모습 등—그리고 가장 보편적인 불후, 불멸의 가치들—사랑, 자유, 평등, 평화, 진리(진실), 진선미, 권선징악(勸善懲惡) 등—을 깊이 파헤친다는 공통점이 있다.

맑은 공기, 깨끗한 물처럼, 이 몇 가지 고전 이야기 속에서도 우리 삶에 꼭 필요한 지혜를 독자들은 쉽게 확인할 수 있으리라고 생각한다. 지혜는 사람의 소관이 아니라 신의 은총이라고도 하지만….

글을 읽는 기쁨과 즐거움. 글 속에서 배우는 삶의 지혜. 이것이 바로 값있고 풍요로운 우리 삶의 샘이요, 우리 생명의 자양분이라면, "글이 금이다"라는 이 저자의 선언이 결코 허황된 구호가 아니리라고 믿는다.

끝으로 이 저자와 오랜 지기지우(知己知友)인 박영사 안종만 대표께, 그리고 실무를 담담한 노현 이사, 그리고 이 책 출판을 직접 담당한 강민정 편집자의 아낌없는 노고에 고마움을 전합니다.

* *What is a Classic?"* An address delivered before the Virgil Society on the 16th of October 1944 by T. S. Eliot, Faber & Faber Limited 24 Russell Square, London.

2019년 양 성 철

# 1

## 소포클레스
C. 496-405 B. C.

고대 그리스 3대 희곡 작가, 에스킬러스(Aeschylus, c. 525-456 B. C), 소포클레스(Sophocles, c. 496-405 B. C), 유리피데스(Euripides, c. 480-406 B. C)의 작품들을 내가 오래전에 대충대충 읽은 일이 있다.

여기서는 소포클레스의 3부작—안티고네(Antigone, 441 B. C), 오이디푸스왕(Oedipus the King, c. 429 B. C), 콜로누스의 오이디푸스(Oedipus at Colonus, 406 B. C)만을 살펴보고자 한다.

이 글을 쓰기 위해 나는 소포클레스의 네 가지 영문 번역본[1]을 읽었다. 그리스 신화(神話)[2]도 참고했다. 소포클레스가 위 3부작을 발표하고 공연한 순서와는 달리, 이 이야기 내용으로 보면 오이디푸스왕이 맨 먼저이고, 콜로누스의 오이디푸스가 그다음이고 안티고네가 맨 마지막이 된다. 따라서 이 글에서는 이 이야기 내용의 순서를 따르기로 한다.

이 세 작품을 다루기에 앞서 그리스 신화에 나오는 오이디푸스왕가의 기원, 족보(genealogy)와 가계(家系) 변천사를 먼저 간단히 살펴보고 인간 소포클레스의 삶도 잠시 들여다보고자 한다.

# I. 그리스 신화 속의 오이디푸스왕가(王家)

오이디푸스의 시조는 그리스 신화에 나오는 모든 인간과 신들의 제왕신이며 올림포스산(山)의 주신(主神)인 제우스(Zeus)다. 다시 말하면, 테베왕가의 가계도는 제우스와 그의 연인 이오(Io)로까지 올라간다.[3]

구체적으로, 제우스는 흰 소의 모습으로 나타나 온화한 제스처로 타이레(Tyre)왕의 딸 유로파(Europa)를 유혹한다. 유로파가 이 흰 소에 올라타자, 소(제우스)는 곧바로 크레타(Crete)로 유로파를 데리고 떠나버린다.

딸이 갑자기 사라지자 타이레왕은 그의 두 아들을 보내 유로파를 찾아올 때까지 돌아오지 못하도록 지시한다. 아들 카드무스(Cadmus)는 북쪽으로 트라세(Thrace)까지 올라가 유로파를 찾아 헤매지만 끝내 헛수고가 된다.

하여, 그는 델피 신전을 찾아가 신의 계시를 구한다. 아폴로는 카드무스가 나라를 세울 운명이니 누이, 유로파 찾기를 그만두고 그가 처음 만나게 되는 한 마리 소를 따라가 그 소가 자리를 잡는 곳에 나라를 세우라고 한다.

카드무스가 아폴로의 계시대로 처음 그 자리에 세운 카드메이아는 테베왕국의 중심지가 된다. 왕이 된 카드무스는 '지혜의 여신' 아테나에게 소를 제물로 바치려 한다. 이 제물과 함께 그는 샘에서 떠온 깨끗한 물(정화수)도 바치려 하지만 이 샘물을 지키는 용(龍)이 샘에 보낸 심부름꾼을 모두 죽여 버린다.

화가 난 카드무스는 스스로 샘으로 가서 그 용을 죽인다. 이 용이 바로 '전쟁의 신' 아레스(Ares)의 아들인 줄도 모르고. 아테나는 카드무스에게 이 죽인 용의 이빨들을 땅에 심도록(묻도록) 지시한다. 이빨을 심은 땅에서 수많은 형제들이 흙으로부터 태어나자 완전 무장한 카드무스가 이들에게 돌을 던진다.

이 형제들은 돌을 누가 던진 줄도 모르고 서로 창을 휘두르며 치고받고 싸우다 오직 다섯 형제만 살아남는다. 이 다섯 형제가 바로 테베왕국의 귀족들이 된다.

카드무스는 아레스와 '사랑과 아름다움의 여신' 아프로디테(Aphro-dite)사이에 태어난 딸, 하모니아(Harmonia)와 결혼한다. 카드무스왕은 나이가 들어 은퇴하고 그의 손자 라브다쿠스(Labdacus)가 승계한다. 오래 못 가서 라브다쿠스가 죽자, 그의 아들 라이오스가 아직 너무 어려 리쿠스(Lycus)가 섭정을 하다가 스스로 왕이 된다.

하지만 리쿠스의 조카 딸 앤티오페(Antiope)가 제우스와 사이에 두 아들(Zethus, Amphion)을 낳자, 왕 리쿠스는 이 두 아들을 죽일까 두려워 깊은 산 속에서 한 목자가 두 아들을 양육하도록 한다. 이 두 아들이 장성하여 이 사연을 알게 되자, 리쿠스왕과 그의 아내 디르세(Dirce)를 죽인다. 그리고 두 형제는 어린 왕자 라이오스도 몰아낸다.

하여, 처음엔 두 형제가 함께 테베를 통치하다 성벽을 쌓는 과정에서 이견(異見)이 생겨 끝내는 제투스가 자살한다. 혼자가 된 암피온은 니오베(Niobe)와 결혼, 나라를 다스린다.

시간이 좀 지나자, 그의 아내 니오베가 권력과 영화(榮華)에 눈이 어두워지고, 일곱 아들과 일곱 딸 자랑에 빠져 신을 무시하고 거역하는 짓을 멋대로 하자, 아폴로와 그의 누이, "사냥의 여신" 아르테미스(Artemis)는 니오베의 열넷 아들과 딸을 모두 활로 쏘아 죽인다.[4] 그리고 니오베는 돌이 되는 벌을 받는다. 한순간에 자식과 아내를 잃은 이 엄청난 충격으로 왕 암피온은 자살한다.

그리하여, 이제 어른이 된 라이오스는 망명의 땅, 아고스에서 돌아와 테베의 왕위에 오르고 조카스타와 결혼한다.

오이디푸스 조상 이야기는 이 정도로 마치고, 다음은 옛 그리스 수도, 테베의 카드무스왕가 이야기에 초점을 맞추고자 한다.

에디스 해밀턴의 그리스 신화 열여덟 번째는 카드무스왕가 이야기다.

오이디푸스는 카드무스의 고손자(a great-great-grandson)다. 해밀턴은 카드무스가 테베왕국을 세울 때까지의 신화를 1, 2세기 무렵 아폴로도루스(Apollodorus)가 쓴 이야기를 중심으로 비교적 상세하게 설명한다.[5]

오이디푸스 이야기는 괴물(스핑크스) 부분만 그가 좀 구체화했다는 것 외에는 소포클레스의 희곡을 그대로 인용하고 있다. 안티고네에 관한 이야기도 역시 소포클레스의 『안티고네』와 『콜로누스의 오이디푸스』를 간추린 것이다.

다만 오이디푸스의 처남—외삼촌 크레온의 둘째 아들 메네세우스(Menoeceus)의 죽음에 관한 이야기는 유리피데스의 『탄원자들』(The Suppliants, 423 B.C. 쯤)을 참고했다고 밝힌다.

해밀턴은 오이디푸스 일가(一家) 신화를 가장 쉽고 간결하게 소개하고 있다. 소포클레스의 3부작을, 보다 상세히 들여다보기에 앞서 그의 책은 아주 좋은 입문서, 설명서로서 안성맞춤이다.

따라서 여기서는 해밀턴의 오이디푸스 이야기를 먼저 살펴보고자 한다. 불핀치 신화와 오스트레일리아에서 최근 발간된 『신화론』(Mythology)도 함께 참고하며 다음 이야기를 간추렸다.

# 오이디푸스

테베왕 라이우수는 델피 신전에서 그가 앞으로 낳게 되는 아들이 자라면 아버지를 죽이고(殺父), 어머니를 아내로 삼아(母子相姦) 살게 될 운명이라는 아폴로의 예언을 듣는다.

하여, 이 아이가 태어나자마자 한 시종을 시켜 시타에론 산(Mt. Cithaeron)에다 내버려져 죽도록 왕과 왕비가 지시한다. 하지만, 시종은 차마 이 갓난아이를 죽이지 못하고 아이 발바닥에 구멍을 뚫고 철삿줄을 넣어 나무 위에 다리를 묶어 달아놓는다. 그래서 오이디푸스는 그리스말로 "부풀러 오른 발"(swollen foot)을 뜻한다고 한다.

이 아이는 죽지 않고 지나가던 콜린스의 한 농부(신화론에서는 목자)가 그를 구해 그 나라 왕(폴리부스, Polibus)과 왕비(메로페, Merope)에게 바친다. 그때부터 그는 궁궐에서 왕자로 자라게 된다.

몇 수년이 지난 뒤 라이오스왕은 시종들을 데리고 마차를 타고 델피 신전으로 가는 좁은 길목에서, 역시 마차를 타고 나타난 한 젊은이와 마주친다.

서로 비끼라고 실랑이가 벌어지고 한 시종이 이 젊은이 마차의 말 한 마리를 죽여 버리자, 화가 치밀어 오른 이 젊은이는 라이오스와 시종들을 죽인다.

바로 이 젊은이가 오이디푸스다.


해밀턴은 라이오스를 죽인 도둑들이 여러 명이며, 라이오스왕의 시종들도 여러 명인데 왕과 몸종들이 모두 죽고 꼭 한 사람 시종이 살아남아 이 사건을 알린 것으로 묘사하고 있는 것이 불핀치와 조금 다르다.

한편, 『신화론』에서는 오이디푸스가 거의 어른이 된 뒤 한 사람이 나타나 그가 폴리부스와 메로페의 친아들이 아니라고 귀띔해 준다. 이 말을 들은 오이디푸스는 왕과 왕비에게 그가 친아들이 아니냐고 묻는다.

폴리부스와 메로페는 그가 친아들이라고 다짐해 준다.

하지만 콜린스에 또다시 이 소문이 떠돈다. 그러자 오이디푸스는 이 소문이 사실인가 아닌가를 델피 신전 아폴로 신에게 직접 물어보러 간다.

그러나 오라클(oracle, 신탁, 神託)은 그의 과거에 대해서는 대답하지 않고 그의 미래에 대해서만 "그는 가장 저주받은(을) 인간이며 그의 아버지를 죽이고 그의 어머니와 결혼하게 된다."고 게시한다.

이 게시를 듣자 그는 그의 아버지를 죽이고 어머니와 결혼하는 것이 두려워 콜린스로 다시는 되돌아가지 않겠다고 결심하고 가는 도중에 세 갈래 길에서 라이오스를 만나 위 참변이 일어난다.[6]

이 살인사건이 일어난 뒤 얼마 안 되어 사자의 몸통과 여자의 위 부분을 닮은 괴물(스핑크스)이 나타나 온 나라가 혼란과 공포에 빠져든다. 해밀턴은 가슴과 얼굴은 여자고 몸통은 날개가 달린 사자 같다고 이 괴물을 묘사하고 있는 것이 토마스 불핀치와 서로 약간 다르다. 불핀치의 신화에는 제1부 "우화의 시기"(The Age of Fables), 제16장 "괴물들"(Monsters) 중 하나로 스핑크스(sphinx)가 나온다.

아무튼 이 괴물은 산길 바위 위에 앉아서 지나가는 사람들에게 수수께끼를 묻고 그 답을 못하면 모두 죽여 버리자, 큰 소동, 대 혼란이 일어난다.

"아침엔 네 발로, 한낮엔 두 발로, 저녁엔 세 발로 걷는 짐승이 무엇이냐?"는 질문에 아무도 답을 못 맞추고 길가는 사람들이 모두 죽어가자, 온 나라가 공포 속에 빠져든다.

이때 한 젊은 청년(오이디푸스)이 나타나, 그 짐승은 바로 사람이라고 하자마자 스핑크스는 쪼그라들어 바위에서 떨어져 죽는다. 『신화론』에는 오이디푸스가 처음으로 옳게 대답하자, 화가 잔뜩 난 스핑크스가 산에서 스스로 뛰어내려 바위에 부딪쳐 죽었다고.[7]

이 스핑크스 소식을 들은 테베시민들은 오이디푸스를 크게 환영하며 새 왕으로 모시고 새 왕은 죽은 라이오스의 왕비(조카스타)를 아내로 맞는다. 따라서 오이디푸스는 그가 죽인 왕과 그의 아내가 된 왕비가 바로 그의 친아버지, 친어머니라는 사실을 전혀 모른 채 아폴로의 계시가 현실이 된다.

오이디푸스와 조카스타는 몇 년 동안 행복하게 함께 산다. 그러다가 그들 사이에서 태어난 아이들이 어른이 될 때쯤에 온 나라가 가뭄과 괴질로 사람과 가축이 떼죽음을 당하고 곡식들이 메말라 죽는 등 큰 몸살을 앓는다. 이 참변을 맞자, 오이디푸스왕은 조카스타의 동생(오빠?) 크레온(Creon)을 델피 신전에 보내 신의 계시를 듣고 오도록 한다.

신전에서 돌아온 크레온이 왕에게 라이오스왕을 죽인 자를 찾아 처벌하면 가뭄과 괴질을 물리칠 수 있다는 아폴로의 계시를 전한다. 오이디푸스는 테베시민들로부터 가장 존경받는 장님 예언자 티레시아스(Tiresias)[8]를 불러 그 범인이 누구냐고 묻는다.

티레시아스는 그 범인은 알지만 대답은 못하겠다고 버틴다. 오이디푸스가 그 범인을 대라고 장님에게 다그치며 침묵을 지키는 것은 이 살인에 가담했기 때문이라고까지 몰아붙이자, 이 장님은 "당신이 찾고 있는 살인자는 바로 당신"이라며 그의 침묵을 깬다.

하지만, 오이디푸스는 이 장님의 직언을 믿지 않는다. 그는 이 예언자가 제정신이 아니라며 그 앞에 다시는 나타나지 못하도록 내쫓는다. 조카스타도 남편 오이디푸스에게 예언자 티레시아스와 델피 신전의 계시는 모두 다 틀렸다며 전(前) 남편 라이오스는 델피로 가는 세 갈래 갈림 길에서 도적들의 손에 살해되었다고 주장한다.

이 이야기를 듣자, 오이디푸스는 조카스타에게 그때가 언제였느냐고 되묻는다. 조카스타는 무심코 "당신이 테베에 오기 직전이었다."고 답한다. 왕은 다시 "라이오스는 몇 사람과 그곳에 있었느냐?"고 묻는다. 조카스타는 왕을 포함, 다섯 사람이 있었고, 오직 한 사람만 살아서 돌아왔다고 알려준다.

오이디푸스는 그때야 문득 그의 마음속에 무언가 켕기는 것을 느끼며 살아 돌아 온 사람을 곧 당장 불러 오라고 지시한다. 그러면서 왕은 조카스타에게 "내가 델피에 가기에 앞서 한 사람이 나타나 내 얼굴을 맞대고 나는 콜린스왕, 폴리부스의 아들이 아니라고 해서 델피 신전 아폴로 신에게 그 사실을 확인하러 가던 중이었다."고 밝힌다.

[* 이 대목도 『신화론』과는 좀 다르다. *[ ]는 이 책 저자의 촌평임을 밝힌다.]

또 그는 "내가 아버지를 죽이고, 어머니와 결혼해서 아이들을 낳아 사람들이 그들을 보고 몸서리치는 꼴이 된다."라고까지 말했다고 자백한다. 그 말을 들은 다음엔 그는 콜린스에게 절대로 되돌아가지 않았으며, 그가 델피로 가는 도중 세 갈래 길에서 네 사람을 데리고 가는 한 귀인을 만났는데, 그 사람이 길을 비키라며 막대기로 그를 후려쳐 홧김에 그들을 죽였는데, 혹 그 귀인이 바로 라이오스가 아니었는지 하며 조카스타에게 다시 묻는다.

조카스타는 그의 친아들은 산 속에 어릴 적에 내버려져 이미 죽었으며 살아 돌아 온 시종의 증언에 의하면 도둑들이 그의 남편과 시종들을 죽였다며 그의 주장을 굽히지 않는다.

바로 그 순간 콜린스에서 온 사신(使臣)이 오이디푸스에게 콜린스왕 폴리부스가 사망했다고 전한다. 그러면서 이 사신은 오이디푸스왕에게 "당신은 아버지를 죽이게 된다는 공포 때문에 콜린스를 떠나신 것입니까?"라고 물으며, "아, 하지만, 왕이시여! 당신은 잘못 알고 있습니다. 그런 공포를 절대로 느낄 이유가 없습니다. 폴리부스는 당신의 아버지가 아니고, 바로 내 손에 안긴 당신을 그가 나로부터 건네받아 오직 친아들같이 당신을 길렀을 뿐입니다."라고 밝힌다.

오이디푸스가 "어디서 나를 갖게 되었으며, 누가 나의 아버지요, 어머니냐?"고 묻자, 이 사신은 "나는 그에 관에서는 아무것도 모르며," 다만 "라이오스왕의 시종인 한 떠돌이 목자(양치기)가 당신을 나에게 건네주었다."고 답한다.

이 대답을 듣자마자 조카스타의 얼굴이 하얗게 변해 참담한 모습이 된다.

그리고 그는 자리를 곧바로 떠난다. 그때 또 한 노인이 나타난다. 사신은 이 노인을 보자마자, "오 왕이시여, 바로 이 목자가 나에게 당신을 건네주었소."라고 한다.

오이디푸스는 이 노인에게 "당신도 이 사신이 이야기하는 것처럼 이 사람을 잘 아느냐?"고 묻는다. 그러나 이 노인은 대답하지 않는다. 그러자 사신은 "당신이 기억을 못 하다니. 당신이 아이를 나에게 건네주지 않았느냐?"고 다그친다. "나쁜 사람, 입 닥쳐!" 하며 이 노인이 소리를 지른다.

오이디푸스는 다시 이 노인에게 사실을 밝히라고 몰아치자, 그 것이 사실이며 그의 아내(어머니, 조카스타)가 그 사연을 제일 잘 알고 있다고 전해 준다. 그제야 오이디푸스는 델피 신전 아폴로 신의 계시대로 그가 아버지를 죽이고 어머니와 결혼한 것이 사실임을 깨닫는다.

"아 모든 것이 사실이었구나!", "이제 나의 빛이 어둠으로 변하고 나는 저주받게 되었구나!", "아! 내 가족 모두가 저주받게 되었구나!" 하며 울부짖는다.

그는 궁궐 안에서 그의 아내—어머니를 미친 듯이 찾지만 조카스타는 이 모든 것이 사실로 드러나자마자 그의 침실에서 목매달아 이미 자살한 뒤였다.

죽은 아내—어머니 옆에 서서 오이디푸스는 조카스타 옷에서 꺼낸 브로치(장식 핀)로 그의 두 눈알을 뽑는다. 하여, 그의 빛이 어둠으로 바뀐다. 차라리 이 캄캄하고 어두운 세상이 밝은 눈으로 보았던 그 해괴하고 부끄러운 지난 세상보다 더 나은 새로운 도피처라고 믿으며 장님이 된다.

이 세상에서 가장 비참한 사람이 된 오이디푸스는 그의 외삼촌—처남 크레온을 섭정자(the regent)로 왕국을 맡기며, 그의 두 아들도 잘 돌보라고 부탁하며, 갓난아이로 그가 버려졌던 시타에론 산으로 떠난다. 오이디푸스를 『신화론』에서 "진실을 찾으려 온갖 고통을 무릅쓰는 자" ("tormented seeker after truth")로 평가[9]하는 것이 흥미롭다.

# 안티고네

다음은 해밀턴이 소포클레스의 『안티고네』와 『콜로누스의 오이디푸스』를 요약한 것이다. 다만 위에서도 밝혔지만, 메네세우스의 죽음에 관한 이야기는 유리피데스의 『탄원자들』을 참고한 것이다. 여기서도 특히 『신화론』을 곁들여 이야기를 풀어 가기로 한다.

조카스타가 자살한 뒤 장님이 된 오이디푸스는 그의 아이들(그의 어머니와 낳은 아이들이라고 보면 조카요, 조카딸들)이 자라는 동안 테베에서 산다. 그에겐 '두 아들', 폴리니세스(Polyneices), 에테오클에스(Eteocles)와 '두 딸', 안티고네(Antigone), 이스메네(Ismene)가 있다. 델피 신전에서 아폴로가 오이디푸스에게 계시한 것처럼 테베시민들이 이 아이들을 "괴물"로 저주하는 그런 상황은 아니었다.

적어도 맨 처음엔 테베 사람들은 이 남자 형제, 딸 자매 모두 안타깝게 생각하고 좋아했다. 물론 오이디푸스는 이미 왕위를 물려났다. 큰아들 폴리니세스(왕세자)도 왕관을 벗어버린다. 이것을 테베 사람들은 이 가정의 참혹한 비극을 감안에 잘한 결정이라고 생각한다. 그들은 조카스타의 남동생, 크레온이 이들 대신 섭정자가 된 것도 반긴다.

하지만 한동안 오이디푸스를 친절하게 대하다가 테베시민들은 끝내 그를 테베에서 살지 못하도록 내쫓는다.

[* 이 대목도 위 오이디푸스 이야기와 매우 다르다]


왜 시민들이 이런 결정을 했는지는 알 수 없지만, 아마도 섭정자 크레온이 그러도록 부추겼고 오이디푸스의 두 아들도 그 의견에 동의했기 때문이었던 것 같다.

[* 소포클레스의 콜로누스의 오이디푸스에서 오이디푸스가 큰아들 폴리니세스가 왕이 되자 그를 추방했다고 격분하며 꾸짖는 장면이 나온다]

그때까지는 두 딸만이 오이디푸스 곁을 지킨다. 테베시에서 쫓겨난 뒤에는 그의 큰딸 안티고네 혼자서 장님이 된 아버지를 모시고 다닌다.

둘째 딸 이스메네는 테베 궁에 남아서 아버지와 언니 안티고네를 돕고 궁중에서 일어나는 일과 정보도 가끔 알려준다.

아버지가 떠나자 두 아들은 왕위, 왕권을 놓고 다투기 시작한다. 에테오클레스는 왕이 되자, 형을 테베에서 몰아낸다. 쫓겨난 형은 아고스(Argos) 왕국에 자리를 잡고 왕권 회복의 기회를 노린다.

[* 폴리니세스는 크레온과 공모(共謀)하여 아버지를 테베에서 추방했는데, 그는 그의 동생으로부터 테베에서 쫓겨나는 벌을 받은 셈이다. 참조: 소포클레스, 콜로누스의 오이디푸스, 줄, 721-731: 줄, 1315-1320]


한편, 오이디푸스는 죽을 때만은 행복하게 생을 마감한다. 아테네왕 테세우스는 그를 영예롭게 모셨다. 아폴로 신도 집도 절도 없이 떠돌이 신세였던 그를 신들로부터 "신비스러운 축복"(a mysterious blessing)을 받는 곳으로 가서 묻히게 될 것이라고 약속한다.

하여, 오이디푸스와 안티고네는 고행길에서 온갖 고난을 무릅쓰고 떠돌이 삶을 살다가 아테네의 근교 콜로누스에 온다. 한때 "복수의 세 여신"(Furies: Alecto, Megaera, Tisiphone)의 보금자리였고, 지금은 "자비로운 여신들"의 성지요, 탄원자들의 안식처가 된 이곳에서 오이디푸스는 이생을 마감한다.

아버지가 죽자, 이스메네가 왕궁에서 안티고네를 찾아와 서로 함께 된다.

아테네의 테세우스왕은 이 두 딸을 다시 테베로 보낸다. 그들이 조국에 왔을 때 두 형제는 서로 싸우고 있었다. 왕국을 빼앗은 에테오클레스는 땅을 지키겠다고, 땅을 빼앗긴 폴리니세스는 되찾겠다고. 두 누이는 두 오빠가 싸우는 판국에 과연 어느 편을 들 수 있는가?

쫓겨난 형이 다른 여섯 군 지휘관(두목)들과 동맹하여 조국 테베를 쳐들어온다. 이들 가운데는 아고스왕 아드라스투스(Adrastus), 이 왕의 처남인 암피아라우스(Amphiaraus)도 포함됐다.

하지만, 예언자이기도 한 암피아라우스는 이 전쟁에서 유일하게 아고스왕만 살아남아 되돌아오고 그를 포함, 모두 죽게 된다는 것을 미리 알고 있었기 때문에 억지로 끌려간다.

암피아라우스는 그와 그의 아내의 오빠(아고스의 왕) 사이에 분쟁(異見)이 생기면 그의 아내, 에리필레(Eriphyle)가 최종결정을 한다고 신 앞에 맹세했기 때문에 전쟁터에 나가면 그가 죽을 운명임을 알면서도 참전할 수밖에 없었다.

폴리니세스가 이미 그의 시조모(始祖母)인 하모니아(카드무스의 부인)의 결혼선물인 "귀중한 목걸이"를 에리필레에게 뇌물로 미리 주었기 때문이었다.

이 일곱 장수는 테베시(市)의 일곱 성문(城門)을 나누어 공격한다. 이 가운데 에테오클레스는 폴리니세스가 공격하는 성문을 지키며 막는다. 이 싸움판에 안티고네와 이스메네는 궁궐 안에서 초조히 전쟁의 결과를 지켜본다. 예언자 티레시아스는 크레온에게 그의 둘째 아들, 메네세우스가 전장(戰場)에서 죽어야만 이 테베를 구할 수 있다고 예언한다. 하지만 크레온은 차라리 그가 대신 죽겠다며 이 예언을 거부하고 아들보고 빨리 피신하라고 소리 지른다.

아들은 그러나 아버지 명령을 거부하고 전쟁터에 뛰어들어 예언한 대로 제일 먼저 죽는다. 공격하는 쪽이나 수호하는 쪽이나 결정적인 승부가 없이 이 전쟁이 질질 끌려가자, 결국 양편은 두 형제의 한판 대결로 결정짓자고 합의한다. 에테오클레스가 이기면 아기브 군(軍)이 철수하고, 그가 지면 폴리니세스가 테베왕이 된다는 조건이었다. 하지만 두 형제 모두 죽는다.

동생은 형을 처다보며 한마디 말할 힘도 없이 울며 죽는다. 형은 동생을 보며, "내 동생, 나의 적, 하지만 너는 사랑을 받았지, 항상 사랑을 받왔지. 나를 내 조국 땅에 묻어주오, 그래서 내 시(테베)를 조금이라도 가질 수 있도록"[10] 하며 생을 마감한다.

그러나 이 두 형제의 혈투는 아무것도 결정짓지 못하고 전쟁이 다시 시작된다. 예언대로 쳐들어 온 일곱 두목 가운데 끝내는 오직 아드라스투스만 살아남고 여섯 두목이 모두 죽고 테베가 이긴다.

아드라스투스는 패잔병을 이끌고 아테네로 도망친다. 그리고 테베는 크레온이 통치하게 된다. 『신화론』은 좀 이야기가 다르다. 위 일곱 동맹군이 테베의 일곱 성문을 공격하자, 크레온은 에티오클레스에게 전면전(全面戰)을 펼치지 말고 최고 전사(戰士)를 각 성(城)에 한 사람씩 보내 1대1로 이 일곱 두목과 결투로 싸움을 끝낼 것을 권유한다.

따라서 1대1 결투에서는 폴리니세스는 죽지 않지만, 다른 여섯 두목은 모두 죽는다. 마지막으로 폴리니세스와 에테오클레스가 맞붙어서 동생은 형의 배를 찌르고, 형은 동생에게 치명타를 입혀 둘 다 죽는다.[11]

한편, 왕이 된 크레온은 테베를 쳐들어와서 죽은 자들은 그 누구를 막론하고 매장하지 말도록 지시한다. 하여, 에테오클레스는 성대하게 장례식을 치러서 매장하고 폴리니세스는 짐승과 새들의 밥이 되도록 버려두라고 명한다.

그러나 이러한 그의 지시는 신들의 죽은 자에 대한 관례를 훨씬 벗어난 복수가 아닌가? 더구나 크레온은 폴리니세스를 매장하는 자는 사형시킨다고 공포한다. 이 대목도 『신화론』은 조금 다르다.

크레온이 왕이 되어 죽은 에테오클레스를 테베왕으로서 성대히 국장(國葬)을 치르도록 하고, 폴리니세스는 땅 위에 내버려져 개와 새의 밥이 되도록 하는 첫 칙령을 공포한다. 두 번째 칙령은 누구든 위 첫 번째 칙령을 어기면 사형에 처한다고.[12]

이 칙령에도 아랑곳없이 안티고네는 땅을 깊이 파지는 못했지만 흙을 덮어 큰오빠를 묻는다. 뒤늦게 파수병이 이를 발각하고 크레온에게 이 사실을 알린다. 다시 흙을 털어 벌거벗긴 채로 오빠 시신이 버려지자 안

티고네는 또다시 흙 속에 시신을 묻으려다 파수병에게 붙잡힌다.[13]

크레온은 안티고네의 칙령 위반으로 큰 고민에 휩싸인다. 그의 칙령을 위반한 죄로 안티고네를 죽이지 않으면 왕으로서의 그의 권위가 흔들리고, 칙령대로 안티고네를 죽이면 그의 하나뿐인 아들 헤이몬과 열애 중인 안티고네와의 결혼이 성사되지 못하는 상황이 되기 때문이었다.

크레온은 이 딜레마를 푸는 타협안으로 두 번은 용서하지만 세 번 다시 오빠를 묻으려 들면 그땐 처형하겠다고 경고한다. 하지만, 안티고네는 막무가내다. 『신화론』에는 헤이몬이 안티고네에게 마음을 바꾸라고 간청한 것으로 되어있지만, 소포클레스의 『안티고네』에는 헤이몬이 그의 아버지 크레온에게 강하게 그 칙령을 버리라고 맞선다.[14]

아무튼 안티고네와 이스메네는 천륜(天倫)과 신법(神法)을 거역하는 이 잔혹한 크레온(외삼촌)의 결정에 소름이 끼친다. 하지만, 두 자매의 대응은 서로 엇갈린다. 이스메네는 왕인 크레온의 이 횡포와 만행을 어떻게 이길 수 있느냐며 묵묵히 참고 견딜 수밖에 없다고 언니를 설득하려 든다. 안티고네는 동생의 설득에 설득되지 않는다.

다음은 이 누이와 동생의 대화다.

> 이스메네,
> "우리는 여자야. 우리는 [크레온의 칙령에] 복종해야 돼. 우리는
> 국가를 무시(저항)할 만한 힘이 없어."

> 안티고네,
> "네 스스로 네가 할 일을 선택해라, 나는 내가 사랑하는 내 오빠
> 를 매장하러 갈 테니."

> 이스메네, 울면서,

"언니는 그런 힘이 없어."라고 중얼거린다.

*안티고네,*
"왜, 그래, 내가 힘이 없으면(빠지면), 그땐 나도 포기하겠지."

"We are women." she(Ismene) told her sister(Antigone).
"We must obey. We have no strength to defy the State."
"Choose your own part, Antigone said. I go to bury the
brother I love." "You are not strong enough." Ismene cried.
"Why, then when my strength fails." Antigone answered,
"I will give up."[15]

[* 위 두 자매의 대화에서 보면, 이스메네는 오늘의 정치학 용어로는 최초의
현실주의자(realist)의 한 사람이다. "나부터 살고 보자"는 자기 목숨이 앞선다.
곧 당장 그녀의 앞을 억누르는 힘(권력)에 압도된다. 선악을 떠나서 혼자 힘으로
감당할 수 없는 엄청난 권력의 횡포와 공포 앞에 이스메네는 무릎을 꿇는다.
하지만 안티고네는 다르다. 그녀가 눈멀고 병든 '거지' 아버지를 끝까지 모셨듯
이, 그녀에겐 사랑하는 오빠를 땅 속에 묻는 것이 맨 먼저다. 그녀에겐 핏줄이
권력보다 강하다. 목숨보다 핏줄(血肉)의 사랑과 정(情)이 더 값지다.
안티고네는 목숨을 저버리면서까지 천륜(天倫)과 신법(神法)을 따르며, 끝까지 사
람이 만든 법을 거부하고 무시한다. 따라서 오늘의 잣대로 보면 그녀는 최초의
이상주의자(idealist)요, 원칙론자의 하나다]

몇 시간 뒤 안티고네는 죽음을 무릅쓰고 혼자서 큰오빠 폴리니세
스의 시체를 다시 묻는다. 왕의 칙령을 무시하고 오빠를 매장하다
감시원에게 붙잡혀 온 안티고네와 크레온은 다음과 같이 대화를
나눈다.

*크레온,*
"너는 내 칙령을 알고 있는가?"

*안티고네,*
"그렇소."

*크레온,*
"그래 너는 법을 어겼지 않은가?"라고 크레온이 되묻는다.

*안티고네,*
"당신의 법이지 신들과 함께하는 정의는 아니다."라며, "하늘의 불문율(不文律)은 [사람이 만든] 오늘이나 어제의 법이 아니고 영원한 법이요."라고 대꾸한다.

"You knew my edict?" Creon asked. "Yes." Antigone replied.
"And you transgressed the law?" "Your law, but not the law of Justice who dwells with the gods." Antigone said.
"The unwritten laws of heaven are neither of today nor yesterday, but from all time."[16]

옆에서 울면서 이스메네는 크레온에게 자기도 언니와 함께 오빠 매장을 도왔다고 말하지만, 안티고네는 그 혼자서만이 이 일을 했다고 다시 강조하며 "너의 선택은 사는 것이었고 나의 선택은 죽는 것이었다."("Your choice was to live, mine to die")라는 의미 있는 한마디를 남긴다.

실로 사람의 용기나 담대함은 남녀가 따로 없다.

[* 안티고네의 위 한마디는 이 글을 읽는 독자에겐 좀 엉뚱하게 들릴는지는 모르겠지만, 적어도 나에겐 문득 이순신 장군이 명랑해전(明朗大捷)[7]에 임하기 전 여러 장수들에게 엄명한 『난중일기』(정유년, 1597년 9월 15일)의 다음 한 대목을 떠올리게 한다.

병법(兵法)에 이르기를 '반드시 죽고자 하면 살고 살려고 하면 죽는다'(必死卽生 必生卽死)고 하였고, 또 '한 사람이 길목을 지키면 천 명도 두렵게 할 수 있다'(一 夫當逕 足懼千夫)라고 했는데, 이는 오늘 우리를 두고 이른 말이다. 너희 장수들 이 조금이라도 명령을 어긴다면 군율대로 다스리어 작은 일이라도 용서하지 않 을 것이다[8]]

간추리면, 그때 삶을 택한 이스메네는 지금은 흔적도 없이 사라진다. 그에 대한 이야기도 시(詩)도 없다. 테베의 카드무스의 왕국도 5대 오이디 푸스왕가를 마지막으로 소멸하고 만다. 그러나 죽음을 택한 안티고네는 신법(神法)과 천륜(天倫)을 지킨 효녀의 표상으로 형제자매 사랑의 화신 으로, 그리스 전설, 신화, 희곡 속엔 아직도 살아 있다.

크레온 가족의 말로(末路)도 참혹하다. 그의 둘째 아들 메네세우스는 전쟁에서 죽고 하나 남은 큰아들 헤이몬은 안티고네와 함께 자살한다. 그의 아내도 헤이몬의 자살 소식을 듣자마자 자살한다.

장님 예언자 티레시아스가 크레온에게 그의 칙령을 거두지 않으면, 그 의 가족이 모두 괴멸한다고 경고하자 놀란 그는 경호대를 급파하여 안티 고네를 살리려 하지만, 이미 안티고네와 헤이몬이 목매어 죽은 뒤다.

그는 하루아침에 세상에서 "가장 외로운 노인"—"천애의 고노(孤 老)"—이 된다. 그는 이제 문자 그대로 "산송장"("living corpse", 소포클레 스, Antigone, 줄, 1110)일 뿐이다.

뒤에 이 저자의 소감에서 좀 더 상세히 밝히겠지만, 어떻게 보면 크레온은 오이디푸스보다 더 저주와 경멸을 받아 마땅한 인간이다. 오이디푸스의 비극은 인간으로서는 어쩔 수 없는 "신탁이 내린 운명"으로 불가항력이라는 변명의 여지라도 있다. 그러나 크레온은 가장 가까이에서 오이디푸스왕의 권력의 오만, 아집(我執), 자기도취, 참담한 가정의 비극을 두 눈으로 똑똑히 지켜보아 왔음에도 불구하고 그가 왕위에 오르자마자 권력에 스스로 눈이 어두워져 천륜과 신법을 어기는 독재자로 표변했기 때문이다.

한편 『신화론』에서 안티고네를 그리스의 어느 무사(武士)도 감히 비견이 안 되는 "신법(神法)을 지킨 불굴의 수호자"(dauntless honorer of the gods' law)로 평가[19]하는 것이 눈에 띈다.

# 일곱 두목의 말로(末路)

다음은 유리피데스의 희곡, 『탄원자』들에 근거하여 테베를 침공했던 일곱 장수들의 운명을 해밀턴이 간추린 것이다.

위에서도 밝혔지만, 아고스왕의 처남이요, 예언자인 암피아라우스가 예언한 대로 테베 침공에 가담한 일곱 두목 가운데 오직 아고스왕 아드라스투스만 남고 모두 이 전쟁에서 죽는다.

테베 침공의 주동자, 폴리니세스의 시신은 그의 여동생, 안티고네의 희생으로 땅에 묻혔지만, 다른 다섯 두목의 시신은 크레온의 칙령에 따라 매장되지 못하고 땅 위에 버려져 뒹군다.

유일하게 살아남은 아드라스투스는 아테네왕 테세우스를 찾아가 테베 사람들이 이 다섯 시신을 매장하도록 도와달라고 요청한다. 테세우스는 테베를 침공한 것은 바로 아드라스투스라며 그 결과에 대한 책임도 스스로 함께 져야 한다며 이 요청을 거부한다.

하지만 이 두 왕의 대화를 옆에서 듣고 있던 테세우스의 어머니는 아들에게 죽은 사람(死者)을 묻는 것은 그리스 어디서나 "성스러운" 일이며, 그리스의 모든 도시국가를 결속하는 것은 바로 이런 "정의의 위대한 법령들(the great laws of right)[20]을 모두 지키기 때문이 아닌가?"라며, 아드라스투스의 간청을 들어주라고 아들에게 주문한다.

테세우스는 어머니 말씀은 옳으나 이런 중대한 문제를 그 혼자서만 단독으로 결정할 수는 없고 아테네 민주시민이 이에 합의하면 그 결정에 따르겠다고 답한다. 시민모임(회의)에서 테베는 좋은 이웃이지만 테베가 큰 잘못을 저지른 것은 결코 용납할 수 없다며 맨 땅에 버려진 시신들을 의례대로 매장할 것을 테베에 요청하기로 결의한다.

그리고 이 요청을 거부하면 전쟁도 불사하겠다고 경고한다. 바로 그때 테베에서 온 한 사신이 나타난다. 이 사신은 테베왕으로부터 메시지를 가져왔다며, "여기는 누가 영주(領主, 통치자, the master)냐?"고 묻는다.

이에 테세우스는 다음과 같이 대답한다.

테세우스,

"여기(아테네)는 영주가 없다. 아테네시민들은 자유를 누린다. 시민들이 [이 도시국가를] 통치한다."

그러자 이 사신은, "우리 왕국[테베]은 뒤죽박죽 군중들이 멋대로 통치하는 곳이 아니라 한 사람이 지배한다. 어떻게 어리석은 군중이 나라를 제대로 이끌어 갈 수 있단 말인가?"라고 비꼰다.

"우리 아테네는" 테세우스가 말한다. "우리의[시민의] 손으로 법을 만들어 그 법에 따라 통치한다. 우리는 한 사람이 법을 멋대로 좌지우지하는 것보다 더 큰 나라의 적(敵)이 없다고 믿는다.

이것이 바로 우리의 장점이며, 우리 시민들은 지혜와 올바른 행동으로 강하며 권리를 누린다. 하지만 독재자는 시민을 저주하며, 행여나 그들이 그의 권력을 빼앗을까 두려워 죽이는 것도 서슴지 않는다."

"그대는 지금 바로 테베로 돌아가 독재자(크레온)에게 전쟁보다 평화가 얼마나 더 값진가를 알리기 바란다. 어리석은 자들은 작은 나라를 노예로 만들기 위해 전쟁을 서두른다. 우리는 그대의 나라를 결코 해치려는 것이 아니다. 오직 죽은 자들을 구출해서 그들의 시신을 다시 땅속에 묻으려는 것이다. 그들의 시신은 아무도 소유권이 없다. 흙에서 나온 그 시신을 흙으로 돌려보내려는 것이다."라고 설득한다.[21]

크레온이 이를 거절하자 아테네군(軍)이 테베를 침공하여 정복한다. 테베시민들이 공포와 혼란에 빠지자, 테세우스는 오직 다섯 군 지휘자의 시신을 구하러 왔을 뿐이라며 테베시민을 안정시킨다. 그리고 시신의 가족들이 보는 가운데 다섯 장수들을 화장하여 이들의 재를 무덤에 묻는다. 10년이 지난 뒤, 이 시신들의 아들들은 다시 테베를 침공한다. 그리고 이번엔 전쟁에 승리하고 테베를 멸망시킨다.

[* 여기서 가장 주목할 만한 대목은 위 아테네 테세우스왕과 테베 사신의 대화가 아닌가 한다. 이 대화는 일인(一人) 독재국가와 민주국가의 본질적인 차이점을 아주 쉽게 우리에게 알려주고 있는 첫 사례의 하나이기 때문이다.

사신은 주로 민주국가의 맹점을, 테세우스는 독재국가의 횡포를 지적하고 있다. 더구나 이 차이점은 2,500년이 훨씬 지난 오늘의 정치에도 크게 달라진 것이 없는 유효한 관찰이 아닐까 한다]

# II. 소포클레스는 누구인가

소포클레스(c. 496-406 B.C)는 지금부터 2,500년쯤 그리스 아테네에서 아주 가까운 콜론우수 히피우수(Colonus Hippius)에서 태어났다. 그의 아버지, 소필로스(Sophilos)는 당시 아주 부유한 무기상(武器商)[22]인 것으로 알려졌다.

유복한 가정에서 태어난 소포클레스는 젊은 날엔 레슬링, 음악, 댄스를 즐겼고, 이 분야에서 상도 탄 것으로 알려졌다. 기원전 480년엔 그가 아테네가 사라미스(Salamis)에서 페르시아군을 물리친 전쟁 승리 기념행사에서 소년합창단을 지휘했다고 한다.

54세 때인 기원전 443년에서 442년 사이에는 그는 당시 델리 동맹(Delian League)의 재무담당자(hellenotamias)의 한 사람으로 일하기도 했다. 또 기원전 441년에 발표한 『안티고네』의 인기 덕분에, 56세 때 그는 장군의 한 사람으로 그리스의 위대한 정치가 페리클레스(c. 490-429 B.C)와 함께 사미안 전쟁(the Samian War, 440-439 B.C)에도 참전했다고 한다.

아테네와 스파르타의 펠로폰네소스 전쟁(431-404 B.C)의 첫 10년 동안에도 그는 장군으로 출전했다고. 특히 그가 아테네시(市) 주관으로 해마다 3월에 열리는 향연(the City Dionysia)의 한 행사인 희곡경연대회에서 27세 때인 기원전 468년에 1등 상을 받은 뒤, 그의 4부작(tetralogy)은

24번 1등 상을 받았다고 한다. 이는 사실상 그의 희곡 96편이 1등 상을 받을 만큼 그의 작품 인기가 높았다는 증거다.[23] 그는 90 평생 동안 123편의 희곡을 쓴 것으로 알려져 있지만 지금까지 남아 있는 작품은 다음 일곱 편뿐이다.

> *Ajax* (기원전 450-430년쯤)
>
> *Antigone* (442년쯤)
>
> *The Women of Trachis* (450-430년쯤)
>
> *Oedipus the King* (429-425년쯤)
>
> *Electra* (420-410년쯤)
>
> *Philoctetes* (409년)
>
> *Oedipus at Colonus* (401년)

그와 함께 옛 그리스의 3대 희곡(비극)작가로 꼽히는 다음 두 극작가도 대충 같은 시대를 살았다. 에스킬러스(c. 525−456 B.C)는 그보다 29살 나이가 많았고, 유리피데스(c. 480−406 B.C)는 16살 아래다. 공교롭게도 유리피데스와 소포클레스는 같은 해에 죽은 것 같다.[24]

그때 기준으로 보면, 에스킬로스가 69살에, 유리피데스는 74살에 죽었으니, 상대적으로 장수(長壽)했지만, 소포클레스는 90살까지 살았으니 지금 기준으로도 굉장히 오래 산 인물이다. 이 3대 비극작가 가운데서도 소포클레스를 단연 첫째로 꼽는다.

폴레모(Polemo, 314−276 B.C)는 "호머(Homer)가 서사시(敍事詩)의 소포클레스이고 소포클레스는 비극의 호머다."[25]라고까지 비교했다.

한편 아리스토텔레스(Aristotle, 384−322 B. C)는 소포클레스의 『오이디푸스왕』을 "최고 희곡"[26]으로 꼽았다고 한다. 아리스토텔레스는 또 소포클레스가 당시 희곡의 합창단원 수를 12명에서 15명으로 늘리고 그림이 있는 배경을 소개하고, 특히 배우를 두 명에서 세 명으로 늘린 극장

개혁을 했다고 칭찬한다.

무엇보다도 소포클레스의 일생은 지적(知的), 예술적, 정치적으로 그리스 아테네 문명의 황금기였다. 그는 자연주의 철학자인 아낙사고라스(Anaxagoras, c. 500－428 B.C)나 '역사의 아버지'로 불리는 헤로도토스(Herodotus, c. 484－425 B.C)와도 친분을 갖고 교제를 한 것으로도 알려졌다.

위에서도 이미 밝혔지만, 그와 같은 시대에 살았던 위대한 아테네 그리스인으로는 페리클레스를 꼽을 수 있다. 페리클레스는 민주주의와 제국주의를 절묘하게 조화시킨 위대한 정치가였다.

자유 언론, 자유 결사, 법의 제약을 받는 권력에의 자유로운 접근, 누구나 모두 지적 능력을 갖추고 태어나며, 법은 한 사람(독재자)이 아닌 시민이 만든다는 등 민주주의의 기본을 그는 주창했고, 또 실천했다. 페리클레스는 또 사미안 전쟁에서 부(富)를 얻고 권력 행사를 하기 위해서는 제국주의 전쟁도 불사한다는 전례도 보여 주었다.

# III. 소포클레스 3부작 줄거리

## 오이디푸스왕

이 희곡[27]은 테베(polis, 도시국가)의 궁궐 앞에 오이디푸스왕이 시종들과 함께 나타나는 장면으로 시작한다.

원인을 알 수 없는 괴질(怪疾)로 날로 황폐해가는 테베시(市). 이 뒤숭숭하고 어지러운 상황에서 어린아이, 장년, 노인 할 것 없이 시민들이 왕에게 탄원하려 궁궐 앞에 모여든다. 왕은 이 모인 군중들을 위로하며 제우스 제왕신 신관(神官)에게 이 어렵고 어지러운 상황을 어떻게 풀어나가야 할지를 묻는다.

신관은 이름도 원인도 모르는 괴질과 가뭄으로 과실과 곡식이 열매를 맺지 않고 초원의 풀들이 메말라 죽어 소들이 죽어가고, 여자들은 아이를 잉태하지 않는 보기 드문 재앙이 테베시민들을 죽음으로 몰고 가고 있다고 상기시킨다.

그는 왕이 과거에 스핑크스의 재앙을 물리친 지혜와 담력으로 다시 한번 테베를 이 재앙에서 벗어나게 해달라고 간청한다.

오이디푸스는 시민에게 호소한다. 시민 여러분은 이 고통을 한 사람 한 사람이 겪고 있지만, 그는 자신의 고통뿐만 아니라 시민 모두의 고통, 온 나라의 고통을 함께 겪고 있어 참담한 심정이라고 울부짖는다. 또 이 재앙을 극복하기 위해 그의 처남, 크레온을 델피 신전의 아폴로 신으로부터 신탁을 듣도록 보냈으며, 그가 곧 돌아올 것이라고 군중을 안심시킨다(본문, 줄 58-72).

얼마 뒤 크레온이 돌아와 왕에게 좋은 소식을 가져왔다고 알린다. 왕이 크레온에게 좋은 소식이 무엇이냐고 묻자, 그는 전(前)왕 라이오스의 살인범을 찾아내서 처형하면 이 재앙이 풀린다고 말한다(101-102).

왕은 어떻게 이 살인자를 찾을 수 있느냐고 크레온에게 다시 묻는다. 크레온은 그 당시 라이오스와 시종들이 모두 죽고 그중 한 사람이 살아남았으니, 그 시종을 찾으면 된다고 답한다. 또 그는 이 시종이 돈(뇌물)을 받고 라이오스왕이 살해당했다는 한 가지 사실 외에는 당시 정황을 상세히 알리지 않고 테베에도 돌아오지 않았다고 밝힌다(117-124).

오이디푸스는 이 사람(살인자)이 그 범행에 대한 처벌이 두려워 선뜻 나서지 못한다면, "나는 그를 해치지 않고 이 땅에서 안전하게 추방만" 할 것이며, "만약 이 살인자가 다른 사람이거나 다른 땅에서 온 사람이라고 알린다면, 나는 그에게도 후한 포상을 하겠다."고 공포한다(224-230).

오이디푸스는 살해된 왕과 그는 같은 사람을 아내로 삼아 같은 자궁에서 나온 아이들을 가졌기 때문에 "나는 그를 아버지처럼 생각하며 끝까지 철저히 살인범을 찾아내겠다."고 다짐한다(252-264).

[* 위 구절을 읽으며, 나는(이 책 저자) 오이디푸스 스스로가 바로 살인범이요, 그가 "아버지처럼 생각하겠다는 사람"이 바로 그의 친아버지인 줄도 모르고 울부짖는 것이 어리석고 처절하다는 생각보다는 인간이란 그 누구든 알고 모르는 것의 한계가 있다는 것을 극적으로 인식하는 순간이기도 하다. 모든 것을 다 알고, 모든 것을 다 할 수 있다는, 즉 전지전능(全知全能)은 인간의 몫이 아니라 신의 경지(境地)임을 새삼 깊이 느낀다]

코러스(합창단)는 오이디푸스에게 최고의 예언자 장님 티레시아스로부터 해답을 구하라고 귀띔해 준다(279-281). 왕은 티레시아스를 불러 살인자가 누구냐고 묻지만 대답을 거절한다. 여러 차례 해답을 구하지만 예언자는 "내가 침묵으로 덮어도 모두 드러날 것이다."라며 끝까지 말문을 열지 않는다(333).

화가 잔뜩 치밀어 오른 왕은 예언자가 끝까지 살인범을 밝히지 않으면, 그가 직접 살인하지는 않았다고 하더라도 '살인공모자'로 간주하겠다고까지 협박한다. 또 "만약 그대가 눈 뜬 사람이었다면 나는 당신을 단독범으로까지 밀어붙이겠다."고 윽박지른다(336–340).

그러자 티레시아스는 왕에게 "바로 당신이 이 땅을 피로 더럽힌 장본인"이라고 밝힌다(343).

왕이 티레시아스에게, 보다 명확하게 말하라고 다시 요구하자, 예언자는 "당신이 바로 지금 당신이 찾고 있는 살인자"라고 말한다(353). 왕은 예언자에게 "당신은 두 번이나 [이런] 망언을 한 것을 후회할 것이다."라고 경고한다(354).

티레시아스는 오이디푸스에게 "당신은 지금 아무것도 모르고, 당신이 보지 못하는 악에 깊숙이 빠져들어가 당신과 가장 가까운 사람들과 가장 부끄러운 삶을 살고 있다는 것을 알려주오."라는 뼈있는 말을 한다(357–358). 왕은 예언자에게 어떻게 감히 그런 망언을 함부로 지껄이느냐고 다그친다(359).

티레시아스는 "만약 진리(진실)의 힘이 있다면 나는 할 수 있다."고 오이디푸스에게 응수한다(360). 왕은 "오직 당신만은 [그런 힘이] 없어. 당신의 귀도 마음도 눈도 모두 막히고 멀었어."라고 꾸짖는다(361–362).

오이디푸스는 그가 살인자라는 것을 거부하며 그의 왕권을 크레온과 장님 티레시아스가 짜고 빼앗으려 한다고까지 의심한다(371–392).

[* 여기서도 역시 비록 티레시아스는 장님이지만 그가 오이디푸스와 치고받는 대화 속에서 과연 누구의 귀가 막히고 누구의 눈이 멀고 누구의 마음이 닫혔는지를 이 책 저자는 곰곰이 생각하지 않을 수 없다]

티레시아스는 왕에게 다음과 같이 대꾸한다.

*티레시아스,*
"당신이 비록 왕이지만, 나는 당신의 말을 반박할 수 있는 똑같은 권리를 갖고 있소. 나는 당신의 종이 아니라, 아폴로의 종으로 살기 때문이요. 나는 테베의 시민으로서 크레온의 보호를 받을 필요도 없소. 그리고 당신은 내가 장님이라고 비난하는 것에 대해서도 이렇게 대답하겠소."
"당신은 눈이 멀쩡하지만 당신이 악(惡) 속에 있다는 것을 보지 못하고 있소. 어디서 누구와 살고 있다는 것도 모르고 있소. 당신은 당신의 혈통을 알기나 하오? 당신은 이 세상에 있는 그리고 이 세상을 떠난 당신 친척의 역적이라는 것을 모르고 있소. 또 지금은 당신의 눈이 잘 보이지만 곧 당신 아버지와 어머니 '두 쪽 칼날의 저주'(the double-edged curse)가 당신을 어둠 속에 [장님으로 만들어] 이 땅에서 몰아내리라는 것도 모르고 있소…. 그래 크레온에게 흙을 던지시오, 내 말에 흙을 던지시오. 하지만 이 세상에 당신보다 더 잔인하게 산산조각 부서지는 사람은 없을 것이요."(… there is no mortal who shall be crushed more cruelly than you) (396-417).

왕은 분노를 참지 못하고 티레시아스를 그의 궁궐에서 곧 당장 떠나라고 소리 지른다. 궁궐에서 쫓겨나기에 앞서, 예언자는 오이디푸스에게 다음과 같이 말한다.

*티레시아스,*
"내가 여기에 호출되어 왔기 때문에 할 이야기는 다 하고 떠나겠소. 당신은 나를 죽일 수 없기 때문에 당신에 대한 아무런 두려움

없이 할 말을 하겠소. 나는 당신에게 말하오. 당신이 오랫동안 협박도 하고, 온 나라에 널리 알려 찾고 있는 그 사람, 라이오스의 살인자는 바로 여기 있소. 우리와 살면서 이방인으로 이제까지 알려졌지만, 그가 테베에서 태어났다는 것이 곧 밝혀질 것이요. 이 사실은 그를(당신을) 즐겁게 하지 않을 것이요. 지금은 그의 눈이 잘 보이지만, 장님이 될 것이며, 지금은 그가 부유하지만 가난해질 것이요. [장님이 된] 그는 지팡이를 짚고 땅을 두드리며 다른 나라 땅을 방황할 것이고, 그의 자식들에게는 그가 형이고 오빠이면서 아버지라는 것, 그의 어머니에게는 그가 남편이요, 아들이란 것, 그의 아버지에게는 [어머니] 침실을 함께 썼고 살인자라는 것이 모두 곧 드러날 것이요. 지금 바로 당신의 집으로 가서 내 말을 잘 성찰해 보시오. 그리고 만약 내[이 말이]가 틀렸다면, 나는 예언에 아무런 재주가 없는 사람이라고 당신이 생각해도 무방하오(438-452).

한 젊은이가 티레시아스를 궁궐에서 끌고 나가고 합창단이 노래를 시작한다.

노래 가운데 제우스와 아폴로는 현명하고 사람들의 사연(사건)을 다 알고 있다는 구절이 나온다(491-492).

크레온이 등장한다. 그와 예언자가 짜고 오이디푸스의 왕권을 찬탈하려는 음모를 꾸미고 있다고 왕이 몰아붙이는 것은 얼토당토않다고 크게 불만을 표시한다(504-510). 오이디푸스와 크레온도 설전(舌戰)을 벌인다. 왕은 크레온을 예언자와 공모하여 왕권을 찬탈하려는 도둑이라고 공격한다. 크레온은 권력 때문에 한순간도 두려움에서 벗어나지 못하는 왕보다는 밤잠을 편히 자는 사람이기를 바란다며, 그는 왕이 되려고 그런 음모를 꾸민 일이 없다고 항변한다. 또 "원인(근거)도 없이 나쁜 사람을 좋다고, 거꾸로 좋은 사람을 나쁘다고 판단하는 것은 불의"라고 대든다

(575-595). 크레온이 왕에게 그를 추방(귀양)할 것이냐고 묻자, 귀양이 아니라 처형이라고 대답한다(605-607).

왕이 크레온을 악한 사람이라고 비난하자, 크레온은 "당신은 아무것도 이해 못한다(세상 물정을 모른다)"고 대꾸한다. 왕이 "당신은 내 지배(명령)에 복종해야 된다."고 하자, 크레온은 "당신이 악정(폭정)하는 데도 따를 수는 없다."고 대든다. 왕이 "테베인이여, 테베인이여"라며 소리 지르자, 크레온은 "테베시는 당신 혼자만의 것이 아니고 나의 시"라고 응수한다(612-617).

[* 위 대화는 훗날 크레온 스스로 왕이 되자 폭군으로 표변한다. 그는 그리스판 '왕자의 난'으로 죽은 오이디푸스의 큰아들 폴리니세스의 시체 매장 문제를 놓고 크레온과 안티고네가 서로 한 치의 양보도 없이 다투는 설전과 너무나도 극적인 대조를 이룬다. 더구나, 크레온과 그의 오직 하나 남은 아들이요, 안티고네의 약혼자인 헤이몬과의 불꽃 튀는 설전도 극적인 아이러니다. 특히 옛날 크레온이 왕인 오이디푸스를 향해 세상 물정을 아무것도 모른다고 몰아붙였듯이, 헤이몬이 왕이 된 아버지를 향해 세상 물정을 하나도 모르는 일인 독재자라고 쏘아붙이는 장면은 일인 통치 절대 권력은 부패하기 마련이라는 권력 속성 정치공리를 가장 적나라하게 내보여주는 장면이기도 하다. 참조: 안티고네, 428-431; 432-450; 654-688; 703-720]


합창단이 노래하는 가운데 왕비, 조카스타가 등장한다.

왕비는 온 나라가 괴질과 가뭄으로 난리가 났는데, 웬 말다툼만 하고 있느냐고 왕과 크레온을 꾸짖는다. 하며, 왕에게 "신들과 나와 이 사람들 앞에서 맹세한 크레온의 서약을 존중하시오."라고 말한다(632-634). 합창단도 왕이 크레온의 서약을 믿으라고 노래한다. 왕은 합창단에게 "그렇다면 당신들은 내 죽음이나 이 땅으로부터의 추방(귀양)을 요구하는 것이냐?"고 되묻는다(645-646).

합창단은 아니라고 한다. 그러나 이제 훨씬 복잡한 상황이 된다. 왕은 혼자만 있겠다며, 크레온을 그의 앞에서 그냥 사라지라고 한다. 크레온은 "나는 당신이 오해한 상황에서 떠나지만 그들의 눈에는 나는 똑같은 사람이라."(661–662)는 의미심장한 말을 끝으로 퇴장한다.

왕비는 왕에게 무엇 때문에 그에게 그처럼 분노하느냐고 묻는다(684). 오이디푸스는 "그[크레온]는 내가 라이오스왕의 살인자라고 말하고 있소."라고 대답한다(688). 왕비는 다음과 같이 오이디푸스에게 설명한다.

"라이오스는 계시(신탁)를 받았소. 아폴로로부터 직접 받은 것이 아니고 그의 시중들로부터지만—라이오스에게 말하기를 그와 나 사이에서 태어난 아들이 그를 죽이게 될 운명이라고. 하지만 그는 세 길이 서로 만나는 곳에서 다른 나라에서 온 도둑들이 죽였다고 우리에게 알려 왔소. 더구나 그의 아들은 태어난 지 3일도 안 돼서 그의 발을 묶어, 멀리 떨어진 산에 다른 사람들을 시켜서 버렸었소. 따라서 아폴로는 이 아이가 그의 아버지 살인자가 되도록 하지도 않았고, 라이오스도 그의 아들의 희생물이 되는 재앙에 굴하지도 않았소."(696–708)라고. 오이디푸스는 조카스타에게 세 갈래 길에서 사건이 벌어진 것이 사실이냐고 묻자 왕비는 그렇다고 답한다. 구체적으로 어느 곳이냐고 왕이 왕비에게 되묻자 왕비는 델피와 다울리스(Daullis)의 두 길과 만나는 길로 포시스(Phocis)라는 곳이라고 구체적으로 밝힌다(717–718).

왕은 왕비에게 "그때가 언제였느냐?"고 다시 묻는다. 왕비는 "당신이 새 왕이 되었다."는 뉴스를 시(테베)가 접하기 바로 직전이었다."고 무심코 알려 준다(720). 이 말을 듣자마자 오이디푸스는 "오 제우스, 나에게 준 당신의 계획이 무엇이오!(당신은 나에게 이 무슨 운명을 준 것이오!)"(O Zeus, what are your designs on me!)라고 소리 지른다(721).

왕은 왕비에게 라이오스는 어떻게 생겼고 나이는 몇 살이었냐고 다시 묻는다. "그의 머리는 흰머리가 좀 있지만 까맣고, 그의 모습은 당신과 다르지 않다."라고 답한다. 왕은 이 말을 듣자, "아이고 맙소사, 나는 나도 모르게 참담한 저주의 늪에 빠져들었구나."하며 탄식한다(728).

왕은 라이오스가 시종을 몇 명이나 데리고 갔느냐고 조카스타에게 또 묻는다. 모두 다섯 명이며 그중 한 사람은 메신저라고 알려준다. 누가 이 소식을 알려주었느냐고 묻자, 살아남아 돌아온 그 시종이라고 답한다. 그가 어디 있느냐고 다시 묻자, "그가 궁궐에 돌아와서 당신이 새 왕인 것을 보자마자, 나에게 빌며 제발 테베에서 멀리멀리 떨어진 곳으로 보내달라고 간청을 해서 그렇게 그의 뜻을 존중해 줬다."고 알려준다.

오이디푸스는 그를 곧 당장 이곳으로 불러오라고 조카스타에게 주문한다. 그리고 왕비에게 오랫동안 그의 마음속 한구석에 가두어 두고 혼자서만 고민에 사로잡혀 있던 모든 것들을 처음으로 다음과 같이 털어놓는다.

그는 아버지 콜린스왕 폴리부스와 어머니 도리안(Dorian)출신 메로프와 함께 왕자로 성장했으며, 어느 날 만찬을 하는 도중, 술에 취한 한 사람이 그가 폴리부스의 "가짜 아들"(a counterfeit son)이라고 해서 불끈 치밀어 오른 화를 간신히 참고 다음 날 아버지와 어머니에게 이 이야기가 사실이냐고 묻자, 그를 안심시키며 그 사람을 붙잡아 와서 혼을 냈지만 그 마음속 어딘가 항상 그 의문이 남아 그를 괴롭혀 왔다는 것이다.

참다못해 하루는 그의 아버지, 어머니에게도 알리지 않고 델피 신전에 가서 아폴로에게 똑같은 질문을 했지만 그의 질문은 듣지도 않고, 대신 그가 불행한 사람이며, 그의 아버지를 죽이고 어머니와 결혼할 운명이라는 계시를 했다는 것이다.

이 계시를 듣고 이 예언이 실현되지 않도록 콜린스를 떠나 방황하던 중 바로 왕 라이오스가 죽은 세 갈래 길이 만나는 곳에서 한 시종과 마차 안에 있는 사람을 만났다는 것. 여기서 길을 서로 누가 비켜주느냐를 놓고 실랑이를 벌이고 결국 그가 그들 모두를 죽였다는 것이다.

따라서 만약 그와 라이오스가 부자관계라면 이 세상에 어느 누가 그보다 더 비참하고 신들로부터 더 저주받는 사람이 있겠느냐고 조카스타에게 하소연 한다. 또 외지인이든 이곳 시민이든 어느 누가 그를 자기 집에 받아주고 따뜻한 말 한마디라도 건네겠느냐며 아버지를 그의 손으로 죽이고 어머니를 아내로 삼았다면 "나는 본성이 악한 것이오? 나는 완전히 불결한 것 아니오?"(Am I evil in nature? Am I not entirely impure?)라고 묻는다(792).

또 조카스타에게 다음과 같이 하소연한다.

만약 이것이 모두 사실이라면(아버지를 죽이고 어머니와 살 수밖에 없는 게 그의 운명이라면), 귀양살이를 하며 그가 사랑하는 사람들도 보지 못하고 조국 땅에도 결코 발붙일 수 없다고 하더라도 망명을 떠날 수밖에 없지 않느냐고 묻는다(793~799).

합창단은 오직 한 사람, 살아남은 증인의 이야기를 들을 때까지 희망을 잃지 말라고 오이디푸스에게 충고한다(804~805). 조카스타는 이 증인이 나타나면 무엇을 알려고 하느냐고 오이디푸스에게 묻는다. 오이디푸스는 만약 이 증인이 왕비가 말한 대로 여러 도둑이 라이오스를 죽였다고 하면 자신은 죄가 없고, 한 사람이 죽였다고 하면 자신이 범인인 것이 분명해진다고 답한다(807~815).

하지만 조카스타는 라이오스와 왕비의 아들은 태어나자마자 이미 죽었기 때문에 이 증인이 한 사람이 죽었다고 증언하더라도 오이디푸스는 아니라고 우겨댄다(820~824).

이 살아남은 증인을 찾는 동안 합창단은 다음과 같이 노래한다.

폭정은 오만을 잉태한다, 그리고 만약 옳지 않고 선하지 않은 것이 극에 이르러 오만이 절정(絶頂)에 다다르면, 발로 뛰어내릴 수도 없는 나락을 맞는다.

….

그 누구든 말과 행동이 거만스럽고 정의를 무시하고 신전을 모독하면, 그의 불행한 오만 때문에 악운이 닥치고 신을 모독하는 것을 피하지 않는다면 범해서는 안 될 짓을 범한다면, 그 누가 그를 향해 쏜 [신의] 노여움(분노)의 화살을 막을 수 있겠는가? 만약 그런 악행들이 존중된다면, 누가 신들을 위해 춤을 추겠는가?

Tyranny begets Hubris, and if sated to excess with what is not right or good,
Hubris will climb to the topmost pinnacle, only to confront a sheer abyss where feet are of no avail.
….
But whoever is haughty in word or deed,
Ignoring justice, not revering the shrines of the gods: may evil fortune seize him for his ill-fated pride if he does not acquire his gains justly, does not avoid what is sacrilegious, if he recklessly violate the inviolate.
Who would be able to fend off from him arrows of rang?
If such evil deeds are to be honored, then why dance in honor of the gods?(837-840; 844-854)

조카스타가 직접 신전에 가서 아폴로에게 다시 확인하겠다는 순간 콜린스에서 온 메신저가 나타난다. 이 메신저는 콜린스왕 폴리부스가 죽었다는 소식을 전한다. 그 순간, 조카스타는 오이디푸스가 그토록 오랫동안 그의 손으로 죽이지 않으려고 피했던 폴리부스가 운명대로 스스로 죽었다는 소식에 신들의 계시를 다시 한번 비꼬며, 이 '기쁜 소식'을 빨리 알려주기 위해 오이디푸스를 찾는다(878−906).

오이디푸스가 나타나 이 메신저에게 폴리부스는 어떻게 죽었느냐고 직접 묻는다. 나이가 많은데다가 약간 몸이 아파서 죽었다고 답한다. 이 말을 듣자 오이디푸스는 신전의 계시와는 달리 그의 칼이 아니라 그의 '아버지'가 스스로 죽어 황천(Hades)에 '모든 쓸데없는 [신의] 계시'(all the worthless oracles)와 함께 묻혔다고 기뻐한다(920-927).

"내가 이제까지 그렇다고 말하지 않았느냐?"며 조카스타도 기뻐서 어쩔 줄 모른다(928). 이제 그런 두려움에서 벗어나라고 조카스타가 충고하자 오이디푸스는 (아버지는 스스로 죽었지만) 어떻게 어머니를 아내로 맞이할 운명의 공포를 쉽게 벗어날 수 있느냐고 되묻는다.

조카스타는 이렇게 답한다.

> 사람은 운명의 여신(Fate)의 권한 안에 있소, 그러하니 앞으로 닥칠 일을 왜 두려워해야 합니까? 그냥 이 삶을 가능하다면 가장 즐겁게 살면 그만이오. 제발 그대의 어머니와 결혼하게 된다는 공포 속에 살지 말란 말이오.
> 꿈속에서는 역시 많은 사람이 그들의 어머니와 성교를 하기도 하지만, 그런 것에 신경을 안 쓰는 사람이 삶을 가장 잘 꾸려 간답니다.
>
> Man is Fate's power, so why should he fear what is to come? It is better to live life as best one can. Do not live in terror of a marriage to your mother. In dreams, too, many men have had intercourse with their mothers.
> But he who pays no heed to such things bears life most easily, 932-938.

그러자 오이디푸스는 조카스타에게 그를 낳아 준 여자가 지금 살아 있지 않다면 왕비의 말이 다 옳지만, "그 여자가 아직 살고 있다면, 그대 말이 옳다 하더라도 나는 두려워할 수밖에 없소."라고 답한다(939-940).

[* 위 대목에서는 적어도 이 저자에게는 프로이트(1856-1939)가 정신분석학 용어로 개발한 "오이디푸스 콤플렉스" 어원(語源)의 그 근거와 마주치는 기분이다]

옆에서 왕과 왕비의 대화를 듣고 있던 메신저는 왕이 두려워하는 여인이 누구냐고 묻는다. 오이디푸스는 폴리부스의 부인, 메로페라고 대답한다.

그런데 왜 그 여인(메로페)을 두려워하냐고 되묻는다. 왕은 그가 그의 아버지를 죽이고 어머니를 아내로 삼아, 살게 될 운명이라는 아폴로의 계시를 메신저에게 알려준다.

메신저는 폴리부스가 왕(오이디푸스)의 아버지가 아니며, 양치기인 그가 오이디푸스를 시타에론 산에서 얻어 받아 폴리부스에게 바친 장본인이라고 말한다(976). 왕이 그 무슨 허튼소리를 하느냐고 꾸짖자, 발목을 뚫어서 묶인 갓난아이를 바로 그가 구했다고 대답한다. 그때야 왕은 이 메신저가 진실을 말하고 있다는 것을 깨닫는다.

왕이 다시 "도대체 왜 내 어머니와 아버지가 나를 그렇게 버렸느냐?"고 묻자 메신저는 그는 왜 그랬는지 모르지만 그에게 오이디푸스를 건네준 사람은 알 것이라며 그 사람은 라이오스왕의 양치기라고 알려준다(987-999).

라이오스왕의 양치기를 어떻게 찾을 수 있느냐고 묻자, 합창단은 조카스타가 제일 잘 알고 있다고 노래한다. 오이디푸스가 조카스타에게 그 사람이 어디 있느냐고 되묻자, 왕비는 왜 쓸데없이 시간을 낭비하고 괜한 걱정을 하느냐며 이제 그만 제발 덮어버리라고 충언한다. 하지만 왕은 진실을 찾아 낼 때까지는 절대 포기하지 않겠다며 그의 의지를 꺾지 않는다. 왕비는 아직도 그가 누구인지를 모르는 왕이 불쌍하다며 그 자리를 떠난다.

오이디푸스가 찾고 있던 라이오스의 양치기 노인이 등장한다. 왕은 먼저 콜린스에서 온 메신저에게 이 노인이 바로 옛날 그가 만난 사람이냐고 묻는다. 메신저는 그렇다고 답한다. 왕은 노인에게 라이오스의 시종이었느냐고 묻자, 그렇다고 답하며 그가 양치기로 시테에론 산 근처에서 살았다고도 알려준다. 그러자 왕은 메신저를 가리키며 이 사람을 잘 아느냐고 노인에게 다시 묻는다. 양치기 노인이 기억을 금방 못하겠다고 하자, 메신저는 시테에론 산에서 세 차례나 서로 만났다며 그 당시 상황을 상세히 설명한다. 그때야 이 노인은 메신저에게 "당신 말은 사실이지만 모두 먼 옛날이었소."(1095)라고 애매하게 말을 흐린다.

메신저는 오이디푸스에게 노인을 가리키며 바로 이 사람이 그 갓난아이를 나에게 건넸다고 말하자 양치기 노인은 "이 죽일 놈 같으니! 입 닥치지 못해!"라며 소리 질러 꾸짖는다(1100).

왕은 거꾸로 이 노인을 꾸짖으며 그 갓난아이를 이 메신저에게 건넸느냐고 엄하게 묻는다. 노인은 건넸다고 시인하며, "나도 그날 바로 죽었어야 했는데!"하며 탄식한다(1111).

노인은 또 그 아이는 그의 아들이 아니고 라이오스 궁에서 받은 아이라고 밝힌다. 왕은 "그 아이가 궁궐 노예의 아들인가, 아니면 라이오스의 아들인가?"라며 꼬치꼬치 묻자 이 노인 양치기는 "그(라이오스)의 아들이라고 들었지만 사실을 가장 잘 설명할 수 있는 사람은 궁궐 안 당신의 아내(조카스타)"라고 대답한다(1125−1126).

왕이 아이를 건네준 사람이 조카스타였느냐고 다시 묻자 그렇다고 노인은 답한다. 무슨 이유냐고 또 묻자 아폴로의 계시, 즉 그 '흉측한 예언' 때문에 그 아이를 죽이도록(1129−1132) 지시를 받았다고 밝힌다.

그렇다면 왜 아이를 죽이지 않고 이 메신저에게 넘겼느냐고 왕이 다시 묻자 양치기 노인은 다른 나라 땅에서 온 사람에게 넘겨주면 행여나 그 아이가 '처참한 운명'(a wretched fate)에서 벗어날까 봐 그랬다고 말한다(1135−1139).

아이고, 아이고, 모든 것이 사실로 밝혀졌구나! 오 빛이여, 나는 지금 그대(빛)를 마지막으로 보고 있소! 모든 것이 드러났구나!

나는 태어나서는 안 되는 사람(부모)들로부터 태어났구나, 나는
배우자로 삼아서는 안 될 사람을 배우자로 삼았고, 내가 죽여서
는 안 될 사람을 죽였구나, 하며 오이디푸스는 통곡한다.

Woe, woe! All has proven true! O light, I now look on you
for the last time! All has been revealed!
I was born from whom I should not have been born, I have
consorted with whom I should not have consorted, killed
whom I should not have killed(1140-1144).

합창단은 오이디푸스의 처절하고 기구한 운명을 노래한다. 그때 두 번
째 메신저가 나타나 조카스타가 죽었다고 밝힌다(1200). 조카스타가 머
리털을 두 손으로 찢고 그의 머리를 벽에 찧어 박으며 그가 아들과 결혼,
그 사이에서 아들과 딸을 낳은 불륜을 통탄하며 목매달아 죽는다. 뒤좇
아 그 침실에 나타난 오이디푸스는 이미 죽어있는 조카스타의 옷 금 단
추를 뜯어내 그의 두 눈을 여러 차례 찔러 장님이 되었다고 알린다.

조카스타가 목매달아 죽는 장면과 뒤따라온 오이디푸스는 죽은 아
내―어머니 시체를 보고, 그 시체 옷에서 뽑아 낸 단추로 그의 두 눈을
뽑아 장님이 되는 광경을 목격한 두 번째 메신저가 남긴 참깨 묵처럼 압
축된 이 마지막 한마디는 오이디푸스家 비극의 정곡(正鵠)을 함축한다.

모든 악이 여기 다 있구나.
No evil that has a name is absent(1246).

오이디푸스는 그의 악마 같은 고통을 아폴로가 줬지만, 바로 그의 손
으로 그가 장님이 됐다고 말한다(1287-1289). 또 그는 신들에 의해 이
세상에서 "가장 쓸데없고 가장 저주받는 그리고 사람들이 가장 미워하

는” 인간이라고 통탄한다(1296−1297).

오이디푸스는 다음과 같이 독백한다.

> 나는 내 아버지를 죽이지 않았을 것이며, 사람들이 나를 낳아 준
> 여자의 신랑이라고도 부르지 않았을 것이다.
> 지금 나는 신들에 의해 버림받았다, 그의 아버지의 결혼 침대를
> 함께한(더럽힌) 신을 모독한 부모의 아들이라고.
> 만약 악보다 더 큰 악이 있다면, 바로 그 운명이 오이디푸스에게
> 닥친 것이다.

> I would not have become my father's killer,
> Nor would men have called me bridegroom of the woman
> who bore me.
> Now I am abandoned by the gods, the son of profane par-
> ents who shared his father's marriage bed.
> If there is evil greater than evil, that lot has fallen to Oedi-
> pus(1306-1312).

오이디푸스는 "내 악행들은 다른 사람들이 아닌 오직 그 스스로만이 짊어질 수밖에 없다."고 밝힌다(1355). 그때 크레온이 등장한다. 오이디푸스는 처남−외삼촌에게 그를 이 땅에서 빨리 떠나게 해달라고 주문한다. 크레온의 누이 조카스타의 장례도 부탁한다. 또 크레온에게 그 스스로는 원래 그가 죽었을 뻔 했던 시테에론 산에서 죽고 싶다며, 그곳으로 보내 줄 것과 그의 두 아들들은 걱정 안 해도 되겠지만, 그의 불쌍한 두 딸은 좀 잘 보살펴 주라고 청한다. 합창단의 마지막 구절은 이 비극의 메시지를 다음과 같이 마무리한다.

테베시의 토착민들이여, 주시하라!

이 사람 오이디푸스는 그 악명 높은 [스핑크스의] 수수께끼를 풀었고, 가장 막강한 권력자의 한 사람이었으며, 그의 재산과 영예를 부러워하지 않는 사람이 없었으나 [끝내] 그는 소름이 끼치는 재앙의 물결에 휩쓸려 버렸구나!

따라서 사람은 그의 마지막 숨을 거두는 날까지 살펴봐야 하오, 그리고 통한(痛恨) 없이 인생을 마감하기 전에는 그 누구도 행복하다고 말할 수 없소.


Dwellers of our native city of Thebes, behold!

This is Oedipus, who solved the infamous riddle

And was the most mighty of men, on whose fortune no citizen could look without envy, but who was overtaken by a wave of dreadful disaster!

Hence, one should always look to man's final day, and call no mortal happy until he has crossed the end of life without suffering grief(1445-1453).

# 콜로누수의 오이디푸스

이 작품은 델피 신전 아폴로의 계시대로 아들이 자기를 낳은 아버지를 죽이고 어머니와 결혼, 둘 사이에서 아들 둘, 딸 둘을 낳은 천륜을 거역한 죄악을 뒤늦게야 깨닫는 오이디푸스 이야기다.

그의 친 어머니이자 아내인 조카스타는 이 사실을 알고 자살한다. 뒤늦게 사실을 알게 된 오이디푸스도 스스로 두 눈을 뽑아 장님이 된다. 그가 왕권을 저버리고 얼마 지나서, 그의 두 아들과 그의 처남이자 외삼촌인 크레온의 공모(共謀)로 그는 테베에서 추방당한다.

그는 집도 절도 없는 '거지 신세'로 큰딸 안티고네와 방랑길에 올라, 오랫동안 이곳저곳 떠돌아다니다가 아테네에서 가까운 콜로누수의 유메니데스 숲(Eumenides, 수목원)에 다다른다. 이 숲은 '복수의 세 여신' 에린예스(Erinyes, Uranus) 또는 퓨어리즈(Furies: Alecto, Megaera, Tisi-phone)를 모신 성지(聖地)이기도 하다.

이 희곡(비극)은 이 숲에서 대화하는 장면으로 시작한다.

오이디푸스와 안티고네는 이 숲이 성지인 줄 모른다. 다만 딸은 지금 둘이 앉아 있는 곳이 아테네에서 멀지 않다는 것은 어렴풋이나마 짐작한다. 바로 그때 한 낯선 사람이 나타난다. 이 사람은 둘이 앉아 있는 자리가 성지라며, 곧바로 이곳을 떠나라고 소리 지른다.

왜냐고 오이디푸스가 묻자, 그는 이곳이 바로 이 세상 죄지은 사람들을 처벌하는 세 여신을 모시는 성지라고 알려준다. 오이디푸스가 이 여신들이 누구냐고 다시 묻자, 그는 "모든 것을 다 보는 유메니데스"(39-40)라고 답한다.

오이디푸스는 이 성지가 그를 탄원자로 자비로이 받아줄 수 있느냐?고 이 사람에게 묻는다. 그는 누구든 이곳에 머물게 하거나 강제로 추방하는 결정은 먼저 시 당국에 알아봐야 한다고 대답한다. 여기가 도대체 어떤 곳이냐고 오이디푸스가 다시 묻자, 그는 여기는 '바다의 신', 포세이돈의 땅이며 하늘에서 불을 훔쳐 인간에게 준 거인(Titan)의 한 사람인 프로메테우스(하늘과 땅 사이에서 태어난)도 이곳에 함께 살아, 이 숲 전체가 성지이며 위대한 기사(騎士), 콜론우수가 이 지역 성벽을 쌓아 올려서 이 지역을 콜론우수라고 부른다고 알려준다.

지금 이 시(아테네)를 다스리는 사람은 누구냐고 그에게 오이디푸스가 묻자, 선왕(先王), 에게우스(Aegeus)의 아들, 테세우스왕이라고 알려준다 (66). 그러자, 오이디푸스는 그에게 직접 왕을 만날 수 있도록 좀 주선해 달라고 한다. 왕을 만날 무슨 특별한 이유가 있느냐고 그가 되묻자, 오이디푸스는 "나는 비록 장님이지만 내가 그에게[왕에게] 전할 말속에 비전이 있다."(72)고 설득한다.

이 낯선 사람은 오이디푸스에게 모습을 보아하니 불행하지만 귀인인 것 같으니 왕을 직접 만나는 문제를 이곳 주민들과 상의한 다음 그 결정을 알려주겠다며 떠난다.

이 사람이 떠나자, 오이디푸스는 인간이 겪을 수 있는 가장 참담하고 혹독한 고통—이 운명의 멍에—으로 부터 벗어날 수 있도록 이 성지의 여신들에게 애원한다(96). "나는 이제 어제의 그 사람이 아니오."(I am not the man I was)라고 호소하며 그의 참혹한 삶이 끝나도록 신들에게 빈다(99–100).

그때 안티고네는 몇몇 노인들(합창단)이 그들이 있는 곳으로 다가오고 있다고 아버지에게 알리자, 오이디푸스는 숲속 뒤로 숨는다.

합창단이 나타나 노인(오이디푸스)을 찾자, 오이디푸스는 이 합창단 앞에 나타난다. 합창단은 그에게 더 이상 성지를 밟으면 안 된다며 성지에서 나오라고 요구한다. 그는 딸 손을 붙잡고 성지에서 나와 이 합창단이 가리키는 바위 언저리에 앉는다(173).

합창단은 그(오이디푸스)가 누구인가를 말해 보라고 요구한다. 처음에는 거절하며 머뭇거리다가 안티고네가 아버지에게 이제 삶도 얼마 남지 않았으니 말씀하셔도 된다고 하자, "나는 진실은 감출 수 없다."며(I cannot hide the truth, 195) 그의 이야기를 꺼낸다.

"여러분은 라이오스의 아들을 아시오? 라브다쿠스 가(家)를 아시오? 처참한 오이디푸스를 아시오?"라고 물으며, "나는 불운하오."(I am ill-fated, 206)라며 이야기를 시작한다.

그러자, 합창단은 "당장 이 땅에서 나가라!"며 소리 지른다. "한마디 거짓이 또 다른 거짓들을 낳아 기쁨 아닌 고통만을 가져온다."(One deceit leading to other deceits will bring pain, not delight, 213-214)며 당장 이 성지를 떠나라고 외친다.

안티고네는 합창단에게 그의 아버지는 이제 늙었고, 그의 죄는 그가 알고 저지른 것들이 아니며 한 어린아이, 한 여자, 가장 소중한 것, 신이든, 여러분들이 사랑하는 그 무엇이든 간에 그러한 사랑으로 이 한없이 불쌍하고 불운한 그의 아버지와 그를 좀 보살펴 달라고 애걸한다.

"여러분은 신이 그를 이끌고 간 길에서 빠져나가지 못한 [아폴로의 계시에서 벗어나지 못한 우리 아버지 같은 처참한] 한 인간을 결코 그 어디에서도 볼 수 없을 것이오."(You can never find a mortal able to escape from where a god is leading him, 227-228)라며.

합창단은 오이디푸스와 안티고네의 불운을 동정은 하지만, 신들이 또 무슨 일을 벌일지 몰라 떨고 있다며 그들도 어쩔 수 없는 형편이니 빨리 떠나라고 독촉한다.

오이디푸스는 그의 아버지를 죽인 죄를 합창단에게 다음과 같이 변명한다.

"나를 먼저 때렸기 때문에 되받아 친 것인데 내가 어찌 본성이 흉악하다고 할 수 있소? 설령 내가 의도적으로 그랬다고 하더라도 나를 이렇게 파멸의 수렁에서 고통받도록 한 그들(神들)은 다 알고 있었지만 나는 아무것도 모르고 행동한 것일 뿐이오."(246-249)라며. 신들은 합창단의 행동을 모두 보고 있다며, 그와 안티고네를 추방하지 말고 왕이 나타날 때까지 좀 기다려주라고 간청한다. 그때야 합창단은 왕이 와서 결정할 때까지 기다리겠다며 한 발자국 물러선다.

왕을 기다리는 동안 안티고네는 멀리서 말을 타고 달려오는 그의 여동생 이스메네를 발견하고 아버지에게 알린다. 이스메네가 도착하자 아버지와 서로 부둥켜안고 딸은 아버지를 보고, 아버지는 딸을 만져본다. 이스메네는 또 아버지와 안티고네 둘 모두를 포옹한다. 이 벅찬 순간, 아버지는 "내 아이들, 내 피의 피"(My children, blood of my blood, 300)라며 목이 멘다.

오이디푸스가 이스메네에게 두 아들 안부를 묻자, 딸은 두 형제가 서로 왕권을 둘러싼 골육상쟁(骨肉相爭)을 하고 있다고 알려 준다.

이 불운한 아버지를 돌보는 안티고네가 지금 하는 일을 그의 두 아들이 해야 할 텐데도 서로 권력 싸움만 하며 거들떠보지 않는다고 오이디푸스는 한탄한다. 그리고 그의 큰딸을 향에, "안티고네야, 넌 어린 시절부터 이 비참한 눈 먼 늙은이의 길 안내자로 항상 함께 이곳저곳 떠돌아다녔다. 자주 굶주리며 거친 산야를 맨발로 누볐으며, 때론 비에 젖고, 때론 찌는 햇볕에 타고, 이 온갖 고통을 이겨내며 아버지를 돌보는 일에만 모든 정성을 다 쏟고 있구나."라고 울부짖으며, 금방 만난 둘째 딸을 향해, "그래 너는 무슨 소식을 전하려고 여기까지 왔느냐?"고 아버지가 묻는다. 이스메네는 아버지를 찾으려 그동안 그가 얼마나 고생을 했는지는 말로는 다 표현할 수 없다며 불행한 두 오빠 이야기를 꺼낸다. 처음엔 두 오빠가 외삼촌, 크레온을 왕으로 모시는 것에 만족하다가 이제는 서로 왕권을 쥐겠다며 권력 싸움이 벌어졌다는 것이다. 동생이 형을 왕위에서 몰아내, 테베에서 추방해 버리자, 형, 폴리니세스는 아고스로 가서 그곳 왕의 딸과 결혼한 다음, 이웃들과 동맹을 맺어 지금 테베를 쳐들어올 기미가 보인다는 소문이 파다하다고 아버지에게 전한다.

이스메네는 아버지에게 새 계시는 "테베가 융성 하려면 테베사람들은 아버지가 죽었든 살아있든 찾아 모셔야 한다."고 전한다. 왜 그러느냐고 오이디푸스가 되묻자, 딸은 신전의 계시가 "아버지는 테베 권력의 근원이 될 것"이라고 밝혔기 때문이며(358), 이 계시는 아버지의 두 아들도 알고 있다는 것이다(382).

또 바로 이 이유 때문에 크레온이 아버지를 곧 방문할 것이라고 이스메네가 귀띔해 준다. 왜 그가 오느냐고 묻자, 테베 땅(국경)에 가장 가까운 곳에 무덤을 만들어, 아버지가 살아서 테베 땅을 밟다가 죽으면 그 시체를 그곳에 묻어 크레온과 그 세력들이 계속 권력을 움켜쥐겠다는 속셈이라고 알려준다.

그렇다면 "내 무덤을 테베 땅 흙으로 묻을 것인가?"라고 아버지가 다시 묻자, 이스메네는 "아버지 친척들이 그것은 허용하지 않을 것"(371-372)이라고 답한다.

오이디푸스는 두 아들은 아버지 돌보는 일은 내팽개치고 권력 잡는 데만 골몰하는 사악한 놈들이라고 혹독하게 비난한다. 아버지를 추방하여, 거지가 되어 이곳저곳 방황해도 거들떠보지도 않은 호래아들들이라고 쏘아붙인다.

오직 그의 두 딸만이 이제까지 그를 보살펴왔다며 두 아들은 천벌을 받아 마땅하다고 소리 지른다(386-415).

한편 합창단은 오이디푸스가 아테네 콜론우수에 와서 처음 발을 디딘 땅의 주신들(the deities)에게 그의 모든 죄를 씻어내는 청정식(淸淨式, purification rites)을 치러야 한다고 권고한다(422-423). 하지만 오이디푸스는 눈도 멀고 힘도 없어, 이곳 세 여신들(the Eumenides) 제단에 직접 갈 수가 없다고 대답하자, 안티고네는 아버지를 돌보고, 아버지 대신 이스메네가 합창단이 시키는 대로 청정식을 치르기로 한다(451-465).

오이디푸스는 합창단에게 "나는 이 세상에서 가장 큰 죄악을 저지르고 또 겪었소. 아폴로 신이 그 증인이고 나는 그 죄악들을 견뎌냈소. 하지만, 결코 내 스스로 그런 [악한] 짓들을 한 것은 아니오."(… I endured the greatest evils, I endured them, as Apollo will bear witness, yet none were of my own doing, 480−482)라고 강변한다.

합창단이 어떻게 그러냐고 묻자, 오이디푸스는 "(테베)시가 내 불륜의 결혼에 끌어들였고, 바로 이 결혼이 나의 파멸(의 씨앗)이 되고 말았소."(The city enmeshed me in an evil marriage, which was my ruin, 484−485)라고 답한다. 그리고 그는 두 딸을 가리키며 "내 딸들, 두 겹의 저주"(my children, a two−fold curse, 491)라고 중얼거린다.

　　[* 여기서 잠시 내 소견을 덧붙이면. 오이디푸스는 안티고네와 이스메네의 아버지이지만, 그들 어머니 조카스타 쪽에서 보면, 오이디푸스도 조카스타의 "아들"이기 때문에 그는 이 두 딸의 "오빠"이기도 하다. 이를 합창단은 오이디푸스에게 "그들은 당신의 딸들이군요?"("So they are your daughters and−, 494)라고 말하자, 오이디푸스는 "또 그들의 친아버지 여동생들이기도 하지요."("−also sisters of their own father", 495)라고 답한다. 이 얼마나 참혹한 '피의 혼돈, 혼잡'인가?]

오이디푸스는 합창단에게 그가 참기 어려운 고통을 겪었지만, "그것은 그의 잘못 때문이 아니다."라고(500) 다시 한번 강변한다.

그는 또 "내가 그(라이오스)를 죽이지 않았으면, 그가 나를 죽였을 것"이라며, "나는 법적으로 죄가 없소. 나는 그가 누구인지를 몰랐소."(Had I not killed him he would have killed me. Before the law I am guiltless. I did not know who he was, 515−517)라고 그의 살인은 법적으로 정당방위였으며, 그가 죽인 사람이 아버지인 줄도 몰랐으므로 도덕적으로도 그는 결백하다고 주장한다.

오이디푸스와 합창단이 대화를 나누고 있는 와중에, 아테네왕 테세우스가 등장한다.

테세우스는 오이디푸스의 "혹독한 운명"(a dreadful fate, 526)을 이미 들어서 익히 알고 있다며, 그 스스로도 오이디푸스처럼 이방인에 의해 낯선 땅(異域)에서 그에 못지않은 역경을 겪고 살아 오늘에 이르렀기에 오이디푸스의 고충과 고통을 이해한다며, 오이디푸스와 두 딸을 위로하고 환영한다.

왕은 또 "나는 (비록 왕이라 할지라도) 한 인간일 뿐이며, 당신이나 나나 내일 일을 모르기는 마찬가지요."(I know that I am just a man, and have no greater share in tomorrow than you do, 531–532)라는 의미심장하고 겸허한 한마디도 밝힌다.

오이디푸스는 테세우스왕에게 고마움을 표시하고, 앞으로 그에게 닥칠 어려움을 미리 알려준다. 구체적으로 그의 두 아들이 그를 강제로 아테네에서 빼앗아 가려 하기 때문에 분쟁이 벌어질 것이라고 왕에게 말하자, 그러면 아들들을 따라가면 되지 않으냐고 하자, 오이디푸스는 결코 아테네를 떠날 수 없다며, 그의 두 아들 사이의 전쟁은 아폴로 신전의 계시라고 일러준다.

오이디푸스는 또 다음과 같은 뜻깊은 이야기를 테세우스에게 남긴다.

전설적인 아테네 에게우스(Aegeus) 왕의 가장 사랑 받은 아들[테세우스]이시여, 오직 신들만이 늙지도 죽지도 않습니다. 나머지는 시간이라는 가장 강력한 힘이 모두 지워버리지요. 땅의 힘도 쇠퇴하고, 사람의 몸도 쇠락하고, 충절(忠節)도 사라지고, 불충(배신)은 무성하고. 친구들 간에나, 도시와 도시[나라와 나라] 사이의 유대(紐帶)와 항심(恒心)도 오래가지 못하지요. 빠르게 또는 늦게 변한다는 차이는 있지만, 모든 관계(友情, 同盟 등)는 깨졌다, 다시 가까워지고를 되풀이하지요.

지금은 당신[테세우스]과 테베에 햇볕이 쨍쨍하지만, 사소한 일로 창과 창이 부딪치며 평화가 깨져버리는 수많은 밤과 날을 맞이할 것이오. 만약 제왕신, 제우스가 제우스라면, 그리고 그의 아들 아폴로의 계시가 옳다면, 내 차디찬 죽은 시체가 비록 땅에 묻혀 잠들지라도, 그들[그의 두 아들]의 따뜻한 피를 마실 것이오. 밝혀서는 안 된 말을 미리 해서는 안 되듯, 더 이상 내가 말하지는 않겠소…. 다만, 오이디푸스를 이 땅에 온 것을 환영한다는 당신의 약속이 결코 빈 소리가 아니라는 것만 지켜 주시기만을 오직 부탁하오.

Dearest son of Aegeus, it is only for the gods
That there is no old age or death: the rest is effaced by
all-powerful Time. The strength of the land will decay and
the strength in man's body will decay, but loyalty too will
perish and disloyalty thrive.
The same spirit does not endure between men who are
friends,
Or between one city and another.
For some sooner, for others later, a pleasant friendship will
turn sour but then become sweet again.
If now the sun between you and Thebes is shining, then
Time will give birth to countless nights and days in which
for a trifle this harmony will be shattered by spears.
If Zeus is still Zeus, and his son Apollo's oracles are right,
then my cold corpse, buried and asleep, will drink their
warm blood.
But since it is not proper to divulge words that must not be
spoken, allow me to stop where I began.
I only ask you to stay true to your pledge that you will never
say,
You welcomed Oedipus to this land in vain(570-587).

테세우스는 다시 한번 그의 땅을 밟은 오이디푸스를 환대한다며, 앞으로 닥칠 위협 때문에 신변 보호를 부탁하는 오이디푸스에게 흔쾌히 약속하며 자리를 떠난다.

이스메네가 이미 귀띔했던 대로 크레온이 나타난다. 그는 오이디푸스를 모시러 왔다고 공개적으로 말하며, 오이디푸스에게 집도 절도 없는 거지와 같은 삶을 끝내고 그와 함께 테베로 가자고 권한다.

오이디푸스는 옛날 그토록 떠나고 싶지 않았던 테베 땅에서 그를 억지로 몰아낸 장본인, 크레온이 이제 무슨 흉계를 가지고 그를 강제로 끌고 가려는가를 아폴로와 그의 아버지 제우스로부터 들어서 알고 있다며 단호히 거절한다. 그가 모처럼 안정을 찾아 콜론우수에 정착하려는데 말로만 핏줄을 호소하지만, 실은 그를 아테네에서 붙잡아가서 그의 손아귀에 넣은 다음, 테베 밖에 남겨둠으로써 아테네로부터의 공격을 막으려는 흉계(740-748)라며 크레온을 혹독하게 규탄한다.

오이디푸스와 크레온은 이 문제를 가지고 격렬한 말다툼을 한다. 크레온이 오이디푸스를 강제로 데리고 가겠다고 위협하고, 오이디푸스는 절대로 안 된다고 응수한다. 그러자 크레온은 두 딸 중 하나를 이미 강제로 테베로 데리고 갔다며, 다른 딸도 곧 데리고 가겠다고 으름장을 놓는다. 그 순간, 오이디푸스는 합창대를 향해 왜 이 나쁜 인간이 당신네 땅에서 못된 짓을 하고 있는데 방관만하고 있느냐고 호소하자, 합창단은 크레온을 향해 "당신은 과거에도 지금도 옳지 못한 행동을 하는 장본인이라며 당장 이 땅에서 물러나라."고 소리 지른다(778-787).

합창단이 크레온의 망동, 만행을 규탄하고 협박하자, 그는 만약 그를 해치면 아테네와 전쟁을 할 수밖에 없다고 엄포까지 놓는다(799-803).

크레온이 그의 시종들을 시켜 안티고네를 끌고 가려 하자, 합창단이 막는다. 그러자, 그는 이 노인은 손대지 않고 오직 안티고네만 '그의 것'이라며 데리고 가겠다고 우긴다. 합창단은 안 된다며 크레온이 붙들고 있는 안티고네를 당장 놓아주라고 명령한다. 크레온이 안티고네를 그의 시종들에게 맡기며 테베로 데리고 가라고 지시하자 합창대는 "모든 시민들이여! 빨리빨리 모이시오! 우리 시가 무너지고 있소, 우리 시가 짓밟히고 있소. 빨리들 모두 모이시오!"라며 호소한다. 그러나 크레온의 시종들은 안티고네를 강제로 끌고 나간다(809–818).

크레온은 오이디푸스를 향해 이제 두 지팡이(두 딸)도 없는 더 불쌍한 신세라며, "당신은 항상 분노 때문에 사랑하는 사람들의 호소를 무시하다가 스스로 파탄에 빠졌다."며, 지금도 똑같이 고집을 부려 끝내 잘못을 저지르고 있다고 꾸짖는다(819–826).

합창단은 크레온을 붙잡고, 두 여자를 빼앗아 갔기 때문에 그를 놓아줄 수 없다고 말한다. 그는 이 두 여자보다 더 큰 값을 곧 치를 것이라며, 아테네왕이 막지 않는 한 오이디푸스도 함께 데리고 가겠다고 합창단을 위협한다.

크레온이 오이디푸스를 붙잡으려 하자, 오이디푸스는 "모든 것을 다 보시는 태양신(Helios)이여, 그대[크레온]와 그대 자손이 내 노년처럼 되게 하소서."라고 빈다(844–845). 시종들이 떠나버려 혼자 남은 크레온은 비록 그도 늙어 힘이 없지만 오이디푸스를 끌고 가겠다고 우긴다. 하며, "약한 사람일지라도 정의가 그의 편에 있으면 강한 사람을 이길 수 있다."(Even a weak man will vanquish the great if he has justice on his side, 895)고 중얼거린다.

바다의 신, 포세이돈의 제전에 소를 희생물로 바친 행사를 마치고, 아테네왕 테세우스가 나타난다. 그는 웬 소란이냐고 묻는다. 오이디푸스는 왕의 목소리를 알아채고, 바로 이 사람(크레온을 가리키며) 때문에 큰 고통을 겪고 있다고 알려준다. 그 고통이 무엇이냐고 되묻자, 오이디푸스는 그의 두 딸을 강제로 크레온의 시종들이 끌고 갔다고 알려주자, 왕은 그의 기마병과 다른 병사들을 시켜 곧 당장 전속력으로 달려가 두 길이 만나는 길목을 막아 이 두 여자가 이 땅을 떠나지 않도록 막으라고 엄명한다.

테세우스는 크레온을 향해 그의 행위는 왕(테세우스)을, 그의(크레온) 조상들을, 그의 나라를 부끄럽게 했으며, 이 두 여자를 다시 이곳으로 되돌려 보낼 때까지 결코 그는 이 땅을 떠날 수 없다며 이 나라 법에 따라 그의 죄를 물을 것이라고 밝힌다. 남의 나라 땅에 와서 제멋대로 망동을 부린 것은 절대로 용서할 수 없는 범죄며, 이미 지적한 대로 크레온 스스로 이 땅에 강제이주민이 되지 않으려면, 즉각 이 두 여인을 이곳에 데리고 오라고 다시 촉구한다.

크레온은 테세우스에게 그에 대한 조치에 대해서는 비록 늙은 몸이지만 앞으로 응분의 대가를 치르게 할 것이라고 은근히 협박한다(930−931).

오이디푸스는 그를 파렴치한 악한이라고 비난하며, 그가 아버지를 죽이고 어머니와 결혼한 것은 신들이 갖고 있던 그의 가족에 대한 "오래된 분노" 때문이었다(It was what pleased the gods, who may have harbored some ancient wrath against my family, 936−937)고 밝히며.

따라서 크레온이 그에게 그리고 그의 친척에게 죄과를 따지고 나무랄 아무런 자격이 없다고 호되게 꾸짖는다.

더구나 신전의 계시가 "나의 아버지에게 그의 아들의 손에 죽을 것이라고 했지만, 그 아들이 아직 배 속에 있지도 태어나지도 않았는데, 도대체 어떻게 [그 아들인] 나를 비난할 수 있느냐?"(⋯ if the oracles ordained that my father would die by the hand of a son, how can you accuse me, who was not yet conceived or begotten?, 940−942)고 크레온을 몰아붙인다.

또 오이디푸스는 "나는 불행하게 태어나 내 아버지와 서로 다투게 되고, 내가 홧김에 무엇을 하는지, 그가 누구인 줄도 모르고 무의식 중에 한 행동을 네(크레온)가 어떻게 비난(힐책)할 수 있느냐?"(943−946)고 따진다.

그리고 오이디푸스는 "내 어머니에 관해서는 너는 부끄럽지도 않은가, 이 악한아? 그가 너의 친누님인데도 지금 너는 나에게 [네 누이와의] 결혼이야기를 꺼내도록 몰아붙이는 파렴치한이다."라고 꾸짖는다. 오이디푸스는 그가 그를 낳아준 어머니와 결혼해서 아이들을 낳은 천륜을 거역한 짓을 인정하지만, "그도 어머니도 [어머니—아들 관계를] 몰랐다."(… neither of us knew, 953)며, 다시 한번 그의 불가항력을 강변한다. "나는 알지도 모르고 그(내 어머니)와 강제로 결혼하게 되었지만, 너는 지금 의도적으로 나와 그[내 어머니—네 누나]를 비난하고 있다."(955-957)고 호되게 꾸짖는다.

오이디푸스는 크레온을 향해 "나는 이 결혼 때문에, 그리고 내 아버지를 죽였기 때문에 네가 끊임없이 떠들어대듯이 사악하다고 사람들이 부르지 않을 것"이라며, 내 죄는 "신들에 의해 끌려가서 저지른 악행들"이며, "만약 내 아버지의 영혼이 살아있다면 내 아버지도 나를 이해하실 것"이라고 힘주어 말한다(958-971). 또 그는 크레온에게 진실로 신들을 숭배하는 곳은 바로 아테네라며, "너는 바로 이곳에서 탄원자요, 늙은 나를 잡아가려 하고, 내 두 딸을 강제로 빼앗아 갔다."(976-980)고 통렬히 비난한다.

테세우스는 "체포자가 체포된다."는 격언을 상기시키고, 술책(간계)으로 부당하게 붙잡은 것은 오래 붙잡고 있을 수 없다(998-999)며, 다시 한번 크레온에게 경고한다. 테세우스는 오이디푸스와 그의 두 딸이 다시 합류할 때까지 끝까지 추적하겠다(1004-1007)며, 크레온을 데리고 그의 시종들과 떠난다.

합창단은 제왕신 제우스의 보호로 아테네왕, 테세우스가 테베와의 전쟁에서 승리를 거둘 것이라고 노래한다.

테세우스, 안티고네, 이스메네와 시종들이 나타난다. 오이디푸스는 두 딸을 다시 만나자, 깜짝 놀란다. 안티고네는 테세우스와 그의 시종들이 그들을 구출했다고 알려준다. 눈이 먼 오이디푸스는 "너희들은 내 지팡이들"(1082)이라며 두 딸을 뜨겁게 안아준다. 안티고네는 "한 불운한 사람의 불운한 지팡이들이지요."(1083)라는 피맺힌 말로 답한다.

"만약 내가 너희들 둘을 옆에 두고 죽는다면, 나는 이 세상에서 가장 처참한 인간은 아니다."라고 오이디푸스는 중얼거리며, 안티고네에게 어떻게 구출되었느냐고 다시 묻는다. 안티고네는 그들을 구해 준 테세우스가 직접 말해 줄 것이라고 대답한다.

테세우스왕은 말과 행동이 같도록 노력한다며, 오이디푸스에게 약속대로 두 딸이 아무 탈 없이 그와 다시 만나게 되어 기쁘다고 말한다. 또왕은 제전을 진행하고 있을 때 오이디푸스의 친척이라는 한 사람이 탄원자로 나타나, 포세이돈 제전 앞에 무릎을 꿇고 오이디푸스와 직접 할 말이 있다며 만나려 했다고 알려준다. 이 탄원자가 아고스에서 온 친척이라고 왕이 말하자, 오이디푸스는 탄원자가 그의 큰아들이라는 것을 알아채고 왕에게 그 아들은 나쁜 놈이라며 만날 필요가 없다고 거절한다. 그러자 그가 신에게까지 탄원했으니 신 때문에라도 만나봐야 할 것 아니냐고 다시 묻는다.

안티고네도 왕과 동조하며 아무리 오빠가 나쁜 놈이라 할지라도 한번 만나보는 것이 옳다며 아버지를 설득한다. 오이디푸스는 왕과 그 딸의 간청에 따르겠다며 한 발자국 물러선다. 왕은 이 아들이 와서 불상사가 일어나지 않도록 오이디푸스의 신변보장을 약속하며 떠난다(1179–1181).

합창단은 다음과 같이 노래한다.

> 살인, 폭동, 분쟁, 전투, 분노.
> 그리고 그다음에 오는 것은 버림받고
> 모두가 혐오하는 노년, 병들고 친구도 없는,
> 악들 가운데 최악이 모였구나.
> 이것이 운명이다.
> 우리 앞에 있는 이 불행한 사람[오이디푸스]의….

> Murder, sedition, strife, battle, anger.
> And then comes disparaged and
> Abhorred old age, infirm and friendless,

the most evil of evils gathered together.

That is the fate

Of this unhappy man before us…(1206-1211).


안티고네는 오빠가 혼자서 오고 있다고 아버지에게 알린다. 드디어 폴리니세스가 나타난다. 폴리니세스는 아버지와 두 여동생을 만나자, 이제까지 아들 노릇도, 오빠 노릇도 못 한 그의 큰 잘못을 뉘우치며 용서를 빌지만 아버지도 두 누이도 아무 말이 없자, 당황한다.

안티고네는 폴리니세스가 먼저 오게 된 사연을 말해보라고 청한다.

폴리니세스는 동생 에테오클레스가 테베시를 설득해서 그를 추방시켰으나, 아고스에 가서 왕 아드라스토스의 딸과 결혼하였고, 그곳에서 테베를 쳐들어갈 일곱 동맹군을 만들어 현재 테베를 포위하고 있다고 알려준다. 그와 더불어 여섯 동맹군 지휘자들—앰피아레우스(Amphirareus), 티데우스(Tydeus), 에테오클레스[그의 동생과 같은 이름의 다른 인물], 히포메돈(Hippomedon), 카파네우스(Capaneus), 팔테노파이우스(Parthenopaius)—이름도 알려준다.

그리고 그가 왜 아버지를 찾아왔는지, 그 본심을 드러낸다. 즉, 신전의 계시에 의하면 그의 아버지가 편드는 쪽이 승리하게 되어있다며 아버지가 그의 편을 지지할 것을 호소한다.

오이디푸스는 폴리니세스에게 다음과 같이 대답한다.


악한(惡漢) 가운데서도 가장 악한인 너, 네가 왕이 되어 바로 나를 추방했고, 나를 하루하루 빌어먹는 거지가 되도록 내팽개쳤는데, 지금 너는 나와 똑같은 처참한 신세가 되었구나. 나를 책임질 사람은 아들들이지 딸들이 아닌데도, 실은 이제까지 나를 보살펴 준 것은 딸들이었다.

폴리니세스를 향해, "너는 다른 사람들의 아들이지, 내 아들이 아니다!"(1329)라고 잘라 말한다. 또한 너와 네 동맹군은 테베를 절대로 멸망시키지 못할 것이며, 형제끼리 피를 보고 둘 다 패망할 것이라고 예언한다. 나는 이미 너의 아버지가 아니며, 너는 네 손으로 네 동생을 죽이고, 너는 네 동생 손에 죽을 것(1331-1333)이라며, 나는 이렇게 너를 증오하니 당장 내 곁을 떠나라고 호통친다(1315-1356).

폴리니세스는 아버지로부터 들은 그의 닥쳐올 운명에 대해 침묵을 지키기로 마음먹는다. 다만 그가 죽으면 조국 땅에 묻히기를 원한다. 안티고네는 폴리니세스에게 테베와 그 스스로를 파괴하지 말고 곧바로 그와 군대가 아고스로 되돌아가라고 간청한다. 하지만 오빠는 누이의 말을 듣지 않는다.

다만, 그는 "너희들이 내가 살았을 때는 못한 일을 내가 죽으면 나를 위해 너희들이 할 수 있기를 제우스에게 기원한다."며 작별한다(1395).

합창단은 노래한다.

시간은 본다, 시간은 모든 것을 언제나 본다, 하루는 무엇인가를 무너뜨리고, 다음 날엔 또 다른 것을 일으키고.
오 제우스! 하늘에서 천둥이 울리오!
Time sees, Time sees all things always, one day toppling some, the next making others rise.
O Zeus! The sky is thundering!(1416-1419).

이 천둥소리를 듣자, 오이디푸스는 그를 저승(Hades)으로 데려갈 제우스의 "날개 달린 천둥"이라며, 곧 당장 테세우스를 모시고 오라고 간청한다. 그리고 두 딸에게 그의 임종이 가까워졌다고 말한다.

테세우스가 나타난다. 왕에게 기다렸다고 반기며, 오이디푸스는 그의 죽음이 다가오고 있다고 알려준다. 그리고 제우스의 끊임없는 천둥 번개가 그 증거라고 말한다. 하여, 테세우스에게 그와 함께 다른 시종들 없이 둘이서만 그가 죽을 곳으로 가자며, 그래서 이 숨어있는 곳이 왕을 항상 보호해줄 것이라며 다른 사람에게 절대로 이 장소를 알리면 안 되며, 그도 그의 아이들을 포함, 그 누구에게도 알리지 않겠다고 약속한다. 그리고 대대로 오직 왕권을 승계할 사람에게만 알려야 한다고 주문한다.

"내가 살아있을 때 내 두 딸이 나를 가이드했듯이 이제는 나 홀로 내가 묻힐 성소(聖所, the sacred tomb)를 찾아야 한다."며, "신들의 사자(使者), 헤르메스(Hermes)와 지하의 여신(the Goddess of the Underworld)이 나를 그곳으로 인도한다."(1500–1510)며 오이디푸스는 왕과 퇴장한다.

메신저는 오이디푸스의 죽음을 알린다. 그리고 그의 임종을 상세히 설명한다. 죽기 전 두 딸이 떠온 물로 깨끗이 씻은 다음, 새 옷을 갈아입고 그가 사랑했고, 그를 사랑했던 두 딸과 포옹하며 눈물을 흘리며 마지막 작별을 한다. 두 딸을 그가 죽은 뒤에도 돌보라고 테세우스에게 부탁하며 오이디푸스는 신들의 부름으로 말로는 차마 표현할 수도 느낄 수도 없는 그의 한(恨) 많은 이 세상 삶을 마감한다.

안티고네와 이스메네가 서로 아버지 없는 삶을 어떻게 살아가야 할지, 어디로 가야 할지를 울먹이며 고민하고 있는 순간 테세우스왕이 나타나 그들을 위로한다. 안티고네는 왕에게 아버지 무덤을 그들이 직접 볼 수 있도록 탄원하자, 왕은 신법(神法)이 그것을 허용하지 않는다고 말한다.

왜냐고 안티고네가 왕에게 묻자, 죽기 전 왕과 오이디푸스는 그가 묻힌 성스러운 무덤에 접근하는 것과 이 성지가 어디에 있는가를 사람들에게 알리지 않겠다는 약속을 했다며, 왕이 이 약속을 지켜야 아테네가 모든 재앙에서 영원히 자유로울 수 있다고 말한다. 제우스의 아들, 서약(맹세)의 신, 오르코스(Orkos)도 이 약속을 들었다며 왕은 딸들에게 그 장소를 알려줄 수 없다고 밝힌다(1712–1718).

안티고네는 그것이 아버지가 원하는 것이라면 어쩔 수 없다며 테세우스에게 두 형제의 싸움과 살인을 막을 수 있도록 테베로 보내 달라고 요청한다. 왕은 이 요청을 들어준다.

합창단이 "울지도 말고 한탄하지도 말기를, [계시에 의해 일어난] 이 모든 것들은 이젠 고쳐질 수도 없으니."(1728-1730)라며 이 희곡(비극)은 막을 내린다.

# 안티고네

오이디푸스와 그의 어머니이자 아내인 조카스타 사이에서 태어난 두 아들이 왕권을 놓고 서로 싸우다 둘 다 죽고 난 뒤, 테베왕이 된 조카스타의 동생, 크레온. 그의 왕궁에서 오이디푸스의 두 딸이 대화를 나누는 것으로 이 희곡(비극)은 시작한다. 대화의 핵심은 왕의 칙령으로 두 딸의 작은 오빠 에테오클레스는 성대히 장례식을 치렀으나 큰오빠, 폴리니세스는 짐승이나 독수리 등 날 짐승의 밥이 되도록 맨땅에 버려져 이 처리 문제를 놓고 두 누이의 의견이 갈라진다.

먼저 안티고네가 동생에게 제왕신 제우스가 오이디푸스를 통해 또 무슨 재앙과 해악을 그들에게 가져다줄지 두렵다며 이제까지 그들이 겪은 온갖 치욕과 망신만도 결코 참기 어려운 고통과 고난이었음을 상기시킨다. 하며, 동생 이스메네에게 새 왕이 된 크레온의 첫 칙령이 무엇인지 아느냐고 묻는다(1-10).

이스메네는 같은 날 두 오빠가 서로를 죽이고, 아기브 군대가 철수한 뒤로는 그는 좋든 나쁘든 아무 소식을 모른다고 답한다(11-15).

안티고네는 새 소식을 조용히 동생 혼자에게만 알려주겠다며 궁궐 밖으로 나가자고 한다. 궁 밖으로 나오자, 큰 누이는 동생에게 위 칙령의 내용을 알려준다. 그리고 왕의 칙령을 어긴 사람은 그 누구든 돌팔매질로 죽이게 되어 있다며, "너는 비록 귀하게 태어났지만 네 본성이 귀한지, 천한지를 곧 내보일 것(판가름하게 될 것)이다."라는 의미심장한 한마디도 남긴다(19-34).

안티고네는 땅바닥에 버려진 큰오빠를 함께 땅을 파서 묻어주자고 이스메네에게 요청한다. 동생은 크레온의 칙령에도 불구하고 감행하려는 언니를 "무모하다."(my reckless sister!, 44)고 쏘아붙인다.

이스메네는 다음과 같이 그의 생각을 말한다.

*이스메네,*

아이고! 언니, 아버지가 어떻게 돌아가셨는데, 잘못들[그의 죄악들]의 결과로 멸시받고, 수치스럽게, 그 스스로 [그가 저지른 죄악들을] 밝혀내자, 그의 손으로 두 눈을 뽑고, 그때 그의 어머니-아내라는 두 이름의 우리 어머니는 목 매어 자살하고, 그리고 세 번째, 우리 두 오빠는 하루 사이에 똑같이 참혹한 운명의 사슬에 얽매어, 서로 싸워 죽고, 죽이고.

생각해 봐요, 언니, 이제 우리 둘만 겨우 살아남았는데, 만약 우리마저 법을 어기고, 왕의 칙령과 권력에 맞선다면, 우리도 죽게 될 것이 뻔해, 우리는 여자로 태어나 남자와 싸울 수 없다는 것을 잊지 말자고, 더구나 우리는 지금 우리보다 힘센 사람들이 통제하고 있어, 하니, 이 명령이나 더 혹독한 칙령이라도 복종해야 된단 말이야.

나는 땅속에 묻힌 그들(아버지, 어머니, 두 오빠)에게 용서를 빌며, 권력을 쥔 자들에게 무릎을 꿇을 수밖에, 그리고 복종할 수밖에 없어.

아무 힘도 없는 우리가 저항하는 건 바보짓이야.


Alas! Think, sister, how Father perished, despised and shamed as a result of the wrongs which he himself uncovered, raising his hand against himself, tearing out his eyes.
Then his mother and wife, a double title, destroyed her life with twisted cords.
And thirdly, our two brothers slain in a single day, each a murderous hand against the other in a common wretched fate.
Just think, now that the two of us are left alone, how mis-

erably we shall perish if we go against the decree and pow-

er of the king in violation of the law.

We must not forget that we were born women, unfit to

battle men, and also that we are ruled by those more pow-

erful, and must obey this command and others harsher still.

So I ask for forgiveness from those beneath the earth,

Since I am compelled in this by those in authority, and must

obey.

Acting beyond our power makes no sense(46-61).

동생의 이야기를 듣고 안티고네는 그렇다면 큰오빠를 함께 묻어주자고 더 요구하지 않겠다며, 다음과 같이 그의 생각을 말한다.

*안티고네,*

나 혼자서 그(큰오빠)를 묻어 주겠다. 그래서 나는 귀하게 죽으련다. 나는 혈육(血肉)의 정(情) 때문에 저질은 죄로, 내 사랑하는 오빠 옆에 사랑을 받으며 묻히겠다. 지하에 있는 사람을 즐겁게 하는 시간이, 여기 지상에 있는 사람을 즐겁게 하는 시간보다 훨씬 길기 때문이다.

나는 지하에 영원히 묻히련다. 만약 너(이스메네)에게 신들을 받들지 않으면서까지 더 소중한 일들이 너의 가장 좋은 선택이라면 네 뜻대로 하렴.

… I shall bury him myself. In so doing I shall die a noble

death.

I shall lie, beloved, with my beloved brother, having com-

mitted a pious crime, since the time I must please those

below is far longer than the time I must please those here
above.
I shall lie below forever. As for you, if you think it best,
Then hold in dishonor the things honored of the gods(64-69).

이스메네는 "내가 신들에게 불경하려는 것이 아니라 시민들의 의견에
반하는 행동을 하지 않으려는 것이 내 심성이기 때문이야"(70-71)라고
언니에게 변명한다. 하며, 언니에게 조용히 비밀리에 일(오빠 시체를 묻는)
을 처리하라고 주문하자, 언니는 모두에게 다 알리고 해도 두렵지 않다
며 동생이 알려도 상관없다고 막무가내다(76-78).

이스메네가 "언니는 소름이 끼치도록 으스스한 행동도 서슴없이 하는
불타는 가슴을 가졌어.(You have a burning heart for chilling deeds, 80)
라고 비꼬는 듯 말을 하자, 언니는 "나는 내가 가장 기쁘게 해야 할 사
람들을 기쁘게 하는 것을 알고 있지."(But I know I am pleasing those I
must please most, 81)라고 응수한다.

동생은 언니가 강한 것은 사실이지만 "불가능한 일을 바란다."고 하자,
언니는 "내 힘이 못 미치면 그땐 멈추겠다."고 한다. 동생은 다시 "언니는
처음부터 불가능한 것을 추구한단 말이야."라고 따지자, 언니는 "내 잘못
으로 혹독한 운명에 부닥친다 해도 괜찮아, 고귀한 죽음보다 더 위대한 건
없단 말이야."(… my ill counsel to suffer a dreadful fate, nothing is greater
than a noble death, 87-88)라며 그를 내버려 두라고 동생을 타이른다.

크레온이 등장하여, 그가 소집한 원로회의에서 다음과 같이 말한다.

크레온,
… 사람의 마음이나 판단(력)은 그가 통치하고 법을 만들기 전까
지는 이해하기 불가능하오. 나는 한 도시를 통치하는 데 있어서
최선의 결정(결단)을 미루며, 공포 속에 그 결단을 꺼내지 못하는

것이 인간들의 가장 비열한 행동이라고 믿으며, 항상 그렇다고 믿고 있소. 그리고 나는 자기 조국보다 자기 친구를 더 소중이 여기는 사람을 더 가소롭게 생각하오…. 나는 우리 시민들을 구원하려는 것이 아니라 파괴하려는 것을 보고도 결코 침묵할 수만은 없소…. 나는 지금 시민들에게 오이디푸스 아들들에 대한 칙령을 내렸소. 이 도시(국가)를 수호하기 위해 용감히 싸우다 목숨을 잃은 에테오클레스는 훌륭히 국장(國葬)을 치르도록 했지만, 그의 형 도피자, 폴리니세스는 망명지에서 돌아와, 그의 조상의 땅과 신들의 성전을 불사르고, 친척들을 피로 물들이고, 테베인들을 노예로 삼으려 했소.

따라서 그 누구도 그를(그의 죽음을) 슬퍼하거나 그의 장례식을 정중히 치르려 하는 것을 금하고 그의 시체를 매장하지 않고 내버려두어 개들과 날짐승의 밥이 되도록 하는 칙령을 내가 선포했소. 이것이 내 결정이요. 나는 올바른 사람보다 악한 사람들을 결코 더 치켜세우지 않을 것이오. 하지만 이 도시를 위해 희생한 사람은 살아있거나 죽었거나 응분의 대접을 할 것이오(173-205).

경비병이 숨을 헐떡이며 나타나, 그가 지금 왕에게 전달하는 소식이 왕을 분노케 하고 그를 처벌할 것임을 뻔히 알면서도 작심하고 왔다면서도 말을 바로 꺼내지 않고 머뭇거리자, 왕은 빨리 소식을 전하고 떠나라고 소리지른다. 그때서야 이 경비병은 (폴리니세스) 시체를 누군가 흙으로 덮어주고 필요한 장례도 치렀다고 말한다. 그를 매장한 자가 누구냐고 왕이 묻자, 경비병은 누군지는 몰라도 도끼를 썼거나 괭이로 땅을 판 흔적은 없어도 죽은 사람은 보이지 않고 그렇다고 무덤은 아니고 흙으로 시체를 덮은 것 같다고 말한다(248-268).

크레온은 누군가 돈으로 범인을 사서 그의 칙령을 어기며 죄를 저질렀을 거라고 생각한다. 크게 화가 난 그는 이 경비병에게 이 범인을 잡아올 뿐만 아니라 그 경위를 상세히 밝히지 못하면 목숨을 잃을 것은 물론이고 산채로 그를 교살할 것이라고 경고한다. 이에 이 경비병은 "이 짓(시체를 흙으로 덮은)을 한 사람은 폐하(왕)의 마음에 상처를 주지만 저는 폐하의 귀만 괴롭힐 뿐입니다."(The one who did this deed hurts your mind, but I hurt your ears, 305−306)라며, 저는 그 범행을 저지르지 않았다고 말한다.

하지만, 왕은 이 경비병이 돈(은화)을 받고 저지른 범행이라고 의심한다. 억울한 누명을 안고 이 경비병은 곧바로 왕궁을 떠난다.

이 경비병은 안티고네와 함께 다시 등장한다. 그리고 시체를 묻고 있는 안티고네를 현장에서 보고 붙잡았다며 "왕이 어디 있느냐?"고 찾는다. 왕이 나타나자 바로 이 여인이 범인이라며 이제 그는 왕이 씌운 누명을 벗었다며 안도한다.

왕은 어떻게 이 범인을 잡았느냐고, 보다 자세히 이야기하라고 묻자, 경비병들이 시체의 흙을 다시 모두 없애고 벌거벗긴 채로 땅에 뒹굴게 한 뒤, 그와 경비병들은 언덕 꼭대기로 올라가 범인을 잡으려 망을 보고 있었는데, 이 여자가 나타나 시체가 다시 벗긴 채로 뒹구는 것을 보고 크게 통곡하며, 그 짓을 한 사람을 욕하며 마른 흙을 모아 시체에 덮어주고 제주(祭酒)를 세 번이나 따르는 순간 우리가 붙잡았고 이 여인은 모든 범행을 떳떳이 시인해서 이렇게 데려왔다(394−423)고 밝힌다.

크레온은 머리를 숙이고 있는 안티고네를 보고 이 범행을 시인하느냐고 묻자, 그렇다고 답한다. 그러자, 경비병을 내보내고 나서 크레온이 안티고네에게 그것[오빠를 땅에 묻는 일]을 금한 칙령을 알고 있느냐고 묻자, 분명히 잘 알고 있었다고 당당하게 대답한다. 왕은 "그렇다면 어떻게 감히 내 법을 어겼느냐?"(428−431)고 되묻자 안티고네는 다음과 같이 응수한다.

*안티고네,*

내가 보기에는 제왕신 제우스는 이 칙령을 공포하지 않았고, 지하에서 신들과 살며 인간의 정의(正義)를 담당하는 판관(判官), 디케(Dike)도 사람에게 그런 법들을 만들지 않았소. 나는 언젠가는 죽게 될 운명의 한 인간인 당신이 만든 칙령들이 신들의 불문(不文), 불후의 법들을 무시할 만큼 대단하다고 생각하지 않소.

이[神] 법들은 오늘이나 어제의 것이 아니고 영원히 존재한다는 것을 아시오. 아무도 이 법들이 언제 생겨난지 모르오. 나는 한 인간의 의지가 무서워서 신들 앞에 처벌을 받을 짓은 할 수 없소. 당신의 칙령이 아니더라도, 내가 언젠가는 죽는다는 것은 내가 익히 알고 있소. 하지만 만약 내가 내 목숨대로 살지 못한다면, 나는 죽음이 내게는 이득이라고 선언할 것이요.

왜냐하면, 만약 누구든 나처럼 온갖 죄악과 재앙들에 파묻혀 살고 있다면, 죽는 것이 최선의 축복이기 때문이오. [죽는다는] 운명은 [내겐] 고통이 아니오.

그러나 내 어머니의 죽은 아들의 시체를 묻지 않고 내버려 두는 것은 내겐 정말 참기 어려운 고통이요. 내 죽음은 나에게 슬픔을 가져다주지 않을 것이오. 당신은 내가 어리석게 행동한다고 생각하겠지만, 나를 어리석다고 규탄하는 사람[크레온]이 실은 바보요.


In my eyes Zeus did not issue this edict, nor did Justice,

Dike, who dwells with the gods below, set up such laws for man.

I did not think your edicts so powerful that you, a mortal, could overstep the unwritten and unbending laws of the gods.

These laws are not a thing of today or yesterday, but exist

forever in eternity. No one knows when they appeared.

I am not prepared, from fear of one man's will, to pay the penalty before the gods. That I would die someday I knew well enough, even without your proclamation.

But if I die before my time, then I declare that death will be my gain, for if one lives as I do, beset by so many evils, dying can only be for the best.

Meeting such a fate is in no way anguish.

But I would have felt true anguish

Had I left unburied the body of my mother's dead son.

My death will bring me no sorrow.

You might think I am acting foolishly,

But perhaps it is a fool who is charging me with folly (432-450).


합창단은 안티고네가 아버지(오이디푸스)를 닮아 고집불통이며 악에 굴복할 줄 모른다고 노래한다(451-452).

덩달아서 크레온도 고집불통인 사람이 가장 쉽게 실패하기 마련이라며, "불에 세게 달군 가장 강한 철근이 부러져 산산조각이 나는 것을 우리는 자주 보지 않느냐?"(How often do we see the sturdiest iron, baked hard by fire, shatter and break into many pieces, 453-455)며 넌지시 안티고네를 꼬집는다. 왕은 또 이스메네도 공모자이니 곧바로 붙들어 오라고 명령하며, 이들은 결코 처벌(사형)을 받고야 말 것이라고 큰 소리친다.

왕과 안티고네는 다시 논쟁한다. 왕은 작은오빠는 테베를 지키기 위해 싸우다 죽었기에 국장을 했지만, 큰오빠는 테베를 침공하려다 죽었기에 버림받았다며 두 오빠들의 차별화를 강조하고, 안티고네는 죽은 사람은 누구든 장례절차를 밟는 것이 신법이라고 맞선다. 이때 이스메네가 나타난다. 왕은 두 누이를 사악하다고 싸잡아서 비난하며, 언제 내 왕권을 뒤흔드는 음모를 꾸몄느냐고 다그친다. 이스메네는 그도 언니와 함께 큰오빠 매장을 도왔다고 주장한다. 그리고 언니의 고통과 어려움을 함께 감수하겠다고 말한다. 하지만 언니는 "나는 오직 말로만 친구라는 친구는 받아드릴 수 없다."(I will not accept a friend who is a friend only in words, 520)며 동생의 호의를 거절한다. 언니마저 죽고 혼자만 남으면 아무 의미가 없다며, 동생이 함께 죽겠다고 다시 언니에게 애걸하지만 "너는 삶을, 나는 죽음을 택했다."(you chose to live, I to die, 532)라며 단호히 뿌리친다.

두 누이의 대화를 듣고 있던 크레온은 하나(안티고네)는 태어날 때부터, 다른 하나(이스메네)는 바로 이 순간에, 둘 다 제정신이 아니라고 (538-539) 비웃는다.

이스메네는 크레온에게 그의 아들(헤이몬)의 신부가 될 안티고네를 죽이겠느냐고 묻는다. "곡식을 심을 만한 다른 땅이 얼마든지 있지."(There are enough other arable fields, 547)라며, 왕은 우회적으로 언니를 죽이겠다고 답한다. 이스메네가 그의 언니보다 더 좋은 신붓감이 없다고 말하지만 왕은 막무가내다. 그리고 시종들을 시켜 왕은 두 누이를 당장 도망가지 못하도록 가두어 감시하도록 명령한다. 하여, 두 누이를 시종들이 끌고 나간다.

왕의 아들 헤이몬이 등장한다. 왕은 아들을 보자, 그의 약혼녀를 처형하겠다는 결정에 화가나 항의하러 왔는지, 아니면 그럼에도 불구하고 서로 간에(부자 사이) 사랑하기 때문에 왔는지 아들에게 묻는다.

아들은 "나는 아버지의 것"(Father, I am yours, 611)이라며 그의 결혼에 관해서는 아버지의 좋은 충고를 가장 소중하게 듣겠다고 답한다. 그러자, 아버지는 아들의 약혼녀인 안티고네를 "(저주받은) 악한 여인"(an evil woman, 626)이라고 혹평하며, 왕의 칙령을 위반했기 때문에 그를 죽이겠다고 말한다. 그가 법을 어겼는데도, 만약 왕궁에서부터 왕족이라고 법대로 처리하지 않으면 어느 누가 법을 지키겠느냐며 이 한 여인의 불법을 눈감아주고 살리면 무질서와 무정부상태가 기승을 부리고 도시는 파괴되고 집들도 폐허가 될 것이며 분란, 분쟁이 난무하여 나라가 설 수 없다며 왕이 아들에게 그의 결정을 따르도록 설득한다.

하지만, 아들은 아버지를 다음과 같이 설득한다.

*헤이몬,*
"아버지, 신들이 인간에게 심은 가장 소중한 선물이 지혜입니다. 저로서는 아버지 말씀이 옳지 않을 수도 있다는 것을 어떻게 이야기를 해야 할지 난감합니다만, 아무튼 아버지의 의견과는 다른 의견이 옳을 수도 있단 말입니다.

아버지는 사람들이 말하거나 행동하는 모든 것을, 그리고 그들이 잘못이라고 지적하는 그 모든 것들을 관찰할 수 있는 위치에 있지 않습니다. 왜냐하면, 보통 사람이 아버지와 얼굴을 맞대고, 아버지가 듣기 싫은 말을 감히 한다는 것은 그에겐 끔찍할 만큼 무섭기 때문입니다.

하지만, 저는 뒤에 숨어서, 사람들이 은밀히 수군거리는 것을 들을 수 있고, 안티고네를 위해 어떻게 시민들이 슬퍼하는가도 엿볼 수 있단 말입니다.

사람들은 그러한 운명(사형)을 달게 받아야 할 이유가 거의 없는 이 여인이, 가장 영예로운 행동을 하고 가장 혹독한 방법으로 죽게 된다고 말하고 있습니다.

그(안티고네)는 그의 혈육인 오빠가 살육의 장(전쟁 터)에서 쓰러져 죽어, 매장되지 않고 땅에 뒹굴며 개들과 새들의 밥이 되어 있는 그 시체를 두고 떠나지 않았습니다.

(오히려) 그에게 최고의 찬사를 보내야 하는 것 아닙니까?

이런 이야기들이 도시 곳곳에서 떠돌고 있습니다.

저에게는 아버지, 아버지가 잘되시는 것보다 더 소중한 것이 있을 수 없습니다.

아들에게는 아버지의 높은 명망이, 아버지에게는 기쁨을 주는 아들보다 더 큰 축복이 어디 있습니까?

하오니, 마치 아버지의 말만이 꼭 옳고, 다른 사람은 옳지 않은 것처럼 한 생각만을 고집하지 마십시오. 자기 혼자만이 오로지 지혜롭고, 자기만이 달변과 합리적인 재능의 소유자라고 생각한다면 그가 누구이든 자세히 살펴보면 속이 텅 비었을 뿐입니다. 누구든 사람은 그가 현명하더라도 계속 배우며 틀에 박히거나 고집불통이 안 되도록 노력하는 것이 결코 부끄러운 것이 아닙니다.

사람들은 겨울 폭우로 범람한 강물에 휩쓸려 굽어진 나무들은 그 줄기들을 살리지만 그 강 물살에 꿋꿋이 버틴 나무들은 뿌리부터 꼭대기까지 꺾어져 사라지는 것을 봅니다.

마찬가지로, 배를 사공이 빈틈 하나 없이 너무 팽팽히 저으면, 배가 뒤집히고, 물속에 빠지고 맙니다. 따라서 [제 말씀에 좀] 귀를 기울이시어 노여움을 푸시고. [자기 고집을 버리고 남의 이야기를 들어 자기 생각을 바꿀 수 있도록] 마음의 문을 여십시오….


Father, the gods sow wisdom in man, the most valuable of his possessions. As for me, I can neither say nor would I take it upon myself to say in what way your words might be wrong.

And yet a view other than yours might be correct as well.

You are not in a position to observe everything men say or do,

All those things with which they find fault, for to a simple man

Your countenance is frightening when words are spoken
that you might not be pleased to hear.

But I, standing in the shadows, can hear what is being said
in secret, can see how the city mourns for Antigone.

People are saying that the maiden who least deserves such
a fate is to die in the most evil way for the most glorious
deed.

She did not leave her brother unburied, her flesh and blood
who fell amid the slaughter, to lie exposed, prey for dogs
and birds ravenous for raw flesh.

Is she not worthy of golden honor?

Such black words are creeping through the city.

For me, Father, there is no treasure more valuable

Than a father who thrives in good fortune.

What greater delight is there for a son that a father whose
name is held in high esteem, or for a father who can de-
light in his son.

So do not insist on only one idea, as if your word and no
other can be right. Whoever thinks that he alone has wis-
dom, or has the gift of oratory and reason like no other,
that man, when held up to scrutiny, proves empty.

It is no disgrace for a man, even if he is wise, to continue
learning and not permit himself to become fixed and rigid.

One sees along rivers swollen by winter storms

That the trees that yield will save their branches,

While those that resist perish from root to crown.

Likewise, he who steers a ship, drawing the sail too taut,

Leaving no slack at all, will find himself capsized and sailing
on with his benches under water.
So yield and let your anger subside. Be open to change
(654-688).

크레온은 "내 나이에 이 아이(그의 아들, 헤이몬)에게 배운다니!"라며 비아냥거리자, 헤이몬은 그의 어린 나이만 따지지 말고 그의 행동을 보살 피라고 아버지에게 간청한다. 둘은 다시 안티고네 문제를 놓고 다음과 같이 서로 심하게 다툰다.

아버지는 안티고네가 죽을죄를 저질렀다고 하지만, 테베시민 들은 반대로 그가 잘한 일이라고 생각한다고 아들이 이야기하 자, 왕은 "테베시민들이 내가 어떻게 통치하느냐를 가르치느 냐?"(703)며 화를 낸다.

*헤이몬,*
"아버지는 지금 어린애같이 말하고 있다는 것을 보지 못하시느 냐?"(704)고 다시 아들이 다그치자,

*크레온,*
"내[왕]가 나 아닌 다른 사람들을 위해 이 나라를 통치해야 한단 말이냐?"(Should I rule this land for others and not myself?, 705) 며 분노한다.

*헤이몬,*
"한 사람에게 속하는 국가는 없습니다."(There is no state that be- longs to a single man, 706)라고 쏘아붙인다.

*크레온,*

"통치자가 국가를 소유하지 않는다는 말이냐?"(Does the state not belong to its ruler? 707)라고 버럭 화를 내자,

*헤이몬,*

"사막에 홀로 남는다면, 아버지는 '완전한 통치자'[절대 권력자]가 되겠지요."(Alone in a desert, you would make a perfect ruler, 708)라는 심오한 한마디로 맞선다.

왕이 아들과 안티고네가 한통속이라고 꾸짖자, 아들은 아버지가 그 여자라면 그땐 아버지와 한통속이 될 것이라고 비꼰다. 이에 아버지는 "이 나쁜 녀석! 네가 어찌 감히 네 아버지의 정의를 의문하느냐!"(711)고 화를 벌컥 낸다. 아들은 "바로 아버지가 정의를 그르치고 있기 때문이지요."라고 대꾸한다.

크레온이 "내가 내 왕권을 행사하는 것이 옳지 않단 말이냐?"(Is it wrong for me to uphold my kingly powers?, 713)고 묻자, 아들은 신들의 의례에 따라 죽은 사람을 보살피는 일을 깔아뭉개는 아버지가 바로 정의를 짓밟고 있다며, 그의 주장에서 조금도 물러서지 않는다.

머리끝까지 화가 치밀어 오른 왕은 그의 아들을 향해 "여자에게 고개를 숙인 천하에 못난 놈"(715)이라고 소리 지른다. 하지만, 아들은 "저는 결코 부끄러운 일에 고개를 숙이지는 않습니다." 한 치도 물러서지 않는다.

왕이 아들을 향해 "너는 그가 산 채로는 결코 결혼할 수 없다."고까지 막말을 하자, 아들은 "그(약혼자, 안티고네)가 죽거나 죽어 가면 다른 한 사람(헤이몬)도 죽이게 될 것이오."(720)라고 대든다. 왕은 "네가(너도 죽는다고) 나를 협박하느냐?"고 소리 지르자, 아들은 (아버지의) "잘못된 판단에 반대하는 것이 왜 협박이냐."고 대꾸한다.

"지혜도 없는 녀석이 나에게 지혜를 감히 가르치려는 너는 응분의 대

가를 눈물로 치를 것"이라고 왕이 경고하자, 아들은 지혜가 없는 사람은 바로 아버지라며 끝까지 물러서지 않는다.

한 치도 물러서지 않는 아들 앞에서 왕은 시종을 시켜 당장 약혼녀를 데리고 오라고 소리 지른다. 그러자 아들은 아버지가 미쳤다며 결코 그가 보는 앞에서 그의 약혼녀가 죽지 않을 것이며, 그 자신도 아버지가 보는 앞에 다시는 나타나지 않을 것이라며 궁을 나가버린다.

[* 오이디푸스왕이 크레온을 예언자 티레시아스와 함께 그의 왕권을 빼앗으려는 공범으로 몰아 처형하려 하자, "그대는 아무 물정도 모른다."(613)고 거칠게 대들며, "테베는 그대 한 사람만이 아니고 나의 도시다."(617)라고 크게 반발했던 크레온. 그도 왕이 되자 폭군이 되고, 그의 하나뿐인 아들이 "한 사람에게만 속하는 국가는 없다."고 아버지를 거세게 반박하는 상황을 맞았으니, 이 역시 권력자의 독단과 독재가 낳은 아이러니의 아이러니 아닌가?, 『오이디푸스왕』 612-617 참조]

크레온은 두 여인(안티고네와 이스메네)을 살려주지 않겠다고 합창단에게 말한다. 합창단은 둘 다 죽이겠다는 것이냐고 되묻자, 오빠를 묻는데 흙을 만지지 않은 이스메네는 죽이지 않겠다며 다시 그의 생각을 바꾼다. 합창단은 어떤 방법으로 안티고네를 죽일 작정이냐고 묻자, 왕은 인적이 드문 산속 동굴(석굴)에 약간의 음식을 넣고 그를 가두어서 거기서 죽도록 하겠다고 알려준다(742-747).

안티고네가 시종들에 끌려 크레온 앞에 나타난다. 왕은 시종들에게 안티고네를 그 석굴로 데리고 가라고 명령한다. 안티고네는 이제야 저승 (Hades)에 내려가면 사랑하는 아버지, 어머니, 그리고 오빠가 그를 사랑으로 얼싸안고 반길 것이라며 그의 죽음이 가까이 왔지만 결코 동요하지 않는다. 하여, 안티고네는 시종들에 끌려 석굴을 향해 떠난다.

합창단은 운명의 여신(Fate)의 위력을 다음과 같이 노래한다.

'운명의 여신'의 위력은 무시무시하나니.

재물도, 전쟁도, 드높은 탑이나 깊고, 거친 바다에 익숙한 배도

결코 도피할 수가 없구나.


But awesome is the power of Fate:

neither wealth, nor war, nor tower or dark, sea-beaten ship

can escape it(912-915).


예언자―장님, 티레시아스는 한 젊은이와 함께 나타나 크레온에게 그의 말을 따르라고 경고한다. 하여, 그는 왕은 지금 '운명의 면도날 끝자락'(the razor's edge of fate, 954)까지 왔다며 크레온의 행동(폴리네세스 시체를 땅에 묻지 않고, 안티고네를 석굴에 가두어 굶어 죽이려는)을 재고하라고 충고한다.

무슨 일이냐고 왕이 다시 묻자, 예언자는 왕의 고집불통의 결의가 바로 이 나라 시민들의 고통을 가져왔다(It is your dogged resolve that has brought suffering to this city, 970)고 직언한다. 그리고 다음과 같이 덧붙인다.


*티레시아스,*

모든 사람은 잘못을 저지르오.

그러나 누구나 잘못은 저지르지만, 그가 고집을 부리지 않고, 그 잘못을 고치려 든다면, 그는 어리석거나 비참하지는 않소.

바로 고집이 어리석음을 낳는 것이오. 죽은 사람에게 고개를 숙이시오, 이미 죽은 사람을 칼로 쑤시고 찌르는 짓을 멈추시오.

도대체 죽은 사람을 또 죽이는 것이 무슨 용맹이오?

All men will err.

But when a man does err, he is not foolish or miserable

If he does not become set in his persistence, but seeks to

right the wrong.

It is obstinacy that earns the charge of foolishness.

Yield to the dead man, do not prod and stab a man who

has already perished.

What valor is there in killing the dead again?(977-983).


하지만, 크레온은 예언자의 경고와 충고도 거부한다. 그리고 그의 고집—오이디푸스의 큰아들의 시체를 개와 새의 밥이 되도록 땅에 버려두는 것과 그의 누이 안티고네를 석굴에 가두어 굶어 죽이려는—을 고수하겠다고 버틴다. 그러자 티레시아스는 "좋은 충고가 사람의 가장 큰 재산이란 것을 생각해 보라."(… consider how much good counsel is man's greatest wealth?, 1000)며 다시 왕을 설득한다.

왕과 예언자의 다음의 짧은 대화도 눈길을 끌만큼 각을 세운다.


*크레온,*
예언자들은 돈만 챙기는 족속들이다.


Prophets are a brood of Money-grabbers(1004).
*티레시아스,*
독재자들은 부패하기 마련이다.


Tyrants also tend to corruption(1005).


크레온이 티레시아스에게 왕의 권위에 도전하려 든다고 하자, 예언자는 마음속에 품고 있는 예언을 밝힐 수밖에 없다며, 다음과 같이 경고한다.

한 사람(안티고네)을 죽인 그 대가로 왕의 혈육(아들, 헤이몬)을 바치게 될 것이며, 왕은 죽은 사람(死者)에게나 신들에게 월권(越權)행위를 했다고 경고한다. 이러한 월권행위 때문에 '복수의 세 여신들'(Furies)를 분노하게 했고, 지하(Hades)와 천상에 있는 신들의 복수심을 크게 자극해서, 그들은 왕이 저지른 악행들에 대등한 액운이 왕 스스로에게 닥치도록 보복할 것이라고. 뿐만 아니라, 왕이 테베를 쳐들어 온 적군들의 시체도 모두 묻지 않고 개와 새의 밥이 되도록 방치함으로써 시체 썩은 냄새로 나라가 숨 막히는 상황이 되고, 그의 분노를 젊은이에게 퍼붓고, 예언자에게 도전하는 등 그의 모든 만행에 대해서도 응분의 대가를 치를 것이며, 그는 말을 함부로 내뱉지 않고, 보다 건실한 판단력을 갖고 통치하는 것을 배우게 되리라고 말하며, 함께 왔던 젊은이와 왕궁을 떠난다(1022-1042)….

예언자가 떠난 뒤, 합창단은 왕에게 예언자의 좋은 충고를 받아들이라고 말한다. 구체적으로 어떻게 해야 하느냐고 합창단에게 왕이 묻자, 그 여인(안티고네)을 동굴 감옥에서 석방하고, 땅 위에 버려진 시체(폴리니세스)를 무덤을 만들어 묻으라고 알려준다.

처음엔 주저하다가 왕은 합창단의 충고를 받아들이겠다고 마음을 바꾼다.

그 스스로 그 여인을 가두었으니 그가 직접 석방하겠다며 시종들을 급히 불러, 함께 쏜살같이 석굴을 향에 떠난다.

메신저가 나타나 다음과 같이 읊는다.

> … 운명의 여신들은 행복한 자나 불행한 자를 일으켜 세우기도 쓰러뜨리기도 한다. 그래 그 순서(안정, 질서) 유지의 예언은 없다 (따라서, 그 어떤 사람도 영원히 행복하거나 영원히 불행하다는 예언은 있을 수 없다).

내 눈에 비친 크레온은 한때 선망과 질투의 대상이었다. 그는 카드무스왕국을 적들의 침공으로부터 구했고, 최고의 권력자가 되어 통치했으며, 그의 귀하게 자란 자식들과 함께 번성을 누렸다. 그러나 지금 [그는] 그 모든 것을 잃었다. 만약에 한 인간이 그의 모든 기쁨을 다 빼앗기게 된다면, 나는 그를 살아있다고 생각하지 않고, 살아있는 송장(시체)으로 본다. 온갖 큰 재물을 네가 너의 집에 네 멋대로 모으고, 독재자의 영화 속에 산다고 하자! 하지만 기쁨이 사라지면, 모든 것이 연기의 그림자처럼 무의미할 뿐이다.

… Fate raises and Fate topples the lucky and the unlucky, and there is no prophet for the order that exists.

In my eyes Creon was once to be envied: he saved our land of Cadmus from our enemies, gained supreme power, and reigned, thriving through his noble crop of children.

But now all is lost. When a man has been stripped of every joy I do not regard him as one alive, but see him as a living corpse.

Gather great riches in your house, if you like, and live with the splendor of a tyrant! But if joy is gone I would not pay smoke's shadow for all the rest(1103-1113).

합창단은 이 메신저에게 무슨 불행한 소식을 전하려느냐고 묻자, "그들(안티고네와 헤이몬)이 이미 죽었고, 그들의 죽음에 대해 산 사람(크레온)이 책임을 져야 한다."(1115)는 의미 있는 말을 한다.

누가 살인자냐고 합창단이 묻자, 메신저는 헤이몬이 스스로 목숨을 끊었지만, "그의 아버지의 살인적인 행동"(his father's murderous deed.,

1119) 때문이라고 대답한다.

바로 그때 크레온의 부인, 유리디세가 나타난다. 그는 불길한 소문을 들었다며, 좀 더 자세히 소식을 알려달라고 메신저에게 묻는다.

"진실은 언제나 최선"(Truth is always best, 1135)이라며, 메신저는 그의 목격담을 왕비에게 말한다.

왕과 이 메신저를 포함 시종들은 개들에 찢긴 폴리니세스의 시체를 물에 정결하게 씻어 제를 지내, 땅속에 묻고 그의 조국의 흙으로 덮어 무덤을 만든 다음, 안티고네가 갇혀 있는 석굴에 도착한다. 그때 왕을 비롯해서 시종들은 이(동굴) 무덤 속에서 비단으로 목을 매단 여자(안티고네)와 그의 허리를 두 팔로 얼싸안고 그의 죽음을 슬퍼하며 신음하는 헤이몬을 본다. 왕이 깜짝 놀란 표정으로 아들에게 다가가 빨리 동굴에서 나오라며 소리치자, 아들은 분노 가득찬 짐승 같은 눈으로 왕을 똑바로 노려보며 왕의 얼굴에 침을 뱉고 아무 말 없이 그의 양날의 칼을 아버지를 향해 휘두른다. 아버지가 간신히 피하고 도망치자, 헤이몬은 분개하며 스스로 그의 옆구리를 찌른다. 칼이 반쯤 그의 몸속에 들어박혔지만, 그때까지도 헤이몬은 죽지 않고, 피가 거침없이 쏟아지면서 그의 하얀 얼굴을 물들이는 마지막 순간까지 그의 약혼녀를 얼싸안는다. 메신저는 "거기에 시체가 시체를 얼싸안은 채 누워 있다."(There they lie, corpse embracing corpse, 1178)며, "적어도 그는 저승에서 결혼식을 올린 셈"이며 이것은(이 비극은) "인류에게는 이성이 현명하게 발휘되지 못한 것이 가장 큰 재앙이라는 것을 실증했다."(This proves to mankind how failing to reason wisely is the greatest evil., 1180−1181)는 말로 목격담을 맺는다.

이 목격담을 들은 왕비는 한마디 말도 없이 떠난다. 합창단은 "지나친 침묵은 소리 지르며 헛되게 애도하는 것보다 더 비참할 수도 있다."(Too much silence seems as dire to me as loud and vain laments., 1190−1191)라며 불길한 상황을 예감한 듯 지껄인다. 그러자, 메신저는 왕비가 어떤 상황인지 알아보겠다며 자리를 떠난다.

그때 크레온이 나타나 다음과 같이 통탄한다.

*크레온,*
슬프구나, 고집불통, 죽음을 부르는 잘못(過失) 불합리한 합리!
여러분은 지금 여러분 앞에서 보고 있소.
죽인 자(살인자)와 죽은 자(사망자)를, 둘 다 같은 핏줄인!
아 이런! 나의 자멸적(自滅的)인 판단!
슬프도다. 내 아들아, 아직 젊은 네가 이렇게 빨리 죽다니,
아이고! 아이고!
네가 죽다니, 네가 가버리다니, 네가 잘못 판단해서가 아니라 내
잘못 때문에.

Woe,
Stubborn, deadly errors of unreasonable reason!
You see before you the killer and the killed, both of the
same blood!
Alas! My disastrous judgment!
Woe, my son, young in your untimely death,
Ai ai! Ai ai!
You are dead, you are gone, not because of your bad judg-
ment but because of mine(1200-1211).

크레온은 통곡한다. 신이 모든 힘으로 그의 머리를 내리치고 그의 기쁨을 찢어 발로 깨부숴버렸다고. 이렇게 통곡, 한탄하고 있는 순간 메신저가 다시 나타나 왕에게 왕비, 유리디세도 자살했다는 또 하나의 충격적인 소식을 알린다.

메신저는 왕비는 이미 죽은 둘째 아들, 메네세우스의 빈 침대와 큰아들 헤이몬의 빈 침대를 보고 통곡을 하며 바로 두 아들을 죽인 장본인이 크레온이라며, 온갖 저주와 악의 상징으로 왕을 몰아세우며 제전 앞에서 칼로 그의 가슴을 찔러 자살했다고.

크레온은 너무나도 충격적인 아들과 아내, 두 겹의 비보(悲報)에 거의 실신하다시피 통곡을 한다. "나는 아무것도 아니야."(I am nothing., 1262)라며 그의 시종들에게 그를 멀리멀리 빨리 데려가라고 소리 지른다. 빨리 죽고 싶은 심정뿐이라며, 그의 마지막 날을 울부짖어 재촉한다.

합창대는 "사람은 그의 운명에서 벗어나지 못한다."(Mortals cannot escape from their destiny, 1273-1274)라고 노래한다.

크레온은 그가 아들도 죽이고 그의 아내도 죽인 성급하고 경솔한 인간이라며, 그는 이 죽은 두 시체를 볼 염치도 없고, 이젠 무언가 붙들 수 있는 것이란 아무것도 없다고 통탄한다. 그가 만진 것은 무엇이고 비극으로 되돌아왔다며 운명(비운)이 그의 머리를 내리친 것 같다고 울부짖으며 그는 그의 시종과 함께 떠난다.

"현명한 판단은 행복의 가장 첫째로 꼽는 원칙"(Good judgment is by far the first principle of happiness, 1280-1281)이며, "사람은 신들이 관여하는 일에 불경스럽게 행동해서는 안 된다."고 합창단이 노래한다.

"오만한 사람들에게 거창한 말들은 거창한 충격을 가져온다며, 그들이 늙으면 바른 판단을 가르쳐야 한다."(Great words bring great blows to men who are proud, teaching them good judgment in their old age, 1283-1285)는 마지막 구절로 이 비극은 막을 내린다.

# 오이디푸스왕가(王家) 3부작을 읽고

폭정은 오만을 낳는다.

Tyranny begets Hubris(『*오이디푸스왕*』, 줄, 837).

시간은 본다, 시간은 모든 것을 언제나 본다, 하루는 누군가를 무너뜨리고, 다음 날엔 또 누군가를 일으켜 세우며.

Time sees, Time sees all things always, one day toppling some, the next making others rise(『*콜로누수의 오이디푸스*』, 줄, 1416-1418).

사람은 그들의 운명에서 벗어 날 수가 없다.

Mortals cannot escape their destiny(『*안티고네*』, 줄, 1273-1274).

## 내가 뿌린 씨는 내가 거둔다?

이 3부작의 핵심은 신(神)이 사람에게 계시한 운명을 사람은 어떻게든 도피, 극복, 도전해 보겠다고 온갖 몸부림, 안간힘을 끝까지 쏟지만, 끝내는 그 운명을 벗어나지 못하는 두 인간 가족의 처참한 비극적 종말이다.

하나는 라이오스와 조카스타 사이에서 태어난 오이디푸스, 그리고 오이디푸스와 그의 어머니이자 아내인 조카스타 사이에서 태어난 두 아들과 두 딸 등 3대에 걸쳐 겪는 비극이다.

또 하나는 조카스타의 남동생(오빠?) 크레온이 왕좌에 올라, 그와 그의 가족이 겪는 2대에 걸친 비극이다.

오이디푸스 가족의 3대를 잇는 비극은 그 스스로는 아무것도 모르는 불가지(不可知) 상황에서 델피 신전 아폴로 신의 계시에 따라 불가항력(不可抗力)으로 펼쳐진다.

따라서 이 세상 사람들이 만든 법의 기준으로 보면, 오이디푸스의 죄―아버지를 죽이고(殺父), 어머니와 결혼(母子相姦)―는 인간으로서는 알 수 없는 불가지다. 따라서 인간의 힘으로는 거역하거나 피할 수 없는 불가항력이라는 변명의 여지가 있다. 그 스스로도 그의 억울함을 그가 숨을 거두는 마지막 순간까지 호소한다.

오이디푸스가 자기가 아닌 라이오스를 살해한 범인을 끝까지 추적하고, 나름대로 여러 가지 심증과 물증을 캐내려 한 것도 그가 사람들을 죽인 사건은 사실로 인정하지만, 그 죽은 사람 중 한 사람이 그의 친아버지라는 것은 꿈에도 모르고 저지른 살인이었다. 무엇보다도 그로서는 그 사건이 상대방의 잘못으로 벌어진 정당방위라고 그의 마음속, 머릿속 깊이 믿고 있기 때문이다.

하여, 그가 그 살해사건에서 살아남은 한 사람을 끝까지 추적하여 마침내 찾아낸다. 라이오스왕비, 조카스타가 사흘도 채 안 된 갓난아이를 산 속 깊은 곳에 버리도록 지시한 시종(양치기)이 바로 이 붙잡혀 온 산 증인이라는 것도 뒤늦게야 알게 된다.

또 이 양치기가 그 아이(오이디푸스)를 차마 죽이지 못하고 이웃 나라 다른 양치기에게 넘겨 준 사실도 이 산 증인을 몸소 만나고 나서야 비로소 알게 된다.

그가 왕자로 살았던 이웃나라 콜린스왕이요, 갓난아이 때부터 평생 그의 친아버지로만 알고 있는 폴리부스의 사망 소식을 전하려 그를 만나러 온 사신이 바로 이 양치기 노인으로부터 그 갓난아이를 건네받아 당시 아이가 없는 폴리부스에게 바쳤다는 사실. 이 모두를 두 양치기의 대질심문을 통해 직접 들은 다음에야 비로소 오이디푸스는 그가 친아버지를 죽이고 친어머니와 결혼했다는 충격적인 진실을 확인, 확신하게 된다.

한편, 2대에 걸친 크레온 가족의 비극은 오이디푸스 가족의 비극과 본질적으로 크게 다르다. 오이디푸스의 두 아들이 서로 격투 끝에 죽자 크레온 스스로 왕이 된다. 그는 왕이 되자 그가 만든 법과 칙령이 마치 신법과 천륜보다 더 우선하는 것처럼 거드름을 피운다. 그의 하나뿐인 아들과 조카딸인 안티고네가 만류하고 예언자가 경고하는 것도 무시, 거부하며 자기 고집을 끝까지 부리다가 신들의 노여움을 사서 처벌을 받는 경우다.

오이디푸스는 그가 태어나기도 전에 친아버지를 죽이고 친어머니와 결혼하게 된다는 숙명을 신이 계시했다면, 크레온은 왕이 된 다음, 신법과 천륜을 무시한 그의 오만과 만행 때문에 신들의 분노를 산 죄다.

크레온은 스스로 왕이 되기 전에 그의 누나(여동생?)의 남편인 오이디푸스의 권력 남용과 고집뿐만 아니라, 외조카 벌인 오이디푸스의 아들들, 딸들이 겪는 비극을 가장 가까이에서 몸소 지켜본 장본인 아닌가? 그 과정에서 권력(왕권)의 무상함, 인간 삶의 허무함은 물론, 신의 전지전능을 충분히 깨달았을 수도 있었음에도 불구하고 그 스스로 왕이 되자마자 하루아침에 독재자로 표변한다. 이런 망측한 변신이 지하와 천상의 신들, 특히 "세 복수의 여신들"(Furies)의 노여움을 산 것이다.

합창단이 폭정은 오만을 낳고, 그것이 극에 달하면 옳고 그름(正邪)을 분간하지 못하며, 오만이 꼭대기까지 차오르면 그는 발도 닿지 못하는 깊은 바다속(심연, 深淵)에 떨어질 수밖에 없다고 노래한다. 또 누구든 말과 행동이 오만불손하고 정의(正義)를 무시하고 신전에서 신들을 경배하지 않고 신성모독을 일삼는다면, 신들이 분노하여 악운이 그에게 들이닥칠 것이라고 경고한다(줄, 837−854).

요약하면, 이 희곡은 이 두 가족의 비극을 통해 신의 무한한 힘과 인간의 숙명적 한계를 극적으로 대조한다. 한 치, 한순간 앞도 못 보고 모르는 인간의 무지, 무모, 무기력을 적나라하게 보여준다.

## 라이오스왕가의 비극

이런 시각에서 이 희곡의 줄거리를 다시 잠시 살펴보자.

델피 신전 '진리의 신', 아폴로가 테베왕 라이오스에게 내린 계시는 소름이 끼칠 정도로 짧고 끔찍하다. *아들의 손에 그(아버지)가 죽게 될 운명*이라는 것이다.

그러나 신의 계시에는 이 비극적 운명의 주인공인 라이오스가 어떻게 이 살부(殺父) 사건에 대응, 조치해야 하는 것에 대해서는 한마디도 없다. 인간 운명에 대한 계시는 신의 권한이고, 그 운명의 대처, 대응은 사람의 몫이라는 것인가?

왕비 조카스타가 오래 기다렸던 아이를 배자, 라이오스는 이 아이가 딸이기를 애타게 바랐지만 아들(오이디푸스)을 낳는다. 하여, 신의 계시가 냉혹한 현실로 왕과 왕비에게 한 발자국 다가선다. 하지만, 이 아이가 자라서 아버지를 죽인다는 신의 계시—운명—를 알면서도 왕과 왕비는 차마 그를 죽이지 못하고, 태어나자마자 이 아이 두 발목을 뚫어 쇠줄로 묶고 양치기를 시켜 깊은 산 속에 내버려져 죽도록 한다.

그러나 이 양치기도 차마 죽이지 못하고 이 갓난아이를 이웃나라 양치기에게 넘긴다. 이 아이를 넘겨받은 양치기는 다시 아이가 없는 콜린스 왕, 폴리부스와 왕비, 메로프에게 그를 바친다. 하여, 오이디푸스는 콜린스에서 왕자로 자란다.

비극의 시작은 오이디푸스가 성인이 된 어느 날 왕궁 만찬장에서 술에 취한 한 손님이 그에게 왕과 왕비가 그의 친아버지, 친어머니가 아니라고 귀띔해 준대서 비롯된다. 다음 날 그는 왕과 왕비에게 그가 친아들이 아니냐고 물었지만 그들은 그가 친아들이라고 '거짓말'을 한다.

그래도 의심이 말끔히 가시지 않은 오이디푸스는 그 스스로 델피 신전에 가서 아폴로에게 직접 그의 정체(正體)의 진실을 물어 보기로 작정하고 길을 떠난다. 그가 묻는 질문에 *그가 아버지를 죽이고 그의 어머니*

*와 결혼하게 될 운명*이라고 아폴로는 계시한다.

아폴로는 그의 친아버지와 친어머니가 누구냐는 그의 '과거'에 대한 물음에는 말이 없고, 이렇게 그의 '미래'만을 계시하자, 이 끔찍한 일을 피하기 위해 그는 콜린스 왕궁으로 절대로 되돌아가지 않겠다고 결심하고 방랑길에 오른다.

이 계시를 듣는 순간, 그리고 그 뒤 한참 동안 그의 친아버지, 친어머니가 콜린스왕과 왕비라는 데 대한 그의 믿음은 크게 흔들리지 않는다.

어느 날 그는 세 갈래 길이 마주치는 길목에서 마차를 타고 시종들을 거느리고 지나가던 위풍당당한 한 귀인과 그 길을 누가 먼저 비켜주느냐를 놓고 서로 실랑이질을 하다가 오이디푸스는 시종 한 사람만 빼놓고 이 귀인과 시종을 모두 다 죽인다.

하여, 아폴로가 라이오스와 오이디푸스에게 내린 계시—살부(殺父)—가 현실이 된다. 물론, 아버지는 그의 아들이 그를 죽였다는 것을, 아들은 그를 낳아준 친아버지를 죽였다는 것을, 서로 모르고 벌어진 살인사건이었지만.

아무튼 오이디푸스가 이 사건을 뒤로하고 테베시에 이르렀을 때, 라이오스왕이 죽었다는 소식을 듣는다. 그리고 괴물, 스핑크스가 피시온 산 (Mount Phicion)에 나타나 누구든 그가 묻는 수수께끼를 못 맞추면 가차없이 죽여 버려, 온 나라가 큰 혼란과 공포 속에 빠져 있다는 것도 알게된다.

오이디푸스는 또 졸지에 과부가 된 왕비, 조카스타가 그 누구든 이 수수께끼를 맞추어 이 괴물을 죽인 사람을 왕으로 모시고 그와 결혼하겠다는 공약도 듣는다. 하여, 오이디푸스는 그가 괴물과 맞서겠다고 다짐한다.

그는 곧바로 괴물을 찾아간다. 스핑크스가 "아침에는 네 발로, 대낮에는 두 발로, 저녁에는 세 발로 걷는 것이 무엇이냐?"고 묻자, '사람'이라고 바른 답을 한다. 그러자 화가 잔뜩 난 괴물이 몸을 내던져, 낭떠러지 바위에 부딪쳐 죽고 만다.

그리하여, 오이디푸스는 왕이 되고 왕비와 결혼한다. 이로써 신이 그에게 내린 계시—친어머니와의 결혼—모자상간(母子相姦)—도 현실이 된다. 물론 어머니는 새 남편이 그의 친아들이라는 사실을, 아들은 아내가 그의 친어머니라는 사실을, 서로 감쪽같이 모르고 벌어진 사건이지만.

새 왕이 된 그는 친어머니이자 아내인 조카스타와 몇 년 동안 둘 사이에서 두 아들과 두 딸을 낳고 그 누가 보아도 행복하게 살며 부귀영화를 누린다.

그러던 어느 날 또다시 온 나라에 큰 재앙이 닥친다. 가뭄이 들어 가축들이 죽어가고 풀과 곡식도 시들어 말라 죽고 어린아이, 어른 할 것 없이 수많은 사람이 굶주림과 괴질로 죽어가자 나라는 황폐에 가고 민심이 흉흉해진다.

궁궐 밖까지 사람들이 몰려와 왕에게 긴급 구원을 요청하며 소란이 일어나자, 오이디푸스는 델피 신전에 가서 아폴로 신의 계시를 듣고 오도록 외삼촌이자 처남인 크레온을 급히 보낸다.

돌아온 크레온은 아폴로의 계시는 테베에 친아버지를 죽이고 친어머니와 결혼해서 살고 있는 천륜을 어긴 자를 찾아 처벌하면 된다며, 기뻐한다.

이 계시를 듣자, 오이디푸스는 마음이 놓여, 이 범인을 당장 찾아 붙잡아 오도록 왕명(王命)을 내린다.

한편 오이디푸스는 테베에서 가장 존경받는 장님—예언자 티레시아스를 불러, "이 범인이 누구냐?"고 자문을 구하지만 대답하지 않는다. 둘 사이에 말다툼이 벌어지고 끝내는 왕은 그가 대답을 거부하는 것은 티레시아스가 바로 라이오스왕을 죽인 음모에 가담했기 때문이라고까지 의심하며 규탄한다.

예언자는 그때야 말문을 열고, "범인은 바로 오이디푸스 당신"이라고 밝힌다.

왕은 이 예언자가 노망했다고 분노하며 다시는 그의 앞에 나타나지 못하도록 추방해 버린다. 조카스타도 그의 前 남편 라이오스는 델피 신전으로 가는 세 갈래 길에서 도둑들이 죽였다며, 델피 신전 아폴로의 계시도 티레시아스의 예언도 이 사건의 진상을 모른다며 새 남편 오이디푸스 편을 든다.

하지만, 오이디푸스는 조카스타의 이 편들기 발언 때문에 그가 이때까지 생각도 못 했던 이상한 의심과 의문이 처음으로 그의 마음속에서 살아나는 것을 느낀다.

왕은 왕비에게 "사건이 일어난 때가 언제냐?"고 묻는다. "당신이 테베에 오기 바로 직전이었다."고 쉽게 대답한다. "그때 라이오스는 몇 사람과 함께 있었느냐?"고 되묻자, 조카스타는 "모두 다섯 사람인데 한 사람만 빼놓곤 다 죽었다."고 무심코 알려준다.

이 이야기를 듣자, 오이디푸스 가슴속 의문과 의심이 더욱더 깊어진다. 하여, 하나 살아남은 그 목격자를 곧 당장 붙들어 오도록 왕비에게 독촉한다.

그리고 처음으로 그는 그가 저지른 범행을 조카스타에게 다음과 같이 고백한다. 요약하면,

내가 폴리부스의 친아들이 아니라는 뜻밖의 말을 들은 뒤,
의심이 가시지 않아 직접 델피에 가서 신에게 물었으나, 신은 내
질문에는 대답하지 않고, 대신 내가 내 아버지를 죽이고, 어머니
와 결혼해서 아이들을 낳게 된다는 흉측한 계시만을 말해서
(계시대로 그런 운명에 내가 부닥칠까 봐) 콜린스에는 다시는 발을 들
여놓지 않기로 작정하고 델피를 떠나 방랑길에 올라 헤매는데
하루는 세 갈래 길에서 시종들을 데리고 수레를 탄 주군(主君)과
내가 마주쳐 서로 길을 비키라며 말싸움이 벌어지고, 그가 회초
리로 나를 내리치자, 홧김에 내가 그들 모두를 죽였는데 혹 그 주

하며, 처음으로 아내 조카스타에게 의미심장한 질문까지 던진다. 하지만, 조카스타는 오직 한 사람 살아남은 시종 이야기를 다시 꺼내며, 그의 아들은 태어나자마자 깊은 산에 내버려져 죽었다고 다시 한번 오이디푸스를 안심시킨다.

바로 그때 콜린스에서 한 사신(使臣)이 와서 오이디푸스에게 콜린스왕 폴리부스가 사망했다고 알려준다. 이 소식을 듣자마자 조카스타는 "신의 계시대로 왕이 그의 아들(오이디푸스)의 손에 살해된 것이 아니라 스스로 늙어 죽었지 않았느냐?"며 기뻐서 어쩔 줄을 모른다.

이 말을 들은 사신은 오이디푸스에게 "아버지를 죽일까 봐, 그 공포 때문에 콜린스를 떠났었느냐?"고 되물으며, "그런 공포는 버리세요, 당신은 폴리부스의 친아들이 아니어요."라며, 바로 그가 버려진 한 갓난아이를 콜린스왕에게 오래전에 바쳤을 뿐이라고 태연히 당시의 사실을 무심코 밝히지만, 오이디푸스와 조카스타에겐 푸른 하늘 날벼락(靑天霹靂)같은 이야기 아닌가?

이 충격적인 말을 들은 오이디푸스는 이 사신에게 그 아이는 어디서 구했으며, 아이의 아버지와 어머니는 누구냐고 다시 묻자, 그는 아무것도 모르고 다만 떠돌이 라이오스의 시종으로부터 건네받았을 뿐이라고 대답한다.

이 말을 듣는 순간 조카스타는 하얀 종잇장같이 창백한 얼굴이 된다. "내 비운이 이렇게 망측할 수가…."라고 그는 울부짖으며 그 자리를 성급히 떠나버린다.

때마침 또 한 늙은이가 나타나자, 이 사신은 손가락으로 그를 가리키며, "바로 저 늙은이가 나에게 갓난아이를 건네준 양치기"라고 오이디푸스에게 알려준다. 그러자, 왕이 이 늙은이에게 이 사신을 아느냐고 묻지만 그는 대답하지 않는다. 사신이 노인에게 사실을 밝히라고 계속 추궁

하자 "나쁜 사람, 입 닥쳐!"라며 노인은 이 사신을 꾸짖는다.

그때 왕이 사신에 가세하며 노인에게 진실을 밝히라고 다시 독촉하자, 이 사신의 말이 맞는다며 모든 것은 조카스타가 더 잘 알 것이라고 털어 놓는다.

양치기 노인과 오이디푸스의 마지막 대화가 인상적이다.

> "내가 아이를 죽이게 돼 있었어요. 예언이 있었기 때문이에요."라
> 고 노인이 말하자, 오이디푸스는 "예언! 그(아이)가 아버지를 죽이
> 게 된다는?"이라며 울부짖는다.
> "예!"라고 노인은 대답한다(『오이디푸스왕』, 줄, 1130, 1132-1134).

오이디푸스는 이제야 비로소 모든 것이 신의 계시대로 진행돼 왔고, 끝내는 그의 운명을 거역, 거부할 수 없다는 것을 깨닫는다. 충격이다. 비극의 비극이다. 그와 그의 아내-어머니, 그리고 둘 사이에서 태어난 두 아들과 두 딸이 신의 저주를 받은(그리고 앞으로 받게 될) 얼마나 참혹한 인간들인가 도 처음으로 깨닫는다.

신의 계시를 거역, 거부할 수 없는 인간운명을 그가 깨닫게 된 바로 그 순간은 또 그의 온 가족이 신의 저주를 받아, 한 사람 한 사람 처참한 비극을 맞는 그 첫 시작이기도 하다.

그의 가족의 첫 비극은 그의 아내이자 어머니인 조카스타가 자기 침실에서 자살했다는 소식이다. 오이디푸스가 성급히 침실로 뛰어 들어가 조카스타가 비참하게 죽어있는 장면을 보는 순간이다.

두 번째는 죽은 조카스타 시체 옷에서 뽑은 핀으로 오이디푸스가 그의 두 눈알을 뽑아 장님이 되어 그의 밝음이 어둠으로 바뀌는 순간이다.

이제 그는 어둠과 밝음(陰陽), 검은 것과 흰 것(黑白)을 가릴 수 없는 장님이 된다. 버젓이 두 눈을 갖고도 그를 낳아 준 친아버지, 친어머니도 몰라보고, 그의 아버지를 죽이고 그의 어머니와 결혼한 천륜을 거역한

사악한 인간이 되고 말았으니, 그는 '눈 뜬 봉사'가 아니었던가?

이 참담한 충격 때문에 비록 그의 생눈은 뽑았지만 처음으로 그는 신의 계시를 결코 거역할 수 없는 인간의 운명에 대해 가슴속, 뼛속 깊이 깨닫는다.

그리고 그와 그의 가족이 지금까지 겪은, 또 앞으로 겪어야 할, 신의 참혹한 저주를 두려움, 슬픔, 참회로 받아들인다.

## 골육상쟁(骨肉相爭)의 원형이 보인다.

세 번째 비극은 훨씬 더디고 복잡하게 얽히고설킨다. 오이디푸스가 스스로 장님이 되어 왕좌를 내놓고 큰아들, 폴리니세스도 왕세자 자리를 버리고 처남—외삼촌인 크레온을 섭정자로 내세우자, 처음엔 테베시민들이 그와 그의 아이들을 '괴물'처럼 저주하기보다도 그들의 비참한 불운을 동정한다.

이렇게 몇 년 동안은 큰 탈 없이 크레온 섭정체제로 꾸려가다가 시간이 한 참 지나 오이디푸스의 큰아들, 폴리니세스가 왕이 되자, 크레온과 작당(모의)해서 아버지 오이디푸스를 테베에서 몰아낸다.

한때 테베의 최고 예언자인 티레시아스의 옳은 직언(예언)에 분노하여 그를 추방했던 최고 권력자 오이디푸스. 이젠 그 스스로 그의 아들과 처남이자 외삼촌인 크레온과의 작당에 밀려나, 강제로 추방당하는 비극을 맞는다. 아이러니의 아이러니다.

오이디푸스를 따라 방랑길을 함께한 것은 오직 그의 큰딸 안티고네. 안티고네는 아버지이자 오빠인 오이디푸스의 지팡이가 된다. 헐벗고 굶주린 오이디푸스와 안티고네의 '거지 방랑 길' 고행은 이렇게 시작된다.

네 번째는 옛 그리스판 '왕자의 난(亂)'이다. 오이디푸스가 쫓겨나자,

왕권을 놓고 두 아들은 싸움을 벌인다. 골육상쟁의 시작이다. 처음 해엔 형이, 다음 해엔 동생이 왕좌에 앉는 이른바 1년마다 자리를 주고받는 권좌 윤번제(輪番制, rotation)에 합의를 하지만 동생이 왕위에 오르자 형을 테베에서 추방시켜 버린다.

왕이 되자, 아버지를 추방한 배은망덕한 큰아들 폴리니세스. 이제 그의 동생 에테오클레스가 왕이 되자, 그 스스로 추방당하는 벌을 받는다. 쫓겨난 폴리니세스는 아고스왕국에 가서 왕녀와 결혼, 테베왕권을 되찾을 궁리를 한다. 권토중래(捲土重來)하여 동생을 왕위에서 몰아내고 앗긴 왕권을 되찾겠다고.

폴리니세스는 아고스왕 아드라스투스를 중심으로 그를 포함, 일곱 군(軍) 두목과 동맹하여 테베의 일곱 개 성문을 하나씩 맡아 성을 함락, 테베를 무너뜨린다는 전략으로 침공한다.

이 일곱 두목 가운데 한 사람인 아고스의 처남, 예언자 암피아레우스는 마지못해 이 동맹군에 합류한다. 그는 아드라스투스를 빼놓곤 그 스스로를 포함, 모두 이 싸움에서 죽게 될 운명이라는 것을 미리 알고 있기 때문이었다.

다섯 번째는 이 '왕자의 난'에서의 '형제살해'(Fratricide) 자멸(自滅) 사건이다. 이 전쟁에서 형은 동생을 무너뜨리지 못하고, 동생은 형을 몰아내지 못하며 싸움이 지지부진해지자 혈투로, 형이 이기면 테베의 왕권을 되찾고, 동생이 이기면 아기브 동맹 침략군이 철수한다는 합의를 본다.

하지만, 이 혈투에서 형은 동생을, 동생은 형을 죽여, 둘 다 죽는다. 형제 사이의 우애는 온데간데없고 그들 눈에 보이는 오직 권력만을 좇다가 둘 다 자멸한다.

성경에서는 형 카인이 질투 끝에 동생 아벨을 죽였지만, 이 두 형제는 서로를 죽여, 권력을 둘러싼 '형제 자멸'의 원형이 된다.

아무튼, 두 형제가 죽자, 합의도 깨지고, 전쟁이 다시 시작되어 티레시아스의 예언대로 크레온의 둘째 아들은 죽었지만 테베는 멸망하지 않고 침략군을 물리친다.

또 암피라레우스도 예언대로 아고스왕 아드라스투스만 살아남아 아테네로 도망치고 오이디푸스의 두 아들을 포함, 다른 침략자 두목들도 모두 죽는다. 이렇게 이 두 예언자의 예언도 현실이 된다.


## 오만한 인간에겐 신의 응징이 따른다

다음은 테베왕이 된 크레온 가족에게 들이닥친 비극의 시작이다. 크레온은 왕이 되자 가장 가까운 핏줄의 충언, 직언(直言)도 거부한다. 온 나라 사람이 가장 존경하는 예언자의 예언도 무시한다. 하여, 영원불멸의 신법과 천륜도 아랑곳하지 않는 오만불손한 독재자의 치명적인 함정에 스스로 빠져든다.

장님-예언자, 티레시아스는 크레온에게 그의 둘째 아들 메네세우스가 이 '왕자의 난' 전쟁터에 나가 죽어야만이 나라를 지킬 수 있다는 충격적인 예언을 한다. 그는 아버지로서 그 스스로 죽었으면 죽었지 절대로 자기 아들을 죽일 수는 없다고 단호히 거절한다. 그리고 아들보고 당장 이 전쟁터에서 멀리멀리 도망치라고 외친다.

하지만 아무 전투경험도 없는 아들은 아버지 지시를 거역하고 전쟁터에 뛰어들어 곧바로 죽고 만다. 이렇게 예언자의 예언이 현실이 되어 크레온의 가정에도 비극이 시작된다.

크레온 가족의 더 치명적인 비극의 시작은 그가 왕이 되자마자 내린 칙령 1호다. 내용은 이 전쟁에서 죽은 에테오클레스는 성대히 국장(國葬)으로 장례식을 치르고, 테베를 침공한 폴리니세스를 비롯해 모든 침략자들의 시체는 땅에 그대로 내버려 둬, 개나 독수리 등 날짐승, 들짐승들이 갈기갈기 뜯어 먹도록 한다. 그리고 이 칙령을 어긴 자는 그 누구든 처형한다는 것이다.

이 칙령을 두고 안티고네와 외삼촌 크레온은 서로 한 치의 양보 없이 다투며 물러서지 않는다. 안티고네는 맨땅에 버려진 큰오빠의 시체를 흙으로 묻어 주자고 여동생 이스메네에게 제안한다. 하지만, 이스메네는 그러면 크레온이 그들 둘 다 죽일 거라며 반대한다. 하여, 안티고네는 혼자서 왕의 칙령을 무시하고 폴리니세스의 시체를 묻는다. 파수병이 오빠를 파묻은 범인 안티고네를 붙잡아 오자, 왕은 그의 칙령은 국법이니 이 법을 어긴 죄로 그를 처형 하겠다고 위협한다. 안티고네는 처형하려면 하라고 버틴다. 크레온이 그를 처벌하는 법은 '사람의 법'이고, 그가 오빠를 땅에 묻어 준 것은 신법을 따른 것이라고 밝히며. 또 그가 이 세상에서 죽는 것은 결코 무섭지도 대수롭지도 않다며, 오히려 불문(不文), 불후(不朽)의 천륜과 신법을 어긴 크레온의 만행을 꾸짖는다.

이에 크레온은 분노하지만 안티고네를 차마 죽이지는 못하고 동굴 안에 며칠 먹을 음식을 넣어 감금하고, 거기서 굶어 죽도록 파수병들에게 지시한다.

문제는 그러나 그렇게 간단하게 끝나지 않는다. 크레온의 둘째 아들은 전쟁에서 이미 죽고, 오직 하나 남은 핏줄인 큰아들, 헤이몬에게 안티고네는 서로 열렬히 사랑하는 연인이자 약혼녀이기 때문이다.

하여, 헤이몬은 아버지가 칙령을 거두도록 설득하려 든다. 이 칙령에 대해 시민들이 어떻게 생각하고 있으며, 시중에서 돌아가는 수많은 불편한 이야기들과 불평, 불만을 아버지가 아무것도 모르고 있다며, 당장 칙령을 거두고 안티고네의 감금을 풀어 주도록 간청한다.

하지만, 아버지는 막무가내다. 그는 왕이고, 따라서 그 누구도 그의 칙령이나 명령을 거스를 수 없다고 버틴다. 그의 국법이 최고요, 최선의 가치라고 우겨댄다. 어느새 크레온은 자기 스스로도 모르는 '권력의 오만'의 깊은 늪에 빠져 버린 것이다. 고집불통이 된다.

헤이몬은 "신들이 인간에게 준 가장 소중한 선물은 지혜입니다."(『안티고네』, 줄, 654-655)라고 역설하며 아버지를 설득하려 들자, "지혜도 없는 놈이 나에게 지혜를 가르치려는 너는 응분의 대가를 눈물로 치를 것"이라고 크레온이 경고한다. "지혜가 없는 사람은 바로 아버지"라고 헤이몬도 대들며, 아버지도 아들도 끝까지 서로 물러서지 않는다.

이렇게 아버지 설득에 실패한 헤이몬은 약혼녀 안티고네와 함께 죽기로 마음을 굳히고 동굴로 떠난다.

오이디푸스가 왕으로 군림할 때 테베의 한 시민의 입장에서 왕을 고집불통이라며 시민 편에서 '민중의 소리'를 들어야 한다고 대들던 크레온. 그 스스로 왕이 되자 오이디푸스보다도 더 흉측한 '권력의 노예'로 타락한 것이다.

이렇게 크레온의 비극은 꼬이고 얽히기 시작한다. 이때 장님─예언자 티레시아스가 한 젊은이와 나타나 크레온에게 그의 망동(폴리니세스를 포함, 적군의 시체들을 땅에 버려져 짐승들과 새들의 밥이 되게 하고, 안티고네를 석굴에 가두어 굶겨 죽이려는)을 거두라고 충고한다.

그리고 다음과 같이 직언한다.

> 모든 사람은 잘못을 저지르오.
> 그러나 누구나 잘못은 저지르지만, 그가 고집을 부리지 않고, 그
> 잘못을 고치려 든다면, 그는 어리석거나 비참하지는 않소.
> 바로 고집이 어리석음을 낳는 것이오. 죽은 사람에게 고개를 숙
> 이시오, 이미 죽은 사람을 칼로 쑤시고 찌르는 짓을 멈추시오.
> 도대체 죽은 사람을 또 죽이는 것이 무슨 용맹이요?(『안티고네』,
> 줄, 977-983)

하지만, 크레온은 이 티레시아스의 경고와 충고도 거부한다. 예언자는 "좋은 충고는 사람의 가장 큰 재산"이라고 다시 설득하려 들지만 크레온은 끄떡도 안 한다. 오히려, "예언자들은 돈만 챙기는 족속들"이라고 왕이 비난만을 퍼붓자, "독재자들은 부패하기 마련이다."라고 예언자는 의

미심장한 한마디를 내뱉는다.

오이디푸스왕이 한때 크레온과 티레시아스를 그의 왕권을 찬탈하려는 음모를 꾸민 공범이라고 싸잡아 몰아붙일 때, 오이디푸스에게 맞서서 그의 그릇된 판단과 고집을 꾸짖던 이 두 사람.

이제 왕이 된 크레온이 티레시아스의 경고와 충언을 무겁게, 무섭게 받아들이지 못하고 오히려 그를 돈에 눈먼 사람으로 매도하는 것은 아이러니의 아이러니 아닌가? 권력이란 이렇게 왕이나 최고 권력자의 눈을 멀게 하는 것일까? 아니면 신이 아닌 인간의 권력욕이 빚은 보편적인 어리석음일까?

아무튼 티레시아스는 다음과 같은 예언을 왕에게 마지막으로 남긴다.

> 크레온은 한 사람(안티고네)의 죽음의 대가로 왕의 혈육(헤이몬)을 바치게 될 것이며 테베를 쳐들어온 적군들의 시체를 땅에 묻지 않고 개와 새의 밥이 되도록 방치했고 그의 격분을 젊은이에게 퍼붓고 예언자에 도전하는 등, '복수의 세 여신들'(Furies)을 분노하게 함으로써, 지하와 천상에 있는 신들의 복수심을 크게 자극하여 그가 저지른 이 모든 악행과 죄에 대한 응분의 액운과 불행이 불어 닥칠 것이다(『안티고네』 줄, 1020-1036).

이 날벼락 같은 예언을 남기며 티레시아스는 동행한 젊은이와 떠나버린다.

예언자가 떠난 뒤, 합창단의 충고로 왕이 그의 잘못을 처음으로 뒤늦게 깨닫지만 때는 이미 한참 늦었다.

그의 하나밖에 없는 아들과 안티고네는 석굴에서 이미 동반 자살했고, 이 소식을 들은 왕비 유리디세도 목을 매달아 자살해 버린다. 하여, 그토록 기세등등(氣勢騰騰)하고 고집불통이고 오만불손의 화신처럼 떵떵거리던 크레온은 하루아침, 한순간에 천애의 '독거노인'이 된다. 천하를

호령하는 것 같던 오만과 불손의 극치, 크레온. 그는 이제 문자 그대로 '산송장'이다. 아내도, 두 아들도 다 죽고 이 세상에 홀로 남는 이 가련하고 초라한 노인. 그의 잘못과 어리석은 행동을 참회하려 하지만 이미 때는 늦었다. 이렇게 티레시아스의 마지막 예언도 크레온 일가의 참담한 현실이 된다.

간추리면, 소포클레스의 이 3부작에서 크레온은 '권력자 오만의 상징'이요, 그 화신(化身)이다. 그의 오만이 그와 그의 온 가족을 파멸로 몰아붙인다.

『오이디푸스왕』에서 합창단이 "폭정은 오만을 낳는다."(줄, 837)고 노래 부르지 않는가? 오만과 폭정은 상승(相乘) 작용한다. 오만은 바로 폭정과 그 파멸의 뿌리 아닌가?

단테(1265−1321)가 『신곡』(神曲, The Divine Comedy)에서 일곱 가지 큰 죄악[28]을 저지른 인간들 가운데 "오만한 자"(the proud)를 왜 첫 번째로 꼽는가를 크레온과 그의 가족의 비극적 종말이 입증하고 있는 것도 같다.


## 운명론과 인과론

··· 운명의 여신의 위력은 무시무시하나니.
재물도, 전쟁도, 드높은 탑도, 칠흑같이 깜깜한 바다에 익숙한 배
[군함]도 결코 그것[운명]에서 도피할 수 없구나.


··· awesome is the power of Fate:
Neither wealth, nor war,
Nor tower or dark, sea-beaten
Ship can escape it(『안티고네』, 줄, 912-914).

오이디푸스 가족 3대와 크레온 가족 2대의 비극과 비운은 얼핏 보면 서로 닮은꼴같이 보인다. 위에서도 이미 밝혔듯이, 오이디푸스 가족의 비극은 인간의 의지와 노력과는 거의 무관하게 신의 계시대로 참혹한 인간 삶과 죽음이 펼쳐진다. 하지만, 크레온 가족의 비극은 그가 왕이 된 다음 "권력의 오만"의 늪에 빠져 신법과 천륜을 무시한 죄에 대한 천벌이라는 성격이 더 짙다.

오이디푸스가 라이오스와의 싸움을 피하거나 조카스타와의 결혼을 피할 수는 없었을까? 하는 의문을 물론 남긴다. 그의 싸움과 그의 결혼에 그의 인간적 의지나 의사가 완전히 배제된 상황이라고 주장하는 것은 무리가 아닌가? 하는 의문까지도.

설령, 그의 의지와 의사가 완전히 부재한 상황이라고 가정하더라도 그가 아버지를 죽이고, 그의 어머니와 결혼한 결과에 대한 책임과 그의 결정 때문에 뒤따른 참담한 비극과 불행은 그의 몫이 아닌가?

그렇다. 통째로 그와 그의 가족의 몫이다.

아무튼, 오이디푸스의 '운명론'에 지나치게 치우치면, 신이 인간 운명을 좌지우지(左之右之)하고, 모든 것을 미리 결정해 버린다는 신본주의(神本主義, predetermination, preordination)에 빠지게 된다. 인간의 의지, 창의성, 창조력이나 적극적인 개척 정신, 도전정신 등이 훼손되는 허무주의와 무기력증을 낳을 위험이 있다.

보기를 들면, 그리스 신화에 나오는 '운명의 여신들'(The Fates, Moirae)은 셋이다. 클로토(Clotho, the Spinner)는 생명의 실을 짜고, 라체시스(Lachesis, the Disposer of Lots)는 한 사람, 한 사람 개인 운명을 결정하고, 아트로포스(Atropos)는 가위로 그 한 사람, 한 사람의 생명 줄(실)을 끊는다.

한마디로, 인간의 삶과 죽음은 시작부터 마지막까지 사람의 의사, 의지, 노력과는 무관한 신의 소관이다.

거꾸로, 크레온처럼 절대자나 천륜을 무시, 배제하고, 모든 것을 인간

중심, 인간 주도, 인간 주체로 몰아붙이는 인본주의(人本主義, human-ism, human-centrism)에 몰입되면, 자기파괴, 자기파멸적인 '치명적 오만'(fatal conceit)의 희생물이 될 수도 있다.

따라서 이 3부작 희곡이 던지는 또 하나의 교훈은 인간 삶의 지혜는 신의 계시로서 모든 것이 처음부터 끝까지 미리 결정되어버리는 인간 운명론과 개체로서의 한 인간의 창의적 활동과 주체적 결정에 뒤따르는 인간주체, 인간의지, 인간행동(행위) 중심의 인과론을 어떻게 슬기롭게 조절, 조화시키느냐 하는 과제가 아닌가 한다.

이 조화를 달성하는 무슨 왕도(王道)나 지름길이 있을까? 아마 왕도가 있다면, 그것은 사람이 태어나서 이 세상을 마감할 때까지 자기가 하는 일에 최선을 다하는 근면, 겸허, 성실, 정직, 끈기, 열린 마음, 그리고 무엇보다도 절대자에 대한 외경(畏敬)이 아닐까 한다.


## 계시는 신이, 대응과 판단은 사람이 한다

이 3부작을 읽으면서 또 하나 이 저자가 느낀 것은 인간에게 앞으로 닥칠 운명에 대해서만 신이 계시한다는 것이다.

델포이 신전의 아폴로는 한 인간의 과거나 출신배경에 대해서는 침묵한다.

오직 그의 *미래*에 대한 계시만을 밝힌다. 더구나 그 계시를 사람이 어떻게 대응, 대처해야 하는가에 대해서도 말이 없다. 계시와 예언의 대응, 대처, 즉 그 판단과 판단에 따른 행동과 그 결과는 좋든 궂든, 행, 불행이든, 희극, 비극이든 사람의 몫이다.

이렇게 신과 사람 관계, 사람과 사람 관계는 본질적으로 다르다. 목사가 신도에게 신의 구원을 약속하고, 의사가 환자에게 처방을 주며, 변호사가 의뢰인(원고, 피고)을 변호하는 것과는 다르다.

위 오이디푸스 3부작의 신의 계시(oracle)는 그리스 신화에 나오는 델포이 신전의 '진리의 신'이요, '빛의 신'인 아폴로(Phoebus Apollo)가 밝힌다. 아폴로는 제왕신 제우스와 레토(라토나)사이에서 그리스의 한 작은 델로스섬에서 태어났다.

위 3부작에서 아폴로는 네 번 계시를 내린다.

첫 번째가 테베 라이오스왕과 그의 왕비 조카스타에게 내린 계시다. 왕과 왕비 둘 사이에서 태어난 아들이 아버지를 죽인다는 듣기만 해도 소름이 끼치는 예언이다. 왕과 왕비는 딸이기를 바랐지만 아들을 낳자, 차마 죽이지 못하고 양치기를 시켜 산 속에 버려져 죽도록 했지만 죽지 않고 이웃 왕국의 왕자로 자란다.

두 번째는 콜린스왕국의 왕자로 성장한 오이디푸스가 어느 날 궁중 만찬장에서 술 취한 한 손님이 폴리부스왕과 메로프 왕비가 그의 친아버지, 친어머니가 아니라고 귀띔을 하자, 고민 끝에 그는 델포이 신전에 가서 직접 아폴로에게 그의 친아버지와 친어머니가 누구냐고 묻지만, 그의 과거나 출신 배경에 대해서는 침묵한 채 그가 친아버지를 죽이고 친어머니와 결혼하게 된다는 역시 끔찍한 계시만을 듣는다.

세 번째는 오이디푸스가 테베왕이 되어 가뭄과 괴질로 온 나라가 대재앙의 공포 속에 민심이 흉흉해진 상황에서 델포이 신전에 보낸 그의 처남이자 외삼촌인 크레온에게 알려준 아폴로의 계시다. 즉, 테베에 친아버지를 죽이고 친어머니와 결혼한 패륜아가 있으니 이 패륜아를 붙잡아 처벌하면 재앙이 끝난다고 크레온이 오이디푸스에게 전해 준다.

마지막으로, 폴리니세스에게 내린 계시다. 이 계시는 폴리니세스와 에테오클레스 형제간에 싸움이 벌어지면, 아버지가 편드는 쪽이 승리한다는 것이다. 이 때문에 폴리니세스가 곧 아버지를 찾아 올 것이라며, 먼저 급히 찾아온 이스메네가 아버지와 안티고네에게 귀띔해 준다. 안티고네는 그 뒤 곧바로 뒤쫓아 온 폴리니세스에게 직접 물어서 이 계시를 그가 실토하도록 만든다.

하지만, 오이디푸스는 두 아들의 싸움('형제의 난')에 그 어느 편도 들어주지 않는다. 오이디푸스는 폴리니세스를 향해 "너는 왕이 되자 나를 추방했고" 한 번도 아들 노릇을 하지 않은 천하에 못된 패륜아로, "악한 가운데에 서도 가장 악한"이라고 저주한다며, "너는 내 아들이 아니다."(『콜로누스의 오이디푸스』, 줄, 1315–1356 참조 바람)라고까지 막말을 한다.

아버지는 한쪽 편을 들기는커녕, 두 아들 모두를 끝까지 용서하지 않고 죽는다. 하여, 이 전쟁에서 두 형제는 서로 죽고 죽인다.

아폴로의 위 네 가지 계시 이외에 소포클레스 3부작 속에는 신은 아니지만, 스스로 '왕의 신민(臣民)'이 아니고 '신의 종복(從僕)'이라고 자처하는 테베 최고의 장님−예언자 티레시아스와 아고스왕국의 예언자 앰피라레우스도 예언을 한다.


티레시아스는 오이디푸스에게 다음과 같이 직언과 예언을 한다.

오이디푸스가 친아버지를 죽이고 친어머니와 사는 범인이 누구냐고 묻자, "바로 당신이 이 땅을 피로 더럽힌 장본인"이라고 밝힌다.

또 지금은 그의(오이디푸스) 눈이 잘 보이지만 장님이 될 것이며, 지금은 부유하지만 가난해질 것이며, 장님이 되어 지팡이를 짚고 땅을 두드리며 다른 나라 땅을 방황할 것이라고.

그리고 그의 자식들에겐 그가 형이고 오빠이면서 아버지요, 그의 어머니에겐 그가 남편이오, 아들이란 것, 그가 아버지를 죽이고, 어머니를 아내로 삼아 아버지−어머니 침실을 더럽힌 것…. 이 모든 것들이 곧 드러날 것이라고 예언(경고)한다. 물론 이 예언도 모두 현실이 된다.


또, 티레시아스는 왕이 된 크레온에게도 두 번 나타나 직언과 예언을 한다.

첫 번째는 폴리니세스가 주동하여 아고스왕을 중심으로 일곱 두목이 침공한 전쟁에서 테베가 이길 수 있는 유일한 길은 크레온의 둘째 아들 메네세우스가 죽어야(戰死) 한다고. 아버지라면 그 누구도 결코 쉽게 받아드릴 수 없는 끔찍한 예언이다. 크레온은 절대로 아들을 희생할 수 없다고 완강히 거절하며 아들을 멀리멀리 떠나보내려 하지만, 메네세우스는 아버지 말을 듣지 않고, 전쟁터에 나가 죽고, 끝내 테베는 침략자를 물리친다.[29] 이 예언도 현실이 된다.

두 번째는 티레시아스가 한 젊은이와 나타나 크레온에게 다음과 같이 예언한다.

한 사람(안티고네)을 죽이는 대가로 그의 혈육(크레온의 마지막 남은 큰 아들, 헤이몬)을 희생하게 될 것이며, 그가 신법과 천륜을 어긴 잘못 때문에 크게 분노한 '복수의 세 여신들'(Furies)이 그의 모든 악행에 걸맞은 악운을 가져다주는 보복을 그에게 할 것이라고.

이 예언을 말하고 티레시아스가 떠난 뒤, 얼마 지나자 안티고네와 헤이몬이 함께 석굴에서 자살하고, 하나 남은 아들의 자살 소식을 들은 왕비도 왕궁 침실에서 목매달아 자살함으로써 크레온은 그의 가족을 하루 아침에 송두리째 잃은 천애의 '독거노인', '산송장'이 된다. 이 두 번째 예언도 현실이 된다.

한편 아고스왕국의 예언자 앰피라레우스는 거의 억지로 끌려가다시피 일곱 두목의 한 사람으로 맨 마지막으로 테베 침공에 가담한다.

왜냐하면, 그는 일곱 두목 가운데 아고스왕 아드라스투스만 살아남고 그를 포함, 여섯은 모두 전쟁에서 죽을 운명이라는 것을 미리 알고 있었기 때문이다.

하지만, 앰피라레우스는 아드라스투스왕의 여동생(에리필레)과 결혼할 때 하나의 조건이 있었다. 그와 왕 사이에 이견(異見)이 생겨 다투게 되면 에리필레가 둘 가운데 누가 옳은가를 마지막으로 판단한다는 공개서

약이다.

이 서약을 알고 있었든 폴리니세스가 에리필레에게 미리 그의 옛 조상 할머니 하모니아의 귀한 결혼선물을 뇌물로 바쳐, 그녀 남편이 전쟁터에 함께 나가도록 서로 사전에 작당했기 때문이다.

하여, 예언대로 전쟁터에서 아드라스투스만 살아남고 앰피라레우스를 포함, 여섯 장군 모두 죽는다. 예언자가 뻔히 죽게 된다는 것을 미리 알고도 그의 결혼 서약에 묶이고, 그의 아내와 폴리니세스의 '뇌물 공작'에 말려들어 스스로의 죽음을 피하지 못하는 독특한 예언이다.

위에서 살펴본 바와 같이 델포이 신전 아폴로의 계시나, 위 두 예언자의 예언이나 결국 모두 현실이 된다.

신의 계시나 예언자의 예언을 피하기 위해 인간이 아무리 몸부림치고, 온갖 잔재주, 잔꾀를 부리고 수다를 떨고 소란을 피워도, 끝내는 그 계시와 예언을 벗어나지 못한다는 거의 절망적인 결론에 이른다.


하지만 여기서 몇 가지 가정 또는 문제는 제기할 수는 있다.

"만약 이 3부작 희곡에 나오는 많은 주인공의 결정이 달랐다면, 상황이 어떻게 다르게 펼쳐졌을까?" 하는 가정이다. 문제는 개인이든 인간 공동체(집단, 국가 등)든 아침에 언제 일어나 세수를 할까?

아침밥상에 오른 반찬 가운데 "무엇을 먼저 집을까?"같은 시시콜콜한 판단과 결정에서부터, 집을 사고팔고, "누구를 배우자로 삼을까?", 죽고살고 하는 전쟁을 "할 것인가 말 것인가?"에 이르기까지 개인이나 국가는 (국정최고정책결정자에 이르기까지) 하루에도 끊임없이 많은 판단과 결정을 한다.

또 궁극적으로는, 개인이든 집단(국가)이든 판단과 결정은 사람이 한다. 판단자, 결정자는 사람이다. 적어도 인공지능(AI, Super AI)이 사람을 통째로 대체하기 전 까지는 자율주행차, 무인비행기, 무인전차 등 온갖 로봇이 사람을 날로 빠르게 대체하고는 있다지만, 기계나 기구도 사람이 만들었고, 이것들의 조종자, 이용자도 사람이다. 또 판단과 결정에 대한 책임도 그 사람이 진다. 그 사람이 도맡는다. 하지만, 사람은 그 누구도 전지전능하지도, 완전무결하지도 않다.

## 사람은 쉴 새 없이 판단한다, 그러므로 존재한다

"사람은 판단한다. 하여, 존재한다."는 법칙이 성립할 수 있을 정도로 사람은, 아니 살아 움직이는 모든 산 것들(생명체)은 하루에도 쉴 새 없이 온갖 판단과 결정을 한다. 우리 삶은 판단과 결정의 지속이다. 오직 삶이 멈출 때 우리의 판단과 결정도 함께 멈춘다.

인간의 족적이나 역사에 대한 재해석, 재구성은 가능하지만, 지난 시간을 되찾거나, 지나버린 결정과 판단을 결코 되 바꿀 수는 없다. 보상과 복구가 어느 정도 가능하지만 완전 회복, 완전 원상 복구는 거의 불가능하다. 한마디로, 인간과 인류사(史)에 가정(假定)은 없다.

그럼에도 불구하고 우리는 가정을 통해 앞으로 우리가 살아가는 데 있어서 교훈은 얻을 수는 있다는 생각으로 이 3부작에 나오는 주인공들의 판단과 결정에 대해 다음과 같은 가정을 해 볼 수는 있다.

만에 하나 라이오스와 조카스타가 아들을 낳았을 때 델포이 신전 아폴로의 계시를 무시하고 왕자로 길렀었더라면?

만에 하나 라이오스와 조카스타가 오이디푸스가 태어나자마자 한 양치기를 시켜 죽이도록 하지 않고(間接 殺人), 스스로 곧바로 아들을 죽였었다(直接殺人)면?

만에 하나 양치기가 라이오스와 조카스타가 시킨 대로 오이디푸스를 콜린스 양치기에게 건네주지 않고 죽였었다면?

만에 하나 콜린스의 양치기가 갓난아이를 받지 않았거나, 받았더라도 콜린스왕과 왕비에게 바치지 않고, 그 스스로 길렀거나, 왕과 왕비 아닌 다른 보통 사람에게 건네주었다면?

만에 하나 어느 날 콜린스왕궁 만찬장에서 술 취한 한 손님이 오이디푸스에게 콜린스왕과 왕비가 친부모가 아니라고 귀띔해 주지 않았다면?

만에 하나 그 다음날 오이디푸스가 왕과 왕비에게 그가 친아들이 아니냐고 물었을 때 왕과 왕비가 "친아들"이라는 거짓말을 안 했었다면?

만에 하나 오이디푸스가 그가 친아들이라는 왕과 왕비의 말을 의심하지 않고 델포이 신전에 가서 아폴로 신에게 직접 물어보겠다는 결정을 안 했었다면?

만에 하나 델포이 신전에서 돌아오는 길목에서 마주친 다른 마차를 탄 사람들과 실랑이가 벌어졌을 때 그들을 한 사람만 빼놓고 모두 죽이지 않고, 그의 분노를 참고 비켜주고 지나갔더라면?

만에 하나 오이디푸스가 테베를 방황하지 않고 곧바로 콜린스로 되돌아갔더라면?

만에 하나 오이디푸스가 괴물 스핑크스의 질문에 도전하지 않았다면?

만에 하나, 만에 하나, 만에 하나, 만에 하나, 만에 하나… 무한히(ad infinitum).


이렇게 오이디푸스가 태어나서 그가 친아버지를 죽이고, 친어머니와 결혼하여 테베의 왕이 되기까지만 해도 헤아릴 수 없을 만큼 수많은 다른 판단과 결정을 할 수도 있었지 않은가?

더욱더 놀랍고 조심스럽고, 안타까운 사실은 비단 위 희곡에 나오는 주인공뿐만 아니라 우리 모두가 삶을 꾸려가면서 지금 바로 오늘 이 시간, 이 순간, 이 자리에서도 수많은 판단과 결정을 순간순간마다 할 뿐만 아니라, 그 하나하나 판단과 결정마다 헤아릴 수 없을 만큼 수없이 많은 *다른* 판단과 결정을 유보, 묵과, 묵인, 무시, 망각, 배제, 포기, 파기한다는 것이다.

이를 달리 표현하면, 옳고 그름을 떠나 똑같은 사람, 사건, 사물에 대해서 헤아릴 수 없을 만큼 수많은 판단과 결정(결론)들이 있을 수 있다는 것이다.

따라서 그 수많은 판단과 결정 가운데 판단자, 결정자가 선택한 하나가 꼭 바른 판단과 결정이라는 100% 보장과 확신도 있을 수 없다는 것이다.

궁극적으로는 불완전한 인간이 사는 불완전한 사회에서 완전한 판단과 결정은 불가능하다(?). 다만 더 완전하려고 끊임없이 경험을 쌓고, 더 깨닫고, 더 노력하는 수밖에는 별다른 수단이나 방법이 없다.

『안티고네』에서 합창단이 "좋은(현명한) 판단이 그 무엇보다도 행복의 제1의 원칙이다."(Good judgment is by far the first principle of happiness., 1280-1281)라고 노래하는 것이 내 가슴에 와닿는다. 이를 실천, 실행하기는 지극히 어렵지만 적어도 내 좌우명이나 경고음만으로도 말이다.

끝내는 그러나, 사람, 아니 모든 산 것들(생명체)은 쉴 새 없이 판단과 결정을 태어난 순간부터 숨을 거두는 그 마지막 찰나까지도 하지만, 최후의 심판은 전지전능한 절대자의 몫이 아닌가?


## 민주주의와 독재의 원형이 보인다

개인적으로 이 저자는 잠깐 정치판에 뛰어들어 현실정치를 좀 맛보았고, 역시 국제외교 현장에서 잠시나마 나라와 나라 사이에서 벌어지는 떨떠름한 국력과 국익의 마찰음을 손수 겪기도 했지만, 아무래도 거의 평생을 붙들고 살아온 생업이요, 천직은 정치학이다.

이래서인지 나는 비록 희곡이지만 소포클레스의 이야기 속에서, 특히 『안티고네』에서의 크레온과 그의 아들, 헤이몬의 대화 속에서 일인 독재정치(autocracy, tyranny)의 원형을 발견한다.

또 하나는 소포클레스의 3부작에는 나오지 않지만, 유리피데스(Eu-ripides, 480?-406 B.C)의 『탄원자들』(The Suppliants)에 나오는 크레온의 사신(使臣)과 테세우스 아테네왕과의 대화[30] 속에서도 독재정치와 합헌군주정치(a constitutional monarchy)의 본질을 본다.

먼저 크레온과 헤이몬의 대화를 보자.

*크레온,*
"무정부상태보다 더 큰 악은 없다."고 호언하며, 그의 칙령이 옳다고 버틴다.

*헤이몬,*
지혜를 들먹이며, "다른 사람의 의견도 옳을 수 있다."고 대꾸한다. 또, "누구든 자기 혼자만이 지혜를 갖고 있고, 다른 그 어느 누구도 넘나볼 수 없는 특출한 능변이나 논리의 재능을 오직 그만이 갖고 있다고 하는 사람은 그 속을 들여다보면 텅 비었다."고까지 아버지를 경고하며, 안티고네를 석굴에 가두어 죽이려는 칙령을 거두라고 요청한다.

*크레온,*
"이 테베시(市)에서 [감히 누가] 나보고 어떻게 통치하라고 말한단 말이냐?"고 노발대발한다.

*헤이몬,*
"아버지는 지금 어린애같이 말한다는 것을 보(알)지 못하느냐?"고 다시 대든다.

*크레온,*

"내가 나 아닌 다른 사람들을 위해 이 땅을 통치하란 말이냐?"고 소리 지른다.

*헤이몬,*

"오직 한 사람만의 소유인 국가는 없다."고 받아친다.

*크레온,*

"국가는 그의 지도자의 소유물이 아니란 말인가"라며 소리 지른다.

*헤이몬,*

"사막에 홀로 있다면, 당신은 [그런] 완전한 통치자가 될 수 있다." 고 비꼰다.


Creon: There is no greater evil than anarchy(646).

Haemon: ⋯ a view other than yours might be correct as well(657-658). Whoever thinks that he alone has wisdom, or has the gift of oratory and reason like no other, that man when held up to scrutiny, proves empty(678-679).

Creon: Should I rule this land for others and not myself?(705).

Haemon: There is no state that belongs to a single man(706).

Creon: Does the State not belong to its ruler?(707).

Haemon: Alone in a desert, you would make a perfect ruler (708).


다음은 크레온이 아테네에 보낸 사신과 아테네왕의 대화다.

*사신,*

"누가 여기의 주군, 아테네의 군주입니까"라며, 그가 테베 군주의 칙서(勅書)를 가져왔다고 찾는다.

*테세우스,*

"그대는 여기에는 없는 사람을 찾고 있다. 여기엔 군주가 없다. 아테네는 자유롭다. 시민이 통치한다."고 대답한다.

*사신,*

"테베는 군주가 있어서 좋습니다. 우리 도시는 군중에 밀리고 몰려, 이리 비틀 저리 비틀하는 정치가 아니라, 한 사람이 통치합니다. 무지한 군중이 국가의 대사(大事)를 어떻게 현명하게 이끌 수 있단 말입니까?"라고 비꼰다.

*테세우스,*

"우리 아테네에선 시민들이 법을 스스로 만들고 바로 그 법으로 통치한다. 우리는 법을 한 사람이 멋대로 하는 것보다 더 큰 국가의 적은 없다고 믿는다. 이것이 바로 우리의 강점이다. 즉, 이 땅은 건강한 젊은이들의 지혜롭고 공정한 행동 때문에 축복을 누린다. 하지만 독재자는 그런 것을 미워한다. 그는 이 젊은이들이 그의 권력을 흔들까 봐 두려워 그들을 죽인다."

The Herald: Who is the master here, the lord of Athens?
Theseus: There is no master here. Athens is free. Her people rule.
The Herald: That is well for Thebes. Our city is not governed by a mob which twists this way and that,

but by one man. How can the ignorant crowd

wisely direct a nation's course?

Theseus: We in Athens write our own laws and then are

ruled by them. We hold there is no worse enemy

to a state than he who keeps the law in his own

hands. This great advantage then is ours that our

land rejoices in all her sons who are strong and

powerful by reason of their wisdom and just deal-

ing. But to a tyrant such are hateful. He kills them,

fearing they will shake his power.


물론 위 두 대화에 나오는 독재정치, 입헌군주정치는 극히 초보적이다. 두말할 필요도 없이, 소포클레스와 같이 옛 그리스 아테네에서 태어난 대 정치철학자인 플라톤(Plato, 427?-347? B.C)은 훨씬 포괄적이고 종합적인 정부 형태의 모형을 그의 고전, 『공화국(Republic)』[31]에서 소크라테스의 입을 빌려서 설명하고 있다.

하나 중요한 사실은 플라톤이 정부 형태의 모형을 처음으로 체계화한 것은 사실이지만, 그보다 69년 앞서 태어난 소포클레스나 53년 먼저 태어난 유리피데스의 희곡들을 읽었고, 비단 『공화국』에서뿐만 아니라 그의 많은 저서에서 이 두 작가를 인용하고 있다는 것이다.

이를 달리 표현하면, 플라톤은 적어도 이 두 희곡작가의 책을 읽고 그가 체계화한 정부 형태의 모형에 도움을 받은 것을 짐작할 수는 있다.

참고로 플라톤의 정부 형태를 간략히 여기에 소개하면 다음과 같다. 우선 그는 사람마다 성품(성격)이 모두 다르듯이 나라의 형태도 다양하다고 전제한다.

또 그는 다음과 같이 다섯 가지의 정부 형태 모형을 제시하면서, 이 정부 형태가 시간이 지나면 나쁘게 변질한다며, 그 변질하는 순서를 다음과 같이 명확히 제시하고 있는 것이 흥미롭다.

귀족정치(aristocracy) → 금권정치(timocracy, timarchy) → 과두정치
(oligarchy) → 민주정치(democracy) → 전제정치(tyranny)로 차례로 변형,
변질한다고 본다.

이를 도표로 만들어 보면,

| 정부(국가)형태 | 장점/단점 | 인간성격의 특징 | 보기 |
|---|---|---|---|
| 귀족정치 | just/good | | Cretan/Laconian |
| 금권정치 | | contentious/ambitious | Spartan |
| 과두정치 | | arrogant/avaricious | |
| 민주정치 | the fairest, free, equal | | |
| 전제정치 | the harshest and bitterest form of slavery | | |

플라톤은 명예와 덕망을 중시하는 귀족정치가 다음 세대에 오면, 젊
은이들이 투쟁적이고 야심적으로 되어, 그들의 사치와 낭비가 심해지고
끝내는 금권정치로 변질한다는 것이다.

이 금권정치는 다시 과두정치로 변질하여 오직 재산, 부(富)의 축적에
만 몰입되어 더욱더 탐욕, 부패, 착취가 성행하고 풍족한 소수와 가난한
다수로 양극화, 극단화 현상이 심화하고 끝내는 가난한 다수가 반항하여
과두정부를 무너뜨리고 민주정치가 등장한다는 것이다.

한마디로, 과두정치는 "부의 초과잉"(excess of wealth), "부의 극소수
에로의 초집중" 현상 때문에 붕괴한다고 보았다.

민주정치는 처음엔 시민의 자유가 되살아나고, 국가 중에 가장 공정
하고 평등한 사회로 출발하지만 이 정부/정치 역시 자유가 지나쳐, 방종
을 낳게 되고 극단적으로는 무정부 상태까지로 치달아 끝내는 극과 극
인 최악의 1인 독재정치를 불러온다고 보았다.

과두정치가 민주정치에 자리를 내놓은 것이 부의 초과잉 현상이라

면, 민주정치가 전제정치를 낳은 것은 "자유의 초과잉"(excess of liberty), "자유의 다수에로의 초집중" 현상 때문에 그 극과 극인 전제정치의 "노예의 초과잉"(excess of slavery), "한 사람 또는 소수에로의 권력의 초집중" 현상을 불러 왔다고 보았다.

요컨대, 2500여 년 전에 플라톤이 체계화한 위 다섯 가지 정부(국가) 모형을 오늘날 전 세계 230여 개 나라들에 그대로 적용하는 것은 무리다. 하지만, 위 모형과 위 모형의 변질의 촉매제에 대한 그의 풀이는 오늘의 정치에도 크게 참고, 참조, 참작의 여지가 있는 것도 사실이 아닐까 한다.


## 현실주의와 이상주의(원칙론)의 씨앗도 있다

마지막으로, 현실주의(realism), 현실주의자(realist)와 이상주의(ide-alism), 이상주의자(idealist), 또는 원칙주의(fundamentalism), 원칙주의자(fundamentalist)의 씨앗도 소포클레스의 희곡, 특히 『안티고네』에서 어렵지 않게 찾을 수 있다.

오이디푸스와 그의 어머니이자 아내인 조카스타 사이에서 태어난 두 딸, 안티고네와 이스메네, 그리고 크레온과 안티고네의 대화에서 나는 오늘의 현실주의와 이상주의의 씨앗을 본다. 대화는 큰오빠의 시체를 놓고 이 두 누이는 극과 극, 현실론과 이상론(원칙론)으로 맞선다.

먼저 배경은 이렇다. 순번제로 형-동생이 번갈아 왕권을 나누어 갖기로 한 약속을 동생 에테오클레스가 왕이 되자 깬다. 하여, 형 폴리니세스를 추방해 버린다. 그 보복으로 형이 앗긴 왕권을 되찾기 위해 아고스왕국에서 연합, 작당한 군사를 몰고 테베를 침공했으나 전쟁의 승패가 나지 않는다.

결국 두 형제가 승패를 혈투로 결정하기로 합의하지만 형은 동생을,

동생은 형을 살해하여 둘 다 죽고 만다.

하여, 왕이 된 외삼촌 크레온은 첫 칙령으로 테베를 지키다 죽은 에테오클레스는 국장(國葬)을 성대히 치러주고, 폴리니세스는 땅바닥에 버려져 새와 짐승의 밥이 되도록 내버려진 상황에서 벌어진 두 누이의 대화다.

문제는 폴리니세스를 포함, 침략군의 시체를 땅속에 묻게 되면 사형에 처한다는 크레온의 칙령 때문에 두 누이는 완전히 다른 입장을 내 보인다.

비밀리에 안티고네가 이스메네를 불러 큰오빠도 땅에 함께 묻어주자고 제안하지만, 이스메네는 세 가지 이유를 들어 반대한다.

왕인 크레온의 권력과 칙령에 맞서는 것은 현실적으로 불가능하며, 이 칙령을 어기면 그나 언니 모두 처형을 당하니, 이 칙령이 아무리 혹독하더라도 이 권력을 쥔 자에게 무릎 꿇고 복종할 수밖에 없으며, 아무 힘도 없는 두 여자가 크레온과 그의 무리에게 저항하는 것은 무모하고 바보짓이라는 것이다.

이에 안티고네는 혼자서 큰오빠를 묻어주겠다며 더 이상 이스메네에게 애걸하지 않는다. 안티고네는 죽음이 무섭지 않다며, "지하에 있는 사람을 즐겁게 하는 시간이 여기 지상에 있는 사람을 즐겁게 하는 시간보다 훨씬 길다."(『안티고네』, 줄, 67-68)고 동생의 현실론을 직접적으로 비판하지 않는 여유와 여운을 남긴다.

이스메네가 "언니는 소름이 끼치도록 으스스한 행동도 서슴없이 하는 불타는 가슴을 가졌어!"(줄, 80)라고 비꼬는 듯한 한마디를 하자, 안티고네는 "나는 내가 가장 기쁘게 해야 할 사람들을 기쁘게 하는 것을 알고 있지"(줄, 81)라는 의미심장한 한마디도 덧붙인다.

요약하면, 이스메네는 곧 당장 그 앞을 가로막고 짓누르는 현실권력의 횡포에 순응하고 복종한다. 하지만, 안티고네는 신법과 천륜 등, 보다 보편적이고 불변하는 가치와 원칙을 앞세워 현실권력에 맞대응하며 불복을 서슴지 않는다.

또 이스메네는 죽음을 두려워하며 그의 목숨을 어떻게든 아끼고 이 세상, 이승의 삶, 즉 현세(現世)를 못 버리는 애착이 그의 행동과 결정의 밑바닥에 깔려 있다.

한편, 안티고네는 짧은 이 세상, 이승의 삶 때문에 천륜과 신법을 어기기보다는 이승의 죽음으로 저승의 영원한 삶, 영원한 기쁨을 찾겠다는 결기가 그의 모든 행동과 행적 속에 숨어 있음을 나는 발견한다.

안티고네의 결연한 의지는 크레온과의 대화에서 훨씬 적나라하게 드러난다. 안티고네가 혼자서 큰오빠를 땅에 두 번째 묻어주려다 크레온의 경비병에 붙잡혀 온다.

하여, 다음과 같이 안티고네와 크레온은 서로 한 치의 양보 없는 말싸움을 벌인다. 이 설전(舌戰) 속에서도 권력의 오만에 빠진 왕의 극단적 현실주의의 벌거벗은 모습과 이에 의연히 맞서는 안티고네의 원칙주의, 이상주의를 나는 발견한다.

크레온은 안티고네에게 오빠를 땅에 묻어 그의 칙령을 위반한 것을 아느냐고 묻는다. 안티고네는 알고 있다고 당당히 대답한다. 알면서 왜 위반했느냐고 다시 묻자, 안티고네는 제왕신 제우스나 인간 정의(正義)를 떠맡은 디케(Dike)도 그런 칙령을 만든 일이 없다고 오히려 왕을 지탄한다.

나아가, 그는 사람이 만든 어제나 오늘의 법이 아니고 영원한 신법과 불변의 천륜을 더 믿으며 이를 지키기 위해 목숨을 버리는 것은 그에겐 슬픔이 아니라 기쁨이라고 태연스레 대답한다.

또 "당신은 내가 어리석은 행동을 한다고 생각하겠지만, 실은 나를 어리석다고 규탄하는 당신이 바로 바보요."(줄, 449-450)라고까지 다그친다.

삶과 죽음, 현실과 이상, 편법과 원칙, 인간이 만든 한시적인 법과 인류 보편적, 영구불변의 신법과 천륜, 도덕률 등 사람이 살아가는 동안 이런 굵직한 것들을 포함, 수많은 잡동사니에 이르기까지 하루에도 수십 번, 수백 번에 가까운 사건, 사안, 사람에 대한 평가, 분석, 판단, 결정, 선택의 순간을 쉴 새 없이 맞는다. 이것이 우리 삶이다. 모든 살아 있는 것들의 삶의 진면목이다.

　이러한 판단, 결정, 선택의 순간을 대부분 눈감고 어물쩍 넘어가거나 일상의 다반사로 쉽게 넘기기도 하지만, 때로는 어렵고, 무겁고 무서운 판단, 결정, 선택을 우리는 강요받기도 한다.

　바로 이러한 어렵고, 무겁고, 무서운 굵직한 사안, 사건, 사람 문제의 판단, 결정, 선택의 순간을 소포클레스는 라이오스와 조카스타, 오이디푸스와 조카스타, 안티고네와 이스메네, 폴리니세스와 에테오클레스, 크레온과 헤이몬 등을 등장시켜 그들의 대화를 통해 극적으로 대조시키며, 독자에게 보여주는 것이 인상적이다.

　아마, 이들의 대화는 내 머릿속에 오래오래 남을 것 같다.

2

세르반테스
1547 - 1616

# Ⅰ. 바뀌는 세상, 바뀌지 않는 삶의 지혜

요새 여행은 말 타고 대충대충 산을 흘겨보는 시대는 아니다. 주마간산(走馬看山)은 먼 옛날이야기다. 자동차, 기차, 유람선, 비행기로 쏘다닌다.

미국의 아폴로 우주선이 달에 착륙한 지도 50여 년 전이다. 이젠 화성(火星) '개발'까지 서두르고, 은하계 간(intergalactic) 천체 여행까지 구상하는 세상이다.

고공조감(高空鳥瞰) 우주, 다(多)우주 시대다. 우리 삶과 생각의 중심과 초점도 지구에서 태양으로, 은하계로, 우주로, '다 우주계'(multi-verse)로 더 멀리, 더 넓게, 더 높이, 더 깊이 파고들고 바뀌는 소용돌이 속에 있다.

사람은 표범의 날쌘 발, 독수리의 날카로운 눈, 거북이나 달팽이의 느림의 여유도 없이 동에 번쩍, 서에 번쩍 거의 날라 다니듯이 산, 강, 대평원, 바다, 사원, 명승지를 잠시 잠깐 겨우 눈요기하는 정도다. 소달구지, 말수레(馬車), 촛불, 호롱불과 어울린 삶이 아니라 초고속, 초음속, 초정밀 전자 우주 시대다.

하지만 책은 예나 지금이나 내 눈으로 직접 읽는 수밖에 별도리가 없다. 책 한 권을 여러 사람이 쪼개서 읽거나 나누어 쓸 수는 있겠지만 책 읽기, 책 쓰기는 끝내 '나 홀로' 하는 일이다.

자기만의 즐거움, 외로움, 괴로움이다. 종이책이 사라지고 아마존의 킨들(kindle), 반스 엔드 노블스의 누크(nook), 구글의 'e북 스토어'가 판치는 세상이 되고 있지만 책 읽기, 책(글) 쓰기가 *나* 홀로 하는 일이라는 사실은 변하지 않는다.

책을 스스로 읽지 않고 다른 사람(名士)이 대신 읽어 주는 오디오 북(audio book), 전자 책(E-book) 등 '책 아닌 책'들이 차츰차츰 늘어나고 있다고 해도 내 눈으로 직접 읽는 책, 그 활자의 마력과 매력은 쉽게 사라지지 않는다. 않을 것이다.

이 즐거움과 흥분을 어느 것, 그 누구와 무엇으로 바꿀 수 있단 말인가? 바꿀 수도 바꾸어지지도 않는다. 결국 전자책도 내 눈으로 보며 읽을 수밖에 별도리 없지 않은가?

이런 넋두리는 독서광(讀書狂)이나 백면서생(白面書生)의 푸념일까? 단연코 이야기하지만 TV 시대에 라디오는 뒷전으로 밀려났고 신문이 인터넷에 밀리고 있지만 책은 다르다. 오디오 책, 전자책이 책의 옆자리나 뒷자리에 있을망정 이들이 책을 뒷자리로 밀어내거나 책이 그렇게 호락호락 밀려날 것 같지도 않다.

*뉴욕타임스* 칼럼[1]이 내 눈길을 끈다. 미국에서는 지금 인터넷 업계 선두주자인 구글(Google)이 미시간대, 하버드대, 스탠퍼드대 등 도서관과 계약을 맺고 도서관 구석에 처박힌 적어도 700만 권의 책들을 이미 디지털화(化)했다고 한다. 이 가운데 4백, 5백만 권은 저작권 보호를 받지만 그 나머지는 이미 절판된 것들이다.

아이러니는 이미 도서관 창고 구석에 깊숙이 갇혀, 햇빛도 못 보고 곰팡이, 먼지 낀 책들까지 디지털 혁명 때문에 적어도 사이버스페이스에 영구히(?) 보존되는 행운을 얻은 셈이다.

다시 말하면, 인쇄물 제본 책과 사이버스페이스 디지털 책 모두 공생(共生), 상생(相生)의 길이 열린 것이다. 요새 말로 하면 책과 사이버스페이스가 빚어 낸 시너지 효과다.

## 종이책이 모두 사라진다 해도?

거의 모든 책이 캄캄한 창고 한 구석에 내팽개쳐서 버려지고, 사라지고 묻혔거나, 내 손 안에 쑥 들어가는 아주 작은 반도체 칩(素子)속에 저장되어 자취를 감추었다고 상상해 보자. 그래도 서점이나 도서관 진열장에 마지막까지 남아 누군가가 찾고, 사서 읽는 책이 무엇일까?

고대 그리스 신화와 전설같이 나라, 지역, 인종, 문화권마다 서로 다른 신화, 전설, 우화(寓話)일까? 유대교 경전 토라(Torah), 기독교 성경, 회교(이슬람) 경전(Koran: Qur'an), 힌두교 경전, 불경(佛經), 도경(道經), 유경(儒經) 등 종교 신자, 성직자, 포교자 등의 필수품인 경전, 교전(敎典)이 아닌 책으로 책꽂이에 마지막 남을 종이책 말이다.

바로 그런 책의 하나가 세르반테스(Miguel de Cervantes Saavedra, 1547-1616)의 『돈키호테』(Don Quiote of La Mancha)가 아닐까 한다.

돈키호테의 1부는 1605년, 2부는 1615년 출간된다.

2005년은 이 책의 1부가 출판된 지 400주년이어서 나는 영문판[2]이지만 한번 처음부터 끝까지 읽기로 작심하고 그 해 여름 한 달 넘게 붙들고 듬성듬성 읽기를 끝냈다. 언젠가는 다시 읽어봐야겠다는 다짐도 하며. 이 책을 읽기에 앞서 나는 1999년인가 주차간산, 고공조감 격으로 스페인의 마드리드, 톨에도, 세고비아를 반딧불에 책 읽는 격으로 구경한 일이 있다.

2008년에는 아내와 함께 여행객으로 이베리아반도를 다시 찾아가 마드리드, 톨레도는 두 번째로, 세비야, 말라가, 그라나다, 코르도바, 바르셀로나와 포르투갈의 수도 리스본 그리고 지중해를 한 시간 남짓 건너 북아프리카 모로코의 항구 도시, 탕헤르, 메디나, 카사블랑카는 처음으로 12일 동안 한번 훌쩍 둘러보는 기회도 가졌다.

다시 생각하니 벌써 400년 전에 세르반테스가 말 타고, 배 타고 넘나들었던 지중해 연안 유럽과 북아프리카 지역이 아닌가? 새삼 이렇게 그를 기억하며 이번에는 마드리드 스페인 광장에 있는 세르반테스 동상 앞에서 아내와 증명사진도 찍었다. 내친김에 귀국하자마자 『돈키호테』를 다시 읽기로 마음속으로 다짐도 했다.

2008년 겨울 12월 초부터 두 번째로 읽기 시작해서 올봄을 거의 넘긴 5월 15일에야 책을 끝냈다. 세 번째 읽기를 마친 것은(2009년) 7월 중순이다.

나는 물론 스페인어 원문이 아닌 영문 번역본을 읽었다. 세르반테스는 『돈키호테』에서 "번역은 결코 원문에 못 미치며(제1주, 6장, p. 88), 번역이란 마치 벽에 걸린 주단의 그림을 뒤쪽에서 보는 것 같다."(제2부, 62장, p. 979)라고까지 비꼬니 말문이 막히지만. 아무튼 세르반테스의 걸작, 『돈키호테』를 내 나름대로 서너 번 읽고 느낀 것을 여기에 한번 정리해 본다.

먼저 '세르반테스는 누구인가?'가 궁금해서 내가 그에 관해 여기저기 찾아보고 읽은 것을 독자와 나누고 싶다.

세르반테스와 셰익스피어를 비교, 대조해 보고, 세르반테스와 그의 소설 『돈키호테』의 배경도 잠시 살펴보고자 한다.

다음으로 독후감이랄까? 아니면 내 나름대로의 촌평, 비평이랄까? 간단히 이야기해서 이 책을 읽고 내가 느끼고, 알고, 배운 것들을 정리해 본다.

끝으로 돈키호테의 그 수많은 모험, 그 과정에서 만난 사람, 사건, 일화를 여기에 모두 되풀이하는 것보다도 이 이야기를 통해 세르반테스가 주인공 돈키호테와 그의 몸종 산초의 입을 빌려 내뿜는 우리 삶에 대한 지혜와 관찰, 관조(觀照), 그리고 수많은 격언과 속담들을 독자들이 쉽게 접할 수 있도록 내 나름대로 간추려 보았다.

수백만 년 前 유원인(類猿人)이나 오늘의 최첨단 초고속 전자시대 '신인류'(homo electronicus)나 모두 눈과 귀는 둘, 코와 입은 하나이듯이 인간의 삶의 지혜, 진리, 진선미(眞善美)는 쉽게 바뀌지도 크게 변하지도 않지 않은가?

아무튼, 내가 읽은 영문판은 제1부 52장(LII) 518쪽, 제2부 74장(LXXIV) 532쪽, 빈칸 10쪽을 포함, 총 1,050쪽이다. 세 번째 읽으면서는 이것저것 메모를 했기 때문에 중요한 것은 내용별로 한데 모으기도 했으나 대부분은 책에 나오는 순서대로 정리했다.

# Ⅱ. 세르반테스(1547-1616)와 셰익스피어(1564-1616)

『돈키호테』는 말 타고 달리는 시대, 촛불, 호롱불 켜고 모닥불, 군불 땔 때는 세상의 이야기다. 풍자 소설이다. 서양 근대소설의 첫 시작(효시, 嚆矢)이자 그 첫 대작(大作)이다. 윌리엄 셰익스피어가 영어권 문학의 태두(泰斗)라면, 미구엘 세르반테스는 스페인어, 라틴 문학의 정상(頂上)이요, 그 아버지다.

달리 표현하면, 셰익스피어와 세르반테스는 서양 문학의 두 최고봉이다. 세르반테스가 셰익스피어보다 나이가 열일곱 살이나 훨씬 위지만 문학의 이 두 거봉(巨峰)이 공교롭게도 같은 해, 같은 달, 같은 날(1616년 4월 23일)[3] 이 세상을 마감했다는 것도 우연 같지 않은 우연이다.

러시아 작가 이반 투르게네프(1818-1883)는 그의 수필, 『햄릿과 돈키호테』[4]에서 이 두 작품이 같은 해(1605년?)에 출간되었다는 구절로 글을 시작한다.

하지만 『돈키호테』 1부가 1605년에 출판된 것은 사실이지만, 셰익스피어의 『햄릿』 출판 일자는 정확하지 않다.[5]

이 두 문호가 극히 대조적인 두 인간형을 창조했다는 투르게네프의 주장도 흥미롭다. 그는 덴마크 왕자인 주인공, 햄릿은 관조하고 분석적이고 무겁고 비관적인 정서를, 그리고 조화로움도 화려한 색상도 없고, 섬세하게 다듬어 지지도 않고, 자주 얕은 모양새이지만 깊고, 강하고, 다양하고, 독립적이고, 선도(先導)하는 전형적인 '북유럽 인간 모델'로 본다.

반대로 그는 주인공, 돈키호테는 가볍고, 즐겁고, 순진하며 깊은 인상을 주는 정서나 인생의 신비들을 깊이 파고들지 않고, 그것들을 이해한다기 보다는 여러 현상을 반영하는 전형적인 '남유럽 인간 형'[6]으로 간주한다.

두말할 것도 없이, 유럽인을 이처럼 남북의 두 모델로 가르는 것은 너무 단순하다. 언뜻 보면, 이 분류는 재미있지만 인간도 나라도 세상만사가 모두 그렇듯이 이분화, 양분화는 모델이지 우리 삶의 현실은 아니다.

현실은 훨씬 더 복잡하고 다양하고 얽히고설켰다. 같은 부모, 같은 어머니 뱃속에서 태어난 일란성(一卵性) 쌍둥이도 어딘가 생김새도 다르고 성격도 딴판인데 하물며 유럽인을 남북의 두 인간형으로 가른다? 황당하다.

투르게네프가 세르반테스를 『리어왕』(King Lear)을 창조한 거인(셰익스피어) 옆에 서 있는 피그미(난쟁이)가 아니라[7] 나름대로 완전히 성장한 한 인간이라고 평가한 것은 옳다.

또 그가 불후의 명작들을 남긴 셰익스피어의 그 무한한 상상력을 높은 하늘에서 먹이를 잡으려 두 눈을 부릅뜨고 모든 것을 하나도 빠짐없이 살피는 독수리에 비유하고, 세르반테스의 작품은 그의 가슴속 깊이 새겨지고 숨겨진 산 경험에서 우러나온 것이라는 분석도 맞다.

하지만, 세르반테스 이야기, 특히 그가 창조한 인간, 돈키호테가 전형적인 남유럽型으로 "가볍고, 즐겁고… 인생의 신비에 깊이 파고들지 않고…"라는 대목은 수긍하기 어렵다.


## 천재도 순위(順位)가 있나?

헤롤드 블룸은 그가 뽑은 100명(서양)천재 문인 가운데서 셰익스피어와 세르반테스를 1, 2위 '천재의 천재'로 꼽는다. 블룸은 세르반테스를

'최초의 소설가'[8]로, 셰익스피어는 '최상의 천재'[9]로 평가한다.

세르반테스는 두 사람의 인간형—돈키호테와 산초 판자—만을 창조했지만 이 두 등장인물만으로도 셰익스피어의 25개가 넘는 희곡들 속에 등장하는 수백 명 인물과 맞설 수 있을 만큼 두 인간형이 강렬, 강력하다고 그는 역설한다.

『돈키호테』는 "성경 다음으로 가장 많이 세계에 번역된 세계 최초의, 가장 위대한 현대 소설"[10]이며, 세르반테스는 셰익스피어의 작품을 읽지 못했으나 셰익스피어는 1611년 토마스 셸턴이 영어로 번역한 『돈키호테』를 읽었다[11]고 그가 기술하고 있는 것도 눈길을 끈다. 프랑스어로는 2, 3년 뒤인 1614년에 출간된 것 같다.[12]

한편, 찰스 머리는 나름대로 객관적인 잣대를 가지고 기원전 8세기부터 1950년까지 예술과 과학계의 걸출한 인물들을 뽑는다. 서양 문학 부문에서 그가 가려낸 특출한 인물 835명 가운데 셰익스피어는 단연 1위로 만점(Index: 100)이다. 하지만, 그의 잣대로는 세르반테스가 상위 20명 속에 끼지 못한다.

이처럼 작품과 작가의 평가나 그 평가순위는 평가자에 따라 들쭉날쭉이다. 왜 그럴까? 평가자가 아무리 완벽한 잣대를 가지고 작품을 선정, 분석, 평가하더라도 그의 주관적 선호도나 편견—지적, 심리적 한계, 역사, 문화, 인종, 민족, 지정(地政), 지경학(地經學)적 배경에서 불가피하게 파생되는 부정적/긍정적 영향—등 이 알게 모르게 의식적, 무의식적으로 작용하기 때문이다.

아무튼 참고로 머리가 뽑은 최상위 20명 문호(文豪)는 다음과 같다.


1위. *셰익스피어*(영국): 100점

2위. *괴테*(독일): 81점

3위. *단테*(이탈리아): 62점

4위. *버질*(로마): 55점

5위. 호머(그리스): 54점

6위. 루소(스위스): 48점

7위. 볼테르(프랑스): 47점

8위. *모리에*(프랑스): 43점

9위. *바이론*(영국): 42점

9위. *레오 톨스토이*(러시아): 42점

10위. 도스토옙스키(러시아): 41점

11위. *페트라크*(이탈리아): 40점

11위. 유고(프랑스): 40점

12위. *요한 쉴러*(독일): 38점

13위. *보카치오*(이탈리아): 35점

13위. 호라스(로마): 35점

13위. *유리피데스*(그리스): 35점

14위. *라신느*(프랑스): 34점

15위. *월터 스코트*(브리튼): 33점

16위. 입센(노르웨이): 32점[13]

위 저자의 오류이겠지만, 이 책 부록[14]에 상위 작가 두 사람—33점의 에밀 졸라(프랑스)와 32점의 엘리엇(미국)—이 빠졌다. 그다음 순위는 31점인 존 밀튼(영국), 발자크(프랑스)이고 그 바로 뒤 오비드(로마)와 세르반테스가 29점이다.

따라서 세르반테스는 그의 잣대로 보면 835명 문호 가운데 25위, 26위로 밀려났다. 솔직히 문학작품에 순위를 정하거나 그 작품의 판매 부수나 벌어들인 돈 등 이런저런 잣대나 숫자로 등급을 매긴다는 그 자체가 우스꽝스럽다.

실은 세르반테스는 돈키호테의 입을 빌려 1등이 2등이고, 2등이 1등이라고 꼬집는다. "1등은 항상 정실(情實)이나 그 사람의 위치에 따라 결정되고, 2등은 그의 순수한 능력(자격)"(제2부, 18장, p. 650)이라는 그의 풍자는 음미할 만한 대목이다. 아무튼 위 인용은 그냥 흥미 본위로 참고, 참작하면 된다.


## 스페인과 영국: 지는 해, 뜨는 해

보다 근본적으로 큰 흐름, 큰 눈으로 두 대문호가 살았던 인류(유럽)의 역사를 슬쩍 흘겨본다면, 지중해의 끝자락과 대서양으로 이어지는 이베리아반도에서 시작한 대서양-인도양 진출을 거쳐 태평양까지 15세기의 '신세계'(new world) 대양 개척의 선봉장, 선구자는 포르투갈이다.

그 뒤를 이어받은 스페인에서 16세기, 17세기 초까지 이른바 황금기(Golden Century)가 꽃핀다. 세르반테스의 일생은 이 황금기와 그 쇠퇴 기미마저 엿보이는 스페인 역사와 겹친다.

세르반테스가 태어나기 4년 전인 1543년 코페르니쿠스(1473-1543)가 천동설을 뒤엎고 지동설을 주창한 것도 특기할 만하다. 그는 과학혁명이 태동하는 시간에 태어나 서구 소설의 선구자가 된다. 세르반테스는 16세기 중반에 태어나 17세기 초까지, 즉 스페인 전성기의 영화(榮華)뿐만 아니라 그 쇠망의 증후(症候)도 목격한다.

달리 표현하면, 대서양, 지중해의 이베리아반도 연안 국가인 스페인의 쇠퇴 조짐은 종교적으로 가톨릭(舊敎) 문화권과 오스만 제국 이슬람 교권이 충돌하는 시기와도 맞물린다.

세르반테스 스스로 1571년 가톨릭 동맹군(The Holy League)으로 레판토 해전에 참전한다. 개인적으로는 그가 평생 왼팔을 쓸 수 없게 되는 '상처만 남는 승전(勝戰)'을 몸소 겪는다. 1574년 북아프리카를 오스만 터키가 다시 점령하는 소용돌이 속 바로 그 현장에서 감옥에 갇혀 노예 생활도 겪는다.

한편, 거의 같은 시대의 셰익스피어는 대서양 섬나라 왕국이 대영제국(大英帝國)으로 새롭게 발돋움하는 계기와 틀을 마련한 여왕 엘리자베스 1세(1533-1603) 시대와 겹친다.

종교적으로는 아버지 헨리 8세(1491-1547)가 교황과 가톨릭교에 맞서 영국 국교 교주(the head of the Church of England) 자리를 지킨 것(1534년)과는 달리, 엘리자베스 1세는 한 발자국 물러나 영국 국교의 교령(supreme governor)으로 로마 교황, 가톨릭교와의 관계를 안정화시킨다.

당시 유럽의 세력균형 차원에서 보면, 엘리자베스 여왕 1세의 영국 함대가 1588년 7월 스페인 필립 2세(1527-1598)의 무적함대(Spanish Armada Invincible) 침공을 해전에서 물리친다.

간추리면, 세르반테스는 '떠돌이 작가'(the vagabond writer)였다. 요새 말로는 '세계 여행가'(a globe-trotter)에 가깝기도 하다. 셰익스피어는 어린 시절 고향(Stratford-upon-Avon)에서 비교적 안정된 삶을 보내고 작가, 배우, 시인으로 런던(1585-1592)에서 활동하며 살다 1613년 다시 고향으로 돌아와 그곳에서 생을 마감한다.

달리 표현하면, 이 두 문호의 작품 활동의 배경은 대조적이다. 삶의 행동반경으로 보면, 세르반테스는 스페인, 포르투갈, 지중해, 북아프리카를 넘나들며 기독교(舊敎, 新敎), 이슬람교의 문명과 문화의 교차, 충돌, 갈등의 현장을 목격한 문자 그대로 파란만장한 삶을, 셰익스피어는 그의 고향과 런던을 맴돌며 큰 우여곡절 없는 삶을 산 셈이다.

또한 세르반테스는 필립 2세의 스페인이 황금기를 거두고 차차 쇠락해 가는 조국의 모습을, 셰익스피어는 엘리자베스 여왕 1세의 영국이 '대국'으로 거듭나는 당대의 큰 변화, 큰 흐름도 목격한 것이다.

대국 스페인은 쇠퇴의 길로, 영국은 새 대국으로 꿈틀거리며 용트림하는 서로 다른 거의 같은 시대를 산 두 작가는 서로 만난 일은 없지만 공교롭게도 같은 해, 같은 달 그리고 거의 같은 날 이 세상을 마감한다.

이런 측면에서 보면, 세르반테스가 풍자소설, 『돈키호테』에서 전달하려는 가장 큰 메시지가 무엇인가? 무엇일까? 하는 의문이 생긴다. 이 책을 서너 번 붙들고 읽는 과정에서 얻은 내 나름대로 얻은 답은 작가가 미치광이 기사(騎士), 돈키호테를 통해 철 지난 과거, 과거의 영광에만 집착하며 실속 없이 헛되고 어리석은 짓거리만 하는 얼간이 같은 당시 스페인 왕국에 대한 우회적 경고와 풍자가 아닐까? 싶다.

돈키호테가 죽기 직전 제정신이 돌아와, 정상인이 되었다고 스스로 말하며 그의 오직 하나뿐인 혈육(血肉)인 조카 딸, 안토니아에게 남긴 유언 속에 그 답이 들어있다고 나는 생각한다.

그의 유일한 유산 승계자로 조카딸을 지명하며 제시한 단 하나의 조건은 안토니아 결혼 상대를 철저히 조사에서 기사의 과거(경력)가 있는 신랑감과는 절대로 결혼해서는 안 되며, 만약 그의 유언을 어기고 기사와 결혼한다면, 유산 관리인은 이 조카딸에게 남긴 그의 유산을 모두 박탈, 환수하라는 유언 속에 그 해답이 있지 않을까? 싶다.

# III. 세르반테스의 삶

기사 돈키호테와 그의 시종 산초 판자. 이 두 인간형의 창작자인 세르반테스는 그 시대를 살았던 인물로는 상대적으로 꽤 넓은 세상을 말 타고 배 타고 쏘다니며 온갖 고생과 고역(苦役)을 치른다.

그는 요새 직업 기준으로 보면, 해전(海戰)에 참여한 병사다. 전쟁에서 왼팔에 상처를 입어 평생 그 팔을 제대로 쓸 수 없는 상이군인이다. 그는 당시 가톨릭교를 지키는 나라들 쪽에서, 오스만 터키를 중심으로 도전하는 이슬람교 세력에 맞서 싸웠다. 그는 싸움이 끝나고 고향 스페인으로 돌아가는 뱃길에서 터키 해적선에 붙잡혀, 바다 건너 북아프리카 알제리에 끌려가 5년간 감옥살이도 치른다.

그는 지중해 연안 유럽과 중동을 넘나들며 죽도록 고생하며 두 종교, 두 문명과 문물을 온몸으로 겪는다. 그의 눈으로 보고 그의 가슴과 머리로 소화한다. 그는 당시로는 극히 보기 드문 '세계인'이었다.

앞에서도 지적했듯이, 같은 서구 문명, 문화권(가톨릭교와 영국 국교)이지만 그의 파란만장한 일생은 상대적으로 순탄한 삶을 꾸린 셰익스피어의 삶과는 크게 다르다.

작가 미구엘 세르반테스의 삶을 구체적으로 잠시 살펴보면, 그는 1547년 10월 9일 세례를 받았으나 그의 출생 기록은 없다. 하여, 9월 29일로 추정한다. 그의 아버지(Rodrigo de Cervantes)는 당시 면허증 없는 떠돌이 약제사—외과 의사(?)이자 이발사였다(그의 어머니 이름은 Leonor de Cortinas).

그는 이 이발사의 둘째 아들이자 일곱 형제자매의 넷째로 태어났다. 출생지는 마드리드에서 20마일가량 떨어진 알카라(Alcala de Henares)다. 당시 스페인에서 두 번째 좋은 대학[15]이 있던 곳이기도 하다.

[＊그가 어릴 적 대학가 분위기를 잠시라도 맛보았다는 것이 그가 대문호(大文豪)가 되는 밑거름이 되었을까? 하며 내가 맹모삼천(孟母三遷)을 상기한다면 견강부회(牽强附會)일까?]

기록으로 보면, 그의 부모는 그가 다섯 살, 여섯 살 때인 1552년에서 그 다음 해 1553년까지 발라도리드(Valladolid)에 살았고, 빚 때문에 그곳에서 옥살이도 한다. 이곳에서 가족은 다시 마드리드로 이사한다. 그의 어린 시절 기록은 거의 없지만 가난한 떠돌이 의사-이발사인 부모를 따라 이곳저곳 많이 이사를 다녔고 제대로 학교에 다니고 공부할 겨를도 없었던 것 같다.

그는 당시 살라만카(Salamanca) 대학을 다녔다거나 코르도바나 세빌랴에 있는 예수회(Jesuits) 학교에서 공부했다는 이야기도 있다.[16] 내가 읽은 영문 『돈키호테』의 번역자, 월터 스타키 교수는 서문에서 구체적으로 1564년 세르반테스가 16살 때 그의 아버지가 당시 살았던 세빌랴에서 예수회 학교를 다녔다고 썼다.[17] 하지만 그가 대학에서 공부했다는 것은 추측[18]이다.

세르반테스가 스물두 살 때 한 청년과 결투를 한다. 당시 결투가 엄격히 금지된 마드리드 궁궐터에서 버러진 죄로 그의 오른팔이 잘리고 10년 감옥 생활을 하는 큰 벌을 받게 되자, 그는 마드리드에서 밤중에 도망친다. 그 해(1570년)에 그는 당시 스페인 영토, 지금은 이탈리아 항구도시 나폴리에서 보병(a Castilian infantry regiment)으로 입대한다.

다음 해인 1571년 9월 당시 오스트리아의 돈 요안(Don Joan of Austria) 지휘하의 천주교 연합군 함대(교황청, 스페인, 베니스, 제노아, 사보이, 몰타 등에서 동원된 병사)의 일원으로 코린트(Corinth) 근처 레판토만(the Gulf of Lepanto, 지금은 나프팍토스)에서 전함(the Marquesa)에 승선, 전투에 참가하여 10월 7일 오토만 함대를 격퇴시키는 데 한몫을 한다.

이 전투 중 그는 열병(熱病)을 앓고 있었음에도 앞장서서 싸워 전승(戰勝)에 기여했으나 큰 상처를 입고, 그의 왼팔은 평생 못쓰게 된다.

1572년에서 1575년 기간에는 그는 지금의 그리스 이오니아의 코르푸(Corfu)섬, 나발리노(Navarino) 등 원정에도 참가하고, 오늘의 튜니시아의 수도, 튜니스와 라 골레타(La Goletta)가 터키 군에 함락당하는 것도 목격한다.

1575년 9월 초 그는 함대 사령관인 오스트리아의 돈 요안과 세사 공작(duke de Sessa)이 스페인 왕에게 그를 추천하는 친서를 갖고 나폴리에서 바르셀로나를 향에 군함 솔(Sol)에 승선, 항해하는 도중, 9월 26일 그의 동생 로드그리오와 함께 프랑스 남쪽 연안 산타 마리아(Les Saintes—Maries) 근처[19]에서 알제리(터키) 해적선(Algerian corsairs)에 붙잡혀 알제리로 포로로 끌려가 5년간 노예 생활을 한다. 그곳에서 네 번(1576, 1577, 1578, 1579년) 탈출 시도를 하지만 모두 실패한다.

왕에게 보내는 위의 친서 때문에 그가 '보통 노예'가 아닌 것으로 알제리 당국에 알려져 그의 몸값이 너무 높아져 구제의 길이 없었으나 그의 부모와 천주교 두 신부(Trinitarian Fray Juan Gil와 Antonio de la Bella)가 모은 성금으로 몸값(배상금) 400골드 크라운을 바치고 풀려난다.

그가 풀려나면서 남긴 1580년 10월 10일에서 22일까지 당시 상황을 잘 묘사하고 있는 문서(informacion)는 그의 행적을 알 수 있는 귀중한 자료다.[20]

그는 20대 젊은 나이에 마드리드에서 10년 징역형에 오른팔이 잘려야 하는 형벌 때문에 조국을 도망쳐 나왔는데, 실제로는 터키와의 해전에서 왼팔에 큰 상처를 입고 평생을 살아야 했고, 터키 해적선의 포로가 되어 알제리에 노예로 끌려가 5년 감옥 생활을 겪었다는 것은 아이러니다.

더구나 신체적으로 그는 왼팔을 쓰지 못하는 '곰배팔이'다. 하지만 팔다리가 멀쩡한 건강한 사람도 남길 수 없는 불후의 작품을 후대에 남긴 아이러니는 또 어떤가?

미국의 저명한 회고록 작가이자 귀와 눈이 먼 장애인 헬렌 켈러(1880-1968)를 들먹일 필요도 없이 '정신 불구자'가 '신체 불구자'보다 더 무섭고, 무거운 질병[21]일 수 있다. 세르반테스는 바로 신체 불구자도 정상인 못지않게 인류복지와 평화에 큰 발자취를 남길 수 있다는 것을 그의 작품으로 실증한 셈이다.

1580년 조국 스페인으로 돌아온 세르반테스는 톨레도와 마드리드를 오가며 여배우 아나(Ana Franca de Rojas)를 만나서 딸 이사벨(Isabel de Saavedra)을 낳는다. 1585년에는 그의 첫 소설, 『*La Galatea*』도 출간한다.

이 기간 동안 그는 극작가가 되려는 꿈을 갖고 *알지에 사건*(The Algiers Affair, El trato de Argel), *누만티아 공략*(The siege of Numantia, El cerco de Numancia, 1784년 작품 발견) 등 아직도 남아 있는 두 극작을 쓰기도 한다. 하지만 크게 성공하지 못하자 극작가로 성공하겠다는 꿈은 접는다.

37살 때인 1584년 12월 12일 그는 톨레도 북쪽에 있는 한 마을(Esquivias)에 사는 비교적 여유 있는 집안의 열아홉 살 난 카타리나(Catalina de Salazar y Palacios)와 정식으로 결혼한다. 나이 차이도 많고, 돈 한 푼 없는 떠돌이인 그와의 결혼을 처음에는 딸 쪽 부모가 반대해서 어려움을 겪기도 한다.

결혼 뒤 그는 1588년 스페인 무적함대가 영국과 해전을 치르기에 앞서 그 전함(戰艦) 건설비용 모금과 물자공급 책임을 정부로부터 부여받아 안달루시아 지역을 떠돌기도 한다.

이 기간 동안 그는 개인적으로는 많은 경제적 어려움을 겪는다. 어려움에서 벗어나려고 그는 왕(필립 2세)에게 1590년 5월 직접 편지도 쓴다.

그의 군대 생활과 업적 등을 열거하며, 당시 스페인 영토인 서인도 제도(West Indies)의 네 자리(뉴 그라나다 새 왕국의 회계책임자, 과테말라의 한 주(洲)지사, 카르타지나의 경리담당관, 라 파즈의 수장)를 구체적으로 열거[22]하며 구직을 했으나 이루어지지 않는다.

그의 개인 경제 사정은 더욱 더 어려워지고, 엎친 데 덮친 격으로 그가 맡았던 군수물자 책임자로서의 회계 부정문제가 소송으로까지 번져, 그는 공금횡령에 관련되어 감옥에 갈 지경에 이른다. 그는 왕이 직접 개입해서 감옥에 가는 것은 막아주도록 마드리드에 간청도 했지만 뜻대로 되지 않고 세비야 감옥에서 다시 옥살이를 한다.

그가 이 감옥에 갇혀 있었던 두 달 반(1597년 9월 15일에서 12월 1일) 사이에 작품 『돈키호테』 구상[23]을 했다니 진흙탕 물속에서 연꽃이 피어나듯 서구 근대 소설의 첫 새싹이 컴컴한 감방에서 움튼 셈이다. 우리가 사는 세상에는 불운이 더 큰 행운의 시작이요, 생지옥이 더 빛나는 천국에 이르는 첫 계단일 수도 있다는 아이러니일까?

하나 분명한 것은 세르반테스의 파란만장한 역경과 고통, 고난, 고충의 삶 자체가 그의 소설의 밑거름이요, 자양분이자 영양소다.

아무튼 세르반테스에 대한 소식이 다시 세상에 알려진 것은 그가 감옥에서 풀려난 뒤 5, 6년이 지난 1603년쯤이다. 당시 소문은 그가 아주 어릴 적 한때 부모와 함께 살았던 발라돌리드에서 『돈키호테』 1부를 열심히 쓰고 있다는 것이었고 그 1부가 2년 뒤인 1605년 출간된다.

출판 6개월 안에 그때 기준으로는 보기 드문 베스트셀러가 되기도 하지만 당시 문화예술계 '저명인사'들은 그의 작품을 거의 무시하다시피 한다. 그의 풍자시집(Journey to Parassus, Viaje del Parnaso)은 1614년에, 그의 마지막 작품(Los trabajos de Persiles y Sigismunda)은 그가 죽고 난 1년 뒤인 1617년에 출판된다.

세르반테스가 죽기 1년 전에 출판된 『돈키호테』 2부는 10년 전에 출판된 1부와 크게 다르다. 10년 간격 속에서 저자가 경험한 대부분의 나

뻔 일 들—가짜 해적판의 남발, 당시 기득권층의 그의 책에 대한 악의적인 무시와 저평가, 그에 대한 온갖 모략중상, 그가 의도했던 소설의 메시지에 대한 독자들의 몰이해, 오해 등—을 참작해서 2부를 내논 셈이다.

무엇보다도 2부는 돈키호테와 산초 판자가 소설 속 가공인물만이 아니고 실제 살아 있는 두 독립적인 사람(doubles)으로 등장한다. 두 짝의 가공인물과 실제인물 돈키호테와 산초가 동시에 그리고 번갈아 나타난다. 독자에겐 다소 혼란스럽지만.

요새 기준으로 『돈키호테』는 보기 드문 베스트셀러였지만 그에게는 경제적으로 거의 도움이 되지 못하고 죽을 때까지 가난을 벗어나지 못한 것도 아이러니다.

세르반테스의 말년을 "늙고, 가난한 한 군인"[24]이라고 1615년 2월 27일 마케즈 토레스 신부가 쓴 글(approval)이 웅변으로 묘사한다. 그는 아내와 집도 없이 프란시스칸 신부가 마련해준 거처에서 지병(持病)인 수종(水腫)에 시달리다가 69세로 삶을 마감한다.

마침 오늘 아침 영자 신문(Korea Herald, 2008년 12월 6일) 귀퉁이에 실린 한 소설가의 삶과 400여 년 전 그의 삶이 극과 극의 대조를 이룬다.

로이터 통신이 보도한 기사에 따르면 베스트셀러 작가 롤링(J.K. Rowling)의 『해리포터』(Harry Potter)는 지금까지 판매 부수만도 4억이 넘고 영화(앞으로 3편 더 제작 예정) 한 편 만으로 번 돈이 45억 달러이며 그녀가 지금까지 벌어드린 순수 소득이 10억 달러라고 한다. 문자 그대로 돈방석에 앉아 있다.

하나의 작품이 고전이 되는 것과 '불티나게 잘 팔리는' 베스트셀러가 되는 것은 본질적으로 서로 다르다. 하지만, 400년 전 베스트셀러 작가 세르반테스가 하늘에서 지상의 현역 여류 작가 롤링을 내려다보며 느끼는 감회는 과연 무엇일까?

잘 모르긴 하지만, 그는 결코 롤링을 시기하거나 그가 억울하다고 한탄할 것 같지는 않다. 다만 그는 신비스럽고 심오하고 알듯 말듯한 웃음을 지을 것 같다. 마치 모나리자의 미소 같은…. 또 하나 분명한 사실이 있다. 세르반테스의 삶 자체가 그의 작품 주인공 돈키호테보다 더 파란만장한 고난과 역경의 점철(點綴)이었다는….

# 『돈키호테』(1권, 2권) 줄거리

## 소설 속에 나오는 모험, 사건

돈키호테는 이웃 마을에 사는 한 시골 아가씨, 알돈자 로렌조(Aldonza Lorenzo)를 엘 토보소의 덜시니아(Dulcinea of El Toboso)라고 부르며 일 평생 그의 마음의 주권(the sovereignty of his heart)을 맡기는 연인으로 삼는다. 그러나 덜시니아는 이 사실조차도 모른다. 돈키호테의 일방적이고 그의 상상, 몽상, 환상이 만들어 낸 짝사랑이다(Part I, Chap. I).

참고로 돈키호테는 덜시니아를 이 소설 속 여러 군데서 다음과 같이 소개한다.

그녀의 이름은 덜시니아고 그녀의 고향은 엘 토보소, 라 만차 마을이다. 그녀는 나의 여왕이요 연인이고, 그녀의 품격은 적어도 공주 수준이며, 그녀의 미모는 초인간적(superhuman)이다. 왜냐하면, 뭇 시인들이 그들의 연인들에게 할당한 모든 불가능하고 환상적인 아름다움이 그녀 속에 모두 체현되어 있기 때문이라고.

그녀는 금발 머리칼에 이마는 극락정토(極樂 淨土) 같고 눈썹은 무지갯빛, 두 눈은 두 태양 같고 장미꽃 두 뺨에 산호 빛 입술, 진주 같은 이빨, 설화 석고(雪花 石膏)처럼 하얗고 매끄러운 목, 대리석 같은 젖가슴, 상아(象牙) 같은 손, 눈처럼 하얀 얼굴, 그리고 양가(良家)의 규수(閨秀)로서의 겸양 때문에 사람들에게 보여줄 수 없는 부분들까지도 그녀의 그 모든 아름다움은 타의 추종을 불허한다는 것이다(13장, p. 134).

오 나의 부인, 엘 토보소의 덜시니아, 모든 아름다움의 정상(頂上), 분별력의 정수(精粹), 매력의 보물, 정절의 보고(寶庫), 그리고 끝으로 이 세상의 모든 유익한, 정직한 그리고 매력적인 개념의 총망라여! 라고 왜 치기도 한다(42장).

그(돈키호테)는 항상 변함없이(덜시니아)만을 믿고 존경했고 모든 왕비들,

황후들, 귀부인들의 온갖 유혹에 눈을 돌리고 뿌리쳤다…(제2부, 3장).

산초가 그의 주인 돈키호테에게 털어놓는 덜시니아에 대한 다음 구절은 그녀가 허상, 허구라는 것을 극적으로 보여준다.

제가 부인 덜시니아가 누구인가를 말하는 것은 저 하늘(허공)을
내 주먹으로 내리칠 수 있다는 것과 같지요.

I can no more tell who Lady Dulcinea is than I can punch
the sky above(제2부, 9장, p. 586).

두란다르테(Durandarte)의 연인 벨에르마(Belerma)는 미모, 매력, 기지(奇智)에서 돈키호테의 영원한 연인, 엘 토보소의 덜시니아와 견줄 수 있다고 말을 꺼낸 몬테시노스를 돈키호테는 못마땅해 한다. 그러자, 동굴의 주인 몬테시노스는 "그녀(덜시니아)는 하늘 그 자체와 비교할 수밖에"(… compare her to anything but Heaven itself)라는 의미심장한 말을 남긴다(23장, p. 691).

내(돈키호테) 불행은 시작은 있지만 결코 끝이 없습니다. 내가 거인을 무찌르고, 그녀(덜시니아)를 괴롭히는 악당들과 악한들로 하여금 (그녀를) 찾아오도록 내보냈지만 그들이 마법에 걸려 가장 못생긴 촌뜨기 아녀자로 바뀐 그녀를 어디서 찾을 수 있겠습니까?(31장, p. 751).

오직 덜시니아만이 아름답고, 사려 깊고, 정직하고, 고귀하고, 좋은 가정에서 태어났고, 모든 다른 여인들은 다 못생겼고, 어리석고, 변덕스럽고, 비천한 가정에서 태어났고. 나는(돈키호테) 다른 어떤 여인도 아닌, 오직 그녀의 연인이 되기 위해 태어났고…(45장, p. 842).

이 지구상 최고, 절세의 미인도 내 가슴속 깊이 새겨진 나의 연인을 사모(흠모)하는 나를 멈추게 할 만큼 결코 압도하지 못할 지다…(48장, p. 864).

기사(騎士)로서 첫 원정(遠程)길에 묵은 첫 여관을 성(城)으로, 여관 주인을 성주(城主)로, 여관의 창녀들을 귀부인으로, 밥상에 나온 대구를 바다 송어로 착각하는 첫 '미친 사람' 행세를 보여준다(2장).

돈키호테가 위 성주로부터 정식으로 기사가 된 다음(3장), 첫 의협(義俠)적인 행동으로 목장주인이 목동(牧童)에게 밀린 임금은 주지도 않고 오히려 목동을 나무에 묶어놓고 두들겨 패는 광경을 목격하고 15살 난 이 아이를 도와준다.

하지만 그의 두 번째 모험에서는 톨에도 상인과의 언쟁 끝에 말을 타고 한판 승부를 벌이지도 못하고 말에서 스스로 떨어져 혼자 일어나지도 못하는 부상을 입는다. 기사로서의 첫 실패이자 상처다(4장).

상처를 입고 간신히 집에 돌아 온 돈키호테는 2주일 동안의 요양 끝에 되살아난다. 글을 읽지도 쓰지도 못하는 문맹(文盲)인 동네 농사꾼 산초 판자에게 그가 성공(?)하면 적어도 어느 한 섬의 지사를 시켜준다고 약속하고 그의 시종으로 삼아 제2원정길에 오른다. 그의 말(로진한테)과 산초가 타는 당나귀(데폴)도 함께 원정에 나선다(6장).

제2 원정 길의 첫 모험은 30개, 40개 풍차를 거인들로 착각하고 돈키호테가 돌진하다 그의 창이 부러지는 소동이다. 『돈키호테』하면 맨 먼저 떠오르는 이 소설 속 사건이다(8장).

내 것, 네 것을 가리지 않고 모두가 함께 모든 것을 갖는 정의가 넘쳐흐르는 '황금기'(철의 시대)를 회상한다. 서양 판 동양의 '요순 시절' 같다(11장).

돈키호테가 여관 집 하녀를 밤에 몰래 품고 환상 속에 속삭인다(16장).

돈키호테는 암컷 양 떼와 수컷 양 떼(ewes and rams)를 두 적대 진영으로 착각하여 한 진영은 트라포반아섬의 황제가 이끌고, 또 한 진영은 가라탄스왕이 진두지휘하고 있다고 우겨댄다(18장).

한밤중에 돈키호테는 물방앗간의 여섯 개 물방아를 거인으로, 방앗간 절구통 소리를 기사가 달려드는 공격의 함성으로 착각한다(20장).

이발사를 기사로, 그의 대야를 금 빛 투구로 착각한다(21장).

돈키호테는 길을 가다가 죄수들을 실은 마차와 간수들을 만나 죄수들을 모두 풀어준다(22장).

산초는 한 동굴에서 여행 가방을 발견하고 그 가방 속에 든 금화 100크라운을 몰래 챙긴다(23장).

돈키호테는 이발사의 세면기(대야)를 맘부리노의 투구(헬멧)로 착각한다. 또 같은 장(章)에서 그는 덜시니아와의 사랑은 항상 플라토닉(platonic)한 것이며, 잠시 잠깐 서로 쳐다보는 정도이며, 12년 동안에 고작 네 번 정도 그녀를 보았다고 고백한다.

그녀의 아버지는 로렌조 코주엘로(Lorenzo Corchuelo)이고 어머니는 알돈자 노갈레스(Aldonza Nogales)라고 밝힌다. 그리고 산초 판자는 모험 여행을 시작한 뒤 처음으로 돈키호테를 혼자 남겨두고 돈키호테가 쓴 편지를 갖고 덜시니아를 만나러 말을 타고 떠난다(25장, p. 247).

돈키호테는 '두 이상형(型) 기사, 오란도와 아마디스 가운데 누구를 닮을까?'를 놓고 고민한다. 오란도는 그의 발 밑바닥에 철로 일곱 겹 밑창을 해서 거기에 긴 핀을 꼽기 전에는 죽지 않는다는 것을 미리 알고 베르난도 델 카피오는 그를 목 졸라 죽인다. 돈키호테는 "제정신을 잃거나 미친 행동을 결코 하지 않고 연인으로서 최고, 최상의 평판을 누리는" 아마디스를 이상형 기사로 삼는다(26장).

산초는 돈키호테 고향의 신부와 이발사와 짜고 신부는 여자로, 이발사는 기사의 시종(squire)으로 변장하고 미친(?) 돈키호테를 산에서 내려오도록 유인한다(27장). 산초는 고향에 갔다가 되돌아와서 덜시니아를 만나지도 않고 만났다고 돈키호테를 속이고(31장).

이 책에서 가장 길고 흥미진진한 이야기 속의 이야기를 하나 뼈대만 소개하면 다음과 같다.

신부(神父)가 들려주는 사랑, 배신, 음모, 자작극, 자살, 타살, 병사(病

死) 등 온갖 사악한 일들이 벌어져, 끝내는 비극으로 마무리 짓는 이야기다. 세르반테스도 이탈리아의 터스카니주(洲) 플로렌스에 나이도 같고 취미도 같은 귀족 출신 두 절친한 친구, *안셀모*(안)와 *로타리오*(로), 안의 아내 *카밀라*(카), 그리고 그녀의 하녀 *레오넬라*(레) 사이에서 벌어진 얽히고설킨 정사(情事)다.

안과 *카*는 세상에 부러울 것 없는 모든 것을 다 가진 젊은 귀족 부부지만 안이 그의 아내의 순결(정조, 貞操)을 한번 시험하겠다는 술책 때문에 이 비극은 시작된다. 안은 아내 몰래 친구 로와 짜고 처음에는 단호히 거절, 거부하는 로를 끝까지 설득하여 그의 아내 *카*를 유혹, 구애(求愛)하도록 종용한다.

안이 시골에 며칠 갔다 온다는 등 여러 가지 속임수로 아내 *카*를 속이며 친구 로로 하여금 그의 아내 *카*를 돌보며 유혹하도록 서로 꾸민다. 처음엔 여러 차례 주저하다 안이 떠난 지 3일째가 되자 로는 친구 아내 *카*를 유혹하려 들고, *카* 역시 단연코 처음엔 거절하지만 넷째 날엔 그녀도 사랑에 빠지고 만다.

이 정사를 아는 사람은 *카*의 하녀 *레*뿐이다. 한편 *레*는 한밤중이면 몰래 그녀의 애인을 방으로 끌어들여 멋대로 놀아난다. 하지만 *카*는 그의 비밀을 알고 있는 *레*를 이러지도 저러지도 못한다. 안이 집에 돌아온 뒤 어느 날 밤 새벽녘 그는 *레*의 남자 친구가 창문으로 몰래 도망가는 것을 목격한다. 안이 *레*를 다그치자 놀란 *레*는 안에게 다음 날까지 *레*가 아는 모든 비밀을 알려주겠다고 약속하며 용서를 빈다.

안이 아내 *카*에게 밤사이에 일어난 *레*의 이야기를 하자 *레*가 *카*와 로의 정사관계를 남편 안에게 폭로할까 봐 더 질겁한다. 그날 밤 *카*는 안이 잠든 사이에 모든 돈과 보물 등을 갖고 그녀의 정부, 로를 찾아가 그 사실을 알리고 둘은 그날 밤으로 도망쳐, *카*는 수녀원에 피신하고, 로는 더 멀리 도망친다.

그 다음날 아침잠에서 깬 안은 하루 밤사이에 그의 아내, 하녀, 친구가 모두 사라져 버린 것을 확인한 다음, 이 모든 것이 그의 어리석은 자작극에서 비롯되었다는 것을 통감하고 그의 시골 별장에서 자살한다. 나폴리까지 도망간 친구 로도 어느 싸움판에 끼어들다 죽고 만다. 수녀원 수녀로 자취를 감춘 안의 아내 카도 정부인 로가 죽었다는 소식을 들은 뒤 슬픔과 우울증 때문에 얼마 지나 죽는다는 삼중(三重), 삼각(三角) 비극이다(33장, 34장, 35장).

돈키호테는 잠꼬대를 하며 미코미콘 왕국에 도착하여 그 적과 싸움판을 벌이고 붉은 포도주 통을 거인으로, 포도주를 붉은 피로 착각하는 꿈을 꾼다. 그의 친구 이발사가 찬물 한 통을 온몸에 덮어 뿌릴 때까지 그는 이 잠꼬대에서 깨어나지 않는다(35장).

성모 마리아상(像)을 상여에 모시고 길을 행진하는 수도 원생들을 돈키호테는 날강도들이 미인을 납치해 도주하는 것으로 착각, 그들과 한판 승부를 벌이려다 거꾸로 상대편 둔기(연장)에 얻어맞고 맨땅에 내 둥글어 떨어진다.

1부가 출판되고 10년이 지나 1615년에 출판된 2부에서 돈키호테는 무어(Moor)사람 이름을 가진 산손 카라스코(Sanson Carasco), 즉 사이드 하메테 베렌게나(Cide Hamete Berengena)를 돈키호테 모험담의 공식 사가(史家)로 만든다(제2부, 2장).

산초가 그의 주인 돈키호테의 미친 모습의 모험들을 간략히 요약, 회상하는 대목이 눈길을 끈다. 풍차를 거인으로, 신부(修道士)들의 당나귀들을 단봉(單峰)낙타 떼로, 양 떼를 적군으로 착각하고 한판 승부를 벌이는 무모···. 산초가 시골 아녀자 셋 중 하나를 가리키며 덜시니아라고 돈키호테를 속이지만 돈키호테는 마귀의 마법에 의해 미모의 제 모습이 아닌 못나고 못생긴 시골 여자를 그에게 보여줬다고 믿는다(5장, pp. 591-594).

돈키호테가 '거울들의 기사'와 격투 끝에 이겨 패자의 갑옷과 투구를 벗겨보니 그가 바로 잘 아는 청년 산손 카라스코가 아닌가? 그러나 돈키호테는 그가 실제 산손이 아닌 마귀가 만든 산손이라고 믿는다. 그리하여, 실은 동네 신부, 이발사가 산손을 기사로 가장(假裝)해서 돈키호테가 2년 동안 자기 집에서 가출하지 못하도록 꾸민 계획이 물거품이 되고 만다(14장).

몬테시노스 동굴 땅속 깊은 유리 궁전 안에서 돈키호테는 이 동굴의 영원한 총독, 머리가 하얀 노인(몬테시노스)을 만난다. 이 노인에 대한 그의 묘사가 흥미를 끈다.

> 그의 몸가짐(擧動), 그의 걸음걸이, 그의 무게, 그의 당당한 풍채, 이 하나하나가 그리고 이 모두를 합쳐서 나를 감동으로 매료케 했다.

> His bearing, his gait, his gravity, and his imposing presence, each thing by itself and all of them together, held me spellbound with admiration(23장, 687).

산초는 인구 1,000명의 섬에 '영원한 지사'로 임명되어 부임한 지 7일째 되는 날 밤에 거의 무방비 상태에서 무장한 적의 급습을 받는다. 이에 혼쭐이 난 산초는 지사 자리는 그의 능력, 배경, 적성에 결코 맞지 않는다는 것을 깨닫고 주변 관료들의 만류를 뿌리치고 물러난다(53장).

지사 자리를 끝내고 돌아가는 길에 산초와 그의 당나귀가 18피트나 되는 깊은 구멍에 빠져 또 한번 혼쭐이 난다. 돈키호테가 그를 발견하고 공작에게 알려 구멍에서 그와 당나귀를 구출해 준다(55장).

돈키호테는 돈 환이라는 사람이 덜시니아의 안부를 묻자, 예언자 멀린이 산초가 곤장을 3,300대를 맞아야 덜시니아를 마귀의 마법에서 구출할 수 있다는 권고를 했다고 알려준다. 그 밖에 그녀는 아직도 숫처녀이고 성교를 서로 한 적도 없으며, 그녀에 대한 사랑은 한결같다고 밝힌다(59장).

돈키호테는 바르셀로나로 가는 도중 노상 강도단(盜賊)과 그 두목 로크 귄아트(Roque Guinart)를 만난다(60장).

# 『돈키호테』를 읽고

## 사랑

이 책을 읽고 난 다음 나에게 가장 강렬하게 남아 있는 감동은 주인공 돈키호테가 그 머릿속에 기리고 있는 상상, 환상, 몽상의 여인, 엘 토보소의 덜시니아에 대한 무조건적이고 절대적인 순정(純情)이다.

거꾸로는 그가 처음부터 끝까지 단 한 번, 단 한 순간도 의심하지 않는 이 여인, 이 연인의 지고지선(至高至善)의 순결(純潔)에 대한 그의 항심(恒心)이다.

정조(貞操)와 순덕(純德)의 여인은 한 마리 순백(純白)의 족제비 같고, 정조의 순덕은 눈보다도 더 하얗고 더 깨끗하다(제1부, 33장, p. 334).

돈키호테 이야기는 그의 순정과 그가 변함없이 끝까지 믿는 그의 연인의 순결이 빚어낸 순애보(純愛譜)다. 실제로, 우리 삶 속에는 있을 수도, 이루어질 수도 없는 이상(理想)으로서의 사랑 이야기다.

사람뿐만 아니라 살아 숨 쉬는 모든 생명체가 갈구하는 가장 맑은 공기, 가장 깨끗한 샘물 같은 사랑을 일평생 그는 숨 막히고 목마르게 '미친 사람'이 되다시피 찾아 헤맨다.

그의 몸종 산초가 지껄이듯이, 돈키호테의 덜시니아 사랑은 "맨주먹으로 하늘치기"(제2부, 9장, p. 586)다. 한마디로, 허상, 허구다. 지고지선, 절세미인(絶世美人) 덜시니아는 허구지만 못나고, 못생긴 시골 촌뜨기 아녀자 덜시니아는 실체다.

돈키호테는 미인 덜시니아를 마귀가 마법으로 그렇게 흉측하게 만들어 버렸다는 것을 끝까지 믿는다. 그 마귀를 박살내어 그녀의 본 모습을 되찾고, 되살리겠다는 일편단심(一片丹心)만으로 그는 평생을 헤맨다. 그는 원정(遠征) 중에 만난 많은 미모의 실제 여인들의 온갖 유혹을 끝까지 뿌리치고 물리친다.

그의 머릿속에서만 아른거리는 *허상*에 대한 순정—정조(貞操), 절개(節概), 지조(志操)—이 그의 살갗에 맞닿아 부딪치는 미모의 *실존* 여인들의 유혹—욕정, 욕구, 욕망—을 이겨낸다. 자가당착이요, 모순이다. 환상, 상상, 몽상이 현실, 현상, 현장을 거부한다. 유심(唯心)이 유물(唯物)을 이긴다.

칼 마르크스(1818–1883)가 유물론자(唯物論者)라면, 그는 유심, 유신론자(有神論者)다. 사회적 존재가 사회의식을 결정하는 것이 아니라, 자기의식이 사회적 존재를 극복한다.

그는 산초에게 "미모는 사랑을 기르는 맨 처음이자 가장 중요한 자양분"(제2부, 58장, p. 939)이며 사랑은 정신적이거나 육체적인 것 두 가지가 있다고 일러준다.

심령의 아름다움은 지성(知性), 정조(貞操), 선행(善行), 아량(雅量), 그리고 좋은 가정교육이라고. 육체적으로는 그 스스로는 못생겼지만 잘생기든 못생기든 그를 포함, 누구나 이 아름다운 심성은 가질 수 있다(p. 940)고 힘주어 말한다.

사랑은 한번 빠져들면 어떤 규제도 어떤 이성의 규칙도 막을 수 없으며, 사랑도 죽음처럼 왕들의 궁궐이고, 양치기의 오두막이고 들이닥치며, 사랑은 사람의 가슴을 사로잡자마자 겁도 부끄러움도 곧바로 떨쳐버리는 묘약(p. 939)이라고. 그는 "사랑은 구리(銅)가 금으로, 빈곤이 부유(富裕)로, 눈물이 진주같이 보이게 하는 안경"(제2부, 19장, p. 660)이라고 생각한다.

그는 사랑을 일깨우는 것은 뛰어난 미모와 좋은 평판이며, 덜시니아는 그 누구도 따를 수 없는 최상, 최고 수준의 이 두 가지 모두를 가진 여자라고 믿는다. 미모의 상징인 옛 그리스 트로이의 헬렌이나 미모, 절개, 정조의 표상인 옛 로마 루크르시아도 덜시니아에 비하면 어림도 없다(제1부, 25장, p. 249)는 것이다.

돈키호테는 덜시니아를 다음과 같이 평가한다.

··· 모든 아름다움(美)의 최정상(最頂上), 분별(력)의 정수(精髓), 매
력의 보고(寶庫), 정조(貞操)의 보관소, 그리고 마지막으로 이 세
상에 있는 너그럽고, 정직하고 매력적인 모든 것들을 아우르는 한
개념!(제1부, 43장, p. 442).

··· 흠 없는 미모, 오만 없는 고결함, 겸허한 사랑, 공손함에서 우
러나오는 몸가짐, 훌륭한 가정에서 제대로 터득한 예의···(제2부,
32장, p. 760).

돈키호테 스스로 인정하듯이, 덜시니아에 대한 그의 사랑은 육체적인
색정(lust)이 아니다. 플라토닉(Platonic)하다. 그는 대부분 젊은이들의 사
랑은 사랑이 아니라 *색정*이며, 색정은 그냥 즐기다가 일단 그 목적을 이
루면 그 관계도 끝난다는 것이다.

그토록 뜨겁게 사랑처럼 보였던 색정은 자연스럽게 곧 사라져버리지
만, 진정한 사랑은 밑도 끝도 없다(제1부, 24장, p. 234)고 본다. 책 제2부
에서도 "나는 성적 욕구를 쫓는 그런 연인이 아니고 순결하고 플라토닉
한 부류"(제2부, 32장, p. 754)라고 그는 밝힌다.

그는 덜시니아를 네 번 정도 잠깐 눈 흘겨 쳐다만 보았을 뿐이라고 말
한다.

그가 그렇게 쳐다보는 것조차도 그녀는 알아차리지 못했을 것(제1부,
25장, p. 247)이라고 의심하며.

삶을 꾸려가는 데는 최소한의 재산이 있어야 사람은 마음의 평정을
얻는다고 흔히 말한다. 인간뿐만 아니라 모든 산 것들도 마찬가지다. 항
산 항심(恒産, 恒心)이다. 입고 먹고 자는 곳—의식주(衣食住)—이 해결
되어야 하는 것은 최소한의 생존법칙이다.

에이브러햄 마슬로가 말하는 '인간생존 필요의 사닥다리'(the hierar-
chy of human needs)의 제1차적 조건이다. 칼 마르크스와 니코라이 레닌
이 주창한 "사회적 존재가 사회적 의식을 결정한다."는 명제와도 크게 다

르지 않다.

앞에서도 밝혔듯이, 그러나 돈키호테에게는 항심이 항산에 앞선다. 물론 그도 "사랑의 최대의 적은 굶주림과 끊임없는 궁핍이다."(제2부, 22장, p. 678)라고 인정한다. 하지만 돈키호테는 그의 덜시니아에 대한 사랑을 통해 결코 변심(變心), 변절(變節), 배신(背信)하지 않는 항심(constancy)을 최고의 가치로 치켜세운다.

약간 헷갈리기도 하지만 그에게는 자기의식, 자기신념이 사회적 존재를 극복하는 삶을 끝까지 고집한다. 구체적으로 그는 한 여인만을 사랑한다는 그의 믿음을 그가 이 세상을 마감할 때까지 굳게 흔들림 없이 지킨다.

그에게 아낌없이 최상의 환영, 최고의 환대를 베풀어준 공작과 공작부인 대궐에서 어느 날 공작부인이 덜시니아의 안부를 묻자, 그는 다음과 같이 대답한다.

> 부인! 내 불행은 시작은 있었지만 결코 끝이 없습니다. 내가 거인
> 을 무찌르고, 그녀(덜시니아)를 괴롭히는 악한들과 악당들로 하여
> 금 (그녀를) 찾아오도록 내보냈지만, 마귀의 마법에 걸려 사람이
> 상상할 수 있는 가장 못생긴 시골 촌뜨기 아녀자로 바뀐 그녀를
> 그들이 어디서 찾을 수 있겠습니까?(제2부, 31장, p. 751)

그럼에도 불구하고 그에겐 절개, 정조, 지조가 부(富), 명예, 권력 등 모든 가치에 앞선다. 항심 없는 절개, 정조, 지조는 있을 수 없지 않은가?

그에겐 항심이 그의 "인생의 좌우명(motto)이고, 그의 직업(騎士)이 무조건 철저히 지켜야 할 일"(제2부, 59장, p. 950)이다. "덜시니아는 숫처녀이며 나의 그녀에 대한 갈구는 한결같다."(p. 951)고 밝힌다.

순결(정조, 貞操)은 그녀의 가장 값진 지참금, 아무것도 그녀에게

더 큰 힘을 주지 못하나니.

모든 연인은 항심을 가장 값진 품성이라고, 그것으로만 사랑은 기

적들을 쌓아 연인들이 하늘에 오르네(제2부, 46장, p. 852).


이처럼 돈키호테는 예나 지금이나 어디서나 거의 찾아보기 힘든 플라토닉한 사랑을 노래하고 갈구하며 그가 이 세상을 마감할 때까지 덜시니아에 대한 그의 사랑의 항심을 고스란히 지킨다. 실제 우리 삶에서 흔히 볼 수 있는 변심, 변절, 변덕스런 사랑의 현실에 대한 도전장이다. 경각심이요, 경종이다.

과연 돈키호테의 덜시니아를 향한 순수, 순결, 순정의 사랑이 우리 삶에 실제로 존재할까? 어딘가 그런 연인의 사랑이 존재한다면 가뭄에 콩 나듯 극히 드물고 드문 예외일 것이다. 요새 우스갯소리로, 그는 '희귀동물' 아니면 '천연기념물'이 아닐까?


## 남자와 여자

세르반테스의 위 돈키호테 사랑 이야기는 자연스럽게 여자와 남자, 결혼, 이혼, 남편과 아내에 대한 그의 통찰로 이어진다.

그는 산초의 입을 빌려, "남자는 남자고, 여자는 여자이어야 한다."(제2부, 7장, p. 575)고 주장한다. 동양 유교 삼강오륜(三綱五倫)의 하나인 부부유별(夫婦有別)을 닮았다.

얼핏 보면, 이 주장은 400년이 훨씬 지난 지금 문제가 되고 있는 동성연애, 동성결혼 옹호론자에게는 케케묵은 생각으로 비치고, 반대론자들은 '옳소!'라고 강변할 만한 선언이다.

물론 우리는 성전환(性轉換)이 가능한 세상에 살고 있다. 지금은 성전환으로 남자가 여자로, 여자가 남자가 되어 어울려 사는 세상이다. 하지

만 성전환을 해도 *신체적*으로는 '전환된 남자'는 남자고, '전환된 여자'는 여자 아닌가? 성전환을 하여 신체적으로 남자가 가져야 할, 여자가 가져야 할 것들을 갖추어 본래 남자가 여자로, 본래 여자가 남자로 공인(?)을 받았다 하더라도.

지금은 정신적, 지적, 기능적 능력에서 남녀의 벽들이 거의 무너진 세상이다. 아직도 지구상 곳곳에서 종교, 미신, 풍속 등 온갖 이유와 구실로 모든 분야에서 성차별이 횡행하고 있는 것도 엄연한 *현실*이지만….

더구나 미 문화인류학자 미드(Margaret Mead, 1901-1978)는 남녀라는 신체적 구별과는 달리, '사내다움'(男性性, masculinity)과 '여성다움'(女性性, femininity)이란 사람이 이 세상에 태어난 다음, 그 사회의 문화적 조건과 환경의 산물이라는 현장 연구결과를 내놓았다. 이는 또 다른, 별도의 논쟁거리다.

아무튼 세르반테스가 이 책에서 남자와는 다른 여자의 *심성*(心性)을 나름대로 관찰하고 있는 것도 눈에 띈다.

여자는 천성적으로 선과 악(善惡)에 관해서만은 남자보다 "훨씬 더 교묘한(음흉한) 재능을 가졌다."(제1부, 34장, p, 354)고 말한다. 또 여자는 항상 아무리 못생겨서도 남자들이 예쁘다고 하는 것을 듣기 좋아한다(제1부, 28장, p. 281)고.

꼭 여자만 그럴까? 칭찬은 고래도 춤추게 하고 좋은 말, 고은 말, 부드러운 말은 철문도 연다는 속담도 있지 않은가? 남녀를 떠나 모든 사람이 듣기 싫은 말보다는 귀에 솔깃한 이야기를 다 좋아하지 않을까? 칭찬이 아부, 아첨이 되고 미사여구(美辭麗句)가 감언이설(甘言利說), 교언영색(巧言令色), 아세곡필(阿世曲筆) 따위로까지 타락하는 것은 금물이지만….

그는 여자는 '불완전한 창조물'이며, "정조(貞操)의 미덕은 눈보다도 더 희다."(제1부, 33장, p. 334)고 말한다.

한편, 여자의 약점으로 "변덕스러움, 변심, 속임수('한 입으로 두말하기', 一口二言), 약속 깨기, 그리고 무엇보다도 그들의 욕정과 애정을(충족하기 위한) 목표물을 선택하는 데 있어서 보여주는 판단력 부족"(제1부, 51장, pp. 506-507)을 든다. 하지만 궁극적, 본질적으로는 남녀 모두 인간은 다 불완전한 동물이 아닌가?

또 여자의 순덕은 마치 불로 순금을 가려내듯이 오직 역경(곤경)을 통해서만이 검증할 수 있으며, 그 여자가 모든 구애자(求愛者)들의 온갖 유혹들—약속, 선물, 눈물—들을 어떻게 극복하느냐에 달려있다(p. 329)는 것이다.

여자가 바람 끼가 있어서 남들 앞에서 무절제하고 경박하게 구는 것이 아무도 몰래 그녀가 저지른 비행보다 그 여자의 명예를 더 해친다(제2부, p. 679)고 밝힌다.

모든 남자의 가슴(마음)을 사로잡는 것은 여자의 미모(제1부, 37장, p. 386)이지만, 여자의 미모는 영원한 것은 아니라 시간과 계절이 있고(41장, p. 416), 남자는 여자에 대한 욕정을 일단 한번 충족하고 나면 그다음에는 어떻게 해서든지 그 여자의 구속(함정)으로부터 재빨리 벗어나려 한다(28장, p. 284)고.

간추리면, 세르반테스의 결혼관은 동양의 백년해로(百年偕老)를 닮았다. 한번 짝을 맺으면 죽을 때까지 함께 살아야 한다고 믿는다. 남편과 아내는 물건처럼 한번 샀다가 되돌려 주거나 다른 물건과 바꾸거나 하는 것이 아니라, 평생 사는 동안 결코 서로 떨어질 수 없는 '한 몸, 한 마음'(合一, union)이라야 한다고 그는 본다.

따라서 결혼의 올가미(덫)는 남편과 아내의 목을 한번 감싸면 '고디언 매듭'(Gordian knot)처럼 '죽음의 낫'만이 그 매듭을 끊을 수 있다(제2부, 19장, p. 659)는 것이다.

## 자유

이 책이 나에게 깊은 인상을 남긴 것은 인류 보편적 가치의 핵(核)이라고 할 수 있는 자유와 평등에 대한 세르반테스의 강렬하고 확고한 의지와 신념이다(평등에 대한 그의 통찰은 뒤에 그의 인간관에서 상세히 밝히고 있음).

아마도 그 스스로 포로가 되어 북아프리카 알지에로 끌려가 5년간 감옥에서 노예로 온갖 고초를 겪으면서, 또 네 차례나 탈출 시도를 했다가 실패한 체험에서 우러나오는 자유에 대한 그의 처절하고 절박한 갈구요, 외침이다.

그는 서문에서 이 책을 읽는 독자들에게 "여러분의 심령은 여러분 몸 안에 있으며 왕이 세금을 멋대로 하듯이 집에서는 여러분들이 바로 주인이요, 왕이다."(제1부, 서문, p. 41)라고 밝힌다.

당시 왕의 조세특권을 넌지시 비꼬는 것 같은 느낌을 주면서도 사람은 자기 집의 왕이요, 자기 심령의 주인이라는 어쩌면 당시로써는 '혁명적'인 신언이다.

시대상황이나 보는 시각이 물론 다르지만 250년 뒤 영국의 사상가 존 스튜아트 밀(1806−1873)이 *자유론*(1859)에서 "개인은 그의 몸과 마음의 왕(君主)이다."[25]라는 구절과 맥을 같이한다. 밀이 『돈키호테』를 읽었을 가능성은 크다.

위 선언은 또 훨씬 앞서 기원전 3세기경 이미 동양에서 맹자(372?−289? B. C)가 "민심이 곧 천심"[26]이라고 했다거나 그의 스승 공자(551?−479? B. C)가 "백성의 믿음(民信)이 나라(君主)로부터 떠나면 그 나라는 설 자리가 없다."라는 경고[27]와도 통하지만 세르반테스가 공자의 『논어』나, 맹자의 『맹자』를 당시에 읽었을 개연성은 거의 없다.

다음 세 구절은 세르반테스의 자유에 대한 그리고 좋은 의미로서의 개인주의에 대한 그의 철두철미한 의지와 확고부동한 신념을 잘 보여준다.

나는 태어날 때 자유로웠고(자유인으로 태어났고), 나는 자유롭게

살기 위해 광야의 고독을 택했다(제1부, 14장, p. 142).

나는 자유롭다. 그리고 복종(굴종)을 싫어한다. 나는 누구든 사람

을 사랑하지도 미워하지도 않는다. 나는 이 사람 속이고 저 사람

비위 맞추는 짓도 안 한다.

나는 한 사람은 함부로 다루고 다른 사람에겐 애타게 매달리지도

않는다(14장, p. 144).

우리의 의지는 자유롭고 어떤 약초나 마력도 그것(의지)을 꺾지

못한다….

단 한 사람의 의지를 꺾는 것도 불가능하다(22장, p. 213).

특히 위 첫 구절은 160년 뒤 프랑스 루소(1712-1778)의 저서, 『*사회계*
*약론*』(1762)의 첫 구절, "사람은 자유롭게(자유인으로) 태어났으나 지금
곳곳에서 온갖 사슬에 묶여있다."[28]를 빼 닮았다. 루소가 『돈키호테』를
읽었을 확률도 매우 높다.

위에서도 밝혔듯이, 세르반테스의 자유에 대한 강렬한 의지와 신념은
그 자신 체험의 산물임은 의심할 여지가 없다. 그는 돈키호테의 입을 빌
려 자유는 이 세상에 있는 모든 금을 통째로 받고도 바꾸어서 안 된다
(서문, p. 44, 주석 3)는 것이다.

다음 구절은 그의 자유에 대한 의지를 극명하게 보여준다.

내 생각으로는 사람은 그가 잃어버린 자유를 되찾는 것보다 더

큰 기쁨은 이 세상에 없다…. 되찾은 자유[에 대한 기쁨]와 또다

시 그것(자유)을 잃을까 하는 두려움은 이 세상의 모든 책무마저

도 지워버린다(제1부, 39장, p. 400, 40장, p. 411).

마지막으로, 다음 구절은 돈키호테가 산초에게 그의 체험에서 얻은

"천부인권(天賦人權)으로서의 자유에 대한 신념, 의지, 관찰. 한 인간을 구속, 속박, 감금하는 것이 구속자의 자리와 입장에서는 얼마나 무거운 책무요, 어려운 결정이어야 하는가?"와 그 구속을 당한 당사자의 처지와 상황이 얼마나 큰 재앙인가를 극명하게 알려준다.

> 자유는… 하늘이 인류(인간)에게 내려준 가장 고귀한 선물의 하나일세. 지구의 가슴에 혹은 바다 깊숙이 품고 있는 그 모든 보물들과도 자유는 비교가 안 된단 말이야. 자유와 명예를 (찾고, 얻기) 위에서라면 사람은 그의 목숨도 불사(不辭)해야 하며 감금(포로)은 인생에서 가장 큰 재앙을 불러올 수 있는 것으로 다뤄야 한단 말이야(제2부, 58장, p. 935).

"『돈키호테』에 나오는 자유 이야기하다 말고 갑자기 웬 북한이야기냐?"라고 누군가 의아할는지 모르겠지만 오늘 아침 신문[29]에서 자유를 찾아 그리고 자유가 없는 지옥에 홀로 남겨 둔 아들을 데리고 나오기까지 두만강을 세 번 건너며 생지옥 같은 북한을 탈출한 시인 최진이의 인터뷰 기사를 읽으며 나는 혼자서 가슴이 뭉클해진다.

이 인터뷰 기사 가운데 이런 구절들이 나를 사로잡는다.

> … 사랑이여, 너를 위해서라면 목숨을 바쳐도 뉘우침이 없으리라, 허나, 자유여 너를 위해서라면, 내 사랑까지도 바치리라!(헝가리 시인 뻬떼피의 시, 『국경을 세 번 건넌 여자 최진이』 중에서 재인용)

> 최진이,
> "북의 여자들이 비록 성매매를 거치더라도 중국이나 한국으로 탈출했으면 좋겠다."고 하자, [남한] 여성학자들이 "말도 안 된다."며 아우성치더라.

그래서 내가 물었다. "야, 너희들이 기아가 뭔지 아나, 배고픔이 뭔지 아나? 굶주린 사람에겐 정의도, 신념도, 종교도 없다. 아무 것도 없다."

– 그토록 끔찍한 기아에 시달리는데 북한 사람들은 왜 권력에 저항 하지 않나?

*최진이,*
"한국 와서 그런 질문 수없이 들었다. 그럴 때마다 독재체제 속에 너무 오래 살아서 자기 소유가 없고 늘 국가가 주는 집, 나눠주는 식량에 길들어진 탓이라고 대답했지. 지금 생각하면 그 또한 핑 계에 불과하다. 빵과 서커스에 영혼을 팔아버린 고대 로마사람들 처럼 적당히 먹을거리, 살 곳만 배급받으면 거기에 안주해 우둔하 게 살아가는 북 주민들 또한 독재사회 구축에 일조한 셈이다."

– 탈북자들의 한국 사회 부적응이 문제가 되고 있다.

*최진이,*
"자기 존엄이 없고, 권력의 횡포 속에 오로지 악으로만 버티며 살 아온 사람들이다. 철저히 조직의 명령에 따라 움직여 온 탓에 자 기의사를 자유롭게 표현하는 데도 익숙지 않다. 감시와 통제사회 에서 살아온 그들의 트라우마, 탈북 과정에서 겪은 그들의 상처 를 치유한 게 우선이란 생각이다."

지금 바로 이 순간도 북한 주민은 이처럼 자유가 철저히 부재한 생지 옥에서 허덕이고 있다. 위 피맺힌 이야기 속에 "사랑이 목숨보다 귀하지 만, 자유는 사랑보다 더 귀하다."라는 헝가리 시인의 절규와 "굶주린 사람에겐 정의도, 신념도, 종교도 없다."라는 최진이의 단언, 그 피맺힌 절규는 얼핏 보기엔 서로 엇갈린 모순 같기도 하지만 깊이 들여다보면, 이 두 절규는 '모순 같은 두 진실'이다.

생명이 있기에 굶주림을 이겨내야 하고 산 생명이 '죽은 송장'이 아니기에 그에게 자유가, 사랑이, 넘쳐나야만 하지 않은가?

내친김에 한마디 덧붙이면, 올 여름(2011년) 미국에서 손자, 손녀를 돌보면서 읽은 19세기를 산 미국의 한 흑인 노예 이야기[30]도 내 가슴을 뭉클하게 한다.

아버지가 누구인지(백인인 흑인노예 소유주(?)도 모르고 노예로 태어나 가재도구처럼, 아니 개나 돼지보다 못한 동물처럼 거의 매일 회초리를 얻어맞고 헐벗고 굶주리며 새벽부터 저녁까지 혹사를 당한 한 노예 이야기다.

그가 스무 살 때 목숨을 걸고 자유를 찾아 도망쳐 나와 당시 '자유주'(洲, free states)에서 노예해방을 부르짖으며 나름대로 명사(名士)가 된 프레데릭 더글라스(1818–1895)의 파란만장한 삶의 이야기다.

여기 그가 자유인이 되어 1845년 영국에 건너가서 아일랜드의 더블린 시에서 그 당시 아일랜드 사람들에 대한 그의 관찰과 그가 몸소 겪은 노예와 노예제도에 대한 그의 통렬한 비판 한 대목만을 소개하면 다음과 같다.

> 그 사람들(더블린)은 피부 색깔이 아니라 도덕적이고 지적인 값어치(무게)로 사람을 평가하고 존경한다.

> They measure and esteem men according to their moral and intellectual worth, and not according to the color of their skin.

노예도 '천사들보다는 조금 낮은 신의 이미지'(를 닮은) 사람이다. (흑인 노예들도) 영원토록 망가지지 않는 영혼을 갖고 있으며, 끝없는 행복을 누리거나 가늠할 수 없는 고뇌에 빠질 수 있고, 희망과 두려움, 애정과 열정, 기쁨과 슬픔을 가진 생명체(창조물)다. 또한 사람은 (그 누구든) 시간과 감각 같은 것들을 훌쩍 뛰어넘어, 영광스러운 신의 아이디어를 터득하여, 멈추지 않는 끈질김으로, (그를) 숭고하게 순화시켜, 더 높은 곳으로 끌어올리는 신비스런 힘을 지니고 태어났다. 바로 이런 존재(사람이 노예가 되어)가 부서지고 망가진 것이다.

노예제도의 첫 사업이 사람과 물건, 개인과 소유물을 구별하는 희생자들(노예들)의 인격을 깨부수고 없애는 것이다.

The slave is a man, 'the image of God' but 'a little lower than the angels; possessing a soul, eternal and indestructible; capable of endless happiness, or immeasurable woe; a creature of hopes and fears, of affections and passions, of joys and sorrows, and he is endowed with those mysterious powers by which man soars above the things of time and sense, and grasps, with undying tenacity, the elevating and sublimely glorious idea of a God. It is such a being that is smitten and blasted.

The first work of slavery is to mar and deface those characteristics of its victims which distinguish men from thing, and persons from property.[32]

간추리면, 상대적으로 자유로운 몸으로 태어난 세르반테스가 400여 년 전 북아프리카 튀니스 근처에서 5년이나 감옥에 갇혀 자유의 소중함을 몸과 머리와 마음으로 몸소 겪고 나서, 돈키호테의 입을 빌려 자유를 외치는 것이나, 천신만고(千辛萬苦) 끝에 북한을 탈출한 한 여인이 생생히 전하는 창살 없는 감옥, 생지옥 같은 오늘의 북한 실상이나, 19세기 미국의 한 흑인이 겪은 짐승만도 못한 당시 노예의 참혹상은 시공(時空)을 훌쩍 뛰어넘어 모두 닮은꼴이다.

세르반테스는 진리에 대한 그의 견해도 밝힌다. 그는 하나의 진실을 얻거나 찾기 위해서는 수많은 증거, 검증, 실험이 필요하며(제2부, 26장, p. 714) "시간은 만물의 발견자"로서 지구의 가슴속 깊이 묻어 둔 무엇이든 시간이(지나면) 태양의 빛으로 그 진리, 진상, 진실을 밝히지 못하는 것은 없다(25장, p. 711)는 것이다.

## 전쟁과 평화, 칼과 붓

자유와 마찬가지로 세르반테스의 전쟁과 평화에 관한 생각도 그의 산 체험에서 우러나오는 통찰이다. 따라서 그의 전쟁과 평화, 문무(文武), 무인(武人)과 문인(文人), 병사(兵士)와 서생(書生)에 대한 관찰과 평가도 흥미롭다.

신은 항상 평화를 만드는 자를 축복하고 평화를 깨는 자를 저주한다(제2부, 14장, p. 620).

우리는 누구나 모두 평화를 지켜야 한다는 신의 법과 사람이 만든 법에 묶여 있다(제2부, 27장, p. 725)고 강조하면서도 세르반테스는 돈키호테의 입을 빌려 다음 다섯 가지 경우(상황)—가톨릭교를 지키기 위해, 자연법과 신법(神法)이 허용하는 정당방위, 명예, 가정(가족), 재산을 지키기 위해, 정당한 전쟁에서 왕을 지키기 위해, 자기 나라의 방위를 위해 등(p.

725)—에는 전쟁의 길을 택할 수 있다고 본다.

[* 재미있는 사실 하나는 세르반테스가 살았던 스페인은 우리나라로 치면 조선

시대(1392~1910)다. 구체적으로 그의 스페인 삶은 일본군이 임진왜란(1592~1598)

때 우리나라를 초토화(焦土化)시킨 선조 때(宣祖, 1567~1608)와 겹친다. 고려시대

(918~1392)부터 내려 온 무반(武班), 문반(文班), 양반(兩班)제도가 자리 잡힌 때였다]

이런 시각에서 보면, 세르반테스가 돈키호테를 통해 지배층을 문인과 무인으로 나누어 두 직업의 장단점을 이야기하고 있는 것도 우연같이 않은 우연이다.

그는 글은 무기보다 더 명성을 떨치며 마음을 쓰는 일이 몸을 부리는 일보다 더 힘들다고 말한다. 하지만 문무(文武) 모두 다 같이 지적 능력을 필요로 한다는 것이다. 또 문인이든 무인이든 가장 숭고한 목표를 갖고 얼마나 최선의 노력과 정력을 쏟아서 그 목적을 달성하느냐는 각자의 몫이라고 본다.

"창이 펜을, 펜이 칼을, 무디게 하지 못한다."(제1부, 18장, p. 177) 즉, 칼이 붓을, 붓이 칼을 꺾지 못한다고 밝힌다. 하지만 현실세계는 어제나 오늘이든 서양이나 동양이든 칼이 붓을 꺾거나 무디게도 하고, 거꾸로 붓이 칼을 무디게 하고 꺾기도 한다. 총칼 앞에서 붓이 앞잡이 노릇도 하고, 붓으로 총칼에 맞서 피 흘리며 죽어 가기도.

그러나 칼이 사람을 쳐죽여도 그 사람의 영혼마저 죽이지는 못하지 않은가? 중국 천안문사태 때 전 세계인이 목격한 처절한 한 장면이 극적으로 보여 주었듯이, 탱크가 초라한 한 인간의 자유의 외침을 그 바퀴 속에 깔아뭉개거나 억누를 수는 있겠지만 자유 그 자체를 죽일 수는 없지 않은가?

총칼로 사람은 죽여도 그 영혼마저, 그가 주창한 자유, 평등, 박애, 평화, 인간 존엄성, 진리, 진실, 정의 등 인류 보편적 가치는 죽일 수 없지 않은가?

따라서 궁극적으로는, 무인이든 문인이든 그가 이 세상에 남긴 업적과 작품이 평가를 받을 수밖에 없다. 문인과 무인을 비교하기에 앞서, 맨 먼저 그는 풍자와 냉소가 섞인 병사와 성직자의 역할을 다음과 같이 묘사한다.

성직자는 모든 평화로움과 평정 속에서 세계의 복지를 위해 하느님께 기도드리지만, 우리 병사들과 기사들은 성직자들이 요구한 것을 몸소 실천하고, 우리 무기로, 우리 칼끝으로 방어한다. 그것도 아무런 피신처도 없는 허허벌판에서 여름에는 견디기조차 힘든 불타는 햇볕에 노출되고, 겨울엔 살을 에는 차디찬 서릿발을 이겨내며. 이렇게 우리는 신의 사도(使徒)로서 이 세상에서 신의 정의를 무력으로 집행한다.
전쟁이나 전쟁에 관련된 모든 일들은 이렇게 (병사들과 기사들의) 피와 땀, 고통, 고역 없이는 이루어질 수 없기 때문에 전쟁에 종사하는 사람들(병사, 기사)은 평정과 평화로움 속에서 약자(弱者)를 위해 신에게 기도하는 사람들(성직자)보다 훨씬 더 힘들고 어려운 직업이다. 나는 물론 기사의 의협활동이 (수도원에) 틀어박혀 사는 신부처럼 좋다고 하거나 그렇게 생각하는 것은 결코 아니다. 다만 나 자신의 온갖 고난으로부터 (얻은 교훈은) 병사, 기사의 삶이 더 고통스럽고, 더 많이 후려쳐 매 맞고, 더 굶주리고, 더 목마르고, 더 비참하고, 헐벗고, 이가 들끓을 정도로 불결하다는 것을 이야기하고 싶을 뿐이다. 왜냐하면, 만약 이들 병사, 기사들 가운데 누군가 그들 무력의 용맹으로 황제들이 되었다면 그들의 피와 땀의 희생도 엄청나게 컸을 것이다. 하지만 만약 이 황제들이 그 높은 자리에 올라앉아 마법사나 현인(賢人)의 도움(조언)을 받지 않는다면 그들의 욕망들은 빼앗기고, 그들의 희망들은 사기 당할 것이다(제1부, 13장, pp. 131-132).

그에 의하면, 성직자를 제외한 문인(지금으로 치면 군인 아닌 민간관료나 민간 직업인)의 평가는 모든 사람들이 골고루 정의를 누리도록 얼마나 잘 그들에게 의당한 몫을 부여하고 좋은 법률을 만들어 이를 엄격하고 공정하게 집행하느냐에 달려있다고 보았다.

한편 무인의 목표는 이 세상에서 인간이 누릴 수 있는 최고의 축복인 평화를 추구하고 유지하고 달성하는 것이며, 전쟁의 궁극적 목표는 평화이며, 꼭 비교를 하자면 무인의 목표인 *평화*가 문인의 목표인 *정의* 실현보다 우월하다는 것이다.

또 그는 사병에게 명령을 하는 장교나 그 지시를 따르는 병사(사병)나 모두 중요하다(제1부, 13장, p. 131)고 강조한다.

물론 문인도 큰 영예를 얻기 위해서는 남모르는 많은 시간과 눈물을 쏟아야 되고 잠 못 이루는 밤샘(不眠) 노력을 하며 헐벗고 굶주리며 소화불량에 시달리는 등 온갖 고통과 불편을 모두 감내해야 하지만, 무인처럼 어느 순간 그의 삶과 죽음이 뒤바뀌어 목숨까지 잃는 극한 상황을 맞는 것은 아니라는 것이다.

더구나 전쟁에서 수많은 병사(兵士)가 죽고 그나마 살아남은 사람은 몇 안 되지만 전쟁이 끝나면 2천 명 민간인(書生)을 보상하는 것이 3만 명 병사를 보상하는 것보다 훨씬 쉽다는 것이다.

민간인은 직장을 구해주면 되지만 병사는 그들을 이끈 장군의 재산 이외에 별다른 보상 방법이 (당시에는) 없었다(제1부, 38장, pp. 390-391)는 것이다.

이처럼 문인보다 무인을 더 높이 평가하는 세르반테스는 물론 그 자신이 젊은 나이에 참전하여 왼팔을 평생 쓰지 못하는 상이군인이지만 그가 오늘날까지도 명성을 떨치는 것은 그가 중년에서 말년까지 문인으로서 남긴 작품들, 특히 『돈키호테』같은 불후의 역작 때문이라는 것은 큰 아이러니다.

용맹에 대한 그의 견해도 눈길을 끈다.

용맹이란 비겁함과 저돌성(猪突性)같은 두 나쁜 극단적 행위의 사이에 있는 인덕(仁德)이다. 하지만 용감한 사람이 저돌적이 되는 것이 비겁한 사람이 겁에 질려 땅바닥으로까지 움츠러드는 것[땅바닥에 엎드려 기는 것]보다는 낫다. 마치 구두쇠보다 너그러운 사람이 아낌없이 쓰기가 훨씬 쉽듯이, 비겁한 사람보다 용기 있는 사람이 참으로 용감해지는 것이 훨씬 쉽다…. "이 기사(騎士)는 저돌적이고 무모하다."라는 것이 "이 기사는 소심하고 비겁하다."라는 것보다는 더 듣기 좋다(제2부, 17장, pp. 646-647).

끝으로, 세르반테스는 마치 기독교 신자가 주기도문을 매일 낭독하듯이 돈키호테를 통해서 기사가 해야 할 일이 무엇인가를, 즉 기사도(騎士道)를 계속 입버릇처럼 책 속에서 처음부터 끝까지 밝히고 실천하려 하고 있는 것이 돋보인다.

불평, 불만을 바로 잡고, 잘못을 고치고, 피해를 보상하고, 빚을 갚아주고, 상처를 치유하고, 거인(악질, 악마, 악인)을 무찌르고, 어린이와 고아(孤兒)를 구제하고, 좋은 집안의 처녀(良家閨秀)를, 보호하고 과부들을 도와주고, 오만한 자를 응징하고, 겸손한 사람을 보상하고….

놀라서 졸도한 사람에겐 용기를, 낭떠러지에서 막 떨어지려는 사람에겐 버팀목이 되고, 이미 떨어져 쓰러진 사람에겐 버틸 수 있는 힘이 되어주고, 불행한 사람에겐 지팡이와 위안이 되어야 한다고 계속 그 스스로에게, 그리고 그가 만난 모든 사람에게 일깨워 준다.

나아가서 그는 기사도의 전형(典型), 전범(典範)을 이렇게 요약한다.

기사는 생각이 순결해야 하고, 약속을 지켜야 하며, 행동은 관대하고, 활동은 용기 있게, 역경은 인내로 이겨내며, 어려운 사람을 도와주고, 진실은 그의 목숨을 걸고라도 끝까지 지켜야 한다(제2부, 28장, p. 651)

## 소설가, 시인, 사가(史家)

세르반테스가 문인(書生)을 소설가(작가, 극작가), 시인, 사가 등으로 세분하여 당시 이들 직업의 특징을 나름대로 정의(定義), 정리하고 있는 것도 눈길을 끈다.

먼저 소설기법—어떤 내용을 어떻게 쓰는 것이 독자를 끄는가?—을 가톨릭 사제(司祭) 입을 빌려 충고한다. 소설은 그 내용이 진실하게 보일수록, 사실에 가까울수록 더 좋고 독자를 사로잡는다고 본다.

창작품은 읽는 사람의 이해력과 눈높이를 같이해야 하며 실제로 있을 수 없는 일들은 되도록 삼가하고 너무 극단적인 것들도 피해야 하며 독자들이 감탄과 즐거움을 함께 느낄 수 있도록 계속 긴장의 도가니에 넣어야 하며 독자가 책을 읽고 놀라고 흥분하고 조마조마하고 즐겁도록 써야 한다는 것이다.

하지만 있을 수 있고 일어날 수 있는 사실과 자연의 모습 그대로의 모방(표현)을 작가가 회피하면 그 작품은 결코 최고 수준에 이르지 못한다고 경고한다.

이 사제를 통해 (극)작가의 자질에 관해 그가 기대하는 것도 엄청나고 놀랍다.

작가는 점성술, 우주, 천문학, 음악, 국정(國政), 국사(國事), 마법, 마술에도 지식과 경험을 가져야 하며 율리시스의 계략, 아이네이아스의 충정,

아킬레스의 용맹, 헥토르의 불운, 사이언의 배신, 유리아루스의 우정, 알렉산더의 아량, 케사르(시저)의 용기, 트라잔의 관용(사면, 赦免)과 진실성, 조피루스의 충절, 카토의 분별력 등 이 모든 자질들을 이상형(理想型) 영웅을 창조하는 데 참고, 활용해야 한다는 것이다.

그는 위 영웅, 위인들의 백과사전적이고 포괄적인 지식, 역량, 자질을 작가의 작품 속 등장인물 한 사람이 모두 가질 수도 있고, 여러 등장인물들이 나누어 가질 수도 있다고 덧붙인다.

따라서 작품은 기발한 구상과 흥미진진한 스타일로 이야기를 사실, 진실에 가깝게 다루고 마치 실로 베를 짜듯이 잘 꾸려가서 독자에게 교훈과 재미를 함께 가져다주는 아름다움과 완벽성을 보여줘야 한다는 것이다.

특히 소설은 다른 문학의 장르와 달리, 느슨한 구조이기 때문에 작가에겐 서사시, 서정시, 비극, 희극, 시학(詩學)과 수사학(修辭學) 등을 포함한 모든 요소들을 구사할 수 있는 재능을 보여주는 기회가 된다는 것이다(제1부, 47장, pp. 478–479).

그는 또 만약 (극)작가가 대중들이 좋아하는 방식만을 따라 작품을 쓰고 경영자는 이 작품을 무대에 올려 배우들이 연기를 하면 그 작품을 좋다고 하고, 거꾸로 작가들이 그들 스스로 계획을 가지고 드라마의 규범을 벗어나지 않고 구성한 대로 만들어 그 작품을 이해하는 몇몇 지각 있는 사람만을 즐겁게 하고 대부분의 사람들은 그 작품의 심오한 메시지는 모르는 상황이면 경영자는 입에 풀칠하고 먹고살기에 바빠 '소수의 평가'보다는 '다수의 인기'가 있는 작품을 선호한다는 것이다. "아마 내 책의 운명도 그런 셈이었다."라고 마지막에 운을 떼는 것도 흥미롭다.

무지한 사람이 현명한 사람보다 훨씬 많고, 소수의 현명한 사람
의 칭송을 받는 것이 다수의 어리석은 사람의 야유를 받는 것보

다 낫다. 그리고 나는 변덕스런 대중의 혼란스런(얼빠진) 판단에 휩쓸리고 싶지도 않다(제1부, 48장, p. 481).

위 구절에서 두 가지가 내 관심을 끈다.

하나는 400년 전 16세기 스페인의 "대중 인기냐? 소수 평가냐?"의 기준은 지금 21세기에도 유효한 잣대요, 아마 지금도 스페인뿐만 아니라 세계 어디서나 '대중의 흥행 인기'가 '지각 있는 소수의 평가'를 앞지르고 짓누른다고 생각하니 어딘가 좀 찜찜하고 씁쓸하다.

하지만 세르반테스가 소설 속의 대화를 통해 아마 자기 작품도 '같은 운명'이라고 당시는 실망(?)했는지는 몰라도 400년이 훨씬 지난 오늘도 그의 작품이 세계에서 가장 많이 읽히는 소설 반열에 끼었다는 사실은 시간이라는 변수를 길게 잡으면 잡을수록 인기와 흥행만을 쫓는 것이 꼭 상책은 아니라는 경고도 된다. 순간적인 '베스트셀러'는 그 순간 많이 팔린 책일망정 그것이 영원한 고전은 아니지 않은가?

세르반테스 생전엔 그의 작품, 『돈키호테』에 대한 독자, 비평가, 출판인, 극작 경영인들의 반응이 그에게 큰 실망과 실소를 주었는지는 몰라도 지금쯤 하늘나라의 그에게는 위안(慰安)이 아닐까?

물론 그가 실제로 살아서 몸소 겪은 것(체험)은 실망, 낙담, 가난이었고, 위로와 위안은 그가 죽은 뒤 그 스스로는 느낄 수도 누릴 수도 즐길 수도 없는 기껏해야 우리 산 사람의 그의 작품에 대한 평가일 뿐이지만.

문학작품 심사와 평가에 대해서도 세르반테스는 돈키호테의 입을 빌려 1등 아닌 2등으로 뽑히라고 비꼰다.

1등은 항상 정실(情實)이나 그 사람의 위치에 따라 결정되고, 2등은 그의 순수한 능력(자격)으로 이기기 때문에 실은 2등이 1등이고, 3등이 2등이라(제2부, 18장, p. 650)는 것이다.

세르반테스는 가톨릭교회 사제(司祭) 평의원 입을 빌려 시인에 대한 풍자 섞인 품평도 아끼지 않는다. 그는 "시인은 그에게 월급을 주는 경영자가 필요한 대로 따르려 한다."(제1부, 48장, p. 483)라고 비꼰다. 그는 그의 다른 책에서도 시인의 가난한 삶을 다음과 같이 말한다.

시인이 가난하면, 그의 (神이 내려준) 신성한 과일과 낭만의 절반을 하루하루 입에 풀칠하는 데 헛되이 내던진다.[33]

시인이 얼마나 살기가 힘들고 가난뱅이로 알려졌는지 위 책에서 세르반테스는 당시 시인은 밥을 먹고 남의 집에 들렀는데도 그 집에서 또 밥을 먹지 않으면 못 배기는 상황[34]이었다는 것이다. 그 집 주인이나 당시 모든 사람들은 시인이란 항상 끼니도 못 때우고 굶는 사람이라는 인식이 머리에 배어있었기 때문에.

하지만, 또 "이 세상에서 자기가 제일 위대하다고 생각하지 않거나 거만하지 않은 시인은 없다."(제2부, 18장, p. 650)라는 것이다. 그는 시인은 타고 난다. 자연시인은 그의 어머니 자궁에서 '시인'으로 튀어나온다고 말한다.

또 타고난 시인은 예술을 잘 이용하여 그의 글을 다듬는 것이 오직 자기지식에만 의존하는 시인보다 위대하다고 생각한다. 그 이유는 자연보다 더 위대한 예술은 없기 때문이라는 것이다. 따라서 예술을 함께한 자연, 자연을 함께한 예술이 가장 완전한 시인을 만들어 낸다는 것이다.

그리고 시인이 도덕적으로 순결하면 그의 시구(詩句)도 순결하며 "시인의 펜은 그의 영혼의 혀"(p. 637)라고 힘주어 말한다.

그는 시는 사람을, 특히 젊은이의 정서를 "풍요롭게, 세련되게(아름답게), 꾸미고(to enrich, to polish, and to adorn), 모두를 승화시킨다(exalted)."고 주장한다. 하지만, 왕자나 귀족이라도 무식하면 그는 야비하고 천박하며 시는 그런 야비하고 비천한 사람이나 허풍선이가 다뤄서는 안 되고 시를 소중히 간직해야 하며 그 보석 같은 가치를 이해하지 못하는 집단의 몫은 아니라는 것이다.

그는 그리스의 위대한 호머는 라틴어로 글을 쓰지 않았고, 로마의 버질은 그리스어로 글을 쓰지 않았으며, 모든 옛날 시인들은 그들이 엄마 젖을 빨 때 쓰던 말(母國語)로 그들의 위대한 작품을 썼지 다른 나라 말로 표현하려고 애쓰지 않았다는 것이다.

따라서 독일시인이 독일어로, 카스틸리안이나 비스카얀이 그들 언어로 작품을 썼다고 그 시(작품)의 가치를 평가절하해서는 안 된다는 것이다(제2부, 16장, pp. 636-637).

그는 또 시인과 사가(史家)도 구분한다. 먼저 글이 서로 다르다고 지적한다. 시인은 사물―사람, 사건, 사실―그대로가 아니라, 그 나름대로 바라는 이상(理想)을 이야기하고 노래할 수 있지만, 사가는 실제로 일어난 진실(사실)만을 하나도 빼거나 보탬 없이 기록해야 한다(제2부, 3장, p. 547)는 것이다.

따라서 거짓말을 일삼는 사가는 가짜 돈을 만든 위조지폐범(僞造紙幣犯)처럼 화형(火刑)시켜야 한다는 막말도 서슴지 않는다.

세르반테스는 『돈키호테』 제1부를 1605년에 출간하고, 제2부는 10년 뒤인 1615년에 내놓았기 때문에 그 10년 사이에 이 책뿐만 아니라 책에 관련한 많은 것들을 체험한다. 그런 측면에서 제2부에 나오는 다음 구절은 여러 가지 시사하는 바가 크다.

> 역사서(歷史書)든 무슨 책이든 책을 쓰는 사람은 좋은 판단(력)과 성숙한 이해(력)이 필요하다. 재치 있고 흥미진진하게 작품을 쓴다는 것은 오직 천재의 몫이다. 희곡의 가장 오묘한 부분은 광대의 역할이다. 왜냐하면 바보처럼 보이고 싶으면서도 그렇다고 바보는 아니라는 것을 보여줘야 하기 때문이다. (한편) 역사는 성서처럼, 진실해야 한다. 그리고 진리가 있는 곳에 신이 있다. 그럼에도 불구하고, 책을 써서 마치 팬케이크인양 세상에 내던지는 사람도 있다…. 누구든 책을 출판한다는 것은 엄청난 모험이다. 왜

냐하면 모든 독자들을 모두 만족시키고 즐겁게 하는 책을 쓴다는 것은 절대로 불가능하기 때문이다(제2부, 제3장, pp. 550−551).


## 인간관, 인생관: 혈통 아닌 인덕을 쌓아라!

세르반테스의 인간에 대한, 인생에 대한 통찰도 여기저기서 엿볼 수 있다. 보기를 들면, 그는 "네가 부자로 잘사는 동안은 너는 많은 친구들을 갖겠지만, 하늘이 먹구름으로 덮이면 너는 홀로일 뿐이다."(제1부, 서문, p. 45)는 구절을 옛 로마 작가 오비드(43 B. C.−A. D. 17?)의 작품[35]에서 인용하고 있다.

비단 재물뿐만 아니라 한 인간이 권력, 재산, 명예 등 세속적 가치를 쥐고 있을 때와 그것이 사라진 다음 인간들의 모습이 다 그렇지 않을까 싶다.

정승집 개가 죽으면 사람이 구름같이 몰려와도 정승이 죽으면 개도 안 나타나는 것이 세상 인심, 현실 세태가 아닌가?

"(내) 슬픔을 함께하는 친구는 (나에게) 약간의 위안을 준다."(제2부, 13장, p. 613)라는 구절로 억울하고 어렵고 슬플 때 찾아오고 도움을 주는 몇 안 되는 참 친구를 넌지시 이야기한다.

"너와 어울리는 사람들을 내게 알려주면 네가 어떤 사람인가를 내가 말해주지."(23장, p. 692)라는 구절은 "끼리끼리 논다."라는 우리 속담을 닮았다.

산초는 "당신이 가진 것이 곧 당신의 값"이라고 지껄이며, 그의 할머니 이야기를 돈키호테에게 다음과 같이 들려준다.

이 세상은 (재산이) 있거나 아니면 없거나 두 가족으로 나뉘어요.
(우리) 할머니는 항상 재산 있는 쪽에 붙었고(붙어살았고), 지금도… 사람들은 아는 사람(지식인)보다는 가진 사람(富者)의 맥박

(고동)에 훨씬 가깝게 하려 들지요. 금으로 덮인 나귀가 길마(안장)
만 두른 말보다 더 멋지게 보일 수밖에 없지요…(20장, p. 670).

돈키호테는 사람이 부(富)와 명예를 얻을 수 있는 방법은 무인의 길과
문인의 길, 두 길이 있다고 말한다. 요즘 기준으로 보면, 무인, 군인의 길
은 분명하지만 문인의 길은 군인 아닌 모든 다양한 민간 직업을 통틀어
이야기하는 것 같다.

더구나 세르반테스가 살았던 세상과는 달리, 지금은 군인도 일평생
군인으로 남거나 남을 수밖에 없는 세상은 물론 아니다.

나아가서, 그는 인생의 길을 덕의 길과 악의 길로 나눈다. 덕의 길은
아주 비좁고 고통이 가득하지만 끝이 있는 삶이 아니라 영생의 삶이고,
악의 길은 아주 넓고 넉넉한 것 같지만 죽음에 이르는 삶(제2부, 6장, p.
568)이라는 것이다.

세르반테스는 또 돈키호테의 입을 빌려 사람마다 태어나는 순간부터
갖게 되는 혈통(血統)과 가계(家系)를 기준으로 이 세상을 살아가는 삶의
모습을 크게 네 가지 형태로 분류한 것도 재미있다.

미천한 가정에서 출발, 그의 꿈을 펼치고 이루어 성공한 소수의 사람
들, 요새 말로 하면, *자수성가* 형(自手成家 型), 명문 가정에서 태어나 그
가문의 재산과 명성을 잘 보전하고 명맥을 유지한 *가산유지* 형(家産維持
型), 처음 태어날 땐 대단했지만 가산도 가문의 명성도 다 잃어버린 빈
털터리로 끝나는 *가산탕진* 형(家産蕩盡 型), 끝으로 대부분의 사람들, 즉
명문 가정에서 태어나지도 않았고 그렇다고 무슨 대단한 성공을 거둔 것
도 없이 삶을 꾸려가는 보통 사람이나 서민들, 즉 *생계유지* 형(生計維持
型)으로 나누고 있는 것(제2부, 6장, p. 567)도 요즘 세상에도 유효하고 유
용한 구분이 아닐까 한다.

세르반테스의 인간평등에 관한 확고한 신념도 다음 몇 가지 구절들에
서 엿볼 수 있다.

섬의 지사로 임명받은 산초에게 돈키호테가 하는 충고 중에,

> "미천한 집안에서 시작했지만 산초, 자신을 갖고 일꾼 출신이었
> 다는 것을 (스스로) 비웃지 말아야 해… 미천한 집안 배경에서도
> 교회나 국가 최고위 자리에 오른 사람들을 보라고… 혈통은 (조
> 상으로부터) 물려받았지만, 인덕은 (너 스스로) 애써 습득한 거야.
> 그리고 인덕 그 자체는 귀족으로 태어난 것보다 훨씬 값지단 말이
> 야…. 자기가 영리하다고(잘난 듯이) 생각하는 것은 무식한 사람
> 의 악습이야(제2부, 62장, pp. 825-826)."라고 일러준다.

인덕이 혈통을 감싸주며(장식해 주며) 덕이 있고 겸손한 사람이 고위
관직에 있는 사악한 사람보다 훨씬 더 인정과 존경을 받는다(32장, p.
761)는 것이다.

나아가,

> "인덕 속에 참된 고결함(귀족)이 있으며"(제1부, 36장, p. 375), "아
> 무도 교육을 받고 이 세상에 태어나지 않았고, 성직자들(주교들)
> 도 사람 속에서 나왔지 돌로 만들어진 것은 아니다."(33장, p. 770)
> 라고 외친다.

더 나아가서,

> "모든 사람은 자기 운명의 창조자(개척자)다. 우리는 누구나 자기
> 행동의 아들이다."(제1부, 47장, p. 476)
> "즉, 누구나 자기 운명은 자기가 만든다."(66장, p. 999)는 것이다.

과거에 가난했다거나 비천한 가정에서 태어났다는 것은 부끄러움이

아니고, 오직 그가 현재 무엇인가를 사람들은 보며(인정하며)(5장, p. 562),
누구든지 최선의 노력과 좋은 사람의 호의, 그리고 행운이 따른다면 왕
도, 교황도 될 수 있다(66장, p. 1002)고 힘주어 말한다.

한마디로, 세르반테스는 최선의 노력+다른 사람의 호의+행운=왕,
교황이라는 이 세상에서의 *인간 성공방정식*을 제시하고 있다.

성공은 타고 나거나 조상으로부터 물려받은 것이 아니라, 인생의 길에
서 그 누구나 스스로 최선을 다해 열심히 일하고 누군가 호의를 베푸는
좋은 사람을 만나게 되고 행운마저 뒤따른다면 그는 왕도 교황도 될 수
있다는 것이다.

요즘 세상엔 위의 그의 주장은 극히 상식적이고 보편타당한 일이지만,
당시 귀족, 노예제도가 깊이 뿌리박힌 중세시대에 그가 위에서 제기한 *자
유* 개념과 함께 *인간의 평등, 기회의 평등, 결과의 평등* 같은 또 하나의
중요한 인류 보편적 가치를 주창했다는 것은 과히 혁명적이다.

좀 견강부회(牽强附會)가 될는지는 몰라도 세르반테스의 『*돈키호테*』
속에서 1789년 프랑스 대혁명의 3대 명제(標語)—자유, 평등, 박애—가
잉태하고 있다는 느낌을 주는 것은 비단 나만의 생각일 뿐일까?

세르반테스는 또 돈키호테의 입을 통해서 단테의 『*신곡*』[36]에 나오는 일
곱 가지 인간의 죄악—오만, 시기(질투), 노여움(분노), 게으름(나태), 탐욕
(방탕), 포식, 색정—이나, 가톨릭교에서 이야기하는 일곱 가지 악과 덕의
짝—오만과 겸손, 시기와 친절, 분노와 인내, 나태와 근면, 탐욕과 자선,
포식과 절제, 색정과 순결—을 그 나름대로 나열하여 풀이하고(제2부, 8
장, pp. 579−581) 있다.

특히 돈키호테가 "지옥에는 배은망덕한 사람들로 가득 찼다."라는 속
담을 인용하며, 인간 최대의 죄악은 오만이 아니라 배은망덕이라고 꼽는
것이 눈에 띈다(제2부, 58장, p. 942). "신의 눈에는 배은망덕이 가장 가증
스런 죄악의 하나"(제1부, 22장, p. 217) 라는 것이다.

"사악한 인간은 반드시 징벌하고 선량한 인간은 꼭 보상하는 신이 하늘에 계시다."(p. 216)라고 덧붙인다. "배은망덕은 오만의 딸이며 가장 큰 죄악의 하나다."(제2부, 51장, p. 895)

또한, 사람은 신의 이름으로 세계의 이름으로, 아니 이 둘 다를 위하여, 성직자, 해양탐험가, 기업가(商人), 군인 등이 고난, 고역, 고통이 뒤따르는 사업들에 뛰어들고 명예, 영광, 이윤을 추구하지만 끝내는 신의 영광, 재물(재산), 명성을 얻지 못한다는 것이다.

왜냐하면, 그런 목표를 설령 달성한다고 해서 그가 지금 바로 이 순간보다도 더 행복해지거나 더 부유해지거나 더 큰 영광을 누리는 것이 아니며, 만약 실패한다면 도저히 상상할 수 없을 만큼 어려운 처지에 빠질 수도 있기 때문이라고(제1부, 33장, p. 332).

그의 다음의 통찰은 비단 연극만이 아니라 영화, 소설 등 흥행물들이 400년 전이나 지금이나 근본적으로 크게 달라진 게 없다는 것을 상기시킨다.

연극은… 인간 삶의 거울이요 몸가짐의 모습이며 진리의 이미지여야 하는데 요즘 무대를 휩쓰는 연극들은 [거꾸로] 어처구니없음의 거울이요, 어리석음의 표본이요, 음탕한 이미지들뿐이다(제1부, 48장, p. 482).

그는 훌륭한 연극(극작)이라면 그것을 본 관람객이 그 내용의 희극적인 부분에선 즐거움을, 심각한 부분에선 교훈을, 술책에선 음모를, 재치 있는 대사(臺詞)에선 활기를, 속임수에서는 경각심을, 도덕적인 부분에선 가르침을, 악(惡)을 보면 격분을, 선(善)에는 매혹을 느끼게 된다(p. 483)는 것이다.

특히 "인생은 곧 연극이다!"라는 다음 구절은 지금도 심금을 울린다.

"인생도 연극도 둘 다 끝난다(끝이 있다)는 것도 그중요한 함의지만, 죽음 앞에선 무덤 속에서는 이 세상에서의 신분, 즉 지위고하(地位高下), 빈부귀천(貧富貴賤)과 상관없이 사람은 똑같다, 똑같아진다는, *평등*하다는 경고다. 벌거벗고 이 세상에 나와 끝내는 벌거벗고 이 세상을 마감한다."는 것이다.

요새 말로는 죽음은 인간의 *평등화 장치*(equalizer)다. 쉽게 말하면, "사람은 죽음으로 모두 똑같아 진다."는 것이다. 죽은 사람은 누구나 죽은 사람일 뿐이라는 경고다. 죽음으로 인생을 마감한 사람들이나 연극이 끝난 다음의 연기자, 연출자들 모두 *평등*하다는 것이다. 우리가 누구이고 어떻게 될 것인가를 연극과 연기자보다 더 잘 묘사할 수 없다.

*돈키호테*가 산초에게,
너는 왕들, 황제들, 교황들, 기사들, 귀부인들, 기타 여러 가지 인물들을 소개하는 연극을 보지 못했는가? 연극 하나는 폭한(심술 궂은 못된 놈)을, 또 다른 연극은 악당(건달)을, 장사꾼을, 병사를, 현명한 바보를, 바보 같은 연인을… 묘사하는 등등. 그러나 연극이 끝나고 그들의 배역에 맞춰 입었던 옷을 다 벗어버리고 나면 모든 연기자들은 다 똑같은 수준(사람)으로 되돌아가지 않나?

*돈키호테*가 다시 산초에게,
이 세상에서 우리의 삶(인생)이나 희극도 마찬가지야. 어떤 사람은 황제 역(役)을, 또 어떤 사람은 교황 역을 하지만, 즉 연극에선 연기자들이 각자 맡은 역할에 따라 함께 어울리지만 그 극이 끝나면… 우리의 인생이 끝나면 죽음은 그들이 입었던 (높고 낮은) 옷들(겉치레, 치장)을 다 벗겨버리지. 그래 무덤 속에선 우리 모두가 똑같이 된단 말이야.

*산초*가 돈키호테에게,

대담한 비교(연극과 인생)입니다. 저도 여러 차례 들어서 새롭지는 않는 이야기지만 서양 바둑[한국 장기(將棋)도 마찬가지만]도 그렇지요. 게임(시합)하는 동안은 각자 특별한 위치(지위)를 지키고 역할을 하지만 시합이 끝나면 그[돌, 뿔, 나무로 만들었든] 조각(pieces)들을 모아 뒤죽박죽 뒤섞어 주머니나 상자에 처넣어 버리는 것이 (사람이) 무덤 속에서 삶을 마감하는 것과 많이 닮은 것 같네요(제2부, 12장, p. 604).

끝으로, 죽음에 대한 다음 구절들도 날카롭다.

죽음은 귀머거리다. 죽음이 산 사람의 집 문을 두들기면 그는 항상 급하다. 그래서 기도를 해도, 폭력을 써도, 왕의 홀(笏, 위력)도 교황의 관(冠, 권위)도 그를 멈추게 하지 못한다(제2부, 7장, p. 572). 잠을 잘 땐 지위가 높든 낮든, 돈이 많든 적든 모두가 같다(제2부, 43장, p. 832).

*산초*의 말,

죽음은 새끼 양이고 어미 양이고 먹어 치우고… 왕들의 고대광실(高臺廣室)이고 가난뱅이의 오두막이고 할 것 없이 똑같은 발로 짓밟는다…. 그녀는(죽음) 모든 것을, 모든 것을 위해, 모든 종류(어린아이, 어른, 늙은이 할 것 없이), 모든 나이, 모든 계급의 사람들을 삼켜 그녀의 자루에 넣는다. 그녀는 낮잠을 자는 사신(死神)이 아니라 (24시간) 언제고 잡아가며 파란 풀이고 메마른 풀이고 모두 잘라 거둔다. 그녀의 앞에 나타난 모든 것을 씹으려 들지 않고 항상 허기져 배고픈 개처럼 통째로 들이 삼킨다. 그녀는 배는 없지만 수종증(水腫症) 환자가 주전자 찬물을 들이 마시듯이 산 사람을 목이 잔뜩 마른 듯 꿀컥꿀컥 들이킨다(제2부, 20장, p. 671).

다시 *산초*의 말,

나는 자고 있으면 공포도 희망도 고통도 영광도 없습니다. 잠을
발명한 사람에게 행운이 있기를. 왜냐하면, 잠은 모든 생각을 덮
는 겉옷이요, 모든 배고픔을 앗아가는 음식이며, 모든 목마름을
풀어주는 물이며, 추위를 녹여 따뜻하게 해주는 불이고, 더위를
식히는 냉동(얼음)이니까요. 간단히 말하면, (잠은) 모든 것을 살
수 있는 돈이요, 목동을 왕으로, 바보를 현인으로 평준화하는 저
울이나 저울추지요. 하나 나쁜 점이 있다면 잠이 죽음같이 보인
다는 것이지요. 왜냐하면, 잠자고 있는 사람이나 죽은 사람이나
별 차이가 없거든요(제2부 68장, p. 1010).

[* 동양에도 오랜 옛적부터 상여를 멜 때 부르는 만가(輓歌)가 있다. 오늘 아침
신문에 중국 춘추전국(春秋戰國)시대 12개 나라 가운데 하나인 진(晉, 1106–376
B.C)의 최표(崔豹)가 지은 고금주(古今註)에 나오는 호리가(무덤 속의 집)의 다음 구
절이 내 눈길을 끈다.

무덤 속은 누구의 집 자리인가.
혼백을 거둘 땐 똑똑하고 어리석음 따지지 않네.
귀신은 어찌 그리 재촉이 심한가.
사람 목숨(人命)은 잠시도 머물지 못하네.

蒿裏誰家地/斂魂魄無賢愚/鬼伯一何相催促 人命不得少踟躕][37

그렇다. 예나 이제나 어디서나 죽음 앞엔 잘나고 못나고 잘살고 못살
고 어질고 어리석고─현자우자(賢者愚者), 빈부귀천(貧富貴賤), 지위고하

(地位高下)가 따로 없다.

사람은 그 누구든 죽음 앞에 평등하다. 위 돈키호테와 산초의 대화에서 잠과 죽음에 차이가 없다는 것은 흥미롭지만 잠은 영원히 잠든 경우가 아니라면 깨어날 수 있지만, 죽음은 우리 삶의 영원한 마감이다. 잠도 죽음도 엇비슷하지만 잠은 잠이고 죽음은 죽음이다.

삶과 죽음은 인간의 조건이자 한계이지만 언제, 어떻게 이 삶을 마감하느냐는 궁극적으로 조물주의 소관 아닌가?


## 두 인간 형(型)의 창조: 돈키호테와 산초

세르반테스가 『돈키호테』를 통해 우리에게 남긴 가장 위대한 업적은 그 무엇보다도 그가 창조한 두 인간 형—돈키호테와 산초—이 아닌가 한다.

러시아 작가 투르게네프는 셰익스피어의 햄릿과 돈키호테를 비교한 바 있다(위 돈키호테 이야기에서 투르게네프가 세르반테스와 셰익스피어를 비교한 부분 참조 바람).

셰익스피어는 햄릿뿐만 아니라 수많은 인간형을 창조한 거의 독보적인 문학의 거장이라면, 세르반테스는 그가 창조한 돈키호테라는 독특한 인간형과 그의 몸종 산초만으로도 전 세계인에 친근하다.

여기에서는 세르반테스가 창조한 이 두 인간형을 내 나름대로 비교, 대조해보고 더 나아가서 세르반테스가 이 두 인간형을 통해 교시(敎示)하는 것은 무엇인가도 한번 살펴보고자 한다.

이 두 인간형 비교에 앞서 조셉 콘래드는 그의 역작, 『노스트로모』(Nostromo, Barnes & Noble Classics, 2004)에서 돈키호테와 산초 판차의 됨됨이를 다음과 같이 간략히 대조하며, 그의 소설 주인공의 하나인 노스트로모처럼 인격, 인간성이 단숨에 '영웅'이 '악마'로 표변할 수 있음을 암시하고 있는 것이 흥미롭다.

우리의 인격에는 무익(無益), 무용(無用)의 저주가 따른다.

돈키호테와 산초 판차, 기사도(騎士道)와 물질주의, 떠들썩한 감

정 표현과 무기력한 도덕, 하나의 이상을 이루려는 격렬한 온갖

노력과 모든 부패, 비리를 아무렇지 않게 수용하는 음울함….

There is a curse of futility upon our character.

Don Quixote and Sancho Panza, chivalry and materialism,

high-sounding sentiments and a supine morality, violent

efforts for an idea and a sullen acquiescence in every form

of corruption(p. 146).

위 콘래드의 관찰을 유념하면서 먼저 몸 생김새(體軀)를 보면, 돈키호
테는 깡마르다. 산초는 배가 나온 뚱뚱보, '배불뚝이'다.

둘 다 같은 지역 같은 마을 사람으로 돈키호테는 조상으로부터 유산
을 좀 물려받은 촌 유지로 나이는 50살 정도인 노총각이고, 그 집에서
40대 가정부와 스무 살쯤 된 조카딸(안토니아 키아노)이 함께 산다(제1부,
1장, p. 57).

산초는 부인(테레사), 아들(산치코), 딸(마리산차)을 둔 가난한 시골 농부
다. 돈키호테는 그의 집 서제에 있는, 특히 기사(騎士)들의 모험담, 의협기
(義俠記)를 너무 많이 탐독하여 머리가 약간 돌아버린 것으로 보인다.

돈키호테는 진주보다 책을 더 값있게 생각하며 기사와 기사도에 관한
책들을 사려고 땅까지 판다. 그가 책을 너무 많이 읽어 '환상병'(phan-
tasmagoria, p. 58)까지 걸린다. 산초는 낫 놓고 'ㄱ'자도 모르는 일자무
식(一字無識), 문맹(文盲)이다.

돈키호테는 산초에게 언젠가 그를 적어도 한 섬의 지사(知事)로 만들
어 준다는 약속을 하고 주인—몸종(主從)관계를 맺은 다음, 그는 기사
행세를 하며 말(로진안테)을 타고, 산초는 당나귀(데풀)을 타고 원정길을

떠나 생사고락(生死苦樂)을 함께한다.

두 사람의 성격도 딴판이다. 극과 극이다.

돈키호테는 머리를 하늘로 치켜세우고 꿈을 꾸는 어리석기 짝이 없는 '미치광이 바보'요, 산초는 발을 땅에 박고 실리(實利)만을 챙기는 '약삭빠른 꾀보'다. 요즘 말로는 돈키호테는 복고(復古)주의자의 탈을 쓴 이상주의자의 전형(典型)이고, 산초는 현실주의자의 표본이다.

주인은 그의 할아버지 시대의 기사, 기사도라는 *과거*에 매달린다면, 몸종은 그의 마누라, 아들딸이 곧 당장 입에 풀칠해야 하는 하루하루의 삶, 현재, 현실, 현안에 집착한다. "잠 깬 산초가 잠든 주인(돈키호테)보다 더 나쁘다."(제1부, 35장, p. 365)라는 구절이 이 두 인간형의 됨됨이를 극적으로 보여준다.

주인과 몸종 모두 충실한 것은 닮았다. 주인은 이미 과거가 돼버린 기사, 기사도에, 그리고 절세미인 덜시니아라는 허상에 매달리는 반면, 몸종은 그의 주인에게 충성을, 그의 가족에게 책임을 끝까지 지킨다는 것이 대조를 이룬다.

세르반테스 입장에서 보면, 주인공, 돈키호테는 단순히 과거에만 매달리는 어리석고 미친 사람만은 아니다. 주인공이 과거에 매달린 척하면서 그것이 얼마나 어리석고 미친 짓인가를 독자에게 넌지시 보여주는 풍자 소설이다.

돈키호테가 복고주의자인 척 호들갑을 떨지만, 실은 과거의 영광에만 집착하는 것이 얼마나 어리석고 우스꽝스러운가를 그의 미친 듯한 행동과 행각으로 독자가 스스로 깨닫고 느끼도록 보여주는 셈이다.

주인공은 '미친 척'하면서 그 당시 어리석고 낡은 제도, 현실, 모순, 비리, 부패, 부조리 등을 예리하게 비판한다. 인류보편적인 가치인 자유, 평등, 정의, 인권, 인간의 존엄성을 주장하고 왕정의 폐단, 당시 교회 성직자들의 부패, 무기력, 시인, 극작가, 문필가들의 부패, 부조리 등을 교묘히 그러나 서슴없이 들춰낸다.

세르반테스가 이상, 꿈, 과거, 기사도의 영광 등을 표증하는 돈키호테를 主役(주역)으로 하고 현실, 실상, 현재, 보통 사람의 희로애락(喜怒哀樂) 등을 대변하는 산초를 補助役(보조역)으로 등장시킨 것도 날카롭다.

옛것을 익혀서 새것(새 지식, 새 정책, 새 길)을 터득하고 얻는다는 서양판 온고이지신(溫故而知新)이다. 무조건 과거를 부정, 무시하거나, 무모하게 현재에만 집착, 몰입하는 어리석음에 대한 경고다. 오늘의 정치 현장, 사회 현실에도 유효한 지침이다.

보다 구체적으로는 이미 철 지난 기사, 기사도를 웃음거리로 만들어 당시 그의 조국 스페인 왕정이 새로운 문물, 새로운 시대정신에 적응하지 못하고 과거의 영광에 파묻혀 쇠퇴의 길로 접어드는 안타까운 현실에 대한 풍자요, 경고요, 경종이라고 풀이할 수도 있지 않을까 한다.

1588년 5월 스페인 필립 2세의 무적함대가 영국 침공에 실패한 사건을 세르반테스는 생전에 체험한다. 종교적으로는 유럽에서 구교(舊敎) 가톨릭이 개신교에 밀리는 갈림길에서 작가는 풍자소설로 그 나름대로의 안타까움을 달래는 형국이라고도 볼 수 있다.

흥미로운 사실은 주인공 돈키호테가 죽음을 앞두고, 그의 임종(臨終)의 자리에서 "지난해 새집에서 올해 새들을 찾아서는 안 된다며, 옛날엔 내가 미쳤었지만, 지금은 제정신"(74장, p. 1048)이라고 밝힌다. 새 술은 새 부대에 담아야 한다는 격언이나, 옛날 틀로 새 변화를 포용할 수 없으므로 새 틀로 새 변화를 안아야 한다는 피맺힌 경고다.

그의 고향 평생 친구들을 앞에 두고 그 스스로 제정신이 돌아왔다고 공언한다. 그동안 그가 기사로서 저질은 모든 헛된 짓, 기사의 이상형으로 '골의 아마디스'를 숭모하고 기사와 기사도에 관한 책들에 몰두한 어리석음 등등 모두를 뉘우치며, 그의 오직 하나뿐인 혈육 조카딸이 절대로 기사와 결혼해서는 안 된다는 유언까지 남긴 것은 작가가 이 소설에서 궁극적으로 독자에게 무슨 메시지를 전달하려는가를 어렴풋이나마 알 수 있다.

메시지는 *이상*이 주인이 되고 현실이 몸종이 되는 것은 옳으나, 현실을 무시한 이상, 이상이 부재한 현실은 모두 부적절하고 부족하다는 것을 주인공 돈키호테와 그의 몸종 산초가 상징적으로 상호보완적으로 보여주는 것이 아닐까 한다.

이상 없는 현실주의가 길 잃고 헤매는 양 떼 같다면, 현실을 무시한 이상주의는 양 떼 없는 목장을 운영하겠다는 목동의 무모다. 이상주의가 과거의 전통, 유산을 포함, 보다 나은 내일을 향한 길잡이요, 방향타(方向舵)라면, 현실주의는 미래를 향해 그 이상을 구현하는 데 있어서 없어서는 안 되는 현안, 현장, 현실에 발을 딛고 그 길을 찾으려 한다.

돈키호테와 산초의 상호보완적 관계는 어느 나라, 어느 정치, 사회 현장에서든지 정책이나 전략 현안을 놓고 어제도 오늘도 내일도 끊임없이 세력들 간에 벌어지는 갈등, 각축의 두 전형(典型)이다.

이론적, 분석적으로는 보수, 중도, 진보나 좌, 중, 우로 단순 이등분, 3등분하지만 정치, 사회 현실 속엔 두 축(軸)이나 세 축 사이에서 옳고 그름을 떠나서 자기 가치, 신념, 이념과 자기 이해타산에 따라 두 축, 세 축 사이에서 사람들은 쉴 새 없이 이합집산(離合集散), 부화뇌동(附和雷同)을 거듭한다. 반복, 번복, 배반, 배신을 서슴없이 저지른다. 예나 지금이나 어디서나 이것이 사회 현실이고 정치 현장이다.

구체적으로, 이 책 속에서는 돈키호테와 산초의 됨됨이가 여러 각도에서 부각된다. 비단 이 소설 속의 주인공과 몸종뿐만 아니라 사람이 사람을 평가하는 것은 그 평가를 하는 순간이 어떤 상황, 어떤 경우이고 서로 간에 어떤 관계, 어떤 처지에 있으며 어떤 경험을 서로 공유하고 있느냐에 따라 그 평가가 하루에도 몇 번씩 바뀌고 뒤바뀔 수 있다는 것이 우리 삶의 현실이요, 현장이다.

50년, 60년 함께 살아온 부부도 하루에도 수없이 서로의 감정이 오르락내리락 하는 것이 우리 삶인데 하물며 다른 관계의 군상(群像)들 서로가 서로를 평가하는 것은 말할 것도 없지 않은가?

세르반테스의 천재성의 한 단면은 바로 이러한 한 인간에 대한 다른 사람들 판단의 가변성, 유동성, 다양성, 다변성, 복합성, 복잡성을 잘 보여주고 있다는 것이겠다. 여기 몇 가지 보기를 구체적으로 들어보자.

주인공, 돈키호테는 그 스스로를 "서생(書生)보다는 병사(兵士)에 더 가깝다."(제2부, 6장, p. 568)라고 말한다. 그는 기사로서 기사도를 성실히 이행하며 명예를 소중히 여기지만 재산엔 관심이 없으며, 그의 덜시니아에 대한 사랑은 '플라토닉'한 것(32장, p. 754)이라고 그를 환대해준 공작과 공작부인에게 실토한다.

그의 유일한 혈육인 조카딸은 삼촌이 시인이며 모르는 것, 못하는 것이 없다고 믿는다. 만약 그가 원한다면 벽돌공이 되어 곧 당장 새집을 지을 수도 있는 '만능인간'이라고(6장, p. 569) 생각한다.

그의 몸종 산초는 마리토네스에게 그의 주인(돈키호테)은 세상에서 보기 드문 "가장 훌륭하고, 가장 강력한 기사의 한 사람"(제1부, 16장, p. 154)이라고 소개한다. 또 그의 주인은 악당이 아니라 모든 사람에게 선(善)을 베푸는 착하고 순수한 사람이며, 그가 무슨 어리석은 짓을 하더라도 그의 곁을 결코 떠나지 않을 것(제2부, 13장, p. 613)이라고 밝힌다.

한 신사가 돈키호테가 미쳤냐고 묻는 말에 그의 주인은 모든 것이 정상(제1부 47장, p. 475)이며 "그는 미치지는 않고 무모('foolhardy')할 뿐"(제2부, 17장, p. 640)이라고 답한다. 그는 또 그의 주인이 "매우 분별력 있는 신사"(27장, p. 726)라고 덧붙인다.

산초는 공작부인에게 돈키호테를 다음과 같이 소개한다.

> "맨 먼저 제가 말씀 드리고 싶은 것은 내 주인은 완전히 미칠 대로 미쳤습니다. 때로는 비단 저뿐만 아니라 모든 사람들이 그가 하는 말을 들으며 악마저도 상대가 안 될 정도로 어쩌면 그렇게 현명하고 이로정연(理路整然)할까 (감탄)할 때도 있습니다만. 그럼

에도 불구하고 저는 그가 미쳤다고 확신합니다…"

"(공작부인이 덜시니아의 정체에 대해서 묻는 질문에 대해서는) 덜시니아 부인이 마귀의 마법에 걸렸다는 것은 제가 그가 (그렇게) 믿도록 (속인) 겁니다(33장, p. 767)."라고 밝힌다.

산초는 돈키호테 앞에서는 "이 세상에서 가장 쓸데없는 헛소리만 지껄인다."(23장, p. 693)라고 쏘아붙이기도 한다. 그의 아내에게 보낸 편지(代筆)에서는 돈키호테를 '양식 있는 미친 사람'(a sensible madman), '우스꽝스러운 멍청이'(a droll blockhead, 제2부, 36장, p. 791)라고 사람들이 수군거린다고 일러준다.

같은 동네 평생 친구 이발사는 "기사(돈키호테)의 광기(狂氣)보다 산초의 어리석음에 더 놀란다."(제2부, 2장, p. 540)는 평을 한다.

공작 집 신부는 돈키호테를 '얼간이'(32장, p. 751)라고 하는가 하면, 그가 잠시 머물렀던 한 부자 농부(돈 디아고)는 그를 "제정신이 아니고 미친 것 같다."(18장, p. 650)고 생각한다. 디아고의 아들(돈로렌조)은 그가 무슨 병에 걸렸는지 확실히 알 수는 없지만 "그는 (조각난 헝겊처럼) 군데군데 미친 것 같지만 또 그 중간 중간엔 번쩍이는 지혜도 엿보인다."(p. 652)라고 분석한다.

돈키호테의 도움으로 신혼부부가 된 퀸테리아와 바실이오는 그를 "군사에서는 엘시드요, 말재주(능변)는 시세로(키케로)"라고(22장, p. 678) 치켜세운다. 돈키호테를 크게 환대해준 공작과 공작부인은 그의 "광기(狂氣)와 양식(良識)에 놀라움"(44장, p. 834)을 금치 못한다.

돈키호테가 바르셀로나로 가는 도중에 만난 노상강도 두목(Roque Guinart)은 돈키호테의 질환 속에는 용기(만용)보다는 더 많은 광기가 들어 있다고 판단하면서도 한편으로는 그가 만난 사람 가운데 이 세상에서 "가장 재미있고 가장 양식 있는 사람"이며 돈키호테의 광기와 양식이 빚어낸 행위, 그의 몸종, 산초의 익살은 온 세상을 즐겁게 할 수 있는 흥행거리(제2부, 60장, p. 958, p. 965)라고 극찬한다.

돈키호테와 산초가 길을 가다 만난 한 목동녀(牧童女)는 돈키호테의 용기와 매력을 들은 바 있으며 그의 엘 토보소의 덜시니아에 대한 사랑은 그 누구보다도 "가장 견고하고 가장 한결같다."(58장, p. 942)라고 말한다.

한편, 돈키호테는 산초를 공작에게 다음과 같이 소개한다.

> 산초는 이제까지 기사를 모신 몸종들 가운데 가장 익살맞은 한 사람이지요. 때로는 그가 너무나 단순하기 때문에 그가 실제로 단순한(순진한) 건지 약삭빠른 건지 가려내는 것 자체가 재미있을 정도지요. 그는 불량배로 낙인찍힐 만큼 짓궂은 잔꾀를 부리기도하고 분명히 바보로 보일 정도로 얼간이 같은 짓도 하지요. 그는 무엇이든 의심하면서도 무엇이든 믿으며, 그가 땅바닥에 곤두박질하여 떨어질 것같이 어리석다가도 약삭빠르고 재치 있는 일로 그가 하늘로 불쑥 치솟기도 하지요. 실은 나에게 한 도시를 맡기며 그를 다른 몸종과 바꾸자고 해도 거절할 것입니다(32장, p. 763).

돈키호테는 쉴 새 없이 지껄이는 산초를 나무라면서 너는 '거친 촌뜨기', '광대 같은 미친 녀석'이라고 쏘아붙이며 제발 입 좀 꿰매라고(31장, p. 747) 꾸짖으면서도 "너는 좋은 품성을 갖고 있어, 그것이 없으면 지식도 아무 쓸모 없지…"(43장, p. 833)라고 다독거린다.

산초는 돈키호테에게 "제가 돈을 좋아하고 욕심을 부리는 것같이 보이지만, 이 모두 제 아내와 제 자식들을 사랑하기 때문"(71장, p. 1029)이라고 실토하기도 한다.

끝으로 돈키호테의 죽음의 모습도 특기할 만하다. 그의 고향 집에 돌아 온 그는 갑자기 급성 열병(熱病)을 앓다 6일 만에 이 세상을 떠난다. 그가 병상(病床)에 누워있는 동안 고향 친구들—신부(패드로 패레스), 20대 대학졸업생 총각(산손 카라스코), 이발사(마스터 니콜아스)—이 가끔 찾아오고 산초 판자는 조카딸, 가정부와 함께 그의 임종을 끝까지 곁에서 지켜본다.

누워있는 그를 찾은 마을 의사는 그의 병이 우울증과 억울증(회저)이 겹친 것(제2부, 74장, p. 1045)으로 진단한다. 임종의 자리에서 돈키호테는 그가 생전에 많은 죄를 지었는데도 불구하고 신이 그에게 축복을 주어 이제야 그의 판단(력)이 뚜렷해지고 아무런 속박도 받지 않게 되고 기사도에 관한 책을 계속 너무 많이 읽어서 얻게 된 무지(無知)의 검은 구름도 사라졌다고 밝힌다.

이제야 "내 (그동안의) 어리석음과 거짓을 보게 되었지만 나의 오직 한 가지 후회는 내 영혼을 일깨워 주는 다른 것(책)들을 읽고 내가 바른길로 들어서기엔 내 깨달음이 이미 너무 늦었다."(p. 1045)라고 그의 유일한 혈육인 조카딸에게 실토한다.

그리고 그의 조카딸에게 그의 평생 마을 친구들인 신부, 총각, 산손, 이발사를 오도록 해서 그의 고백과 유언을 듣도록 한다.

이들이 모인 자리에서 그는 이제 '라 만차의 돈키호테'가 아니고, '선량한 알온소 키아노'라고 밝힌다. 그가 평생 닮고 싶어 했던 최고, 최상의 기사(골의 아마디스)는 그의 '숙적(宿敵)'이며, 모든 기사도(騎士道) 행각과 행실을 혐오한다고 하자, 이 세 친구는 그가 또 다른 새 '미친 병'에 걸린 것으로 판단한다.

마지막으로 그가 죽기 3일 전 공증인을 불러 신부 앞에서 아래 다섯 개 항목 유언을 남긴다.

1. 산초가 가지고 있는 돈키호테의 돈이 얼마든 간에 모두 그가 갖도록 한다.
2. 조카딸을 그의 재산의 유일한 상속자로 하고 가정부는 의당한 봉급을 받도록 한다.

3. 신부와 총각을 그의 유언집행자로 정한다.

4. 조카딸이 만약 결혼을 할 경우, 신랑은 기사도(騎士道) 책을 읽지 않은 사람이어야 하며 만약 조카딸이 그런 신랑과 결혼을 한다면, 상속권을 잃고 재산은 대신 자선사업에 쓰도록 한다.

5. 만약 유언집행자가 『라 만차의 돈키호테 모험』 제2부를 쓴 작가를 혹시 만나게 되면 그런 어리석고 쓸데없는 글을 쓰게 만든 데 대해 그의 이름으로 정중히 사과하도록 한다(pp. 1047-1048).


## 믿음과 속임

간추리면, 돈키호테는 기사, 사냥꾼, 서생(書生), 미친 사람, 기사도(騎士道), 광기(狂氣), 절개, 충정, 지혜, 무모, 과거, 이상, 꿈, 환상, 항심 등 다양한 모습의 인간이다.

산초는 얼간이, 거짓말쟁이, 헛소리 꾼, 농부, 어리석음, 속물(근성), 익살, 우스꽝스러움, 현재(현실), 무지, 무식, 교활, 둘러대기(꾸며대기) 등 역시 그의 인간 됨됨이도 어쩌면 카멜레온같이 변화무상(變化無常)하다.

두말할 것도 없이, 이 세상을 살아가는 모든 사람이 다 그렇듯이 1,000의 얼굴, 10,000의 모습과 행동을 보인다. 날씨가 시시각각 쉴 새 없이 바뀌듯이 사람의 얼굴 표정(모습), 감정(마음), 생각, 하는 짓도 끊임없이 변하고 바뀐다.

따라서 위의 돈키호테와 산초에 대한 여러 엇갈리는 평가도 이 두 가공인물의 어느 순간의 모습, 느낌, 행동을 통해 그들을 잠깐 또는 오랫동안 지켜본 여러 사람의 단평, 촌평일 뿐이다.

그럼에도 불구하고 이 두 가공인물(두 인간 型)의 숨은 뜻, 깊은 뜻(함의,含意)을 딱 한마디로 압축할 수 있다면 돈키호테는 *믿음*이요, 산초는 *속임*이 아닐까 한다.

이 두 인간 성격의 믿음과 속임이라는 극적 대조는 주인의 명령을 몸종이 끝까지 지키거나 따르지 않은 데서 드러난다.

돈키호테는 마법사요, 예언자인 멀린이 덜시니아가 마귀의 마법에서 벗어나려면 산초가 매(곤장)를 3,300대 맞아야 한다고 일러준다.

이 지시에 따라 주인이 몸종에게 그 스스로 매를 맞도록 기회 있을 때마다 종용하지만, 몸종은 맞는 척은 하지만 이리저리 꾀를 부리며 피한다. 주인은 몸종이 곤장 3,300대를 모두 끝내도록 마지막 기회를 준다. 하지만 돈키호테의 계산으로는 산초가 모두 합쳐 3,029대를 맞아서 모두 채우지 못했다고 믿는다(제2부, 72장, p. 1038).

실은 이 3,029대마저도 산초는 실제로 그의 어깨 넘어 등을 때린 것이 아니고, 그의 등을 내리치는 척하면서 대부분 너도밤나무의 껍질(樹皮)을 때리는 속임수를 쓴다. 물론 돈키호테는 산초가 3,300대를 맞으면 덜시니아를 마귀로부터 구할 수 있다고 끝까지 믿는다.

한편, 그의 주인이 평생토록 사모하는 덜시니아를 몸종은 마귀가 마법으로 못생긴 시골 아녀자로 만들었다는 속임에, 돈키호테는 그 속임수에 아랑곳하지 않고 절세미인 덜시니아를 마귀로부터 구출하겠다는 *믿음*에 끝까지 매달린다.

『*돈키호테*』 이야기 속에는 주인공 돈키호테가 그의 연인 덜시나아를 끝까지 사랑하는 믿음이 있고, 실제 시골 아녀자인 그녀를 마귀가 마법으로 그렇게 추한 얼굴로 만들었다고 주인을 설득하는 산초의 속임이 있다.

어쩌면 우리의 삶과 사람과 사람의 관계도 믿음과 속임이 서로 얽히고 설킨 난장판, 아수라장이란 이야기일까?

# 3

## 셰익스피어
### 1564 - 1616

# Ⅰ. 셰익스피어의 작품과 영국

## 할아버지가 되어서야

셰익스피어(1564-1616)의 희곡, 『*리어왕*』(King Lear, 1605년[1])의 제목만은 나는 물론 오랫동안 알고 있었다.

그의 38개 희곡을 비극(tragedies), 희극(comedies), 사극(史劇, histories), 로맨스(romances) 등으로 나눈다. 4대 비극으로 『*햄릿*』(Hamlet), 『*오셀로*』(Othello), 『*리어왕*』, 『*맥베스*』(Macbeth)를 꼽는다. 4대 희극은 『*말괄량이 길들이기*』(The Taming of the Shrew), 『*한여름 밤의 꿈*』(A Midsummer Night's Dream), 『*열두 번째 밤*』(Twelfth Night), 『*폭풍우*』(The Tempest)로 본다. 그리고 4대 사극은 『*헨리 4세*』(Henry IV, I, II), 『*리처드 3세*』(Richard III), 『*줄이어스 시저*』(Julius Caesar), 『*안토니와 클레오파트라*』(Antony and Cleopatra)를 든다. 나는 이 희곡들의 제목이라도 외워 뽐내려고 무척 애쓴 적도 있다. 그것마저도 결코 쉬운 일이 아니지만.

물론 셰익스피어의 이 불후의 걸작들 가운데 위 몇 편만을 꼽는다는 것도 극히 자의적이다. 셰익스피어 스스로에게 물어도 주저하지 않을까?

끝내는 아들딸을 열을 둔 어머니에게 "어느 아들, 어느 딸을 가장 사랑하느냐?"고 묻는 것같이 어리석거나 우스꽝스런 질문이 아닐까?

작품 평가는 사람(전문가를 포함)마다 다를 수 있다. 또 실제로 다르게 꼽는 것도 사실이다. 나름대로의 기준과 잣대를 가지고.

또 셰익스피어가 실제 인물인가? 그 스스로 그 수많은 작품들을 모두 썼는가? 공동 집필자가 있다면 누구인가? 그의 작품 가운데 어느 것이 그의 고유의 것이고 어느 것이 '모조품'(재구성)인가? 등 쟁점[2]이 아직도 끊이지 않는다.

왜 하필이면 나는 이 많은 희곡들 가운데 『리어왕』을 읽게 되었는지 이 글 결론 부분에서, 보다 상세히 밝히겠지만, 한마디로 말하자면 내 나이 탓이기도 하다. 나는 아들과 딸, 두 아이가 이제 장성해서 결혼도 하고 각각 두 아이들을 두었으니, 명실공히 손자, 손녀 넷을 둔 할아버지다.

벌써 몇 년 전 일이다. 할아버지가 된 나는 미국에서 태어나서 자라고, 그곳에서 지금 일하며 사는 아들과 딸 집에 여러 차례 들른 뒤, 어떤 충동, 충격을 받았던 것 같다. 그리고 『리어왕』을 꼭 읽어보겠다는 다짐을 남몰래 혼자 하면서 집에 돌아와 나는 이 비극을 2006년인가 평생처음 정독을 했다. 읽기[3]는 했지만 글쎄 처음엔 절반쯤이나 그 내용을 이해했을까, 싶다.

또 새로 나온 단행본[4]을 사가지고 2009년 겨울 다시 읽고 그 내용을 좀 더 많이 이해한 것도 같다. 그 뒤 이 새 단행본을 서너 차례 정독을 하고 나서 이 글을 쓴다.


## 전문가/번역자가 본 리어왕

먼저 『리어왕』은 로마가 지배하기 이전 켈트 족(Celtic 또는 Keltic) 신화에 나오는 브리턴의 '리어'(Leir) 왕 전설[5]이 그 기초가 되었다고 본다. 셰익스피어는 이 희곡을 1603년에서 1606년 사이에 쓴 것[6]으로 추정한다. 그가 39살에서 42살 무렵이다. 이 희곡은 크게 두 판본이 있고 변형 본도 수없이 많다.

하나는 1608년 4절 판 인쇄본(Quarto)으로 그의 『리어왕과 세 딸의

*삶과 죽음의 역사 연대기*』(年代記)(The True Chronicle of the History of the Life and Death of King Lear and His Three Daughters)이다. 다른 하나는 1623년 극장에서 쓰이게 된 2절 판 인쇄본(First Folio)으로 『*리어왕의 비극*』(The Tragedy of King Lear)이다.

그리고 변형 본[7] 가운데 가장 오래된 것은 아일랜드 더블린 출신 한 성직자, 테이트(Nahum Tate, 1652-1715)가 리어왕의 셋째 딸 코델리아가 죽은 시체로 아버지 팔에 안겨 나오는 이 희곡의 마지막 장면이 너무나도 참혹하다는 생각을 하고, 이 끝 장면을 고쳐 코델리아가 살아서, 귀족 글로스터(Gloucester)의 착한 아들 에드가(Edgar, 'Poor Tom')와 결혼, '합헌 왕조'(legitimate monarchy)를 되찾는다는 'a happy ending'으로 재구성한 것이다.

최근 앤드루 헤드필드[8]는 역사기록을 바꾼 것은 테이트가 아니라, 오히려 셰익스피어가 먼저라는 색다른 주장도 한다. 그에 의하면, 12세기에 출간된 『*영국 왕정사*』(王政史, Geoffrey of Monmouth, History of the Kings of Britain)에 나오는 리어왕(Leir)은 그를 배신한 두 큰딸의 모반으로 밀려 난다.

프랑스(Gaul)로 쫓겨난 리어(Leir)는 거기서 막내딸과 힘을 합쳐 다시 브리턴을 침공, 두 큰딸을 몰아내고 왕위를 되찾아 3년 동안 평화로움 속에 살다 죽는다. 코델리아는 왕위를 계승하고 몇 년 더 집권했으나, 그 뒤 두 큰 언니 아들들과의 내전(內戰)에서 패배하여 옥살이를 하다가 감옥에서 자살한다는 것이 그 역사기록이다.

지오프리(Geoffrey)의 위 『*왕정사*』에 나오는 『*리어왕 연대기*』(The Chronicle History of King Leir) 각본을 필립 핸슬오위의 로스 극장(Philip Henslowe's Rose Theatre)에서 1594년에 공연도 했다[9]는 것이다.

셰익스피어는 바로 이 연대기를 확 바꾸어, 『*리어왕*』의 참혹한 마지막 극적인 장면(코델리아가 죽은 시체로 아버지 팔에 안긴)으로 끝나도록 만들었다는 것이다. 헤드필드는 셰익스피어가 인간이 얼마만큼 악독할 수 있고, 거꾸로 얼마만큼 사랑할 수 있는가 하는, 선과 악의 극한 상황을 극적으로 표출하기 위해 『리어왕』의 마지막 장면을 그렇게 바꾼 것이라고 풀이한다.[10]

헤드필드는 또 브래들리를 인용[11], 셰익스피어가 착하고 천진난만한 코델리아의 죽음을 통해 코델리아의 겉—죽음—과 속—마음씨(心靈)—을 극적으로 대조함으로써 우리 삶에 선과 악, 햇빛과 비, 밝음과 어둠이 함께함을 표출한 것이라고.

내가 맨 처음 읽은 RS에서 프랭크 커모드(Frank Kermode)는 Dr. Johnson(Samuel Johnson, 1709-1784)을 인용, "『리어왕』은 셰익스피어의 가장 위대한 업적이지만… 그렇다고 그의 최고의 희곡은 아니다."라고 본다. 문제는 이 희곡을 "무대에서 연출하기엔 너무 거대하다."(… is too huge for the stage)는 것이다.

존슨이 『리어왕』을 고대 그리스의 위대한 극작가 아이스킬로스(Aeschylus, 525-456 B.C)의 희곡, 『프로메테우스 빈크투스』(The Prometheus Vinctus)나 단테의 『신곡』(神曲, The Divine Comedy), 베토벤의 위대한 심포니들, 메디치가(家) 체플의 조각상(像)들과 견줄 수 있을 만큼 걸작이라고 표현한 것도 눈에 띈다.[12]

누이(Mary Ann, 1764-1847)와 함께 어린이가 쉽게 읽기 좋은 『셰익스피어의 이야기들』(Tales from Shakespeare, 1807)를 쓴 찰스 램(Charles Lamb, 1775-1834)도 위의 존슨처럼 리어왕은 "모든 예술의 영역을 뛰어넘어"(beyond all art), "너무나 혹독하고 돌처럼 차갑고…"(… too hard and stony…)라며 『리어왕』을 무대 위에서 표출하는 것은 근본적으로 불가능하다[13]고 했다.

셰익스피어 비극 연구 권위의 한 사람인 브래들리는 『리어왕』이 『햄릿』을 제치고, 셰익스피어의 '최고의 작품'[14]으로 평가했다. 따라서 그의 평가는 『리어왕』을 부활시키는 데 기여했다고 본다. 폴란드의 비평가 젠 코트는 『리어왕』은 이 세상에서의 삶의 허무함을 가장 심오하게 그리고 완전하게 다룬 작품[15]이라고 평가한다.

『리어왕』의 비극이 꼭 옛날 옛적 이야기나 악몽, 유령이 아니라, 특히 2차 대전 때 나치 히틀러정권의 유대인 대학살, 소련 집단 강제수용소 (Gulag Archipelago) 등, 그리고 현 북한 강제 집단수용소, 1970년대 중반 캄보디아의 크매 루주(Khmer Rouge) 폴 폿(Pol Pot) 공산독재 정권의 대량학살과 같이, 오늘의 지구촌 곳곳 우리 삶 속에서도 쉽게 찾고 보고 겪을 수 있는 참혹한 현실, 현상, 현장일 수 있다는 것이다.

아일랜드 출신 극작가 셈유엘 베키트(1906-1989)의 희곡, 『막판』 (Endgame)과 일본의 저명한 영화감독, 아키라 구로사와의 영화, 난(亂, Ran, 1985)을 헤드필드가 『리어왕』의 현대적 재구성이라고 해석[16]하는 것도 내 눈길을 끈다. 솔직히 나는 아직 『막판』을 읽거나, 영화 『난』을 본 적이 없지만, 앞으로 틈이 나면 둘 다 접하고 싶다.

# II. 고달픈 삶, 떠오르는 새 영국

셰익스피어는 런던에서 북서쪽으로 약 90마일 떨어진 한 조그만 시장터 마을 스트랫포드—온—아본에서 1564년 4월 26일에 출생세례를 받은 것으로 이 곳 교회 기록에 남아있다. 실제로 정확히 언제 태어났는지는 확실치 않지만 세례 3일 전인 4월 23일 태어난 것으로 추정한다. 그때만 해도 갓난아이가 열이면 둘이 죽을 만큼 열악한 삶이었다고 한다.

비단 어린아이뿐만 아니라 온갖 전염병으로 15살까지 사는 아이가 열이면 여섯도 채 안 된 시절이었다. 더구나 그가 태어나기 한 해 전인 1563년엔 전염병으로 런던 시민의 1/3이 죽었고, 집들도 옛 우리나라 농가처럼 초가집이 대부분이어서 화재도 자주 일어나고, 벌레, 쥐 등에 시달리고. 그때 영국 사람의 삶은 요즘 지구촌 곳곳의 가난한 나라 사람들이 겪는 궁핍, 질병, 식량난 등 고달프고, 병들고, 배고 푼 하루하루의 삶—'빈곤의 악순환'—이라는 굴레를 많이 닮았다고 할 수 있다. 셰익스피어의 형제들이 당시의 이런 어려운 삶을 실증한다. 그의 여덟 형제 가운데 둘은 한 살도 되기 전에 죽는다. 하나는 여덟 살 때, 또 하나는 스물일곱 살 때 죽고, 나머지 네 형제도 서른아홉 살을 산 에드먼드를 비롯해서 가장 오래 산 그 자신도 겨우 52세에 삶을 마감한다.[17]

윌리엄은 열여덟 살에 여덟 살 위인 스물여섯 살 엔(Anne)과 결혼한다. 결혼 전에 이미 임신하여 결혼 여섯 달 만인 1583년 5월 딸 수산나(Susanna)를 낳는다. 2년 뒤 또 딸 쌍둥이—햄넷(Hemnet)과 주디스(Judith)—를 낳지만 햄넷은 열한 살 때 죽는다.

셰익스피어의 삶은 가정적으로는 가난과 질병, 잦은 가족들의 죽음으로 슬프고, 고달픈 삶이었다. 나라(王政)도 어지럽고 어려운 상황이었다. 여왕 엘리자베스 1세(1533–1603)의 파란만장한 삶과 그의 삶이 겹친다.

여왕이 되기까지 엘리자베스는 온갖 어려움과 궁중 음모, 가톨릭 기득권세력, 개신교, 영국국교 간 종파분쟁과 궁궐 안, 궁궐 밖 세력들의 권력투쟁, 골육상쟁 등 어려운 고비를 넘기며 스물다섯 살 나이로 1558년 그의 이복(異腹, half sister) 누나, 여왕 메리 I세(1516년 태어남, 1553–1558 재위)를 계승한다.

엘리자베스가 즉위한 해가 셰익스피어가 태어나기 6년 전이다. 그의 아버지 헨리 8세(1491년 태어남, 1509–1547 재위)가 결혼(이혼)문제[18]로 로마 교황청과 결별하고, 1534년 영국국교를 세워 교주(敎主)가 된 것은 셰익스피어가 태어나기 30년 전이었다.

1569년 가톨릭교를 다시 국교(國敎)로 복원하려는 북쪽 지역 귀족들 중심의 반란이 일어나 엘리자베스 여왕이 가까스로 평정을 했을 때도 셰익스피어는 겨우 다섯 살이었다. 하지만, 엘리자베스 여왕의 지도력 아래 1588년 영국이 스페인의 무적함대[19]를 격퇴한 그 감격을 셰익스피어는 스물네 살 젊은 나이에 몸소 겪는다.

간추리면, 셰익스피어가 태어난 영국은 가난하고 뒤처진 유럽 한 구석 하찮은 섬나라였다. 그때만 해도 영어는 극히 제한된 지역에서만 소통되는 '지방 말'(local dialect)이었다.

종교적으로도 엘리자베스 1세는 로마 교황청을 이어 받드는 기득권 가톨릭 세력과 이에 도전장을 내고 영국국교를 세운 그의 아버지(헨리 8세)의 유산을 이어받은 세력 등 안팎 종교–정치 세력들의 각축과 갈등 틈바구니에서 교묘히 세련되게 영국국교를 개신교의 큰 틀에서 관리하면서도 가톨릭교와의 평화공존을 유지하여 간신히 적대적 충돌을 막는다.

엘리자베스 여왕은 이렇게 안팎의 정치적, 종교적 안정을 도모하여,

권력기반을 다진 다음엔 당시 가톨릭 세력의 선봉장인 스페인과 맞선다. 특히 스페인 무적함대를 격퇴시킴으로써 당시 조그만 변두리 섬나라 영국을 개신교 유럽의 리더로 새로 등장시키는 계기를 마련한다. 한마디로, 셰익스피어의 청·장년기는 '대영제국'의 기틀을 짜고 마련한 엘리자베스 여왕의 전성기(全盛期)가 시작되는 그 소용돌이와 맞물린다.

두 마디 덧붙이면, 셰익스피어는 그의 창작에 영어단어 18,000자(字)를 자유자재로 쓸 수 있었고, 그 가운데 1,000자(10,000자?) 이상을 그의 작품에 쓴 첫 작가[20]라고. 그의 작품의 특징은 70% 정도가 시문(詩文, poetry)이고 30%가 산문(散文, prose)이라고.[21]

하지만 그의 희극—*Much Ado About Nothing, Twelfth Night, As You Like It*—처럼 작품에 따라 산문이 50% 이상을 차지하는 것도 있다고 한다.

그의 희곡에서 상류층(귀족)은 시문으로, 평민은 산문으로 대부분 표현하고 있지만 중요한 메시지는 시문보다는 산문을 이용한 것도 눈에 띈다.

보기 하나를 들어보자. 그의 『*베니스의 상인*』(The Merchant of Venice)에 나오는 유대인에 관한 산문 구절이 나를 사로잡는다.

샤일록,
"… 나는 유대인입니다. 내가 유대인이라고 눈이 없습니까? 유대인이라고 손, 장기(臟器), 인격, 감각, 애정, 정열이 없습니까? 유대인도 기독교인처럼, 같은 음식 먹고, 같은 무기로 상처를 입으며, 같은 질병에 걸리고, 같은 방법으로 (그 질병을) 치유하고, 겨울에는 춥고, 여름이면 더운데, 무엇이 다르단 말입니까? 만약 당신네가 우리를 (칼로) 찌르면 우리(유대인이)라고 피가 안 나옵니까? 만약 우리를 간질이면 우리라고 웃지 않습니까? 만약 당신네가 우리에게 독약을 먹이면, 우리라고 죽지 않습니까? 그리고 만약 당신네들이 우리에게 잘못하면, 우리라고 복수하지 않겠습니까? 당신네들처럼 우리도 그런 것들이 다른 사람들과 똑같이 닮았습니다. 만약 유대인이 기독교인에게 잘못하면, 그에게서 겸손을 기대할 수 있습니까? 복수뿐이지요. 만약 기독교인이 유대인에게 잘못하면 유대인이 그에게 줄 고통이 무엇이겠습니까? 물론 복수지요. 당신네가 내게 악행(사악함, 악랄함)을 가르쳤기에, 나는 그것을 그대로 실천할 뿐입니다…"

Shylock:
… I am a Jew. Hath not a Jew eyes? Hath not a Jew hands, organs, dimensions, senses, affections, passions; fed with the same food, hurt with the same weapons, subject to the same diseases, heal'd by the same means, warm'd and cool'd by the same winter and summer, as a Christian is? If you prick us, do we not bleed? If you tickle us, do we not laugh? If you poison us, do we not die? And if you wrong us, shall we not revenge? If we are like you in the rest, we will resemble you in that. If a Jew [does] wrong a Christian, what is his humility? Revenge. If a Christian [does] wrong a Jew, what should his sufferance be by Christian example? Why, revenge. The villainy you teach me, I will execute…*(The Merchant of Venice*, Act III, Scene I, RS, 53-73).

# 『리어왕』 줄거리

『리어왕』은 5막 25장(1막 5장, 2막 4장, 3막 7장, 4막 6장, 5막 3장)이다. 여기에 이 내용들 가운데 내 나름대로 중요하다고 생각하는 이야기, 구절, 또는 대화를 간추려 본다.

## 1막 1장

리어왕은 과연 어느 딸이 그를 가장 사랑하는가를 직접 알아보기 위해 딸 셋을 그와 고관들 앞에 불러 놓는다.

세 딸의 그에 대한 사랑을 직접 들어보고 난 다음, 그가 그 나라 영토의 통치, 이권(利權), 국사(國事)(rule, interest of territory, cares of state)의 대부분을 맡기겠다며 큰딸부터 한번 말해보라고 지시한다.

> *고너릴,*
> "아버지, 저는 말로는 이루 표현할 수 없을 만큼 사랑하며, 시력(視力), 재산이나 자유보다도 더 소중히, 가장 값지고 희귀한 그 무엇보다도, 우아함, 건강, 아름다움, 명예로 가득 찬 삶을 즐기시도록, 이제까지 아버지를 사랑한 그 어느 아이나(아이들로부터 사랑 받은) 그 어느 아버지보다 더, 숨 막히게, 말로는 표현조차 할 수 없는 그런 사랑. 저는 한없이 아버지를 사랑하지요."라고 조잘댄다.

> Sir, I love you more than word can wield the matter,
> Dearer than eyesight, space, and liberty,
> Beyond what can be valued, rich or rare,
> No less than life, with grace, health, beauty, honor;
> As much as child e'er loved or father found;

A love that makes breath poor and speech unable.
Beyond all manner of so much I love you[22](Act 1, Scene 1,
48-60).

둘째 딸 레간도 언니에 질세라 고너릴처럼 똑같이 헛된 언약과 과장된 아버지 사랑을 가볍게 지껄인다. 이 언니들의 아버지에 대한 사랑의 거짓 약속을 듣고 있던 막내딸 코델리아는 다음과 같이 답변한다.

코델리아,
"글쎄 아니 (사랑이란) 꼭 그렇진 않을 텐데, 내 사랑은 내 혀보다
는 훨씬 무겁고 알찬데"라고 혼자 중얼거린다.

And yet not so, since I am sure my love's
More ponderous than my tongue(76-77).

그러자 리어는 막내딸 코델리아에게 비록 셋째 딸이지만 프랑스의 포도 밭과 버건디의 우유 농장(낙농, 酪農) 등 두 언니보다 더 좋은 땅(영토), 재산, 향락을 약속한다면서 그의 아버지에 대한 사랑을 말해보라고 묻는다.

이에, 코델리아는 "(언약할 게) 아무것도 없습니다."(Nothing, my lord, 86)라고 대답한다. 놀란 아버지는 "아무것도 없다고?"라고 되묻는다. 코델리아는 또 한번 "아무것도 없습니다."(88)라고 대답한다.

리어는 "아무것도 없는 데서 아무것도 안 나온다. (네가 아무 약속도 나에게 못한다면, 나도 아무것도 너에게 줄 수 없다) 다시 말해 봐." 하며 코델리아를 다그친다.

코델리아,
제가 불행할(해질)지라도, 저는 결코 제 가슴(마음)을 제 입속에서

부풀리지는 못합니다.

(제 입으로 제 마음에 없는 말은 못 합니다)

저는 짐(朕)을 사랑합니다, 제 핏줄(血肉, 아버지의 딸)로서, 그보다
더 많게도 그보다 더 적게도 아니게.

Unhappy that I am, I cannot heave
My heart into my mouth, I love your Majesty
According to my bond, no more nor less(90-92).

*리어*는 크게 화를 내며,

아니, 아니, 코델리아, 도대체 뭐라고? 네 말 좀 고쳐라, 네가 차지
할 재산에 손실 없도록.

How, how, Cordelia? Mend your speech a little,
Lest you may mar your fortunes(93-94).

코델리아는 아버지가 그를 이 세상에 태어나게 했고, 기르시고, 가르
치시고, 사랑하시고 한만큼 보답할 것이며, 딸로서의 의무도 다할 것이라
고 말한다. 하지만 그는 결코 두 누나들처럼 (정략) 결혼은 하지 않겠다고
다짐한다.

이에 어리석고 거의 미쳐버린, 화가 잔뜩 난 리어왕은 코델리아의 참
뜻을 이해하지 못하고, 딸과의 관계를 끊고, 궁전에서 막내딸을 몰아내기
로 마음먹는다. 그리고 코델리아에게 주기로 했던 영토까지 두 큰딸에게
나눠줘 버린다.

이 어리석은 행위에 대해 충신, 켄트가 말리려 하자 켄트마저 내쫓
는다.

*켄트*는 떠나면서 리어에게,

리어왕이여, (세상과 사람들을) 제대로 좀 보십시오, 그리고 제가

당신 눈의 '참된 공백'(核心)(당신의 눈으로 못 보는 것을 보는 눈)으로

계속 남게 해 주소서.


See better, Lear, and let me still remain

the true blank of thine eye(157-159).


어리석은 리어는 켄트에게도 다시는 그의 영토에 발을 내딛지 못하는 벌까지 내린다. 귀양을 떠나면서 켄트는 옳고 바른말을 한 코델리아에게 신의 가호를 빈다. 두 큰딸에게도 그 허황된 약속들이 '사랑의 말들'이기를 바란다며 떠난다.

잠시 뒤 글로스터는 프랑스 왕과 버건디 공(公) 두 신랑감과 함께 등장하여 리어왕에게 그들을 소개한다.

리어왕은 내 딸을 아내로 삼는 지참금으로 무엇을 바라느냐고 버건디에게 묻자, 그는 왕께서 주시는 것이 무엇이든 기꺼이 받겠다고 대답한다. 그러자 리어왕은 자기 막내딸, 코델리아에게 줄 것이 아무것도 없는데 어떻게 할 작정이냐며, 그런데도 그를 아내로 삼겠다면 "그가 저기 있으니, 그는 당신의 것"(She's there, and she is yours, 202)이라고 말한다. 버건디는 그런 상황이라면 혼인이 이루어질 수 없지 않느냐고 묻는다.

리어는 그렇다면, 그를(코델리아) 내버려두라고 버건디에게 말하자, 프랑스는 이 딸이 아버지에게 아무리 잘못했다고 하더라도 하루아침에 딸을 내동댕이치는 것은 너무나도 이상하다고 옆에서 거든다.

이때 코델리아는 그가 아버지에게 지은 죄는 무슨 불순한 목적을 가지고 말한 것이 아니라, 무조건 말을 내뱉기에 앞서, 그가 딸로서 (아버지에게) 할 수 있는 일을 신중하게 생각한 다음에 말을 꺼낸 것뿐이라고 다시 한번 리어의 용서를 빈다(225−234).

더구나, 그는 살인, 악행, 불륜행위, 명예롭지 못한 짓 등 '악의 흔적'(vicious blot, 229)때문에 아버지의 은총과 호감을 잃게 된 것이 아니고, 항상 아버지의 관심을 끌려는 눈(눈짓)이나 혀(놀림)를 삼갔기 때문이며, 지금도 그는 그런 짓거리를 안 한 것을 잘했다고 생각한다고 서슴지 않고 말한다.

하지만 어리석은 아버지 *리어*는,

> 나를 이렇게 괴롭힐 바에야 차라리 너는 태어나지 않았으면 더
> 좋았을 것.

> Better thou Hadst not been born than not have pleased me
> better(235-236).

이라고 쏘아붙인다. 이 말을 들은 프랑스는, "아니 이것 때문일 뿐(이 때문에 왕이 딸을 버린다는)이라는 말이요?"라며 버건디에게,

> 이 공주를 택하겠소?
> 이 공주(코델리아)가 바로 지참금이오.

> Will you have her?
> She is herself a dowry(242-243).

라는 의미심장한 말을 한다. 그러자 버건디는 리어왕에게 조금 전에 말씀하신 막내딸에게 줄 수 있는 것이 무엇이든 받고 그를 그의 아내로 삼겠다고 말한다.

리어는 코델리아에게 줄 것은 맹세컨대 아무것도 없고, 이 결정은 요지부동(搖之不動)(Nothing. I have sworn. I am firm. 247)이라고 답한다.

그러자, *버건디*는 코델리아에게,

미안합니다만, 당신은 이렇게 아버지를 잃게 되어 남편도 잃을 수밖에 없습니다.

I am sorry, then, you have so lost a father
That you must lose a husband(248-249).

라고 밝힌다. 이에, *코델리아*는 버건디에게,

재산만이 그의 사랑이므로,
나는 그의 아내가 될 수 없습니다.

Since… fortunes are his love,
I shall not be his wife(250-251).

라고 잘라 말한다. 그러자 프랑스는 코델리아를 아내로, 프랑스의 여왕으로, 맞이하겠다고 나서며 리어의 허락을 요청한다.
리어는 우리는 그런 딸도 없고, 다시는 그의 얼굴도 보지 않을 것이며 우리의 사랑도 신의 은총과 축복도 줄 수 없으니 데리고 가려면 그냥 데리고 가라며 그 자리에 프랑스, 코델리아, 고너릴, 레간만 남겨둔 채 나가버린다.
새 남편 프랑스와 함께 떠나기 전에 *코델리아*는 두 언니들에게,
나는 언니들이 어떤 사람인지 잘 알아!

I know you what you are(276).

라는 뼈있는 말과 함께 아버지를 잘 모시라고 말한다. 레간은 "우리 간섭은 말아라!"라고, 고너릴은 "네 남편이나 잘 모셔라!"라고 대꾸한다. 코델리아는 "시간만이 어떤 처참한 간계가 숨어있는가를 들춰 낼 거야…."(Time shall unfold what plighted cunning hides…", 282)라는 가시 돋친 마지막 말을 남기며 신랑 프랑스와 떠난다.

이제 고너릴과 레간 단둘만이 남는다. 고너릴은 가장 사랑하던 딸(코델리아)을 저버리는 아버지 리어의 '어리석은 판단'(poor judgment, 291)을 그의 나이 탓으로 돌린다. 레간은 나이병(病)이기도 하지만(Tis the infirmity of his age, 293) 그의 아버지는 항상 그 스스로를 잘 모르는 사람이라고 답한다.

고너릴은 그의 아버지의 가장 좋고 건강한 시절은 지나고, 그의 "병들고 짜증내는"(infirm and choleric, 298-299) 때가 곧 닥쳐오니 대비해야 한다고 하자, 레간은 그런 상태가 (충신) 켄트를 귀양을 보내버려(그가 왕 옆에 가까이 없어서) 더 심해진 것 같다고 답한다.

## 1막 2장

2장은 글로스터의 서자(庶子) 에드문드가 당시 사생아(私生兒)에 대한 차별을 한탄하고 비꼬는 것으로 시작한다. 에드문드는 그가 지금 꾸미는 계획이 성공하면 한 살쯤 위인 적자(嫡子) 에드가는 밀려나고 서자인 그가 그의 아버지 사랑을 독차지하게 될 것이라고 독백한다.

에드문드는 에드가가 그에게 보낸 것처럼 꾸민 편지를 글로스터가 읽도록 유도한다. 내용인즉, 아버지가 늙어서 제정신이 아닌 상황이 오고 있는데 둘이 아버지 재산을 절반으로 나누자는 제의다.

크게 놀라고 화난 아버지는 누가 이 편지를 너에게 가져왔느냐고 묻자, 에드문드는 이 편지가 자기 방 유리창가에 던져져 있는 것을 찾았다고 거짓 대답을 한다. 이 편지를 에드가가 직접 쓴 것이냐고 아버지가 묻자, 그렇다고 에드문드는 답한다.

이런 이야기를 이전에도 둘이 나눈 적이 있냐고 아버지가 다시 묻자, 에드문드는 그런 적은 없었지만 에드가는 아들들이 장성하고 아버지가 늙고 병들면 아들이 재산관리 하는 것을 아버지는 뒤에서 지켜보면 된다는 말을 자주 했었다며 아버지 화를 더 부추긴다.

글로스터는 "이 망측한 놈, 이 망측한 놈!"이라고 소리를 고래고래 지르며 이놈을 곧 당장 찾아서 데리고 오라고 에드문드에게 명한다.

이런 상황에서 글로스터는 다음과 같이 횡설수설(橫說竪說)한다.

*글로스터,*
*… 사랑도 식고, 우정도 시들고, 형제들도 갈라지고,*
*도시들은 폭동에 휩싸이고,*
*나라들 사이엔 불화가, 궁궐 안에서는 반역이,*
*아들과 아버지 유대는 깨져 금이 가고,*
*이 내 망측한 놈(에드가)은 예견한 대로이니,*
*아들이 아버지를 거역하고, 왕(리어)은 편견 때문에 몰락하고,*
*아버지가 자식(코델리아)을 거역하고,*
*우리들의 가장 좋은 시절은 이미 지나버린 것 같구나.*

*이젠 음모, 거짓, 배반, 그리고 모든 파괴적인 혼란들만이 우리의*
*무덤까지 법석을 떨며 뒤따라 다니니.*
*이 망측한 놈(에드가)을 찾아라, 에드문드. 이 일 때문에 네가 잃*
*을 것은 아무것도 없으니. 다만 신중하게 행동하라.*
*그리고 고귀하고 진실 된 마음을 가진 켄트는 귀양을 가버렸으니!*

그의 죄야, 오직 정직! (바른말 했다는 것뿐인데) 이상한 세상이야.

Love cools, friendship falls off, brothers divide;
in cities mutinies; in countries, discord; in palaces, treason;
and the bond cracked twixt son and father.
This villain of mine comes under the prediction: there's son
against father. The King falls from bias of nature:
there's father against child. We have seen the best of our
time.

Machinations, hollowness, treachery, and all ruinous disor-
ders follow us disquietly to our graves.
Find out this villain, Edmund; it shall lose thee nothing.
Do it carefully. And the noble and true-hearted
Kent banished! His offense, honesty!
'Tis strange(Act1, Scene 2, 98-108).

에드문드가 세상살이를 통탄(야유)하는 다음 구절도 흥미롭다.

*에드문드*,

… 우리가 불행해지면—자주 우리 잘못된 행동의 결과들을— 우
리의 재앙들을 해, 달, 별들 때문으로 돌리고, 마치 우리가 필요에
의해 악한들이 된 것처럼, 하늘의 뜻(충동)으로 바보들(어리석은
자들)이 되고, 건달들, 도둑들, 배신자들을 천체의 영향 탓으로,
주정뱅이들, 거짓말쟁이들(사기꾼들), 간통 자들을 행성들의 영향
에 어쩔 수 없이 복종하다가 생긴 잘못된 길로 돌리고, 그리고 우

리가 악에 휩싸여 있는 모든 것이 신의 뜻인 듯이….

> … that when we are sick in fortune—often the surfeits of
> our own behavior—we make guilty of our disasters the sun,
> the moon, and stars, as if we were villains on necessity,
> fools by heavenly compulsion, knaves, thieves, and treach-
> ers by spherical predominance, drunkards, liars, and adul-
> terers by an enforced obedience of planetary influence, and
> all that we are evil in, by a divine thrusting on(109-117).

이때 에드가가 등장한다. 에드문드는 언제 아버지를 만났느냐고 에드
가에게 묻는다. 에드가는 어젯밤에 만나 두 시간이나 서로 이야기를 나
눴고 서로 기분 좋게 헤어졌다고 답한다. 그러자 에드문드는 아버지가 화
가 단단히 나 있다고 경고하자, "에드가는 어느 망측한 놈이 모함한 것이
구나."라고 말한다.

그러자, 에드문드는 글쎄 어느 놈이 그랬는지는 모르지만 큰일이 났다
고 시치미를 뚝 뗀다. "어리석을 만큼 정직한"(foolish honesty, 162) 에드
가는 그의 서자 동생인 에드문드가 꾸민 이 사기극을 조금도 의심하지
않는 상태로 서로 헤어진다.

## 1막 3장, 4장

3장은 한 페이지이다. 시중(侍中), 오스왈드가 고너릴에게 그의 궁중
관리(신사)를 리어왕이 그의 바보(어릿광대)를 꾸짖는다고 구타를 해서 궁
궐에 소란이 났다는 등 고자질을 한다. 화가 잔뜩 난 고너릴은 동생 레
간과 한통속이니 둘이 이 골칫거리(왕의 말썽꾸러기 망동)를 해결하겠다고

오스왈드에게 약속하는 내용이다.

4장은 리어왕이 처음 방문한 큰딸 고너릴 궁궐에 그가 추방해 버렸던 충복(忠僕) 켄트가 변장을 하고 나타난다. 그가 누구인지를 모르는 리어왕을 설득, 그를 보호하는 충복이 되겠다고 다짐한다.

켄트는 왕에게 그의 역할을 다음과 같이 말한다.

> 켄트,
>
> 저는 정직하게 충언을 드릴 수 있으며, 세상에서 떠도는 괴상한 이야기를 말씀드릴 때는 그대로 또는 거듭 밝히거나, 무시해 버리기도 하고, 메시지는 보통사람도 쉽게 알아들을 수 있도록 서슴없이 전달할 수 있으며, 그 무엇보다도 저의 최고의 장점이 있다면 부지런함입니다.
>
> I can keep honest counsel, ride, run, mar a curious tale in telling it, and deliver a plain message bluntly.
> That which ordinary men are fit for I am qualified in, and the best of me is diligence(Act 1, Scene 4, 30-33).

왕이 나이를 묻자, 켄트는 48세로, "여자의 노래를 즐길 만큼 젊지는 않지만, 그렇다고 여자에게 무조건 빠져들 만큼 늙지도 않았습니다."(Not so young, sir, to love a woman for singing, nor so old to dote on her for anything. 35-36)고 답한다.

그때 고너릴의 시중 오스왈드가 등장한다. 리어왕이 내가 누군지 아느냐고 오스왈드에게 묻자, 이 시중은 고의(악의적으)로 '왕'이라고 하지 않고 "나의 귀부인의 아버지"라고 대답하자, 크게 분노한다. 리어 옆에 같이 서 있던 켄트가 불경스런 오스왈드를 꾸짖으며 발로 차 넘어뜨린다.

화가 잔뜩 난 얼굴로 나타난 큰딸 고너릴이 아버지와 그 수행원들의 소란을 꾸짖자, 기가 막힌 리어는 "네가 우리 딸이냐?"(Are you our daughter? 190)고 묻는다.

고너릴은 100명이나 되는 기사(騎士)들과 시종(식솔)들을 거느리고 와서 소란, 난동을 피우고, 거칠게 굴고, 술을 처마시며, 여자들과 환락에 빠져 궁궐을 문란케 하고 있다며 노인이면 존경을 받도록 현명해야지 이 무슨 꼴이냐고 아버지 리어왕을 사정없이 꾸짖는다(205-219).

리어왕은 딸의 수모를 견디지 못하고,

*리어,*
어둠과 악마들! 내 말들을 모두 대기시켜라! 내 시종들도 모두 다!
못된 자식, 나는 너를 (더 이상) 귀찮게 하지 않겠다.
하지만 나는 또 딸이 하나 더 있다 며 큰딸 궁궐을 떠나려 든다.
배은망덕(背恩忘德), 너 대리석처럼 차가운 가슴을 가진 적(敵), (내)
자식 아이가 바로 너라니 바다 괴물보다 더 소름이 끼치는구나!

--Ingratitude, thou marble-hearted fiend,
More hideous when thou show'st thee in a child
Than the sea monster!(227-229).

*리어*는 또 너 고너릴도, 못된 자식을 낳아, 자라서, 그리고 이 짓 궂고 삐뚤어진 아이가 그 어미를 고통 속에 몰아넣기를! 그래 젊은 눈두덩에 주름살이 끼고, 흐르는 눈물로 그 얼굴에 도랑을 파고, 그 어미의 아이 기르는 고통과 기쁨이 비웃음과 저주(詛呪)가 되어, 그래 그 어미가 느끼도록 고마움을 모르는 아이는 뱀 이빨보다도 얼마나 더 매서운가를!

Create her child of spleen, that it may live

And be a thwart disnatured torment to her!
Let it stamp wrinkles in her brow of youth,
With cadent tears fret channels in her cheeks,
Turn all her mother's pains and benefits
To laughter and contempt, that she may feel
How sharper than a serpent's tooth it is
To have a thankless child!(243-257).

*리어*는 이런 날카로운 말로 딸을 몰아붙인다.

아버지의 저주는 치유받지 못한 상처가 되어 네(고너릴) 몸속 모든 감각을 뚫고 들어갈 것이다.

Th'untented woundings of a father's curse
Pierce every sense about thee!(268-269).

하지만, 리어의 비난과 분노에도 아랑곳하지 않고, 고너릴은 그의 아버지 수행원(방문객) 숫자를 100명에서 50명으로, 그리고 그의 궁정에 머무는 기간도 한 달에서 2주(262-263)로 줄이겠다고 한다. 또 이 결정을 그의 여동생 레간에게 메신저를 곧바로 보내, 그의 아버지가 동생 왕국에 도착하기 전에 미리 알리려 든다.


## 1막 5장

리어도 켄트를 시켜 그의 편지를 먼저 레간에게 건네주도록 보낸다. 켄트를 보내고 난 뒤, 리어와 그의 어릿광대가 나누는 다음의 대화가 재미있다.

바보(어릿광대)의 다음 이야기는 그가 바보가 아니라 바로 리어가 얼마나 어리석은 *바보*요, 이젠 집도 절도 없는 *거지*라는 것을 넌지시 알려주는 기막힌 대화다.

> *어릿광대*: 굴이 그의 껍질을 어떻게 만드는지 아십니까?
>
> *리어*: 모르지.
>
> *어릿광대*: 그건 저도 모르지만 저는 달팽이가 왜 집을 갖고 있는지는 알지요.
>
> *리어*: 왜 그러지?
>
> *어릿광대*: 왜냐고요? 그의 머리를 처넣기 위해서지요, 그의 딸들에게 그걸 주고, 그의 살덩이(촉각)들을 넣어둘 상자도 없이 내버려지지 않도록 말이요.

> *Fool,* Canst tell how an oyster makes his shell?
>
> *Lear,* No
>
> *Fool,* Nor I neither. But I can tell why a snail has a house.
>
> *Lear,* Why?
>
> *Fool,* Why, to put's head in, not to give it away to His daughters and leave his horns without a case.
>
> (Act1, Scene 5, 23-28).[23]

사람이 늙었다고 모두 다 현명한 것은 아니라는 경고도 이 바보가 한다. 그렇다. 하는 짓이 어른 같아야지 나이만 먹은 늙은이라고 곧 어른은 아니지 않은가?

> *어릿광대가* (리어에게),

당신은 현명하게 되기까지는 늙어서는 안 되는 사람이지요(당신
은 늙었지만 어리석은 사람이요).

*Fool,* Thou shouldst not have been old till thou hadst been
wise(40-41).

## 2막 1장, 2장, 3장

1장은 큐란(귀족, 글로스터 집 신사)과 에드문드의 대화로 시작된다.

큐란은 그날 밤 레간과 그의 남편 콘월이 글로스터 저택을 들릴 것이
라는 것과 콘월과 고너릴의 남편 알바니 간에 전쟁이 일어날 수도 있다
고 귀띔해준다.

한편 에드문드는 콘월과 레간이 한밤중에 글로스터 저택을 방문하기
전에 스스로 칼로 자기 몸에 상처를 내어 자객(刺客)이 그를 죽이려 했다
고 '거짓 소동'을 꾸민다. 친아들 에드가를 몰아내기 위한 두 번째 자작
극(自作劇)이다.

글로스터가 나타나 에드문드에게 "그 망측한 놈(에드가)이 어디 있느
냐?"고 묻는다. 에드문드는 에드가가 어둠 속에 숨어 날선 칼을 빼 들고
괴상한 주문을 읽으며 조금 전까지 달을 쳐다보고 있었다고(미친놈으로
만들려는 그의 흉계) 답한다. 화가 잔뜩 난 글로스터는 지금 그 놈이 어디
있느냐고 다시 묻는다.

에드문드는 피나는 자기 몸 상처를 보여주며, 에드가는 이미 도망쳐버
렸다고 대답한다. 그러자 글로스터는 쫓아가서 곧 당장 그 놈을 붙잡아
오라고 소리 지른다.

에드문드는 에드가가 아버지를 죽이려 다가오는 것을 그가 막으려다,
칼싸움 끝에 팔에 상처를 입었고 그가 소리를 지르자 황급히 도망쳐 버

렸다고 또 한 차례 흉측한 거짓말을 글로스터에게 한다.

그때 콘월, 레간, 그리고 수행원이 등장한다. 레간은 그의 아버지(리어왕)의 대자(代子)인 에드가가 친부(親父)를 죽이려 했다는 소문이 파다한데 사실이냐고 글로스터에게 묻는다. 글로스터는 사실이라며, 그것을 에드문드가 막았다고 말하자, 콘월과 레간은 에드문드의 사기, 자작극을 조금도 눈치채지 못하고 오히려 그를 칭찬한다.

2장은 리어왕의 메신저로 온 켄트(귀족, 리어왕을 끝까지 모시고 지키는 충복, 케이우스로 변장)와 큰딸 고너릴의 메신저로 온 오스왈드(고너릴의 시중)가 서로 마주치는 것으로 시작된다. 만나자마자 켄트는 오스왈드를 아무짝에도 쓸모없는 천하에 못된 악한이라고 쏘아붙인다.

켄트는 칼을 빼 들어 승부를 겨루자고 다가가서 죽이려 하자, 오스왈드는 크게 놀라 사람 살려달라고 외친다. 그는 가까스로 에드문드, 콘월, 레간, 글로스터가 등장, 위기를 모면한다. 콘월과 레간은 큰 누이 고너릴의 메신저 오스왈드 편을 들어, 켄트를 헤치려 들지만 글로스터가 말린다.

3장은 에드가(글로스터의 아들, 나중에 "가난한 톰"으로 변장)가 등장한다. 그의 배다른 동생 에드문드의 사기극, 자작극으로 하루아침에 "아버지 살인 미수범"으로 낙인 찍혀, 거지가 되어 도망쳐 다니는 에드가가 몇마디 그의 어렵고 괴로운 형편과 처지를 중얼거리는 내용이다.


## 2막 4장

4장에서 리어왕 어릿광대는 다음과 같이 의미 있는 부모와 자식 간에 쉽게 볼 수 있는 우리 삶의 지혜를 읊는다.

*어릿광대,*
기러기가 그쪽으로 날아가니
아직 겨울이 한참인데.

누더기 입은 아버지들
자식들 눈에 안 보이고,
(금, 보석) 자루든 아버지들은
자식들을 효자, 효녀로 만드네.
재산, 그 악명 높은 창녀여,
가난뱅이에겐 절대 열리지 않는 문이로구나.

Winter's not yet gone yet if the wild geese fly that way.
Fathers that wear rags
Do make their children blind,
But fathers that bear bags
Shall see their children kind.
Fortune, that arrant whore,
Ne'er turns the key to th' poor(Act 2, Scene 4, 43-49).


　레간이 동조할 것을 기대하며, 리어가 그에게 고너릴의 불효(不孝)를 "검독수리의 날카로운 이빨"(Sharp-toothed unkindness, like vulture, 4, 131)에 비유하며 혹독하게 비난하자, 둘째 딸마저 큰딸 못지않게 냉혹하게 그의 아버지를 꾸짖고 큰 누이를 옹호, 비호하고 나서니 이 웬 청천벽력(靑天霹靂)인가?

　리어는 큰딸로부터 쫓겨나다시피 작은딸의 도움과 동정을 바라며 부리나케 찾아왔는데, 이 무슨 '아닌 밤중에 홍두깨' 같은 푸대접, 냉대(冷待)인가? 아니, 리어는 얼마나 눈멀고 어리석은 바보, 병신(病身), 천치(天癡)인가? 그가 얼마나 처량하고 비참한 집도 절도 없는 거지 신세인가?

　리어와 둘째 딸 레간의 다음의 기막힌 대화도 내 눈길을 끈다.

*레간,*

당신(아버지)은 그의(고너릴) 미덕보다는 그의 자식 된 도리를 지

키지 못한 흠만 더 따지는 것 같습니다.

(아버지는 고너릴이 아버지한테 잘한 것은 덮어두고, 잘못한 것만 부풀

려 따지는 것 같습니다)

*Regan,*

You less know how to value her desert

Than she to scant her duty(135-136).

레간은 이 어리석은 아버지를 또 이렇게까지 비정하게 몰아붙인다.

*레간,*

오, 아버지, 당신은 이제 늙었어요.

당신은 이제 삶의 끝자락에 와 있어요.

좀 분별력을 가지고 지금보다는 좀 더 낮게 처신해야 되겠어요.

따라서 제 생각으로는 다시 큰 누이(고너릴) 궁전으로 가서서 그

에게 잘못했다고 빌어야 되겠어요.

*리어,*

그에게(고너릴) 용서를 빌라고?

여기도 집인데 왜 그러니.

(무릎을 꿇으며) 내 딸아, 그래 나는 늙었다.

늙은이는 무용지물(無用之物)이지. 내 무릎을 꿇고 너에게 비나

니, 나에게 옷과 침대와 음식을 좀 다오.

레간,

안 돼요. 그런 보기 흉한 꾀부리기는 그만두세요.

빨리 내 누이에게로 되돌아가세요.

*Regan,*

Oh, sir, you are old.

Nature in you stands on the very verge

Of his confine. You should be ruled and led

By some discretion that discerns your state

Better than you yourself. Therefore, I pray you

That to our sister you do make return.

Say you have wronged her.


*Lear,*

Ask her forgiveness?

Do you but mark how this becomes the house.

[Kneeling] "Dear daughter, I confess that I am old.

Age is unnecessary. On my knees I beg

That you'll vouchsafe me raiment, bed, and food."


*Regan,*

Good sir, no more.

These are unsightly tricks.

Return you to my sister(143-154).


그러나 리어는 레간에게 고너릴이 그의 일행 숫자를 절반으로 줄이고 그를 박대했으며, "가장 꼭 뱀 같은 혀로 (내) 가슴을 찔렀다."(… struck me with her tongue, Most serpentlike upon the very heart., 157−158)며 결코 큰딸에게로 돌아가지 않겠다고 말한다.

그때 큰딸 시종, 오스왈드가 등장한다. 곧바로 고너릴도 나타난다. 레간은 아버지에게 그의 일행을 절반으로 줄여, 큰 언니의 궁으로 되돌아가라고 다시 종용한다. 리어는 차라리 집 없이 노예가 되어 살지라도 고너릴 궁전으로 결코 못 가겠다고 우긴다.

고너릴이 (아버지) 맘대로 하시라고 하자, 리어는 다시는 이제 그와 상종을 안 할 것이며 레간 궁에 남겠다고 다시 한번 큰소리친다.

큰딸은 "눈이 사납지만, 네(레간) 눈은 내게 위안을 주고 나를 불태우지 않는다."(170−171)며. 하지만 레간도 고너릴 편을 들며 수행원이 50명이면 됐지, 왜 더 필요하냐고 따진다. 그러자 고너릴은 자기 궁이나 레간 궁에 심부름꾼들이 수두룩한데 무슨 (아버지 스스로) 수행원이 필요하냐고 대든다.

이때 레간은 아버지가 자기 궁에 올 때는 일행 25명만 데리고 오면 좋겠다(245−246)고 다시 그 숫자를 절반의 절반으로 줄인다. 그러자 리어는 그렇다면, 50명 수행원을 받겠다는 큰딸 궁으로 가겠다고 갑자기 마음을 바꾼다.

고너릴은 이미 그의 궁에 그보다 두 배 이상 심부름꾼이 이미 있는데 도대체 왜 (아버지가) 25명이든, 10명이든, 5명이든 수행원이 더 필요하다고 고집을 부리냐고 따진다(259−261).

놀랍게도 레간은 단 한 명도 필요 없을 텐데(262)라며 한 수 더 뜬다.

리어는 "사람의 삶은 짐승처럼 싸구려구나."(Man's life is cheap as beast's., 265)[24]라고 외치며, 그토록 믿었던 두 딸로부터 송두리째 버림받은 그의 처참하고, 처절한 신세를 탓한다.

하지만 결코 울지는 않겠다고 다짐하며, 그의 어리석음, 슬픔, 분노를 삭이며, 매섭게 몰아붙이는 궁궐 밖 폭풍우를 무릅쓰고 글로스터, 켄트 그리고 그의 어릿광대와 함께 자리를 박차고 퇴장한다.

떠난 아버지를 큰딸은 이 모든 것을 그의 아버지 탓으로, 작은딸은 그의 아버지가 어리석음을 깨닫는 계기로 삼아야 한다며, 레간은 다음과 같은 독한 한마디를 남긴다.

*레간,*
(앞으로) 그만은 (아버지 한 사람만은) 기꺼이 맞이하겠지만
단 한 사람 (그의) 몸종도 안 받을 거야.

For his particular, I'll receive him gladly,
But not one follower(290-291).

이렇게 한때 왕이었던 리어는 두 딸로부터 철저히 버림받고 거지가 된다. 천둥 번개와 폭풍우가 몰아치는 어느 날 한밤중에 오직 그의 어릿광대와 함께 길가에 내팽개쳐 뒹구는 달팽이만도 못한 신세가 되고 만다.


## 3막 1장, 2장, 3장

1장은 (변장한) 켄트와 신사의 대화로 시작한다. 켄트는 신사에게 고너릴의 남편 알바니와 레간의 남편 콘월 사이에 불화와 반목이 움트고 있다고 전해준다. 그리고 켄트는 이 신사에게 주머니와 반지를 건네주며, 코델리아를 만나서 반지를 보여주면 그가 알아차리고 누군가를 만나라고 알려줄 것이라고 말한다.

2장에는 다시 리어와 그의 어릿광대가 등장한다. 리어는 "불쌍하고, 병들고, 쇠약하고, 멸시받는 늙은 인간"(A poor, infirm, weak, and de-spised old man. Act 3, Scene 2, 20)이라고 그 스스로를 묘사한다. 변장을 한 켄트가 한밤중에 나타나 그가 평생 처음 보는 엄청난 폭풍우와 천둥

번개 속에 떨고 있는 리어와 어릿광대를 만난다.

3장은 두 딸의 남편 사이에 반목과 갈등이 있다는 내용의 글로스터와 에드문드의 대화다.


## 3막 4장, 5장, 6장

4장에는 리어, 켄트와 어릿광대가 등장한다. 리어는 폭풍우 몰아치는 어둠 속에서 다시 한번 두 딸의 배은망덕(filial ingratitude, Act 3,Scene 4, 14)을 되씹으면서도 "이제는 절대 울지는 않겠다."(no, I will weep no more, 17)고 다짐한다.

리어는 폭풍우 속에서 매서운 추이로 오들오들 떨고 있는 에드가를 만나, 또 다음과 같이 소리 지른다.

*리어,*

죽음, 역적! 그의 배은망덕한 딸들보다 자연을 더 거슬리는 것은

없다(그의 불효자식들보다 천륜(天倫)을 더 어기는 것은 없다).


Death, traitor! Nothing could have subdued nature

To such a lowness but his unkind daughters(68-69).


바로 그때 글로스터가 이 한밤중에 횃불을 들고 나타나, 리어와 그 일행을 발견하고 그들의 잠잘 곳과 음식을 제공한다. 변장한 켄트에게 글로스터는 "그의(리어) 두 딸이 아버지를 죽이려 한다."(His daughters seek his death, 156)고 일러준다.

또 그는 사랑했던 친아들(에드가)이 그를 죽이려 한다는 (사생아 에드문드의)모함을 사실로 받아들여 그를 몰아냈지만, 아들이 보고 싶어 죽겠

다—"아버지에게 아들보다 더 귀한 건 없다."—(No father his son dearer, 162)며 그의 슬픔을 토로 한다.

5장에서는 에드문드가 등장하여, 콘월(레간의 남편)에게 그의 아버지, 글로스터가 은밀히 프랑스의 코델리아에게 보낸 편지(그의 아버지 리어왕을 구출하라는)를 보여준다. 사악한 에드문드는 이제 그의 아버지를 "역적"으로 몰아, 그 스스로 귀족 신분을 얻으려는 또 하나의 음모를 들어낸다.

6장에는 (변장한) 켄트와 글로스터가 등장한다. 켄트는 리어왕 일행에게 잠자리를 마련해 준 글로스터에게 크게 감사해한다.

리어, 에드가('거지 톰') 그리고 어릿광대가 등장한다. 잠시 뒤 글로스터가 다시 나타나, 켄트에게 그날 밤 리어왕을 죽이려는 음모를 서로 이야기하고 있는 것을 엿들었다며, 곧 당장 도버(Dover)해협 쪽으로 피신해야 한다고 재촉한다.

## 3막 7장

7장은 콘월, 레간, 고너릴, 에드문드, 그리고 몸종들의 등장으로 시작된다. 콘월은 고너릴에게 편지를 넘겨주며 프랑스군(軍)이 이미 그의 영토에 상륙했다고 전하며, 역적 글로스터를 곧바로 찾아내라고 소리 지른다.

그러자 레간은 그(글로스터)를 당장 목 졸라 죽이라고 하고 고너릴은 그의 두 눈을 뽑아버리라고 주문한다.

그때 오스왈드가 나타나, 글로스터가 리어왕을 돌보는 35명이나 36명쯤 되는 기사(騎士)들을 마련하여 왕은 이미 그들과 함께 도버에 도착, 안전하게 보호를 받고 있다고 전한다. 그러자 콘월은 말들(병마, 兵馬)을 급히 마련해서 그의 처형(妻兄) 고너릴과 에드문드가 함께 떠난다(Act 3, Scene 7, 13–1).

그리고 콘월은 글로스터를 잡아오도록 다시 한번 몸종들에게 명령한다. 잠시 뒤 몸종들은 글로스터를 데리고 온다. 그를 보자마자 레간은 "배은망덕한 여우"(Ingrateful fox, 28), "더러운 반역자"(filthy traitor!, 33)라고 소리 지르고 그의 남편 콘월은 몸종들에게 그의 팔을 묶으라고 명한다.

그러자, 글로스터는 내 집에 손님으로 온 사람들이 이 무슨 짓이냐며 제발 이 파렴치한 행동은 집어치우라고 대꾸한다. 하지만 콘월의 몸종들이 글로스터를 의자에다 묶자, 레간이 그의 턱수염을 뽑아버린다.

글로스터는 그의 환대를 거꾸로 모질게 앙갚음하는 레간을 천하에 몹쓸 여인이라고 꾸짖지만(38–41) 아랑곳하지 않는다. 콘월은 프랑스로 부터 글로스터가 받은 최신 편지 내용과 그 연합세력이 누구이고 리어왕을 어디로 보냈느냐고 묻는다.

레간도 '미친 왕'의 소식을 그에게 캐묻는다. 도버로 왕을 보냈다고 하자, 레간은 도버 어디쯤이냐고 되묻는다. 글로스터가 아버지(리어)를 헌신짝처럼 저버린 배은망덕한 딸이라고 다시 레간을 꾸짖자, 콘월은 그의 한 쪽 눈을 뽑아버린다.

레간이 다른 쪽 눈도 뽑으라고 하자, 콘월이 다시 그 다른 눈까지 뽑으려 달려든다. 이를 보고 있던 한 몸종이 이 참혹한 짓거리를 차마 참지 못하고 "멈추세요."하며, 콘월을 막는다. 레간이 '미친 개'라며, 이 몸종을 꾸짖자, 이 몸종은 레간을 향에 당신도 턱수염이 있다면 당장 내가 뽑아 버리겠다고 소리 지르며 칼을 빼 들고 주인 콘월과 싸움을 건다(75–78).

콘월이 그의 칼에 찔려 큰 상처를 입자, 레간이 다른 몸종의 칼을 가로채서 그를 죽인다. 이 몸종은 "오, 신이여! 나는 죽지만, 당신은(글로스터) 아직 한 눈이 남아 있으니 그에게(레간이 리어왕에게? 남편 콘월에게?) 하는 못된 짓들을 보겠습니다!"(81–82)라며 죽는다.

그러자, 콘월은 글로스터의 다른 쪽 눈도 뽑아버린다. 한순간에 두 눈을 잃어버린 글로스터는 그의 사생아, 에드문드를 찾으며, 이 흉측한 짓을 멈추고 복수하라고 소리 지른다.

그러자, 레간은 글로스터에게 바로 그가 찾고 있는 에드문드는 아버지를 증오하며 바로 그의 이 사생아가 이 "반역 행위"를 고자질한 것도 모르는 바보요, '악한'이라고 쏘아붙인다.

글로스터는 이렇게 뒤늦게야 그의 어리석음을 깨닫는다. 그가 에드문드의 흉계를 감쪽같이 믿고 그의 친아들, 에드가를 학대한 것을 뉘우치며 신의 용서를 빌지만(91-92) 결코 되살릴 수도 되찾을 수도 없는 잃어버린 시간, 지나쳐버린 행복이 아닌가?

한편, 몸종의 칼에 찔린 콘월이 "나를 해친 이 몸종을 똥거름 위에다 던져버려라!"라고 소리 지르며 그 상처에서 피가 너무 마구 쏟아지니 "나를 빨리 부축겨 달라."고 레간에게 간청하는 것으로 7장은 막을 내린다.


## 4막 1장, 2장

1장에선 졸지에 장님이 된 글로스터를 위해 그의 아버지 때부터 지금까지 그의 영지(領地) 소작농인 한 노인이 스스로 도우미가 되겠다고 하자, 처음엔 머뭇거리다가 그의 뜻을 받아들여 이 도우미를 따라 길을 나선다.

길을 가다 에드가(그의 친아들, '거지 톰'으로 가장)와 마주친다. 에드가는 글로스터를 보자마자 그의 평생 최악의 순간이자 또 그런 참혹한 느낌(I am at the worst, Act 4, Scene 1, 25-26)이라며, "worse", "worst"를 무려 일곱 번이나 되풀이 한다.

글로스터는 이 갑자기 나타난 사람이 누구냐고 그의 늙은 길잡이에게 묻자, '미친 거지 톰'이라고 일러준다. 글로스터는 어젯밤에도 그런 녀석을 마주쳤는데 내 아들 생각이 문득 떠올랐다고 말하며 혹 그가 우리를 도버로 가는 길잡이를 하면 어떻겠냐고 묻는다.

늙은 도우미는 이 미친 거지는 길잡이가 못 된다고 대답한다. 하지만 글로스터는 이러한 처절하고 참혹한 상황에서는 "미친 사람들이 장님의 길잡이가 된다."(… madmen lead the blind, 46)며 늙은 도우미를 설득한다.

그리고 그는 이 거지를 불러 도버로 가는 길을 아느냐고 묻는다.

거지 톰(에드가)은 잘 안다고 대답한다. 그러자 돈주머니 하나를 톰에게 건네주며 글로스터는 "나를 도버 해협의 높고 구부러진 절벽, 그 밑으로는 으스스하게 보이는 비좁은 깊은 바다 물이 넘실거리는 바로 그 (절벽) 맨 꼭대기 가장자리까지" 데려다 달라고 청한다(66−72).

2장은 고너릴, 에드먼드, 오스왈드의 등장으로 막이 오른다.

오스왈드는 고너릴의 남편 알바니에게 프랑스 군이 상륙했다고 전해줘도 알바니는 글로스터의 반역보다 더 나쁜 짓거리가 있다며 도대체 웬일인지 비웃고만 있지, 완전히 딴사람이 되어 딴전만 부리고 있다고 전해준다.

이 이야기를 듣자마자 고너릴은 그와 에드먼드의 관계(情夫로서의)를 남편이 눈치챈 것 같다며 에드먼드에게 빨리 이곳을 떠나라고 청한다. 에드먼드는 곧바로 떠난다.

알바니가 나타난다. 그리고 고너릴과 험하게 말다툼을 한다. 바로 그때 메신저가 찾아와 레간의 남편 콘월의 사망 소식을 전한다. 그가 글로스터의 다른 쪽 눈을 뽑으려다 그의 몸종의 칼에 찔려 목숨을 잃었다고(37−39).

이 소식을 듣자, 고너릴은 이제 과부가 된 동생과 에드먼드 사이에 또 무슨 일이 벌어질지 모르겠구나 하며 의미심장하게 머리를 굴린다. 고너릴과 에드먼드의 치정(癡情)에 대한 알바니의 의심과 의혹은 더욱 깊어진다.

## 4막 3장, 4장, 5장, 6장

3장에는 코델리아와 신사들, 병사들이 등장한다. 코델리아는 병사들을 시켜 잡초 같은 것을 덮어 입은 "미친 노인"(아버지 리어왕)을 들판 곳곳을 샅샅이 뒤져 찾아오라고 명한다.

그때 메신저가 나타나 코델리아에게 영국군이 이곳으로 쳐들어오고 있다고 전한다. 코델리아는 이미 그 침공을 알고 만반의 준비태세를 갖추고 있다고 응답하며 아직도 찾지 못한 아버지를 빨리 만나보고, 그 목소리도 듣고 싶다며 태산같이 그 걱정만 한다.

4장에는 레간과 큰 누이 시종 오스왈드가 등장한다. 오스왈드가 가져온 에드문드에게 주라는 큰 누이 편지를 레간이 직접 뜯어보겠다고 그에게 요구한다. 하지만 오스왈드는 그 요청을 들어주지 않는다. 그러자, 레간은 고너릴과 에드문드의 정사(情事), 고너릴과 남편 알바니의 관계가 극히 나쁘다는 것을 잘 알고 있다며 서로 헤어진다.

5장에 글로스터와 에드가가(아직도 그의 정체를 감춘 채로) 나타난다.

글로스터가 언제 그 도버 절벽 맨 꼭대기에 이르게 되냐고 에드가에게 묻자, 우리가 지금 그 지점을 향해 오르고 있는 중이라고 대답한다.

*에드가,*
*나는 겉옷만 바뀌었지 아무것도 변한 게 없지만, 당신은 너무나*
*많이 속임수에 빠져 있소.*

Y'are much deceived. In nothing am I changed
But in my garments(Act 4, Scene 5, 8-9).

라고 일러준다. 마침내 아버지와 아들은 절벽 맨 꼭대기에 다다른다.

아들, 에드가는 그의 아버지가 바로 이 절벽 끄트머리에서 1피트 떨어진 자리에 서 있다고 하자, 아버지는 그의 손을 이제 놓으라고 말하며 아들에게 또 하나의 주머니를 내주며 이 주머니 안에 있는 보석이면 가난뱅이를 거뜬히 면할 수 있을 터이니 잘 쓰라(27-29)는 말을 남긴다.

바로 그의 마지막을 지켜보고 있는 '바보 거지'가 자기 아들인지도 모르고 "만약 (내 아들) 에드가가 살아있다면 그에게 축복이 있기를!"(If Edgar live, oh, bless him! 40-41)라며 글로스터는 그 절벽 낭떠러지에서 떨어진다.

그 순간 에드가도 다음과 같은 뜻깊은 말을 남긴다.

*에드가,*
왜 오만이 삶(인생)의 보물을 훔치고, 삶 자체마저도 도적에게 빼앗기는가를 나는 아직도 모르고 있으니

--And yet I know not how conceit may rob
The treasury of life, when life itself
Yield to the theft(42-44).

하지만, 장님은 낭떠러지로 떨어진 줄만 알았지만, 에드가는 그의 자살을 막아 글로스터는 죽지 않는다. 이때 리어가 나타나 몇 마디 하자, 장님 글로스터는 그 목소리를 듣고 그가 누구인지를 짐작한다.

*리어,*
무엇이든 내가 옳소! 하면 옳소! 하고, 틀렸소! 하면 틀렸소!
하는 것은 성스럽지 못하지!

To say "ay" and "no" to everything that I said "ay" and "no" to was no good divinity(98-99).

둥둥 중얼거리자, 글로스터는 리어왕이 바로 그 곁에 있음을 알고 정중히 그의 손에 키스를 한다. 리어도 글로스터를 알아본다. "간통(죄)으로 죽는다고? 아니야, 글로스터의 아들(사생아, 에드먼드)이 바람둥이 나쁜 놈(악한, 惡漢)이라고? 하지만 내 두 딸에 비하면 그건 아무것도 아니다."라고 그는 푸념한다.

그때 리어왕을 찾고 있던 막내딸 코델리아가 보낸 신사와 병정들이 나타난다. 신사는 처참한 신세로 거지같은 모습의 리어왕을 본다.

이때 오스왈드가 나타나 칼을 빼 들며 글로스터를 죽이려 든다. 에드가가 뛰어들어 오스왈드를 막는다. 오스왈드는 에드가에게 온갖 욕지거리를 퍼부으며 왜 '반역자' 글로스터를 내가 죽이려는데 가로 막느냐고 덤벼든다.

하지만 오스왈드는 시로 싸우다, 에드가가 그의 머리를 내리쳐 그 자리에서 죽고 만다. 그리고 이 죽은 오스왈드의 옷 속에서 고너릴이 그의 정부(情夫), 에드먼드에게 보낸 편지를 꺼내 읽는다.

이 편지는 에드먼드가 그녀(고너릴)의 남편 알바니를 죽여야 된다는 내용이다. 만약 그녀의 남편이 전쟁에서 이기고 돌아오면 그녀는 죄수가 되어 감옥에 갇힐 것이라며. 그리고 이 편지 끝엔 에드먼드의 "아내", "사랑하는 종, 고너릴"이라는 표현까지 노골적으로 써가며(259－266).

이 장에서 에드가가 글로스터를 "아버지"라고 두 번이나 부르고 있는 것도 눈길을 끈다. 이제 눈이 먼 아버지는 그의 아들을 눈치채지 못했지만, 아들은 그가 아버지라는 것을 알아챈 것일까?

6장엔 코델리아, 변장한 켄트, 그리고 (리어를 구출한) 신사가 등장한다. 코델리아는 아버지 리어왕에 대한 켄트의 변함없는 충성심에 어떻게 그가 그 고마움과 은혜를 갚을 수 있을지 모를 지경이라고 말한다.

> 켄트,
>
> 그렇게 인정한 것만으로도, 영부인, 이미 더 은혜를 갚은 셈입니다.
>
> 제가 알려드린 것은 모두 사실 그대로일 뿐입니다.
>
> 더 부풀리거나, 깎아내지도 않고요.
>
> To be acknowledged, madam, is o'erpaid.
>
> All my reports go with the modest truth,
>
> Nor more nor clipped, but so(Act 4, Scene 6, 4-6).

코델리아는 아버지는 어떠시냐고 그녀를 찾아서 모시고 온 신사에게 묻자, 아직도 잠자리에 계신다며 충분히 주무신 것 같은데 깨울까요? 라고 왕비(코델리아)에게 묻는다. 그래도 좋겠다고 하자 잠시 뒤 새 옷으로 갈아입은 리어왕이 의자에 앉은 채로 몸종들이 모시고 등장한다.

리어는 코델리아를 향해 그를 무덤에서 다시 꺼내온 (되살려 준) 것은 잘못이라고 하면서도, 너는 "신(神)의 축복 속의 영령"(a soul in bliss, 41-42)이라고 고마워한다. 코델리아가 제가 누구인지 아느냐고 묻자, 리어는 "너는 유령이야."라며 "어디서 너는 죽었느냐?"(45-46)고 되묻는다.

리어는 그가 "80살이 훨씬 넘은"(fourscore and upward, 57-58) 어리석고 단순한 인간이라고 중얼댄다. 리어는 또 나는 여기가 어딘지, 어젯밤 어디서 잠을 자고, 입은 옷은 어디서 온 것인지 아무것도 모르고 기억나지도 않는다며, 하지만 이 부인은 내 딸 코델리아라고 말하자, 코델리아는 울먹이며, "맞습니다. 제가 바로 그렇습니다."(68)라고 답한다.

리어는 내가 너의 누이들 때문에 너에게 잘못했다며 나는 네가 나를 사랑하지 않는다는 것을 알고 있다며, 만약 네가 독약을 나에게 주면 내가 마시겠다고 한다. 하지만 코델리아는 아버지에게 그런 쓸데없는 걱정 하시지 말라고 타이른다.

리어는 그가 늙고 어리석다고 말하며 다시 한번 그의 잘못을 잊고 용서해 주길 빈다.

## 5막 1장

1장에는 에드문드, 레간, 신사들, 병사들이 등장한다. 에드문드는 고너릴의 남편 알바니공(公)이 어디 있는지 신사에게 묻는다. 레간은 에드문드에게 그가 그의 큰 누이 고너릴을 사랑하는지 솔직히 말하라고 묻는다. 에드문드는 그냥 사랑은 했지만, 고너릴과 잠자리를 같이하지는 않았다고 끝까지 거짓말을 서슴지 않는다.

그때 알바니와 고너릴, 그리고 병사들이 나타난다. 알바니는 에드문드에게 리어왕이 막내딸 코델리아에게로 갔다는 소식을 들었다고 말한다. 알바니의 군대와 레간의 군대가 막내딸 코델리아 군(軍)과 맞서 싸우자고, 그리고 고너릴도 함께 가자고(에드문드와 큰 언니를 떼어 놓으려는 의도로) 레간이 청한다.

이를 알아챈 고너릴은 처음엔 안 가겠다고 하다가, 같이 가겠다고 나선다.

변장을 한 에드가가 나타난다. 그리고 그는 편지를 알바니에게 내주며 전쟁에 나가기에 앞서 꼭 한번 읽어보라고 권한다. 그리고는 퇴장한다.

다시 에드문드가 나타나 코델리아 군이 거의 가까이까지 왔다고 일러주며, 적군이 얼마나 강한가를 추정한 것이라며 종이쪽지를 알바니에게 건네며, 재빨리 적진에 뛰어들라고 재촉한다. 그리고 에드문드는 두 여인—알바니의 아내 고너릴과 과부가 된 레간—에게 사랑을 약속한 그의 교활하고 파렴치한 행각에 흥분을 감추지 못한다.

2장에서는 두 진영 간에 전쟁이 시작되는 것으로 막이 열린다. 그리고 에드가도 그의 아버지 글로스터에게 작별 인사를 하며 이 전쟁에서 살아 돌아오면 아버지를 잘 돌보겠다고 다짐하면서 떠난다.

## 5막 3장

3장에선 코델리아 군이 패배하고 포로가 되는 상황이 벌어진다. 코델리아가 이 사실을 아버지 리어에게 알리자 리어는 새장에 갇힌 새들처럼 둘이 함께 노래하고, 기도하고, 웃고, 옛날 이야기도 하자며 아랑곳하지 않는다.

그리고 "그들(고너릴과 레간)이 우리를 울리기 전에 우리는 그들이 굶어 죽는 것을 먼저 볼 것"(··· Ere they shall make us weep. We'll see'em starved first., Act 5, Scene 3, 25)이라며 리어는 코델리아와 함께 퇴장한다.

에드문느는 병사(대위)에게 종이쪽지를 건네며 이 두 사람(리어와 코델리아)을 감옥에까지 뒤따라가라고 명령한다. 그리고,

*에드문드,*
*사람이란 시류(時流)와 그 환경에 따라 잘 적응하고 빨리 변해야*
*한다. 군인이란 연약하면 안 된다.*

··· men
Are as the time is.
To be tender-minded
Does not become a sword(31-33).

라는 경고도 그에게 하면서 다시 알바니, 고너릴, 레간, 다른 장교(대위)와 병사들이 등장한다. 에드문드는 리어왕과 코델리아를 감옥에 가두었다고 알바니에게 보고한다. 그러자, 알바니는 이 전쟁에서 에드문드가 "우리"(그와 고너릴, 레간)와 같은 위치에 있지 않고, 우리의 명령을 받아야 하는 신하(臣下)일 뿐이라고 지적한다.

그러자, 레간이 에드문드는 그의 군대를 이끌고 그 대신 모든 일을 담

당하고 있어 "우리"와 같은 위치(지위)에 있다고 변호한다. 고너릴은 에드먼드가 아직 "우리"와 동격(同格)이기엔 너무 이르다고 그의 남편 알바니의 입장을 두둔하고 나선다.

레간은 에드먼드를 동격으로 하는 것은 "내 권한"(In my rights, 63)이라고 다시 두둔하고 나서자, 알바니는 "그가(에드먼드) 당신 남편이라면 맞다."(65)고 비꼬듯이 밝힌다. 고너릴도 남편 알바니 편을 든다.

그러자, 레간은 에드먼드를 "장군"이라고 부르며 그의 군대, 포로, 재물, 성(城) 등 모두를 관장한다며 에드먼드는 "나의 주군"(主君)—my lord and master—68-72)이라고 선언한다.

알바니는 그렇게 레간 혼자서 마음대로 할 수 없다고 다시 반대한다. 이때 에드먼드가 그렇다면 알바니도 혼자서 마음대로 못한다고 대들자, 알바니는 에드먼드를 사생아라고 부르며, (나는 그렇게) 할 수 있다고 받아 친다. 레간은 에드먼드에게 북을 쳐(군대를 집합시켜) 군대 앞에서 당신(에드먼드)과 내 위치가 동격임을 입증하자고 되받아 친다.

그때 알바니는 "에드먼드, 나는 너와 '금박을 한 뱀'(This gilded serpent, 고너릴을 가리키며)을 국가 반역죄로 체포한다."(76-78)고 말한다.

레간에게는 이미 에드먼드가 고너릴과 내통하고 있기 때문에(내연의 관계이기에) 만약 그(레간)가 결혼을 원한다면 나(알바니)와 해야 할 것이라고 못 박는다.

잠시 뒤, 글로스터의 친자(親子), 에드가가 나타나 서자(庶子), 에드먼드에게,

> *에드가,*
> 너는 반역자다—너의 신들에게, 너의 형에게, 너의 아버지에게
> 거짓으로 배신, 배반한—(124-125).

라며, 칼을 빼 들고 에드먼드에게 달려든다. 싸움 끝에 에드가의 칼에

찔려 에드문드가 쓰러진다. 그러자, 알바니는 에드가에게 죽이지는 말고 살려주라고 소리 지른다.

고너릴(그와의 내통, 내연관계가 들통날까 봐서인지)은 끝까지 둘이 싸우라고 거든다. 그때 알바니는 고너릴에게 입 닥쳐! 하며, 고너릴이 에드문드에게 쓴 비밀편지(에드가가 알바니에게 줬던)를 꺼내 주며 찢지 말고 읽으라고 한다.

> *고너릴,*
> 내가 법이지, 당신이 법이 아니야(내가 법이요, 법 집행자지, 당신이 아니야).
> 누가 감히 나를 고발, 심문한다는 말이냐?

> … the laws are mine, not thine.
> Who can arraign me for't?(148-149)

라며 알바니를 제치고 퇴장한다. "가장 흉측한 여자!" 당신은 이 편지를 알고 있지?(150)라고 고너릴에게 외치며 알바니는 병사에게 고너릴을 잡아 오라고 명령한다. 그 순간 에드가는 에드문드에게 내 이름은 에드가라고 처음으로 밝히고 너의 아버지가 바로 내 아버지라고 말하며, 네가 만들어 낸 어둡고 악이 판치는 곳에서 아버지는 눈까지 빼앗겨 장님이 되었다고 성토한다.

알바니는 에드가의 정체를 알게 되자 그를 포옹하며 당신과 당신 아버지를 (에드문드의 흉계를 모른 채) 증오한 것을 참회한다. 하며, 알바니는 에드가가 지금까지 어디에 숨어있었으며 어떻게 그의 아버지의 비극을 알게 되었느냐고 묻는다.

아버지를 돌봐주면서부터이며, 처음 만났을 때 아버지의 두 눈구멍에 피가 맺혀있었다고 답한다. 그때 한 신사가 피 묻은 칼을 들고 등장한다.

그는 레간이 이 칼로 스스로 찔려 죽고(자살하고), 고너릴은 레간이 독살했다고 스스로 밝히고 있다(200-201)고 전해준다.

켄트가 등장한다. 알바니는 실제로 죽었는지, 살았는지, 그들(고너릴과 레간)의 시체를 내보이라고 소리 지르며, "하늘의 판단은 우리를 소름이 끼치게(전율, 戰慄하게) 한다."(This judgment of the heavens, that makes us tremble., 205-207)는 의미심장한 말을 남긴다.

고너릴과 레간의 시체를 들고 나온다. 에드문드는 레간이 그를 위해 고너릴를 죽이고 자살했지만, 그는 고너릴의 사랑을 받았다(214-216)고 밝힌다. 그리고 그와 알바니의 부인 고너릴이 한 대위를 시켜 감옥에 갇혀있는 리어와 코델리아를 처형하도록 명령을 내린 상태라고 이제야 알려준다. 상처를 입은 에드문드도 들것에 실려 나간다.

그때 리어는 코델리아를 그의 팔에 안고 한 신사와 함께 등장한다. 리어는 그의 딸이 죽었다고 외치고 그 원한, 원통함을 탄식하며 죽은 딸 코델리아를 바닥에 내려놓는다.

리어와 켄트가 몇 마디를 나누고 있는 동안 한 메신저가 나타나서 에드문드도 죽었다(에드가와 싸우다 받은 상처로)는 소식을 알린다. 리어도 죽은 내 딸 코델리아를, 그의 입술을 보라고 중얼거리며 조용히 죽는다(285).

알바니는 켄트와 에드가에게 "당신 둘은 내 영혼의 친구"(Friends of my soul, you twain, 293-294)라고 부른다.

이 착한 세 사람이 끝까지 살아서 퇴장하는 것으로 마지막 막이 내린다.

# 『리어왕』을 읽고

## 배은망덕, 배신, 배반

내가 『리어왕』에 한참 동안 푹 빠진 것은 크게 두 가지 이유에서다.

하나는 한때 떵떵거리던 왕이 집도 절도 없는 벌거벗은 알거지가 되었다는 것이 내 눈길을 끌어서다. 이 늙은 홀아비가 그의 자식(세 딸)들에 대한 판단이 흐려지고, 또 그 그릇된 판단 때문에 그와 그의 가정, 가족은 물론이고 그와 인연을 맺은 많은 사람들이 처절하고 참혹한 비극으로 끝난다.

나 스스로 그와 비슷한 나이에 접어들면서, 이 이야기는 나와 내 아내, 아들과 딸, 손자, 손녀들을 되돌아보게 하는 좋은 기회와 참고가 되기 때문이기도 하다. 리어의 판단력은 그의 어릿광대(바보, Lear's court jester)보다도 못하다. 적어도 어릿광대는 달팽이가 왜 집이 있는지를 안다. 하지만, 그는 그것도 모르는 '바보' 얼간이다.

또 하나는 『리어왕』은 먼 옛날 딴 세상 딴 사람들의 낯설고, 케케묵은 이야기가 아니다. 지금 우리가 날마다 쉽게 보고, 느끼고 겪는 우리 삶의 현장, 현안, 현실이기 때문이다. 옛날 옛적 낯선 나라 한 늙은 바보 얼간이 이야기가 아니라, 나를 포함, 나이든 모든 사람의 어리석은 짓거리, 그릇된 판단이 낳을 수 있는 비극이요, 이런 비극은 결코 되풀이 되어서는 안 된다는 준엄한 경고이기 때문이다.

올곧은 소리, 바른 소리, 쓴소리보다는 헛소리, 아첨, 아부에 훨씬 우리 귀가 솔깃한 것은 예나 지금이나 어디서나 아직도 마찬가지 아닌가? 달리 표현하면, 이 이야기는 바로 인류보편적인 선악(善惡), 진위(眞僞), 정사(正邪), 권선징악(勸善懲惡)의 표본의 하나다. 그래서인지 내 가슴, 내 마음을 그 가장 깊은 속에서부터 뒤흔든다.

리어. 그는 달팽이만도 못한 집도 절도 없는 어리석은 홀아비 노인만이 아니다. 그는 한 인간이 이 세상을 살아가는 동안 갖추어야 할 가장 중요한 덕목의 하나인 올바른 판단 능력을 잃어버린 바보요, '눈 뜬 봉사'다. 그와 그 딸들의 비극은 바로 그의 어리석고 그릇된 판단에서 비롯된다.

큰딸 고너릴, 둘째 딸 레간. 이 두 딸이 아버지 유산과 권력을 빼앗는 과정에서의 거짓 약속과 음모만이 아니다. 정부(情夫) 에드문드 때문에 끝내는 언니(고너릴)를 독살하고 스스로 목숨을 끊은 동생(레간). 그들의 남편들(알바니, 콘월)에 대한 배신. 아버지에 대한 그들의 표독스런 배은망덕…. 이 두 딸은 부모와 자식, 누이와 동생, 부부관계를 잇는 인륜(人倫), 천륜(天倫)을 거역한 '악의 화신'이자, 그 전형이다.

고너릴. 그의 아버지 리어에 대한 배은망덕, 불효는 두말할 것도 없고, 남편 몰래 그의 정부(情夫)인 글로스터의 서자(庶子)인 에드문드와 놀아나는 꼬락서니(情事)는 리어의 다음과 같은 표현을 낳는다.

*리어,*
배은망덕, 네 대리석같이 차가운 가슴의 적(敵), 네가 [내] 자식
속에 나타나면, 바다의 괴물보다 더 흉측하구나!(Act 1, Scene 4,
Line 227)

리어는 다음과 같이 두 번이나 고너릴을 뱀, 뱀 이빨에 비유하는 것도 흥미롭다. 고너릴 스스로 아이를 낳아서 그 아이가 (고너릴이 그의 아버지에게 배은망덕한 것처럼) 그에게 극악의 괴로움과 슬픔을 안겨주기를 바란다는 아버지의 저주를 표현한 구절로,

*리어,*
(부모의 은덕에) 감사할 줄 모르는 그런 아이를 가져 뱀 이빨보다
더 날카롭게 그(고너릴) 스스로 느끼기를(255-257) 그(고너릴)는
그의 혀로 찔렀지 (내)가슴 한복판을 뱀 같은 그 지독한 날카로움

으로(Act 2, Scene 4, 156-158).

*레간,*
리어는 큰딸의 눈은 불같이 사납지만, 네(레간) 눈은 그에게 위안
을 준다(170-171).

며 또 한 번의 어리석은 판단을 한다. 둘째 딸이 한술 더 뜨고 더 지독
한 '악녀'(惡女)인 줄도 모르고. 리어가 100명의 식솔을 거느리고 큰딸 궁
에 들렀다가 큰딸이 그 숫자를 절반으로 줄이라는 요구에 크게 화를 낸
판국에, 레간은 언니나 자기 궁궐에 있는 몸종들도 많은데 100명, 50명,
25명, 10명은커녕, 단 한 사람의 몸종도 필요 없다고 하며, 빨리 큰딸 궁으
로 되돌아가라고 하니, 이 무슨 꼴인가? 이런 망신이 세상에 어디 있는가?
  리어는 이 딸 앞에 무릎을 꿇고 제발 옷과 잠자리와 먹을 것을 좀 달
라고 구걸을 한다(151－153). 하지만, 레간은 아랑곳하지도 않고, 곧 당장
고너릴 궁으로 되돌아가라며 끔적도 안 하니 이 웬 날벼락, 청천벽력인
가? 더구나 레간은 그의 남편이 죽자마자 언니 고너릴의 정부(情夫)인 에
드문드를 그의 정부로 빼앗으려는 흉악한 음모까지 꾸민다. 이 삼각관계
의 사악성, 잔악성은?
  에드문드의 사악성은 두말할 것도 없다. 두 누이가 이 간악한 난봉꾼
을 놓고 벌리는 삼각관계도 독자가 분노를 넘어 비애마저 느끼게 한다.
  간추리면, 고너릴, 레간, 그의 남편 콘월, 글로스터의 사생아 에드문드
가 리어왕의 '악의 축'이라면, 켄트는 리어왕을 오로지 왕의 신하로서 처
음부터 끝까지 충성을 다해 변함없이 모시는 귀족의 귀감이다. 우리나라
왕정시대 충신의 전형이다.
  사생아(에드문드)의 모함으로 버림받아 '미친 거지'로 추락한 글로스터
의 착하고 순박한 친아들, 에드가. 뒤늦게나마 그의 어리석음을 깨달은
에드가의 아버지 글로스터. 끝까지 왕의 신하(臣下)로서, 남편으로서, 직

분을 다하고, 정도(正道)를 걷는 고너릴의 남편, 알바니.

그리고 그 누구보다도 숨김없이 서슴없이 올곧은 말, 바른말만을 하다가 아버지로부터 버림받고 쫓겨났지만, 마지막까지 '자식의 도리'를 다한 막내딸, 코델리아는 이 이야기 '선의 축'이다.

이 두 갈래 '선과 악의 축'은 이 이야기 속에서 그들의 됨됨이—마음생김새, 생각, 하는 짓—가 극도의 대조를 이룬다.

이 이야기의 주인공, 리어는 어떤가? 위의 선과 악 어느 축에 속할까? 그는 악인이라기엔 너무나도 어리석은 바보요, 선인이라고 하기에도 그의 그릇된 판단으로 인한 인간 비극의 뿌리와 깊이가 너무나도 엄청나다. 흉측하고 참혹하다.

이런 관점에서는 귀족, 글로스터의 경우도 리어와 크게 다르지 않다. 여기에 리어가 그 스스로를 어떻게 보고 있는가를 엿볼 수 있는 한 구절을 소개하면, 버림받고 쫓겨난 뒤, 아버지와 처음 다시 만나는 순간, 코델리아가 무릎을 꿇자, 리어도 무릎을 꿇으려 한다. 이를 딸이 말리자, 리어는 이 여인이 누구인지도 모르고 스스로 그가 어떤 인간인가를 다음과 같이 밝힌다.


*리어,*
비나니, 나를 비웃지 마소.
나는 아주 어리석고 분별없는 늙은이요, 80살하고, 한 시간 더
많을까 말까 한 나이요.
그리고 일을 똑똑히 하려 해도, 난 제 정신이 아닌 것 같소.
내가 당신을 꼭 알아봐야 하고, 이 사람[켄트]도 알아야 하는데,
내가 그러질 못하오. 난 여기가 어딘지도 모르겠소, 그리고 내가 안
간 힘을 써도 이(내가 입고 있는) 옷들도 (누가 줘서 입혔는가를) 기억
못하고, 어젯밤 어디서 잤는지도 모르오. 하지만 비웃지는 마소.
나는, 한 인간으로서, 이 부인이 내 딸 코델리아 이기를 바라오

(Act 4, Scene 6, 57-68).

아무튼 여기서 한 가지는 분명하다. 오늘 우리가 사는 세상의 눈으로 보면, 리어는 '눈 뜬 봉사'요, 노망(老妄)에다, 치매까지 겹친 중증(重症) 환자다. 달리 표현하면, 세르반테스의 주인공, 돈키호테처럼 리어는 셰익스피어가 만든 하나의 독특한 인간 모델이다. 닮아서는 절대로 안 되는 반면교사(反面敎師)로서.

하나 흥미로운 것은 『리어왕』 이야기 속에는 그의 아내(여왕), 즉 세 딸을 낳은 어머니 이야기는 한마디도 없다. 왜 그럴까?

거꾸로 말하자면, 셰익스피어는 리어가 판단을 그르친 근거의 하나가 그를 가장 가까운 자리(거리)에서 밤마다 잠잘 때 베개를 맞대고 누어 속마음을 털어놓은 채 오순도순 속삭이는 반려자가 없어서였다는 것을 넌지시 밝히는 이야기 일까? 늙은 홀아비의 한계(?)를 암시하는가?


## 권력의 오만(傲慢)과 무상(無常)

또 하나, 조금 엉뚱하기도 하지만 나는 리어왕 팔에 안 낀 코델리아의 죽음의 장면을 보면서 고대 그리스 소포클레스(497 B. C. 경 – 405 B. C)의 3부작의 하나인 안티고네(441 B. C) 죽음의 장면이 떠오르는 것은 웬일일까?

아들 하나는 이미 전쟁터에서 죽고, 하나뿐인 그의 아들(헤이몬)과 외조카 딸(안티고네)의 결혼을 반대하는 왕이 된 외삼촌(크레온)의 명령으로, 동굴에 갇혀 죽어가는 안티고네와 헤이몬의 사랑. 끝내는 아들과 조카딸의 죽음(동반 자살)으로 이어지고, 이 소식을 들은 왕비(헤이몬의 어머니)마저 자살하고 마는 비극이다.

두 아들, 마누라, 외조카 딸을 하루아침 한꺼번에 잃은 이 권력에 눈

먼 왕의 어리석음이 빚은 참극이 생각나는 건 웬일일까?

하루아침 한순간에 왕이 천애(天涯)의 고독한 인간이 된 크레온의 몰골. 그는 고아(孤兒)보다도 못한 '늙은 고아'(고노, 孤老)가 아닌가? 그는 요샛말로는 비참한 독거노인(獨居老人)의 전형이다.

고집불통으로, 그의 아버지를 아버지인 줄도 모르고 죽이고, 어머니를 어머니인 줄도 모르고 아내로 삼아, 두 아들과 두 딸을 낳고, 이 두 아들은 아버지를 저버리고 골육상쟁하고, 서로 싸우다 같이 죽고…. 이 참담한 죄과(罪過)를 뒤늦게야 터득한 오이디푸스.

그는 그의 비극을 델피 신전(神殿)의 태양 신(神) 아폴로의 계시에 의한 그의 숙명, 운명이라고 끝까지 변명하려 든다. 그가 알고서 자의적, 고의적으로 저지른 죄악, 악행이 아니고, 그는 아무것도 모른 채로 어느, 어떤 인간도 막을 수 없는 불가지(不可知), 불가항력(不可抗力)으로 신의 계시에 의해 일어난 비극이요 참상이라는 것이다.

그의 처참하고 처절한 숙명에 대한 참회로 왕위를 버리고, 두 눈을 스스로 빼 장님이 되어 두 딸, 특히 큰딸(안티고네)에 의지하며 가정과 가족, 나라도 잃고 집도 절도 없는 거지 신세가 된 오이디푸스와 그의 처남 크레온의 비극을 내가 『리어왕』을 읽으며 연상하게 되는 것은 꼭 우연 만일까?

오이디푸스의 비극은 '신의 계시'이기 때문에 사람인 그로서는 어쩔 수 없었다는 변명이라도 하지만(할 수 있지만), 이 비극을 가까이서 스스로 목격한 그의 처남(크레온)의 '권력의 오만'은 또 다르다.

크레온은 오이디프스의 권력의 오만을 옆에서 지켜봤다. 그는 권력의 오만이 낳은 비극도 가까이서 몸소 체험했다. 권력의 허무(虛無)도 인생의 무상(無常)도. 하지만, 그 자신이 권좌에 오르자, 이 모든 권력자의 고질(痼疾)인 '오만의 노예'가 되고 만다.

권력이 얼마나 허무하다는 것도 깡그리 잊는다. 아니, 우리의 삶 자체가 얼마나 부질없고 무상한가를 깨닫지 못한다. 스스로 하루아침 한순간에 천애의 '늙은 고아'가 된 크레온이 더 미운 것은 이 때문일까?

오이디푸스의 비극은 '신의 계시'와 인간의 어리석음의 합작품이라면, 크레온의 비극은 권력이라는 함정에 빠진 어리석은 한 인간의 말로(末路)이기도 하다.

소포클레스의 『안티고네』, 『오이디푸스왕』(429 B. C. 쯤), 『콜온우스의 오이디푸스』(406 B. C. 쯤) 3부작과 셰익스피어의 『리어왕』(1605년쯤)사이엔 적어도 2000년 이상의 시간 간격이 있다.

소포클레스와 셰익스피어를 연계하고 있는 나는 소포클레스와는 2,500년, 셰익스피어와는 400년이 훨씬 넘는 시간 간격을 갖고 있다. 그런데 왜 나는 이 작품들을 읽으며 심취하는가? 왜 이 작품들이 내 가슴을 움츠러들게 하고, 마음을 졸이게 하는 것일까?


## 오이디푸스와 리어, 안티고네와 코델리아

문제는 그 수많은 희곡들 가운데 리어왕 막내딸 코델리아의 죽음을 읽으면서, 오이디푸스 큰딸 안티고네가 문득 내 머리를 스쳐가고, 안티고네의 아버지이자 '오빠'인 오이디푸스와 외삼촌 크레온이 왜 한참 동안 내 머리 속에 어른거리는지….

두 눈을 갖고도 아버지, 어머니도 제대로 못 본 오이디푸스. 그는 마지막까지 그의 잘못이 없음을 우긴다. 그가 그의 아버지를 죽이고 어머니를 아내로 삼은 사실이 확인된 뒤에도, 이 천륜을 거역한 행위는 그의 잘못이 아니라 델피 신전 아폴로 신의 계시 탓으로 돌린다.

그의 자의(自意)가 아니라 신에 의한 불가항력적인 결과(他意)라고 우긴다. 하지만 끝내는 오이디푸스도 그의 죄—권력의 오만과 인간의 무지—를 깨닫는다. 그리고 스스로 그의 두 눈을 뽑는다.

『리어왕』에서는 왕의 둘째 딸 레간이 남편 콘월을 시켜 귀족, 글로스터의 두 눈을 잔인하게 차례로 뽑아 장님을 만든다. 이는 사생아(에드문드)의 사악한 모함에 빠져, 친아들(에드가)의 정직한 사랑을 못 보고, 그를 하루아침에 알거지로 내몰아 낸 아버지, 글로스터의 원죄(原罪)에 대한 벌이기도 하다.

리어는 어떤가? 그는 한마디로 눈뜬 봉사다. 두 눈을 가진 바보, 얼간이다. 그의 세 딸도, 그의 주변 사람들도 제대로 못 보는 그의 눈(肉眼)은 장님보다도 못하다. 필경엔 그의 두 눈도 어두워져, 누가 누군지 분간도 못한다. 사실상 눈뜬 장님, 봉사가 된다.

그의 막내딸 코델리아를 보고, "너는 내가 알기론 심령(心靈)이야. 넌 어디서 죽었니?"(You are a spirit, I know. Where did you die? Act 4, Scene, 6, 46)라고 헛소리를 한다. 그의 충복을 보고도, "잘 안 보이네. 그대가 켄트 아닌가?"(This'a dull sight. Are you not Kent? Act 5, Scene 3, 256)라고 중얼거린다.

리어는 사람과 사물, 사건을 판단하는 눈(慧眼)도 없고, 그것들을 보는 눈(肉眼)도 잃어버린 끝내는 '장님의 장님' 아닌가?

간추리면, 스스로 두 눈을 뽑아 장님이 된 다음, 집도 절도 없는 거지가 되어 망명(亡命), 고행(苦行)의 길을 선택한 오이디푸스와 눈이 멀어 그의 사랑한 딸 코델리아와 그에게 충성을 끝까지 바친 충신 켄트를 누구인지도 분간 못하는 80살이 넘은 리어는 적어도 얼핏 보면 많이 닮았다.

마찬가지로, 눈 먼 아버지를 끝까지 보살피는 오이디푸스의 큰딸 안티고네와, 어리석은 판단 때문에 헐벗고 굶주려 거지가 된 아버지를 구출한 리어의 막내딸 코델리아. 둘 다 '지극한 아버지 사랑'이라는 그 고운 심성도 닮은꼴이다.

더욱 가까이는 우리나라 『심청전』(沈淸傳)[25]의 심청과 위의 두 딸도 많이 닮았다. 이 딸들의 '봉사' 아버지에 대한 사랑, 고운 마음씨, 헌신, 희생과 효도가 그렇다. 물론 심청은 'happy ending'이고, 안티고네와 코델리아는 죽음으로 끝나는 비극이다.

심청의 아버지, 심학규(沈鶴圭)는 시골 가난한 홀아비로 우연히 눈이 멀어 봉사가 되었지만 오이디푸스는 생눈을 스스로 뽑아서, 리어는 늙어서 사실상 장님이 되었다는 것도 다르다. 더구나 오이디푸스와 리어는 한때 왕이었고 심 봉사는 가난한 시골 촌노(村老)다.

아무튼 하나는 분명하다. 셰익스피어가 그리스, 로마 신화와 소포클레스를 포함, 옛 그리스, 로마 희곡들을 두루두루 섭렵(涉獵)했을 개연성은 크다. 또 그런 고전들을 그가 창의적으로 그의 희곡 창작에 활용했을 확률도 결코 배제할 수 없지 않을까 싶다.


## 변하는 것과 변하지 않는 것, 몸과 마음

400만 년 전, 500만 년 전 유원인(類猿人)이나 오늘을 사는 21세기 '전자인간'(電子人, 새 말 하나 만들자면, homo electronicus)이나 인간의 몸과 마음은 크게 변하지 않았다. 쉽게 변하지 않는다.

물론 성형, 정형수술 등 의학의 발달로 현대인의 몸의 개량, 개조, 개정이 가능해졌다. 비뚤어진 코를 바로 잡아 세우고, 주름살을 없애는 등, 온갖 성형, 정형 수술로 추녀, 추남이 '미녀', '미남'으로 둔갑한다. 코, 귀, 눈, 입, 심장, 콩팥, 팔, 다리, 얼굴 등 인체 모든 기관(器官)도 인공기관으로 쉽게 바뀌고 바꾸는 세상이다. 아직 사람의 머리를 대체하는 의술만 의학의 가능성이다.

사람의 마음, 사람과 사람 사이의 관계에서 드러나는 마음씨, 마음가짐은 어떤가? 물론 마음, 마음씨, 마음가짐도 변한다. 변할 수밖에 없다. 몸과 마음, 아니 유기물(有機物), 무기물(無機物), 물질, 비물질 등 이 세상 만물에 변화하지 않는 것은 없다.

하지만, 마음, 마음씨, 마음가짐, 본능(本能), 본심(本心), 본성(本性), 천성(天性)은 그 변화, 그 변화의 속도가 훨씬 더디다. 옛날 옛적 유원인이나 오늘을 사는 전자인간이나 마음씨, 생김새는 큰 차이가 없다.

한 개인, 개체로서 사람마다 이 세상에서 태어나서 스스로 얻고, 배우고, 달고 닦은 습성, 습관, 더 넓게는 품성(品性), 개성(個性, personality) 등은 서로 많이 크게 다를 수 있다. 같은 아버지, 어머니 사이에서 태어난 일란성 쌍둥이도 성격, 성품이 다르다. 하물며 사람마다 개성, 품성이 다른 것은 두말할 것도 없다.

달리 표현하자면, 개성, 개체가 아닌 한 집단, 하나의 집합체로서의 우리의 가치기준, 의식구조, 행동양식, 즉 문화(culture)도 쉽게 바뀌지 않지만, 인간이라는 동물의 본능, 생리기능((physiology), 본심, 본성, 천성도 그 변화가 우리 눈에는 보이지 않는다. 선악(善惡), 진위(眞僞), 정사(正邪)의 갈림 길에서 인간들이 보여주는 마음씨, 하는 짓들도 예나 지금이나, 유원인이나 전자인간이나 크게 다르지 않다.

보기를 들면,

> 선(善)—사랑(자비), 소망, 믿음, 자유, 평등, 박애, 헌신, 봉사, 희
> 생, 지조(志操), 충성, 충절, 절개, 의리, 정조(貞操), 겸양,
> 인덕(仁德), 적선(積善), 관용, 용기, 아량, 근면, 절제, 검소
> 등—과
> 악(惡)—오만, 증오, 시기(猜忌), 자포자기(自暴自棄), 절망, 탐욕, 욕
> 정, 폭정, 변절, 변신, 배신, 배반, 배은망덕, 나태, 비리,
> 부패, 사기(詐欺), 음모, 권모술수, 골육상쟁 등—

> 희로애락(喜怒哀樂)—

> 진(眞)—참, 진리, 진실, 진정(眞情), 정직, 실(實), 실질, 실재, 실상
> 등—과
> 위(僞)—거짓, 가장(假裝), 가식(假飾), 위장(僞裝), 허구(虛構), 허위

(虛威), 허영(虛榮), 허세(虛勢) 등—

정(正)—옳음, 정의(正義), 정도(正道) 등—

사(邪)—그릇됨, 불의(不義), 불륜(不倫), 부정(不正), 비리, 부도덕
(不道德)[26]

등은 쉽게 사라지지 않는다. 이런 차원에서도 소포클레스와 셰익스피어
둘 다 인류 보편적인 인간의 선악, 진위, 희로애락, 정사(情事) 등을 가장
적나라(赤裸裸)하게 꿰뚫어 본, 몇 안 되는 출중한 작가가 아닐까 한다.

보다 근본적으로는 물론 소포클레스처럼 셰익스피어도 예나 지금이나
이렇게 더디게 변화하는 인간의 마음, 마음씨, 마음가짐을 가장 극적이면
서도 가장 정교, 정밀하게 파헤쳤기 때문이겠다. 두 작가 모두 인간의 품
성과 인간관계에서 드러나는 행태, 행패의 정곡(正鵠)을 찌른 셈이다.


## 오늘의 눈으로 보면

끝으로, 최첨단, 극초정밀 전자시대, '다(多)우주'(multi-universe) 시
대, 자유민주주의, 시장경제, 사유재산, 법치주의, 자유결혼 등이 거의 일
상화, 보편화된 오늘 우리 삶의 기준에서 보면, 셰익스피어가 창조한 리
어는 단순히 어리석고 미친 바보라기보다 무엇보다도 그의 생각(사고방
식)이나 행동이 케케묵고 얼토당토않다는 사실을 쉽게 느낄 수 있다.

좀 속된 말로 표현하자면, 리어는 웃긴다. 그의 행동은 어처구니가 없
다. 요즘 세상엔 도무지 통하지 않는다.

구체적으로 보기를 들어보자.

소련의 스탈린, 독일 나치 정권의 히틀러, 그리고 오늘의 북한 김일성

왕가(王家)의 2대, 김정일, 3대 김정은 등의 독재와 16, 17세기 희곡에 등장하는 리어왕의 극히 자의적이고 우둔한 통치행위의 단순비교는 금물이다. 비교하려는 것 그 자체가 얼토당토않다.

오로지 리어 혼자서 그것도 아무런 협의절차나 결정과정 등 형식마저도 거치지 않고, 그야말로 제멋대로 한순간에 그의 왕국의 영토, 관할권, 국사(國事), 국정(國政)을 두 딸에게 나눠 준다, 나눠버린다? 송두리째 맡긴다? 그리고 그런 결정에 아무도 꽥소리, 찍소리도 못한다? 이게 말이 되는가?

오직 충신, 켄트가 리어에게 잘못된 결정이라고 한마디 거들지만, 바로 그 바른 소리 때문에 그는 곧바로 귀양이라는 처벌을 받는다. 이 결정마저도 아무런 형식절차도 없이 리어의 말 한마디로.

물론 오늘의 권력 행태에서 "리어 하는 짓과 가장 가까운 보기가 무엇일까?"를 따지자면 아마 현재 북한에서 진행 중인 3대 세습—김일성−김정일−김정은— 현대 판 김씨 왕가의 '징치 소극'(笑劇)이 아닐까 하는 생각도 들지만….

아무튼 다른 나라들도 그때는 엇비슷하겠지만, 이것은 당시의 영국이 얼마나 미개한 나라, 낙후된 사회, 인권은커녕 오로지 임금만이 '사람' 대접 받는, 왕국에 오직 한 사람(왕)만이 '자유'를 누리는, '일인 통치'(一人統治), '일인천하'(一人天下)라는 것을 극적으로 보여준다.

막내딸 코델리아의 구혼자인 두 젊은이(버건디, 프랑스)와 리어가 딸의 지참금 문제를 놓고 나누는 대화도 가관(可觀)이다. 문자 그대로 점입가경(漸入佳境)이다. 리어는 딸을 자유를 누리는 독립적 인격체로서의 한 성인(成人)이 아니고, 마치 사고파는 물건처럼 취급한다.

이 역시 오늘의 잣대로는 결코 이해할 수가 없다. 넌센스다. 너무나도 반인도적, 비인간적인 처사다.

따지고 보면, 셰익스피어의 삶이 바로 그런 세상이었다. 당시의 세상은 요즘 세상의 PC, 셀 폰, 아이폰, 스마트폰 등 전자기기(器機)는커녕 전깃불은 물론이고 호롱불마저도 귀한 장작불, 촛불, 횃불의 삶이 아니었는가?

비행기, 고속열차, 자율주행차가 어디 있나? 소달구지나 말 타고 달리는 세상 아니던가? 솔직히 구글(Google), 페이스북(Facebook), 트위터(Twitter), 유튜브(YouTube) 등 이름도 생소한 요즘 세상에서는, 이 글을 쓰고 있는 이 저자마저도 빠르게 '퇴물'로 밀려나고 있다.

하물며 셰익스피어가 살았던 16, 17세기는 유럽 중세 시대 '암흑기'(Dark Ages)는 물론 벗어났다지만, 당시 개인차원의 삶은 어둡고, 어렵고, 어둔하기 짝이 없지 않았는가? 극소수를 빼놓고는 끼니를 잇기도 힘든 삶. 낫 놓고 'ㄱ' 자(字)도 쓰지 못하는 대부분의 백성들. 왕도, 귀족도 백성도 그렇게 척박하고, 고달프고 미개한 삶 속의 이야기 아닌가?

반스 앤드 노블(Barnes & Noble) 『리어왕』 편집자, 엔드루 헤드필드에 의하면,[27] 리어왕은 6세기로 추정하는 아서 왕 때(Arthur's reign)보다도 훨씬 앞서 전(前) 로마 시대("pre-Roman times), 즉 기원전 8세기쯤 영국을 지배한 것으로 추정하고 있으니 두말할 것도 없다. 지금부터 2800년 전 일이다.

그럼에도 불구하고 『리어왕』이 이 초정밀, 최첨단 전자시대, 전자인간에게 아직도 어필(appeal)하는 것은 무엇인가?

아마도 그것은 먼 옛날 유원인이든, 오늘을 사는 전자인간이든 모두에게 아직도 유효한 '사람이라는 동물'의 가장 근본적인 가치, 가장 보편적인 진리(진실), 가장 본질적인 덕목을 일깨워 주고, 그 무엇보다도 이 작품이 은연중에 독자에게 '삶의 지혜'를 가르치고, 가리키고 있기 때문이 아닐까 한다.

위에서도 밝힌 바 있지만, 그것은 바로 셰익스피어가 이 이야기 속에 나오는 인간들의 인과응보(因果應報)를 통해 선악(善惡), 희로애락(喜怒哀樂), 정사(正邪), 진위(眞僞) 등, 간추리면, 인간의 진선미(眞善美)를 가장 설득력 있게 가려내고 파헤쳐, 독자들로 하여금 어리석음, 추악함, 사악함, 간악함이 빚는 비극을 되풀이하지 않도록 경고하고 있기 때문이라고 나는 생각한다.

리어의 비극은 그의 어리석고 그릇된 판단이 낳은 죄과(罪果)다. 그가 두 큰딸의 '사랑의 헛말'만을 믿고 나라를 두 동강이로 갈라 맡겼으나, 곧바로 그들의 버림을 받아 한때 왕이었던 그가 헐벗고 굶주린 거지가 되고, 오히려 '바른말, 곧은 말'만을 했다가 그로부터 버림받은 막내딸이 그를 끝내 구원하지만, 그 딸마저 죽임을 당해 그의 팔에 안긴다. 한때 떵떵거리며 기세등등한 왕이었던 그가 거지가 되어 스스로 겪는 처절하고 처참한 삶의 고난, 고통, 비애(悲哀)다.

귀족, 글로스터의 비극은 그의 혼외정사(婚外情事)로 태어난 사생아의 사악한 간계를 그가 곧이곧대로 믿은 그릇된 판단에서 비롯한다. 글로스터도 끝내는 레간과 그의 남편 콘월의 '역적'으로 몰려, 그 두 눈이 뽑히는 벌을 받아 장님이 된다.

그때야 그가 사생아의 흉계에 속아 착한 친아들을 하루아침에 거지로 만들어 집 밖으로 내동댕이쳐버린 '아버지의 잘못'을 참회하고, 도버 해협의 가장 높은 낭떠러지 벼랑 끝에서 투신자살을 시도하지만, 바로 그 저버린 '거지 바보' 아들이 그의 자살을 막는 아이러니로 막을 내린다.

뱀. 뱀 이빨. 리어가 뒤늦게나마 두 딸의 불효와 배은망덕을 눈치채고 이렇게 울부짖은 '악의 화신' 고너릴과 레간. 마지막엔 동생, 레간이 언니, 고너릴을 독살하고 자살하는 것으로 그들의 죄와 벌이 마감한다.

악녀(惡女), 레간의 하수인으로 전락한 남편 콘월. 그는 글로스터의 두 눈을 뽑는 잔악한 죄를 범하지만 이를 말리려는 그의 종복과의 칼싸움으로 그의 목숨을 잃는 벌을 받는다.

리어의 두 딸 못지않게 온갖 흉계와 술수로 그의 아버지를 속이고, 리어의 두 딸을 유혹한 악한이요, 색한(色漢)인 에드문드. 그는 바로 그의 간계의 희생물이 된 에드가와의 칼싸움 끝에 상처를 입고 숨을 거둔다.

고너릴의 간신(奸臣) 오스왈드. 그도 리어의 충신인 켄트와의 칼싸움으로 상처를 한번 입었고, 마지막엔 에드가의 칼에 맞아 죽는다.

이처럼 『리어왕』 이야기 속의 악녀, 악한, 간신은 횡사, 자살, 타살로 모두 삶을 마감한다. 그들의 죄에 대한 벌이다.

충신 켄트. 왕도의 원칙을 지킨 고너릴의 남편 알바니. 효도, 효행으로 끝까지 '장님' 아버지 글로스터를 돌보는 에드가. 이 세 착한 사람은 살아남는다.

하지만, 이 이야기의 (여)주인공 코델리아는 에드문드가 보낸 자객의 손에 죽임을 당함으로써 죽어서는 안 되는 이 '착한 사람들의 상징'이 죽는 비극이다.

그럼에도 불구하고, 이 이야기는 코델리아와 에드가의 효심(孝心), 효행(孝行)이나, 켄트의 변함없는 충성심, 의협심처럼, 선행(善行), 정도(正道), 정의(正義) 등 진실된 삶이 승리한다는 권선징악(勸善懲惡), 사필귀정(事必歸正)의 교훈을 우리 가슴에 깊이 심어준다.

물론 사람은 불완전하다. 불완전하기에 그의 판단도 불완전하다. 불완전할 수밖에 없다. 하지만 진선미(眞善美)를 추구하고, 올바른 판단을 하려고 항상 열린 마음으로 최선의 노력을 다하는 것이 우리 삶의 참 뜻이 아닐까?

우리 노력을 다한 다음에 천명을 기다리는 것이다. 문자 그대로 진인력대천명(盡人力待天命)이다. 『리어왕』에 나오는 한 구절, "우리를 소름이 끼치게 하는 하늘의 판단"(This judgment of the heavens, that makes us tremble. Act 5, Scene 3, 206)도 같은 맥락이다.


## 우리 삶의 아름다움, 사랑, 소망, 믿음, 지혜, 슬기, 진리, 진실.

눈에 보이는, 눈에 보이지도 않는, 예나 지금이나 어디서나 쉽게 변하지 않는, 변할 수 없는… 인류보편적인 이런 우리 삶의 얼과 알맹이. 옛날 유원인이든, 오늘을 함께 사는 오지(奧地)의 원주민이나 최선진, 최첨단, 극초정밀 전자 인간이든… 이 모두를 관통하는 사람의 얼과 알맹이를 나는 소포클레스, 셰익스피어, 세르반테스의 고전 속에서 조금이나마 터득하는 것 같아 즐겁다. 홀로나마 나는 신난다.

4

# 괴테
## 1749 - 1832

# Ⅰ. 왜 『파우스트』를 다시 읽는가?

1

요한 볼푸강 폰 괴테(1749-1832)의 『파우스트』를 처음 들어본 것은 고등학교 시절이다.

괴테의 이 작품이나 그의 『젊은 베르테르의 슬픔』[1]을 독일어 선생님이 아니라 고등학교 국어 선생님으로부터 처음 들었던 것 같다.

고등학교 3년 동안 그리고 대학에서도 2년 더 독일어를 배웠으니 그때만 해도 몇 마디 간단한 독일어 시구(詩句)를 지껄이고, 독일 가곡(歌曲)을 자주 부르기도 했지만, 지금 내 독일어 수준은 문맹(文盲)에 가깝다.

대학 다닐 때 독일어 습작 책에서 괴테의 "서두르지도 쉬지도 않고"(ohne hast aber ohne rast)라는 구절을 읽고 내 인생의 좌우명으로 삼기로 다짐했기에 이것만큼은 지금도 잊지 않고 있다.

아무튼 나는 독일어든 우리말 번역본이든 괴테의 『파우스트』를 한 번도 읽어 보지도 않고 대충 그 내용을 아는 것처럼 행세하며 이제까지 살아온 셈이다.

영국 극작가 크리스토퍼 마로우(Christopher Marlowe, 1564-1593)의 『파우스프 박사의 비극사』(The Tragical History of Doctor Faustus)를 두서너 번 읽으며 그 내용이 무엇인가 이해하려 노력한 것은 사실이다.

괴테의 『파우스트』(1권, 1808년, 2권, 1832년)보다 200년 넘게 앞서, 마

로우의 『파우스트』는 1591년 영국에서 연극으로 첫 데뷔를 했고 책으로는 1604년에 출간된다.[2]

미국에 살 때다. 정확하지는 않지만, 아마 1970년대 중반에서 80년대 초인 어느 날 시골 벼룩시장에서 우연히 오래된 영문 번역본 괴테의 『파우스트』를 아주 싼값으로 샀었다.

베이야드 테일러(Bayard Taylor)의 영문 번역본은 『파우스트』 1권, 2권을 하나로 묶어 1887년 보스턴의 호튼, 미플린 출판사(Houghton, Mifflin and Company)가 발행한 것이다.

제1권은 서문과 목차 22쪽, 본문 222쪽, 역자 주석 176개 111쪽, 부록 23쪽 등 모두 378쪽이다. 제2권은 서문과 목차 18쪽, 본문 314쪽, 역자 주석 194개 149쪽으로 모두 총 857쪽이다.

그러나 활자체가 작아서 요즘 책 활자 크기로 하면 아마 책의 분량이 훨씬 더 늘어날 것 같다. 이 번역본을 내 서제 한 구석에 꽂아두고 몇십 년이 지난 이제야 처음 읽어 본 것이다.


## 2

솔직히 나는 문학은 문외한이다. 나는 시, 소설, 수필 등 작품들을 남달리 좋아하는 기껏해야 애독자, 기호가(嗜好家)다.

『파우스트』를 독일 원문도 아닌 영어 번역본을 읽고 파우스트에 대해 이러쿵저러쿵 담론을 펼 자격이 나는 없다. 더구나 한번 대충 읽어, 그 내용도 제대로 알지 못하니 말이다. 따라서 주저주저하다가 몇 마디 하고자 하는 것은 크게 두 가지 이유에서다.

하나는 그래도 내 딴엔 영문으로 읽고 무엇인가 이해하고 배운 것을 나와 비슷한 처지에 있는 독자와 나누고 싶은 충동에서다.

세상만사(世上萬事)가 다 그렇지만, 이른바 유명작가의 작품도 우리가 안다는 것이 고작 작가의 이름과 작품을 외우는 정도가 대다수 우리의 실상이 아닌가? 아닐까?

누군가 설령 틈을 내서 나같이 그 작품을 완독했다 해도 얼마나 그 작가가 의도한 메시지나 작품의 핵심 내용을 터득했는가는 독자에 따라 제각각일 수밖에 없다.

어찌 보면 이러한 "우리가 안다, 알고 있다."는 것의 부끄러운 현실을 한번 되씹어 보고 싶어서다. 셰익스피어의 『로미오와 줄리엣』을 읽었느냐는 질문에 로미오는 읽고, 줄리엣은 아직 안 읽었다는 싱거운 우스갯소리를 대학 다닐 때 자주 했던 기억이 난다.

정치학이 전공인 나에게 누군가 정치 문제라도 내 분야가 아닌 질문을 갑자기 던지면, 예를 들어, "요즘 멕시코 정치는 어떻게 돌아갑니까?" 하면 나는 아무것도 모른다고 답할 수밖에 없지 않은가?

결국은 유식한 사람이고 무식쟁이고 사람, 사물, 사안에 관해서 우리는 볼 수 있는 것만큼 보고, 알려고 노력한 만큼 알고, 느낄 수 있는 것만큼 느낄 뿐이다.

또 하나는 무슨 책이든 읽으면서 그 모든 것을 그 누구도 다 이해를 못하지만, 나는 이곳저곳 내 마음에 드는 문구나 구절을 보면 한번 적어 두었다가 어딘가에 인용하거나 써먹고 싶어 밑줄을 긋는 버릇이 있다. 이러한 내 독서 습관으로 모은 구절들을 독자들과 나누고 싶고, 적어도 대충이지만 꽤 긴 작품을 읽었으니 내친김에 그 읽은 흔적이라도 남기고 싶은 욕심이 작동했기 때문이다.

# 파우스트 전설

먼저 이 책 부록[3]에서 파우스트 전설에 관한 책자가 무려 29종(種, 괴테의 『파우스트』의 1870년 영문 번역본 당시 기준으로)이나 된다는 데 나는 놀랐다.

그 여러 종 가운데 괴테의 『파우스트』가 단연 으뜸인 것이다. 아직 읽지는 못했지만, 가장 최근 작품은 독일 작가 토마스 만(1875-1955)의 『파우스트 박사』(Doktor Faustus, 1947)다. 언젠가 틈이 나면, 이 책도 한 번쯤 읽고 싶다. 내 건강과 나이가 허락할지는 의문이지만.

파우스트 전설은 15세기, 16세기경부터 독일 등 중앙 유럽에서부터 떠돌기 시작했다고 한다. 파우스트가 실제로 존재했던 인물인 것처럼 묘사되는 여러 가지 설(說)도 분분하다.

그러다 보니 그의 출생 연도(1491, 1509, 1539?), 출생지(크니틀린겐, 뷜템베르크, 킨들린크, 실레시아, 로다, 바이말?), 학교(크라카우 대학 의사학위?), 직업(의사, 사기꾼, 허풍선이, 돌팔이, 마술, 마법사, 요술쟁이, 수상가(手相家), 관상가(觀相家)?) 등도 제각각이다.[4] 괴테가 접한 가장 오래된 파우스트 전설은 1587년 프랑크푸르트에서 출간된 것이라고 이 역자는 밝히고 있다.[5] 1768년 괴테가 겨우 스무 살 때 파우스트 인형극을 보고 그 작품 구상을 시작했다고 한다. 1권 출판은 1808년 그가 59세가 되어서야 이루어진다.

2권을 끝내야겠다는 충동은 그가 75세 때이고, 4년 뒤 1828년 79세가 되어 2권 1부를 끝냈지만, 1831년 8월 28일 그의 82세 생일날에야 2권 집필을 완료했다는 것이 무척 놀랍다. 괴테는 2권 출판을 보지 못하고 7개월 뒤에 이 세상을 마감한다.

따라서 『파우스트』는 그가 평생 동안 쓰고 다듬은 역작이다. 이 작품에 나오는 파우스트와 메피스토펠레스는 괴테의 극과 극의 자화상이라고 역자 테일러가 평가한 것이 눈에 띈다.[6]

동서양 할 것 없이 모든 고전(古典)을 읽을 때마다 항상 느끼지만, 괴테의 『파우스트』도 서양의 문명사, 전설, 철학, 과학, 종교와 고전들, 또 그가 삶을 누렸던 당시의 정치, 경제, 사회, 문화 등 모든 분야의 실상이 응집, 농축되어 시구(詩句) 곳곳에 드러나거나 숨어 있어서 적어도 나에게는 솔직히 대부분 무슨 이야기인지 똑바로 이해하기가 힘들다.

아무튼 괴테의 역자 테일러가 네덜란드 번역본(Dutch version)을 중심으로 종합 정리한 그때까지의 파우스트 전설의 기본 줄거리는 대충 다음과 같다.

파우스트는 1491년에 태어나 그가 23세 때인 1514년 10월 23일 악마와 17년 첫 계약을 맺고, 두 번째 7년 계약은 그가 마흔 살인 1531년 10월 23일에 맺는다. 1538년 10월 23일 밤 12시 정각에 47세인 파우스트와 악마와의 총 24년간 계약 기간이 끝난다.

악마와 파우스트의 계약 경위와 경과는 대충 이렇다.

파우스트는 비텐베르크 근처 숲속에서 한밤중에 악마를 불러낸다. 그 뒤 악령(惡靈)이 그의 거처를 방문한다. 이 악마와 파우스트는 세 차례에 걸친 논쟁을 한다. 세 번째 만났을 때 이 악령은 그의 이름이 메피스토펠레스라고 밝힌다. 그리고 그와 24년간 계약을 맺는다. 파우스트가 칼끝으로 그의 손을 찔러서 그 피로 계약을 맺자, "오 사람아, 날아라!"(O Homo Fuge!)라고 지껄이며 그의 피가 흐른다.

파우스트는 계약 동안은 그가 원하는 것은 무엇이든 갖고 즐길 수 있지만, 그 기간이 끝나면 그의 육신과 영혼이 악마 메피스토펠레스의 것이 되고 만다는 조건이다.[7] 24년의 영화(榮華), 권력, 지식, 욕정을 누리고 즐기기 위해 파우스트는 그의 육신과 영혼을 악마에게 판 것이다.

악마 메피스토펠레스는 파우스트가 처음엔 성직자가 되어 최상의 음식과 술, 최고급 옷가지(衣裳)를 잘츠부르크, 아우구스부르크, 프랑크푸르트 관할 교구 등에서 공급받아 그의 몸종 크리스토퍼 바그너와 함께 즐기도록 한다.

이 환락 속에서 얼마 지나자, 파우스트는 결혼하고 싶다고 악마 메피스토펠레스에게 요구한다.

그러나 악마는 결혼은 신(神)을 즐겁게 하기 때문에 계약 위반이라고 거절한다.

파우스트는 세계 창조, 계절 변화, 별(행성, 위성), 지옥과 그 분류 단계 등에 대한 해답도 악마로부터 구한다.

파우스트는 그 스스로 용들이 끄는 차를 타고 지옥을 둘러본다. 그는 지구 곳곳을 방문하고 싶어 한다.

메피스토펠레스는 낙타와 같은 날개를 가진 말(馬)로 변해 파우스트와 함께 공중을 날아다니며 유럽 구석구석을 돌아보고 로마에 도착한다.

파우스트는 바티칸에서 3일 동안 보이지 않는 형체로 지낸다. 그는 교황이 기도를 할 때마다 놀리고 장난치며, 교황 식탁의 음식을 먹어 치우고, 교황 술잔이 채워지자마자 마셔버린다.

이에 놀라고 화난 교황은 로마의 모든 크고 작은 교회의 종들이 일제히 울리도록 해서 이 악마의 요술이 사라지도록 명한다.

파우스트는 다음엔 콘스탄티노플의 왕궁에 들러 마호메트의 형상으로 변해서 살아 본다.

그 뒤 이집트, 모로코, 오리크니섬, 스키타이, 아라비아, 페르시아를 방문하고, 마지막으로 코카서스 산맥의 최고봉에도 오른다. 이렇게 여러 곳을 방문한 파우스트는 독일로 돌아와 인스부르크의 황제 찰스 5세를 만나고 그의 요청으로 알렉산더 대왕과 그의 부인의 그림자가 황제 앞에 나타나게 한다. 파우스트는 또 황제 앞에서 기사(騎士)로 행동하기도 한다. 또 말 두 마리를 통째로 삼키는가 하면, 그 두 목을 잘라 죽인 다음 두 마리 새 말로 되살아나게 하고, 식탁에 있는 포도주를 손으로 들지 않고 마시고, 꽃으로 크리스마스 빗자루를 만들고, 군중들 속에 즐겁고 흥이 넘치는 동료로 나타나는 등 독일 곳곳을 돌아다니며 온갖 마술, 마법을 행한다.

끝으로 계약 23년째 해가 되자 악령 메피스토펠레스는 트로이의 헬레네를 데려온다. 파우스트는 그녀의 미모에 흠뻑 빠진다. 그는 헬레네와의 사이에 유스투스 파우스트라는 아들도 낳는다.[8]

24년 계약이 끝나는 마지막 날 밤에 파우스트는 비텐베르크 근처 마을 림리크의 한 술집에서 몇몇 학생들과 이야기를 나누며, 그의 외로움을 달래고, 참회하며 만약 그의 영혼이 용서받을 수 있다면 악마의 육신(肉身)이 그 모습을 드러내도 된다고 역설한다.

그날 밤 정각 12시가 되자, 무섭게 천둥 번개가 치고, 다음 날 아침 파우스트가 있었던 방과 벽에 그의 온몸이 피 묻은 산산조각으로 흩어진다. 헬레네와 그의 아들도 사라져 버린다. 그리고 비텐베르크의 집을 포함, 유산은 파우스트의 유언에 따라 그의 시종 바그너가 차지한다는 내용이다.

이렇게 파우스트의 육신도 영혼도 산산조각으로 순식간에 파멸하는 것을 읽고, 나는 문득 우리나라 사찰 벽에서 자주 보는 십우도(十牛圖)[9]가 생각났다면?

파우스트가 인간의 욕망과 욕정, 욕구를 계약 기간 동안 누리고 즐기다가 끝내는 파멸, 파국, 파탄을 맞는 반면, 십우도는 어린아이가 소를 찾아 나서(尋牛), 소의 발자취를 발견하고(見跡), 소를 얻어(得牛), 길들이고(牧牛), 그가 소를 타고 집으로 돌아와(騎牛歸家), 다시 소를 잊고 사람만 있다가(忘牛存人), 다음엔 사람도 소도 다 잊고(人牛俱忘), 근원으로 돌아가(返本還源) 그는 이 세상으로 나아가 중생을 돕는다(入鄽垂手)는 것과는 너무나도 극적인 대조(對照)를 이룬다고 할까?

소나 사람이나 짐승이지만, 파우스트는 그러한 동물적, 원초적 욕구를 만끽하고는 유혈 파국, 파멸을 맞지만, 십우도 속의 동자(童子)는 그의 동물적, 본원적 삼독(三毒)[10]을 극기하고, 끝내는 성불(成佛)한다는 것인가? 불교의 목우(牧牛)와 기독교의 목양(牧羊)의 차이는 무엇인가? 무엇일까?

# 『파우스트』(1권, 2권) 줄거리

위에서 소개한 파우스트 전설이 아니고, 내가 최근 읽은 세계 명작 소설, 극작 등 100개 작품을 뽑아 지침서 형식으로 간략히 요약한 책[11] 속에 괴테의 『파우스트』 1부와 2부도 포함되어 있어서 여기에 참고로 이 저자의 괴테 『파우스트』 부분만을 소개해 보고자 한다.

## 제1부: *하늘나라(천국)에서의 서막*

악마, 메피스토펠레스(다음부터는 M으로)는 하늘나라를 방문하여 세 천사(天使)—라파엘, 미카엘, 가브리엘—에 둘러싸인 주님을 만난다. 이 세 천사는 신(神)의 완전무결(perfection)을 찬양한다. 하지만, M은 주님의 완전무결성에도 불구하고 지상(地上)의 인간들은 불행하며, 인간의 비극은 이성(지식)때문이며, 우주의 신비를 이해하지 못해 절망에 빠져있다고 주장한다. 이에 신은 원로 학자, 하인리히 파우스트 박사를 인류의 모델로 소개하며, 그의 우주의 신비나 수수께끼를 풀려고 하는 멈추지 않는 욕구나 호기심이 끝내는 진리를 찾게 될 것이라고 밝힌다.

M은 한 인간을 파멸시킬 수 있는 기회가 왔다고 보고, 파우스트를 유혹하여 올바른 길에서 끌어내, 지옥으로 함께 내려갈 수 있다고 신에게 내기를 건다.

신은 악마의 내기를 수용하지만, 파우스트가 악마의 유혹을 저항할 것이라고 예언한다.

## 장면(Scenes): I－IV

때는 16세기. 파우스트는 50살 정도의 철학, 의학, 법, 신학 박사지만 우주의 신비를 이해하지 못해 좌절한다.

생명에 관한 답을 얻기 위해 절박한 심정으로 악마의 마법(Black magic)까지 동원한다. 하지만 그의 조교 바그너가 나타나자 그의 시도는 멈춘다. 바그너는 지식은 그 자체가 목적이며, 만약 그가 백과사전을 송두리째 외우면 그도 현인이 될 수 있다고 믿는다.

반대로 파우스트는 삶의 의미를 이해하지 못하는 지식은 쓸모가 없으며, 지식은 그 자체로서는 아무런 내재적 가치를 지니지 않는다고 반박한다. 이 논쟁 끝에 바그너가 파우스트를 등지고 떠나버리자, 절망한 파우스트는 자살까지 결심하지만 부활절을 알리는 교회의 새벽 종소리를 듣고 포기한다.

그날 오후 파우스트와 바그너는 산책을 하며 부활절 일요일의 군중을 보며 즐긴다. 파우스트는 마법사의 마력과 그의 물질적 쾌락을 교환하겠다고 말한다. 악마 M이 파우스트 연구실에 까만 삽살개 모습으로 나타난다. 악마는 파우스트가 그의 의문들에 대한 해답을 얻기 위해 마법에 매달리게 된 것에 만족하며, M은 스스로를 죄악과 타락을 불러 오는 "부정의 영혼"(the spirit that denies), "파멸", "어둠의 일부", "저승의 아들"[12] 이라고 일러준다.

다음 날 M은 파우스트에게 평생 동안 무한한 재산과 쾌락을 제공할 것을 약속한다. 하지만 파우스트는 그러한 지상의 기쁨은 그를 만족시키지 못한다는 것을 깨달았다며 악마의 제안을 거부한다. 이에 악마는 파우스트가 전통적인 기독교의 인덕(virtues)을 거부하도록 종용하면서 파우스트와 M은 다음과 같은 해괴한 협약을 맺는다.

M은 지상에서 시종으로 파우스트를 모신다. 하지만 파우스트가 너무 즐거운(행복한) 순간(찰나)을 맞아 [그를 그렇게 행복하게 하는 그 한 가지 일에만] 시간이 멈춰주기를 바라면, 파우스트는 죽게 되고, 그때는 거꾸로 파우스트는 지옥에서 시종으로 M을 모신다. 파우스트는 결코 그런

순간, 그런 일이 없을 것이라고 확신하며 그 자신의 피로 그의 이름을 써 위 협약에 서명한다.


## 장면: V – VI

파우스트와 M은 공중으로 날아가 라이프치히의 한 술집(아우어바흐 셀라)에 들른다. 이 술집에서 아무 근심 걱정 없이 삶을 살아가는 네 사람을 만나 관찰한다.

다시 여행을 떠나 그들은 끓는 가마솥을 원숭이가 쳐디보는 "마녀의 부엌"이 있는 짐승 굴을 둘러본다. 거기서 거울에 비친 아름다운 여인을 보고 파우스트는 곧바로 사랑에 빠져든다. 마녀가 주는 한 첩(한 잔)의 마약을 마신 다음 파우스트는 몇 년 훨씬 젊어지고, M은 그를 거울에 비친 여인에게로 유인한다.


## 장면: VII – XIV

길거리를 걷다가 파우스트는 거울에 비친 그 아름다운 젊은 여인을 다시 만난다. 그녀의 이름은 마가레트지만 그레첸으로 알려졌다.

파우스트는 그녀에게 다가가 구애하지만 거절당한다. 파우스트는 M을 시켜 보석(선물)을 그녀에게 갖다주도록 한다. 선물을 받은 그레첸은 너무 기뻐하며 혼자 그녀의 방에서 사랑의 충정을 지킨 투레의 한 왕에 관한 순결하고 매혹적인 노래를 부른다.

그날 저녁 파우스트와 악마가 그레첸의 이웃인 마르타 슈베르트라인 집 정원에 들르자, 그레첸이 나타난다. 그레첸은 파우스트를 깊이 사랑하고 있지만, 파우스트는 그녀를 무엇 때문에 사랑하는지 모르겠다고 고백한다. 파우스트는 그녀에게 혹 해를 끼칠지라도 모든 수단과 방법을 써서 그녀를 그의 품 안에 넣고 말겠다고 다짐한다.


## 장면: XV - XX

마음의 평정이 사라지고 울적해진 그레첸은 혼자 방에서 이제 파우스트가 꼭 안아주기를 바라며 '물레'(spinning wheel) 노래를 부른다.

마르타 정원에서 파우스트를 다시 만나자 그레첸은 파우스트에게 그의 종교(신앙심)에 관해 묻는다. 파우스트는 무엇을 믿는지 확실하지 않다고 답한다. 그러자 그레첸은 파우스트는 신(그리스도)을 믿지 않으며 M은 악마라고 무서워한다. 파우스트는 그레첸 어머니에게 수면제를 주어 그날 밤을 그와 그레첸만이 지낼 수 있도록 조치한다. 다음날 아침 잔인하게 그레첸을 버리다시피 하고 파우스트는 M과 함께 다른 모험을 위해 떠나버린다.

몇 달 뒤 그레첸은 배 속에 아이를 가졌다는 것을 알게 된다. 이에 화가 북받친 그레첸의 오빠 밸런타인은 파우스트와 악마를 공격하려다 도리어 죽는다. 죽으면서 오빠는 그의 누이가 창녀였다고 꾸짖으며, 부끄러운 미래가 누이에게 닥쳐 올 것이라고 예언한다. 그레첸의 어머니도 수면제를 먹은 뒤 충격을 받아 죽는다. 그레첸은 오빠와 어머니의 죽음이 그녀 때문이라고 생각하고 교회로 가서 미사를 드리며 참회한다. 악령이 그녀를 죄의식으로 가득 채우고 괴롭혀 그녀는 졸도하고 만다.


## 장면: XXI - XXV

5월 1일 '발푸르기스의 밤'(Walpurgis Night) 하루 전 4월 30일 밤 마녀와 악마들은 독일 심장부에 자리 잡은 하르츠 산 브로켄에 모두 모여 연중행사로 해마다 안식일 잔치를 치른다.

M은 파우스트를 여기서 온갖 난교(亂交)파티에 빠지게 한다. 파우스트는 마음껏 즐긴다. 파우스트는 이 난장판에서 문득 "칼날같이 가는" 빨간 선(線)으로 목을 두른 그레첸을 닮은 망령과 마주친다. 그레첸이 그와 그녀의 몸에서 태어난 갓난아이를 물에 빠트려 죽이고, 그녀의 오빠와 어머니를 죽게 한 죄로 감옥에 있다는 사실을 알게 된 파우스트는 화가 북받쳐 악마 M을 규탄하며 신에게 용서를 빈다. 그리고 M에게 그레첸을 곧바로 만나, 그녀를 감옥에서 구출할 수 있도록 떠나자고 요구한다. 마법의 흑색 말을 타고 파우스트와 M은 그레첸을 처형하기 위해 만들어 놓은 교수대(絞首臺)를 지나 감방에 갇힌 그레첸을 만난다. 그리고 그녀가 이미 미쳐 버린 상태라는 것을 알게 된다.

그녀는 파우스트를 알아보고 기뻐서 어쩔 줄 모른다. 하지만 그녀는 함께 온 악마를 보자마자 놀라 공포에 떤다. 파우스트는 그레첸에게 함께 탈출(도망)하자고 권유하지만 거절한다. 악마는 그레첸은 이미 죄 짓고 버림받은 여자라고 주장하며, 그곳을 빨리 떠나자고 우긴다. 그레첸은 교수형을 당한다. 파우스트와 M이 그곳을 떠나 다시 날아 갈 때, 그레첸은 처형되었지만 그녀의 심령은 구원받았다는 한 천사의 목소리가 들린다.


## 제2부: 1막

파우스트와 M은 황제의 황궁에 도착한다. 황제에게 총리는 이 나라에 불의(injustice)가 날뛰고 있다고 보고한다. 군 최고사령관은 그의 병사들이 황제에게 저항하려 든다고 보고한다. 재무장관은 나라의 재정이 거의 파산 상태로 거덜 났다고 보고한다.

이때 어릿광대로 황실이 새로 임명한 M은 황제에게 이 나라 땅 속에는 아직 캐내지 않은 금이 꽉 차 있다고 주장하며, 금으로 보장하는 종이 돈을 발행하면 된다고 금태환본위제(金兌換本位制)를 제안한다. 황제는 성회일(Ash Wednesday)과 사순절(Lent)을 경축하는 카니발 시작을 공표한다. 그리스 신화와 전설에 나오는 온갖 모습의 가면들 행진이 이어지고, 양치기들의 신이 땅에서 금을 마구 캐내는 환상도 창조해 보여준다. 다음날 아침 황제는 파우스트를 마법사로서 황제의 거실로 트로이의 헬렌과 그의 연인 파리스를 불러 오도록 요청한다. M은 파우스트에게 신들과 접촉하는 유일한 방법은 지구의 한복판(심장부)에 사는 신비스러운 어머니들을 통해서만 가능하다고 귀띔해 준다.

놀라고 급해진 파우스트는 그를 보호해 주는 M이 준 열쇠를 가지고 곧바로 떠나, 아름다운 헬렌을 데리고 두 영령들과 함께 곧 돌아온다.

파우스트는 파리스가 헬렌을 포옹하는 것을 보자마자, 시기심에 벅차 그의 열쇠로 파리스를 내리친다. 그러자 폭발음과 함께 두 영령들이 사라진다. M은 의식을 잃은 파우스트를 붙들고 온다.


## 2막

파우스트는 폭발음으로 의식을 잃은 채 그의 서제 침대에 누워 있다.

그동안 조교 바그너는 가장 최근의 과학 실험으로 창조한 유리 약병에 사는 사람의 형상을 가진 인공 '호문쿨우스'(Homunculus)의 마지막 마무리 작업에 열중한다. 파우스트의 침대 곁에서 호문쿨우스는 유리병에서 헤엄치며 파우스트의 꿈을 꿰뚫어 본다. 호문쿨우스는 옛 그리스 시대를 꿈꾸고 있는 파우스트가 현 상태로 꿈에서 깨어나면 죽게 된다고 주장한다.

호문쿨우스는 악마 M이 파우스트를 옛 그리스의 고전적인 영혼들의 친선, 우호 모임인 '고전 발푸르기스의 밤'(Classical Walpurgis Night)으로 데려가도록 종용한다. 시간과 공간을 뛰어넘어 M과 파우스트와 호문쿨우스는 그리스 '팔살리안 평원'(the Phalsalian Fields)에 도착한다. 파우스트는 혼자서 헬렌을 찾아 나선다. 그동안 M은 에로틱한 영령들과 시시덕거리며 놀고, 호문쿨우스는 생명의 기원에 관한 신비스러운 인물들의 논쟁을 듣는다.

이 인물들 가운데 한 사람이 만약 호문쿨우스가 사람이 되고 싶다면, 바다에서 생명의 원천을 찾으라고 일러준다.

그는 진정으로 살아 있는 인간이 되고 싶어 바닷속으로 뛰어들어 그속에 사는 정령들(nymphs) 속으로 사라진다. 거기서 그는 언젠가 실제 한 인간이 될 수 있는 '산 영혼'(a life spirit)이 된다.


## 3막

3막은 트로이 전쟁이 끝난 직후인 옛 그리스에서 벌어진다.

헬렌의 연인, 파리스는 살해당하고, 헬렌은 남편, 메넬아우스의 궁전에서 살기 위해 스파르타로 돌아온다. M은 포르키야스(Phorkyas)라는 흉측한 망령으로 변장하여 헬렌과 그의 하녀들에게 남편 메넬아우스가 그들을 죽이려 한다고 하여 공포에 떨게 한다. 그리하여 악마는 헬렌으로 하여금 궁전 가까운 곳에 자리한 파우스트가 영주로 있는 성(城)으로 급히 피난토록 종용한다.

시간과 장소가 다시 바뀌어 옛 그리스에서 중세의 유럽이 된다. M은 헬렌을 고딕성(城)으로 유인한다. 이 성에 도착한 헬렌은 영주 파우스트를 만나고, 그녀에게 시운(詩韻, rhyme)을 가르쳐 준 파우스트와 곧바로 사랑에 빠져든다. 몇 달이 지난 뒤 둘 사이에서 아들(Euphorion)을 갖는다.

유포리온은 태어나자마자 걷고 말도 바로 한다. 몇 년이 지나 이 아이는 힘센 청년이 되자, 이 지구상에만 머무는 것에 만족하지 못하고 하늘로 날아가겠다고 절벽에 올라갔다가 떨어져 죽고 만다. 유포리온이 죽자,

헬렌은 깊은 슬픔에 젖어 파우스트와 이별의 키스를 하고는 사라져 버린다. 혼자 남은 파우스트는 절망에 빠져든다.


## 4막

연인을 잃은 파우스트는 인류를 위해 무언가 가치 있는 일을 하겠다고 결심한다.

그는 바다를 메워 땅을 일구고 거기서 곡물을 생산한다는 계획을 세운다. 악마 M은 만약 황제가 그의 적들을 무찌르는 데 그와 파우스트가 도와주면 큰 땅을 하사(下賜)하리라고 믿는다. 둘은 황제가 적군을 물리치고 승리하는 데 도움을 준다.

하지만 추기경은 승전에서 얻은 전리품의 큰 부분은 교회로 돌려 주어야지 '악마 같은 인간'(파우스트)에게 주면 안 된다고 주장한다. 그러자 황제는 바닷물에 쉽게 잠기는 쓸모없는 땅만을 파우스트에게 보상으로 준다.


## 5막

파우스트는 이제 100살이 된다. 그는 바닷가 땅을 잘 메우고 가꾸어 기름진 땅을 일군다. 하지만 그는 아직도 만족하지 못한다.

그가 아직 소유하지 않는 이 지역의 유일한 땅을 갖고 있는 한 늙은 부부(필레몬과 바우시스)가 그에게 끝까지 땅을 팔지 않기 때문이다.

참고 견디다 못해 파우스트는 M을 시켜 이 노부부를 강제로라도 그들 집에서 몰아내라고 명령한다. M은 그 집을 불태우고 부부를 죽인다.

옛날 네 마녀—궁핍, 죄, 근심, 필요—가 불타버린 폐허에서 나타나 파우스트를 찾아온다.

근심의 마녀는 죽음이 파우스트에게 곧 들이닥친다고 경고한다. 하지만 파우스트는 평생 많은 것을 배웠고, 그의 인생 경험이 영원한 신비들을 이해하는 것보다 더 중요하다고 말하며 겁내지 않는다. 그러자 이 마녀는 사람들은 평생 장님으로 산다고 파우스트에게 말하며 그를 장님으로 만든다. 파우스트는 지금 비록 장님이 되었지만, 신의 말씀만이 중요하다며 아랑곳하지 않는다. 파우스트는 지금의 그의 삶이 행복하며 땅을 일구는 지금의 일에 시간을 보내고 싶다고 말한다.

그러나 이 말을 파우스트가 함으로써 한 가지 일에 절대로 멈추어 있으면 안 된다는 M과의 협약을 깨고 만다. 파우스트는 협약을 위반하는 이 마지막 몇 마디를 중얼거리며 죽는다.

악마 M은 이제 몸종인 파우스트의 영혼까지 소유하게 되자 기뻐한다. 하지만 M이 잠시 한눈을 파는 순간, 천사들이 재빨리 가로채 파우스트의 영혼을 하늘로 데려가 버린다.

파우스트는 하늘나라에서 '죄를 고백하고 뉘우친 사람'이라는 뜻인 우나 포텐이텐이움(Una Potenitenium)으로 불리는 옛 연인 그레첸을 다시 만난다. 그레첸은 파우스트의 영혼을 보살피게 되자 기쁨에 벅 찬다. 영원한 여성상(像)의 영혼인 마텔 글로리오사(Mater Gloriosa)는 그레첸과 파우스트를 천국으로 초청한다.

코러스(합창단)는 모든 것은 덧없이 지나가지만 여성의 영혼만은 우리 인간을 더욱더 높은 곳으로 끌어 올린다고 노래 부른다. 『파우스트』를 읽고서 위에서도 밝혔지만, 이 글에선 괴테가 그의 작품 『파우스트』에서 독자에게 주려는 가시적, 또는 암묵적 메시지나 핵심 내용을 내가 품평하기에는 솔직히 역부족이기 때문에, 내가 읽으면서 메모한 인상적인 구절들만을 우리말로 번역, 소개하는 것으로 만족하고 싶다. 꼭 한마디만 내가 이 작품에 대해 품평을 하자면, 괴테가 59세 때 출간한 『파우스트』 제1부는 비극이다. 악마 M의 마법에 끌려, 파우스트는 연인 그레첸과 하루 밤을 잤지만, 그가 그레첸을 헌신짝처럼 버리고 떠나버리자, 그레첸과 그의 태어난 갓난아이, 오빠, 어머니 모두가 죽는 비극이다.

하지만 제2부는 크게 다르다. 괴테가 75세가 되어 시작, 7년 뒤인 그가 죽기 1년 전인 81세 때 완성한 2부는 비극도 희극도 아닌 상징성이 훨씬 강하다.

악마 M으로부터 파우스트를 천사가 구출하고, 천상에서 그가 그레첸을 다시 만나 천국에 새 보금자리를 갖는다는 '행복한 끝남'(happy ending)이 아니라, 또 다른 차원의 '행복한 시작'(happy beginning)이라는 여운을 남긴다. 아무튼 밥이고 글이고 첫 숟가락으로 배부를 수는 없다. 그냥 첫 숟가락, 첫 걸음일 뿐이라는 가벼운 마음으로 내 눈에 띈 몇 구절들을 여기에 소개하는 것으로 이 글을 맺고자 한다.

눈부신 것들이란, 눈 깜짝할 사이에 사라지고
후대(後代)는 진실한 것들만을 이어받을지니.


What dazzles, for the Moment spends its spirit:
What's genuine, shall Posterity inherit.[13]


마무리하지 않고 남긴 오늘 일을 내일 할 수 없나니.
낭비하지 말라 헛된 외도(탈선, 脫線)로 단 하루도.
단호하고 패기에 찬 믿음으로, 사로잡아라.
모든 가능한 감동을.
단단히 만들어라. 너의 것(소유, 所有)으로.
그리고 너는 끊임없이 일하라, 왜냐고 묻지는 말고.


What's left undone to-day, To-morrow will not do.
Waste not a day in vain digression:
With resolute, courageous trust

Seize every possible impression,

And make it firmly your possession;

You'll then work on, because you must.[14]


아, 신이여! 그러나 예술은 길고,

인생은, 아! 쏜살같이 지나가니.


Ah, God! but Art is long,

And Life, alas! is fleeting.[15]


대담한 모험에,

찬란한 보답이!


Bold is the venture,

Splendid the pay![16]


오 행복한 그대, 아직도 새롭게

희망을, 실수의 나락에서 영원토록 일으켜 세우니!


O happy he, who still renews

The hope, from Error's deeps to rise forever![17]


욕정(欲情)을 갖고 놀아나기엔 나는 너무 늙었고,

욕망(慾望)을 버리고 살기엔 아직 너무 젊으니.


Too old am I to play with passion;

Too young, to be without desire.[18]

기쁨은 슬픔을 따르고, 슬픔은 기쁨 뒤를 날고.

Joy follows woe, woe after joy comes flying.[19]

그럼, 보이지 않으면, 마음에도 없지.

Yes, out of sight is out of mind.[20]

괴테가 그 스스로를,
"시인이나 예술가로서 나는 다신론자(多神論者)이고, 한편 자연
을 관찰하는 학도로서 나는 범신론자(汎神論者)로, 둘 다 긍정적
으로 같은 무게로 받아들이며… 천체나 모든 신조(믿음)들은 인
간 지식을 넘어선 무엇인가를 표현하려는 시도"라고 보고, 또 그
의 친구인 야고비에 보낸 편지에서 "시인과 예술가로서 나는 지구
의 모든 것들(森羅萬象)이 너무나도 거대한 영역이어서 오직 모든
생명체의 집단적 지식으로서만 이해할 수 있다."라고 밝히고 있는
것이 흥미롭다.

… all creeds as attempts to express something beyond the
reach of human intelligence…. As Poet and Artist I am a
polytheist; on the other hand, as a student of Nature I am a
pantheist, … and both with equal positiveness…. The heav-
enly and the earthly things are such an immense realm,
that it can only be grasped by the collective intelligence of
all beings.[21]

누군가 아무런 흠이 없다면, 최하 아니면 최고의 경지에 이른 것.

그것은 무력하거나 위대함의 결과이기 때문.

To be free from faults, is both the lowest and the highest
degree; for it springs from either impotence or greatness."[22]

*헬렌,*
어떻게 당신은 나에게 그런 멋진 연설을 들려줄 수 있을까요?

*파우스트,*
그건 쉽지요. 그것이 가슴으로부터 흘러나오면 됩니다.

*Helen,*
Canst thou to me that lovely speech impart?

*Faust,*
'T is easy: it must issue from the heart;[23]

앞서 밑바닥이던 것이, 지금은 꼭대기구나.

What formerly was bottom, now is summit.[24]

부하들에게 일과 잘못까지 떠맡기라,
그땐 장군은 영예만 차지하기 마련이니!

Leave to the Staff the work and blame,
Then the Field-Marshall's sure of fame![25]

당신은 권력을 가졌기에, 곧 정의이지.

당신은 어떻게 하나가 아니라 무엇을 바라는가만 셈하면 되나니.

만약 내가 항해를 하게 되면,

전쟁, 통상과 해적 행위를 내가 약속하지만,

이 셋은 하나일 뿐, 결코 분리할 수 없다네.


You have the Power, and thus the Right.

You count the What, and not the How:

If I have ever navigated,

War, Trade and Piracy, I vow,

Are three in one, and can't be separated![26]


더 큰 힘에는 기꺼이 굴복하라!

만약에 네가 담대해서 싸움판을 벌이려면,

집과 가정 그리고 네 목숨도 버릴 각오로.


Bend willingly to greater force!

If you are bold, and face the strife,

Stake house and home, and then—your life![27]


일생 동안 사람들은 장님이니.

그래, 파우스트, 마침내 당신도 그들처럼 장님이 되라.


Throughout their whole existence men are blind;

So, Faust, be thou like them at last![28]

괴테에겐, "여자를 사랑한다는 것이 축복이라기보다는 불안"이라는 역자의 표현도 내 눈길을 끈다.

Even the love of woman seems to have been, to him(to Goethe), more an unrest than a bliss…."[29]

에잇, 부끄럽지도 않나, 당신이 바라는 명성(名聲)이!
명성이란 허풍선이만이 즐기는 것.
세상의 갈채를 받고자 헛되이 버둥거리기보다는 써라,
당신의 재능을 더 고귀한 것에.
잠깐 떠들썩하지만 명성은 사라지고,
영웅도 건달도 잊혀지고,
가장 위대한 왕들도 눈감을 수밖에, 그땐, 온갖 개들이 썩은
그들의 자리만 파헤칠 뿐.

Fie, be ashamed, that thou desire fame!
'T' is Fame that charlatans alone befriend.
Employ thy gifts for better ends
Than vainly thus to seek the world's acclaim.
After brief noise goes Fame to her repose;
The hero and the vagabonds are both forgotten;
The greatest monarchs must their eyelids close,
And every dog insults the place they rot in.[30]

"혁명은 민중의 태생적 저항(반항) 요인에서 보다는 항상 통치자의 잘 못(실정, 失政)에서 비롯된다."는 역자가 인용하는 구절도 흥미롭다.

괴테의 『파우스트』는 "악마 메피스토펠레스의 권력과 사치의 유혹에 아랑곳하지 않고, 그의 심성을 개화하고 순화시켜, 그 스스로 개발한 가치 있는 활동 영역에 몰두한다."라는 대목도 재미있다.

파우스트에게 "완전한 행복의 유일한 조건은 그가 다른 사람들을 위해 이룩한 선행"이라는 구절도.

> "… revolutions were always occasioned by the faults of the rulers, not by a native rebellious element in the people."
> Mephistopheles offers the lures of authority and luxury, but Faust's nature has been enlightened and purified, and he adheres to his own grand design of a sphere of worthy activity
> "… the sole condition of perfect happiness is the good which he has accomplished for others."[31]

5

도스토옙스키
1821 - 1881

# 『쥐구멍에서 쓴 노트』

## 1

러시아가 낳은 위대한 작가, 표도르 도스토옙스키(Feodor Mikhallo-vich Dostoyevsky, 1821–1881) 이름을 내가 처음 알게 된 것은 고등학교 시절이었던 것 같다. 그 뒤 대학 1학년 때 영어 교양과목 교과서에 영국 작가 서머셋 모옴(Somerset Maugham, 1874–1965)이 쓴 '세계 10대 소설' 가운데 러시아 소설이 둘—톨스토이의 『전쟁과 평화』와 도스토옙스키의 『카라마조프 가의 형제들』—[1]이 포함된 것을 읽었다.

지금 내가 다시 보니, 모옴이 선택한 소설들의 '세계'는 세계가 아니었다. 고작해야 유럽, 그것도 영국, 프랑스, 러시아라는 '인간 공간'에 국한된 것이었고 그의 '시간'도 겨우 18, 19세기에 한정된다.

따지고 보면, 모옴뿐만 아니라 나를 포함, 누구나 자기가 사는 공간과 시간이 있기 마련이다. 그러다 보니 이러한 자기만의 세상—'주관적 공간과 시간'—이 마치 모든 사람, 나아가서는 모든 살아 있는 것들의 세계 그리고 물체들의—'객관적 공간과 시간'—인양 혼동하기 쉽다. 안타깝지만, 그것이 전지전능(全知全能)한 신(神)이 아닌 인간의 한계요, 현실이다.

비단 나뿐만 아니라 우리 모두는 살아가면서 이 책 저 책 읽고, 이곳 저곳 여행도 하며, 이 사람 저 사람도 만나고, 이 짓 저 짓 하며 삶을 꾸려 간다. 이렇게 삶의 과정에서 우리는 스스로 겪고, 보고, 느끼고, 깨달은 자신만의 공간과 시간을 갖게 된다. 바로 우리 자신만의 이러한 세계와 시간은 객관적 공간이나 보편적 시간이 아니다.

아무튼, 나는 이 두 저자와 소설 이름만 알고 있었고 그 뒤 미국에 살 때다. 어느 여름인가 겨울 방학인지 기억은 확실치 않지만, 나는 톨스토이의 『전쟁과 평화』는 영화를 먼저 보고 책을 한번 읽었고, 도스토옙스키의 『카라마조프 가의 형제들』은 책을 먼저 보고 영화를 본 것 같다.

그의 『죄와 벌』도 그즈음 읽었다. 모두 영문으로.

　『전쟁과 평화』는 건성으로 한번 읽어서인지, 나에게 강한 인상을 남기지는 못했다. 그러나 『죄와 벌』, 특히 『카라마조프 가의 형제들』은 무언가 독자를 사로잡는 깊은 감동을 나에게 안겨주었다. 벌써 시간이 많이 지나서 일일이 이야기 줄거리를 기억할 수도 다시 읽을 겨를도 없지만, 내 머리 속 깊은 곳에 그 진한 감동이 아직도 남아있다.

　『죄와 벌』도 독자를 끝까지 끌고 가는 마력, 매력은 있었지만, 『카라마조프 가의 형제들』 이야기의 일부분 같은 느낌이 들어서 상대적으로 나에게 준 감동은 크지 못했다. 『카라마조프 가의 형제들』에 나오는 방탕한 주정뱅이 아버지와 자식들의 관계, 형제간의 얽힌 사연들이 내 스스로 겪은 우리 아버지와 어머니와 나, 우리 네 형제, 그리고 하나뿐인 누님 간의 관계가 떠올라서인지 수십 년이 지난 지금 이 순간까지도 이 소설의 실감나는 내용과 사건들이 나를 강렬하게 사로잡는다.

　한 아버지, 한 어머니 뱃속에서 태어났는데도 자식들은 어쩌면 성격이고 하는 짓이고 서로 극과 극으로 다를까? 어쩌면 삶의 길이 제각각일까? 하는 의문도. 하기야, 일란성(一卵性) 쌍둥이도 어딘가 점 하나라도 생김새가 다르고 성격이나 하는 짓은 물론이고 삶의 모습도 크게 서로 다르지 않은가?

　이 소설 속에 나오는 포악한 주정뱅이요, 호색한(好色漢)인 아버지, 표도르와 그의 아들들과의 사이에 벌어지는 사랑과 미움의 교차, 특히 표도르와 그를 꼭 닮은 큰아들 드미트리 사이에 끼어든 젊은 여인들―그루센카와 카타리나 이바노브나―과의 얽히고설킨 색정과 갈등, 유일하게 대학교육을 받은 지식인, 이반, 종교에 말려든 착한 막내 동생, 알료샤 그리고 사생아, 스메르자코프의 간질병이나 그에 대한 차별과 박대에서 오는 분노의 폭발이 빚은 표도르 파블로비치 살인 등등. 이런 것들이 내 심금(心琴)을 울린 것 같다.

　아무튼, 여기서는 내가 최근 읽은 도스토옙스키의 영문 본 *단편집*[2]

의 일부만을 소개하고자 한다. 이 단편집에는 『백야』(白夜, White Nights) 와 『사자(死者)의 집』(The House of the Dead)에서 발췌한 『바클우쉬킨의 이야기』(Baklushkin's Story), 『아쿨카의 남편』(Akulka's Husband), 『병원에서』(In the Hospital), 그리고 『쥐구멍에서 쓴 노트』(Notes from Underground)와 『한 엉터리 인간의 꿈』(The Dream of a Ridiculous Man)이 들어 있다.

한번 훌쩍 읽어 봤지만 젊은 날 내가 읽은 『카라마조프 가의 형제들』 같이 일평생 내 뇌리 한구석에 남는 그런 감동은 솔직히 주지 못했다. 여기서는 위의 마지막 두 편 가운데 『쥐구멍에서 쓴 노트』는 이야기 줄거리와 인용구들을, 『한 엉터리의 꿈』에서는 인용구 몇 개만을 소개한다.


## 2

『쥐구멍에서 쓴 노트』(1881년 作)는 단편으로는 좀 길고, 장편으로는 너무 짧다. 1부는 11장이고, 2부는 10장이다.

1부는 40살 된 전직 말단 공무원이 쥐구멍같이 작은 공간에서 혼자 살며 자기 자신에 대해 그리고 당시 불행하기 짝이 없는 상트페테르부르크 삶에 대해, 더 나아가서는 19세기 러시아의 암울한 시대상황에 대해, 횡설수설 지껄이는 독백(獨白)이다.

홀아비로 혼자서 방구석에 틀어박혀 불특정 다수("신사 숙녀 여러분")에게 울부짖는 한 외톨이의 '개똥철학'이나 취중진담(醉中眞談) 같다.

이 이야기는 또 당시 40대 초반인 작가 도스토옙스키 자신의 인간관, 인생론, 세계관이라고도 볼 수 있다. 환상(幻想), 몽상(夢想), 백일몽(白日夢)같은 중얼거림이지만 이곳저곳에 삶과 인간, 그리고 사회에 대한 신랄한 비판과 섬광(蟾光)처럼 번쩍이는 지혜와 진실이 숨어 있다.

2부는 장교가 된 어릴 적 친구의 환송 파티에 친구 넷이 모여 그날 밤

일어난 일화, 특히 그가 곤드레만드레 술에 취해 한 창녀와 잠자리를 같이하고 새벽에 잠이 깨어 이 창녀에게 횡설수설 지껄이고, 그 뒤 어느 날 그녀가 그의 누추한 '쥐구멍'을 찾아오는 등 그의 젊은 날 방탕하고 황량한 삶과 어린 시절 학교 동창생들과의 기억, 만남, 미묘하고 사사로운 감정 등 한 외톨박이의 회상이다.

'나'로 시작하는 이 1인칭 주인공은 간(肝)환자라고 스스로 생각한다. 하지만, 병원에 가서 실제로 진단을 받지도 않고 또 받고 싶지도 않아 사실은 무슨 병을 앓고 있는지 그도 잘 모른다. 그가 별 볼 일 없는 공무원이었을 때 찾아오는 사람들에게 거칠고 무례하게 행동했음을 자인한다.

그를 찾아온 민원인들에게 거드름을 피우고 거칠게 상대해서 그들이 처량하고 비참하게 되고 굽실거릴 때마다 그는 표현할 수 없는 희열을 느꼈다고 고백한다. 뇌물을 받지 않는 (보기 드문) 공무원으로서 그의 그러한 무례는 하나의 보상행위 같은 것이었다. 당시 관료사회의 부패가 얼마나 만연했는가를 간접적으로 꼬집는다. 달리 표현하면, 그는 '가학성 변태 성욕'(sadistic) 인간이었다.

젊은 시절 그는 그처럼 무례하게 행동했지만 그의 속마음은 꼭 그렇게 사악하지는 않다고 털어 놓는다. 그가 40살이 되어서야 19세기 지식인은 척추가 없는 동물이고, 인격자나 행동하는 인간은 대부분의 경우 지식이 모자란 사람이라는 것을 확신하게 된다.

그가 입에 풀칠하기 위해 상트페테르부르크시(市) 공무원이 됐지만, 먼 친척 한 사람이 죽으면서 그의 몫으로 유산 6,000루블을 남기자마자 곧 바로 퇴직한다. 그때까지 살았던 '지하'(地下)라고도 '쥐구멍'이라고도 부르는 그 남루한 작은 공간에서 냄새가 콜콜 나는 시골에서 온 무뚝뚝한 도우미를 옆에 두고 홀로 삶을 하루하루 이어간다.

그는 '운명이 점지해 준 그의 위장병에다, 그의 전염병'이라고 할 정도로 이 시종(심부름꾼)을 싫어한다(p. 187). 그는 정상적인 사람(머리가 멀쩡한 사람)은 바보고, 높은 의식수준을 가진 사람은 자연산(自然産, 'a child of nature')이 아니라, 시험관 제조품('a test-tube product', p. 96)이라고 비꼰다.

> … 끝내는 우리의 내 살 한 점이 10만 명의 생명보다 더 귀하다는 이 결론이 온갖 도덕과 의무, 그리고 다른 잠꼬대 같은 헛소리나 미신들을 이야기하는 것에 대한 대답이라고 울부짖는다.

> … a single drop of our own fat is bound to be dearer to you, when you come down to it, than a hundred thousand human lives and that his conclusion is an answer to all this talk about virtue and duty, and other ravings and superstition., p. 98.

19세기 지식인은 암울한 시대 상황에 저항해 봤자 돌벽을 주먹으로 치는 격이고, 모두 치통(齒痛)을 앓고 있다(p. 100). 모든 참회, 감정적인 표출과 개혁하겠다는 약속들은 겉치레뿐인 구역질 나는 거짓말이며(p. 102), 누구든 평생 아무것도 시작한 것도 끝낸 것도 없다는 단 한 가지 이유만으로 지식인이 될 수 있다고 지식인을 비꼰다.

지식인들은 그저 '빈 병으로 빈 잔을 채우는 것 같은 수다쟁이'(p. 104)라고 당시 지식인의 무기력과 무능을 꼬집는다.

[* 이 대목은 50년대 말, 1960년 초, 서울의 한 대학생이던 나에겐 웬일인지 이범선(1920-1982)의 단편, 『오발탄』(誤發彈, 1959년)을 떠오르게 한다.]

1960년 4월 혁명 전야(前夜), 이승만 정권 말기 분위기를 연상시킨다면 지나친 과장일까? 보다 직접적으로는 러시아에 닥쳐올 20세기 초 러시아 제국의 멸망, 볼셰비키 공산당 혁명을 예견한 불길한 조짐 같은 섬뜩한 느낌도 든다. 적어도 나에겐 그렇다.

인생의 두 행로(行路)—행복, 번영, 자유, 안정, 이성, 명예를 좇는 이기적(利己的)인 길과, 이를 거부하고 어렵고, 비합리적이고, 고집을 굽히지 않고 어둠 속에서 헤매며 끝까지 매달리는 자기만의 길—도 제시한다(pp. 106–107).

문명은(문명사회는) 언제나 꼭 그렇지는 않지만, 오히려 사람을 더 잔학하고 피에 굶주리게 한다고 그는 외친다. 옛날에도 인간은 '유혈 속에서 정의(正義)'를 보았고, 한줌의 양심의 가책도 느끼지 않고 사람들을 살육했지만, 지금은 그런 살육이 흉측하다고 여기면서도 우리는 아직도 옛날보다 훨씬 대규모로 살육을 자행한다(p. 108)고 울부짖는다.

이 관찰은 당시 멀리서나마 이웃 프러시아와 프랑스의 전쟁(1870–1871)을 지켜 본 작가, 도스토옙스키의 체험담일까? 관전평(觀戰評)일까? 아니면 20세기에 들어서면서 인류가 겪은 제1차, 제2차 세계 대전, 한국, 베트남, 중동 전쟁, 캄보디아, 코소보, 보스니아, 수단의 다르푸르(Darfur) 등에서의 대량학살행위는 물론이고, 아직도 지구 곳곳에서 끊임없이 벌어지고 있는 유혈분쟁과 대량살상행위에 대한 *예언, 예견*인가?

그는 또 모든 사람은 어떤 대가를 치르고 어떤 결과를 가져오든 실제로 필요한 것은 *독립적인* 의지(p. 110)라고 힘주어 말한다. 이성(理性)은 이성일 뿐이고, 이는 합리적인 요구는 만족시키지만 욕망은 삶 그 자체의 분출이기 때문에 이성에서부터 자기 몸 간지러운 곳을 긁는 것까지 모두를 포함한다는 것이다(p. 112).

사람에게 가장 중요하고 보배같이 가장 귀중한 것은 개성(個性, p. 113)이라고 강조하기도 한다. 나아가서 그는 인간을 "고마워할 줄 모르는 두 발 달린 짐승"(ungrateful biped)이라고 정의한다.

그러나 이보다 더 큰 결함은 인간의 사악성(perversity)이며, 인류 역사는 싸움질(fight and fight and fight)로 엮어져 있다고 주장한다(p. 113). 인간 삶의 의미는 "그가 사람이지 결코 피아노 키(건반, 鍵盤)가 아니라는 것을 순간순간마다 증명하는 것"(p. 115)이라고.

또 "게으름은 모든 악의 어머니"라고 지적하고, "이 세상에서의 인간의 목적은 끊임없이 그가 설정한 목표를 향해 노력하는 것"이라고. 사람은 "웃기는 동물"(a comical animal)이며 정상적이고, 긍정적인 복된 삶뿐만 아니라, 고통스러움도 즐기는 모순투성이라는 것이다.

고통은 회의와 부정(doubt and denial)을 의미하며, 진정한 고통스러움은 혼란과 파괴라고 그는 지껄인다. 그는 복된 삶이나 고통스러운 삶보다는 언제나 자기가 멋대로 할 수 있는 변덕스러운(whim) 삶을 주장한다.

2+2=4가 되는(될 수밖에 없는) 판에 박힌 삶보다는 때로는 2+2=5가 되는 제멋대로의 삶도 즐겁다고 뇌까린다.(pp. 117-118). 작가가 이 노트에서 2+2=5의 삶도 즐겁다고 중얼거린 지 85년이 지나서, 영국작가 조지 오웰(1903-1950)이 그의 대표작, 『1984』[3]에서 전기 고문(拷問)을 당하는 피고문자(윈스턴)에게 고문관(오브라이언)이 그의 엄지손가락을 숨기고 네 손가락을 내밀며 만약 당이 "넷이 아니고 다섯이라고 한다면 손가락이 몇이냐?"라고 묻자, "넷"이라고 답한다.

전기 고문도수가 55도, 60도까지 올라가도 계속 "넷"이라고 버티다, 도수를 그 이상 올리자 당이 시키는 대로 "넷", "다섯", "넷", 무엇이든 따라할 테니 제발 전기 고문을 중지해 달라고 애걸복걸한다.

그러자 고문관은 "윈스턴! 자네는 알아 차리는 게 너무 더뎌!" 하며, "손가락이 때로는 다섯 개, 때로는 세 개, 때로는 한꺼번에 다섯 개, 세 개가 될 수 있는 거야." 하는 장면을 문득 떠오르게 한다.

도스토옙스키가 주장하는 2+2=5가 거의 무정부 속의 개인 *방종* 의 결과라면, 오웰의 2+2=5는 파시스트, 나치 정권이든, 마르크스-레닌-스탈린 공산 정권이든, 전체주의 독재정권하에서 *개인*의 자유가 사멸된 인간의 *폐허* 같은 상황을 풍자하고 있다면?

노트에서 작가는 사람은 피아노 건반이 아니라고 외치며 인간의 개성과 자유를 지나치게 역설한 나머지 방종으로까지 탈선한 셈일까?

마치 전체주의 독재가 집단, 국가만을 앞세워 독재자 한 사람의 자유와 방종을 빼놓고, 모두의 자유를 빼앗아 버리는 비극처럼. 그는 또 빗물이 떨어져 옷이 젖지만 않는다면 닭장에서 살든 궁궐에서 살든 다를 바 없다고 투덜거린다.

적어도 그는 마루 밑 그가 사는 구멍이 있으니 문제가 없다는 것이다. 진정한 의식은 순수한 마음가짐 속에만 있다(p. 121)고 중얼거리기도 한다.

그는 또 사람이면 누구나 갖고 있는 '숨겨둔 비밀', '자기만의 과거'를 다음과 같이 세 가지로 구별한다.

> 누구나 사람은 그의 가장 가까운 친구 빼고는 결코 밝히지 않는 숨겨둔 과거가 있다.
> 또 그런 친구들에게도 밝히지 않고 자기 혼자만 가슴에 안고 있는, 가장 엄격한 신뢰가 요청되는 그런 과거도 있다.
> 그러나 또 자기 스스로도 감히 수용하기 어려운 그런 일들도 있다.
> 따라서 그는 독일 작가 하이네(Heinrich Heine, 1797-1856)가 성실한 (거짓이 없는) 자서전은 거의 불가능하다는 것을 받아들인다.
> 사람은 자기 자신에 대해 거짓말을 하기 마련이다….

루소(Jean Jacques Rousseau, 1712-1778)는 그의 참회록에서 "허영심 때문에 고의로 그 자신에 대해서 거짓말을 했을 것이라는 하이네의 주장에 동의한다(p. 122).

3

2부에서는 그가 24살 때 눈비 오는 날 일어난 사건들을 회고한다. 그 때 그의 사무실에서 '비겁한 사람(겁쟁이)이고 노예'라고 스스로 느끼는 사람은 오직 그뿐이었다고. 당시 자신을 존중하는 사람은 '겁쟁이와 노예'뿐이며 그게 '정상'(正常)임을 확신한다고. 오직 바보들만이 용기를 내서 한바탕 (그 참담한 현실에) 도전했지만 벽에 부딪칠 뿐이었다고. 오직 그만이 다른 모든 사람과 달랐고, 다른 모든 사람은 그와 달랐다고. 그는 하루 종일 동료들과 말 한마디 건네지 않고 보내고 다음 날은 마치 친구나 삼자는 듯이 동료에게 온종일 쉬지 않고 조잘대는 한쪽 끝에서 다른 쪽 끝으로 왔다 갔다 하는 극과 극의 행동을 했다고(pp. 125-126) 독백한다.

그는 그 스스로를 나락에 빠져들게 했고 밤이면 남몰래 온갖 나쁜 짓을 공포 속에 치사하게 자행했고, 항상 수치스러움에 사로 잡혔다. 다른 사람이 그를 보거나 그가 누구인지를 알아차릴까 겁내며…. 그의 행동은 저주(詛呪) 그 자체였으며 그땐 그런 나쁜 짓, 못된 짓거리들을 그의 가슴속에 있는 마룻구멍에다 지니고 다녔다고 밝힌다.

그는 더 이상 밑으로 내려 갈 수 없는 가장 낮은 곳, 행락지(지옥)까지 내려갔었다고(p. 129). 그는 이런 타락한 삶 속에서 어느 날 밤 술집 앞을 지나간다. 그때 그는 술집 안 한구석에서 당구를 치던 녀석들이 당구채로 서로 싸우다가 한 녀석이 유리창 밖으로 내팽개쳐 버리는 장면을 목격한다.

그 순간 그들 한 놈과 싸움판을 벌여 그도 한번 유리창 밖으로 내동댕이쳐지고 싶은 충동을 느끼고 그 술집에 들어선다. 들어가서 그가 당구대 옆에 서자마자 6피트 거구(巨軀)의 한 장교가 한마디 말도 없이 작고 깡마른 그를 한 마리 파리새끼로 취급하듯 그의 어깨를 잡아 옆쪽으로 번쩍 들어다 놓는다.

그는 한방 얻어맞는 것은 용서할 수 있지만, 그의 존재 자체를 무시하는 이 장교의 행동을 결코 용납할 수 없었다. 그는 항상 겁쟁이처럼 행동했지만 가장 결정적인 순간에 (위기나 시련에 빠졌을 때에는) 마음속으로 결코 겁쟁이는 아니었다고도 외친다(pp. 129-130).

시간이 갈수록 그에게 참을 수 없는 모욕과 수모를 준 장교에 대한 노여움이 더욱 커져 간다. 이 장교가 도대체 누구인가, 그는 그 정체에 대한 정보를 수집한다. 장교의 이름과 집, 그 집 어느 층에 그가 사는지까지 그를 미행(尾行)해서 알아낸다. 그리고 그를 풍자하는 단편소설을 써서 한 잡지사에 보냈지만 그 원고가 거절된다. 그러자 그 장교에게 결투로 한판 겨루자고 편지까지 쓴다. 그러나 주저주저하다 그 편지를 끝내 보내지는 않는다(못한다).

그 모욕을 당한 지 2년이 지난 어느 날 상트페테르부르크 네브스키 에비뉴(큰길, 大路)를 걷다가 이제까진 그 장교와 마주치면 항상 그가 비켜줬지만 다음에는 그와 충돌하더라도 절대로 비켜가지 않기로 마음먹는다. 그와 정면충돌할 날짜와 장소, 시간을 잡자마자 그는 안절부절 밤잠도 설치고 고민이 많아진다.

먼저 외모(外貌), 외양(外樣)—겉으로 드러난 그의 모습이나 몰골—에서 그 장교에게 결코 꿀리지 않고 당당하게 보이도록 돈까지 빌려서 고급 상점에서 새 검정 장갑, 새 모자(신사모, 紳士帽)도 사고 그때까지 입었던 낡은 외투 대신 오래 지나면 볼품없이 망가지지만 처음 새것일 때는 겉으로는 멋있어 보이는 값싼 독일 비버(해리, 海狸) 외투도 산다. 만반의 준비가 끝나고 며칠을 뜬눈으로 밤잠을 설치다 마침내 충돌의 그날이 온다(pp. 131-134).

네브스키 에비뉴에서 그는 세 발자국 건너에 있는 그 장교를 본다. 그 순간 그는 눈을 감고 그의 어깨와 장교의 어깨가 서로 꽝 부딪치도록 마음먹는다. 그리고 절대로 한 치도 물러서지 않고 *대등하게*(as an equal) 그를 부딪치며 지나쳤다. 장교는 그러나 아무 일도 없었던 것처럼 시치미를 뚝 떼며 한 번도 뒤돌아보지 않고 지나가 버린다.

그는 속으로 이 장교가 자기를 알면서도 스쳐갔으며, 이번에는 적어도 그가 위신을 지키고 한 치의 양보 없이 이 장교와 맞서 걸어갔으며, 공개된 장소에서 그 장교와 '동등한 사회적 위치'(an equal social footing)를 지켰다고 자위한다. 이 일이 벌어진 뒤 14년 동안 그는 이 장교를 다시 못 만난다(p. 135).

어린애 소꿉장난 같기도 하지만, 이 사건은 당시 제정 러시아의 사회적 신분 계급의 경직성과 차별을 엿볼 수 있게 한다. 민간 대중들은 아무리 낮은 관료라도 그 앞에 서면 굽실거리며 무기력 증세에 깊이 빠져 있는가 하면, 지식인은 지식인대로 입으로 떠들기만 하지 아무 행동도 취하지 못하는 또 다른 무기력증, 무능, 허무(虛無)의 그늘에 매달리며 파묻혀 있고, 귀족이나 장교들은 그 껍데기, 허깨비 위세(威勢)만 믿고 그것을 앞세워 안하무인(眼下無人)격으로 민중을, 보통 사람을, 무시하는 당시 제정 러시아 말기(末期)의 참담한 사회, 정치 현실, 인간 병폐를 드러내는 정치 풍자적 측면이 엿보인다.


# 4

그는 그의 누추한 모습이나 별 볼 일 없는 말단 공무원 신세를 보여주고 싶지 않아서 학교 동창들을 거의 만나지 않고 일부러 피하며 살아오다가 어느 날 동창생인 시모노프를 찾아 간다. 이 친구로부터 학교 다닐 때 가장 싫어했던 친구, 장교 제브코프가 다른 먼 지역으로 전근 가기 전에 그를 위한 환송 파티를 한다는 소식을 듣는다.

제브코프는 학교 다닐 때 공부는 못했지만, 잘생기고 쾌활했기 때문에 그는 그를 미워했다. 또 제브코프는 멍청이인데도 연줄이 좋아서 겨우 졸업을 했고, 고등학교 졸업반 때는 농노(農奴)가 200명이나 되는 농장을 상속받은 등 당시 신분 차원에서도 그와는 거리가 너무나 멀었다 (p. 140).

제브코프가 친구들에게 자기 농장 처녀들은 하나도 빼지 않고 모두 자기 허락을 얻어야 시집갈 수 있다고 떠드는 꼬락서니도 싫었다(p. 141).

그의 이러한 못된 짓거리를 통해 작가는 당시 러시아 영주(領主)의 초야권(初夜權)을 넌지시 꼬집는 것도 같다.

아무튼 시모노프로부터 '호텔 파리'에서 5시 정각에 만나는 제브코프 환송 파티에 그가 동참해도 괜찮다는 약속을 받고 그는 마음속으로 미묘한 긴장감을 느끼면서도 겉으로는 오랜만에 옛 동창들을 만나게 되어 들뜬 기분이 된다. 모처럼 옷도 잘 차려 입고 네 친구가 분담할 파티비용도 미리 빌려서 챙기고 약속한 날, 약속한 호텔, 약속한 시각에 도착한다.

한참을 기다려도 아무도 나타나지 않아 더욱 안절부절못하다 6시가 되어서야 다른 세 친구가 모두 모였고, 그때야 만나는 시간이 5시에서 6시로 변경되었다는 사실을 알게 된다. 시모노프가 그에게만 그 변경 시간을 미리 알려주지 않은 것에 대해 적어도 속으로는 엄청난 분노를 느낀다. 오직 그만이 꼬박 한 시간을 기다린 것이다.

그는 이 세 동창생들을 분노 이상으로 증오한다.

> 자기들 코앞에 있는 가장 절실한 현실을 공상(空想)으로 착각하고, 오직 그 순간의 '성공'만을 숭배한다. 정의(正義)를 헌신짝처럼 저버리며, 나약하고 핍박받는 모든 것을 철없이 깔아뭉개고 비꼰다. 이들에겐 인생에서의 지위는 지능을 의미하며, 16살 때 벌써 편하고 안전한 직업만을 지껄였다. 그들의 이런 [그릇된] 태도는 어릴 적부터 그런 나쁘고 잘못된 본보기들만을 눈으로 보아왔기 때문이다…. 그들은 믿기 어려울 정도로까지 타락했다(p. 146)고 성토한다.

그는 오랜만에 동창생 친구들을 만나 홧김에 곤드레만드레 정신을 잃어버릴 정도로 술을 마신다. 그리고 사창가(私娼街)에서 그날 밤을 보내며 라트비아 수도, 리가에서 온 한 창녀(리사)와 잠자리를 함께한다.

술과 잠에서 깨어 난 그는 리사에게 책을 읽듯이 다음과 같이 쉴 새 없이 재잘거린다.

> 사람은 말이야, 리사, 자기 행복은 기정사실로 하고, 오직 슬픔만 알아채지….
> 남편과 아내가 서로 사랑한다면 그 두 사람 사이에 무슨 일이 벌어지든 다른 사람이 상관할 일 아니야….
> 사랑이란 신비스러운 것이야, 그래서 사랑하는 사이에 그들이 무엇을 하든 세상의 눈으로부터 숨겨주어야 돼. 그들 사랑하는 사이는 서로 존경해야 돼. 존경이 밑바닥에 깔려 있어야 돼….
> 리사, 우리가 다른 사람을 비난하기에 앞서 우리 스스로 삶을 살아 가면서 먼저 배워야 해(pp. 172-174).

다음은 리사에 대한 충고다.

> 리사, 사람들은 여기에(사창가) 술에 취했을 때만 오지….
> 너는 지금 여기서 너의 영혼을 팔고 있어. 네가 네 맘대로 할 수 없는 너의 영혼을.
> 너는 지금 너의 몸과 함께 너의 영혼을 팔고 있단 말이야.
> 너는 지금 너에게 첫 번째로 굴러들어 온 주정뱅이에게 네 사랑(몸)을 준단 말이야.
> 사랑! 그것은 모든 것이지, 귀금석이자, 여자가 가진 가장 소중한 소유(물)이야!
> 왜냐고, 그 사랑을 얻기 위해선 그 사람은 모든 그의 생각과 그의 전 생애까지도 바쳐야 하기 때문이야. 그러나 너의 사랑은 오늘 몇 푼이야? 너는 너의 전부를 팔아 버렸어, 그러니 누가 너의 사랑을 차지하려고 하겠어? 너를 찾아온 남자 가운데는 쭈그러진 동전 한 푼만도 못한 녀석도 있고, 너를 두들겨 패는 놈도 있겠지….

문제는 네가 이 사창굴에 있는 동안 빚더미에서 헤어나지 못하게
되어 있어.

무엇보다도 너는 지금 22살이지만 32살 같이 보여, 너의 모든
것—젊음, 건강, 희망—을 너도 모르게 잃어가고 있어.

누구나 너같이 처음 이곳에 들어올 땐 참하고 순진하지.

마치 여왕처럼 뻐기고….

그러나 시간이 갈수록 온갖 악에 물들 수밖에….

리사! 네가 폐병에 걸려 빨리 죽을 수도 있단 말이야….

그리고 네가 그렇게 죽어 가면, 모두들 등을 돌리고, 네가 차라리
빨리 죽었으면 좋겠다고 수군거리게 되지….

그리고 네가 깜깜한 방 한 구석에서 혼자 외롭게 죽어갈 때 무엇
을 생각할 거야?

그들은 너를 값싼 널에다 넣어 쓰레기 버리듯 할 거야….

무엇보다도 네가 땅에 묻힌 다음에 아무도 찾아오지 않고, 너를
위해 눈물 한 방울 흘리고, 한숨마저도 쉬지 않고, 기도 한마디
할 사람도 없단 말이야.

너의 이름은 이 세상에서 완전히 지워져 버리게 된단 말이야…

(pp. 174-181).


이렇게 그는 책을 읽듯 리사에게 긴 강의를 하고, 리사는 무언가 느끼
는 듯 그의 이야기를 끝까지 듣는다. 그리고 그는 리사와 헤어지기 전에
그의 주소를 그녀에게 남기고 온다. 그는 괜히 그의 주소를 남겼다고 후
회하면서도 한편으로는 그녀가 찾아오기를 은근히 기다린다.

며칠이 지나 리사가 그의 누추한 '쥐구멍'을 찾아온다. 그는 엄청 당
황한다. 은근히 기다렸음에도 불구하고 왜 왔느냐고 윽박지른다. 사창가
에서는 그가 마치 도덕군자나 영웅처럼 떠들었지만, 그의 초라한 쥐구멍
같은 방구석에서는 거꾸로 그가 불쌍한 신세요, 아무짝에도 쓸모없는

몰골이라는 것을 새삼 느낀다.

그는 사랑한다는 것은 약자(여자)를 힘으로 누르고 위압하는 것이라고도 생각한다. 그러나 여자에겐 지옥이 어떻든 간에 모든 부활, 모든 구원은 사랑에 있다고 생각한다.

아무튼 그는 그의 쥐구멍에 그가 홀로 남아 있어야 '마음의 평화'가 온다고 생각하고 리사가 빨리 떠나기를 바란다. 그녀가 함께 있으면 숨도 못 쉴 만큼 갑갑하다고 느낀다. 눈치를 챈 그녀는 떠난다.

리사가 떠난 뒤에야 그는 그녀가 곧바로 떠나지 않고 함께 있었으면 하는 충동을 다시 느낀다. 그녀를 소리쳐 불러 봤지만, 리사는 이미 떠나 버린 뒤다.

그는 그가 사창가에서 그녀 손에 넣어주었던 그 쭈글쭈글한 5루블을 리사가 다시 가자고 와서 그의 방안 테이블 위에 놓고 가버린 사실을 발견하곤 깜짝 놀랐다. 그가 곧바로 그의 쥐구멍을 뛰쳐나와 그녀를 소리쳐 부르며 뒤쫓아 갔지만, 리사는 이미 사라진 지 오래였다. 그는 쉬구멍으로 되돌아와서 다시 홀로 중얼거린다. 모욕감을 느끼는 것은 청량제 같은 것이라고.

"'싸구려 행복'과 '고귀한 고통' 중에 어느 것이 더 낫느냐?"라고 묻는다. 그리고 소설에는 항상 '영웅'이 있기 마련인데 여기서는 거꾸로 '반 영웅'(anti-hero)의 온갖 일그러진 모습만 골라 놓은 것 같다고 지껄인다(p. 202).

그는 마지막으로 "우리는 무엇에 가담하고, 무엇을 지켜야 하고, 무엇을 사랑하고, 무엇을 미워하고, 무엇을 숭상하고, 무엇을 경멸해야 하는지를 모른다! 우리가 사람이라는 것이 괴롭다고 느껴지기도 한다—실제로 존재하는 자기만의 몸과 그 살과 피를 가진 실물 인간. 우리는 그것을 부끄러워한다. 그래서 우리는 '평균치 인간'이라는 가상적인 그 무엇인가로 눈을 돌리려 한다."(p. 203)는 것이다.

# 5

위에서 군데군데 내 생각이나 코멘트를 집어넣었지만, 이 소설에 대한 나의 종합적인 소견을 내비치지 않고 마무리하려니 좀 찜찜한 느낌이 들어 마지막으로 몇 마디 하고자 한다.

도스토옙스키는 프로이트(1856-1939)보다 35살 더 앞섰으니 서로가 모르는 사이라는 것은 물론이거니와 그들의 생각을 서로 통교했을 리도 없다.

그러나 프로이트가 도스토옙스키의 작품들, 특히 『죄와 벌』, 『카라마조프 가의 형제들』, 『쥐구멍에서 쓴 노드』 등을 읽었을 개연성이나 증거[4]는 충분히 있다.

그렇다면, 도스토옙스키 작품들에 나오는 주인공들의 심리묘사, 내면의 의식과 무의식의 흐름들이 어쩌면 프로이트 정신심리학을 닮았다는 생각을 하게 된다. 달리 표현하면, 프로이트 이론은 도스토옙스키 소설에서 많은 힌트와 영향을 받은 셈이다. 이 이야기에 나오는 1인칭 주인공이 한편으로는 민원인이 찾아와서 그에게 굴종하는 몰골을 보고 희열을 느끼는 것이 이른바 가학적 음란증(sadism)이라면, 거꾸로 그가 밤거리를 거닐다 술집에 있는 당구장에서 싸움이 벌어져 한 녀석이 유리창 밖으로 던져지는 것을 목격하고 그도 싸움을 자청해서 한번 유리창 밖으로 던져지기를 바라는 충동(p. 129)이나, 그 스스로를 '가장 어리석고 치사한 기생충'(p. 197)으로 비하하는 대목은 피학대 음란증(masochism)을 닮은 것 같다면 지나친 견강부회(牽强附會)일까?

그가 창녀 리사를 만나 마치 성인(聖人), 군자(君子)인양 그녀에게 그 죄악과 암흑의 소굴에서 하루 빨리 빠져 나와 새 길을 걸어야 한다고 하는가 하면, 그의 주소를 그녀에게 주었는데도 찾아오지 않자 은근히 그녀를 기다리다가 막상 그녀가 그의 쥐구멍 같은 집을 찾아오자 당황하고 그의 초라한 몰골과 누추한 삶이 부끄럽고…. 그래 어서 빨리 가버리라고 하지만 막상 그녀가 사라져버린 뒤엔 또 그녀를 뒤쫓고…. 어쩌면 정신분열적 행태(schizophrenic)도 보인다.

무엇보다도, 위에서도 잠깐 언급했지만, 그가 살았던 제정러시아 말기(末期)의 암울한 상황—관료의 부패, 귀족, 농노(農奴) 등 사회신분과 계급의 경직성과 차별 심화, 지식인과 대중의 무기력, 무능 등—에 대한 그의 분노, 반항, 냉소에 가득찬 독백은, 그가 죽은 뒤 거의 1세대를 지나서야 볼셰비키 공산혁명으로 분출되었지만, 어쩌면 그 불씨나 실마리인 듯한 인상을 준다.

또 그가 소리 높여 외치는 것은 인간의 사악성이다. 그는 인간의 결정적인 결함은 고질적인 심술궂음, 즉 사악성이라고 단정한다. 인류가 문명사회로 진화한다고 해서 더 인간적이 되기보다는 거꾸로 더 잔인한 대규모 살상행위를 자행하게 된다는 그의 주장도 예언적 혜안이라는 생각이 든다.

인간이란 "고마워할 줄 모르는 두 발 달린 짐승"이며, "내 살 한 점을 10만 명의 생명보다 더 귀하게 생각하는" 극도로 이기적이고 자기중심적인 동물이라고 규정하고, 이 결론이 바로 온갖 도덕과 의무, 그리고 잠꼬대 같은 헛소리나 미신들을 이야기하는 것에 대한 그의 답변이라고 소리지른다.

소포클레스의 3부작 희곡에서 오이디푸스가 그의 어머니—아내 사이에서 태어난 두 아들이 그(아버지)를 헌신짝처럼 저버린 '악의 화신'으로, 권력에만 눈이 어두어진 천하에 몹쓸 '호로 자식'이라며 저주하고, 세르반테스는 『돈키호테』에서 그의 입을 빌려 배은망덕을 인간의 가장 큰 죄악으로 규정하는가 하면, 셰익스피어는 『리어왕』에서 리어가 그의 두 큰 딸—고너릴과 레건—을 "배은망덕한 자식의 표본"으로 꾸짖는 것과는 달리, 도스토옙스키는 이 짧은 소설 속에서 인간 그 자체를 "배은망덕한 두 발 달린 동물"(ungrateful biped)이라고 싸잡아서 정의해 버리는 것이 눈길을 끈다.

간추리면, 도스토옙스키는 이 이야기 속에서 "인간이란 무엇인가?"에 대해, 우리의 삶에 대해, 하루하루 세상살이에 대해, 부부, 부자, 남녀 관계, 모든 인간관계에 대해, 사랑과 욕정에 대해, '나'라는 1인칭 입을 통해서 횡설수설 지껄이는 가운데 무언가 번득이는 그의 깊은 통찰과 혜안을 쏟아내고 있다.

도스토옙스키는 마치 깊은 밤 산 속 오솔길을 걸으면서 보는 여기저기 반짝이는 반딧불 같은 그의 독백의 진실들을 내 머릿속, 내 가슴속 어딘가에 심어준 것도 같다.

# 6

## 입센
1828 - 1906

# 『민중의 적』(1882)

## 영웅과 역적

사람이 사는 곳에는 신화(神話), 설화(說話), 야사(野史), 역사(歷史)가 있기 마련이다. 또 이 온갖 이야기 속에는 천사(天使), 천사 같은 마음씨, 악마, 악마 같은 마음씨를 가진 인물들이 등장하고 두 인간상이 대조와 각(角)을 세우기도 한다.

역사 속의 영웅과 역적은 물론이고, 우리의 삶 속에서도 영웅과 역적이 있기 마련이다. 또 사람들은 끊임없이 천사 같은 인물, 악마 같은 인간상을 만들어 그려내고, 치켜세우고를 거듭한다. 더구나 이 과정에서 한때 영웅이 역적이 되고, 역적이 영웅이 되는 사례도 우리는 자주 본다.

살아서는 영웅, 죽고 나서는 역적, 거꾸로 살아 있을 때는 역적, 죽은 다음엔 영웅이 된 경우도 많다. 영원히 영웅의 표상(表象)으로, 역적의 전형(典型)으로, 사람 입을 오르내리는 인물도 드물게나마 있다. 물론 영웅과 역적에 대한 사람들의 판단과 진위(眞僞) 다툼은 신(神)의 '최후의 심판'과 다를 수 있다. 오직 신만이 전지전능(全知全能)하기 때문이다.

이 글에서 나는 노르웨이의 한 조그만 도시 의료직 공무원이 잠깐 사이에 시민의 '영웅'으로 떠오르다가, 다시 '역적'으로 몰리는 문자 그대로 민중, 다수, 군중심리를 극적으로 다루고 있는 노르웨이 극작가, 핸릭 입센(1828-1906)의 희곡, 『민중의 적』(An Enemy of the People, 1882)을 소개한다.

이 영문 본 희곡집[1]에 있는 『인형의 집』(A Doll's House, 1879), 『유령들』(Ghosts, 1881), 『야생오리』(The Wild Duck, 1884) 등 세 작품도 촌평과 함께 인용구들을 독자들과 나누고자 한다.

『민중의 적』은 내가 몇 년 전 고려대 국제학부 정치학 원론 강의 때 수강생들로 하여금 촌극(skit)으로 꾸며, 강의 마지막 시간에 발표하도록 해서 학생들이 훌륭히 끝낸 일이 있었다. 실은 그보다 훨씬 앞서 입센의 이 작품 타이틀이 다분히 *정치적*이고, 호기심이 가서 나는 몇 번 읽기를 시도했었다. 하지만 끝까지는 읽지 못하고 버려둔 것을, 이 촌극 때문에 내친김에 할 수 없이 내 스스로 만든 올가미에 걸린 격으로 몇 차례 읽었다. 솔직히 이제야 입센이 이 작품을 통해 전하려는 메시지를 조금이나마 터득한 셈이다.

## 이야기 줄거리

『*민중의 적*』의 줄거리는 대충 다음과 같다. 형(Peter Stockmann)은 노르웨이의 한 조그만 도시의 시장(市長)이다. 동생(Dr. Thomas Stockmann)은 이 도시의 가장 큰 돈벌이 관광명소인 공중목욕탕 수질검사, 관리 등을 포함, 시 의료, 위생담당 책임자다.

형이 동생 직장을 마련해 준 셈이지만, 의사 동생은 상관인 형을 속으로는 깔본다. 형은 작은 도시 정치인으로 성격이 상대적으로 훨씬 원만하고, 신중하며 종합적 판단을 하는 분별력이 있다. 동생은 다혈질에다 자기주장이 강한 고집불통의 외골수다.

동생은 딸 하나(학교 선생), 아들 둘(학생)을 둔 행복한 가정을 꾸려가는 아버지요, 그의 아내는 그보다는 신중하다. 형은 가정도 없고, 일밖에 모르는 홀아비다.

그래서 동생은 형을 "외로운 사람, 불쌍한 친구, 가정의 포근함에 대해선 아무것도 모르고 일에만 파묻힌 사나이"(Act I, p. 138)라고 빈정댄다. 형은 동생이 "한시도 가만히 있지 않고, 남과 다투기 좋아하고 반항적 기질이 몸에 밴 심술쟁이"(Act II, p. 158)라고 꾸짖는다.

문제의 발단은 동생이 한 대학연구소에 의뢰한 이 도시 목욕시설을 포함, 수도관 수질검사 분석결과보고서다. 이 보고서에 의하면, 수돗물에 인체에 치명적인 병균들이 득실거린다. 실제로 목욕시설을 찾아온 지난 해 방문객(관광객)들 가운데 장티푸스나 위염(gastric fever)에 걸린 환자가 있었다(Act I, p. 143).

동생은 수질오염을 시민의 생명을 위협하는 중대한 사건으로 단정하고, 온 시민이 모두 그 진상과 진실을 알아야 하고, 곧바로 그 오염원(汚染源)을 막고 수도 파이프도 송두리째 갈아치워야 한다는 주장이다.

그리고 이 사실을 이 도시의 신문(People's Messenger)에 특별기고 형식으로 발표하겠다는 것이다. 이 신문사 편집인(Hovstad)과 발행인(Aslaksen)이 그의 집을 차례로 들른다. 그는 형(시장)보다 이들에게 먼저 이 사실을 알리고, 그의 기고문을 곧바로 실어 준다는 약속까지 받는다.

특히 발행인은 자기가 겸직하고 있는 주택소유자 협회회장, 금주협회 총무직 등을 거론하며 이 도시의 "똘똘 뭉친 든든한 다수"(compact majority)가 단단한 벽처럼 그를 뒤에서 밀어 줄 것이라고까지 격려한다.

발행인, 부(副)편집인(Billing)은 소톡크만 박사는 "시민사회의 진짜 친구"(a real friend to the community), "민중의 친구"(a friend of people, Act III, p. 167)라고 치켜세운다. 이러한 낌새를 눈치챈 형이 동생 집을 찾아온다. 시장의 입장은 이 보고서는 적법 절차를 거쳐, 공적인 위계질서를 밟아서 처리할 문제라고 동생을 설득한다.

구체적으로 새 수도관을 설치하고, 하수도 처리시설을 신축하는 데 적어도 15,000파운드에서 20,000파운드의 비용이 들게 되며(Act II, p. 156, Act III, p. 174), 이 엄청난 비용의 재원(財源)이 없고, 설령 이 일을 착수한다 해도 최소 2년이 걸리는데, 그동안에 이 시 수입의 가장 큰 재원을 폐쇄하면 시 운영은 어떻게 할 수 있느냐고 반문하며, 동생의 무모한 행동을 만류하려고 하지만 동생은 이를 거절한다.

동생은 수돗물에 적충(滴蟲, infusoria)이 득실거려 물을 마실 수도, 몸을 씻을 수도 없는 "절대적으로 위험한 상황"(p. 143, p. 155)임을 강조하며 그의 주장을 굽히지 않는다.

그는 자기편에 "똘똘 뭉친 든든한 다수"(compact majority)(Act II, p. 153, p. 154, p. 162; Act III, p. 177, p. 178; Act IV, p. 189, p. 190, p. 191, p. 194; Act V, p. 202, p. 213)가 그의 입장을 지지하고 있고, 끝까지 그를 지지할 것이라고 굳게 믿는다.

이러한 긴박한 상황에서 형은 몇 가지 조치를 취한다. 먼저 시장은 신문사 뒷문으로 들어가 편집인과 발행인을 만나서 수도관, 하수도처리장 신축 등의 엄청난 비용과 긴 건설기간을 강조하며 동생 기고문이 신문에 실리지 않도록 종용한다.

이들은 시장의 요구가 타당하다고 수긍하고, 동생 글을 싣지 않기로 마음을 바꾼다. 이러한 새 결정을 알게 된 동생은 그래도 시민 '다수'는 그의 편에 있다고 믿으며, 시민들 앞에서 공개적으로 이 보고서를 그 스스로 직접 폭로하겠다고 으름장을 놓는다. 하여, 마침내 시민공청회가 열린다. 사회자는 바로 이 신문사 발행인이 맡는다. 스토그만 박사는 연단에서 그의 모든 주장을 소목소목 밝힌다.

그러나 그를 뒤에서 벽처럼 지지한다고 믿었던 "똘똘 뭉친 든든한 다수"는 온데간데없고 절대다수 시민들은 그의 주장에 등을 돌린다. 이 뜻밖의 돌변상황을 맞자, 그는 다수를 "악마 같은 민중"이라고 규정하고 "우리의 도덕적 삶의 원천에 독을 뿌리고 우리가 밟고 사는 흙을 병들게 하는 원흉"(Act IV, p. 191)이라고 오히려 역공(逆攻)한다.

"무지, 빈곤, 추악한 삶의 조건이 바로 악마가 활개 치게 하고", "똘똘 뭉친 든든한 다수는 거짓과 속임수의 수렁 위에서도 이 도시가 번영할 수 있다고 바랄 만큼 파렴치하다."(Act IV, p. 194)고 이제는 거꾸로 절대 다수 시만을 향해 독설을 퍼붓는다.

그는 오직 자유, 진리, 양심을 위해서 끝까지 싸우겠다고 다짐하며, 이 도시의 모든 민중은 비굴하기 짝이 없는 겁쟁이들(Act V, p. 200)이라고 떠들어 댄다. 그러자 청중은 그를 "민중의 적"이라고 맞받아 소리소리 지른다.

사회자는 시 목욕탕위원회 의료담당관, 스토크만 박사는 "민중의 적"이라는 결의안 통과를 찬반투표로 결정하자고 제의한다. 술에 취해 비틀거리는 젊은이 딱 한 사람을 빼곤 만장일치로 이 결의안이 통과된다.

그를 "민중의 적"으로 낙인을 찍자, 군중들은 그의 양복을 잡아당기고, 구두를 짓밟고, 그의 집까지 뒤쫓아 와서 돌을 던져 집 유리창을 깨는 등 난동을 부린다. 심지어 사람들은 혹 그의 집안에 미친 사람이 있었지 않나 의심하며, 그의 머리가 돌아버렸다고 수군거린다.

그는 메스껍고, 정나미가 뚝 떨어지는 이 구멍—집—("a disgusting hole", Act V, p. 202)을 버리고 "새 세상" 미국으로 가족과 함께 이민 가겠다고 결심한다. 그와 가까이 지내는 선장(Horster)으로부터 미국 행 이민 선편(船便) 약속도 얻어 낸다.

그러나 이렇게 급박한 상황에서 그가 미처 예상하지 못한 몇 가지 일들이 쏟아진다. 그의 아내의 의붓아버지(Morton Kiil)가 피혁공장을 운영하며, 수돗물을 가장 크게 오염시키고 있다는 것은 그도 잘 알고 있었으나, 이 의붓아버지가 모든 재산을 공중목욕탕에 투자해서 이 사업의 대주주(大株主)라는 사실과 이 장인의 유언장에 그의 아내, 딸, 아들 둘에게 큰 유산을 남기려 하고 있다는 사실을 까맣게 모르고 있다가 뒤늦게 알고서 그는 무척 당황한다.

그는 또 시에서 해직되었다는 통지서를 받는다. 그의 딸도 학교에서 해고된다. 또 그가 살고 있는 집 주인이 곧 당장 집을 비우라는 독촉도 받는다. 한때 '온 시민의 친구'로 추앙 받던 그는 단숨에 아무도 거들떠 보지 않는 "민중의 적"으로 몰려, '천애의 고아'(天涯 孤兒)가 된다.

더구나 미국이민 가는 배의 선장도 선주(船主)가 해직시켜 버린다. 하여, 그를 끝까지 지지하는 버팀목인 그의 사랑하는 가족과 함께 새 세상에서 새 출발하여 새 삶을 살겠다는 미국이민의 꿈마저도 꿈으로 끝나고 만다.

천만 다행히도 이 선장은 그러나 온대갈대 없는 스토크만 박사 가족이 자기 집이 크고 넓다며, 함께 사는 것을 환영한다는 한 가닥 기쁜 소식을 전한다.

마지막 장면이 인상적이다. 그의 아내, 딸, 아들 둘은 그를 흔들림 없이 끝까지 밀어주고 지켜준다. 그는 이 가족들 앞에서 귀띔하듯 조용히 한마디 지껄인다. "모든 일에 홀로 서야만 이 세상에서 가장 힘센 사람"(Act V, p. 215)이라고.


## 헛것(다수)과 실체(소수)

입센은 이 이야기를 통해 전하려는 메시지가 여러 가지인 것 같다. 무엇보다도 우리 삶 속에서 흔히 벌어지는 형과 동생(또는 오누이나 언니 동생) 사이에 존재하는 미묘한 경쟁의식, 갈등, 질투, 시기(猜忌) 등을 쉽게 엿볼 수 있다.

구체적으로, 형과 동생의 공직자로서의 자리—시장과 하위직 전문공무원이라는 상하(上下) 위계질서—와 그들의 사적(私的)인 혈연—이 복잡하게 겹쳐져 감정 충돌로 드러나는 것이 어쩌면 '카인의 후예'를 닮은 것도 같다. 사람이 사는 곳이면 언제 어디서나 일상생활에서 흔히 볼 수 있는 형제자매 간의 볼썽사나운 행태, 작태라는 보편성을 지닌다.

무엇보다도, 사람은 사회적 동물이요, 정치적 공동체를 벗어 날 수 없다는 엄연한 현실 속에서 대중, 군중, 다수, 특히 입센이 여러 차례 강조하는 "똘똘 뭉친 든든한 다수"(compact majority)의 허상, 그 극과 극의 가변성(frivolity, volatility, fickleness, whim)….

눈 깜짝할 사이에 한 인간을 "민중의 친구"에서 "민중의 적"으로 몰아붙이는가 하면…. 역적을 영웅으로 만들어 '하늘'같이 우러러 받들다, 다시 역적으로 몰아, 발로 걷어차고 깔아뭉개고…. 이러한 군중심리를 이 희곡은 절묘하게 극적으로 보여준다.

아내와 아들과 딸을 가진 가장(家長)이 되면, 진실보다는 아무리 부패한 사회라도 눈감고 타협하며 소시민이 되어 이 눈치 저 눈치 보며 하루하루 살아야 한다는 통속적 관념과 관행, 속물근성을 동생은 거부하며 깨부수려 하고, 오히려 홀아비 형(시장)이 타협과 절제, 중용의 길을 택하고 있다는 이 희곡의 아이러니도 흥미롭다.

한 사나이가(물론 여자일 수도 있지만) 자기 직장, 자기 가족의 삶과 행복, 그리고 그가 알고 있는 진실을 폭로했을 때 뒤따르는 예상할 수 있는, 그리고 예상할 수도 없는 모든 결과물들을 아랑곳하지 않고, 오직 그 진실만을 온 세상에 알리겠다는 그 고집, 그 만용(蠻勇), 그 무모, 그 무리수는 어쩌면 요즘 세상에서도 가뭄에 콩 나듯 드물게나마 나타나는 '내부 고발자'(whistle blower)를 닮은 것도 같아 찜찜하고 씁쓸하다.

사물, 사건, 사안을 보는 눈이 사람마다 다르고, 다를 수밖에 없고, 그것이 바로 갈등과 각축의 실마리라는 메시지도 강하다. 의료/위생담당관(동생)은 수돗물의 오염이 극심해서 사람의 인체에 치명적이라는 사실에만 집착한다. 시민들이 깨끗한 물을 쓰고 마시는 일에만 몰두한다.

이것만을 고집하며, 이것만이 시민을 위한 최상, 최선의 선택이라고 주장한다. 진실과 시민다수가 그의 편에 있다고 고집을 부리며, 형(시장)과 끝까지 맞선다. 형이 시민을 설득에 그가 믿었던 시민(다수)이 그와 등을 돌리고, 그를 "민중의 적"으로 몰아붙여도, 그리고 마지막엔 오직 그와 그의 아내, 두 아들과 딸만이 그의 편에서 그를 끝까지 성원하는 상황까지 와도, 그는 홀로 서는 사람이 세상에서 가장 힘센 사람이라고 중얼거리며 버틴다.

그러나 적어도 입센은 동생이 고집부리는 것처럼 세상 일이 그렇게 간단치도 않고 단순하거나 단선적이지 않다는 강한 메시지를 시장인 그의 형의 설득을 통해, 그의 아내 의붓아버지를 통해, 그리고 그를 시민의 영웅에서 역적으로 몰아붙이는 시민과 단체의 극과 극의 변덕스러움을 통해 전달한다.

달리 표현하면, 입센은 이상(꿈)과 현실, 이론과 실재, 목적과 수단, 의도한 목표와 실제 결과물, 그리고 무대 위의 연출 장면과 우리의 하루하루 삶의 현장이 다르다는, 다를 수밖에 없다는 그 격차와 괴리를 동생의 *이상주의*와 형의 *현실주의*를 대조적으로 부각하여 독자에게 전달한다.

작가는 또 인간관계에서 핵가족의 끈끈함도 강조한다. 시장인 형을 포함, 모든 시민이나 단체는 여러 가지 이해타산(利害打算)을 기준으로 그와 가까워지고, 멀어지고, 박수를 치며 지지를 하다가도, 쉽게 등을 돌리고 욕설을 퍼붓지만 그의 아내는 그가 남편이라는 한 가지 *인연* 때문에, 그의 두 아들과 딸은 그가 아버지라는 *혈연만*으로 오히려 "똘똘 뭉친 든든한 소수"(compact minority)가 되어준다.

"똘똘 뭉친 든든한 다수"는 모래알처럼 언제나 흩어질 수 있는 헛것이고, 그의 아내, 두 아들과 딸이 바로 쉽게 끊어지거나 깨지지 않는 "인간 핵"이요, "마지막 버팀목"이라는 메시지도 강하다. 그와 그의 핵가족이 바로 허구 아닌 그의 실체다.

절대다수의 사람들이 비록 힘(권력)을 갖고 있을지라도 정의까지 독점하고 있는 것은 아니라고 외친다. 따라서 소수가 정의 편에 있고, 절대대수가 "진실"을 독점하고 있는 상황에서는 이 거짓을 무너뜨리기 위해 혁명을 일으켜야 한다는 대목도 눈길을 끈다.

또한, 대부분의 사람들은 서로 어울려 살아가면서 그들의 가장 중요한 행동의 척도나 판단의 일차적 최우선 기준이 그들 각자가 갖고 있는 개인적 이해관계, 이해타산이라는 것도 작가가 전달하려는 중요한 메시지가 아닌가 한다.

진실, 정의, 자유보다도 자기이익을 추구하기 위해선 거짓과 속박(束縛)마저도 가리지 않는 것이 대부분 사람들의 일상의 행태이고 이는 보편성을 갖는다.

인간이란 "고마워 할 줄 모르는 두 발 달린 짐승"이며, "내 살 한 점을 10만 명의 생명보다 더 귀하게 생각하는 극도로 이기적이고 자기중심적인 동물"이라는 도스토옙스키의 『쥐구멍에서 쓴 노트』 주인공의 독백과 맥을 같이한다.

끝으로 개인, 집단, 국가이든 오만은 불화, 불행, 분란을 자초하는 것은 아닐까? "겸손한 사람들이 오히려 땅을 차지할 것이며, 그들이 크게 기뻐하면서 평화를 누릴 것이다."(시편, 37장 11절) "… 내가 이 도성 안에 주의 이름에 의지하는 온순하고 겸손한 사람들을 남길 것이다."(스바냐 3장, 12절), "온유한 자는 복이 있다. 그들이 땅을 차지할 것이다.", "의(義)에 굶주리고 목마른 자는 복이 있다. 그들이 배부를 것이다."(마태복음, 5장, 5, 6절) 같은 구절들…. 나는 오늘따라 성경에서 되찾아 그 뜻을 다시 헤아려본다.

# 『인형의 집』(1879)[2]

## 사랑: 겉과 속

입센의 다른 작품들과는 달리 적어도 그의 희곡, 『인형의 집』 제목을 모르는 사람은 드물다. 나도 중학교 때 아니면 고등학교 1학년 때쯤엔 그 정도는 알고 있었던 것 같다. 그 뒤 이제까지 내가 알고 있었던 것은 어디선가 누군가로부터 주워들었는지는 모르지만 이 작품이 여성해방운동의 고전이요, 효시라는 선입관이었다. 이 책을 읽지 않아서 그 실제내용은 아무것도 모르면서….

그러나 내가 맨 먼저 읽은 입센의 『민중의 적』이 한 공동체의 삶 속에서 형제간에 벌어지는 공적 이슈—병균이 득실거리는 수돗물—를 둘러싼 정치적 측면의 개인들의 행태와 군중심리, 지방 관료의 부패, 지방 관료와 기업(피혁업자)의 유착(요새 말로는 정경유착) 등을 다루고 있다면, 『인형의 집』은 남편과 아내(노라와 토발드 헬머)사이의 사랑의 참 뜻, 한때 사랑했던 두 사람(린데와 닐스 크로스타드)이 결혼으로 성사되지 못한 비련(悲戀)과 '행복한' 재결합, 어릴 적 두 친구(헬머와 크로스타드)의 같은 직장(은행) 안에서의 승진 등을 둘러 싼 암투(暗鬪)가 얽히고설킨 가정과 직장 이야기다.

이 이야기를 요약하면, 겉으로 보기엔 노라와 은행간부 남편 토발드(Torvald Helmer)는 두 딸(Ivar, Emmy)과 아들(Bob) 하나를 둔 행복하고 단란한 가정이다. 더구나 노라에게는 올해 크리스마스가 너무나 기쁘고 가슴 뿌듯하다. 새해에는 그의 남편이 한 은행의 지점장(p. 9)으로 승진하게 된다는 소식을 들었기 때문이다.

새해가 되면 두툼해질 남편의 월급봉투를 생각하며 돈이 없어서 이제까지 사지 못했던 선물들이며, 좀 값비싼 자기 옷가지들도 미리 사는 등 노라는 신나고 행복하다.

그런데 어느 날 뜻밖의 손님(크리스틴 린데, Christine Linde)이 찾아온다. 처음엔 시간이 많이 지나서 누구인지 몰랐으나, 알고 보니 노라의 옛 학교 동창친구였다. 더구나 이 친구는 그동안 남편이 죽어 과부이고, 직장도 없는 처량한 신세인 것을 알게 된다.

절친한 친구로서 둘이 쑥덕거리는 과정에서 노라는 그의 남편에게도 이제까지 비밀로 감추고 있었던 사연을 이 친구에게 귀띔해 준다. 사연인즉 결혼하고 얼마 되지 않아 노라의 남편이 중병에 걸리게 되고, 의사는 남쪽 나라(이태리)에 가서 요양을 하는 것이 절대로 필요하다는 진단이 나온 절박한 처지에서 노라는 당시로서는 막대한 남편 여행비용(250파운드, Act I, p. 12)을 마련하는 과정에서, 그때 마침 그녀 친정아버지가 사망하자 여행비용이 친정아버지가 죽으며 그녀에게 남긴 유산이라고 남편에게 거짓말을 한 것이다.

사실은 은행에서 친정아버지를 보증인으로 해서 빌린 돈이었다. 그리고 지금도 노라는 그 여행이 남편의 목숨을 건졌다고 굳게 믿고 있으며, 그것은 그녀가 사랑하는 남편을 살리기 위해 꼭 필요했고 절대로 잘한 일이라는 데 대해 아무런 의문을 갖고 있지 않다.

뜻밖에도 그러나 일이 꼬이기 시작한다. 남편은 같은 은행의 변호사 자격을 가진 직원 닐스를 아주 질이 나쁜 사람으로 마음에 들지 않는다고 그가 지점장이 되면 곧바로 해고하겠다는 것이다. 이 사실을 눈치 챈 닐스는 노라를 통해 남편 해고결정을 철회하도록 종용한다.

문제는 몇 년 전 바로 이 닐스를 통해 노라가 이태리 여행비용을 은행에서 은밀히 대출받았고, 지금까지도 비밀리에 이 은행 빚을 남편 몰래 꼬박꼬박 갚아오고 있는 상황이라는 것이다.

노라를 더욱 어려운 궁지로 몰아붙인 것은 닐스는 야비하게도 노라가 그 돈을 빌릴 때 제출한 그의 아버지 보증서에 아버지가 사망(9월 29일)한 3일 뒤(10월 2일)에 그의 아버지 대신 서명했음을 상기시키며, 만약 노라의 남편이 그를 해고하면 문서 위조죄로 노라를 고발하겠다고 협박한다.

이렇게 갑자기 꼬이고 뒤틀린 상황에서 노라는 남편에게 닐스 해고를 만류하려 든다. 특히 변호사인 닐스가 그녀 남편을 여러 가지로 괴롭히고 해코지할 것이라며. 그러나 이런 내막을 모르는 남편은 닐스 해고결정을 철회하지 않고 그에게 해고장을 발송한다.

한편, 크리스마스 전날 밤엔 거의 매일 그 집을 찾아오는 남편과 둘도 없이 절친한 친구인 의사 랜크가 노라의 방에 들어와, 노라에게 뜻밖의 사랑을 고백하며, 그녀를 성적으로 접근하려는 불상사도 일어난다. 노라는 랜크의 접근을 "끔찍하다."(horrid, Act II, p. 40)고 뿌리치며 나무란다.

해고장을 받은 닐스도 돌연 밤중에 노라의 집에 나타나 면담을 요청한다. 그의 해고를 막아주지 않으면 끝까지 투쟁을 해서 1년 안에 노라의 남편을 몰아내고 그 스스로 은행지점장이 될 것(Act II, p. 43)이라고 으름장까지 놓는다. 그러나 노라는 남편을 설득 할 수 없다며 닐스의 협박을 끝내 거절한다.

하여, 얼마 지나 닐스의 협박편지가 노라의 남편 앞으로 전달된다. 노라가 안절부절 어쩔 줄 모르고 당황한 것은 집 우편함 열쇠를 그의 남편만이 갖고 있기 때문이었다. 노라는 크리스마스 휴일이니 우편물은 한 이틀 지나 열어도 된다며 남편을 설득하려 하지만, 크리스마스 전날 밤 만찬장에서 노라와 함께 춤도 추며 밤 늦게까지 즐기다 집으로 돌아온 남편이 우편함을 열어 닐스의 협박 편지를 손에 쥐고 만다.

이런 급박한 상황에서 노라는 하나의 새로운 사실도 알게 되어 실오라기 같은 희망을 갖는다. 그녀의 친구 크리스틴과 닐스가 한때 결혼까지 생각할 정도로 서로 사랑하는 사이였었지만, 크리스틴이 막판에 다른 남자와 결혼해 버렸으며, 이에 크게 절망한 닐스는 크리스틴을 "더 돈 많은 사람과 결혼할 기회가 생기자 자기를 헌신짝처럼 차버린 무정한 여자"(a heartless woman, Act III, p. 49)라고 지금까지도 믿고 있다는 것이다.

아무튼 이러한 껄끄러운 과거를 가진 크리스틴은 친구 노라를 위해 밤중에 닐스를 찾아간다. 그리고 크리스틴이 닐스를 저버린 것이 그 당시로서는 극도로 어려운 지경에 처한 그녀의 어머니와 두 어린 동생 때문이었고, 닐스는 빈털터리에다가 지금처럼 그가 출세(?)할 줄은 몰랐었다고 솔직히 고백한다.

옛 정 때문인지 홀아비요, 과부인 두 사람은 이제라도 결합할 것을 갑자기 그러나 쉽게 약속하고 오직 두 사람만이 느끼고 알 수 있는 기쁨과 행복감에 휩싸인다. 크리스틴은 닐스에게 노라 남편에게 보낸 협박편지를 철회하고 다시 노라에게 새 편지를 써서 그녀를 안심시키도록 종용한다.

그러나 이 두 번째 편지가 노라 집에 도착하기 전에 노라의 남편은 첫번째 편지를 이미 읽어버린 뒤가 아닌가? 이 협박성 편지를 읽은 노라 남편 토발드는 격분한다. 폭발한다.

지난 8년간 결혼생활을 "나의 기쁨이요, 나의 자랑—위선자, 거짓말쟁이—더 나쁘고, 더 나쁜—범죄자! 말로는 도저히 표현할 수도 없는 그 모든 것의 흉측함!—부끄러워! 부끄러워!—"(Act III, p. 59)하며, 남편은 노라를 향해 횡설수설 고래고래 소리 지른다. "원칙도, 종교도, 도덕도, 아무런 의무감도 없는" 인간이라고 죽은 노라의 아버지까지 들먹이며 "당신(노라)도 그 꼴이라고"(p. 60) 몰아붙인다.

다음은 노라와 남편 토발드 핼머의 이 숨 막히는 순간의 한 대화내용이다.

> 토발드,
> 지금 당신은 나의 모든 행복을 산산조각냈어. 당신은 모든 내 미래를 망쳐버렸어. 이 한 줌 양심도 없는 인간[닐스]의 농간에 내가 농락당한다는 것은 생각만 해도 소름이 끼치고 끔찍해. 그는 이제 나를 제멋대로 할 것이야, 나에게 무엇이든 제멋대로 요구하고, 나에게 제멋대로 명령할 것이야—[그리고] 나는 감히 거절도 못 한단 말이야. 그래서 나는 한 어리석고 부주의한 여인[노라] 때문에 이런 비참한 나락에 떨어져야 한단 말이야.

*노라,*

내가 나가면(떠나면), 당신은 자유로울 거예요.

라고 짧게 그러나 냉담한 답변을 한다. 바로 이때 닐스가 두 번째 보낸 우편물을 하녀가 들고 들어온다. 이 우편물이 노라의 것이라고 하녀가 말하지만 토발드는 직접 받아 읽겠다고 나선다.

흥분한 남편은 호롱불 가까이에 편지를 들고 가, "이걸 열어 볼 용기도 없어. 이제 우리 둘 다 망하게 될 판이야."라고 중얼거리고, 눈물까지 흘리며 편지를 읽어가다 갑자기 기뻐서 어쩔 줄 모르며 소리를 지른다.

*토발드,*
"노리! 노라! ─가만있어, 다시 한번 읽어보지─그래, 그게 사실이야! 나는 괜찮아! 노라, 나는 괜찮아!"하며 갑자기 좋아서 흥분을 감추지 못한다.

*노라,*
*그러면 나는요?*

*토발드,*
당신도, 물론이지. 우리 둘 다 이제 괜찮아, 당신과 나 말이야. 이거 봐, 그(닐스)가 당신의 채무계약서도 보내왔어. 그는 그가 (처음 우리에게 보낸 '협박편지'에 대해) 후회하고 잘못했다고 말하고 있어…(p. 61).

이렇게 크리스마스를 앞둔 3일 동안의 기쁨과 고통스러움이 엎치락뒤

치락하는 과정에서 노라와 토발드는 새삼 서로의 관계를 다시 새롭게 깊이 들여다 볼 수 있는 극적인 기회를 맞이한다.

적어도 노라에게는 그렇다. 이 소란, 소동을 통해 노라는 남편이 그녀를, 그녀가 남편을 사랑한 것같이 사랑하지 않는다는 것을 처음으로 깨닫는다.

남편이 그녀를 아내로, 한 인간으로 생각하지 않고, 어릴 적 그녀의 친정 아빠가 노라를 "*인형아이*"(doll-child, Act III, p. 63)라고 부르며 인형처럼 대한 것같이 토발드도 노라를 "*인형아이*"로만 생각하고 이제까지 살았다고 성토한다.

토발드는 노라에게 그렇다면 이제까지 행복하지 안 았느냐고 묻는다.

> *노라,*
> "나는 결코 행복하지 않았어요. (뭣 모르고) 행복하다고 생각했지만, 실은 행복은 아니어요." 아마 즐거웠을(merry)뿐이라고 대꾸한다(p. 63).
> "당신은 나에게 언제나 다정했었소. 그러나 우리 집은 '놀이터'(a playroom)이고, 나는 당신의 '인형아내'(doll-wife)일 뿐이었소, 마치 어릴 적 내가 우리 아빠의 인형아이였듯이. 그리고 (우리)아이들은 내 인형들이었소(pp. 63-64)."

라고 털어 놓는다. 놀란 남편은 노라에게 "당신은 무엇보다도 아내요, 어머니."라고 밀어붙이지만 때는 이미 늦었다. 노라는 그녀의 남편같이 "법만이 옳고"(the law is right), 죽어가는 친정아버지를 돌보고, 남편의 생명을 구하는 것은 뒷전으로 밀리는 세상은 결코 이제 받아들일 수 없다(p. 65)고 힘주어 말한다.

죽어가는 사람(남편)을 살려야겠다는 노라의 정성을, 사랑하는 남편을 살리기 위해서는 무엇이든 모든 것을 무릅쓰겠다는 그녀의 사랑, 각오와 결단을, 어떻게 실정법의 잣대로 "범죄 행위"처럼 재단한단 말인가?

법이 사람을 위해서 있는 것이지, 사람이 법을 위해 있는 것은 아니지 않은가? 그날 밤 노라는 남편마저도 이 "법의 잣대"를 넘지 못하고 노발대발 허둥대며 그녀를 공격하는 꼬락서니에 크게 실망하고 만다.

사랑보다 법이 앞서는, 자기출세, 자기 입신양명(立身揚名)이 모든 것에 앞서는 그녀의 남편이 노라를 얼음장같이 싸늘하게 만든다. 노라는 그날 밤 집을 떠나겠다고 작심한다.

노라,
나는 오늘 밤처럼 내 생각이 분명하고 확실한 적이 없소.

토발드,
그렇다면 당신의 남편과 당신의 아이들을 저버리려는 것도 그렇게 분명히고 확실한 생각으로 하는 짓이요!

노라,
예, 그래요.

토발드,
그렇다면, 오직 한 가지 가능한 설명이 있을 뿐이요.
노라,
그게 뭔데요?

토발드,
당신은 이제 나를 사랑하지 않는다는 것이요.

*노라,*

안 해요. 그게 맞아요.

*토발드,*

노라! —아니 당신이 어떻게 그렇게 말할 수 있단 말이요?(p. 66)

그녀가 남편과 살았던 집이 알고 보니 "*인형의 집*"일 뿐이라고 새로 깨닫자, 늦은 밤이었지만 노라는 그 집을 떠난다. 영원히.

이 글을 쓰고 있는 나는 지금 희수(喜壽)를 훌쩍 넘겼다. 이 나이에 *인형의 집*을 읽고 여러 가지 생각을 하게 된다. 내 나이쯤 되면 누구나 다 그렇겠지만, 나 스스로도 그동안 나름대로 부부관계, 가정, 가족 사이에서 일어나는 온갖 우여곡절(迂餘曲折)을 많이 겪었다. 내 결혼생활도 지금(2019년)이면 52년째다.

아들과 딸 장가 시집보내고 손자, 손녀 넷을 둔 나는 노라와 토발드 부부가 겨우 결혼생활 8년 만에 헤어지는 상황과 장면을 보면서, 비록 그들이 작품 속의 주인공이지만 어딘가 허전하고 찜찜한 느낌을 감출 수 없다.

먼저 엄마가 아빠를 저버리고 왜 집을 뛰쳐나갔는지 아무것도 모르는 이 젊은 부부의 어린 세 아이가 가엽고 걱정이 된다.

물론 너무 이기적인 노라의 남편—자기 직장, 자기 출세, 자기 평판, 자기 행복, 자기 미래, 자기 삶밖에 모르고, 아내는 하나의 *노리개* 인형 정도로 취급하는—이 밉고, 어리석고, 크게 잘못된 인간이지만, 그렇다고 꼭 이혼만이 능사인가? 능사일까? 살아가면서 조금씩, 조금씩 차츰차츰 더 *인간적*이 되어 갈 수는 없는가? 철이 좀 들어가는 수는 없는가? 하는 아쉬움이 남는다.

이혼율이 비단 미국, 유럽뿐만 아니라 우리나라도 급증하는 추세에 있는 오늘. 숨 가쁘게 모든 것이 빨리빨리 돌아가고 번쩍번쩍 움직이는 요즘 세상. 최첨단, 초고속, 극초정밀 다 우주 시대를 사는 *전자인간*(homo electronicus)의 삶. 이렇게 우리의 세상도 삶도 근본적으로 바뀌었다. 바로 지금 이 순간에도 눈코 뜰 새 없이 하루가 다르게 바뀌고 있다.

하지만, 남편과 아내가 서로 생각하는 '사랑'의 뜻이 다르다고, 가치관에 근본적인 괴리가 있다고, 성격상 차이나 결함이 있다고—아내는 남편이 바람둥이, 주정뱅이, 허풍선이, 노름꾼, 난봉꾼이라고, 남편은 아내가 못생기고, 못났고, 바람났고, 헤프고, 게으르다고—등등. 쉽게 만나고, 쉽게 헤어진다.

남편과 아내, 둘 중 누가 더 옳고 더 그름을 떠나 이 구실, 저 구실, 이 핑계, 저 핑계 대며 서로 삿대질하며 헤어지는 것만이 능사가 아니라, 그러한 온갖 장애물과 난관을 인내로, 이해로, 관용으로, 그리고 끈질긴 노력으로 함께 헤쳐 나가는 길도 우리 삶의 뜻이요 보람이 아닐까? 결혼이라는 두 남녀를 묶는 눈에 보이지 않는 올가미에 숨겨진 깊은 뜻이 아닌가? 아닐까?

결혼이 필연(혈연, 지연 등), 우연, 학연, 직장동료 인연이든, 이 세상에 태어나서 남녀가 만나서 그들의 마음과 몸과 머리를 가장 가까운 거리에서 서로 맞대고 살아가는 사람이 만든 틀이라면, 이것이 얼핏 보기에는 빈껍데기같이 보이는 올가미(형식, 틀)일망정 그렇게 가볍게, 손쉽게 내동댕이치는 것만이 능사인가? 능사일까?

입센은 그의 희곡, *야생오리*에서 한 의사(Relling)의 입을 통해, "아이도 결혼의 한 부분이에요—그러니 당신은 아이를 안심(안정)시켜야 해요."(Act IV, p. 279)라고 지적하며 "아빠—엄마 이혼의 죄 없는 희생양"일 뿐인 아이들의 권리(인권)와 아빠, 엄마의 의무를 넌지시 시사하고 있는 대목이 내 눈길을 끈다.

# 『유령들』(1881)

## 짝사랑

『인형의 집』은 참된 사랑의 밑받침 없는 한 젊은 부부의 헤어짐이다. 아내와 아이들을 인형으로만 즐기고, 오직 자기 출세, 자기 평판, 자기 미래만을 생각하는 남편과 세 아이마저 저버리고, 인형 같은 집을 뛰쳐나가는 용기(만용? 냉정?)를 가진 한 비교적 젊은 가정부인(노라)의 이야기라면, 『유령들』은 자기 스스로를 "비겁한 인간"(Act II, p. 97)이라고 느끼고, 오직 하나뿐인 자기 아들에게까지 거짓말을 일삼아 온(p. 98), 한 늙은 과부 이야기다.

결코 행복하지도 순탄하지도 못한 결혼생활을 겨우겨우 참고 견디어 이겨내고, 모든 추악한 일들을 숨기고 감추면서 함께 살아오다가, 남편이 죽은 다음에는 그가 남긴 부끄러운 숨겨진 죄악들—"유령들"—이 나타나고 불거져 나온다.

특히 부인과 외아들 그리고 주변의 연루된 사람들과 가족까지도 괴롭히며 끝내는 비극으로 몰고 가는 이야기다.

군 장교출신 남편 알빙('Captain' Alving)은 헬렌(Mrs. Helen Alving)과 결혼한 뒤에도 술, 여자, 무절제한 성생활 등, 방탕한 삶을 거침없이 계속한다.

헬렌은 견디다 못해 결혼한 지 채 1년도 지나지 않아 남편과 헤어지겠다며 집을 떠나, 그녀 결혼을 주례했던 목사(Manders)를 찾아간다.

헬렌은 이 목사가 그를 원한다면 남편을 버리고 함께 새 삶을 시작 할 수도 있다는 마음가짐으로 다가가지만, 이 목사는 단호히 거절한다. 결혼은 "하늘이 점지해 준 연분"(a sacred bond, Act I, p. 89)이며, 자기가 택한 사람과 끝까지 삶을 꾸려가는 것은 의무라고 강조하며, 그의 남편에게로 되돌려 보낸다. 그리고 그의 남편이 살아 있는 동안 한 번도 알빙 집을 찾지 않는다(Act I, p. 91).

하지만, 남편이 죽자, 헬렌은 마음속으로 멘더스 목사와 새 삶을 꾸릴 수 있는 두 번째 기회가 왔다고 생각하고, 죽은 남편을 기념하기 위해 (실은 세간에 떠도는 모든 소문을 잠재우고 모든 의혹을 말끔히 씻어내기 위해, Act I, p. 93) 설립하는 고아원 건립위원장으로 이 목사를 만들어 다시 서로 자주 만나는 기회를 갖는다.

다음 대화는 알빙 부인 헬렌이 멘더스를 '새 남편'으로 삼아 살고 싶은 그녀 가슴속에 평생 동안 지니고 있는 욕정과 멘더스가 성직자로서 끝까지 자기직분에 충실하며, 극기(克己)로 그런 인간적 욕구를 이겨내고 단호히 거부하는 극히 대조적인 두 마음을 꾸밈없이 드러낸다.

> 멘더스, (감정적이지만 조용한 목소리로)
> 내 평생 가장 힘겨운 싸움에서 거둔 것이 모두 그것(헬렌의 이혼을 만류한 것)뿐이란 말이요?

> 알빙 부인,
> 그것이 당신의 일생에서 가장 부끄러운 패배(실수)라고 하시죠.

> 멘더스,
> (아니요) 그것은 내 인생의 가장 위대한 승리요, 헬렌.
> (내가) 나를 이겼으니까(극기의 승리니까).

> 알빙 부인,
> 그것은 우리 두 사람에게는 잘못된 일(결정)이었어요.

> 멘더스,
> 잘못이라니요? ─당신이 나에게 찾아와서 반쯤 정신 나간 사람

이 되어 울면서 "나 여기 있어요, 나를 데려가 주세요!"할 때, 내가 당신의 법적인 남편에게 되돌아가라고 간청한 것이 내 잘못이라니요. 왜 그것이 잘못이요?

*알빙 부인,*
나는 그렇다고(잘못이라고) 생각해요.

*멘더스,*
우리는 서로가 서로를 이해하지 못하는 것 같소.

*알빙 부인,*
하지만 지금은(남편이 죽고 내가 과부이니) 결코 그렇다고 생각하지 않아요.

*멘더스,*
결단코(말하지만)—나의 가장 비밀스런(가장 깊숙이 숨겨 논) 생각 속에도—당신을 다른 사람의 아내로 보았지, 나는 단 한순간도 다른 생각을 해 본 적이 없소.

*알빙 부인,*
당신이 지금 하고 있는 말을 당신은 믿어요?(Act II, p. 100)

*Manders*, softly, and with emotion:
Is that all I accomplished by the hardest struggle of my life?

*Mrs. Alving,*
Call it rather the most ignominious defeat of your life.

*Manders,*

It was the greatest victory of my life, Helen; victory over myself.

*Mrs. Alving,*

It was a wrong done to both of us.

*Manders,*

A wrong?—wrong for me to entreat you as a wife to go back to your lawful husband, when you came to me half distracted and crying:

"Here I am, take me!" Was that a wrong?

*Mrs. Alving,*

I think it was.

*Manders,*

We two do not understand one another.

*Mrs. Alving,*

Not now, at all events.

*Manders,*

Never—even in my most secret thoughts—have I for a moment regarded you as anything but the wife of another.

*Mrs. Alving,*

Do you believe what you say?

## 그 아버지, 그 아들

고아원이 준공되어 모처럼 멀리 파리에서 미술가로 활동하는 외아들 오스왈드(Oswald Alving)도 어머니 집에 온다. 남편 사망 10주년 기념, 고아원 준공식 참석 전날엔 멘더스 목사도 고아원 개원에 따른 문제들을 의논하러 핼랜 집을 들른다.

멘더스 목사는 아버지 파이프를 입에 물고 나타난 아들 오스왈드를 보는 순간, 꼭 죽은 "그의 아버지 모습"(his father in the flesh, Act I, p. 85)이라고 헬렌에게 이야기하자, 헬렌은 "엄마를 닮았는데…."라며, 시큰둥해진다. 오스왈드는 그의 아버지가 어릴 적 그에게 억지로 파이프 담배를 피우도록 하여 그가 크게 아프자, 엄마가 울고불고했던 기억만이 유일하게 아직도 생생하다고 목사에게 털어 놓는다.

가난한 젊은 남녀가 정식결혼은 하지 않은 채 함께 사는 등 통상적 관념으로는 도저히 용납할 수 없는 문란하고 타락한 파리의 성생활과 생활상을 당연한 것처럼 이야기하는 오스왈드의 거침없는 언행에 대해 멘더스 목사는 놀라움을 금치 못한다. 더구나 오스왈드는 그 스스로를 "탕아"(蕩兒, "the prodigal son", Act I, p. 88)라고 서슴지 않고 말한다.

크게 실망한 멘더스는 헬렌이 "한때 아내로서의 의무를 저버린 것처럼, 이제는 어머니로서의 의무를 저버린 결과로" 그녀의 아들이 이처럼 탕아가 된 것(Act I, p. 90)이라고 헬렌을 맹렬히 꾸짖는다. 이에 헬렌은 멘더스가 그녀 가정의 진실을 아무것도 모르며 꾸짖고 있다고 대꾸하며, 그녀의 남편이 바깥세상에는 '멋진 신사'로 알려졌는지 모르겠지만, 실은 평생을 방탕하게 살았던 것만큼이나 죽을 때도 "난봉꾼"(a profligate)이었으며, 그녀와 남편의 결혼생활은 "비극의 숨은 지옥"(a hidden abyss of misery, Act I, p. 91)이었다고 털어놓는다.

헬렌은 멘더스에게 지금까지 감추어 둔 다음과 같은 남편의 끔찍하고 추악한 비밀을 이제야 알려준다. 남편의 성생활이 얼마나 문란했는가를,

끝내는 그 집 하녀(Joanna)를 건드려 아이까지 낳고, 그러한 급박한 상황에서 그 하녀와 "발이 비뚤어진"(신체장애인) 목수(Jacob Engstrand)와 급히 결혼을 시키고, 그 아이를 위한 기금도 마련해서 어떻게 보면 헬렌이 돈으로 남편의 체면을 지키고 살려줬다는 사실을.

이 위급조치의 비밀은 죽은 남편과 헬렌, 그리고 남편의 아이를 가진 하녀 조아나, 꼭 세 사람만 그때까지 알고 있고, 조아나의 목수 남편마저도 그 진실을 까맣게 모르고 살아온 것도. 목수는 그 순간까지도 조아나가 술집에서 어느 미국 선원(船員)을 만나 생긴 아이라고 믿고 있는 판이다.

이 사실—실은 꾸민 이야기—(a fairy tale", Act II, p. 96)을 비밀로 하고 목수가 '자기 딸'로 등록을 하면, 위에서 이야기한 것처럼 이 아이 기금뿐만 아니라 그에게도 평생 도움을 주겠다는 약속을 알빙 부부로부터 받았다는 내막도 목사에게 털어놓는다.

헬렌은 또 고아원을 짓고, 지금까지 여유 있게 살아온 것도 그녀의 덕분이지 남편은 평생 못된 짓만 하고 나쁜 버릇만 온몸에 지닌 아무짝에도 쓸모없는 인간(a profligate, a wastrel, Act I, p. 91)이었다고 힘주어 말한다.

그러나 고아원 준공 겸 개원식 전날 밤에 두 가지 사건이 일어난다. 엄마 헬렌과 목사 멘더스가 응접실에서 서로 이야기를 나누고 있는 동안 아들 오스왈드가 온실에서 하녀, 레지나(Regina, 조아나와 오스왈드 아버지 사이에서 태어난 딸, 따라서 그의 배다른 여동생)를 건드리려다 소동이 벌어진다.

*조아나,*
오스왈드! 당신 미쳤어? 저를 놔줘요!
Oswald! Are you mad? Let me go! Act I, p. 94.

이렇게 레지나가 소리 지르는 것을 헬렌과 멘더스가 엿들은 것이다. 마침 오스왈드 어머니는 목사에게 자기 남편이 하녀 조아나와 바로 그

온실에서 똑같은 짓을 했다고 알려준 다음에 일어난 일이니, 더욱 황당할 수밖에 없지 않은가?

더구나 헬렌이 그날 밤 엿들은 레지나의 숨 가쁜 목소리와 옛날 레지나의 엄마, 조아나가 그의 남편과 속삭이며 지른 소리가 어쩌면 왜 그렇게 똑 닮았을까?

저를 놔 주세요, 알빙씨! 저를 내버려 줘요!

Let me go, Mr. Alving! Let me be!, p. 92.


헬렌은 아들과 레지나의 그 소리를 듣고 참담한 심정이 되어 다음과 같이 지껄인다.


*헬렌,*
유령들. 온실에서 두 남녀가―또 다시.
(똑같은 짓을 하다니)

Ghosts. The couple in the conservatory―over again, p. 94.


헬렌은 아들의 추악한 행위에서 그의 죽은 아버지 유령을 본 것이다. 그 뒤, 오스왈드는 어머니(헬렌)에게 그와 하녀는 이미 서로 떼어놓을 수 없는 깊은 관계이며, 레지나와 결혼하고 파리로 돌아가 함께 살겠다고 털어놓는다.

문제는 레지나와 오스왈드는 그들의 아버지는 같고, 어머니만 다른, '배다른 오누이'라는 사실을 서로 모르고 저지른 정사(情事)라는 데 있다. 하여, 헬렌은 이제까지 깊숙이 감춰둔 이 비밀을 아들과 레지나에게 들춰낼 수밖에 없는 깊은 고민에 빠진다.

## 죄와 벌

이런 와중에 개원을 하루 앞둔 고아원에 불이나 완전히 잿더미가 된다. 화재는 이 건물 안에서 목사가 들고 있던 촛불의 불똥이 번진 것이라고 목수 제이콥이 말하지만, 사람들은 거꾸로 술주정이 심한 제이콥의 소행이라고 더 믿을 가능성을 내비친다.

멘더스 목사는 "이 화재는 죄악으로 휩싸인 이 집에 대한 신의 심판"(Act II, p. 115)이라고 울부짖는다. 죄가 벌로 바뀌는 또 하나의 유령이다.

헬렌은 그녀가 "이 세상에 가진 모든 것", "신경을 쓰는 유일한 것"(Act II, p. 109)—오직 하나뿐인 아들에게, 그리고 그녀의 아들이 "나를 구원에 줄 수 있는 유일한 희망"이라고 외치는 그녀의 의붓딸(레지나)에게, 이제까지 숨겨 둔 "그들 아버지 비밀"을 알려준다.

또 헬렌은 "레지나도 이 집에 내 아들과 똑같은 권리를 갖고 있다는 생각을 밤낮 생각하고 있었다고"(Act III, p. 122) 분명히 밝힌다. 이 놀랍고 충격적인 이야기를 듣자, 레지나는 헬렌에게 멘더스 목사도 이 사실을 아느냐고 묻는다. 헬렌은 멘데스도 이 모든 것을 다 알고 있다고 대답한다.

레지나가 "그렇다면 그 진저리나는(horrid) 목수만이 아니고, 그 기금에 내 몫도 있겠군요?"라고 다시 묻자, 헬렌은 그렇다고 답변한다. 그러자 레지나는 나도 이제 내 자신의 "삶의 기쁨"(joy of life)을 찾겠다고 다짐하며 헬렌의 집을 떠난다.

오스왈드가 그의 어머니에게 뒤늦게 알려 준 그가 태어날 때부터 지니고 있는 "조상들의 죄악이 자손들에게 찾아온다는" 불치의 병(ver-moulu, Act II, p. 108)을 앓고 있다는 사실을 레지나는 이미 알고 있었지만 아랑곳하지 않고 그녀만의 새 길, 새 삶을 찾아 뒤 돌아보지 않은 채 사라져 버린다.

이제 알빙 집에는 늙은 어머니와 그의 유일한 혈육인 병든 아들만 남는다. 어머니 알빙 부인과 외아들 오스왈드의 숨 막히는 다음 대화는 내가 오래전에 본 영화, *타라스 발바*(Taras Balba, 1963)에서 아버지(주연배우, Yul Bryner)와 아들의 마지막 대화를 떠오르게 한다. 극히 대조적이지만.

이 영화에서는 아들을 총으로 쏴 죽이기 직전에 아버지가 내뱉는 일방적 선언과 행동("내가 네 생명을 주었다. 이제 내가 네 생명을 빼앗겠다.")이라면, 여기서는 거꾸로, 아들이 어머니를 오히려 몰아붙인다.

> *알빙 부인,*
> 너에게 네 생명을 준 사람은 나야!
>
> *오스왈드,*
> 제가 어머니보고 내 생명을 달라고 결코 요구한 적이 없지 않아요. 그리고 어머니가 저에게 준 인생은 도대체 무엇이오? 저는 이런 인생은 원치 않아요. 원하시면, 되가져 가세요!(Act III, p. 127)
>
> *Mrs. Alving,*
> I, who gave you your life!
>
> *Oswald,*
> I never asked you for life.
> And what kind of a life was it that you gave me? I don't want it!
> You shall take it back!

오스왈드가 "해(태양)"를 뇌까리며, 불치의 유전병 발병으로 갑자기 쓰러지는 처절한 장면을 마지막으로 이 희곡, 『유령들』은 막을 내린다.

# 『야생오리』(1884)

## 꾀보와 바보의 삶

이 이야기는 한때 절친했던 두 친구—음흉하고 음탕한 '꾀보'와 마음 씨 고운 얼간이 '바보'—의 서로 엇갈린 삶이, 다시 그들의 아들 세대에 와서도 서로 뒤틀린 삶으로 이어지다가 두 가족 모두 3대까지 이어지지 못하는 비극이다.

월(Werle)과 그의 친구 장교출신 액달(Ekdal)은 한때 동업자였다. 사업을 같이하다가 두 사람 모두 범법행위로 기소되지만 송국엔 월은 법망(法網)을 빠져 나오고, 액달 혼자만 국유림 불법남벌 죄로 몇 년 옥살이를 한 뒤 폐인이 되고 만다.

액달은 그의 아들과 며느리, '손녀'(Hedvig, 헤드비그)와 함께 겨우겨우 입에 풀칠할 정도로 가난해도 사랑과 정이 넘치는 소시민의 삶을 꾸려간다. 그는 친구 월 회사에서 비공식적으로 서류복사 일 등을 꾸준히 하며 푼돈이지만 그가 연명할 만큼의 돈을 벌어 아들 가족에 보탬을 준다.

이 힘겹고 가난한 삶보다도 더욱 액달 가정을 비참하게 만든 것은 그가 '죄인'이라는 낙인이다. 한때 늠름한 장교였던 그는 그의 아들과 며느리, '손녀' 앞에서만 생일 등 그가 기분이 좋을 때면 장교 유니폼을 가끔씩 입지만 손님이 갑자기 그 집을 들르면 성급히 그의 초라한 방으로 숨어버리는 오직 그 가정만이 겪는 수모(모멸감) 속에 살아간다(Act III, pp. 263-264).

먼저 액달 가족 쪽에서부터 이야기를 풀어가 보자.

개인사진관 사진사가 된 아들(H. Jalmar, 잘마 액달)은 어린 시절 친구인 월의 아들, 그레거스(Gregers)에게 그의 처참한 심정을 뒤 늦게나마 다음과 같이 털어놓는다.

잘마 아버지 액달이 죄수복(罪囚服)을 입고 감옥에 들어가는 순간, 군 장교(중령) 둘을 조상으로 둔 그의 군인 가족으로서의 명예가 하루아침에 땅에 떨어지는 것 같아서 큰 충격을 받았다고.

그가 사는 곳이 '죄수의 집'이 되고, 남들 눈이 부끄러워 집 창문 커튼을 모두 내려 닫고 살아가야 하는 처지가 너무나 괴로웠고, 그때는 자살하지 못한 그의 아버지를 '겁쟁이'라고 원망했으며, 그 비참한 상황에서 자살하려 했다고 고백한다.

이에 그레거스도 그의 어머니가(아버지 월의 온갖 못된 짓과 나쁜 버릇 때문에) 사망했을 때 자살하려 했었다고 응답한다(Act III, p. 263).

이 이야기의 핵심은 액달의 '손녀' 헤드비그의 정체다. 잘마의 아내인 지나(Gina)가 한때 월의 집 하녀였고, 이 지나와 월, 둘 사이에서 태어난 딸이 바로 헤드비그라는 깊이 숨겨진 비밀이 그것이다.

더구나 이 비밀을 이 아이가 14살이 될 때까지 오직 월과 지나 둘만 알고 있었고, 지나 남편도 '딸' 헤드비그도 그 비밀이 밝혀질 때까지 감쪽같이 모르고 살아온 것이다(물론 죽은 월의 부인, 아들 그레거스, 월의 친구, 액달은 이 비밀을 이미 알고 있었다는… 적어도 월과 지나의 내연관계, 나아가서는 헤드비그 친부모의 정체까지도 알고 있었을 정황은 여러 곳에서 감지되지만). 그레거스로부터 이 기막힌 비밀을 전해들은 순간 잘마는 엄청난 충격과 환멸에 빠진다.

이제까지 잘마는 아무런 의심도 없이 헤드비그를 그의 친딸로 생각하며 말로는 이루 다 표현할 수 없을 만큼 이 세상에서 가장 소중하게 사랑했다고 그레거스에게 지껄이며 헤드버그도 그를 그처럼 사랑했다는 환상(delusion, Act V, p. 300) 속에서 이때까지 살아온 것 같다고 후회한다.

그레거스는 그것은 환상이 아니고, 헤드비그가 그를 '아버지'로 진정으로 사랑했다는 것은 티끌만큼도 의심할 수 없는 사실(p. 301)이라고 일깨워주지만 잘마는 이 비밀을 알게 된 순간부터 헤드비그에 대한 그의 의구심을 굽히지 않는다.

## 거짓 삶: 추악한 인간 월

인간미나 정이라고는 조금도 찾아볼 수 없고 오직 자기 이익, 자기 장사 계산에만 잽싸게 움직이는 치밀하고 철두철미하게 잔꾀와 술수에만 능한 꾀보, 월. 이제 그는 비교적 잘나가는 중견 사업가로 승승장구한 셈이다. 하지만, 스스로는 이 세상에서 가장 "외로운 인간"(a lonely man, Act I, p. 232, p. 234)이라고 외친다.

적어도 이 이야기를 읽는 나는 마치 차디찬 얼음 덩어리를 만지는 것 같이 월이 너무 싸늘하다. 끔찍하다. 후미진 산길이나 논두렁을 내가 걷다 갑자기 내 발길 앞에 마주친 뱀처럼 소름나서 끼친나.

이 희곡 1막은 월이 살고 있는 도시 시민들이 과연 그에게 아들이 있는 줄도 모를 정도로 오래간만에 그의 사업(탄광, Act III, p. 268, p. 271) 현장 출장소(Hoeidal)에서 일하는 아들, 그레거스를 그의 집에 초대한 것으로 시작한다.

명목은 아들을 위한 만찬 파티라지만, 아버지는 일방적으로 그를 포함, 파티 만찬 테이블에 앉을 수 있는 대부분 그 지방법원 관련 인사들 등 열두 사람만 초대한다. 아들은 옛 꼬마 때 친구인 액달의 아들 잘마를 초대해서 16년, 17년 만에야 서로 처음 다시 만난다(Act I, p. 222).

잘마는 그러나 열두 자리 밖에 없는 만찬자리에는 끼지 못하고 사실상 쫓겨난다. 쫓겨나기에 앞서 그레거스는 잘마로부터 또 하나의 놀라운 사실(비밀)을 알게 된다. 잘마 아버지, 액달이 감옥에 들어가 있을 때 가정형편이 극도로 어려운 상황에서 월이 잘마를 사진사가 되도록 그 수련 과정을 재정적으로 도와줬다는 것이다.

이 비밀을 듣는 순간, 그레거스는 그의 아버지도 "한 줌의 가슴", "일말의 양심이 있다는 증거"라고 지껄이자, 잘마는 글쎄 그것이 "양심"일까? 의아하며 얼버무린다(p. 223). 이 두 어릴 적 친구는 위 국유림 불법 남벌 범죄행위는 월과 액달이 공범(共犯)일 개연성을 내비친다. 하지만 억울하게도 액달만이 희생양이 된 것이다.

특히 그레거스는 그의 아버지도 공범이라고 믿고 있으며, 친구 가정을 완전히 망친 아버지(월)를 극도로 저주하고 원망한다(Act I, p. 229). 그는 또 월이 그의 친구 잘마가 그의 집 하녀 *지나*(지나 한센)와 결혼하게 되었다는 것을 감추기 위해 딱 한 줄로 "Miss Hansen"(p. 230)이라고 써서, 아들을 감쪽같이 속인 그의 아버지의 노회(老獪)함에 대해서도 크게 분노한다.

격분한 그레거스는 그의 아버지와 언쟁을 주고받으며, 그가 어머니로부터 죽기 전에 하녀 지나 한센과 아버지의 관계뿐만 아니라, 아버지의 온갖 음흉하고 음탕한 성 편력 때문에 그의 어머니가 죽어가는 마지막 순간까지 겪은 고통과 모욕감을 들먹이며 쏘아붙인다(p. 231).

월은 함께 회사 공동 경영주(partnership)로 일하자고 하는 등 그레거스를 회유하려 들지만 아들은 단숨에 거절한다. "나는 이제 젊지도 않고, 항상 외로움을 느끼고 살고 있다."(p. 232)며 월이 아들에게 파트너십을 계속 요청하지만, 그레거스는 "도대체 이 집에 언제 가정생활이 있었어요? 제가 기억하는 한 결코 없었어요."(p. 233)라며 그의 가슴속에 깊이 묻어 둔 푸념과 불만을 털어놓는다.

이렇게 10여 년만에 아들을 갑작스럽게 초대해서 마치 아들이 효도하고 아버지는 아들을 사랑하는 것같이 아버지—아들 관계를 꾸며놓고, 이제까지 월의 방탕한 삶이나 죽은 아내에 대한 항간에 떠도는 소문들을 잠재우고, '가정주부'라는 명목으로 사실상 월이 지금 함께 살고 있는 죽은 수의사의 부인, 베타 쉐비(Act IV, p. 280)와 정식 결혼식을 치르기 위해, 아들을 들러리로 삼으려는 아버지의 또 하나의 흉계(Act I, p. 233)를 그레거스는 여지없이 질타한다.

하여, 그레거스는 아버지가 집에서 묵으라는 요청도 거절하고 미리 예약한 호텔로 뛰쳐나가 버린다.

## 사랑이 숨 쉬는 삶: '바보' 액달

2막은 잘마 액달, 지나 한센, '딸' 헤드비그, 그리고 '죄인'의 멍에를 평생 목에 걸고 사는 아버지 액달의 비록 가난하지만 따스함과 정감이 넘치는 한 단란한 가족과 가정의 삶을 보여준다.

월 집 파티에서 쫓겨난 잘마는 집에 돌아와 "내 삶 속엔 쾌락이라는 공간은 없고, 그저 일일 뿐이야."(Act II, p. 242)라고 중얼거리며, "나는 그래도 집에 있을 때가 좋아."라고 스스로 만족하는 순간, 갑자기 친구 그레거스가 그의 집을 찾아온다.

잘마는 그레거스에게 그의 '딸' 헤느비그가 "우리 인생의 최대의 행복이지만(소리를 죽이며 조용히), 또 가장 민감한 슬픔의 원천"(Act II, p. 244)이라고 일러준다. 하며, 헤드비그가 불치의 유전병으로 곧 실명(失明)할 수밖에 없어 학교도 못 가고 집에서도 책조차 못 읽는 어렵고 딱하고 안타까운 심정을 그레거스에게 살짝 귀띔에 준다.

잘마는 또 그의 아버지도 '죄인'의 누명을 쓰기 전 한때는 소문 난 사냥꾼으로 숲에서 곰을 아홉 마리나 쏘아 죽인 경력을 갖고 있다(p. 246)고 그레거스에게 자랑한다.

그러자 그레거스는 그렇게 툭 터진 밀림에서 맑고 신선한 공기로 숨 쉬며 곰 사냥하시던 분이 어떻게 이 좁고 갑갑하고 답답한 도시의 비좁은 방구석에 처박혀 사느냐고 묻자, 이제까지 모르고 있는 잘마 아버지와 연계된 또 하나의 비밀을 그레거스에게 알려준다.

사진관 겸 살림살이도 함께하는 이 잘마의 허술한 집 천장 다락방에 닭, 토끼, 비둘기 등을 기르고, 특히 그중에는 '손녀' 헤드비그가 가장 아끼고 사랑하는 야생오리 한 마리가 있어서 한때 유명했던 사냥꾼 액달이 이제는 이 다락방을 "미니 사냥 터"로 여기고 나름대로 하루하루를 즐기며 산다고.

이 야생오리는 그레거스 아버지가 어느 날 오리사냥 갔다가 사냥총으로 쐈는데 그의 날개깃만 살짝 맞아, 바다 밑 깊숙이 숨어버렸지만 윌의 "비상하게 영리한" 사냥개(Act II, p. 249, p. 250)가 바다 밑까지 깊숙이 쫓아 들어가 붙잡아 나왔다는 것이다.

이 오리가 윌 집에서 시름시름 하자, 윌이 하인(페터슨)에게 죽여 버리도록 지시했으나 하인이 액달에게 몰래 건네줘, 지금은 이 외돌토리가 액달 집 다락방에서 건강하게 잘 자라고 있으며, 헤드비그는 이 오리를 너무나도 사랑한다는 사연이다.

더욱 끔찍한 비밀은 '딸' 헤드비그를 잘마는 이 세상 누구보다도 사랑하고, 헤드비그도 '아버지' 잘마를 진실로 사랑하지만 이 아이는 같은 피가 섞인 '딸'이 아니고, 실은 그레거스의 배다른 동생이라는 사실이다.


## 그레거스의 고집

3막은 잘마의 집을 사진관과 살림집으로 쓰고, 남은 공간 하나는 동성연애자로 알려진 두 남자에게 전세 놓고, 또 하나 남은 방은 여인숙으로 손님이 있을 때마다 받아, 늘 모자라는 생활비를 보태는 형편인데 마침 이 여인숙용(用) 방이 비어있다는 것을 안 그레거스가 그 방을 빌리게 되어 한집에서 함께 살게 되는 것으로 시작한다.

이 야생오리는 "대양의 가장 깊은 속"(Act III, 'ocean's depths', p. 259, p. 261)에서 잡아 온 것이라고 그레거스가 헤드비그에게 말하자, 헤드비그는 왜 "바다의 밑바닥(the bottom of the sea)이라고 하지, 구태여 대양의 가장 깊은 속이라고 하느냐?"고 되묻는다. 그레거스는 두말 모두 똑같은 뜻이라고 대답한다.

같은 집에 함께 살면서 그레거스는 친구 잘마가 땅에 떨어진 액달 가(家)의 명예와 존엄을 되찾기 위해 지금까지 남 몰래 사진 기술의 혁신적인 발명에 몰두하고 있다는 숨겨진 사실도 알게 된다.

그레거스는 이 이야기를 듣고 "자네는 몸속 어딘가에 야생오리의 무언가를 지니고 있는 것 같아."라고 지적하며, "(야생오리처럼) 어두운 바다 속 깊은 밑으로 헤엄쳐 내려가 죽으려는, 자네도 모르는 질병에 걸린 것 같다."(Act III, p. 264)고 지적한다.

잘마 집에 전세로 같이 사는 동성연애자인 의사(Relling)는 그레거스에게 어릴 적부터 항상 절대적 "이상만을 요구"(the demand of the ideal, p. 266)하는 버릇이 있었다고 상기시키며, 그런 요구의 양(量)이 이제는 좀 줄어들었기를 바란다고 묻자, 그레거스는 지금도 그 양이 결코 조금도 줄어들지 않았다고 응수한다.

이 대화 도중 뜻밖에도 그레거스 아버지 윌이 찾아와 아버지-아들 둘 만의 대화를 요구한다. 그레거스는 그의 인생을 아버지가 뒤집어(망쳐) 놓았다고 털어놓으며, 법정에서 액달 편에 서서 그를 변호하지 못한 것을 통탄한다고 내뱉듯이 지껄인다. 액달 문제는 이제 어쩔 수 없는 상황이지만 적어도 "잘마를 괴롭히는 거짓과 위선(僞善)으로부터 그를 자유롭게 할 수 있다."(Act III, p. 269)고 윌을 윽박지르며 대든다.

윌은 그가 재혼하면 전 재산을 그레거스와 둘로 가르게 된다고까지 회유작전을 벌리지만, 아들은 단호히 거절한다(p. 270). 이렇게 윌과 그레거스의 아버지-아들 관계는 망가질 대로 망가져서, 결코 정상(正常)을 되살리고 되찾을 수 없을 만큼 험악하다.

윌은 사악한 인간이지만, 그레거스도 그의 어머니를 닮아서 "급성경직성 열병"(acute rectitudinal fever, p. 271, p. 292) 발작증세가 있다고 의사 렐링이 중얼거린다.


## 숨겨진 비밀이 밝혀지면

4막에서는 잘마가 아내 지나에게 그녀와 윌 사이의 옛 관계를 따져

묻는다. 지나는 그(월)가 그녀를 홀로 놔두지 않았고, 당시로써는 주인 월의 의지를 꺾을 수는 없는 상황이었다고 넌지시 시인한다(p. 275).

이 거미줄같이 얽힌 거짓투성이(this web of lies, a swamp of deceit, Act IV, p. 276)의 삶을 지난 세월 매일, 매 순간 후회하며 이제까지 살아왔느냐고 잘마가 되묻자, 지나는 이 바쁜 세상에 그런 케케묵은 골치 덩어리는 이미 거의 잊어버렸다고 응수한다. 그리고 지나는 그레거스 같은 작자가 괜히 남의 집안일에 끼어들어 분란만 일으켰다고 그를 탓한다.

한편, 그레거스는 진정한 반려자(伴侶者) 관계는 모든 거짓을 걷어내고 진실에 기초해서 완전히 새롭게 시작하는 것(p. 277)이라고 역설하며, 친구 잘마를 설득한다. 이런 급박하고 긴장된 상황에서 뜻밖에 월의 재혼자, 베타 쉐비가 잘마 집을 찾아와 두 가지 사실을 밝힌다.

하나는 월이 곧 실명(失明)하게 된다(going blind)는 것과 월과 지나의 옛 관계를 지나에게 모두 다 털어놓았으며, 곧 장님이 되는 월의 "눈"이 되기 위해서 그녀가 곧 월과 결혼하고 이곳을 떠날 것이며, 떠난 뒤에도 액달 가정에 무엇이든 필요하면 월의 회계사를 통해 요청하면 된다(p. 282)고 전한다. 월이 실명하게 된다는 소식은 실명하게 돼있는 헤드비그가 그의 친딸이라는 것을 암시하기도 한다.

베타는 이 집을 떠나면서 헤드비그에게 월이 보낸 편지를 건네준다. 지금부터는 액달이 복사 등 일을 안 해도 매달 그의 사무실에서 5파운드를 받게 되며, 그가 죽은 다음엔 바로 헤드비그가 그 액수를 계속 받는다는 내용이다.

헤드비그는 기뻐서 날뛰지만, 그레거스는 월이 헤드비그를 그의 딸로 앗아가려는 또 하나의 함정(Act IV, p. 284)이라고 경고하는 것에 잘마도 동의한다.

"이제 나는 아이도 없게(잃게) 됐다."(p. 287)고 잘마는 그레거스에게 울음을 터트리며 한탄한다. "그게 무슨 이야기여요. 아빠! 아빠!"하며 헤드비그가 잘마에게 다가간다. 그러나 그에게 가까이 오지 말라고 소리

지르며 "그, 그 눈들!(월과 헤드버그의 닮은 눈을 가리키는 듯이)"하며 그도 집을 떠나버리겠다며 박차고 나간다.

헤드비그는 "내가 실제로 '아버지의 딸'(잘마의 딸)이 아니라는 것을 이제야 나도 알겠어요."(p. 288)라고 중얼거린다. 우리 집(잘마와 지나 집)을 미친 사람들(월, 그레거스, 베타 쉐비)이 쳐들어와서 뒤죽박죽 엉망진창으로 만들어 놨다고 지나가 한탄하는 것으로 4막이 끝난다.


## 거짓 삶의 끝장

5막은 의사(Relling)가 그레거스를 향해 계속 악화돼 가는 경직성 열병에다가, 영웅숭배라는 미친 정신착란증까지 겹쳐 자기와는 아무 상관도 없는 남의 일에 참견하는 꼴불견이라고 비난한다(Act V, p. 292).

더구나 그가 밀어붙이는 "이상의 요구"는 잘마 집 문제를 해결하기는 커녕, 이미 병든 이 집 사람들을 더욱 어렵게 하고 평범한 사람들이 갖고 있는 거짓믿음(make-belief)까지 빼앗아가는 것은 바로 그들의 행복을 빼앗는 것(p. 294)이라고 경고한다.

이러한 소란과 소동 속에서 극도로 절망한 어린 헤드비그는 권총을 몰래 빼내 야생오리를 죽이는 대신 자살한다. 월의 불륜이 낳은 또 하나의 비극이다. 의사 렐링이 그레거스를 향해 "자네의 운명은 무엇이냐?"고 묻자, "(만찬) 테이블에 열세 번째가 되는 것이오."라는 의미심장한 말로 5막이 끝난다.


두 세대에 걸친 절친한 친구 사이. 계산이 빠르고, 모든 사람을 돈으로 얽어 묶어 그의 목적을 달성하는 '외로운 인간' 꾀보 월. 월도 공범이었지만 죄를 혼자 다 뒤집어쓰고 폐인이 되어, 쓸쓸하게 삶을 이어가는 '바보' 액달.

절대적, 무조건적 진실을 거의 병적으로 고집하며 끝내 친구 잘마 액달의 따뜻하고 단란한 가정마저 망쳐버리는 월의 아들 그레거스의 무모. 그의 아버지 월에 대한 타협 없는 극도의 증오.

헤드비그를 평생 '내 딸'로 사랑하고 아끼고 살다가 어느 날 날벼락처럼 이 아이가 월과 그의 아내 지나 사이에서 태어난 '남의 딸'이란 것을 알게 된 잘마의 분노와 절망. 이 극도의 격정과 혼란 속에서 갈피를 잡지 못하고 스스로 죽음을 택한 어린 소녀 헤드비그.

하여, 꾀보 월과 바보 액달 모두 가족의 맥이 그들의 아들세대로 끝이 나고, 세대(三代)로 이어지지 못하는 비극이다.

끝으로, 야생오리의 복합적 상징성이다. 그 누구보다도 감옥생활을 하고 나온 뒤, '죄인'으로 낙인이 찍혀 숨죽이고 숨어 사는 '바보' 액달은 월의 사냥총을 맞아 날개깃이 망가진 이 이야기 속 야생오리를 닮았다.

핏줄로 보면, 헤드비그는 잘마를 '친아버지'로, 잘마는 헤드비그를 둘도 없는 '내 딸'로 서로 죽도록 사랑했지만, 이 아이는 실제로는 야생오리같이 굴러들어온 '남의 딸'이다.

한때 숲속 곰 사냥 명사수인 노인 액달이 소도시 삶 속에서는 제대로 적응하지 못하고 겨우겨우 삶을 꾸려가는 것도 야생오리를 닮았다. 바다 밑 깊숙이까지 헤엄쳐 들어가, 야생오리를 잡아 올리는 그의 아버지 월의 비상하게 영리한 개처럼 그레거스는 친구 잘마 가족의 깊게 숨겨진 비밀을 끝까지 파헤쳐 비극으로 몰고 간 장본인이다. 그가 어느 날 잘마의 집에 방 한 칸을 얻고 들어와서 잘마의 삶을 하루아침에 뒤집어 놓는다. 그 역시 외돌토리 야생오리다.

# 입센 희곡 네 편을 읽고

위에서 입센의 희곡 네 편을 읽고 그 내용과 작가가 전달하려는 메시지를 내 나름대로 한번 살펴보았다.

제대로 종합적 품평을 하려면, 입센의 모든 작품의 섭렵(涉獵)은 물론이거니와 그의 자서전이나 전기물(傳記物)까지도 통달한 뒤에야 가능하겠지만, 이 네 작품에 관에서만 내가 느낀 극히 피상적인 첫인상이랄까, 아니면 한 독자로서의 감상 몇 가지만을 여기서 밝히려 한다. 따라서 두 말할 필요도 없이 내 이 촌평은 극히 제한적이다. 나는 위 네 작품을 크게 여섯 가지 측면(기준)에서 비교해 본다.

## 비밀이 비극의 씨앗이다

첫째, *비밀이 비극의 씨앗*이라는 메시지다. 입센은 이들 작품에서 숨겨진 비밀이 드러나 올가미가 되어, 거미줄에 걸린 하루살이처럼 더 꼬이고, 그 폭로자(발설자)는 비밀을 푸는 것이 용기요, 자유요, 정의라고 외치지만, 거꾸로 그 폭로자를 포함, 연루자들이 더 큰 비극과 소란에 휩싸이고… 하는 상황전개가 이 네 작품의 핵심주제의 하나가 아닌가 싶다.

『민중의 적』에서는 한 조그만 도시의 오염된 수돗물을 홀아비 친형인 시장이 비밀로 덮어두려는 입장도 아랑곳하지 않고, 시의 위생보건 담당관인 동생 스토크만 박사가 시민에게 공개해 버리지만, 이 과정에서 그는 "*민중의 영웅*"에서 "*민중의 적*"이 되고 결과적으로 그 자신의 단란한 가정의 파탄으로 이어진다.

『인형의 집』에서는 아내(노라)가 남편의 중병을 치료하기 위해 은행에서 빌린 남편 해외여행 비용을 남편에게는 그녀 아버지 유산이라고 속이고, 오직 이 은행대출자와 그녀만 아는 *비밀*로 숨겨두려 했지만, 이 비밀이 남편에게 알려지는 과정에서 남편이 아내를 진정으로 사랑하는 것이 아니라, 한갓 노리개로 여기는 비정함이 드러나자, 노라가 남편과 헤어지는 한 가정의 비극으로 끝난다.

『유령들』에서는 세 겹의 비밀이 비극을 만든다. 하나는 부인 헬렌 알빙의 난봉꾼 남편이 집 하녀(조아나)와의 사이에서 딸(레지나)을 낳자, 남편과 부인이 이 하녀를 돈으로 매수하여 성급히 한 신체장애인 목수와 몰래 결혼시켜버린다.

세 사람만 아는 이 비밀이 오랫동안 지켜지지만, 끝내는 이 사연을 모르는 헬렌의 외아들(오스왈드)과 하녀 레지나가 몰래 사랑에 빠져, 옛날 오스왈드 아버지와 레지나의 어머니 조아나가 같은 집 온실에서 '했던 짓거리'(성 행위)를 되풀이 하자, 오스왈드가 그들 사랑의 비밀을 헬렌에게 고백하게 되고, 그들이 배다른 오누이라는 사실(비밀)을 헬렌이 그들에게 실토할 수밖에 없는 지경에 이르는 두 가정의 비극이다. 하지만, 헬렌이 그녀의 결혼주례를 맡았던 목사(멘더스)를 평생 짝사랑한 사실이야말로 이 두 사람만의 숨겨진 비밀로 끝까지 남는다.

『야생오리』는 크게 두 가지 비밀이 두 가정을 비극으로 몰고 간다. 하나는 사업동업자였던 두 절친한 친구가 국유림불법남벌로 기소되었으나 공범인 월은 무죄로 풀려나오고 액달만 감옥살이 끝에 폐인이 된다.

그러나 월도 공범이라는 비밀을 그의 아들(그레거스)은 죽은 어머니로부터 들어서 알고 있다. 그레거스는 또 그의 아버지가 집 하녀(지나)와 난봉을 피웠다는 사실도 어렴풋이나마 그의 어머니로부터 들어서 알고 있다. 그러나 아버지와 하녀 사이에 태어난 딸(헤드비그)이 있다는 사실과 그의 집 하녀 지나가 그의 어릴 적 친구인 액달의 아들 잘마의 부인이라는 사실은 그의 아버지가 감쪽같이 숨겨온 비밀이다. 이 두 비밀이 드러나자, 월과 그레거스의 아버지—아들 관계는 영구히 깨지고 망가진다.

『유령들』의 오스왈드와 레지나처럼 『야생오리』의 그레거스와 헤드비그는 배다른 오누이다. 레지나는 오스왈드가 배다른 오빠라는 것을 알

앉을 때, 그를 버리고 떠나버린다. 헤드버그는 그레거스가 배다른 오빠라는 것을 눈치 채자, 스스로 목숨을 끊어버린다.

간추리면, 입센의 거짓과 진실, 숨겨진 비밀과 그 폭로에 대한 집착은 솔제니친(Aleksandr Isayevich Solsshenitsyn, 1918–2008)의 다음과 같은 작가의 거짓에 대한 의무(견해)를 떠오르게 한다.

> 용기 있는 보통사람들도 거짓에 참여하지 않을 의무를 지지만, 작
> 가는 그보다 더 큰 의무를 가진다. 즉, 작가와 예술가들은 더 많
> 은 것을 해낼 수 있는 힘, 즉 거짓을 패배시킬 힘을 갖고 있다.
> 거짓과의 투쟁에서 예술은 항상 승리하였고 앞으로도 항상 승리
> 할 것이다. 거짓은 이 세상에서 많은 것을 이길 수 있지만 결코 예
> 술을 이길 수는 없다.

하며, 솔제니친은 "진실 한마디의 무게는 세계보다 무겁다."[3]는 러시아 격언을 상기시킨다.


## 비밀은 '숨기려는 자'와 '밝히려는 자'가 있기 마련이다.

둘째, 비밀은 언제, 어디서나 숨기려는 자(은폐자, 隱蔽者)와 밝히려는 자(告發者)가 있기 마련이라는 메시지다.

『민중의 적』은 동생이 고발자, 시장인 형이 은폐자이고, 이 도시 신문사 간부와 시민들은 처음엔 잠시 동생 고발자 편에 섰다가, 나중엔 은폐자인 시장 편을 든다.

『인형의 집』은 노라가 은폐자, 은행간부 닐스가 고발자다. 노라의 남편이 새 은행지점장이 되어, 같은 직장 라이벌 닐스가 해고통보를 받게 되는 궁지에 몰리자, 닐스는 옛날 노라와 맺은 해외여행 대출금을 둘러

싼 위조서류 문제를 꺼내, 고발하겠다고 협박하는 과정에서 노라의 집 주변 몇 사람들이 이 비밀을 더 알게는 되지만, 막판에 바깥세상에는 공개되지 않고, 다시 극적으로 덮어져 버린다. 하지만, 이 과정에서 노라의 단란한 가정이 쪼개지는 비극을 낳는다.

『유령들』은 이미 죽은 남편, 부인 헬렌, 하녀 세 사람이 비밀의 은폐자다. 죽은 남편과 하녀 사이에서 태어난 딸, 헤드비그의 정체를 위 세 사람만 아는 비밀로 숨겨둔 채 이제까지 살아온 헬렌에게 스스로 이 비밀을 고백할 수밖에 없는 상황으로 사태가 벌어지고 만다. 은폐자가 결국 고발자가 되는 모순으로 이야기가 펼쳐지는 비극이다.

『야생오리』는 그레거스의 아버지 윌이 은폐자이고, 아버지를 극도로 혐오하고 저주하는 그의 아들 그레거스가 고발자다. 아버지—아들의 은폐와 고발로 두 가족과 가정을 끝내 비극으로 몰고 간다.


## 인간과 인간관계의 사악성을 밝힌다

셋째, 인간의, 인간관계의 온갖 사악성을 깊이 파헤치는 것이 돋보인다. 『민중의 적』은 형(시장)과 동생(전문직 시 공무원) 혈육 간 시기와 질투, 그들의 공적 지위(위치)에 뒤따르는 서로 다른 권한과 역할에서 불가피하게 불거지는 갈등관계를 다룬다. 절대다수 사람들의 행동기준이나 척도가 각 개인의 자기이해 관계, 즉 사리사욕이지 정의 실현, 진실 추구가 아니라는 메시지가 강하다.

『인형의 집』은 젊은 남편과 아내(노라), 한 직장 동료 간 자리다툼(은행 지점장)을 둘러 싼 암투와 한때 서로 열렬히 사랑했으나 결혼으로 이어지지 않은 홀아비(닐스 크로그스타드)와 과부(크리스틴 린데)의 사랑과 증오, 그리고 재결합 등이 큰 줄거리다.

『유령들』은 처음부터 서로 사랑하지 않는 남편과 아내의 어쩌면 원수

(怨讐)같은 원한(怨恨) 관계를, 그리고 아내(헬렌)의 결혼 주례목사에 대한 짝 사랑을 다룬다. 죽은 남편과 헬렌 사이에서 태어난 외아들(오스왈드)이 옛날 남편과 집 하녀와의 불륜으로 태어난 딸(레지나)과 서로 배다른 오누이관계인 줄도 모르고 다시 불륜에 빠져드는 1, 2세대 비극을 낳게 되고, 끝내는 늙은 어머니와 병든 아들(헬렌과 오스왈드)만이 쓸쓸히 삶의 끝자락에 다다르는 비극이다.

『야생오리』는 2대에 걸친 절친한 친구 아버지 세대와 아들 세대의 복합적 이중관계(二重關係)를 다룬다. 돈과 재산만으로 끝까지 누구든 매수하려는 아버지와 그러한 흉측한 인간성의 아버지를 끝까지 증오하고 거부하는 아들(윌과 그레거스).

사진기술 새 발명으로 죄인의 멍에를 쓴 아버지 명예를 회복하려고 끝까지 노력하는 가난하지만 사랑과 정이 넘치는 삼대(三代)가 함께 사는 가정(액달, 잘마와 지나, 헤드비그)이 헤드비그가 잘마의 친딸이 아니고 윌과 지나 사이에서 불륜으로 태어난 아이라는 비밀이 불거지자, '손녀' 헤드비그가 스스로 목숨을 끊는다. 역시 3대에 걸친 비극이다.


## 인간성과 인간행태는 비슷비슷하다

넷째, 이 희곡 네 편 속에 등장하는 인물들의 인간성과 행태의 유사성(類似性)이다. 비밀 은폐자—고발자(발설자)는 위에서 이미 지적했지만, 이 밖에도 『민중의 적』의 동생 토마스의 아내 의붓아버지(모텐 키이일)의 부도덕한 상행위(商行爲), 『인형의 집』의 은행원(닐스 크로그스타드)의 수단방법을 가리지 않는 비열한 자구책(自救策), 『유령들』의 헬렌 알빙의 무모한 짝사랑, 『야생오리』의 윌(Werle)의 사리사욕(私利私慾)을 채우기 위한 온갖 흉계와 잔꾀는 적어도 인간의 사악성(邪惡性)이라는 차원에서 그리고 그들의 인간적 외로움/괴로움이 많이 닮았다.

## 유전, 유산, 유령이 살아 꿈틀거린다

다섯째, 입센은 조상을 포함, 부모 세대의 특히 부정적이고 달갑지 않은 신체적 유전(遺傳)과 행태적 유산(遺産)—조상으로부터 물려받은 유령 들—을 교묘히 강조하고 있다. 좋든 궂든 핏줄(혈육)은 끊을 수 없다는 메시지다.

『유령들』은 헬렌 알빙이 외아들 오스왈드가 그녀의 천하에 몹쓸 망나니 남편을 닮지 않도록 파리로 조기유학을 보내, 철저히 아버지 악영향을 차단하여 아들이 '이상형' 인간이 되도록 온갖 노력을 했지만, 그녀 아들마저도 불치의 유전병(vermoulu)에 걸려 신음하고, 아버지와 똑같은 난봉꾼(바람둥이)이라는 사실을 뒤늦게야 깨닫는다.

『야생오리』도 아버지 월과 하녀 사이에 난 딸(헤드비그)이 똑같이 서서히 실명(失明)해 가는 불치의 유전병을 앓고 있다는 사실이 드러난다. 또 월이 친구 액달의 인생을 망친 것처럼 그의 아들 그레거스는 그의 친구 잘머 액달의 화목한 가정을 파괴한 행태도 닮은꼴이다.

특히, 『유령들』의 가장 핵심적인 메시지는 개인이든, 집단이든, 나라든, 과거—그것이 습관, 버릇, 신앙, 종교이든, 역사나 전통, 더 넓게 깊게는 문화, 문명이든, 그 *과거*가 유령처럼 우리가 의식하던, 의식하지 못하던 우리의 *현재* 속에 함께 마치 버섯의 뿌리처럼 흙 속에 숨어서든, 또는 그 흙을 뚫고 밖으로 그 몸통을 드러내든—우리의 삶 속에 함께한다는 것이다. 알빙 부인의 다음 대화(실토)가 그 정곡(正鵠)을 찌른다.

> *알빙 부인,*
> 유령들 말이요. 내가 레지나와 오스왈드가 거기(온실)에서 하는 짓을 들었을 때, 나는 마치 내 눈앞에서 유령(죽은 레지나 어머니와 오스왈드 아버지?)들을 보는 것 같았어요, 맨더스 씨. 나는 절반쯤 은 우리 모두가 유령들이라는 생각이 들어요.
> 우리는 우리 아버지들과 어머니들로부터 물려받은 것들뿐만 아

니라, (유령 같은) 온갖 낡고 죽은 아이디어들과 온갖 낡고 죽은 믿음들과 사물들까지도 우리에게 아직도 남아(존재하고) 있으니 말이요.

이런 것들이 우리들 속에 실제로 살아있지는 않더라도

언제고 불거질 것처럼 숨어 있단 말이오.

그리고 나는 결코 이것들을 없애버릴 수도 없고요. 신문을 읽을 때마다 나는 기사 행간(行間) 사이에서 살금살금 다가오는 유령들을 보는 환상에 빠진단 말이오.

(이) 유령들이 전 세계에 펼쳐져 있는 것 같아요.

이것들은 백사장 모래 한 알 한 알처럼 헤아릴 수 없을 만큼 많은 것 같아요.

그리고 우리는, 우리 모두는 빛(진실)을 처량하게도 너무 두려워해요.


끝으로 입센은 이상적인 인간, 이상적인 가정, 이상적인 사회는 끝내 이상(理想)일 뿐, 현실은 아니라는 메시지를 그의 작품 밑바닥에 깔고 있는 것도 같다.

모든 상황과 현실적 여건을 완전히 무시한 채로 진실, 진리, 양심, 자유, 정의의 절대적, 무조건적, 비타협적 추구가 때론 더 큰 재앙과 비극의 원천이라는 메시지도….


## 삶

겉으로 멀쩡해도 속으로 멍들고 망가진 삶.

불륜, 패륜으로 뒤죽박죽 얽히고설킨 삶.

비밀을 모르고, 잊고 있어 행복한 삶.

비밀이 불거져 불행한 삶.

계략과 술수로 배부르지만, 외롭고 괴로운 삶.

겉은 번드르르해도 속은 곪고 썩은 삶.

시기, 질투, 증오로 얼룩진 삶,

사랑과 정이 넘치는 삶.

벌어먹는, 빌어먹는, 붙어먹는 삶.

속이고, 속고, 숨고, 숨기고,

열고, 닫고, 덮고, 묻고…

허깨비, 바람개비, 알맹이.

이 삶, 저 삶, 온갖 삶의 모습들.

어제도, 오늘도, 내일도 언제 어디서나

어김없이 이어지는 우리 삶의 온갖 모습들

기쁨, 슬픔, 즐거움, 외로움, 괴로움, 어려움.


　　입센의 위 네 작품을 내 나름대로 읽고 난 다음, 좀 엉뚱하지만 끝맺음으로 이렇게 우리 삶, 내 삶을 새삼 되돌아보고 되씹어본다.

7

콘래드
1857 - 1924

# I. 뱃사람에서 작가가 되다

19세기 중반, 20세기 초 영국의 대작가 반열(班列)에 끼는 1857년 12월 3일생 콘래드의 삶은 꽤 특이하고 색다르다. 그는 폴란드에서 태어나 폴란드어가 모국어다. 어릴 적부터 아버지와 함께 영국 소설들을 폴란드어와 프랑스어로 읽고 배워서, 영어는 그에겐 세 번째 배운 외국어다.

그러나 그는 조셉 콘래드라는 새 이름으로 영국에 귀화한다. 또 그의 모든 작품을 영어로 써서 명성을 얻는다. 그는 16년간의 선원(船員) 생활을 빼곤 여생을 영국에서 살다 그곳에 묻힌다.

"그들의 집이 바로 배요, 그들의 나라는 바다."(p. 9)라고 스스로 밝힌 그의 선원생활은 그의 작품들의 큰 밑거름이 된다. 배와 바다는 그가 20세기 초 영국의 대작가 반열에 입문하는 데 필요한 산 교육의 현장이자, 그의 작품의 '살아 있는 이야기 자료와 그 재료 출처'가 된다.

그가 태어난 곳은 당시 러시아령(領) 폴란드 베르디체프. 지금은 우크라이나 땅이다. 그의 본명은 조셉 테오도르 콘래드 날에츠 코렌노이브스키(Josef Teodor Konrad Nalecz Korenoiowski)였다. 그의 아버지 아폴로 코렌노이브스키는 가난한 지식인 귀족, '영지(領地) 없는 영주(領主)'였다. 1839년에 반(反)러시아 항쟁에 가담했다가 영지를 빼앗겼기 때문이다.

시인(詩人)이기도 한 그의 아버지는 셰익스피어, 디킨스 등 영국 작가들의 작품과 프랑스 문학작품들의 번역가였다고 한다. 그의 아버지는 이 항쟁 때문에 감옥에 6개월[1] 갇히기도 한다. 1861년에는 북 러시아 볼고다로 유배당한다. 2년 뒤 그의 가족은 관헌(官憲)의 허락을 받고 키예프로 옮긴다.

그러나 1865년 4월 그가 일곱 살 때 어머니가 볼고다에서 폐결핵으로 세상을 떠난다. 1869년 그가 열한 살 때 아버지도 폐결핵으로 크라크푸 (Krakow, Cracow)에서 사망하는 비운을 맞는다.

곧바로 그는 비교적 부유한 변호사인 외삼촌 타데우즈 보브로브스키 의 보호를 받으며 크라크푸에서 학교를 다닌다. 학교에 싫증을 느낀 그 는 스위스를 거쳐 크라크푸에 되돌아 왔다가, 외삼촌의 허락을 가까스로 받아 17살이 채 못 된 1874년 그곳을 떠나 프랑스의 항구도시 마르세유 에 도착한다.

그 다음 해 그곳에서 프랑스 상선 선원으로, 서 인도(West Indies)를 1878년까지 세 번 항해한 것이 그의 선원생활의 첫 걸음이었다.

그는 1878년 4월 영국 상선으로 자리를 옮긴다. 그 뒤 그의 바다의 삶 은 1894년 마감할 때까지 16년 동안 계속된다. 그의 바다와 배, 배 위(船 上)의 삶이 11년째인 1886년, 스물아홉 살 때 그는 상선, *오타고*의 선장 이 된다. 같은 해에 그는 영국 시민권도 얻고 조셉 콘래드라는 새 이름도 갖는다.

1890년엔 아프리카 콩고강(江) 항해도 한다. 바로 이 아프리카 항해가 그의 작품, 『어둠의 속마음』의 직접적인 배경이다. 그는 이 작품이 그의 산 경험의 산물이라고 스스로 밝힌다.[2] 비록 4개월간 콩고에 머물렀지만, 콩고는 그의 "가장 유명하고, 가장 정교하고, 가장 이해하기 힘든 작품"[3] 인 『*Hart of Darkness*』(HD)의 체험적 소재를 제공한 셈이다.

4년 뒤인 1894년, 서른일곱 살 때 그는 '바다와 배의 삶'을 마감한다. 그의 아프리카 체험이 그의 '선원으로서의 삶'을 죽이고, '소설가로서의 삶'은 키웠다는 한 분석[4]이 흥미롭다.

1896년 서른아홉 살인 그는 영국인 제시 조지와 결혼, 켄트의 에쉬포 드에 집을 마련, 두 아들도 갖는다. 그 뒤 프랑스, 이태리, 폴란드, 미국

등 여행도 가끔 하면서 작품 활동을 계속하다, 1924년 8월 3일, 66세로 켄트의 캔터베리에서 생을 마감한다.

그는 그의 첫 소설 『*알매여의 어리석음*』(Almayer's Folly, 1896)을 비롯해서, 『*섬들에서 버림받은 자*』(An Outcast of The Islands, 1896), 『*나르시스의 흑인*』(The Nigger of the Narcissus, 1897), 『*로드 짐*』(Lord Jim, 1900), 『*노스트로모*』(Nostromo, 1904), 『*비밀 요원*』(The Secret Agent, 1907), 『*서양인의 눈에 비친*』(Under the Western Eyes, 1911) 등 역작을 남긴다.

콘래드가 아프리카에서 그의 이모(고모?)들에게 보낸 편지에 이런 대목이 나온다.

> 이모(고모)들 편지를 읽는 동안 나는 여기에 사는 아프리카, 콩고, 흑인 야만인들, 백인 노예들(나도 그 한 사람이지만)을 까맣게 잊어버렸소. (적어도) 이 한 시간 동안만은 나는 행복했습니다….
> 만나면 헤어지기 마련이고—자주 만날수록 헤어지기가 더욱 괴롭고, 그게 운명입니다(p. 189).

# 『어둠의 속마음』 줄거리

이 이야기 속의 내레이터, 영국인 찰리 마로우는 그의 친척인 이모(고모?)를 통해 정부고위관료를 작동해서 그 연줄로 손쉽게 유럽의 한 식민지 무역회사 증기선 선장(船長)이 된다.

이 배의 전임자 덴마크인 선장(프레스레벤)은 밀림의 원주민에 의해 아무것도 아닌 조그만 사건으로 피살된다. 두 마리 까만 암탉에 대해 서로 오해가 있어 원주민 촌장을 마구잡이로 패다가 원주민에 의해 살해된다 (p. 12, p. 370).

마로우는 이 증기선 새 선장으로 아프리카 서해안을 따라 남쪽으로 항해를 해서, 콩고강 하구에 이른다. 강 하구에서 젊은 스웨덴 선장이 끄는 더 작은 배를 갈아타고 30마일쯤 강을 거슬러 올라가 한 마을에 닿는다. 그는 병들고 굶주려 죽어가는 흑인들이 노예처럼 일하고 있는 철도 건설현장과 지옥같이 깊숙이 파인 폐광(廢鑛) 같은 구덩이도 목격한다.

여기서 그는 회사 현장출장소에서 깔끔한 모습의 회계책임자를 만난다. 이곳에서 거의 3년 가까이 일하고 있는 이 회계사로부터 주인공 커츠가 "최상급 요원"이고, "아주 비범한 사람"이며 앞으로 유럽위원회에서 크게 될 인물이라는 말도 처음 듣는다(p. 22).

또 이 지역 다른 모든 현장요원들이 수집하는 상아(象牙)를 모두 합친 것보다 더 많은 상아를 커츠 혼자서 수집하는 오지(奧地) 현장출장소 책임자라고 알려 준다. 마로우는 회사 중앙현장출장소를 찾아가기 위해 현지인 60명을 이끌고 험난하고 참혹한 200마일 행군 길에 오른다(p. 23).

밀림 속을 걸어 15일이 더 지나서야 그들은 다시 강을 보게 되고, 강변 가까이에 위치한 중앙출장소에 다다른다. 그는 도착하자마자 강 하구에 그가 정박해 둔 증기선을 현장 총책임자가 경험이 없는 항해사를 고용하여 이틀쯤 강을 항해하다가 배가 바위에 부딪쳐 파손되고 침몰했다는 놀라운 소식을 듣는다.

그는 곧바로 되돌아가 파손된 배를 다시 현장출장소로 가져와 고치는 데만 또 몇 달을 보낸다(p. 24). 여기서 9년째(3년 임기를 세 번) 일하고 있는 이 현장 총책을 만난다. 이 총책이 어쩐지 그를 불안하게 만드는 사람이라는 것도 감지한다. 이 총책이 이렇게 오래 자리에 붙어 있는 것은 그가 조직 관리나 기발한 이니셔티브 등 무슨 별난 재주가 있어서가 아니라, 이제까지 그가 한 번도 앓지 않고 건강했기 때문이고, 그가 새처럼 쉴 새 없이 재잘재잘 "지껄이는 바보"(p. 26)라는 것도 알게 된다.

마로우는 이 총책이 겉으로는 커츠를 "가장 훌륭한 요원"이며, 회사의 가장 중요한 "특출한 사람"(p. 25)이라고 치켜세우지만, 속으로는 총책 자리를 노리고 있는 적수(敵手)로 여겨, 커츠를 궁지로 몰아 제거하려는 음모를 꾸미고 있다는 것도 곧 눈치챈다(p. 25, p. 34).

마로우는 그에게 접근한 이 총책 스파이(염탐원)도 만난다. 그는 속으로 "손가락으로 가슴을 파헤치면 작은 흙가루밖에 아무것도 잡히지 않는 악마 메피스토펠레스 모조품같은 인간"(p. 29)이라고 파우스트 전설을 빗대며 이 요원을 멸시한다.

무엇보다도 그의 파손된 배를 고치기 위해서는 대못이 한시가 바쁘게 필요한데, 대못이 온다는 소식은 없고 '엘 도라도 탐사대원들'만 중앙 현장 출장소에 들이닥친다. 그리고 이 탐사대 대장이 총책의 삼촌이라는 것도 곧 알게 된다.

겉으로 보기에는 이 삼촌이 가난한 이웃 푸줏간 칼잡이같이 보이지만, 그가 보기보단 훨씬 교활한 인간이란 것도 알아챈다. 어느 날 밤 선박 갑판 위에 서 있던 마로우는 배 밑 한 귀퉁이에서 현장총책과 그의 삼촌이 상아 장사 벌이에 걸림돌이 되는 커츠를 어떻게든 손을 보거나 몰아내겠다고 서로 극비리에 다짐하는 밀담(密談)을 우연히 엿듣는다(p. 33).

밀담을 엿들은 뒤 또 두 달이 지나서야 증기선을 수선하고 마로우는 식인종 20여 명을 선원으로 채용하여 총책과 함께 커츠를 찾아 나선다.

샛강을 따라 태초의 밀림을 뚫고 뚫어, 없는 뱃길을 만들며 조금씩, 조금씩 강의 상류(上流)를 거슬러 올라간다.

커츠를 꼭 만나보겠다는 일념으로 하마와 악어들이 강변 모래언덕에 함께 누어 햇빛을 즐기고, 온통 풀과 나무뿐인 숲의 적막도 지나치면서 마치 딴 세상, 미지의 위성이나 선사(先史) 시대의 방랑자같이.

밀림과 그 밀림 속에서 부딪친 야만인의 체험을 다음과 같이 묘사하고 있다.

> [우리가 사는] 지구가 지구같지 않았다. 정복한 땅의 쇠사슬에 묶인 괴물(흑인)에만 익숙했던 우리(백인)들이, 그런데 거기서—괴물인데도 자유스러운 것(모습)을 볼 수 있었으니. 그것은 지구같이 않았고 사람들은, 아니 그들은 인간이 아닌 것은 아니지만. 아무튼, 가장 껄끄러운 사실은—그들이 인간이 아닌 것이 아니라는 의문이었다.
> 그것(의문)이 서서히 엄습했다. 그들은 소리를 질렀고, 뛰고, 빙빙 돌면서 무서운 얼굴을 보였지만 우리를 오싹 떨리게 한 것은 그들도 인간이라는 생각이었다—우리와 똑같은—. 이 야생의 정열적인 큰 소란이 우리의 먼 친척을 연상케 한다는 생각.
>
> (그들은) 보기가 흉했다. 물론, 그것은 매우 보기가 흉했지만 만약 우리가 용기가 있는 사람이라면, (그들이 울부짖는) 그 괴성(怪聲)의 엄청난 솔직함에 응하는 우리 속 어딘가에서 우리의 희미한 지난날의 흔적을, 그 괴성의 의미가 거기에 있다는—우리—우리는 지금 너무나 우리의 태초의 시대와 동떨어져 있지만—것을 이해할 수 있다고 스스로 인정해야 한다.
> 그리고 이해할 수 없는 이유도 없지 않은가? 사람의 마음이란 무엇이든 할 수 있으니까 말이다—왜냐하면 그(사람의 마음) 속엔 모

든 과거와 모든 미래, 모든 것이 들어있기 때문이다. 그것은 과연 무엇일까? 기쁨, 공포, 슬픔, 헌신, 용기, 분노—누가 말할 수 있는가?—그러나 진실—진실은 그 시간이라는 겉옷을 벗었다(진실은 시간이라는 겉옷을 벗고 그 속내를 드러냈다)(pp. 37-38).

The earth seemed unearthly. We are accustomed to look upon the shackled form of a conquered monster, but there—there you could look at a thing monstrous and free. It was unearthly and the men were…. No they were not inhuman. Well, you know that was the worst of it—this suspicion of their not being inhuman.

It would come slowly to one. They howled and leaped and spun and made horrid faces, but what thrilled you was just the thought of their humanity—like yours—the thought of your remote kinship with this wild and passionate uproar. Ugly. Yes, it was ugly enough, but if you were man enough you would admit to yourself that there was in you just the faintest trace of a response to the terrible frankness of that noise, a dim suspicion of there being a meaning in it which you—you so remote from the night of first ages—could comprehend. And why not?

The mind of man is capable of anything—because every-thing is in it, all the past as well as all the future. What was there after all? Joy, fear, sorrow, devotion, valor, rage—who can tell?—but truth— truth stripped of its cloak of time.

마로우는 강을 따라 상류로, 상류로 밀림 깊숙이 파고 들어가는 와중에 죽은 하마(河馬) 고기에만 매달리며, 6개월이나 굶주림에 찌들어진 식인종 임시 선원들이 강변 다른 원주민과 마주쳐, 그 흑인을 잡아먹겠다는 식인 행위(cannibalism)도 넌지시 암시한다. 또 그 식인 행위가 합법적인 자기방위(정당방위)라고 두둔한다(p. 42, pp. 385–389).

굶주림이 얼마나 무섭고 혹독하고, 잔악한가를 극적으로 묘사한다(p. 43). 식인 행위는 이들 원주민사회 의식(儀式) 차원에서 볼 필요도 있다는 지적(p. 277)도 있지만 끔찍한 장면이다.

강변 숲속에서 돌연 나타난 원주민의 습격을 받아 빗발치는 화살 세례에 허둥대기도 한다. 몇 달을 함께 일하다 보니 먼 친척처럼 특별한 유대감을 갖게 된 그의 증기선 흑인 조타수가 이 원주민의 습격으로 화살에 맞아 죽는다.

그가 살아 있을 땐 2등급 조타수였지만, 그의 시체는 1등급 유혹(먹잇감)임이 틀림없었지만, 차마 그 비극을 목격할 수 없다고 순간적으로 판단한 마로우는 차라리 물고기 먹이가 되기를 바라며 곧바로 그 시체를 배에서 강물에 던져버리는 끔찍한 장면도 나온다(pp. 51–52).

현장출장소 총책이 무장한 탐정대원과 함께 밀림에 숨어 있는 원주민을 소탕하려는 와중에 커츠를 신처럼 생각하고 그를 도와주기 위해 온 젊은 러시아 떠돌이도 만난다(p. 53).

이 떠돌이로부터 커츠가 원주민 마을들을 찾아 주로 홀로 몇 주일이고 밀림을 누비고 다니며 상아도 수집하고 호수를 끼고 사는 밀림 종족들과 함께 지내며 이 종족들이 커츠를 신처럼, 왕처럼, 숭앙한다는 것도 알게 된다(p. 55). 원주민의 습격이 커츠를 보호하기 위한 방어적 행동이었다(they don't want him to go, p. 54)는 사실도 이 떠돌이로부터 듣는다.

커츠가 몸이 몹시 아프다는 것도 알려준다. 또 그는 마로우는 커츠의 가슴속 가장 깊은 곳이 텅 비었고, 구멍이 뻥 뚫렸다(he was hollow at the core, p. 58)고, 속이 텅 빈 허풍선(the hollow sham, p. 67)이라고 생각한다.

마로우는 숲속에서 이 종족들과 함께 들것에 실려 나타난 7피트 거구의 몹시 쇠약해진 커츠를 처음 상면한다. 이 종족들은 그를 남겨 놓자마자 소리도 없이 감쪽같이 밀림 속으로 사라져 버린다. 탐정대는 커츠를 새장 같은 들것에 누운 채로 들고 와서 한 오두막에 가둔다(p. 59).

또 커츠의 원주민 정부(情婦)도 본다. 그녀는 말없이 묵묵히 한참 동안 배를 향해 서 있다가 밀림 속으로 사라진다(pp. 60-61). 이 떠돌이 청년은 총책이 마로우를 죽이려고 한다는 정보와 원주민이 증기선을 습격한 것은 커츠가 시킨 일이라는 사실도 귀띔해주며 그 스스로도 무슨 화를 당하기 전에 몰래 곧 도피하겠다고 일러 준다(p. 62).

한밤중에 위험을 무릅쓰고 마로우는 커츠를 그 오두막에서 증기선 선실로 옮기는 데 성공한다. 이 와중에 그는 커츠를 가리키며 쓸데없이 뇌까리면 "머리를 부셔버리겠다."라고 으름장도 놓는다. 커츠는 "나는 거대한 계획을 가졌었다." 그리고 "나는 위대한 일들의 와중에 있었다."라고 그에게 힘없이 말한다. 그는 그의 으름장이 너무 심한 것 같아, "당신을 목 졸라 죽일 거야"라고 말투를 한 단계 낮추고 "당신의 유럽에서의 성공(당신이 이곳에서 거둔 성과에 대한 유럽에서의 평가)은 이미 확실하다."(p. 65)라고 달랜다.

마로우는 이 인간(커츠)은 높게도 낮게도, 어떻게도 다를 수 없는 모순 투성이라고 속으로 생각한다. 황야, 황무지에 파묻혀 홀로 오랫동안 살아온 커츠의 영혼은 미쳤다고 그는 속으로 판단한다(p. 65).

그에게는 커츠가 "규제(속박, 신앙, 믿음), 공포를 모른 채 맹목적으로 오직 그의 영혼과 싸우는 한 영혼의 결코 이해할 수 없는 신비"(p. 66)같이 보였다. 하루는 총책을 "표독스런 *바보*"라고 뇌까리며 이 바보가 딴짓 못하도록 잘 간수하라고 부탁하면서 커츠는 마로우에게 종이 한 뭉치를 건네준다.

또 "이 많은 상아들은 사실 내 것이야. 회사는 값을 치른 적이 없어. 내 스스로 온갖 위험을 무릅쓰고 수집한 거야."라는 커츠의 푸념도 들는다. 그러나 회사는 회사 것이라고 우길 것이 뻔한데 그땐 어떻게 해야 할지를 그가 마로우에게 묻기도 한다. 그는 더도 덜도 말고 오직 법의 엄정한 판결만을 원한다고 실토한다(p. 72).

며칠 뒤, 밤에 촛불을 들고 마로우가 커츠의 침실에 들렀을 때, "나는 지금 죽음을 기다리며 이 어둠 속에 누워 있다."라는 그의 소리를 듣고 놀란다. 그리고 그의 상아같이 창백한 얼굴에 비친 그의 암울한 긍지, 무자비한 힘, 비열한 테러—격렬하고 절망적인 좌절을 마로우는 목격한다.

커츠가 죽기 직전, 숨소리같이 내뱉은 두 마디—참혹(慘酷)! 참혹!(The horror! The horror!), 임종(臨終)의 마지막 절규도 듣는다. 촛불을 끄고 그의 침실을 나와 현장 총책과 선실 식당에서 마주보고 앉는다. 잠시 후 선장 도우미가 커츠가 죽었다고 소리 지른다. 그다음날 탐정대원들은 커츠를 그곳에 묻는다(pp. 68–69).

마로우는 커츠와의 약속을 끝까지 지킨다. 커츠가 그에게 건네 준 모든 서류뭉치를 총책이 빼앗으려는 위협을 말다툼을 두 차례나 해서까지 물리친다.

항해를 마치고 유럽으로 되돌아 온 마로우는 커츠의 약혼녀를 통해 커츠의 어머니가 얼마 전에 죽었다는 것도 알게 된다. 그의 회사에서 찾아온 사람이 커츠의 서류뭉치를 회사에 돌려주지 않으면 법적 대응을 하겠다는 등 으름장을 놓지만 그는 끝까지 거부한다.

이틀 뒤 커츠의 사촌이라는 사람도 그를 찾아와 커츠가 음악가였다고 토로한다. 그는 커츠의 직업이 무엇인지를 그 순간까지도 가늠할 수 없다고 실토한다. 글을 쓰는 화가인지, 그림을 그릴 줄 아는 글쟁이인지, 그 사촌도 정확히 몰랐다. 이 사촌과 그는 커츠는 "만능인간"(a universal genius)이었다는 데는 의견을 같이했다. 마침내 커츠의 발자취를 추적해 보려는 한 언론인도 찾아와 커츠는 대중 편에 서서 극단주의자들의 과격파 정당의 당수로서 정치를 했어야 할 과격주의자, 극단주의자(p. 71)라는 평도 그에게 들려준다.

적어도 위의 마지막 문구를 읽는 순간 나는 어쩌면 콘래드는 19세기 말, 20세기 초에 일어날 이탈리아 파시스트 무솔리니, 독일 나치당의 히틀러, 일본 군국주의의 도조, 소련 공산당 스탈린 같은 독재자들의 등장을 예언, 예견하고 있지 않은가 하는 섬뜩한 생각도 들게 한다.

마로우는 커츠가 사망한 뒤 1년이 훨씬 지난 어느 날 약혼녀 집을 찾아가 커츠의 작은 편지 뭉치와 그가 가지고 있었던 그녀의 사진을 건네준다. 그리고 그녀에게 커츠는 값있는 삶을 살았고, "그의 마지막 말은—당신의 이름"(p. 75)이었다고 하얀 거짓말을 한다.

그의 하얀 거짓말을 듣는 순간 그녀는 (커츠가) 꼭 그럴 줄 알았다고 몇 번을 반복하며 손으로 얼굴을 가린 채 흐느끼며 한없이 행복해진다. 그녀의 여생(餘生)이 약혼자, 커츠에 대한 '행복한' 연민으로 채워지리라는 여운을 남긴다(p. 76). 약혼자—약혼녀, 끝내 못 이룬 결혼, 식민지 개척자—식민지 미개인, 커츠의 죽음으로 끝난 콩고의 밀림은 무엇을 상징할까?

마로우의 하얀 거짓말은 커츠 약혼녀가 살아가면서 "무언가 삶이 즐겁고 삶에 힘이 되기를"(something to live for and with) 바라며 꾸며낸 '선물'일까? 아니면 이렇게 대부분의 사람들은 어제도 오늘도 내일도 거짓과 진실, 껍데기와 알맹이, 헛것과 실체, '하얀 거짓말'과 '흉측한 진실'이 뒤죽박죽된 난장판에서 삶을 꾸려간다는 이야기일까?

# 『어둠의 속마음』을 읽고

## Heart of Darkness (다음부터는 HD로)

안타깝게도 이 책은 제목부터 나를 괴롭힌다. 영어로는 제목이 호기심이 날 만큼 멋지다. 어둡지만 철학적이다. 하지만 막상 나는 이 제목을 우리말로 번역을 하려니 난감하다. 영문학 전공자도, 영문의 한글 번역가도 아닌 나 같은 주제엔 더욱 그렇다.

이 때문인지 아내가 오래전에 산 이 소설[5]의 제목에 끌려서 나는 몇 차례 읽기를 시도했으나 솔직히 싸증날 성노로 난해하고 재미가 없는 것 같았다.

첫 페이지부터 무슨 이야기인지 알쏭달쏭 어렵기도 하고, 내가 다른 일에 바빠 내팽개치고 책장에 묻어 둔지도 거의 20년이 된다.

네이버(naver.com)에서만 이 책 우리말 제목—암흑의 핵심, 어둠의 속, 어둠의 심연, 어둠의 한 가운데—등 네 가지를 나는 쉽게 찾았다. 영문 제목을 한자(漢字)로 직역하면, 그냥 흑심(黑心)이다. 여기에서는 어둠의 속마음이라고 멋대로 번역했지만 내 마음에 결코 내키지는 않는다. 이 이야기가 독자에게 전달하려는 많은 메시지를 이 한글 제목이 모두 담지도 내비치지도 못하는 것 같아 아쉽다.

내가 읽은 킴브로우 교수가 편집한 총 420쪽 책자에는 콘래드의 이 작품 자체는 69쪽이다. 오히려 이 소설의 배경이 된 아프리카 콩고에 대한 역사, 지리, 시대상황, 그가 콩고에 있을 때 쓴 편지, 일기, 노트 등은 물론이요, 여러 콘래드 연구자들의 이 작품에 대한 촌평, 비평, 해설 등이 무려 343쪽이다. 배꼽이 배보다 다섯 배 이상 크다.

아무튼 이번엔 내팽개치지 않고 처음부터 끝까지 서너 번 읽는 데 일단 성공(?)했다. 하기야 내가 이 소설을 읽으며 느낀 짜증스러움이란 아무것도 아니다. 괜한 투정이다.

이 이야기 주인공이 아프리카 벨기에 영(領) 콩고의 밀림 속에서 원주민과 어울려 살아가는 그 혹독하고 황량한 환경의 단 한 순간과도 비교가 안될 만큼 가벼운 내 투덜거림 아닌가?

1890년 콘래드가 실제로 아프리카 오지에서 몸소 겪은 불안, 공포, 고립, 고난과 시련은 말할 것도 없고…. 이젠 나도 이 이야기의 줄거리를 조금이나마 알 듯 말 듯한 것도 사실이다. 이 작품은 소설이라기에는 너무 짧고, 단편소설로는 조금 길다.

내용은 그러나 장편소설 못지않게 당시 유럽제국주의, 식민지정책의 빛과 어둠(명암, 明暗), 겉과 속(표리, 表裏), 선과 악(善惡)을 포함, 그 시대 정신, 정치상황, 식민지 현장 종사자들과 목격자들의 철학적, 인간적 갈등, 번뇌 등 "어둠의 속마음", 즉 그 민낯과 속살을 넌지시나마 내비친다. 파헤친다.

장편소설 분량도 모자랄 내용들을 짧은 지면에 꽉꽉 빽빽이 집어넣었으니, 옛날 시골 허름한 방앗간 거무스름한 참깻묵 만지는 것같이 딱딱하다. 먼저 참깨를 태운 다음, 기름을 짜니까 깻묵도 이 소설 제목처럼 까맣다. 내가 그 속을 들여다보기도 뚫기도 어려웠다.

보다 구체적으로는, 유럽 문명사회에서 길들어진 주인공 커츠의 마음이 아프리카 밀림 속에서 고립과 질병에 시달리며 차츰차츰 무너져간다(disintegration). 퇴락해간다(degeneration).

그 스스로도 알게 모르게 그곳 원주민의 야만성, 원시성을 닮아가는 과정이기도 하다. 한 '문명인'이 죽어 '야만인'으로 다시 태어나는, 아니 그 스스로도 모르게 차츰차츰 탈바꿈 하는… 그리고 끝내는 죽는다는 이야기다.

극단적으로 이야기하면, "커츠 스스로 이른바 야수(野獸)들보다도 더한 야수가 되었다."[6]는 것이다. "어떻게 한 인간이 도덕적으로 타락하고(demoralization, debasement), 심리적, 정신적으로 마음이 병들고(desolation, degradation), 몸이 쇠락해(deterioration) 가는가?"를, 그래서 "끝내 죽음(death)을 맞는가?" 하는 처절하고 참담한 주인공 커츠의 전기(傳記)다. 한 인간이 겪을 수 있는 선과 악의 극과 극의 가능성(the upward and downward potential of man)[7]을 엿보게 한다.

여기서는 세 가지만을 다루고자 한다.

하나는 이 책 영문제목을 한글로 번역하고, 책 제목에 담긴 뜻을 풀이하는 것이 얼마나 힘든가를 나는 우선 독자들에게 알리고 싶다. 또 하나는 작가 콘래드의 프로필과 이 작품 줄거리를 내 나름대로 살펴보고자 한다. 끝으로 나에게 깊은 인상을 남긴 이 소설과 그의 산문, 편지 등에 나오는 구절들을 독자와 함께 되씹고 싶다.

## 책 제목

먼저 책 제목의 두 단어—'heart'(마음, 속마음)와 'darkness'(어둠)—의 뜻이 궁금하다. Heart는 사람의 마음, 속마음, 가슴, 심장이다. Heart를 '속마음'으로 내가 번역한 이유는 '겉으로 드러나지 아니한 참마음'이라는 우리말 뜻이 내 마음에 들어서다.

숨겨진 비밀, 감추고 덮어버린 만용(蠻勇), 만행(蠻行), 망동(妄動). 밖으로 드러나지 않은 인간의 깊은 속마음(內面, 內心)—온갖 음흉하고 악독한 마음(黑心), 흉측하고 잔인한 속셈(음모, 陰謀)—이런 것들이 문득 생각이 나서다.

Darkness는 이 소설의 배경이 된 아프리카 콩고, 그 광활한 땅(황무지, 荒蕪地)의 어두운 심장부이기도 하다. Darkness는 '검은 대륙'(dark continent), 아프리카와도 통한다. 작품의 지리적 현장인 콩고는 아프리카 대륙의 한가운데, 그 심장부다. 이 소설의 주인공(커츠)은 유럽의 한 식민지 무역회사 콩고 현장요원이다.

그가 이 검은 대륙의 심장부에 자리를 잡고 어쩌면 거의 신(神)처럼 원주민의 추앙(?)을 받으며 왕(王) 노릇을 한 곳도 어둠의 깊은 숲속—밀림(密林)—이다. 이 이야기 속의 무역회사 사장실 문을 "어둠의 문"(p. 14)이라고 부르는 것도 눈길을 끈다. 어둠은 사람 마음속의 어두움뿐만 아니라, 신비스럽고 예측하기 힘든 그 무엇—무지와 환상[8]—을 뜻하기도 한다.

어둠은 또 "인간 영혼의 핵심에 (자리하고 있는) 절망적인 텅 빈 구멍(공허, 空虛)"[9](desperate void at the core of human soul)이다. 하얀 피부색 유럽인—백인(白人)—과 대조되는 '검은 대륙'에 사는 검은 피부의 흑인도 상기시킨다. '우리'(us)와 '그들'(them)—문명인과 미개(야만)인—정복자(식민주의자)/지배자와 원주민(식민지인)/피지배자 같은 이분법적 흑백논리나 흑백 사고방식도 이야기 속에 깔려 있다.

당시 백인의 눈엔 아프리카 대륙도, 그 원주민들도 유럽 중세 암흑시대(the Dark Ages)보다 더 어두컴컴하고 미개한 '야만인'으로 비춰진 것도 암시한다. 흑인 원주민 속에서 백인의 과거를, 더 나아가 인간본성, 본연의 실체를 발견한다. '문명' 유럽인이 '야만' 아프리카 원주민을 '계몽'하고 '검은 대륙'을 '개척'하겠다는 이상과 현실, 겉과 속, 논리와 모순, 거창한 계획과 실제 현장의 엄청난 괴리를 파헤친다.

밖으로 드러난 아프리카 콩고의 어둠과 안으로 깊숙이 숨겨진 인간 마음의 어둠(그늘)을 대조하는가 하면, 콩고강을 접하면서 영국 템스강의 태초의 친척 같은 모습(닮은 꼴)을 비유적으로 상기시킨다. 로마인에게 영국인이 '야만인'이었던 것처럼, 당시 유럽인에게 아프리카 원주민은 '야만인'이었다는….

러시아인을 한 까풀 벗기면 타타르인이 나온다는 러시아 속담처럼, 아프리카 원주민, 영국인, 유럽인, 로마인… 모두 그들 마음속 깊은 곳에는 "해묵은 야만성"(old savagery)이 숨어 있다[10]는 강력한 메시지를 콘래드는 제시한다.

한 비평가는 그것을 저주받아야 할, 인간 공동의 "가증(可憎)스런 유산"(accursed inheritance)[11]이라고 힘주어 말한다. 이를 달리 표현하면, 문명, 문화인이든 미개, 야만인이든, 피부색이 희든 검든, 신분이 높든 낮든, 학식이 많든 적든, 문맹이든 아니든, 인간의 속마음(heart)—특히 그 야만성(野蠻性), 사악성(邪惡性, monstrosity)—을 저자는 들추어낸다. 하지만 작가가 독자에게 주는 메시지는 직설이라기보다는 인상적(impressionistic)이다. 난삽, 난해할 정도로 그의 표현이나 묘사가 짙게 안개 긴 풍경화 같다. 희미하고 은은하다.

이 작품 속에 안개, 아지랑이 무리(a haze, p. 7; a mist, p. 8; a glow brings out a haze, p. 9; misty halos, p. 41), 느리게 움직이는 연무(煙霧), 하얀 안개, 안개 속으로, 앞이 보이지 않는 짙은 흰 안개(a creeping mist, p. 16; a white fog, p. 41; into the fog, p. 42; the blind whiteness of the fog, p. 43), 증기(蒸氣)(vapor, p. 64)… 이런 단어나 구절이 자주 나온다.

내레이터 마로우와 탐색 대원이 콩고강 상류를 거슬러 올라가다 깊은 밀림 속 원주민에게 기습적으로 습격당한 것도 짙은 안개 속에서였다(p. 41).

마로우 스스로도 이 이야기는 아주 그렇게 명백하지는 않지만, 그에 대한 모든 것과 그의 생각들까지도 마치 어둠—가슴속 깊은 곳에 숨겨진 비밀—을 들추어내듯 밝히겠다고 힘주어 말한다(p. 11).

과문(寡聞)이지만, 콘래드(1857-1924)의 이 작품은 그와 함께 거의 같은 시대를 살았던 유럽 인상파 화가들—프랑스의 르노와르(1841-1919), 모네(1840-1929), 마네(1832-1883), 폴 고갱(1848-1903), 네덜란드의 반 고흐(1853-1890) 등—의 화풍(畵風)을 닮은 것도 같다. 모네가 이야기한 "그림 속의 안개"(the fog in the painting)와 콘래드 "내레이터의 아지랑이"(the narrator's haze)[12]는 닮은꼴이다.

인상파 화가는 아니지만, 콘래드가 밀레(1814-1875)의 그림과 그의 작품을 비유하는 것도 흥미롭다.

"밀레(만약 내가 그분같이 훌륭한 사람이자 예술가를 감히 들먹일 수 있
다면)가 농부를 위해 (그림을 그린 것처럼) 나도 뱃사람(船員)을 위
해 글을 쓰고 싶은 것이 내 욕심이다."[13]라고 스스로 밝힌다.

무엇보다도 콘래드의 『HD』는 엘리엇(T. S. Eliot, 1888-1965)의 『폐
허』(the Waste Land, 1922)와 『텅 빈 사람들』(the Hollow Men, 1925)에
영향을 미친 것으로 알려졌다. 엘리엇의 전기 작가 린든 고든은 『HD』
의 주인공 커츠의 죽기 전 유언 두 마디, "참화! 참화!"(The Horror! The
Horror!)를 엘리엇의 시(폐허) 5장의 제목으로 뽑자, 친구인 시인 에즈라
파운드가 엘리엇에게 콘래드는 그렇게 "무게 있는" 작가가 아니니 그의
시에서 콘래드의 위 유언(epitaph)을 빼라고(삭제) 주문했다는 것도 흥미
롭다.[14]

이야기 속에서 자구(字句), 'HD'는 여러 군데서 발견된다. HD가 거꾸
로 DH가 되기도 한다. 햇빛 쐬기 전 아프리카 땅(대륙)의 모습—밀림, 샛
강, 진흙, 강—을 그는 "기다리는 죽음, 숨겨진 악(惡), 그 땅 가장 깊은
곳(오지, 奧地)의 칠흑(漆黑)의 어두움에의 배신자 같은 호소"(p. 35)로,
칠흑 같은 밤의 어둠 그 자체(p. 62)로 표현한다. "밀림 속 어둠의 한복
판"(p. 37)이나 결코 "뚫고 들어갈 수 없는 어둠의 속"(p. 48)으로 묘사하
는가 하면, "어둠의 권력자들"(p. 49, p. 50)을 암시한다.

콩고 밀림의 어두움(p. 67), 사람의 고동치는 가슴, 정복자의 어두운
마음(p. 72)으로, 그리고 주인공 커츠의 마음을 결코 뚫고 들어갈 수 없
는 어둠(p. 68)이었다고 밝힌다. 영원한 침묵(죽음)의 문턱 너머로(p. 74),
"지옥 같은 개울(샛강)"의 반짝임, 어둠의 개울(p. 75), 즉 죽음, 지옥, 어
두움이 하나가 되기도 한다.

그리고 이 소설의 마지막 구절—거대한 어둠의 속(우주)으로(p. 76)—
는 적어도 나에겐 블랙 홀(Black Hole)을 상상하게 했다면 지나친 과장일
까? 탈선(脫線)인가, 탈선(脫船)일까?

아무튼, 저자가 독자에게 전달하려는 의미는 다양하다. 인상파 화폭처럼 희미하고 오묘하다. 1899년 1월 2일 콘래드는 잡지사 대표 블레크우드에게 보낸 편지에서, 이 책 제목(HD)과 이야기 내용을 대충 다음과 같이 알려 준다.

> "그의 이야기는 우울하지는 않으며, 그가 몸소 목격한 유럽 식민주의자들의 아프리카에서의 개척 사업이 거의 범죄행위에 가까울 정도로 비효율적이고, 사리사욕(私利私慾)에 병들어 가고 있는 현장을 이 이야기 속에서 파헤치겠다고 그의 소설을 싣게 될 잡지사 대표에게 그는 다짐한다. 그러나 주제는 꼭 시사적으로 다루고 있지는 않지만, 바로 이 시대에 관한 것"(p. 201)이라고도 밝힌다.

간추리면, 한 비평가[15]는 『HD』의 세 가지 측면을 본다. 벨기에 식민지 공고의 시리적 위치와 그 원주민의 피부색이라는 콩고의 인종적 측면이 하나다. 유럽 콩고 식민주의자들의 제국주의 건설현장—본질과 결과—을 파헤친 것이 또 하나다. 식민주의자들의 사악하고 탐욕스런 원주민 착취행위, 즉 그 마음의 어두움, 백(유럽인의 마음)이 흑(어둠)이고, 흑(원주민의 마음)이 백(결백)이라는 아이러니가 그 핵심이다. "모든 백인(문명인)의 마음속에는 사악한 흑인(야만인)이 들어있다."[16]는 것이다.

마지막으로 심리적 측면의 비유다. 역사적으로는 아프리카 원주민은 백인들 '어둠의 속마음'의 '죄 없는 희생자들'이지만, 심리적으로는 아프리카 원주민들의 사람사냥(head-hunting), 인신 제물(human sacrifice), 식인 행위(cannibalism) 등에 백인 식민주의자들이 스스로 빠져들어 간다는 것이다(p. 49). 콘래드를 "인종 차별주의자[17]"로 몰아붙이는 비평가도 있다. 그 스스로 인정했듯이, 그는 그 시대의 산물이다. 또 그 시대적 상황의 큰 틀을 그가 벗어나지도, 벗어날 수도 없었다.

그러나 이러한 시대적, 인간적, 개인적 '보편적 한계'(universal constraints)는 어느 시대, 어느 인간이든 그 누구도 피할 수 없는 벽이다. 절대다수의 사람들은 그 벽에 부딪히면 눈감아 버린다. 포기하고, 안주(安住)한다. 오직 극소수의 선구자, 혁명가, 개혁가만이 눈을 부릅뜨고 맞붙어 싸운다. 그 벽을 나름대로 깨고, 부스고, 무너뜨리려 든다.

그 과정에서 대부분 이들은 희생양이 되기 마련이다. 콘래드의 이 작품도 "장님 코끼리 보는 식"이 아니라, 이러한 두 잣대―부분과 전체, 절대 다수와 극소수―로 통틀어 보는 눈이 필요하다. 폴란드가 조국인 콘래드와 그의 가족, 친척들은 당시 러시아 제국주의의 희생양이라고도 볼 수 있다. 그와 그 가족이 유럽에 망명하여 흩어져 사는 '이산가족'으로서, 알게 모르게 제국주의 식민정책에 대해 태생적 혐오감, 적대감이 그의 몸과 마음에 깊숙이 배어있는 것도 같다.

바로 그의 마음속 깊이 자리 잡은 제국주의와 제국주의자들에 대한 증오도 그의 『HD』 저술에 한몫을 했다고 본다면, 내가 너무 빗나간 것일까? 아무튼 위에서도 밝혔지만, 『HD』는 한두 마디로 요약하거나 두서너 가지 측면으로 그 의미를 간추리기엔 너무나도 은유(隱喩), 함의(含意), 시사점이 복잡하고 다양하다.

비유를 하자면, 이 책 제목은 구멍이 너무나 큰 그물(망, 網)같다. 큰 고기, 작은 고기 모두 다 잡힐 것 같기도, 다 놓칠 것 같기도 하다. 인상파 그림처럼 『HD』는 그 인상도 감동도 희미하고 은은하다. 콘래드 스스로 그의 글에는 "불필요한 문장보다는 불필요한 단어들이 나의 도깨비(유령)"라고 밝히지만(p. 211), 나의 소견으로도 그의 문장과 단어 모두 장황하다.

더욱이 그의 문장을 한글로 번역하려면 직역(直譯)도 의역(意譯)도 너무 힘들다. 긍정적으로 말하면 그의 글은 철학적이며 심오(深奧)하지만,

# 지혜: 생명의 샘

# 맺는말을 대신하여

이 책에서 소개한 일곱 작가의 열두 개 작품을 저자가 영문으로 읽고 우리말로 번역하는 과정에서 중요하다고 생각한 구절이나 내용을 <제1부>에서 그대로 인용하거나, <제2부 부록: 인용구>에 좀 더 많이 자세하게 실었습니다.

이런 과정에서 겪고 느낀 번역의 어려움을 어떻게 독자에게 전달할까를 놓고 한참 동안 고민하다가 맺는말을 대신하여 한 에피소드를 통해 그 해답을 찾아보려 했습니다. 얼핏 보면 이 에피소드가 이 책과는 동떨어진 것같이 보일 수도 있지만….

1

좀 오래 살다 보니 집에 모아 둔 우리말, 영어 성경과 성경 관련 책들이 열 가지가 넘는다. 지난 2010년 여름, 우리 부부는 하와이에 계시는 87세 장모님을 14년 만에 모처럼 모시고 왔다. 장모님은 우리 집에서 두 달쯤 함께 지내셨다.

하루는 성경을 읽고 계시는 장모님을 보며, 나는 문득 장모님께 성경 한 줄을 읽어드리고 싶었다.

미국 켄터키에서 살 때 우리 부부와 아주 가깝게 지낸, 독실한 기독교 신자이자, 그 지역뿐만 아니라 미국 전역에서 많은 목회와 봉사활동을 하고 있는 지인순 박사. 이분이 선물로 보내준 매우 귀중한 새 영문 성경(2002년 판)과 『새 성경 목록』*에서 '지혜'(wisdom)에 나오는 수많은 성경구절 가운데 욥기(Job) 11장 12절을 찾아서 장모님에게 읽어드렸다.

내가 장모님께 성경을 읽어드린 이유는 성경 이해나 해석은 두말할 것도 없고, 성경 번역의 어려움을 말씀드리고 싶어서였다. 이 한마디, 한 구절만 해도 우리말, 영어 성경 모두 내용이 서로 달라서 헷갈린다는 것을 알려드리려는 것이었다.

여기 그동안 이 저자가 모은 한글, 영문 성경 일곱 가지에 나오는 '지혜'라는 위 읍기 한 구절만을 살펴보자.

1. 허망한 사람은 지각이 없나니 그 출생함이 들 나귀 새끼 같으니라.

    … a witless man can no more become wise than a wild donkey's colt born a man.

2. 허망한 사람은 지각이 없나니 그 출생함이 들 나귀 새끼 같으니라.

3. 허망한 사람은 지각이 없나니 그 출생함이 들 나귀 새끼 같으니라.

4. 미련한 사람이 똑똑해지기를 바라느니 차라리 들 나귀가 사람 낳기를 기다려라.

5. Can a fool grow wise?
    Can a wild ass's foal be born a man?

6. But a stupid man will get understanding, when a wild ass's colt is born a man.

7. But a witless man can no more become wise than a wild donkey's colt can be born a man(or wild donkey can be born tame).

## 2

위에서 보는 것처럼, 이 한 구절만을 놓고도 우리말, 영어문장 모두 서로 많이 크게 다르다. 성경이 거의 모든 나라의 언어(글)로 번역되었고, 한 나라 안에서도 한 언어로 쓴 성경 번역본이 여러 가지라면 너무 혼란스럽다. 더구나 가장 오래된 최초의 성경이 옛 히브리어든 옛 그리스어든 그 원본을 판독하고 숙독하기 전에는 누가 "이것이 옳은 내용이다."라고 확언할 수 있는가? 있을까? 난감하다.

위 우리말 문장 내용은 『성경전서 표준 새 번역』**에서 다시 바뀐다. 이 새 한글 성경 번역본의 구약은 독일성서공회에서 출판한 히브리어 구약전서 비블리아 『헤브라이카 슈투가르텐시아』(1967/1977)에 실려 있는 히브리어 마소라 본문을, 신약은 세계성서공회연합회에서 출판한 『그리스의 신약전서』(제3판 1983)를 사용했다고 밝히고 있다.

위 몇 개 영어 문장에서 "들 나귀의 어린 수컷"(a donkey's colt, a wild donkey's colt, a wild ass's colt), "들 나귀 새끼"(a wild ass's foal) 등으로 표현한다. 어린 당나귀 새끼가 사람을 낳는다는 것도 불가능하지만, 어린 당나귀 수컷 새끼가 사람을 낳는다는 것은 더욱 얼토당토않다.

위 한글과 영어 번역들을 종합해 보면, "어리석은 사람이 어질게 된다는 것은 어린 들 당나귀 수컷이 사람을 낳는 것보다도 더 어려우니라."라는 뜻으로 이해가 된다. 죽었다가 깨어나도 어리석은 사람은 어진 사람이 될 수 없다는 말씀이다.

나는 이 구절의 서로 엇갈린 우리말과 영어 번역들을 보고 읽으면서 세 가지 생각을 하게 된다.

첫째, 이 글귀 원본을, 아니 신의 참뜻을 모른 채 이러쿵저러쿵 한다는 것이 끝내는 마치 장님 코끼리 만지는 격이 아닐까 한다.

둘째, 번역이란 마치 벽에 걸린 주단(綢緞, Tapestry) 그림을 거꾸로 걸어 달아 놓은 것과 같다고 세르반테스가 『돈키호테』(이 책 부록 인용구 참조)에서 번역의 어려움, 괴로움 그리고 때로는 원문과 동떨어진 번역문의 얼토당토않은 황당함을 새삼 실감한다.

셋째, 우리나라뿐만 아니라 세계 곳곳에서 온갖 종파, 계파의 신부, 목사, 전도사 등 성직자, 목회자들이 제각기 서로 다른 언어, 내용 등 온갖 성경 본을 읽으며 신도, 추종자, 일반 청중에게 설교, 설득하는 광경을 상상해보면 너무나 혼란스럽다.

설교하고 설파하는 목회자의 지혜, 지식, 체험, 인간 됨됨이 등이 문자 그대로 천이면 천, 만이면 만, 천차만별임을 생각하면 나는 더욱 난감해진다. 주님의 말씀은 오직 하나라지만, 그 말씀을 담은 언어와 방언은 수없이 많고, 더구나 그 말씀을 신도에게 전하는 목회자, 성직자, 전도사는 사람 얼굴이 다르듯이 제각각이라는 것(심하면 제멋대로구나 하는 것을)을 새삼 느낀다. 물론 그럭저럭 그렁저렁 세상은 쉴 새 없이 돌아간다지만….


# 3

두말할 나위 없이 기독교 구약과 신약성경뿐만 아니라, 힌두교, 불교, 유교, 회교 등 모든 종교경전들에도 지혜에 관한 말씀과 내용들이 수없이 많이 있기 마련이지만, 위 새 구약, 신약성경에 실린 두 글자—지혜(wisdom)와 지혜로운(wise)—가 나오는 구절만 찾아봐도 무려 각각 218개, 186개나 된다. 호기심이 나서 나는 이 구절들을 한번 찾아 읽어보기로 했다. 그리고 다음과 같은 사실을 나는 조금이나마 알게 됐다.

첫째, 지혜는 주님의 것이라는 말씀이 맨 먼저 눈에 띈다.

> … 지혜와 권능은 본래 하나님의 것이며, 슬기와 이해력도 그분의 것이다(욥기, 제12장 13절).

주님께서 지혜를 주시고, 주님께서 친히 지식과 명철을 주시기 때문이다(잠언, 제2장 6절).

주님은 지혜로 땅의 기초를 놓으셨고, 명철로 하늘을 펼쳐 놓으셨다(잠언, 제3장 19절).

둘째, '솔로몬의 지혜'는 하나님께서 주신 은혜다. 솔로몬이 하나님께서 그에게 백성을 인도하도록 왕이 되게 하셨으니, 이 백성을 인도할 지혜와 지식도 주시도록 하나님께 여쭙는다(역대지 하, 제1장, 8, 9, 10절).

너의 소원이 그것이구나. 부와 재물과 영화를 달라고 하지도 않고, 너를 미워하는 자들의 목숨을 달라고 하지도 않고, 오래 살도록 해달라고 하지도 않고, 오직 내가 왕으로 삼아 맡긴 내 백성을 다스릴, 지혜와 지식을 달라고 하니, 내가 지혜와 지식을 너에게 줄 뿐만 아니라, 부와 재물과 영화도 주겠다. 이런 왕은 네 앞에도 없었고, 네 뒤에도 다시없을 것이다(역대지 하, 제1장 11, 12절).

하나님께서 솔로몬에게 지혜와 총명과 넓은 마음[이해심]을 바닷가의 모래알처럼 한없이 많이 주시니(열왕기 상, 제4장 29절, 제5장 12절).

그래서 온 세계 사람은 모두, 솔로몬을 직접 만나서, 하나님이 그의 마음속에 넣어주신 지혜의 말을 들으려고 하였다(열왕기 상, 제10장 24절).

그래서 세상의 모든 왕들은 솔로몬을 직접 만나서, 하나님께서 그의 마음속에 넣어주신 지혜의 말을 들으려고 하였다(역대지 하, 제9장 23절).

셋째, 지혜는 하나님을 경외하는 것으로 시작한다는 것이다(시편, 제111장 10절).

지혜로운 사람은 주님을 두려워하며, 악한 일을 피하지만, 어리석은 사람은 성급하고 무모하다(잠언, 제14장, 16절).

주님에의 경외가 사람의 지혜를 가르친다(잠언, 제15장 33절).

넷째, 지혜의 가르침은 바로 *전도서*(12장) 속에서, 즉 하나님의 지혜를 받은 다윗의 아들, 솔로몬이 밝히는 설교 속에 있다.

"헛되고 헛되다. 헛되고 헛되다. 모든 것이 헛되다."(제1장 2절)에서 시작하여, "하나님은 모든 행위를 심판하신다. 선한 것이든 악한 것이든 모든 은밀한 일을 다 심판하신다."(제12장 14절)로 끝나는 전도서에서 사람은 '지혜의 신비'를 만난다.

빠르다고 해서 달리기에서 이기는 것은 아니며, 용사라고 해서 전쟁에서 이기는 것도 아니더라. 지혜가 있다고 해서 먹을 것이 생기는 것도 아니며, 총명하다고 해서 재물을 모으는 것도 아니며, 배웠다고 해서 늘 잘 되는 것도 아니더라. 불행한 때와 재난은 누구에게나 닥친다(제9장 11절).

다섯째, 어리석은 사람이나 지혜가 있는 사람이나 시간이 지나면 모두 사람의 기억 속에서 사라지며, 어리석은 사람이나 지혜로운 사람이나 모두 죽는다는 것이다. 끝내는 모든 것이 바람을 잡으려는 것처럼 헛될 뿐이라는 것이다(제2장 12절~17절).

여섯째, 지혜와 함께하는 낱말들이 많다. 함께하는 낱말로 가장 돋

보이는 것은 명철, 총명, 분별, 분별력(discerning), 분별력 있는 사람(the discerning)이다(창세기, 제41장 33절, 39절, 잠언 제14장 33절 등).

이제 나는 네(솔로몬) 말대로 네게 지혜롭고 총명한 마음을 준다. 너와 같은 사람이 너보다 앞에도 없었고, 네 뒤에도 없을 것이다 (열왕기 상, 제3장 12절).

명철한 사람 입술에서는 지혜를 찾지만, 판단력 없는 사람은 채찍이 필요하다(잠언, 제10장, 13절).

지혜 있는 사람의 가르침은 생명의 샘이니, 사람을 죽음의 그물에서 벗어나게 하나니(잠언, 제13장 14절).

마음이 지혜로운 사람을 명철하다(분별력이 있다)(잠언, 제16장 21절).

지혜를 얻는 것이 금을 얻는 것보다 낫고, 명철을 얻는 것이 은을 얻는 것보다 낫다(잠언, 제16장 16절).

위 명철 이외에도 지혜와 함께 따라다니는 성경 속 낱말로는 단련 또는 자제력, 신중, 겸손, 인내, 극기, 지식, 지력, 통찰력, 명예 등이다. 지혜는 산호, 벽옥(碧玉), 홍옥(紅玉)보다 더 값지고(욥기, 28장 18절, 잠언, 제8장 11절), 전쟁무기보다 낫다(전도서, 제9장 16절, 18절)고도 밝힌다. 또한, 지혜는 슬기로운 한 사람을, 성읍을 다스리는 통치자 열 사람보다 더 강하게 만든다(전도서, 제7장 19절)고.

그런데 이 저자에게 하나의 의문이 남는다. 지혜는 하느님만이 주시고, 어리석은 사람이 어질게 되는 것이 당나귀 어린 수컷이 사람을 낳는 것보다도 더 불가능하다면, 얼토당토않은 공염불이라면, 사람이 사람을 가르치고 서로 배우고 닦고 알고 깨닫는 교육이란 무엇인가? 교육의 목적과 기능은 무엇인가? 이 세상에 태어난 다음에 우리가 배우는 것은 무엇이란 말인가?

사람은 태어날 때부터 금, 은, 동으로, 옥돌과 맷돌로, 요즘 시쳇말로는 흙수저와 금수저로, 어질거나 어리석은 성품으로 가를 수밖에 없단 말인가?

교육은 쇠를 금으로 만드는 연금술도, 맷돌을 옥돌로 만드는 마술도, 하루아침에 바보를 천재로 만드는 요술방망이도 물론 아니다. 산은 산이고 물은 물이듯이 옥은 옥이고 돌은 돌이다. 사람도 마찬가지다. 일란성 쌍둥이도 갑식이는 갑식이고, 갑돌이는 갑돌이다.

하지만, 쓸모없이 땅속 깊이 묻힌 금이나 옥보다는 금문교를 만든 쇠붙이나 경회루 주춧돌이 된 맷돌이 더 쓸모 있고 값지지 않은가? 교육이란 땅속 깊이 묻힌 금을 캐내고, 바위 속에 숨겨진 옥을 가려내며, 무쇠나 맷돌도 우리 삶에 유용하도록 만드는 기술을 습득하는 작업과 그 과정이 아닐까?


끝끝내, 사람이 갖는 지식과 과학기술은 인간교육의 결과지만 지혜는 오직 신의 은총이란 말씀일까?

간추리면, 지혜는 신에의 외경(畏敬)에서부터 시작한다. 신이 오직 솔로몬에게만 처음이자 마지막으로 주신 지혜, 지식, 부, 재물. 만복(萬福)과 부귀영화. 이 모든 것을 온몸과 온 마음으로 한 평생 누린 다음, 솔로몬 스스로 갈파하는 삶의 지혜를 담은 *전도서*.

이 *전도서*만이라도 처음부터 끝까지 틈날 때마다 내가 읽고, 또 읽는 것이 신의 지혜, 우리 삶의 지혜를 터득하는 그 첫 걸음이 아닐까 한다.

* Edward W. Goodrick and John R. Kohlenberger III, *The Strongest NIV Exhaustive Concordance*(Zondervan, Grand Rapids, Michigan, 1999, 1990). *Holy Bible*, New International version( Zondervan, 1984, 2002).

** 한영성경전서(Korean—English Bible), 개역한글판, New Internation-
al Version, *The Holy Bible, Old and New Testaments,* Korean Bible
Society, 1961, copyright, 1973, 1978, 1984. *성경전서,* 개혁한글판(대한성
서공회, 1956, 1961년 초판, 1978년 60판); 1964년 珠貫 聖經全書, 簡易 國漢
文, 大韓聖書公會 發行, 1995. 한신대학교, *성경전서 표준 새 번역본, 새
찬송가*(한신대학교, 2010, 2001, 1993), 개교 70돌 기념성서 발간.

부록: 인용구

# 세르반테스, 『돈키호테』

## 삶의 지혜와 통찰(I)

** [ ]는 저자의 촌평임.

* 왕이 세금을 멋대로 하듯이, 여러분의 집안에 여러분의 심령이 있고, 여러분
  이 바로 그 주인(왕, master)이다.

  [당신이 집에서는 바로 심령의 주인이다. 마치 왕이 세금을 제멋대로 하듯이]
  Your soul is in your own house, and master thereof as the king is over his
  taxes., Part I, Prologue, p. 41.

* 자유는 이 세상에 있는 모든 금과 바꿔도 잘 판 것은 아니다.

  Liberty is not well sold for all the gold in the world., Part I, Prologue, p.
  44, footnote 3.

* 나는 태어날 때 자유로웠다, 그리고 자유롭게 살기 위해 나는 넓은 들판(광
  야)의 외로움을 택했다.

  I was born free, and to live free I chose the solitude of the fields., Chap.
  XIV, p. 142.

* 나는 자유롭다. 복종(굴종)을 싫어한다. 나는 그 누구든, 사람을 사랑하지도
  미워하지도 않는다. 나는 이 사람은 속이고 저 사람은 비위를 맞추는 짓도 안
  한다. 나는 한 사람은 함부로 다루면서 또 다른 사람에겐 애타게 매달리지도
  않는다.

  I am free and have no taste for subjection; I neither love nor hate any
  man. I do not deceive this one nor court that one; I do not trifle with one
  nor keep another on tenterhooks., Chap. XIV, p. 144.

* 우리의 의지(意志)는 자유롭고 어떤 약초(藥草)나 마력도 그것(의지)을 꺾지
  못한다…. 단 한 사람의 의지를 꺾는 것도 불가능하다.

  Our will is free and neither herb nor charm can compel it…. it is impos-
  sible to force a man's will., Chap. XXII, p. 213.

* 누구에게나 잃어버린 자유를 되찾는 것보다 더 큰 기쁨은 이 세상에 없다
  고, 나는 생각한다.

  … there is no joy on earth in my opinion that can compare with regaining
  one's lost liberty., Chap. XXXIX, p. 400.

* 되찾은 자유와 그것(자유)을 또다시 잃을까 하는 두려움은 이 세상의 모든
  책무마저도 [그의] 기억에서 지워버린다.

  Regained liberty and the dread of losing it effaces from the memory all
  the obligations in the world., Chap. XL, p. 411.

* 세르반테스는 돈키호테의 입을 빌려 그의 체험에서 얻은 자유에 대한 관찰
  을 산초에게 다음과 같이 들려준다.

  자유… 는 하늘이 인류에게 내려준 가장 고귀한 선물의 하나일세. 지구의
  가슴에 혹은 그 바다(大洋) 깊숙이 품고 있는 그 모든 보물들과도 자유는 비
  교가 안 된단 말이야. 자유와 명예를 [찾고, 얻기] 위해서라면 사람은 그의
  목숨도 불사(不辭)해야 하며, 감금(포로 생활)을 인생에서 가장 큰 재앙을 불
  러 올 수 있는 것으로 다뤄야 한단 말이야.

  Liberty… is one of the most precious gifts that Heaven has bestowed
  on mankind; all the treasures the earth contains within its bosom or the
  ocean within its depths cannot be compared with it. For liberty, as well as
  for honor, man ought to risk even his life, and he should reckon captivity
  the greatest evil life can bring., Chap. LVIII, p. 935.

* 하늘에 계시는 하느님은 사악한 인간을 벌하고, 선량한 사람에게 상 주는 일
  을 결코 저버리지 않으신다.

  … there is a God in Heaven who does not fail to punish the wicked nor
  to reward the good., Part I, Chap. XXII, p. 217.

* 하느님의 눈에는 배은망덕(背恩忘德)이 가장 가증스러운 죄의 하나다.

  … ingratitude is one of the most hateful sins in the eyes of God., p. 217.

* … 오만은 인간 최대의 죄악이라고 말하지만, 나는 배은망덕이 그렇다고 믿

는다. "지옥엔 배은망덕한 자들로 가득하다."는 세간의 이야기가 나의 이 믿음을 뒷받침해 준다.

Though we are told that pride is man's greatest sin, I say, it is ingrati-tude…. I base my belief on the common saying: "Hell is full of the un-grateful., Chap. LVIII, p. 942.

* … 악한(악당)에게 친절을 베푸는 것은 마치 바다에 물 붓는 격이다.
… To do a kindness to rogues is like pouring water into the sea., Chap. XXIII, p. 219.

* 오 질투(시기), 수없이 많은 악의 뿌리요, 모든 덕을 [파먹는] 자벌레! 다른 모든 악들은 무언가 기쁨이 뒤따르기도 하지만, 시기는 오직 불화, 앙심, 분노만을 불러온다.
O envy, root of countless evils and cankerworm of the virtues! All the vices… bring certain pleasures with them, but envy brings nothing but discord, rancor, and rage., Chap. VIII, p. 579.

* 명예를 얻으려는 욕심은 하나의 강력한 동기다.
… the desire of winning fame is a powerful incentive., p. 580.

* 죽을 운명인 인간들은 여러 가지 수완과 수단을 써서 영원불멸의 무엇인가를 적어도 한 몫 갖고자 욕구하는 것으로서의 명예욕[을 갈구한다]….
하지만, 우리, 크리스찬과 천주교 기사(騎士)들은 미래에 우리가 하늘나라, 우주에서나 즐기게 될 영광의 희망에 무게를 두지, 지금 이 유한한 시간 속에서 이루려는 명예의 허영에는 관심이 없다. 왜냐하면, 그런 명예가 아무리 오래 간다고 하더라도, 끝이 있는 이 세상과 함께 끝날 것이기 때문이다….
우리(기사들)들은 거인(괴물)들을 죽여 오만을 극복하고, 너그럽고 고귀한 마음으로 질투를, 침착한 행동과 차분함으로 노여움을 달래며, 단식(斷食)과 오랜 밤샘(徹夜勤行)으로 폭음, 포식(飽食)과 졸음을 막고, 우리 가슴속에 자리잡은 연인에 대한 변함없는 충성심으로 방탕과 욕정을 참아내며, 기독교인으로서 명성 있는 기사가 되기 위한 기회를 찾아 세계를 누비고 돌아다니며 나태를 이겨내야 한다.
… a manifestation of that love of fame that mortal men desire to win by notable exploits as their share of immortality. We, Christians and Cath-olic knight-errant, on the other hand, have more to hope from the glory that in future ages we shall enjoy in the ethereal and celestial regions than from the vanity of fame that is to be achieved in this present finite time,

for however long such fame may endure it must finally end with the world itself, which has its fixed term⋯.

We must slay pride by killing giants, envy by our generous and no-ble bearing, anger by our calm behavior and equanimity, gluttony and drowsiness by fasting and long vigil, self-indulgence and lust by stead-fast loyalty to those whom we have made the mistresses of our heart, and sloth by roaming everywhere in the world in quest of opportunities of becoming famous knights as well as Christians., p. 581.

* 후퇴하는 건 도망치는 것이 아니고, 희망보다 위험이 더 큰 상황에서 머뭇거리는 것은 결코 현명하지 못하며, 내일을 위해서 오늘 나를 보호하는 것은 현명한 사람의 의무다.

⋯ to withdraw is not to run away, nor is it wise to stay when there is more peril than hope, and it's a wise man's duty to protect himself today for tomorrow., Part I, Chap. XXIII, p. 220.

* 무모한 용맹은 용기라기보다는 미친 짓에 더 가깝다.

⋯ valor that verges on temerity has more of madness about it than brav-ery., Part II, Chap. XVII, p. 641.

* 용맹은 비겁과 무모라는 두 개의 나쁜 극단 사이에 있는 덕목이지만 용감한 사람이 극도로 무모해지는 것이 비겁한 자로 나락에 떨어지는 것보다는 훨씬 낫다. 왜냐하면 구두쇠보다 너그러운 사람이 아낌없이 쓰기 쉽듯이, 겁쟁이보다는 용감한 사람이 더 용기 있는 행동을 하기가 쉽기 때문이다⋯.

⋯ valor is⋯ a virtue that is situated between the two vicious extremes, which are cowardice and rashness. But it is far better for the brave man to mount to the height of rashness than to sink into the depths of cowardice, for just as it is easier for the generous than for the miser to be prodigal, so it is easier for the daring than for the cowardly to become truly valiant⋯., Part II, Chap. XVII, pp. 646-647.

* [적군의] 방패(방어)보다는 오히려 [아군의] 공포가 전진을 가로 막는다.

⋯ it's fear rather than shields that hinders your marching., Chap. LIII, p. 907.

* 모든 것(萬物)의 발견자인 시간은 아무리 지구의 가슴속 깊이 묻어 둔 것이라도 태양의 빛으로 끌고 가지 못하는 것은 없다.

Time, the discoverer of all things, leaves nothing that it does not drag into the light of the sun, even though it be buried in the bosom of the earth.,

Part II, Chap. XXV, p. 711.
[진실, 진리는 언젠가는 밝혀지기 마련이다]
[아무리 깊숙이 감추어진 비밀도 시간이 지나면 드러나기 마련이다]

* … 우리가 하나의 진실(진리)을 밝히기(얻기) 위해서는 [수많은] 증거(검증, 실험)가 요구된다.
  … proof after proof is needed if we would establish a truth., Chap. XXVI, p. 714.

* 진실은 언제나 거짓을 이기며, 물 위에 기름이 뜨듯이 위로 치솟는다.
  … truth will always prevail over falsehood and rise up to the top as oil does over water., Chap. L, p. 889.

* [완벽한 사람은] 지혜, 자립, 치밀, 비밀(Sabio, solo, solicito, secreto)(영어로, wise, alone, attentive, secret). [자질의 소유자다]
  알파벳 순(順)자질은, 친절, 관대, 의협심, 분별력, 매혹적임, 결연(확고부동), 용감, 영예, 화려함, 충성심, 온건함, 고귀함, 신중함, 침묵(과묵), 부(재산), 부드러움, 용기….
  … a man of integrity… possesses the four S's… wise, alone, attentive, secret… amiable, bountiful, chivalrous, discreet, enamored, firm, gallant, honorable, illustrious, loyal, moderate, noble, open, prudent, quiet, rich… tender, valiant…., Chap. XXXIV, p. 350.

[위에서 훌륭한 연인(戀人)으로서의 완벽한 인간("a man of integrity")을 세르반테스는 여러 가지 품성을 나열하는 식으로 정의(定義)하려 든다. 그러나 과연 그가 생각하는 완벽한 인간이 실제로 그때나 지금이나 존재하는가는 큰 의문이지만. 아무튼 그가 상상하는 완벽한 인간의 품성으로 네 가지 S's와 함께 영어 알파벳 XYZ를 뺀 ABC부터 V 字까지 형용사(adjective) 하나씩을 나열하는 것이 흥미롭다]

* 그의 지혜, 덕성, 용기, 인내심, 절개(변함없음), 사랑….
  … his wisdom, virtue, valor, patience, constancy, and love…., Part I, Chap. XXV, p. 241.
  [돈키호테가 그의 '이상형' 기사로 모시는 골의 아마디스(Amadis of Gaul)의 덕목이다]

* [내]슬픔을 함께하는 친구가 있다는 것은 조금이나마 [나에게] 위안이 된다.
  … to have a friend in grief gives some relief., Part II, Chap. XIII, p. 613.

* 당신과 어울리는 사람들을 내게 알려주면, 당신이 어떤 사람인가를 내가 말해 주지요.

Tell me the company you keep and I'll tell you what you are., Chap. X, pp. 590-591; Chap. XXIII, p. 692.

* 내가 만난 모든 거인들은 내 눈엔 난쟁이들일 뿐.

All giants I met were dwarfs in my sight…., Part I, Prologue, sonnet, p. 52.

* 네가 부자로 잘사는 동안은, 너는 많은 친구를 갖겠지만, 하늘이 먹구름으로 덮이면, 너는 홀로일 뿐이다.

So long as you are wealthy, you will have many friends, but if the skies be overcast, you will be alone. Part I, Prologue, Ovid, Tristia I. IX, 3-6를 인용, p. 45.

* 남자가 한숨 쉬면, 여자는 기절한다.

He will sigh; she will swoon., Part I, Chap. XXI, p. 205.

* 앞으로 닥칠 일은 오직 신만이 안다.

What's to come, God alone knows., Chap. XXV, p. 239.

* 우리 여자들은 아무리 밉게 생겼어도, 그녀들의 남자가 예쁘다고 하는 것을 항상 듣기 좋아한다.

… we women, no matter how ugly we are, always love to her men call us beautiful., Chap. XXVIII, p. 281.

* 여자는 마치 불로 순금(純金)을 가려내듯이, 오직 역경을 통해서만이 그의 순덕(純德)을 검증할 수 있다…. 여자의 순덕은 오직 그녀가 겪는 온갖 유혹들에 비례한다. 그리고 한결 같은 여자는 바로 온갖 약속들, 선물들, 눈물들 혹은 졸라대는 구애자들의 반복되는 집요함에도 무너지지 않는다.

… testing her by an ordeal that shall prove the purity of her virtue, as fire proves the purity of gold. For… a woman is virtuous only in proportion to her temptations, and the very constant woman is one who does not yet yield to promises, gifts, tears, or the repeated importunities of insistent lovers., Chap. XXXIII, p. 329.

* 여자는 불완전한 창조물이다. 그래서 여자가 잘 못 밟고 넘어지거나 떨어(무너)지도록 그녀가 가는 길 앞에 장애물들을 놓지 말고, 자유로이 뛰고 움직여

서 그녀가 모자란 순덕한 삶을 누릴 수 있도록, 즉 그녀가 완전할 수 있도록, 오히려 길을 내주고 터줘야 한다.

… woman is an imperfect creature and that one should not place obstacles that may trip her and make her fall, but rather clear the road of every stum-bling block so that she may run free and unhampered to win the perfection she lacks, which consists of a virtuous life., Chap. XXXIII, p. 334.

* 정조(貞操)와 순덕(純德)의 여인은 순백(純白)의 족제비다, 그리고 정조의 순덕은 눈보다도 더 하얗고 더 깨끗하다.

The chaste and virtuous woman is an ermine, and the virtue of chastity is whiter and more immaculate than snow., p. 334.

* 여자는 천성적으로 남자보다 선과 악(善惡)에 관해서는 더 교묘한(음흉한) 재능을 가지고 있다.

… women naturally possess a subtler talent for good and evil than men., Chap. XXXIV, p. 354.

* 모든 이[남자]의 가슴을 사로잡고 그들의 마음을 끄는 것이 [여자] 미모의 특권이다….

… it is beauty's privilege to win over all hearts and attract all minds…., Chap. XXXVII, p. 386.

* 여자의 미모는 그 시간과 계절이 있다.

Women's beauty has its time and seasons…., Chap. XLI, p. 416.

* 남자는 일단 [여자에 대한] 욕정을 충족하고 나면, 그 다음 제일 바라는 것은 그[여자]의 함정[구속]으로부터 벗어나려는 것이다.

… once man's appetite is satisfied, his greatest desire is to escape en-trapment., p. 284.

* 사람(남자)은 신을 위해, 세상을 위해, 또는 둘 다를 위해 엄청나게 힘든 일에 뛰어든다…. 명예, 영광, 이윤이 그들을 그 일에 빠져들게 한다…. 천국의 영광, 재물, 명성….

Man undertakes arduous enterprises for the sake of God, for the world's sake, or for both… heavenly glory… goods of fortune… fame among men…., Chap. XXXIII, p. 332.

* 여자의 의견(충고)은 나쁘지만, 그것[충고]을 무시하는 남자는 미쳤다.

A woman's counsel is bad, but he who won't take it is mad., Part II, Chap. VII, p. 572.

* 남자는 남자고, 여자는 여자여야 한다.
 … a man must be a man, and a woman a woman…., Chap.VII, p. 575.

* 남들 앞에서 바람기가 있는 듯 무절제하고 경박하게 굴고 하는 것이 아무도 몰래 저질은 비행보다 한 여자의 명예를 더 해친다.
 … looseness and public frivolity do greater injury to a woman' honor than secret misdeeds., Chap. XXII, p. 679.

* 자기 아내와의 교우는 물건(상품)처럼 한번 샀다가 되돌려 주거나, 다른 물건과 바꾸거나 교환하는 것이 아니다. 결혼은 평생 사는 동안 결코 떨어질 수 없는 동합(同合, 合一)이다. 이 올가미(덫)는 우리의 목을 한번 감싸고 나면, 고디안 매듭이 된다. 그리고 죽음의 낫이 그 매듭을 자르지 않는 한, 그 매듭을 풀 수가 없다. [오직 죽음만이 결혼의 매듭을 끊는다]
 The companionship of one's own wife is not mere merchandise that, once bought, can be returned, bartered, or exchanged, for marriage is an inseparable union that lasts as long as life. It is a noose that becomes a Gordian knot once we put it around our neck. And if Death's scythe does not cut it, there is no untying it., Chap. XIX, p. 659.

* … 대부분 젊은이들의 사랑이란 사랑이 아니라 색정이다, 그리고 그 궁극적 목표는 [그 색정을] 즐기는 것이기 때문에, 일단 그 목적을 이루면 그 [관계]도 끝나고 만다. 그래서 사랑처럼 보였던 감정도 자연스런 그 한계를 극복하지 못하고 사라지지만, 진정한 사랑은 그런 한계가 없다.
 … love in most young men is not love but lust, and as its ultimate end is pleasure, it ceases once that end has been attained; and what appeared to be love must disappear because it cannot pass the limits assigned to it by nature, whereas true affection knows none of such limitations…., Part I, Chap. XXIV, p. 234.

* … 다른 어느 것보다도 두 가지가 사랑을 일깨운다. 뛰어난 미모(아름다움)와 좋은 평판이 그것이다. [돈키호테의 연인] 덜시니아는 그 누구도 따를 수 없는 최고 수준의 이 두 가지 모두를 갖고 있다…. [트로이의] 헬렌도 그녀의(미모)를, [고대 로마의 전설적인 정절(貞節)의 귀부인] 루크리시아도, [아니 옛날부터 이제까지 알려진 미모와 절개의 여인] 그 누구도 그녀의 평판을 겨루지

못한다.

… two things above all others arouse love. They are great beauty and a good name, and these two things are to be found in Dulcinea to a sur-passing degree…. Helen does not rival her, nor does Lucretia come near her, nor any other celebrated woman of antiquity…., Chap. XXV, p. 249.

＊ … 사랑은… 때로는 날고, 때로는 걷고, 사랑하는 한 사람은 뛰고(도망치고), 다른 사랑하는 사람은 기어가고, [사랑이] 어떤 [사랑하는] 사람은 식히고, 어떤 사람은 태우고, 어떤 사람은 상처 내고, 또 어떤 사람은 죽인다. [사랑은] 어느 한순간 열정(격정)을 불러일으키고 또 같은 순간 그 격정을 마무리 짓거나 끝내기도 한다.

… love… sometimes flies and sometimes walks; with one it runs and with another creeps; some it cools and some it burns; some it wounds and others it kills; in one instant it starts on its race of passion and in the same instant concludes and ends it., Chap. XXXIV, pp. 349-350.

＊ 사랑의 최대의 적은 배고픔과 끊임없는 궁핍이다. 사랑은 모든 유쾌함, 즐거움, 행복이다, 특히 사랑하는 사람이 사랑하는 목적물을 소유했을 때는[연인이 그의 연인을 얻었을 때는], 그리고 빈곤과 궁핍은 그들이 선전포고한 적이다.

… the greatest enemy of love is hunger and continuous want. Love is all gaiety, enjoyment, and happiness, especially when the lover possesses the beloved object, and poverty and want are their declared foes., Part II, Chap. XXII, p. 678.

＊ … 사랑은 한번 빠져들면 어떤 규제(제약)도 어떤 이성의 규칙도 막무가내다. 사랑은 죽음과 같이 왕들의 궁궐도 양치기의 초라한 오두막집도 덮친다. 그리고 사랑이 사람의 가슴을 사로잡자마자, 모든 소심함(겁)이나 부끄러움을 곧바로 사라지게 한다.

… Love heeds no restraints and keeps no rules of reason in his go-ings-on. He is just the same as Death, who attacks the lofty palaces of kings as well as the humble cottages of shepherds. And no sooner does he takes possession of a heart than he straightaway forces it to shed all timidity and shame., Chap. LVIII, p. 939.

＊ 미모는 사랑을 기르는 맨 처음이자 가장 중요한 자양분이다.

… beauty is the first and chief quality that breeds love., p. 939.

* … 아름다움에는 두 가지가 있단 말이야. 하나는 정신적인 것이고, 다른 하나는 육체적이지. 영혼(심령)의 아름다움은 지성(知性), 정조(貞操), 선행(善行), 아량(雅量) 그리고 좋은 가정교육에서 빛이 나지. 그리고 [육체적으로] 못생긴 사람이라도 이 모든 자질을 지닐 수 있지. 그리고 우리가 육체적인 사랑보다도 이런 [정신적] 사랑에 빠져들면, 사랑이 훨씬 더 강렬하고 난폭할 수도 있단 말이야. 산초, 나는 별로 잘생기지 못했다는 것을 잘 알지. 하지만 그렇다고 내가 불구(不具)가 아니라는 것도 알지….

… there are two kinds of beauty: one of the soul and the other of the body. That of the soul displays its radiance in intelligence, in chastity, in good conduct, in generosity, and in good breeding, and all these qualities may exist in an ugly man. And when we focus our attention upon that beauty, not upon the physical, love generally arises with great violence and intensity. I, Sancho, am well aware that I am not handsome, but I also know that I am not deformed…., Part II, Chap. LVIII, p. 940.

* 이 세상의 모든 혈통과 가계는 네 가지로 압축할 수 있다. 첫째는 미천한 가정에서 출발하여 [꿈을] 펼치고 넓혀서 최고의 경지에 이른 사람들이다. 둘째는 명문 가정에서 태어나 그 가문[의 재산과 명성]을 잘 보전하여 고유의 존엄을 유지하는 사람들이다. 다른 부류는 처음에는 대단했지만, 그 기초나 밑바닥 자리에 아무것도 남기지 않는 마치 피라미드의 끝자락처럼, [가산이] 줄어들고, 기울어 끝내는 아무것도 없는 빈털터리(폐허, 탕진型)들이다. 끝으로 숫자가 가장 많은 부류는 명문 가정에서 태어나지도 않고, 그렇다고 무슨 대단한 결실도 이루지 못한 채 보통사람이나 서민으로 삶을 이름 없이 마감하는 사람들이다.

All the pedigree in the world can be reduced to four kinds…. The first are those who from humble beginnings went on extending and expanding until they reached supreme greatness; the second are those who had high beginnings, continued to preserve them, and do still maintain them in their pristine dignity; others, though they were great at first, have dwin-dled and declined until they ended in nothingness, like the point of a pyramid, which compared to its base or seat is nothing; there are others, and they are the most numerous, who had neither good beginnings nor a respectable development, and are bound to end without a name, as does the lineage of plebian and common folk., Part II, Chap. VI, p. 567.

* 위대한 사람이라도 부도덕하면 큰 악행을 저지를 것이고, 부자라도 구두쇠라면 불쌍한 거지일 뿐이다. 왜냐하면 부자를 행복하게 하는 것은 그 부의 소유가 아니라 그 소비(어떻게 쓰느냐)에 달려있고, 자기 멋대로 쓰는 것이 아니

라 어떻게 쓰는가를 잘 아는 데 있다.

… 신사(紳士)는 덕으로, 상냥함으로, [가풍이 있는 집안에서] 잘 자라서, 조심스럽고, [남에게] 도움을 주고, 건방지거나, 거만하거나 까다롭지 않고, 무엇보다도 가난한 사람에게 금화 두 개를 기쁜 마음으로 던져줄 만큼 너그러움을 보여주는 것밖에 다른 방법은 없다.

… a great man who is vicious will only be a great doer of evil, and a rich man who is not liberal will only be a miserly beggar, for the possessor of wealth is not made happy by possessing it, but by spending it, and not by spending it as he pleases, but by knowing how to spend it well…. there is no other way of showing that he is a gentleman than by virtue, by be－ing affable, well－bred, courteous, and helpful, not haughty, arrogant, or censorious, but above all by being charitable, for by two maravedis given with a cheerful heart to the poor…., p. 568.

* … 연극은… 인간 삶의 거울이요, 몸가짐의 모범이고, 진리의 이미지이어야 하는데, 요즘 무대를 휩쓰는 연극들은 [거꾸로] 어처구니없음의 거울들이요, 어리석음의 표본들이요, 음탕한 이미지들뿐이다.

… drama… should be a mirror of human life, a pattern of manners, and an image of truth, the plays that are staged nowadays are mirrors of absurdity, patterns of folly, and images of lewdness., Part I, Chap. XLVIII, p. 482.

* … 대중은 잘 쓰고, 잘 구성된 극작(연극)을 보고 나면, 희극적인 부분에선 즐거움을, 신중한 부분에선 교훈을, 술책에선 음모를, 재치있는 대사(臺辭)에선 활기를, 속임수에서는 경고를, 도덕적인 것에서는 가르침을, 악에는 격분을, 선에는 매혹을 갖게(얻게) 된다.

… the public, after seeing a well－written and well－constructed play, would come away delighted by the comic part, instructed by the serious, intrigued by the plot, enlivened by the witty quips, warned by the tricks, edified by the moral, incensed against vice, and enamored of virtue., p. 483.

* 우리가 누구(무엇)이고 그리고 어떻게 될 것인가를 연극과 연기자보다 더 잘 묘사할 수는 없다.

돈키호테가 산초에게 묻는다.

너는 왕들, 황제들, 교황들, 기사들, 귀부인들, 기타 여러 가지 인물들이 등장하는 연극을 보지 못했는가? 폭한(심술궂은 못된 놈) 역을 하는 녀석이나, 또 악당(건달) 역, 장사꾼 역, 병사 역, 현명한 바보 역, 바보 같은 연인 역… 등등. 그러나 연극이 끝나고 그들의 배역에 맞춰 입었던 옷을 다 벗어버리고 나면 모든 연기자들은 다 똑같은 수준(사람)으로 되돌아가지 않나?

다시 돈키호테가 산초에게 말한다.

이 세상에서 우리의 삶(인생)이나 희극이나 마찬가지야. 어떤 사람은 황제 역(役)을, 또 어떤 사람은 교황 역을 하지만, 즉 연극에선 연기자들이 각자 역할에 따라 함께 어울려 지지만, 그 극이 끝나면…. 우리의 인생이 끝나면, 죽음은 그들이 입었던 [높고 낮은] 옷들(겉치레, 治粧)을 다 벗겨버리지. 그래 무덤속에서는 우리 모두가 똑같이 된단 말이야.

산초가 돈키호테에게 대답한다.

용기 있는 비교(연극과 인생)입니다. 저도 여러 차례 들어서 새롭지는 않은 이야기지만, 서양바둑[한국 將棋도 마찬가지지만]도 그렇지요. 게임(시합)을 하는 동안은 각자 특별한 위치(지위)를 지키지만, 시합이 끝나면, 뒤죽박죽 그피스들을 모두 모아 뒤섞어 주머니나 [상자에] 처넣어 버리는 것이 [사람이] 무덤 속에서 삶을 마감하는 것과 많이 닮은 것 같네요.

"Nothing… more truly portrays us as we are and as we would be than the play and the players…. Have you never seen a play acted in which kings, emperors, pontiffs, knights, ladies, and diverse other characters are introduced? One plays the bully, another rogue; this one the merchant, that the soldier; one the wise fool, another foolish lover. When the play is over and they have divested themselves of the dresses they wore in it, the actors are all again the same level."

… "the same happens in the comedy and life of this world, where some play emperors, others pope, and, in short, all the parts that can be brought into a play; but when it is over… when life ends, death strips them all of the robes that distinguished one from the other, and all are equal in the grave."

"A brave comparison!" said Sancho. "Though not so new, for I've heard it many a time, as well as that one about the game of chess: so long as the game lasts, each piece has its special office, and when the game is finished, they are all mixed, shuffled, and jumbled together and stored away in the bag, which is much like ending life in the grave.", Part II, Chap. XII, p. 604.

* 이 세상의 삶이(인생살이가) 항상 그대로 남아 있으리라고 생각하는 것은 헛된 추상(追想)일 뿐이다. 모든 것들이 끊임없이 변하고, 뱅뱅 돌고 돌며 움직인다. 봄이 가면, 여름이, 여름 뒤엔, 가을이, 가을이 지나면 겨울이, 다시 또 봄이…. 시간은 이렇게 끊임없이 영원히 반복한다. 하지만 인생은 그 끝을 향해 달린다, 시간 그 자체보다도 훨씬 재빠르게, 밑도 끝도 없는 무한(無限), 무변(無邊)의 내세(來世)를 가정하지 못한다면, 부활의 희망도 없이.

"To think that the affairs of this life will always remain in the same state is a vain presumption; ⋯ they all seem to be perpetually changing and moving in a circular course. Spring is followed by summer, summer by autumn, and autumn by winter, which is again followed by spring, and so time continues its everlasting round. But the life of man is ever racing to its end, swifter than time itself, without hope of renewal, unless in the next, which is limitless and infinite.", Part II, Chap. LIII, p. 906.

* 시간이 지나도 지워지지 않는 기억도, 죽음이 끝내지 못하는 고통도 없다.

[기억은 시간이 지나면 지워지고, 고통도 죽음과 함께 끝난다]

⋯ there is no remembrance that time does not efface, nor pain that death does not end., Part I, Chap. XV, p. 151.

* 죽은 사람은 무덤으로, 산 사람에겐 빵 한 덩어리를 주라.

To the grave with the dead, and the living to the loaf of bread, Chap. XIX, p. 185.

* 위험을 쫓는 자는 그러다 죽기 마련이다.

⋯ he who seeks danger perishes therein., Chap. XX, p. 187.

* 죽음 앞에선 나는 삶을 쫓고, 병이 들면 나는 건강을 바라고, 그리고 감옥에 선 자유가 가장 소중함을 깨닫는다.

In death life is my quest, In infirmity I long for health, And in gaol free—dom seems the best., Chap. XXXIII, p. 341.

* 죽음은 귀머거리다. 죽음이 산 사람의 [집]문을 두들길 때는, 그는 항상 급하다, 그래서 기도를 해도, 폭력을 써도, 왕의 홀(笏)도, 교황의 관(冠)도 그를 막지 못한다.

Death is deaf, and when he comes to knock at our life's door, he is al—ways in a hurry, and neither prayers, nor force, nor scepters, nor miters can delay him⋯., Part II, Chap. VII, p. 572.

* 산초의 말이다.

죽음은 새끼 양이고 어미 양이고 먹어 치우고⋯ 왕들의 고대광실(高臺廣室)이고 가난뱅이의 오두막 할 것 없이 똑같은 발로 짓밟는다⋯. 그는(죽음) 모든 것을, 모든 것을 위해, 모든 종류, [어린아이, 어른, 늙은이 할 것 없이] 모든 나이, 모든 계급의 사람들을 삼켜 그의 자루에 집어넣는다. 그는 낮잠을 자는 사신(死神)이 아니라 [24시간] 언제고 잡아가며, 파란 풀이고 메마른 풀이고 모두 다 잘라 거둔다. 그의 앞에 나타난 모든 것을 씹으려 들지 않고, 항상 허기져 배고픈 개처럼, 통째로 들이 삼킨다. 그는 배는 없지만, 수종증(水腫症) 환자가 주전자 찬 물을 들이마시듯이, 산 사람을 목이 잔뜩 마른 듯 꿀컥꿀컥 들이킨다.

··· Death··· devours the lamb as well as the sheep··· she tramples with equal feet upon the lofty towers of kings and the lowly huts of the poor.

··· she devours all and does for all, and she packs here saddlebags with people of all kinds, ages, and ranks. She is not a reaper who sleeps her siestas, for she reaps at all hours and cuts down the dry grass as well as the green. She does not appear to chew, but to bolt and gobble all that is put before her, for she has a dog's hunger, which is never satisfied. And though she has no belly, she seems to have the dropsy and to be thirsty to drink the lives of those who live, as one who drinks a jug of cold water., Part II, Chap. XX, p. 671.

* 죽음만 빼고는 모든 것이 치유된다.

··· there's a remedy for all things but death., Part II, XLIII, p. 830;
There is a remedy for everything except death., Chap. LXIV, p. 990.

* 수많은 불평들을 바로 잡고, 잘못들을 바르게 고치고, 손해늘을 보상하고, 권력남용을 개혁하고, 부채를 면제해 주는(빚은 갚아 주고) 것들이 그가[騎士] 하는 일이다.

··· so many the grievances he intended to rectify, the wrongs he resolved to set right, the harms he meant to redress, and the debts he would discharge., Part I, chap. II, p. 62, Chap. XVII, p. 165.

* 고통받고 있는 사람들을 위하여 모험을 찾아 세계 어느 곳이고 달려가는 기사도, 기사(騎士) 의협(義俠)의 의무···.

··· I may sally forth through the four parts of the world in quest of adventures on behalf of the distressed, as is the duty of knighthood and knights-errant···., p. 68.

* [모든] 잘못들과 상처들을 바로잡는(치유하는) 사람이 바로 용감한 라만차의 돈키호테 나다.

··· I am the valiant Don Quixote of La Mancha, the undoer of wrongs and injuries., Chap. IV, p. 76.

* 안락, 사치, 휴식은 연약한 아첨꾼, 알랑쇠(朝臣)를 위해 만들었지만, 노고(勞苦), 불안, 병역(兵役)은 세상이 기사라고 부르는 사람들을 위해 설계하고 만

든 것이지요….

Ease, luxury, and repose were invented for soft courtiers, but toil, unrest, and arms alone were designed and made for those whom the world calls knight-errant…., Chap. XIII, p. 130.

* 고아들과 고통받는 사람들을 보호하고….
… to protect the orphans and the distressed…., Chap. XLVI, p. 465.

* … 상처를 치유하고, 잘못은 바로 잡고, 좋은 집안 처녀(良家閨秀)를 보호하며, 거인을 무찌르고, 전투에서는 승리하는 사람….
… redresser of injuries, the righter of wrongs, the protector of damsels, the terror of giants and the winner of battles., Chap. LII, p. 508, Part II, Chap. LXXII, p. 1035.

* … 왕국의 방어, 규수의 보호, 어린이와 고아들의 구제, 오만한 자들의 응징, 겸허한 자들에 보상….
[하지만] 오늘 날은 나태(懶怠, 게으름)가 근면(부지런함)을, 빈둥빈둥 놀고먹는 것이 [피땀 흘리는] 노동을, 惡이 德을, [거짓] 거만이 [참된] 용기를, 무력행사 이론이 그 실천을 짓누른다… 고 한탄한다.
… the defense of kingdoms, the protection of damsels, the relief of children and orphans, the chastisement of the proud, and the rewarding of the humble….
Today sloth triumphs over industry, idleness over labor, vice over virtue, arrogance over bravery, and theory over the practice of arms…., Part I, Chap. I, p. 535.

* "이 기사는 성급하고 무모하다."는 것이 "이 기사는 소심하고 비겁하다."는 것보다는 듣기 좋다.
… 'this knight is rash and foolhardy' sounds better in the hearer's ears than 'such a knight is timid and cowardly.', Part II, Chap. XVII, p. 647.

* … 과부들을 도와주고, 처녀들을 보호하고, 부녀자들과 고아들과 어린아이들을 구제해주고….
… succoring widows, protecting maidens, and relieving wives, orphans and young children…., Part II, Chap. XVI, p. 632; Chap. XXVI, p. 717. Chap. XXVII, p. 724.

* … 그는(騎士) 생각이 순결해야 하고, 약속(言約)을 지켜야 하며, 행동이 관

대하고, 용기 있게 활동하고, 인내로 역경(逆境)을 이겨내며, 어려운 사람을
도와주고, 끝으로 진실을 지키기 위해서는 그의 목숨을 걸고라도 그 수호자
여야 한다.

··· he must be chaste in thought, a man of his word, generous in action,
valiant in deed, patient in adversity, charitable to the needy, and finally, a
maintainer of the truth, although its defense may cost him his life., Chap.
XVIII, p. 651.


* [돈키호테는] 기절(졸도)한 사람에게 용기를 주고, 낭떠러지에서 막 떨어지려
는 사람에겐 버팀벽이 되고, 이미 떨어진(쓰러진) 사람에겐 버틸 수 있는 힘이
되어 주며, 불행한 사람에겐 지팡이와 위안을 준다.

··· courage of the swooning, buttress of those about to fall, arm of the
fallen, staff and consolation of the unfortunate!, Chap. XXV, p. 708; Chap.
XXXVI, p. 795.


* 돈키호테는 그를 환대해 준 공작과 공작부인에게 다음과 같이 실토한다.

어떤 사람은 자랑스런 야심을 펴고, 어떤 사람은 비열하고 비천한 아첨을 떨
고, 어떤 사람은 거짓투성이의 위선만을 일삼는 넓은 길을, 그리고 몇몇 소수
의 사람들은 참된 종교의 길을 택하지만, 나(돈키호테)는, 내 별에 영향을 받
아, 기사도라는 좁은 길을 걷고 있소. 그리고 이 천직을 실천하기 위해 나는
명예는 [존중해도] 부(富)는 경멸하오. 나는 이제까지 [사람들의 신체적, 정신
적] 상처를 치유하고, 잘못을 바로잡고, 오만을 혼내주고(징벌하고), 거인들을
정복하고, 괴물들을 짓밟았습니다. 나는 기사도의 의무라는 그 한 가지 이유
로 사랑에 빠져있소. 하지만 나는 색정을 쫓는 연인이라기보다는 순정, 순결
의 플라토닉 연인이요. 내 의도(목적)는 항상 모든 사람에게 선행을, 아무에게
도 악행을 저지르지 않는, 이 미덕을 실천하는 데 있소. 만약 공작 각하와 공
작부인께서 이런 목적으로 이렇게 행동하고, 이렇게 사는 것이 바보가 하는
짓이라고 불러도 상관없소.

Some choose the broad road of proud ambition, some that of mean and
servile flattery, some that of deceitful hypocrisy, and a small num—
ber that of true religion; But I, influenced by my star, follow the narrow
path of knight—errantry, and in practicing that calling I despise wealth
but not honor. I have redeemed injuries, righted wrongs, chastised in—
solence, conquered giants, and trampled on monsters. I am in love for no
other reason than that it is an obligation for knight—errant to be so; but
though I am, I am no lustful lover, but one of the chaste, platonic kind.
My intentions are always directed toward virtuous ends, to do good to all
and evil to none. If he who so intends, so acts, and so lives deserves to

be called an idiot, it is for your highness to say, most excellent duke and duchess., Part II, Chap. XXXII, p. 754.

* … 기사에게서 그가 [흠모하는] 연인(부인)을 빼앗는 것은 모든 것을 그의… 눈을, 그에게 밝음을 주는 해(태양)를, 그를 떠받치는 기둥을 빼앗는 것이 다… 연인 없는 기사는 잎사귀 없는 나무, 주춧돌 없는 집, 실체 없는 그림자 와 같다….

… 흠 없는 미모, 오만 없는 고결함, 겸허한 사랑, 공손함에서 우러나오는 좋 은 몸가짐, 좋은 가정교육에서 얻은 공손함… 훌륭한 가정에서 제대로 터득 한 예의….

… to rob a knight-errant of his lady is to rob him of the eye with which he sees, of the sun by which he is lighted, and of the prop by which he is sustained… a knight-errant without a lady is like a tree without leaves, a house without foundation, and a shadow without the body by which it is caused….

… beauty without blemish, dignity without haughtiness, love with mod-esty, good manners springing from courtesy, courtesy from good breed-ing… high lineage), p. 760.

* … 기사의 보물은 전설 속의 보물처럼 빠르게 사라지고 가공적(架空的)이다.

… the treasures of a knight-errant are as fleeting and fictitious as fairy gold., Chap. LXVII, p. 1005.

* 병사는 상관의 명령을 수행하지만, 명령하는 상관 못지않은 몫을 한다. 성직 자는 모든 평화로움과 평정 속에서 세계의 복지를 위해 하느님께 기도드리지 만, 우리 병사들과 기사들은 성직자들이 요구한 것을 몸소 실천하고, 우리 무 기의 힘과 우리 칼끝으로 방어한다는 말이다. 그것도 아무런 피신처도 없는 허허 벌판에서 여름에는 견디기조차 힘든 불타는 햇볕에 노출되고, 겨울엔 살을 에는 차디찬 서릿발을 이겨내며. 그렇게 우리는 신의 사도(使徒)로서 신 의 정의를 이 세상에서 무력으로 집행한다.

전쟁이나 전쟁과 관련된 모든 일들은 이렇게 [병사들과 기사들의] 피와 땀, 고통, 고역 없이는 이루어 질 수 없기 때문에 전쟁에 종사하는 사람들(병사, 기사)은 평정과 평화로움 속에서 약자를 위해 신에게 기도하는 사람들(성직자) 보다 훨씬 더 힘들고 어려운 직업이다. 나는 물론 기사의 의협활동이 [수도원] 에 틀어박혀 사는 신부처럼 좋다고 하거나 그렇게 생각하는 것은 결코 아니 다.

다만 나 자신의 온갖 고난으로부터[얻은 교훈은] 병사, 기사의 삶이 더 고통스럽고, 더 많이 호되게 매 맞고, 더 굶주리고, 더 목마르고, 더 비참하고, 헐 벗고(남루하고), 이가 들끓을 정도로 불결하다는 것을 이야기하고 싶을 뿐이다. 왜냐하면 옛날 기사들도 마찬가지로 많은 고통과 시련을 겪었을 것이다. 그리고 만약 이들 병사, 기사들 가운데 누군가 그들 무력의 용맹으로 황제들이 되었다면, 그들의 피와 땀의 희생도 엄청나게 컸을 것이다.

하지만 만약 이 황제들이 그 높은 자리에 올라 앉아 마법사나 현인(賢人)의 도움(助言)을 받지 않는다면, 그들의 욕망들은 빼앗기고, 그들의 희망들도 사기당할 것이다.

… the soldier who carries out his captain's orders does no less than the captain who gives the command. I mean that holy men, in all peace and tranquility, pray to Heaven for the welfare of the world, but we sol—diers and knights carry out what they ask for, and we defend it with the strength of our arms and edge of our swords, not under shelter but un—der the open sky, exposed as target to the intolerable beams of the sun in summer and to the piercing frosts of winter. Thus are we ministers of God upon earth, and the arms by which His justice is executed here. And whereas the affairs of war and all things concerning it cannot be put into operation without seating and toiling and moiling, it follows that men whose profession is war have undoubtedly a more arduous office than those who in tranquil peace and quiet are praying God to help the weak. I do not mean to say nor even think that the state of a knight—errant is as good as a cloistered monk's; I only wish to infer from my own sufferings that it is certainly a more painful and more cudgeled one, more hungry and more thirsty, more miserable, ragged, and lousy, for there is no doubt that knight—errant of old suffered many hardships in the course of their lives. And if some rose to be emperors by the valor of their arms, they paid dearly for it in their blood and sweat; and if those who did rise to such heights had been without the assistance of enchanters or sages, they would have defrauded of their desires and cheated of their hopes., Chap. XIII, pp. 131—132.


* 도망쳐 살아남는 것보다 전쟁터에서 싸우다 목숨을 잃은 병사가 낫다.

… a soldier looks better dead in battle than safe in flight., Part II, Pro—logue, p. 526.
[위 문장을 의역하면서, 2001년 여름 미 사우스 케롤라이나 州 찰스튼 市 시 구경을 하는 동안 관광 안내원이 시내 한복판에 있는 미 남북 전쟁 당시 한 장군 동상을 가리키며, "전쟁이 나면, 병사들은 죽고(이름도 없이 사라지고), 장군은 동상을 남긴다."는 풍자 섞인 한마디가 문득 떠오른다]


* 창(槍)이 펜을, 펜이 창을, 결코 서로 무디게 못한다.

… the lance never blunted the pen, nor the pen the lance., Part I, Chap.

XVIII, p. 177.

* 글(文)은 무기(武)보다도 명성을 떨친다! 마음을 쓰는 일이 몸을 부리는 일
보다 더 힘들다… 문무(文武) 모두 다 같이 지적 능력을 필요로 한다. … 다
만 [문인, 무인] 둘 중 어느 쪽이 마음을 가장 많이 쓰느냐는 [누가 더 마음
고생이 크냐는] 각자가 정력을 쏟는 궁극적 목적과 목표가 그 우월을 결정짓
는다. 왜냐하면 가장 숭앙(존경)받는 의도는 가장 숭고한 목적을 가진 사람들
(문인이든, 무인이든)의 것이기 때문이다. 문인의 목적과 목표는 [성직자는 예외
로 하면] 모든 사람들이 합당한 정의를 누리도록 규제하고, 그들에게 의당한
몫을 부여하며, 좋은 법들을 제정하여 이를 엄격하게 집행하는 것이다. 이러
한[문인의] 목적은 가장 확실하게 관대하고, 신나고, 높은 칭찬(평가)을 받아
야 마땅하지만, 이 세상에서 사람이 누릴 수 있는 최고의 축복인 무인의 평화
[추구, 달성, 유지]의 목적처럼 영광스럽지는 않다… 왜냐하면 평화는 전쟁의
참된 목적이다…. 전쟁의 목적은 평화다. 그래서 [무인의 목적]이 문인의 목
적보다 우월하다. 문인보다 무인의 육체적 고통이 더 크다는 것을 상상하면
더욱 그렇다.

… letters win more fame than arms! the labors of mind exceed those of
the body… arms require as much intelligence as letters… which of the
two minds is exerted most, the scholar's or the warrior's… will be de−
termined by the ultimate end and goal to which each directs his energies,
for the intensions most to be esteemed are those that have for object the
noblest end. The aim and goal of letters—— not now speaking of di−
vine letters, whose sole aim is to guide and elevate the soul of man to
Heaven—… speak of human letters, whose end is to regulate distributive
justice, to give every man his due, to make good laws, and to enforce
them strictly: an end most certainly generous, exalted, and worthy of high
praise, but not so glorious as the aim of arms, which is peace, the greatest
blessing that man can enjoy in this life…. This peace is the true end of
war…. The end of war is peace, and that in this it excels the end of let−
ters… consider the physical toils of the scholar and of the warriors and see
which are the greater., Chap. XXXVII, pp. 387−388.

* 부지런함(근면)이 행운의 어머니다…. 자기는 좋아하는데 자기가 원하는 여
자(신부)는 갸우뚱할 때는 서둘러야 좋은 끝장을 본다….
전쟁이 가장 좋은 보기다. 급습으로 선수를 쳐 적의 술계(術計)를 제압하여,
적이 방어하기도 전에 승리를 가로채야 한다.

… diligence is the mother of good luck… the solicitude of the suitor
brings about a good conclusion, to a double suit; … nothing is this truth

more clearly shown than in the affairs of war··· rapidity of action forestalls
the designs of the enemy and snatches the victory before the adversary
has time to be on the defensive., Chap. XLVI, pp. 464−465.
[요새 말로 하면, 모든 일에 그렇지만 부지런해야 한다는 경구이자, 특히, 국방
에 있어서 유비무환(有備無患)과 기선제압(機先制壓, "preemption", "preventive
war")을 강조하는 것 같아서 흥미롭다]


* ··· 사람이 부와 명예를 얻을 수 있는 방법은 [두 가지다]. 하나는 문인(文人)
   의 길이고, 다른 하나는 무인(武人)의 길이다··· 덕의 길은 아주 비좁고 악의
   길은 아주 넓고 넉넉하다··· (이 두 길의) 끝과 목적도 서로 다르다. 악의 길은
   영리하고 넉넉한 것 같지만, 죽음에 이르고, 덕의 길은 비좁고 고통이 가득하
   지만 삶에, 끝이 있는 삶이 아니라 영생의 삶을 이룬다.

   ··· men can travel and reach wealth and honor: one is the way of letters,
   the other the way of arms··· the path of virtue is very narrow and the
   road of vice broad and spacious··· their ends and goals are different, for
   that of vice, though wise and spacious, ends in death, and that of virtue,
   narrow and full of toils, in life, not life that has an ending but in the one
   that has no end., p. 569.


* [전쟁에서] 죽은 사람은 수없이 많지만, 전승(戰勝)하고 살아남은 [병사들]은
   천명도 안 된다. 더구나 2천 명의 문인(민간인)을 보답하는 것이 3만 명의 병
   사를 보상하는 것보다는 쉽다. 前者는 그들이 필요한 직장을 찾아주면 되지
   만, 병사들은 그들이 몸을 바친 장군(主君)의 재산 이외에 보상받는 길이 없
   기 때문이다···.

   문인(민간인)이 무인보다 명예롭다는 근거로 무인도 법을 지켜야(법에 따라 움
   직여야) 하며, 바로 이 법의 운용이 민간인의 몫이라는 것이다. 이러한 주장에
   무인을 대변하는 사람들은 법 자체도 무인 없이는 유지될 수 없다고 응변한
   다. 왜냐하면, 무력으로만이 국가를 보위할 수 있고, 왕국을 보존하며, 도시
   들을 보호(방어)하며, 도로들을 안전케 하고, 해적(海賊)들을 소탕하기 때문이
   다. 무력 없이는 모든 왕국, 왕가(王家), 도시, 항로(航路), 육로(陸路)가, 전쟁
   이 모든 특권과 권력을 휘두르게 되는 동안 파괴되고 혼란에 빠지게 된다.

   ··· 문인으로 큰 영예를 얻기 위해서는 그의 시간, 밤샘(不眠), 굶주림, 헐벗
   음, 어지럼증(현기증), 소화불량, 그리고 온갖 불편함 등을 감내해야 한다···.
   하지만 훌륭한 무인의 자리에 오르기 위해서는 그 정도에 있어서 문인의 시
   련은 비교도 안 된다. 어느 순간, 어느 국면에서나 그는 목숨을 잃는 위험에
   처에 있기 때문이다.

   ··· the dead are countless, whereas those who survive to win the rewards may be counted in numbers less than a thousand··· it is easier to reward two thousand scholars than thirty thousand soldiers, for the former are rewarded by giving them employments that must necessarily be given to men of their profession, whereas the latter cannot be recompensed except from the property of the master whom they serve;

··· in favor of letters that arms could not subsist without them, for war also has its laws and is subject to them, and laws fall within the province of letters and men of letters···. To this the partisans of arms reply that laws could not be maintained without them, for by arms, states are defend—ed, kingdoms are preserved, cities are protected, roads are made safe, and seas cleared of pirates. Indeed, without arms, kingdoms, monarchies, cities, seaways, and land ways would be subject to the ruin and con—fusion that war brings with it as long as it lasts and has license to use its privileges and powers··· to achieve eminence in letters costs a man time, vigils, hunger, nakedness, dizziness in the head, indigestion, and oth—er inconveniences···. But to arrive by grades to be a good soldier costs a man all that it costs the student, only in so much greater degree that there is no comparison between them, for every step he is in danger of losing his life., Chap. XXXVIII, pp. 390−391.

* 네가 권세도 있고 부유하고 싶으면 교회, 바다, 아니면 왕궁이 있는데, 즉 교회 쪽을 따르거나, 바다로 나가 상인이 되거나, 왕궁에서 왕을 모셔라···." 왕의 빵 부스러기가 영주(領主)의 자두보다 낫다."는 속담도 있지 않은가? 다시 말하면, 배움, 장사, 전쟁에서 왕을 돕는 일, 이 [세 가지 길] 가운데 하나를 택해서 추구하라.

The Church, the sea, or the king's palace, which means that if you want to be powerful and wealthy, follow the Church, or go to sea and become a merchant, or take service with kings in their palaces···."Better the king's crumb than the lord's plum."

By this I mean··· you should pursue learning··· commerce··· [Or] should serve the king in his wars···., Chap. XXXIX, p. 394.

[위 구절은 특히 유럽에서 통상 이야기하는 이른바 "Three G's나 Three M's를 닮았다. 즉, God−Missionary, Gold−Merchant, Glory−Military를 이야기하고 있는 것 같아 재미있다. 또 다음 세 가지 당시 권세와 부를 함께 누리는 계급들을 넌지시 비꼬는 함의도 있는 것 같다. 이 작품은 끝내는 당시 그가 살면서 관찰하고 관조한 세상을 풍자하고 있으니까···]

* 신은 항상 평화를 만드는 사람에겐 축복을, 평화를 깨트리는 사람에겐 저주를 준다.

God always blessed the peacemakers and cursed the peace−breakers., Part II, Chap. XIV, pp. 620−621.

* [다음] 네 가지 이유라면, 신중한 사람과 질서가 잘 잡힌 나라는 병력을 동원하여, 칼을 빼 들고, 개인의 명예, 생명과 재산을 내걸고 싸워야 한다.

첫째, 가톨릭 믿음을 지키기 위해

둘째, 자연법, 신법(神法)이 허용하는 정당 방위

셋째, 명예, 가정(가족), 재산을 지키기 위해

넷째, 정당한 전쟁에서 왕에게 봉사하기 위해, 만약

다섯째 이유를 하나 더 든다면(위의 두 번째 이유에 포함될 수도 있지만), 자기 나라의 방위를 위해서다….

Prudent men and well-ordered states must take up arms, unsheathe their swords, and imperil their persons, their lives, and their goods for four reasons. Firstly, to defend the Catholic faith; secondly, in self-defense, which is permitted by natural and divine law; thirdly, in defense of honor, family, and estate; fourthly, in the service of the king in a just war; and if we wish to add a fifth(which can be included in the second), in defense of one's country), Chap. XXVII, p. 725.

* 당신은[우리 모두는] 평화를 지켜야 한다는 신과 사람의 법에 묶여 있다.

… you are bound by laws both divine and human to keep peace., p. 725.

* 후퇴는 도망치는 것이 아니다.

Retreat is not flight., Chap. XXVIII, p. 728.

* 산초를 한 조그만 섬의 지사로 임명한 공작이 그에게 주는 충고다.

율사(律士)가 병사(兵士)처럼 옷을 입거나, 병사가 신부(神父)처럼 옷을 입는 것은 좋지 않다. 너, 산초는 한 편으론 율사, 또 한 편으론 장교의 복장을 해야 할 것이다. 왜냐하면, 내가 너에게 맡기는 정부는 문무(文武)가 모두 요구되며, 그래서 문인과 무인이 모두 필요하다.

"… it would not be well for a lawyer to dress like a soldier, or a soldier like a priest. You, Sancho, are to be dressed partly like a lawyer and partly like a captain, for in the government I am giving you arms are as necessary as letters, and a man of letters as needed as a swordsman.", Chap. XLII, p. 823.

* 진실하게 보일수록(사실에 가까울수록) 소설(작품)은 더 좋다, 그리고 더욱 그럴싸하고, 있을 수 있는 내용일수록 소설은 [독자를] 사로잡는다. 창작품은 그것을 읽는 사람의 이해(력)와 눈높이를 같이해야 한다. 또 실제로 있을 수 없는 일들은 되도록 삼가 하고, 너무 극단적인 것도 좀 완화하고, 특히 독자

들이 감탄과 즐거움을 함께 느낄 수 있도록 계속 긴장의 도가니에 넣어야 하며 [계속 긴장해서 조마조마하도록], 그들이 놀라고, 흥분하고, 즐겁도록 작품을 써야 한다. 하지만 있을 수 있고 일어날 수 있는 사실과 자연의 모습 그대로의 모방(표현)을 작가가 회피하면, 그 작품은 결코 위와 같은 최고의 수준(경지)에 이르지 못한다….

작가(소설가)는 때로는 점성술 지식도 보여줘야 하고, 우주 형상 지(形狀 誌)나 음악에도 능통해야 하며, 국정(國政), 국사(國事)에 대한 경험도 있어야 하고, 때로는 마법(마술)의 기예를 입증하는 기회도 갖게 된다. 또 그는(작가) 율리시스의 계략, 아이네이아스의 충정, 아킬레스의 용맹, 헥토르의 불운, 사이언의 배신, 유리야누스의 우정, 알렉산더의 아량, 케사르(시저)의 용기, 트라잔의 관용(사면, 赦免)과 진실성, 조피루스의 충절, 카토의 분별력 등….

간추리면, 이 모든 자질들을 모델(이상형, 理想型) 영웅을 창조하는 데 부여해야 하며 때로는 [작품 속에서] 한 사람이 [위의 모든 자질들을] 다 가질 수 있고, 때로는 여러 등장인물들이 나누어 가질 수도 있다. 그리고 만약 한 작품이 기발한 구상과 흥미로운 스타일로 이야기를 사실(진실)에 거의 같도록 다루고, 실로 천을 짜듯 이야기를 잘 꾸려가서 완성한다면, 그 작가는 의심할 여지없이 모든 작품의 목적인 독자에게 교훈과 흥미진진한 재미를 주는 아름다움과 완벽성을 그의 작품에서 보여 줄 수 있게 된다. [소설]책들의 느슨한 구조는 작가로 하여금 서사시(敍事詩), 서정시(抒情詩), 비극, 희극, 시학과 수사학 등을 포함한 모든 요소들을 구사할 수 있는 재능을 보여주는 기회를 주기 때문이다. 왜냐하면, 서사시는 산문과 시 두 형식으로 쓸 수 있기 때문이다.

… the more truthful it appears, the better it is as fiction, and the more probable and possible it is, the more it captivates. Works of fiction must match the understanding of those who read them, and they must be written in such a way that, by toning down the impossibilities, moderating the excesses, and keeping their readers in suspense, they may astonish, stimulate, and entertain so that admiration and pleasure go hand in hand. But no writer will achieve this who shuns verisimilitude and imitations of nature, in which lie the highest qualities of literature….

The author might at times show his knowledge of astrology, or his pro-ficiency in cosmography and music, or his experience in affairs of state; and sometimes… he might find an opportunity of proving his skill in necromancy. He may display the wiles of Ulysses, the piety of Aeneas, the prowess of Achilles, the misfortunes of Hector, the treachery of Sinon, the friendship of Euryalus, the generosity of Alexander, the courage of Caesar, the clemency and truthfulness of Trajan, the fidelity of Zopyrus, the pru-dence of Cato, and in short, all those attributes that contribute to create the model hero, sometimes placing them in one single man, at other times sharing them out among many.

And if all this is done in a pleasant style with an ingenious plot, keeping as near as possible to the truth, the author will, without doubt, weave a web of such variegated and beautiful threads that, when finished, it will show such beauty and perfection that it will achieve the end that is the aim of all those works, which is··· to instruct as well as to entertain. For the loose structure of those books gives the author the chance of displaying his talent in the epic, the lyric, the tragic, the comic, and all the qualities included in the pleasing sciences of poetry and rhetoric, for the epic may be written in prose as well as in verse., Chap. XLVII, pp. 478–479.

* ··· 만약 작가가 대중들이 좋아하는 방식만을 따라 [밑도 끝도, 머리도 꼬리도 없는 엉터리, 쓰레기 같은] 작품을 쓰고, 경영자가 이를 [무대에] 올리고, 배우들이 연기를 하면, 그 작품은 좋다고 한다. 한편 자가들이 그들 스스로의 계획을 가지고 드라마의 규범을 벗어나지 않고 구성한 대로 만들어 그 작품을 이해하는 지각 있는 서너 사람만을 즐겁게 하고 나머지 대부분의 사람들은 그[작품의] 오묘(심오함)함의 머리도 꼬리도 모르는 경우(상황)라면, 경영자는 입에 풀칠하며 먹고 살기가 바빠 소수의 평판보다는 다수가 좋아하고 인기 있는 작품을 선호할 것이다. 내 책도 이와 비슷한 운명이 아닐까 한다.

··· if the authors who write them and the managers who put them on and the actors who play them say that they must be good because the crowd likes them that way and not otherwise, that authors who have a plan and follow the plot as the rules of drama requires serve only to please the three and four men of sense who understand them, while all the rest cannot make head or tail of their subtleties, and this being so, the man-agers prefer to earn their daily bread from the many than a reputation from the few: such would have been the fate of my book., Chap. XLVIII, p. 481.

* [작가는] 그의 흰 머리가 아니라 시간이 흘러 더 완숙해진 마음으로 글을 쓴다.

··· one does not write with gray hairs, but with the mind, which grows more mellow with the years., Part II, Prologue, p. 526.

[위에서 세르반테스는 소설이란 무엇이며, 어떤 작품이 가장 바람직하고, 어떻게 쓰는 것이 독자를 사로잡고, 소설 속의 인물들은 어떤 자질들을 가져야 하는 가를 비교적 상세하게 밝히고 있는 것이 흥미롭다. 특히 고대 그리스나 로마 등 고전(古典)에 등장하는 인물들의 성격이나 자질을 거명하는 것을 보면, 그가 당대의 작가로서 섭렵한 고전을 포함, 광범위한 독서와 또 지식 추구를 위한 그의 각고의 노력을 엿볼 수 있다]

* 무지한 사람이 현명한 사람보다 훨씬 많고, 소수의 현명한 사람의 칭송을 받

는 것이 다수의 어리석은 사람의 야유를 받는 것보다 낫지만, 나는 변덕스런 대중의 혼란된(얼빠진) 판단에 휩쓸리고 싶지도 않다.

… the number of the ignorant exceeded that of the wise, and though it is better to be praised by the few wise and jeered by the many fools, yet I do not want to subject myself to the muddled judgment of the capricious crowd…., Chap. XLVIII, p. 481.

[위 구절에서 세르반테스는 좋은 작품은 팔리지도 흥행을 타지도 않는다고 한탄한다. 지금은 돈키호테를 성경 다음으로 많이 읽고, 잘 팔린다고 하지만, 작가 스스로는 생전에 이 책으로 돈을 벌기는커녕 거꾸로 비아냥에 시달려야 했음을 한 목사의 입을 빌려서 여실히 보여주는 대목이다]

* 시인은 그에게 월급을 주는 경영자가 필요로 하는 대로 따르려 한다.

… the poet tries to conform to what is required by the manager who pays him his salary., p. 483.

* … 시인과 사가(史家)의 글은 다르다. 시인은 사물(사람, 사건, 사실) 그대로가 아니라, 그 나름대로 바라는 것(理想)을 이야기하고 노래할 수 있지만, 사가는 그의 이상이 아니고, 실제로 일어난 진실(사실)만을 하나도 빼거나 보탬(加減) 없이 밝혀야(기록해야) 한다.

… it is one thing to write as a poet, and another as a historian. The poet can tell or sing of things, not as they were, but as they ought to have been; the historians must relate them not as they should have been, but as they were, without adding to or subtracting from the truth., Part II, Chap. III, p. 547.

* 거짓말을 일삼는 사가는 가짜 돈을 만든 자(위조지폐 제조자)처럼 화형(火刑) 시켜야 한다.

… historians who resort to lying ought to be burned like coiners of false money., p. 549.

* 역사서든 무슨 책이든 쓰는 사람은 좋은 판단과 성숙한 이해가 필요하다. 재치 있고 흥미진진하게 [작품을] 쓴다는 것은 오직 천재의 몫이다. 희곡의 가장 오묘한 부분은 광대의 역할이다. 왜냐하면 바보처럼 보이고 싶지만, 그렇다고 바보는 아니라는 것을 보여줘야 하기 때문이다. 역사는 성서처럼, 진실해야 한다, 그리고 진리가 있는 곳에 신이 있다. 그럼에도 불구하고, 책을 써서 마치 팬케이크처럼 세상에 내던지는 사람도 있다….

누구든 책을 출판한다는 것은 엄청난 모험이다, 왜냐하면 모든 독자를 모두 만족시키고 즐겁게 하는 책을 쓴다는 것은 절대로 불가능하기 때문이다.

··· one needs good judgment and ripe understanding to write histories or books of any sort whatsoever. To be witty and write humorously requires great genius. The most cunning part in a comedy is the clown's, for a man who wants to be taken for a simpleton must never be one. History is like a sacred text, for it has to be truthful, and where the truth is, there is God. But in spite of this, there is some who write books and toss them off into the world as though they were pancakes···.

··· he who prints a book runs a very great risk, for it is absolutely impossible to write one that will satisfy and please every reader., pp. 550-551.

[위 천재의 자질과 [어릿]광대에 관한 이야기는 어쩌면 세르반테스가 작가로서의 그 자신과 그의 가공인물, 돈키호테를 말하고 있는 것 같기도 하다]

* 위대한 호머는 그가 그리스인이었기에 라틴어로 글을 쓰지 않았고, 마찬가지로 버질은 로마인 이었기에 그리스어로 글을 쓰지 않았다. 요컨대, 모든 옛날 시인들은 그들이 그들 엄마젖을 빨 때 쓰던 말(모국어, 母國語)로 그들의 위대한 작품을 썼지, 다른 나라 말로 표현하려고 애쓰지 않았다···. 독일 시인이 독일어로, 카스틸리안이나 비스카얀이 그들 언어로 작품을 썼다고 그 시(작품)의 가치를 평가 절하해서는 안 된다···.

시인은 타고 난다···. 자연시인은 그의 어머니 자궁에서 '시인'으로 튀어나온다···. 자연(타고난) 시인이 예술을 잘 이용하여 그의 글을 다듬는 것이 오직 자기 지식에만 의존하는 시인보다 더 위대하다. 그 이유는 분명하다, 자연보다 더 위대한 예술은 없기 때문이다. 따라서, 예술을 함께한 자연, 자연을 함께한 예술이 가장 완전한 시인을 만들어 낸다···.

시인이··· 도덕적으로 순결하면, 그의 시구(詩句)도 순결할 것이다.

펜은 영혼의 혀다.

··· the great Homer did not write in Latin because he was a Greek, nor Virgil in Greek because he was a Latin. In short, all the ancient poets wrote in the tongues they sucked with their mother's milk, and they did not go out in quest of strange ones to express the greatness of their conceptions···. the German poet should not be undervalued because he writes in his language, nor the Castilian, nor even the Biscayan···.

··· the poet is born··· the natural poet sallies forth from his mother's womb a poet··· the natural poet who makes use of art will improve himself and be much greater than the poet who relies only on his knowledge of the art. The reason is clear, for art is not better than nature···. So, nature combined with art and art with nature will produce a most perfect poet.

··· If the poet··· is chaste in his morals, he will be chaste also in his verses. The pen is the tongue of the soul., Chap. XVI, pp. 636-637.

* 『돈키호테』에서 세르반테스는 다음과 같이 번역의 한계에 대한 그의 의견을 밝힌다. 특히 당시만 해도 오늘날의 영어가 아니라, 그리스어와 라틴어를 "언어의 여왕"이라고 그가 본 것도 그 역시 "시대상황의 한계"를 넘지는 못했다는 인상을 준다.

··· 한 언어(의 책을)를 또 다른 언어로 번역한다는 것은, 그리스어나 라틴어처럼 언어의 여왕이라면 몰라도, 마치 플란더즈의 주단을 거꾸로(뒤집어서) 보는 것과 같다. 주단[뒤쪽]의 그림은 실타래로 덮어 앞면[에서 보는 그림] 같은 비단(천)의 부드러움과 빛(광택)을 잃게 된다. 그리고 쉬운 언어들[의 책을] 번역하는 것은 그 말들의 재간이나 힘을 표시한다기보다는 한 종이[위의 글]를 다른 종이로 옮기거나 베끼는 거나 다름없다. 이렇게 말하는 것은 물론 내가 번역이라는 작업이 칭찬받을 수 없다는 것은 물론 아니다. 왜냐하면 그[번역]보다 훨씬 더 나쁘고 덜 유익한 일에 사람은 빠져들기도 하니깐···.

··· translating from one tongue into another, unless it be from those queens of tongues, Greek and Latin, is like viewing Flemish tapestries from the wrong side, for although you see the pictures, they are covered with threads that obscure them so that the smoothness and the gloss of the fabric are lost. And translating from easy languages does not signi‐fy talent or power of words, any more than does transcribing or copying one paper from another. By that I do not wish to imply that this exercise of translation is not praiseworthy, for a man might be occupied in worse things and less profitable occupations., Part II, Chapter LXII, p. 979.

* 시집(詩集)을 다른 나라 말로 번역하는 모든 사람들은 그 누구나 그 번역의 온갖 어려움과 아무리 세련된 번역의 기술을 내세워도, 그 원문 수준까지는 결코 이를 수 없다.

This is what happens to all who translate books of verse into anoth‐er tongue, for in spite of all the trouble they take and the skill they may display, they will never reach the level of the original., 위 같은 책, Part I, Chapter VI, p. 88.

* ··· 이 세상에서 자기가 제일 위대하다고 생각하지 않거나 거만하지 않은 시인은 없다.

··· there is no poet who is not arrogant, and does not consider himself the greatest in the world., Chap. XVIII, p. 650.

* 시집(詩集)을 다른 나라 말로 번역하는 모든 사람들은 그 누구나 그 번역의 모든 어려움에도 불구하고, 아무리 세련된 번역의 기술을 내세워도, 그 원문 수준까지는 결코 이를 수 없다.

This is what happens to all who translate books of verse into another tongue, for in spite of all the trouble they take and the skill they may display, they will never reach the level of the original., Part I, VI, Chap. VI, p. 88.

* 다음 충고는 돈키호테가 인구 1000명쯤 되는 조그만 섬(Barataria)의 "영구 [종신]지사"(perpetual governor)로 임명되어 부임하기에 앞서, 돈키호테가 산초를 몸종으로 삼을 때 구두로 약속한 '높은 자리'를 뜻밖에도 그가 만난 공작과 공작부인이 그 대신 실현해 주는 행운을 얻는다. 돈키호테는 산초에게 통치자(공직자), 훌륭한 정치 지도자에 대해 다음과 같은 충고도 더 일러준다. 요즘 세상에는 좀 케케묵은 냄새도 나지만.

요약하면,

첫째, 신을 경외하라, 왜냐하면 신을 경외하는 것이 지혜요, 네가 지혜로우면, 죄짓지 않을 것이기 때문이다. 둘째, 네가 누구(무엇)인가 생각하고, 네 자신을 알라, 그것이 이 세상에서 제일 어려운 일이니까. 너 스스로를 알면, 마치 개구리가 황소에게 대들겠다고 까부는 것같이 우쭐거리지 않을 것이다. 미천한 집안에서 시작했지만, 산초, 그것을 자랑스럽게 생각해야 돼. 일꾼 출신이었다는 것을 스스로 조소하지 말아야 해…. 미천한 집안 배경에서도, 교회나 국가의 최고위 자리에 오른 수많은 사람들을 보라고….

… 혈통은 [조상으로부터] 이어받지만, 인덕은 너 스스로 습득한 거야, 그리고 인덕 그 자체는 귀족으로 태어난 것보다 훨씬 값지단 말이야.

"너의 자의적인 법을 [법을 네 멋대로 해석하는 것을] 네 판단의 규칙으로 삼으면 절대로 안 돼. 자기가 영리하다고 생각하는 것은 무식한 사람의 악습이야."

"가난한 사람의 눈물에 더 동정심을 가져라. 하지만, 부자의 호소든, 가난한 사람이든 똑같이 공정하라."

"부자의 제공(제의)과 뇌물이나 가난한 사람의 눈물과 호소에 말려들지 말고, 공정하게 진실을 가려내려 노력하라…. 만약 정의의 저울이 한쪽으로 기울려야 한다면, 금보다는 동정심이 더 무겁게 해라."

"First of all… fear God, for to fear Him is wisdom, and if you are wise, you cannot err."

"Secondly, consider what you are and try to know yourself, which is the most difficult study in the world."

"First of Him is wisdom, and if you are wise, you cannot err."

"Secondly, consider what you are and try to know yourself, which is the most difficult study in the world."

From knowing yourself, you will learn not to puff yourself up like the frog that wished to rival the ox···.

"Show pride, Sancho, in your humble origins, and do not scorn to say that you spring from laboring men, for when men see that you are not ashamed, none will try to make you so···."

Countless are those who, though of low extraction, have risen to the highest posts of Church and State···.

··· blood is inherited, but virtue is acquired and virtue in itself is worth more than noble birth···.

"Never let arbitrary law rules your judgment; it is the vice of the ignorant who make a vain boast of their cleverness."

"Let the tears of the poor find more compassion, but not more justice, from you than the pleadings of the wealthy."

"Be equally anxious to sift out the truth from among the offers and bribes of the rich and the sobs and entreaties of the poor."

"If by any chance your scales of justice incline to one side, let pity weigh more with you than gold.", Chap. XLII, pp. 824-826.

* 몸을 항상 단정하고 깨끗이 하라.

옷을 몸에 맞게 입어라.

너의 사무실 소득을 철저히 조사하라.

마늘이나 양파를 먹지 말라[입 냄새 나면 안 된다는 경고 같다].

천천히, 무겁게 걷고, 신중하게 말하고, 체하거나 뽐내는 짓은 삼가라.

식사는 소식으로, 특히 저녁은 더 적게 들라.

과음은 하지 말라, 술에 취하면 비밀도 지키지 못하고 약속도 챙기지 못하기 때문이다.

대화할 때 격언이나 속담을 함부로 너무 많이 쓰지 말라.

잠을 너무 많이 자지 말라.

네 가족이나 친척의 우월함을 지껄이지 말라(자기 가족, 친척 자랑하지 말라).

··· be clean in your person;

··· Do not wear your clothes baggy and unbuttoned···.

a slovenly dress is proof of a careless mind.

Investigate carefully the income of your office.

Do not eat either garlic or onions···.

Walk slowly and gravely; speak with deliberation···.

Eat little at dinner, and still less at supper···.

Drink with moderation, for drunkenness neither keeps a secret nor ob-serves a promise.

··· you must not overload your conversations with such a glut of proverbs….

Be moderate in your sleep….

Never allow yourself to discuss lineage or the preeminence of families….,
Chap. XLIII, pp. 827−830.

<br>

\* 다음 구절들은 산초가 조그만 섬의 지사로 겨우 열흘 정도(오고 간 시간을 뺀
실제 지사로서 일한 기간은 일주일 정도) 지내고 나서, 스스로 그 자리를 떠나면
서 하는 독백이다.

과거, 현재, 미래 공직자들이 잠시, 조용히 경청할 만한, 아니 이 세상을 살아
가는 우리 모두가 눈 여겨 꼭 읽어야 할 "꿈같은 이야기다."

"… 벌거벗고 이 세상에 태어나서, 지금 나는 벌거벗은 채이고, 잃는 것도 얻
은 것도 없다고 [나를 임명한] 공작에게 말해 주시오. 다른 섬들의 지사들이
그들 자리를 뜰 때와는 정반대로, 나는 한 푼도 없이 이 정부자리에 왔다가
한 푼도 없이 떠난다고…."

"… tell my lord the duke that naked was I born, and naked I am now; I
neither lose nor win, for without a penny I came to this government, and
without a penny I leave it, quite the opposite to what governors of other
islands are wont to do when they leave them….", Chap. LIII, p. 910.

\* 그가 필요한 모든 것이란 그의 나귀(Dapple)가 먹을 약간의 보리와 그 자신
이 먹을 반 조각 치즈와 반 조각 빵이다.

… all he required was a little barley for Dapple and half a cheese and half
a loaf for himself., p. 911.

<br>

\* 만약 도지사가 그 일(정부)에서 끝나고 부자가 되어 돌아오면, 사람들은 그를
도둑이라고 하고, 가난뱅이가 되어 돌아오면, 쓸모없는 바보하고 한다.

If a governor returns rich from his government, they say he has been a
robber; if poor, then they say he was a worthless fool., Chap. LV, p. 924.

<br>

\* … 바라타리아섬, 나는 벌거벗은 채로(빈손으로) 들어갔다, 벌거벗은 채로(빈
손으로) 나왔다. 나는 얻은 것도 잃은 것도 없다.

… Barataria, I entered it naked and naked I came away. I neither won nor
lost., p. 924.

# 격언, 잠언, 금언, 속담, 풍자(Ⅱ)

* 아폴로는 아폴로고, 뮤즈들은 뮤즈들이고, 시인들은 시인들이다.
Apollo was Apollo, the Muses, Muses, and the poets, poets., Part I, Chap.
VI, p. 91.
[중국, 宋 나라 때 법어, 山是山 水是水, "산은 산이고 물은 물이다."라고 우리말
로 쉽게 풀이한 故성철스님(1912-1993)의 법어(法語)를 상기시킨다]

* 오늘의 손실이 내일의 이득이 될 수도.
Today's loss may be tomorrow's gain., Chap. VII, p. 93.

* … 한 마리 제비가 여름을 만들지 않는다(한 마리 제비가 왔다고 여름이 오지
않는다).
… one swallow does not make a summer., Chap. XIII, p. 133.

* … 사람을 제대로 아는 데는 시간이 많이 걸린다, 그리고 이 세상의 삶에서
확실한 것은 없다.
… it takes a long time to get to know people, and there's nothing certain
in this life.. Chap. XV, p. 149.
["열 길 물속은 알아도 한 길 사람 속은 모른다."는 우리 속담이 더 멋있다]

* 어떤 곤경에서도 운명의 여신은 그들을 구하기 위해 항상 문 하나는 열어 놓
는다.
Fortune always leaves one door open in disasters in order to give them
relief., p. 151.
[이 경구는 궁지에 몰리면 통한다는 궁즉통(窮則通)을 닮았다. "하늘이 무너져도
솟아 날 구멍은 있다."는 우리 속담의 멋은 어떤가?]

* … 자화자찬(自畵自讚)은 자기비하(自己卑下)다.
… self-praise debases a man., Chap. XVI, p. 155.

* … 창은 펜을, 펜은 창을 결코 무디게 못 한다.
… the lance never blunted the pen, nor the pen the lance., Part I, Chap.
XVIII, p. 177.

* … 어금니 없는 입은 숫돌 없는 방앗간 같고, 이빨 하나가 다이아몬드 보석
보다 훨씬 값지다.

··· a mouth without grinders is like a mill without grindstone, and a tooth is far more prized than a diamond., p. 177.

* 말수는 적을수록 좋다.

The less said, the better., p. 193.
["남자의 말은 천 근같이 무거워야!"(男兒一言 重千金)를 닮았다. 21세기 지금은 "사람의 말"로 바뀌어야 되겠지만…]

* 조금일지라도 아무것도 없는 것보다 낫다.

··· something is better than nothing., Chap. XXI, p. 201.

* ··· 친정 너그럽고 고귀한 인물은 하찮은 것들에 신경 쓰지 않는다.

··· truly generous and noble souls pay no heed to trifles., p. 201.
["천금을 노리는 자 푼 전 갖고 안 다툰다."를 닮았다]

* 힘(폭력)으로 얻을 수 있다면 아쉽게 간청하지 말라···. 울타리를 뛰어넘는 것이 점잖은 사람들 기도보다 낫다.

Never ask as a favor what you can take by force···. A leap over the hedge is better than good man's prayers., p. 207.

* 티끌, 말고 직함(칭호)이라고 해야지.

Title you must say, not tittle.
[거창한 지위나 작위도 티끌만큼이나 작고 아무 의미가 없다고 비꼬는 말이다. 영어로는 Title-Tittle 운이 맞아 맛도, 멋도 있는데 우리말로는 그 맛, 그 멋이 안 난다]

* ··· 정의(正義)는 왕 그 자신이다.

··· justice, which is the king himself···., Chap. XXII, p. 210.
[왕이 곧 정의라는 이야기는 당시 왕이 正, 不正, 법, 불법을, 마음대로 결정하는 권한을 한 손에 쥐고 있다는 것을 풍자한 말. "짐(朕)이 곧 국가다."라고 호언한 프랑스 '태양 왕' 루이 14세(1638-1715)나, 오늘의 북한 김일성(1912-1994)-김정일(1942-2011)-김정은(1983- ) 3대 세습독재의 권세, 전횡을 닮았다. 물론, 세르반테스(1547-1616)는 루이 14세보다 거의 100년 앞서 산 세상이었지만…]

* "슬픔 속에서 노래하는 자는 구원을 얻는다."라고 돈키호테가 말하자, 한 노예는 여기서는 그 반대로 "(슬픔 속에서) 단 한 번만 노래를 불러도 그는 평생을 울고 살아야 한다."라고 대꾸한다.

Who sings in grief, procures relief···. He who sings once, weeps the rest of his life., p. 211.

* "불행은 항상 천재를 쫓는다."라고 한 죄수(罪囚)가 말하자, 간수(看守)는 거
꾸로 "(불행은) 건달(불량배)을 쫓는다."고 대꾸한다(불행은 천재에게도 백수건달
(악당)에게도 따라다닌다).

   ⋯ bad luck always pursues genius⋯. It pursues knaves⋯., p. 215.
[사람은 직업이나 자기의 처지(입장)에 따라 삶을 보는 눈도 다르다. 다를 수밖에
없다. 더구나 불행은 천재든, 건달이든 누구에게나 들이닥친다]

* ⋯ 필요는 사람들을 악행으로 몰아넣는다.

   ⋯ necessity drives men to evil deeds., p. 221.

* 액운이 닥치면 재산도 꼼짝달싹 못한다.

   ⋯ riches are of little avail in the calamities imposed by destiny., Chap.
XXIV, p. 231.
["운명 앞엔 천하장사도 없고 부귀도 소용없다."는 우리 속담을 닮았다].

* ⋯ 앞으로 닥쳐올 일은 오직 하느님만이 아신다.

   ⋯ what's to come, God alone knows., Chap. XXV, p. 239.

* 오 기억, 평정(平靜)의 치명적 적이여!

O memory, mortal enemy of peace of mind., Chap. XVII, p. 271.

* ⋯ 음악은 괴로운 마음을 달래고, (우리) 영혼에서 솟아나오는 번뇌를 덜어준다.

   ⋯ music calms a troubled mind and eases the wretchedness that springs
from the spirit), Chap. XXVIII, p. 280.

* ⋯ 불행은 항상 겹치기 마련이다.

   ⋯ misfortunes never come singly., Chap. XVIII, p. 287.

* ⋯ 그가 양떼 속에 늑대를, 암탉 속에 여우를, 꿀 속에 파리를 풀어 놓는 격
이다.

   ⋯ he let loose the wolf among the sheep, the fox among the hens, the fly
amid the honey., Chap. XXIX, p. 299.

* ⋯ 손안에 쥔 참새가 날아가는 독수리보다 낫다. 왜냐하면, 뻔히 좋은 선택
이 있는데도 나쁜 선택을 했다면, 그 자신을 원망할 수밖에 없다.

   ⋯ better sparrow in hand than a vulture on the wing because he who has
good and chooses ill has only himself to blame for his bad choice., Chap.
XXXI, p. 314.

\* … 손안에 쥔 참새 한 마리가 날아가는 독수리보다 낫다.

   … a sparrow in the hand is better than a vulture on the wing., Part II, XII, p. 603.

\* 손안에 있는 새 한 마리가 숲속에 있는 두 마리보다 낫다.

   A bird in hand is better than two in the bush., Part II, Chap.VII, p. 572.
   A bird in hand is worth two in the bush., Chap. XXV, p. 786, Chap. LXXI, p. 1033.

\* … 명예를 잃은 사람은 죽은 것보다 더 나쁘다.

   … a man without honor is worse than dead., Chap. XXXIII, p. 331.

\* … 값싼 물건은 소중히 여기지 않는디.

   … what costs little is little prized., Chap. XXXIV, p. 349.

\* … 가장 어렵게(비싸게) 얻은 것이 가장 소중하고, 소중해야 한다.

   … what costs most is, and ought to be, valued most., Chap. XXXVII, p. 390.

\* … 덕망(德望) 속에 참된 고결함(귀족)이 있다.

   … true nobility consists in virtue., Chap. XXXVI, p. 375.

\* 반역(叛逆)은 (누군가를) 즐겁게 할지라도, 반역자는 (모두를) 눈살 찌푸리게 한다.

   Though treason pleases, the traitor displeases., Chap. XXXIX, p. 399.

\* … 모든 것을 변화, 변혁시키는 시간의 힘이 인간의 의지보다 더 강하다.

   … time has more power to alter and transform things than human will., Chap. XLIV, p. 453.

\* … 근면은 행운의 어머니다.

   … diligence is the mother of good luck., Chap. XLIII, p. 464.

\* … 법이 왕의 뜻(意志)을 따른다.

   … laws go as kings will, Chap. XLV, p. 458, Part II, Chap. XXXVII, p. 796.
   [위 구절을 아래 구절에서 거꾸로 인용한다. 위는 1인 전제정치를, 아래 구절은 법 치주의를 말한다고 할까?]

* 왕이 법의 뜻(의지)을 따른다.

Kings go as the laws will., Part II, Chap. V, p. 560.

* … 미덕은 선한 사람이 소중히 여기는 것보다도 사악한 자에 의해 더 박해 (迫害) 받는다.

… virtue is more persecuted by the wicked than it is cherished by the good., Chap. XLVII, p. 475.

* … 행운의 수레바퀴는 방앗간 수레바퀴보다 더 빨리 돈다…. 어제 꼭대기에 있던 사람이 오늘은 땅바닥을 긴다.

… Fortune's wheel turns swifter than a mill wheel, and he who was up on top yesterday is crawling on the ground today., p. 476.

* … 우리는 누구나 자기 행동의 아들이다.

… every one of us is the son of his own deeds., p. 476.

* … 욕심만 부리는 감사(感謝)나 봉사 없는 믿음은 모두 죽은 것이다.

… gratitude that consists merely of desire is a dead thing, as faith without works is dead., Chap. L, p. 498.

* 신은 순수한 사람의 좋은 의도는 도와주고, 간교한 사람의 술책은 꺾는다.

God usually helps the good intentions of the simple but thwarts the designs of the cunning., Chap. L, p. 499.

* 산은 학자를 간호하고, 양 우리(외양간)는 철학자를 재운다.

… mountains nurse scholars and The sheepfolds house philosophers., p. 501. [학자는 산에서 배우고 철학자는 양치기의 어려운 삶 속에서 터득한다?]

* … 신사란 그의 뇌 한두 군데 빈 곳을 놔둬야 한다.

… gentleman must have a couple of rooms in his brain vacant., Chap. LII, p. 508.

* 꿀은 나귀 입엔 걸맞지 않다.

Honey is not for an ass's mouth., p. 52, p. 513.

* … 고통에 시달리는 사람에게 더 고통을 퍼붓는 것은 옳지 않다.

  … one should not heap affliction on the afflicted), Part II, Prologue, p. 526.
  ["불난 집에 부채질한다."는 우리 속담을 닮았다]

* 빈곤이 귀족의 (눈)을 가리지만 그렇다고 완전히 가릴 수는 없다(귀족은 가난
  한 삶을 잘 못 보지만, 그렇다고 완전히 못 볼 수는 없다).

  Poverty can cloud nobility, but not obscure it altogether., p. 528.


* 우리의 모든 광기(狂氣)—미친 짓거리나 행동—는 우리 배 속이 텅 비었고
  우리 머리에 바람만 가득 찼기 때문이다(사람의 광기는 빈곤과 무지의 산물이다).

  … all our madness proceeds from having our bellies empty and our
  brains full of wind., Part II, Chap. I, p. 533.


* 불행을 당해 낙심하면 건강만 해치고 죽음을 재촉한다.

  Despondency in our misfortunes weakens our health and hastens our
  death., p. 533.


* … 머리가 아프면, 온몸(四肢)이 쑤신다.

  … when the headaches, all the limbs feel pain., Chap. II, p. 541.
  [위 구절을 좀 바꾸어 다음과 같이 표현하기도 한다]


* … 몸(四肢)도 머리의 고통을 함께 감내해야 한다.

  … the limbs must take their fair share of the head's pain., Chap. III, p. 547.


* … 발과 손(四肢)도 머리의 고통을 함께 감내해야 한다.

  … the limbs must take their fair share of the head's pain., p. 547.


* 영웅은 옛날부터 거의 모두 험구(險口)의 표적이다.

  Few or none of the famous heroes of old have escaped being slandered
  by malicious tongues., p. 543.


* … (사람마다) 입맛(취향)이 다르듯이 의견도 다르다.

  … opinions vary as tastes vary., Chap. III, p. 546.


* … 서둘러 한 작업(작품)은 결코 깔끔히 끝낼 수 없다.

  … works done in a hurry are never finished as tidily as they should be.,
  Chap. IV, p. 555.

\* 세상에서 제일 좋은 소스(양념)는 굶주림이다.

The best sauce in the world is hunger., Chap. V, pp. 558−559.

["Hunger is the best cook"이라는 영어 속담이나, "시장(배고 픔)이 반찬이다."
는 우리 속담이나 "배고픔이 가장 훌륭한 요리다."라는 서양 속담을 닮았다]

\* 당신을 감싸주는 사람이 당신을 알아차린다.

Who covers thee, discovers thee., p. 562.

\* … 과거에 가난했다거나 미천하게 태어났다는 치욕은 과거 한때 있었지, 지
금 존재하지 않는다. 오직 지금 존재하는 것들은 우리들이 지금 눈으로 보는
현실이다…. 그가 과거에 어떻다는 것은 아무도 기억하지 않고, 모두가 그가
지금 무엇인가를 존경할 뿐이다.

… the disgrace of poverty or humble birth, once it is in the past, does
not exist, and the only things that exist are those we see in the present….
no one will remember what he was, and all will respect him for what he
is…., p. 562.

\* 좋은 희망이 보잘것없는 것을 붙들고 있는 것(소유물)보다 낫다.

A good hope is better than a poor holding., p. 573.

… good hopes are better than poor holdings., Chap. LXIV, p. 996.

\* … 내가 벌거벗고 태어나듯이, 나는 지금 벌거벗은 채로 있다.

… naked I was born, naked I am…, Chapter VIII, p. 579.

\* 강인한 마음은 불행을 이겨낸다….

A stout heart breaks bad luck., Chap. X, p. 589.

\* 너를 낳은 사람이 아니라, 너를 젖 주고, 먹여 준 사람과 함께해라.

Not with whom you are bred, but with whom you are fed., p. 591, Chap.
LXVIII, p. 1009.

[한 입양아가 잘 자라서 어른이 된 다음, 그를 이 세상에 태어나게 한 친부모와
그의 오늘이 있기까지 보살펴 준 양부모(養父母) 사이에서 겪는 그의 심리적 갈등
이나 여러 가지 분쟁에 한 지침이 되는 구절이다]

\* … 다른 사람이 모든 비용을 감당, 감내하는 것이 최고, 최상의 스포츠다.

… the finest sport of all is where it's at other people's expense., Chap.
XIII, p. 611.

[위 경구는 약간 풍자적이다]

* … 질투는 [사람을] 망친다.

  … covetousness bursts the bag., p. 613.


* 아무리 길이 순탄해도 여기저기 바퀴 자국이나 구멍은 있기 마련이다.

  No matter how smooth the road, there's sure to be some rut or hollow in
  it., p. 613.


* 신은 항상 평화를 이루는 자를 축복하고, 평화를 깨는 자를 저주한다.

  God always blessed the peacemakers and cursed the peace−breakers.,
  Chap. XIV, pp. 620−621.


* 한 사업을 계획하고 시작하기는 쉽지만, 대부분의 경우 그 일에서 안전하게
  벗어나오기는 어렵다.

  It's easy to plan, and start an enterprise, but most times, it's hard to get
  out of it safe and sound., Chap. XV, p. 628.


* … 덕을 터득하지 않고 배움만을 익히는 것은 똥거름 위의 진주나 마찬가지다.

  … learning without virtue is like pearls on a dunghill., Chap. XVI, p. 635.


* 미리 경고하는 것은 미리 대비하는 것이다. 예방(예비)해서 잃을 것은 없다.

  Forewarned is forearmed. Nothing is lost by taking precautions…., Chap.
  XVII, pp. 638−639.


* 시간을 되찾아올 힘(권력)은 지구상에 없다, 시간은 절대로 다시 되돌아오지
  않기에.

  No power on earth can call back Time, For it will never come again.,
  Chap. XVIII, p. 653.


* … 제 자식이 못생겼다고 생각하는 부모는 없다.

  … there is no father or mother to whom their children seem ugly., p. 656.


* … 지혜는 좋은 언어의 문법이며 오직 실천에서만 나온다.

  … wisdom is the grammar of good language, and comes from practice.,
  Chap. XIX, p. 661.


* 이 세상에서 튼튼한 집을 짓는 가장 좋은 토대는 돈이다.

  On a good foundation you can build a solid house, and the best founda-
  tion and ground work in the world is money., Chap. XX, p. 665.

* 금으로 덮은 나귀가 [허름한] 길마 두른 말보다 낫게 보인다.

An ass covered with gold looks better than a horse with a packsaddle., p. 670.

* 돈키호테가 산초를 꾸짖는 말,

··· 신의 외경이 지혜의 첫걸음인데, 너는 아직도 신보다도 도마뱀을 더 무서워하니 더 많은 것을 알아야 할 텐데.

··· the fear of God being the beginning of wisdom, you, who are more afraid of a lizard than of Him, should know so much., p. 672.

* 말 말고, 행동으로 말하라.

Let deeds speak, not words., Chap. XXV, p. 711.

* ··· 모든 가식(假飾)—가장(假裝), 체하기—은 나쁘다.

··· all affectation is bad., Chap. XXVI, p. 715.

* ··· 결코 찾을 수 없는 (인간의) 완전무결은 기대하지 말라.

··· don't expect a perfection that is impossible to find., p. 715.

* ··· 잘못을 저지르고 그 스스로 신에게 바로 잡는 자를 신은 칭찬한다.

··· who errs and mends himself to God commends., Chap. XXIII, p. 731.

* 온통 이 세상은 서로가 서로를 속이고 함정에 빠뜨리려는 술책과 계략뿐이다.

All this world is nothing but trickery and stratagem, one against the other., Chap. XXIX, p. 737.

* ··· 오래 사는 만큼 어려움도 많이 겪는다.

··· he who lives a long life must face much strife., Chap. XXXII, p. 758.

* 반짝이는 모든 것이 다 금은 아니다.

All that glitters is not gold., Chap. XXXIII, p. 768.

* ··· 반짝인다고 모두 다 금은 아니다.

··· all is not gold that glitters., Chap. XLVIII, p. 870.

* 아무도 교육을 받고 태어나지 않았고, 성직자들은 사람들 속에서 나왔지 돌로 만든 것은 아니다.

··· no one is born educated, and bishops are made out of men and not out of stones., Chap. XXXIII, p. 770.

[성경 고린도전서 13장 "내가 어렸을 때는 말하는 것이 어린아이와 같고 깨닫는 것이 어린아이와 같고 생각하는 것이 어린아이와 같다가 장성한 사람이 되어 서는 어린아이의 일을 벌였노라."를 세르반테스가 풀이하고 있는 것도 같다]

＊ … 하늘나라에는 우리의 마음을 심판하는 신(神)이 계시다.

　… there is a God in heaven who judges our hearts., p. 771.

＊ 좋은 평판이 큰 재물보다 더 값지다.

　A good name's worth more than great riches., p. 771.

＊ (돈키호테의) 좋은 몸종이면 (공작이 임명한 섬의) 좋은 지사(知事)가 될 것이다.

　… he who has been a good squire will be a good governor,, p. 771.

＊ … 덜해서 보다는 더해서 잃는 것이 낫다.

　… it is better to lose by overdoing than by underdoing., p. 772.

＊ 입과 잔 사이에도 말실수가 많이 있다.

　There's many a slip 'twixt cup and lip., p. 777.
　There's many slip 'twixt cup and lip., Chap. LXIV, p. 990.

＊ 배가 발을 끌지, 발이 배를 끌고 가지 않는다.

　It's the belly carries the feet, not feet the belly., p. 777.

＊ 금덩어리를 실은 당나귀는 산도 가볍게 오른다.

　An ass with a load of gold goes lightly up a mountain., Chap. XXXV, p. 786.

＊ 선물은 돌도 깬다(부순다).

　Gifts break rocks., p. 786.

＊ 약한 마음은 불행을 못 이긴다.

　Faint heart never breaks bad lucks., p. 787.

＊ … 공손함(예절 바름)보다 돈도 덜 들고 더 싼 것은 없다.

　… nothing costs less nor is cheaper than civilities., Chap. XXXVI, p. 792.

＊ … 악의와 무지의 어둠이 용기와 인덕의 빛을 가리거나 덮지 못한다.

　… the darkness neither of malice nor of ignorance can cover and obscure the light of valor and of virtue., p. 794.

* ⋯ 좋은 귀는 말이 별로 필요 없다(남의 말을 잘 듣는 내가 말 많은 나보다 낫다).
⋯ good ears need few words., Chap. XXXVII, p. 798.

* [산초가 섬의 지사로 성공하는 데] 자질도 도움이 되지만, 운이 더 중요하다
(능력에다 많은 운이 따라야).
Merit does much, but fortune more., Chap. XLII, p. 824.
[운칠기삼(運七技三)을 닮았다]

* ⋯ 근면은 큰 행운의 어머니고, (근면)의 적(敵)인 나태는 바라는 것을 아무
것도 이루지 못한다.
⋯ diligence is the mother of good fortune and that sloth, her adversary,
never accomplished a good wish., Chap. XLIII, p. 829.

* 풍부한(먹을 것이 많은) 곳에 손님이 북적거린다.
Where there's plenty, the guests can't be empty., p. 829.

* 온몸을 꿀로 바르면, 수없이 많은 파리가 따라 붙는다.
Plaster yourself with honey and you'll have flies in plenty., p. 831.

* 주전자로 돌을 치든, 돌로 주전자를 치든, 주전자가 더 손해다.
Whether the pitcher hits the stone, or the stone hits the pitcher, 'tis the
worse for the pitcher., pp. 831−832.

* ⋯ 다른 사람 눈 가시를 보기에 앞서 자기 눈 (대)들보를 먼저 보라.
⋯ he who sees a splinter in another man's eye should first look to the
beam in his own., p. 832.

* ⋯ 잠잘 땐 지위가 높든 낮든, 돈이 많든 작든, 모두가 다 똑같다.
⋯ when we're asleep, we're all alike, great or small, rich and poor., p. 832.

* 도지사가 되어 지옥에 내려가기보다는 나는 차라리 평범한 산초로 천당에
올라가겠다.
I'd rather go up to Heaven as plain Sancho than down to hell as gover−
nor., p. 832.

* … 존엄은 자선, 겸허, 믿음(신앙), 복종, 그리고 빈곤이다. '모든 것을 소유하면서도 아무것도 갖지 않은 것처럼 행동하는' 것이 정신적 빈곤이다.

… sanctity consists of charity, humility, faith, obedience, and poverty…. Possess all things but act as if you had them not,… this is called poverty in spirit., pp. 837–838.

* … 얼굴의 홍조(紅潮)가 가슴속 오점(汚點)보다 낫다.

… better a blush on the face than a stain on the heart., p. 839.

* 순결(貞操)은 그녀의 가장 값진 지참금, 아무것도 그녀에게 그보다 더 큰 힘을 주지 못하나니. 모든 연인들은 항심(恒心)을 가장 값진 품성이라고, 그것으로만 사랑은 기적들을 쌓아 연인들이 하늘로 올라간다네.

Chastity's her richest dower,
Nothing gives her greater power.
All lovers say that constancy
is the most valued quality,
For by it Love works prodigies,
And through it lovers soar to Heaven., Chap. XLVI, p. 852.

* … 가슴이 아니라, 배가 가슴을 치켜세우고 있다.

… it's the belly that keeps the heart up, and not the heart the belly., Chap. XLVII, p. 859.

* … 벽들도 귀가 있다.

… walls have ears., p. 870.
["낮말은 새가 듣고, 밤말은 쥐가 듣는다."는 우리 속담이 더 운치가 있다]

* … 공직이나 책임 있는 자리가 어떤 이의 마음을 민감하게 하지만, 또 어떤 이는 둔감하게도 만든다.

… offices and responsible positions sharpen some men's minds and stupefy others., Chap. XLIX, p. 873.

* 누가 암소를 주면 재빨리 고삐를 잡아라(기회는 놓치지 말아야).

When they give you a heifer, make haste with the halter., Chap. L, p. 888.

* 네 귀로 듣고 믿을 수 없는 것을 네 눈으로 보게 될 것이다.

You'll see with your eyes what you will not believe by your ears., p. 889.

\* … 배은망덕(背恩忘德)은 오만의 딸이며 가장 큰 죄악의 하나다.

… ingratitude is the daughter of pride and one of the greatest sins known…., Chap. LI, p. 895.

\* 로마에 있을 땐 로마사람들처럼 행동하라.

When in Rome do as the Romans do., Chap. LV. p. 914.

\* 우리는 행복을 잃을 때까지는 행복을 모른다.

We did not know our happiness until we had lost it., p. 915.

\* 올바르게 모은 재산도 재앙을 맞이하지만, 부정하게 모은 재산은 그 주인을 죽인다.

Well−got wealth may meet disaster, but ill−got wealth destroys its master., p. 917.

\* 살찐 슬픔이 깡마른 것보단 낫다(굶은 채 슬픔을 맞이하는 것보다 배부른 채 맞는 게 더 낫다).

Better a fat sorrow than a lean one., p. 921.

\* 사람은 제안하고, 신은 처리한다.

Man proposes and God disposes., p. 923.

\* 주거나 가지고 있거나 쉽지 않다(무엇을 남에게 주고, 무엇을 내가 가지고 있어야 하는가 하는 판단은 매우 어렵다).

To give and to keep has need of brains., Chap. LVIII, p. 939.

\* … 대부분의 경우 받는 사람이 주는 사람보다 못하다.

… for the most part those who receive are inferior to those who give., pp. 942−943.

\* … 이 세상에서 인간에게 그의 절망보다 더 어리석은 것은 없다…. 삶이 있는 곳에는 희망도 있다.

… there's no greater foolishness in the world than for a man to despair…. While there's life there's hope., Chap. LIX, p. 947.

\* … 아무리 나빠도 무언가 좋은 것이 그 속에 없는 책은 없다.

… no book is so bad as not to have some good in it., p. 950.

* ⋯ 고통을 주는 농담(우스갯소리, 익살)은 농담이 아니고, 자기 이웃에 피해를 주는 오락도 오락이 못 된다.

⋯ jests that cause pain are not jests, and pastimes that inflict an injury upon one's neighbor are unworthy of the name., Chap. LXII, p. 969.

* 나는 이윤을 원한다. 이윤 없는 유명세는 푼돈만도 못하다.

I want profit, for fame isn't worth a mite without it., p. 980.

* 모든 사람은 자기 자신의 운명의 창조자다(누구나 자기 운명은 자기가 만든다).

Every man is the maker of his own fortune., Chap. LXVI, p. 999.

* 모든 것이 다 게임이다. 공부하고 또 공부하고 하다 보면(열심히 일하다 보면), 호의와 좋은 행운이 따르게 되고, 그가 전혀 기대하지도 않았는데도 그의 손에 왕의 홀(笏)을 쥐거나 머리에 교황의 관(冠)을 쓰게 된다(누구나 최선을 다해 일하고, 거기에 호의와 큰 행운까지 따르면, 그가 꿈꾸지도 않은 왕이나 교황이 될 수 있다).
[최선의 노력 + 호의 + 행운 = 왕, 교황]
It's all a game; nothing but study and more study, then with favor and good luck a man finds himself, when he least expects it, with a scepter in his hand or a miter on his head., p. 1002.

* 냄비가 솥(가마, 주전자) 보고 검다고 한다(똥 묻은 개가 겨 묻은 개 나무란다).

The pot called the kettle black., Chap. LXVII, p. 1008.

* 속담은 옛 성현(聖賢)들의 경험과 관찰에서 나온 짧은 경구들이지만, 이를 잘못 인용(적용)하면 지혜는커녕 터무니없는 넌센스다.

⋯ proverbs are brief maxims drawn from the experience and observa-tions of the wise men of old, and a proverb ill—applied is not wisdom but arrant nonsense., p. 1008.

* 시도(試圖)해서 잃을 것은 없다.

Nothing would be lost by trying., Chap. LXXI, p. 1029.
[무언가 시도했다가 실패, 낭패한 사람은 그 시도마저도 하지 않고 꿍꿍 앓고 있는 인간보다는 낫다는 이야기다. 실패가 밑거름이 되어 더 큰 성공을 낳을 수도 있고, 적어도 해보지도 않고 후회하는 것보다는 해보고 실패한 경우는 핑계(변명)라도 있기 때문이다]

* … 로마는 하루 아침에 건설되지 않았다.

… Rome was not built in a day., Chap. LXXI, p. 1031.

* 내가 하나 갖는 것이 내가 둘 네게 주는 것보다 낫다.

One I take is better than two I'll give you., p. 1033.

* … 오늘은 낮은 곳에 있는 그가, 내일은 대승을 거둘 수도 있겠지.

… he who's lying low today may be crowning his victory tomorrow., Chap. LXXIV, p. 1047.

# 셰익스피어, 『리어왕』

## <u>인용구</u>*

* 여기에 실린 인용구들 속에 이미 이 글 본문에서 인용한 구절들은
특별한 경우가 아니면 포함하지 않았다는 것을 미리 밝힌다.

* 충복 켄트가 리어에게, 권력이 달콤한 말과 아첨(甘言利說)에 끌리는데도 그
  것을 바로 잡는 바른말을 못 한다면 말이 됩니까?
  나는 평생 짐(朕)의 안전을 위해서 적들과 싸우는 데 있어서는 내 목숨을 아
  끼거나 잃는 것을 겁내지 않았습니다.

  Think'st thou that duty shall have dread to speak
  When power to flattery bows? I, i, 145－146.
  My life I never held but as a pawn
  To wage against thine enemies, nor fear to lose it,
  Thy safety being motive., 154－156.

* 어릿광대가 리어에게,
  가진 것 다 보여주지 말고,
  아는 것 다 떠벌리지 말고,
  가진 것 몽땅 빌려 주지 말고,
  더 부지런히 일하고,
  믿지만 말고 더 배우고,
  도박에 빠져들지 말고,
  술과 창녀 멀리 하고,

집단속 잘하면,

짐은 삶이 넉넉하고 편할 것이요.

have more than thou showest,
Speak less than thou knowest,
Lend less than thou owest,
Ride more than thou goest,
Learn more than thou trowest,
Set less than thou throwest;
Leave thy drink and thy whore,
And keep in−a−door,
And thou shalt have more
Than two tens to a score. I, iv, 109−118.

* 리어가 어릿광대에게,

무(無)에서는 무(無)밖에,

Nothing can be made out of nothing., 123.

* 콘월이 켄트에게 묻는다.

양복쟁이가 사람 만드나요?

A tailor make(s) a man?, II, ii, 53.

* 어릿광대가 켄트에게,

이득만 챙기며 봉사하는

사람은 겉으로만 따를 뿐이요,

[동양의 면종복배(面從腹背)를 닮았다]**

비가 오기 시작하면 짐 먼저 싸고,

폭풍 속에 그대를 남기고 떠나버리지요.

하지만 난 기다리고, 이 바보는 머물 것이요.

그리고 (현명한 척하는) 얌체는 도망가도록 내버려 둬요.

그 악한(惡漢)은 도망쳐 바보가 되지만

바보는 악한이 아니지요.

That sir which serves and seeks for gain,
And follows but for form,
Will pack when it begins to rain
And leave thee in the storm.
But I will tarry; the fool will stay,
And let the wise man fly,
The knave turns fool that runs away;

The fool no knave, perdie., ii, 73−80.

* 레간이 말한다.
　… 어떻게 한 집안에
　둘이 주인 노릇하는 판국에 많은 사람들이
　화목할 수 있단 말이요?
　그건 아주 어렵지요. 거의 불가능합니다.

　How in one house
　Should many people under two commands
　Hold amity?
　'Tis hard; almost impossible., II, iv, 238−240.

* 리어가 겐트에게,
　꼭 필요한 것을 얻으려는 사람의 기술은
　이상할 정도로 신기해,
　하찮은 것도 희귀하게 만들거든.

　The art of our necessities is strange
　And can make vile things precious., III, ii, 70−71.

* 어릿광대가 하는 말,
　목사가 실속 없이 말만 무성하고,
　양조장 주인(술 공장주인)이 물을 부어 엿기름을 망치고,
　귀족들은 그들 재봉사를 가르치려 들고,
　진짜 이단자(異端者)는 살고 호색한(好色漢)만 태워 죽이면,
　그땐 알비온(브리튼)은 대혼란에 빠질 수밖에.
　법의 심판이 올바르고,
　가난한 기사(騎士)도 없고, 기사 몸종의 빚도 없고,
　중상모략도 발 못 붙이고,
　사람들 많이 모인 곳에 소매치기도 안 나타나고,
　고리대금업자가 그의 금 묻어 둔 곳을 스스로 말하고,
　창녀 집 안주인과 창녀들이 교회 짓는 데 앞장서면,
　그런 때, 그런 세상 보며 사는 사람은 얼마나 좋겠소만.

　When priests are more in words than matter,
　When brewers mar their malt with water,
　When nobles are their tailors' tutors,
　No heretics burned but wenches' suitors,

Then shall the realm of Albion
Come to great confusion.
When every case in law is right,
No squire in debt nor no poor knight,
When slanders do not live in tongues,
Nor cutpurses come not to throngs;
When usurers tell their gold i'th'field,
And bawds and whores do churches build,
Then comes the time, who lives to see't,
That going shall be used with feet., III, ii, 81−94.

* 에드가가 리어에게,

　… 술을 나는 엄청 좋아했었지요,

　노름에도 푹 빠졌었고,

　그리고 여자와 놀아 난 것도

　터키(술탄, 황제)도 못 따라 올 정도였지요.

　속임수를 썼고(거짓말 투성이였고), 귀는 얇았고,

　피도 많이 흘리게 했고(싸움도 많이 했고)

　게으르기는 돼지, 도둑질은(능청부리기는) 여우,

　욕심은 늑대, 미친 짓은 개,

　사냥은 사자 같았지요.

　하지만 (여자들) 신발자국 소리나

　비단 옷 스치는 소리로

　당신의 가슴(마음)을 여자에게

　또 팔아넘기지 말기를 바라오.

　사창가(私娼街)는 멀리 하시지요,

　당신의 손을 여자 치마폭에서 빼시오,

　고리(高利)대금업자로부터 돈도 빌리지 말고,

　나쁜 적수(敵手)는 무시해 버리시오.

Wine loved I dearly, dice dearly,
and in woman out−paramoured the Turk;
false of heart, light of ear, bloody of hand;
hog in sloth, fox in stealth,
Wolf in greediness, dog in madness, lion in prey.
Let not the creaking of shoes
nor the rustling of silks betray thy poor heart to woman.
Keep thy foot out of brothels,
thy hand out of plackets, thy pen from lenders' books,

and defy the foul fiend., III, iv, 86−94.

＊ 에드가는 본문에서는 두 차례나 다섯 가지 능력(재치)이라고만 말했지만, 이
책 편집자는 이를,
일반상식(재치), 상상력, 환상, 판단력, 기억력이라고 풀이한다. 또 우리가 일
상에서 쓰는 오감(five senses)일 수도 있다고(p. 222, note no.7).
The mental faculties of common wit, imagination, fantasy, estimation, and
memory., III, iv, 55−56, vi, 17.

＊ 리어는 중얼거린다.
우리는 (이 세상에) 태어날 때 운다, 우리가 왔다고, 이 바보들의 큰 무대에.
When we are born, we cry that we are come
To this great stage of fools., IV, v, 179−180.

＊ 코델리아가 리어에게,
최선을 바랐지만, 최악을 맞이한 사람으로 우리가 결코 처음은 아닙니다.
We are not the first
Who with best meaning have incurred the worst., V, iii, 3−4.

＊ 에드문드가 (리어와 코델리아를 감옥에 가두고 죽이라는 지령을 내리면서) 한 장교
에게, 때에 따라 사람들은 바뀌니.
… men
Are as the time is., V, iii, 31−32.

＊ 에드문드가 말한다.
수레바퀴는 한 바퀴를 돌았구나.
The wheel is come full circle., V, iii, 165.

＊ 앞서 2막 2장에서는 켄트가 말한다.
운명(의 神)이여… 당신의 수레바퀴를 돌리시오!
Fortune…; turn thy wheel!, II, ii, 166.

[끝으로, BN 편 『리어왕』 부록에 Quarto−only Readings에서 인용구 하나만
여기에 소개한다]

＊ 어릿광대가 하는 말,
그는 유순한 늑대, 말(馬)의 건강, 애송이 사랑, 창녀의 약속을 믿을 만큼 미

쳤다.

He's mad that trusts in the tameness of a wolf, a horse's health, a boy's love, or a whore's oath., p. 343.

# 도스토옙스키, 『쥐구멍에서 쓴 노트』 등

## 인용구

* 문명은, 항상 사람을 더욱 잔인하게 만들지는 않더라도, 적어도 더 악랄하게, 소름이 끼칠 정도로 더 잔인하게 만든다. 과거에는 유혈(流血) 속에서 정의를 보았고, 살육을 당해야 할 사람들은 한 줌 양심의 가책도 느끼지 않고 도살을 자행했지만. 지금은 그런 살육 행위가 잔인하다고 우려를 하면서도, 우리는 아직도 그 행위를 자행한다.—그리고 옛날보다 훨씬 더 대규모로.

  Civilization has made man, if not always more blood-thirsty, at least more viciously, more horribly blood-thirsty. In the past, he saw justice in bloodshed and slaughtered without any pangs of conscience those he felt had to be slaughtered. Today, though we consider bloodshed terrible, we still practice it—and on a much larger scale than ever before., p. 108.

* 모든 사람이 실제로 필요한 것은 어떤 대가를 치르고 무슨 결과를 낳든 간에 독립적인 의지다.

  All man actually needs is independent will, at all costs and whatever the consequences., p. 110.

* 이성(理性)은 오직 이성일 뿐이다, 그리고 그것(이성)은 인간의 합리적인 필요들만을 만족할 뿐이다. 욕망은, 그러나, [인간] 삶 그 자체의 분출이다.—삶의 모든 것의—그것(욕망)은 이성에서부터 [내 몸 간지러운 곳을] 긁는 것까지 모든 것을 포함한다.

  … reason is only reason, and it only satisfies man's rational requirements. Desire, on the other hand, is the manifestation of life itself—of all of life—and it encompasses everything from reason down to scratching oneself., p. 112.

\* 우리의 가장 중요한, 가장 귀중한 소유(물)는 우리의 개성(個性)이다.

Our most important, most treasured possession: our individuality., p. 113.

\* 사람에 대한 최상의 정의(定義)는 배은망덕한 두 발 달린 동물이라는 것이다. 그러나 이것이 인간의 결정적 결함은 아니다. (인간의) 결정적 결함은 그의 고질적인 심술궂음(사악성, 邪惡性)이다.

… the best definition of man is: ungrateful biped. But this is still not his main defect. His main defect is his chronic perversity., p. 113.

\* 인간 삶의 의미는 그가 사람이지 결코 피아노 건반(鍵盤)이 아니라는 것을 순간순간마다 그 스스로 입증하는 것이다.

… the meaning of life consists in proving to himself every minute that he's a man and not a piano key., p. 115.

\* 인간은 의식적으로 하나의 목표를 향에서 숙명적으로 모든 시간을 바쳐서 노력할 수밖에 없는, 창조적인 동물이다, 그 스스로 어딘가로 뚫리는 길들을 건설하는 데 몰두한다, ―(그 길이) 어디로 가든 상관없이….

(이렇게 끊임없이 길 만드는 데 매달림으로써) 그가 모든 악행의 어머니인 치명적인 게으름(나태, 懶怠)으로부터 구출된다. 사람이 (끊임없이) 창조하고 길을 만들고 하는 짓은 다 그렇다고 치자. 그런데 왜 사람은 늙은 나이가 되어서까지도 혼돈과 무질서를 즐기는가? 만약 당신이 이를 설명할 수 있다면 해 보라!

… man is a creative animal, doomed to strive consciously toward a goal, engaged in full−time engineering, as it were, busy building himself roads that lead somewhere−never mind where.
… thus, saving him from the deadly snares of idleness, which, the mother of all vice. There's no disputing that man likes creating and building roads. But why does he also like chaos and disorder even into his old age? Explain that if you can!, p. 116.

\* 이 세상에서의 삶의 목적은 하나의 목표를 향해 끊임없이 노력하는 것이다. 다시 말하면, 목적은 삶 그 자체이지, 2 + 2 = 4가 될 수밖에 없는 목표가 아니다….

(판에 박힌 삶보다는) 때로는 2 + 2 = 5가 되는 것도 재미있지 않은가? … 왜 사람은 그의 복락(福樂) 이외의 것들을 즐길 수 없단 말인가? 아마 사람은 고통을 [복락만큼이나] 즐기는지도 모른다. 아마 고통이 복락만큼이나 삶에 유익한지 누가 아나. 실은 사람은 고통을 무척 좋아한다. 열정적으로. 그게 사실이다.

··· the purpose of man's life on earth consists precisely in this uninter-
rupted striving after a goal. That is to say, the purpose is life itself and not
the goal which, of course, must be nothing but twice two makes four. ···
twice-two-makes-five is also a delightful little item now and then···.
Why can't man like things other than his well-being? Maybe he likes
suffering just as much. Maybe suffering is just as much to his advantage as
well-being. In fact, man adores suffering. Passionately. It's a fact., p. 117.

* 만약 삶의 유일한 목표가 비에 젖지 않고 사는 것이라면, [사는 구멍이] 닭장이
든, 궁전이든 무슨 상관인가··· 마루 밑에 내 구멍이 있다는 건 너도 기억하지?

··· it makes no difference whether it is a chicken coop or a palace. I'd
agree with you if the only purpose of life was keeping from getting wet.
··· I have my hole under the floor, remember?, p. 119.

* ··· 모든 사람은 누구나 그의 과거(사연, 사건, 사물)에 대해서 그의 가장 절친
한 친구 빼고는 밝히지 않는다. 그런 친구들에게까지도 밝히지 않고, 가장 엄
격한 비밀 속에, 오직 그 자신만이 간직한 또 다른 것들(과거)도 있다. 그러나
또 자기 자신마저도 감히 수용하지 못하는 것들(과거)도 있다, 그런데 훌륭한
사람은 누구나 모두 이러한 많은 과거들을 한 묶음씩 갖고 있다.

··· there are things in every man's past that he won't admit except to his
most intimate friends. There are other things that he won't admit even to
his friends but only to himself—and only in strictest confidence. But there
are things, too, that a man won't dare to admit even to himself, and every
decent man has quite an accumulation of such things., p. 122.

* 일(노력, 노동)은 사람을 선하고 착하게 만든다!, p. 123.

* 다른 사람을 비난하기에 앞서 우리는 먼저 스스로 살아가는 것을 배워야 한다.

··· we must first learn to live ourselves before we begin to accuse others!, p.
174.

* 나는 가장 정나미가 떨어지는, 가장 가소롭고, 가장 피죄죄(치사)하고, 가장
어리석고, 그리고 이 지구상의 모든 벌레가 샘내는, 나는 한 마리 기생충이야.

I'm a louse, because I'm the most disgusting, most laughable, pettiest,
most stupid, and most envious of all the worms of the earth···., p. 197.

* 한 엉터리 인간의 꿈에서,
[다음 구절은 불교에서의 천상천하 유아독존(天上天下 唯我獨尊) 같은 경지를 독
백하는 것 같아 흥미롭다. 어쩌면, 프랑스 철학자, 수학자 데카르트(1596-1650)

의 명제(命題)—Cogito ergo sum("나는 생각한다, 그러므로 나는 존재한다.")—를 뒤엎는 듯한 주장 같기도 하고.]

* 나의 인생과 그에 따르는 모든 세상은, 내 멋대로인 것 같았다…. 온 세상이 나 하나를 위해 만들어진 것같이 보였다. 적어도 나에겐, 내가 죽으면(자살한 다면), 세상도 존재하지 않을 것(그 존재를 멈출 것) 같았다. 내가 죽고 나면 아무것도, 아무도 남지 않을 것이고, 내 의식이 뭉개지면, 유령처럼, 내 의식이 만들어 낸 허구처럼, 온 세상도 사라져 버릴 것 같았다. '나' 밖에는 모든 세상과 모든 사람이 없다(아무것도 아니다)는 것이 가능하기 때문이다.

It seemed obvious to me that my life and, with it, the whole world were at the mercy of my whim… it looked as if the world had been made especially for me alone; if I shot myself, the world would stop existing, at least for me. To say nothing of the possibility that indeed there wouldn't be anything or anyone left after me, and as my consciousness sputtered out, the whole world would vanish like a phantom, like a mere figment of that consciousness of mine. For it is possible that the entire world and all the people are nothing but me., p. 210.

[다음은 인간이 어떻게 낙원에서 추방되고, 타락한 다음에야, 잃어버린 그 복락을 되찾기 위해 다시 사원을 짓고 기도하고 염원하는가를 한 엉터리 인간의 꿈인 것처럼 길게 설명하고 있는 것이 흥미롭다]

… 나는 사람들이 하나님의 은총을 잃고 타락하게 만들었다. 고약한 기생충처럼, 온 왕국을 오염시킨 전염병 병균처럼, 나는 행복하고 죄 없는(죄를 모르는) 세상을 오염시켰다. 사람들은 거짓말을 배웠고, 그것을 좋아했고, 거짓의 아름다움을 고맙게 생각하기에 이르렀다. 맨 처음에는 농담으로 순진하게 장난삼아 시시덕거리는 셈으로 시작한 거짓말이었지만, 거짓의 병균은 사람들 마음속을 파고들었고, 그들은 거짓말에 흠뻑 빠져 버렸다.

다음에는 관능적 쾌락(성적 방탕)이 찾아 왔다. 관능적 쾌락은 질투를, 질투는 잔인함을 낳았고…. 아! 나는 얼마나 빨리 들이닥친 지는 모르겠지만, 사람들이 서로 피를 흘리는 지경에까지 이른다(서로 죽이는 유혈극이 벌어진다). 지구 다른 편에 사는 사람들은 충격을 받고 놀라, 이들과 관계를 끊고 흩어진다. 끼리끼리 동맹을 맺고 서로 비난을 퍼붓고 규탄과 공방이 오간다.
사람들은 수치스러움을 알게 된다. 그리고 수치스러움의 미덕도 익힌다. 명예라는 개념도 나타난다. 그리고 동맹세력마다 색깔(특색)을 내세운다. 그들은 동물들을 학대한다. 동물들이 숲속으로 도망치자, 사람들의 적이 된다. 사람들은 독립을 위해, 개인적인 야욕 때문에, 내 것과 네 것을 구분하기 위해, 서로 싸우고 서로 갈라진다. 사람들은 서로 다른 말을 하는 것을 멈춘다. 그들은 고난을 경험하고, 그것을 좋아한다. 그리고 고난만이 진리로 가는 유일한 길이라고 선언한다. 그리고 과학이 퍼지기 시작한다.

사람들이 흉악해 지면서, 우애(박애 정신)와 인도주의를 말한다. 그리고 그 개념들도 이해하게 된다. 그들이 범죄자가 되면서, 정의(正義)를 창안(創案)하고 정의를 실천한다고 방대한 법전을 편찬한다—그리고 그 법을 실천하기 위해 단두대를 세운다.

그들은 잃어버린 것들을 희미하게 기억하며, 한때 그들이 순수했고 행복했었다는 것을 믿지 않으려 한다. 그 잃어버린 복락으로 되돌아 가는 것을 웃기는 이야기며, 몽상이라고 일축해 버린다. 그 복락의 모습도 개념도 가늠하지 못하게 된다….

그리고 이상한 일이 생긴다. 사람들은 그들이 잃어버린 복락을 완전히 믿지 않고, 꾸민 이야기로 간주하면서, 다시 행복하고 순수하게 되기를 바라며 그들 자신의 염원에 몸을 바쳐 버리고, 어린애처럼 그 염원을 숭배한다. 그들은 수많은 사원을 짓고, 그들의 염원을 신성화하고 기도한다. 그들의 염원이 이루어질 수 없다는 것을 알면서도 눈물을 글썽이며 숭배하며 매달린다.

… I caused their fall from grace. Like a sinister trichina, like a plague germ contaminating whole kingdoms, I contaminated with my person that entire happy, sinless planet. They learned how to lie, they came to love it, and they grew to appreciate the beauty of untruth. It may have started with a joke, innocently, playfully, with a flirtation, but the germ of the lie penetrated their hearts, and they took a fancy to it.

Then came voluptuousness. And voluptuousness begot jealousy, and jealousy begot cruelty…. Ah, I don't know how soon, but it wasn't long before the first blood was shed. Those people of the other earth were shocked and horrified and they started to break up and disperse. Alliances were formed only to be directed against other alliances. Recriminations and accusations flew to and fro.

They learned about same and they made a virtue of it. The concept of honor appeared, and each alliance hoisted its colors. They started to torture animals, and the animals escaped into the forests and became their enemies. They fought to secede, for independence, for individual advantages, for what's mine and what's yours. They ended speaking different languages; they experienced suffering, and came to love it; they declared that suffering was the only way to Truth. Then science spread among them. As they became evil, they talked about fraternity and humanitarianism and came to understand those concepts; as they became criminal, they invented justice and drew up voluminous codes of laws to enforce their justice—and built a guillotine to enforce their laws.

They only dimly recalled the things they had lost and refused to believe that there had been a time when they were pure and happy. They even dismissed as ridiculous all possibility of return to that lost bliss, branding it a pipe dream. They were unable to visualize or conceive of it.

And a strange thing happened: while they ceased completely to believe in their lost bliss, dismissing it as a fairy tale, they longed so much to be— come happy and innocent once more that they capitulated to their own wishes and, like small children, proceeded to worship their longings. They built countless temples, deified their own wishful thought, and prayed to it. And although they were certain their wishes could never come true, they worshipped them with tears in their eyes. pp. 220−221.

오직 고난만이 사색을 품기 때문에 [사람을 사색하게 만들기 때문에] 고난은 아름답다.

… suffering is beautiful because suffering alone contains thought., p. 223.

* 마지막으로 다음의 짧은 한마디 질문은 동양에서 흔히 말하는 인생은 "한마당 봄 꿈"(一場春夢)이라는 구절 같기도 하다.

우리의 삶(인생)이 꿈이 아니라면 도대체 무엇인가?

And what's our life if it isn't a dream?, p. 225.

실은 "우리는 꿈꾸며 산다— 오직 혼자만의."(We live as we dream—alone)이라는 콘래드의 『Heart of Darkness』에 나오는 한 구절이 위 구절을 훨씬 많이 닮았다.

# 콘래드, 『어둠의 속마음』

## 인용구

[콘래드는 19세기 유럽제국주의 식민정책을 다음과 같이 신랄히 비판한다.]

* 그들은(너희들은) 정복자(征服者)다. 그리고 정복을 위해 네가 원하는 것은 폭력이다—하지만 폭력을 가졌다고 뽐낼 일도 못 된다. 왜냐하면 너희들의 폭력은 상대방이 약해서 생긴 우연일 뿐이다…. 그것은 폭력에 의한 약탈이며, 대규모 가중(加重)살인이고, 사람들은 그것에 맹목적으로 덤빈다—. 지구의 정복(征服)이란 피부색 등 얼굴 생김새가 다르고 우리보다 조금 납작한 코를 가진 그들로부터 땅을 빼앗는 것일 뿐 좀 더 자세히 들여다보면 결코 온당치 못한 짓이다.

They were conquerors, and for that you want only brute force—nothing to boast of, when you have it, since your strength is just an accident arising from the weakness of others…. It was just robbery with violence, aggra-vated murder on a great scale, and men going at it blind—. The conquest of earth, which mostly means the taking it away from those who have a different complexion or slightly flatter noses from ourselves, is not a pretty thing when you look into it too much., p. 10.[1]

[다음 두 구절은 내레이터, 마로우가 거짓말이 어쩌면 썩은 고깃덩이같이 곧 버려지고, 그 거짓은 곧 드러날 수밖에 없고, 그래서 거짓말은 그 썩은 고깃덩이를 입에 물어 씹는 것같이 싫고 소름이 끼친다는 극적 표현이다. 그와 정반대로, 진실은 시간이 지나면 언젠가는 꼭 그 겉껍질을 벗고 드러나고 만다는 것이다.
하나의 개인이나 집단, 또는 나라의 거짓말이든 간에, 모두 썩은 고깃덩이가 아닐까? 신(神)의 미명하에, 미개사회의 개척이라는 "숭고한 목적"을 내세워, "야만인 문명화"의 기치를 내걸고, "자유, 민주, 평등, 복지"를 외치며, "인류평화" 혹은 "테러와의 전쟁" 등 구호를 선포하며…. 얼핏 보면 그럴듯하지만, 속은 텅 빈 헛

것, 헛수작들…. 어제도 오늘도, 그리고 내일도 우리는 얼마나 많은 거짓말을 일
삼아야 하는가? 우리 삶 속에는 얼마나 많은 거짓말이 판을 치는가? 어제도, 지
금 이 순간도, 그리고 내일도 거짓말이 참말(진실)처럼 날뛰는 세상이 꼭 이어질
수밖에 없는 것이 우리 삶의 현장인가, 현실인가? 그러나 진실은 언젠가는 꼭 시
간이 지나면, 겉껍질을 벗고 그 실체를 드러내고 만다는 것이다. 문제는 그 껍질
을 벗고 진실이라는 속살이 드러나기 전에 무고하게, 무모하게, 무자비하게 희생
되는 그 수많은 억울한 생명들은 불운한 삶이 아닐까? 늦게 찾은 진실이 지난 세
월의 원한과 원통함을 치유하기에는 이미 때가 늦었다면?]

* 내가 거짓말을 미워하고, 싫어하고, 참지 못하는 것을 알지요, 내가 다른 사
람들보다 더 정직해서가 아니라, 거짓말이 나를 소름이 끼치게 하기 때문이
요. 거짓말 속에는 죽음의 기미(흔적), 죽을 수밖에 없는 운명의 맛이 들어 있
소―바로 그것을 나는 이 세상에서 미워하고 싫어하고―그것을 잊어버리고
싶소. 그것(거짓말)은 꼭 무슨 썩은 것을 입에 문 것같이 나를 비참하게 하오.
사람의 마음은 아무것이나 할 수 있다―마음속엔 모든 과거와 모든 미래, 모
든 것이 들어있기 때문에. 마지막엔 거기에 무엇이 있었을까? 즐거움, 두려움,
슬픔, 헌신, 용기, 분노―누가 말할 수 있나?―그러나 진실―진실은 그 시간
의 겉옷(가면, 假面)을 벗겼다.

You know I hate, detest, and can't bear a lie, not because I am straighter
than the rest of us, but simply because it appalls me. There is a taint of
death, a flavor of mortality in lies—which is exactly what I hate and detest
in the world—what I want to forget. It makes me miserable and sick like
biting something rotten would do., p. 29.
The mind of man is capable of anything—because everything is in it, all
the past as well as all the future. What was there after all? Joy, fear, sorrow,
devotion, valor, rage—who can tell?—but truth—truth stripped of its cloak
of time., p. 38.

[천지가 온통 하얀 눈으로 덮인, 하루 내내 밤처럼 어두운 긴 겨울이 지난 뒤, 숨
바꼭질하듯 깜짝 떠오른 태양, 무덥고 질긴 여름 장마가 지난 뒤, 붉고 밝게 타
오르는 햇빛, 가도 가도 끝없는 메마르고 목마른 사막의 불타는, 불같은 햇빛, 긴
장마철보다도 지루한, 찌는 듯한 열대의 햇빛.
같은 태양 아래서 이를 맞는 사람들의, 아니 모든 사는 것과 죽은 것들의 느낌과
반응이 왜 다른가? 왜 이렇게 다를까?]

* 그 강(콩고강)을 거슬러 올라가는 것은 난동을 부리듯 온갖 식물들이 지구전
체를 뒤덮고, 하늘을 찌를 듯 큰 나무(巨木)들이 왕 노릇 하던, 이 세상 태초
의 시작으로의 여행길 같았다. 메마른 샛강, 거대한 침묵, 뚫을 수 없는 숲.
공기는 무덥고, 무겁고, 짙고, 굼뜨기만 했다. 찬란한 햇빛 속에서도 도무지

기쁨을 찾을 수 없었다(햇빛의 찬란함 속에 기쁨이 없었다).

Going up that river was like traveling back to the earliest beginnings of the world, when vegetation rioted on the earth and the big trees were kings. An empty stream, a great silence, an impenetrable forest. The air was warm, thick, heavy, [and] sluggish. There was no joy in the brilliance of sunshine., p. 35.

[아무도 발을 디디어보지도, 눈으로 들여다보지도, 손으로 만져보지도 못한 원시림 속에서 느낀 첫인상을 그는 다음과 같이 표현한다.]

* 우리는 어둠의 속으로 깊숙이 더 깊숙이 파고 들어갔다. 그곳은 아주 적막했다···. 우리는 선사(先史)시대의 땅, 미지의 한 행성(行星)의 모습을 가진 땅 위를 헤매는 사람들(방랑자)이었다.

We penetrated deeper and deeper into the heart of darkness.
It was very quiet there···. We were wanderers on a prehistoric earth, on an earth that wore the aspect of an unknown planet., p. 37.

[굶주림이 얼마나 무서운가? 인간, 아니 모든 살아있는 것들에게 그 생존자체를 위협하는 굶주림보다 더 큰, 더 혹독한 도전이 있을까? 있는가? 식인(食人)도 정당화할 수 있는가? 끔찍한 이야기지만, 누구나 살면서 적어도 한 번은 심각하게 번뇌해야 할 의문이요, 모든 생명들의 허를 찌르는 질문이다.]

* 어떤 공포도 굶주림은 이기지 못해. 어떤 인내도 굶주림을 물리치지 못해. 굶주림이 있는 데는 정나미가 뚝 떨어지는(소름이 끼치는) 일도 있을 수 없지, 그리고 미신, 종교, 그리고 당신네들이 말하는 원칙들도 모두 (굶주림 앞에서는) 잔잔한 바람 속 겨(껍질)만도 못하지. 끈질긴 굶주림의 악마성, 그 참을 수 없는 고통, 음흉한 생각들, 그 음침하고 마음속 깊이 품은 잔악함을 당신네들은 아는가? 사실 나는 알아. 굶주림과 제대로 싸우려면 어린애 젖 먹는 힘까지 안간 힘을 다 쏟아내야 돼(사투(死鬪)를 해야 돼). 이렇게 모질게 긴 굶주림보다는 차라리 부모 형제와 사별(死別)하는 것, 불명예(치욕), 자기영혼의 영원한 파멸을 겪는 게 더 쉽지. 슬프지만 이게 진실이야. 그리고 이 녀석들은 양심의 가책 같은 것을 느낄만한 아무런 세속적인 이유도 갖고 있지 않아.
억제! 그건 마치 전쟁터 시체들 속을 헤집는 하이에나들로부터 내가 억제를 주문하는 것이나 마찬가지지. 그러나 내가 당면한 사실이 하나 있었지—사실, 눈부시게 비치는, 그러나 깊고 깊은 바다 밑에 가라앉은 거품(포말)같은, 헤아릴 수 없는 수수께끼 위에 울렁이는 잔물결(파문, 波紋)같은—생각해 보면—짙은 하얀 안개 속 뒤 강변에서 우리들이 휩쓸어 버린 이상하고, 어떻게

설명하기도 힘든 이 야만인의 울부짖음 속의 결사적인 비명(悲鳴)보다도 더 큰 하나의 신비 말이야.

No fear can stand up to hunger, no patience can wear it out, disgust simply does not exist where hunger is, and as to superstition, beliefs, and what you may call principles, they are less than chaff in a breeze. Don't you know the deviltry of lingering starvation, its exasperating torment, its black thoughts, its somber and brooding ferocity? Well, I do. It takes a man all his inborn strength to fight hunger properly. It's really easi-er to face bereavement, dishonor, and the perdition of one's soul—than this kind of prolonged hunger. Sad, but true. And these chaps too had no earthly reason for any kind of scruple.
Restraint! I would just as soon have expected restraint from a hyena prowling amongst the corpses of a battlefield. But there was the fact fac-ing me—the fact, dazzling, to be seen, like the foam on the depths of the sea, like a ripple on an unfathomable enigma, a mystery greater—when I thought of it—than the curious, inexplicable note of desperate grief in this savage clamor that had swept by us on the river—bank behind whiteness of the fog., p. 43.

[회사 현장요원으로서의 주인공 커츠의 활동상황과 그의 인간적 면모를 다음과 같이 묘사한다.]

* 그(커츠)가 모으고, 교환하고, 속이고, 훔친 상아(象牙)가 다른 모든 꾼(모리배들이) 모은 것을 모두 다 합친 것보다 훨씬 더 많다고 질투와 칭찬이 섞인 어조로 이야기 하는 것을 나도 들었지 않은가? 그러나 그것이 요점이 아니야. 요점은 그가 귀재(鬼才)라는 것이야. 그리고 그의 타고난 재주 가운데서도 그를 으뜸으로 우뚝 서게 하는 것은 그의 말솜씨(언변)야, 그의 언사―표현의 재주, 갈피를 잡을 수 없는, 계몽적인, 가장 의기양양하면서도 가장 비열하고, 빛(진실)의 흐름으로 가슴을 뭉클하게 하는가 하면, 꿰뚫을 수 없는 어둠(암흑)의 거짓 흐름으로 뇌까리기도 하는 그 재주 말이야.

Hadn't I been told in all the tones of jealousy and admiration that he had collected, bartered, swindled, or stolen more ivory than all the other agents together?[sic]. That was not the point. The point was in his being a gifted creature and that of all his gifts the one that stood out preemi-nently, that carried with it a sense of real presence, was his ability to talk, his words—the gift of expression, the bewildering, the illuminating, the most exalted and the most contemptible, the pulsating stream of light or the deceitful flow from the heart of an impenetrable darkness., p. 48.

[밀림 속에 내팽개쳐져 버린 한 유럽인(커츠)의 고독하고, 막막하고, 공포로 휩싸인 삶과 도시(문명사회)의 '안락한' 삶을 다음과 같이 대조하는 것도 흥미롭다.]

악마와 파우스트의 계약과는 거리가 멀다고 내레이터는 힘주어 말한다.]

* 당신은 결코 [밀림 속의 삶을] 이해할 수 없소. 포장된 단단한 길을 밟고 다니며, 친절한 이웃이 언제고 쉽게 당신을 즐겁게 해주고, 찾아 주고, 경찰(법)과 칼잡이(무법자) 사이를 조심스럽게 넘나들며, 추문과 교수대와 정신병동의 신성한 테러 속에서 살면서, 어떻게 (이 밀림 속 고독한 삶을) 이해할 수 있겠소? 경찰이라고는 한 사람도 없는 적막, 귓속말로 수군거리는 소문을 들려주는 친절한 이웃의 경고음도 없는 고독 속에서 오직 혼자서 내딛는 거침없는 그의 발길이 태초의 모습 그대로 남아 있는 어느(밀림) 구석으로 그를 끌고 들어갈지를 어떻게 상상할 수 있단 말이요.

그러한 작은 것들('문명사회'의 이웃, 법, 무법, 추문, 교수대, 정신병동 등)이 바로 커다란 차이를 낳소. 그런 것들이 없으니, 당신은 당신 자신의 내재적 힘과 믿음에 대한 당신 자신의 능력에 의지할 수밖에 없소. 물론 당신은 실수하지 않을 만큼 너무 어리석은지도 모르오. 당신이 어둠의 권력에 노략질당하고 있다는 것조차도 미처 알지 못할 만큼 너무 무뎌서 말이요. 나는 악마에게 그의 영혼을 파는 바보는 없다고 생각하오. 바보가 너무 바보이거나 악마가 너무 악마인지는 나도 모르지만.

You can't understand? How could you—with solid pavement under your feet, surrounded by kind neighbors ready to cheer you or to fall on you, stepping delicately between the butcher and the policeman, in the holy terror of scandal and gallows and lunatic asylums—how can you imagine what particular region of the first ages a man's untrammeled feet may take him into by the way of solitude—utter solitude without a policeman— by the way of silence—utter silence, where no warning voice of a kind neighbor can be heard whispering of public opinion.
These little things make all the great difference. When they are gone you must fall back upon your own innate strength, upon your own capacity for faithfulness. Of course you may be too much a fool to go wrong—too dull even to know you are being assaulted by the powers of darkness. I take it no fool ever made a bargain for his soul with the devil. The fool is too much of a fool or the devil too much of a devil—I don't know which., pp. 49-50.

[선장 마로우가 밀림 속 원주민 습격으로 화살에 맞아 죽은 그의 흑인 조타수에 대한 인연과 인간적 연민을 다음과 같이 극적으로 표출하고 있다.]

* 나는(마로우) 내 죽은(흑인) 조타수를 몹시 슬퍼했다—나는 그가 조타실에 죽어 누워 있었을 때도 그랬다. 아마 당신네들은 검은 사하라 사막의 모래 한

알보다 못한 이 야수(의 죽음)를 애도하는 것이 이상 하다고 생각하겠지만….
몇 달을 바로 내 뒤에서 도우미로, 손발(기구)처럼 함께 일하다 보니 연대감
같은 것이 생겼었다. 그는 나를 위해 배를 조종했고, 나는 그를 돌봐줬다. 나
는 그의 부족한 점들을 살폈고, 그러다 보니 우리 서로를 함께 묶는 미묘한
끈이 생겼다는 것을, 그 끈이 갑자기 끊어지고 나서야 알게 됐다.

그리고 그가 화살에 맞아 상처를 입고 (죽어갈 때) 나를 쳐다보는 깊은 친밀
함의 모습은 지금도 내 기억 속에 간직하고 있다—마치 서로 먼 친척임을 확
인하는 최고의 순간처럼.

I missed my late helmsman awfully—I missed him even while his body
was still lying in the pilot-house. Perhaps you will think it passing
strange this regret for a savage who was no more account than a grain of
sand in a black Sahara…. for months I had him at my back—a help—an
instrument.
It was a kind of partnership. He steered for me—I had to look after him.
I worried about his deficiencies, and thus a subtle bond had been created
of which I only became aware when it was suddenly broken.
And the intimate profundity of that look he gave me when he received his
hurt remains to this day in my memory—like a claim of distant kinship
affirmed in a supreme moment., p. 51.

[다음 인용구는 말은 태어나면 제주로 보내고, 아이는 크면 서울로 보내라는 우
리 속담 같은 이야기다. 젊어서 고생은 사서라도 겪어야 한다는 처세훈(處世訓)
도 닮았다.]

* 그러나 사람은 젊어서 많은 것을 보고, 경험, 생각들을 쌓고, 마음을 넓혀야
되지.

But when one is young one must see things, gather experience, ideas,
enlarge mind., p. 54.

[다음 구절은 표현이 멋있어 여기에 옮긴다.]

* 이 땅, 이 강(江), 이 밀림, 불타는 이 하늘의 이 창공(蒼空)이 나에게 이렇게
절망적이고, 이렇게 어둡고, 인간의 사고(思考)로는 이렇게 도저히 이해가 안
가는, 인간의 나약함에 이렇게 비정(非情)한 때는 예전에 결코, 결코 없었지.

… never, never before did this land, this river, this jungle, the very arch of
this blazing sky appear to me so hopeless and so dark, so impenetrable to
human thought, so pitiless to human weakness., p. 55.

[다음 구절은 빈 수레가 소리는 더 크다는 우리 속담을 닮았다.]

\* 그의 속이 텅 비어있어 그의 안에서 시끄럽게 메아리쳤다.

It echoed loudly within him because he was hollow at the core…., pp. 57-58.

[죽음을 눈앞에 둔 커츠의 여러 가지 면모를 다음과 같이 내레이터 마로우는 묘사한다.]

\* 커츠는 지껄였지. 소리! 소리! 끝까지 소리 질렀지. 불모지같이 황폐한 어두운 그의 마음을 감출 수 있을 만큼 특유의 능변으로 끝까지 버텼지. 물론 그는 힘겹게, 힘겹게 버텼지만. 지칠 대로 지친 그의 머리의 허비는 지금 그늘진 이미지로— 그의 꺼지지 않는 특유의 고귀한 말솜씨에 아부하고 아첨을 일삼는 부(富)와 명예의 이미지는 이미 일그러지고 혼쭐이 났지만.
나의 약혼녀, 나의 활동 무대, 나의 직업, 나의 생각들—이런 것들이 그의 감정을 돋우는 이야기들이었지. 원래 참모습의 커츠의 그림자가 원시의 땅에 곧 묻힐 운명인 그의 텅 빈 가짜 모습의 침대 곁을 자주 들락거렸지. 그러나 악마 같은 사랑과 소름이 끼치는 불가사의에 대한 증오가 (그를 사로잡아) 잠입해서 그는 원초적 감정에 만족하며, 거짓 명예, 가짜 명성, 모든 성공과 권력의 모습들을 탐하는 그런 영혼을 소유하기 위해 한평생 싸운 셈이지…. 변화, 정복, 교역, 대량학살, 축복의 선구자.

The brown current ran swiftly out of the heart of darkness bearing us down towards the sea with twice the speed of our upward progress. And Kurtz's life was running swiftly too, ebbing, ebbing out of his heart into the sea of inexorable time. … The wastes of his weary brain were haunted by Shadowy images now—images of wealth and fame revolving obsequiously around his unextinguishable gift of noble and lofty expression. My Intended, my station, my career, my ideas—these were the subjects for the occasional utterances of elevated sentiments. The shade of the original Kurtz frequented the bedside of the hollow sham whose fate it was to be buried presently in the mould of primeval earth. But both the diabolic love and the unearthly hate of the mysteries it had penetrated fought for the possession of that soul satiated with primitive emotions, avid of lying fame, of sham distinction, of all the appearances of success and power…. the forerunner of change, of conquest, of trade, of massacres, of blessings., p. 67.

[마로우는 커츠의 어두운 마음속을 다음과 같이 햇빛이 한 번도 비치지 않은 해변 절벽 맨 밑바닥으로 비유하는 것이 흥미롭다.]

* 그의 (삶은) 뚫고 들어갈 수 없는 어둠이었다. 나는 그를 마치 당신이 해가 한 번도 비치지 않은 절벽의 맨 밑바닥에 누워 있는 사람을 응시하듯이 들여다 보았다.

His was an impenetrable darkness. I looked at him as you peer down at a man who is lying at the bottom of a precipice where the sun never shines., p. 68.

[커츠는 그의 파란만장한 삶과는 대조적으로 마로우 외에는 아무도 모른 채 촛불도 없는 어둠 속에서 숨을 거둔다.]

* 그(커츠)는 두 번 흐느꼈다, 숨 쉬는 것 같은 흐느낌. "참혹! 참혹!"

He cried out twice, a cry that was no more than a breath: "The horror! The horror!", p. 68.

[마로우는 독백처럼 인생의 무상함과 그 의미를, 커츠라는 특이한 사람의 삶과 죽음을 통해 다음과 같이 밝힌다.]

* 운명. 나의 운명! 인생이란 우스꽝스러운 것―쓸데없는 목적을 위한 무자비한 논리의 신비스러운 짜맞추기. 삶에서 당신이 거둬들일 수 있는 것이란 당신 자신에 대해 조금 알게 되는 것뿐―그것도 뒤늦게야,―결코 꺼지지 않는(지워질 수 없는) 후회들의 수확(收穫)을.

나는 죽음과 싸워 왔다. 그것은 당신이 상상할 수 있는 가장 재미없는 시합(경쟁)이다. 그것(죽음과의 싸움)은 쉽게 이해하기 힘든 회색 빛 어둠 속에서 벌어진다. 아무것도 발밑을 받쳐주지 않은 채, 아무것도 없이, 구경꾼도 없고, 아우성도 없이, 영광도 없이, 죽음을 이기겠다는(승리하겠다는) 큰 욕망도 없이, 죽음에 지고 말았다는(패배에 대한) 큰 공포도 없이, 맥 빠진 회의에 가득 찬 병적인 분위기 속에서, 당신이 옳다고 생각하는 별 믿음도 없이, 그리고 당신 적수의 것(믿음)은 더 말할 것도 없고. 만약 이것이 궁극적인 지혜의 모습이라면, 인생은 우리들이 생각하는 것보다 더 큰 수수께끼 아닌가.

나는 (커츠의 죽음을) 알리는 마지막 기회의 바로 그 순간 직전에 있었지만, 나는 아무 할 말이 없다는 것을 창피하지만 깨달았다. 이것이 아마, 내가 커츠는 대단한 사람이라고 인정하는 이유다. 그는 무언가 할 이야기가 있었다. 그는 그것을 이야기했다. 나 스스로도 (극한 상황에서의) 죽음 고비를 겪었기 때문에, 촛불은 보지 못해도 어둠 속에서 고동치는 모든 가슴들을 꽤 뚫어 볼 만큼, 전 우주를 포용하기에도 충분한 그의 응시의 의미를 나는 이해한다. 그는 요약 했다―그는 판단했다. "참혹!"이라고. 그는 대단한 인물이었다. 결국,

이것(참혹)은 일종의 믿음의 표현이었다. 그것에는(표현 속에는) 솔직함이 있었다, 확신도 있었다, 그러한 지껄임 속에는 반항의 진동도 있었다, 진실―욕망과 증오가 이상하게 뒤섞인―을 엿본 순간의 놀란 얼굴도 있었다. 그것은 내가 가장 생생하게 기억하는 나의 극단 상황(행위)이 아니다―몸이 아프고 모든 것들의 덧없음(無常)에 대한 경망스러운 저주로 가득 찬 형용하기 힘든 어둠(회색 빛)의 비전―그러한 고통스러움 그 자체―. 그것이 아니다. 그것은 내가 살아온 것처럼 느껴지는 그의 극단 상황(행위)이다.

Destiny. My destiny. Droll thing life is―that mysterious arrangement of merciless logic for a futile purpose. The most you can hope from it is some knowledge of yourself―that comes too late―a crop of unextinguishable regrets.

I have wrestled with death. It is the most unexciting contest you can imagine. It takes place in an impalpable grayness without nothing underfoot, with nothing around, without spectators, without clamor, without glory, without the great desire of victory, without the great fear of defeat, in a sickly atmosphere of tepid skepticism, without must belief in your own right, and still less in that of your adversary. If such is the form of ultimate wisdom then life is a greater riddle than some of us think it to be. I was within a hair's breadth of the last opportunity for pronouncement, and I found with humiliation that probably I would have nothing to say. This is the reason why I affirm that Kurtz was a remarkable man. He had something to say. He said it. Since I had peeped over the edge myself, I understand better the meaning of his stare that could not see the flame of the candle but was wide enough to embrace the whole universe, piercing enough to penetrate all the hearts that beat in the darkness. He had summed up―he had judged. "The horror!'

He was a remarkable man. After all, this was the expression of some sort of belief; it had candor, it had conviction, it had a vibrating note of revolt in its whisper, it had the appalling face of a glimpsed truth―the strange commingling of desire and hate. And it is not my own extremity I remember best― a vision of grayness without form filled with physical pain and a careless contempt for the evanescence of all things―even of this itself. No. It is his extremity that I seem to have lived through., p. 69.


[다음은 위 『Heart of Darkness』 이외의 콘래드의 글 가운데서 이 저자가 독자와 함께 나누고 싶은 인용구들이다]


* 끝내는 내 작품뿐이야. 이 세상에서 오직 오래 남는 것. 사람은 누구나 죽기 마련이지―사랑(애정)도 죽고―모든 것이 다 사라지고 말지. 그러나 그의 작품은 그와 함께 끝까지 남지.

After all it is my work; the only lasting thing in the world. People die―

affections die—all passes—but a man's work remains with him to the last., *위의 책*, p. 199.

[인생에서 남는 것은 무엇일까? 진정 죽으면 호랑이는 가죽을, 사람은 이름을 남기는가?]

[진실은 떠들썩한 곳에 있지 않고, 하찮고 소박한 데 있다는 경구다.]

* 이 세상의 대부분의 살아있는 진실은 소박한 것이지 영웅적이지 않아. 인류역사 속에서는 영웅적 진실이 오히려 조롱거리로 전락한 경우도 많지.

Most of the working truths on this earth are humble, not heroic; and there have been times in the history of mankind when the accents of heroic truth have been moved it to nothing but derision., p. 218.

[콘래드가 다음과 같이 레오나르도 다빈치의 경구를 인용하여, 일의 중요성을 강조하고 있는 것이 돋보인다.]

* 일이 법(法)이다. 버려진 철이 쓸모없는 녹 덩어리로 퇴화하고, 고인 연못이 썩고 병들어 가듯이, 활동하지 않는 인간의 영혼(정신)은 죽어간다, 그 힘을 잃는다, 이 지구상에 무언가 우리의 흔적을 남기려는 충동을 멈추게 한다.

Work is the law. Like iron that lying idle degenerates into a mass of use-less rust, like water that in an unruffled pool sickens into a stagnant and corrupt state, so without action the spirit of men turns to a dead thing, loses its force, ceases prompting us to leave some trace of ourselves on this earth., p. 218.

[콘래드는 그의 선원생활 경험을 토대로 하여, 순간순간 자기에게 주어진 일에 열과 성을 다하는 것이 가장 중요하다고 다음과 같이 역설한다.]

* 가장 긍정적인 성취는 미지의 목적지를 향해 성실하게 달려가는 꿈과 비전이 낳는다는 것이 바로 인류공통의 운명이다···. 절대다수의 인류에게 오직 구원을 받을 수 있는 데 필요한 것은 손과 가슴이 가장 가까운 곳에서 무슨 일을 하든 그 순간순간마다 변함없는 성실성이다. 달리, 더 멋지게 말하면, 필요한 것은 곧 당장 앞에 닥친 임무에 대한 책임감과 감지하기 힘든 속박의 감정이다···. 선원은··· 바보 같은 그러나 끈질긴 헌신으로 봉사한다.

This is the common fate of mankind, whose most positive achieve-ments are born from dreams and visions followed loyally to an unknown destination···. For the great mass of mankind the only saving grace that is needed is steady fidelity to what is nearest to hand and heart in the short moment of each human effort. In other and greater words, what are

needed are a sense of immediate duty and a feeling of impalpable con—
straint… he(a seaman) serves with a dumb and dogged devotion., p. 220.

[그(콘래드)가 보는 예술가의 역할과 기능이다. 사상가나 과학자와는 달리, 예술
가는 창작을 통해 독자에게 인간의 감성과 감정에 호소하고 전달한다는 그의 예
술론을 펼친다.]

* 지속되는 세대들의 변화하는 지혜는 (사상가들의) 개념들을 버리고, (이제까지
알려진 과학자들의) 사실에 의문을 제기하고, 기존이론을 폐기한다. 그러나 예
술가는 지혜에 의존하는 우리 존재(삶)의 그런 부분에 호소하지 않는다. 획득
이 아니라 우리의 타고난 재능에 호소한다—그래서, 보다 오랫동안 남는다.
그(예술인)는 우리(인간)의 환희와 감탄의 능력을, 우리 삶을 둘러싼 신비감을
이야기힌디. 우리의 연민의 감정을, 그리고 아름다움을, 그리고 고통, 모든 창
조물과의 겉으로 나타나지 않은 숨은 친밀감을—그리고 수많은 가슴들의 고
독함을 함께 꿰매어 짜는 미묘하지만 결코 굴하지도 패하지도 않는 연대성을
사람들을 서로 묶고, 모든 인류를 한데 묶는 꿈, 기쁨, 슬픔, 갈망, 환상, 희망,
공포를—죽은 사람이 살아있는 사람에게 그리고 아직 태어나지 않은 사람에
게 살아있는 사람이. …(이야기꾼은) 놀라서 어찌할 바를 모르는, 단순한, 소리
없는 무시 받는 대다수의 사람들 가운데 몇 사람의 감추어진 삶들의 쉽게 덮
어버리거나 억눌러 잠재울 수 없는 에피소드를 선사한다….
  창작—만약 예술이기를 바란다면—은 감성에 호소한다…. 그 호소가 효과
적이기 위해선 감성을 통해서 전달된 인상이어야 한다. 그리고 그 밖에 다른
방법이 없다, 왜냐하면 개인이든 집단이든, 감성은 설득이 아니다. 모든 예술
은, 그러므로, 우선적으로 감성에 호소한다, 그리고 글로 써서 표현하는 예술
의 목적은, (만약 독자들의) 반응하는 감정들의 비밀의 샘까지 다다르려고 더
큰 욕심을 부리려면, 감각들을 통해서 호소해야 한다.

The Changing wisdom of successive generations discards ideas, questions
facts, demolishes theories. But the artist appeals to that part of our being
which is not dependent on wisdom; to that in us which is a gift and not
an acquisition—and, therefore, more permanently enduring. He speaks to
our capacity for delight and wonder, to the sense of mystery surrounding
our lives: to our sense of pity, and beauty, and pain: to the latent feeling
of fellowship with all creation—and to the subtle but invincible, convic—
tion of solidarity in dreams, in joy, in sorrow, in aspirations, in illusions,
in hope, in fear, which binds men to each other, which binds together
all humanity—the dead to the living and the living to the unborn. … to
present an unrestful episode in the obscure lives of a few individuals out
of all the disregarded multitude of the bewildered, the simple, and the

voiceless⋯.

Fiction—if it at all aspires to be art—appeals to temperament⋯. Such an appeal to be effective must be an impression conveyed through the senses; and, in fact, it cannot be made in any other way, because temperament, whether individual or collective, is not amenable to persuasion. All art, therefore, appeals primarily to the senses, and the artistic aim when expressing itself in written words must also make its appeal through the senses, if its high desire is to reach the secret spring of responsive emotions., p. 224.

[그는 작품을 통해 그가 달성하고자 하는 목적을 다음과 같이 토로한다.]

* 내가 달성하고자 하는 나의 일은, 글을 통해(활자의 마력으로), 당신들(독자들)이 듣고 느끼도록—그리고 무엇보다도 당신들이 보도록 하는 것이다. 그것—뿐이고, 그것이 전부다.

   내가 만약 (그 일에) 성공한다면, 당신들이 요구하는 모든 것들,

   격려, 위안, 공포, 매력—당신들 입맛에 맞게 거기서 찾을 것이며, 아마, 당신들이 미처 물어보지도 않은 진실의 일별(一瞥)까지도.

   My task which I am trying to achieve is, by the power of the written word, to make you hear, to make you feel—it is, before all, to make you see. That—and no more, and it is everything.
   If I succeed, you shall find there according to your deserts: encouragement, consolation, fear, charm—all you demand and, perhaps, also that glimpse of truth for which you have forgotten to ask., p. 225.

[시나 산문이 아닌 소설을 쓰는 작가의 장점을 콘래드는 다음과 같이 설명한다. 하지만, 시나 산문보다 소설쓰기가 상대적으로 시간이 훨씬 많이 드는 중노동이라는 그의 지론에는 동의하지만, 꼭 소설가만이 "가슴속 깊은 곳에 있는 신념을 고백하는 자유"를 가졌다는 주장에는 아마 이 저자뿐만 아니라, 맨 먼저 시인이나 산문가가 동의하지 않을 것 같다.]

* 시와 산문 뭉치는 여기저기서 신적 섬광(蟾光)으로 반짝이기도 하지만, 인간 노력의 총합에서 보면 그렇게 특별한 것은 아니다. 다른 예술의 성취보다 그것의 존속을 정당화하는 무슨 방책이 있지도 않다. 그것도 다른 것(예술 작품들)과 함께 아마, 아무런 흔적도 남기지 않고 잊히기 마련이다. 다만 다른 지적 영역의 종사자들보다 소설가에게 유리한 점이 하나 있다면 그것은 자유의 특권이다—자유롭게 표현하고 그의 가슴속 가장 깊은 곳에 있는 신념을 고백하는 자유—이것이 펜의 노예로서의 그의 중노동을 위로할 뿐이다.

   The mass of verse and prose may glimmer here and there with the glow

of a divine spark, but in the sum of human effort it has no special im—
portance. There is no justificative [justifiable] formula for its existence any
more than for any other artistic achievement.

With the rest of them it is destined to be forgotten, without, perhaps,
leaving the faintest trace. Where a novelist has an advantage over the
workers in other fields of thought is in his privilege of freedom—the
freedom of expression and the freedom of confessing his innermost be—
liefs—which should console him for the hard slavery of the pen., p. 227.

[그는 역사가와 예술가의 차이를 다음과 같이 간략히 정의한다.]

* 사가(史家)가 예술가일 수도 물론 있다. 그리고 소설가는 사가다. 인간 체험의
보존자, 보호자, 해설자다.

A historian may be an artist, too, and a novelist is a historian, the pre—
server, the keeper, the expounder, of human experience., p. 231.

[그는 모든 소설은 자서전적 요소를 지닌다는 의미 있는 언명(言明)을 남겼다.]

* 모든 소설은 자서전적 요소를 포함한다—그리고 창작자는 그의 창작품 속에
서 자기 자신만을 설명할 수 있기 때문에 이를(소설의 자서전적 요소) 결코 부
인할 수 없다.

Every novel contains an element of autobiography—and this can hardly be
denied, since the creator can only explain himself in his creations., p. 235.

[끝으로, 이 저자는 2011년 휴가 때 콘래드의 *Nostromo*²를 사서, 재미있게 읽은
적이 있어, 여기 몇 개 구절만 소개해 본다.]

* 당신이 개혁하려는 것은 제도가 아니라—인간 본성인데. 당신의 (개혁하려는)
신념은 그 산(山, 인간 본성)을 결코 움직일 수 없단 말이요. 내가 인간이 근본
적으로 나쁘다는 이야기가 아니라, 인간본성이 오로지 어리석고 비겁하다는
말이요. 당신도 이제 알겠지만, 비겁한 것은 모두 악이지요—특히 잔혹함은
우리 문명의 특징이지고. 하지만 그것(잔혹함)이 없다면, 인류는 사라지고 말
아요…. 나 스스로도 바로 이(잔혹한 행위를 일삼는) 비참한 갱(악한)의 하나지
요. 아니 우리 모두 이 갱이지요.

What you want to reform are not institutions—it is human nature. Your
faith will never move that mountain. Not that I think mankind intrinsically
bad. It is only silly and cowardly. Now you know that in cowardice is
every evil—especially that cruelty so characteristic of our civilization. But
without it, mankind would vanish…. I belong to the wretched gang. We

all belong to it. From Conrad to R. B. Cunninghame Graham, January 23, 1898, in Collected Letters, vol.2, p. 25, *Nostromo*, p. xxxvii에서 재인용.

* 미래는 변화를 뜻한다—엄청난 변화를.

The Future means change—an utter change, *위의 책*, p. 108.

* 그는 이단자(異端者)보다는 무신론자를 훨씬 덜 미워하고, 무신론자보다는 이교도(異教徒, 또는 이방인, 미개인, 야만인들)를 몇 배나 더 좋아한다.

He hates an infidel much less than a heretic, and prefers a heathen many times to an infidel., *위의 책*, p. 159.

* 결코 마멸하지 않는 보물은 당신의 인격입니다, 카로스 씨, 당신의 재산(富)이 아니라 당신의 인격이 우리 모두를 구하겠지요.

It is your character that is the inexhaustible treasure which may save us all yet; your character, Carlos, not your wealth…., p. 292

* 자유, 민주, 애국심, 정부—이 모두 어리석음과 죽음의 냄새가 난다.

Liberty, democracy, patriotism, government—all of them have a flavor of folly and murder…., p. 326.

* 왕들, 고관대작들, 귀족들, 그리고 부자들은 민중들을 가난과 복종 속에 가두어 놓았다. 마치 그들의 개들처럼 민중들이 그들을 위해 싸우고 봉사하도록 관리했다.

Kings, ministers, aristocrats, the rich in general, kept the people in poverty and subjection; they kept them as they kept dogs, to fight and hunt for their service, p. 331.

* 배신당한 사람은 망가진 사람이다.

A man betrayed is a man destroyed., p. 335.

* 부자에게는 모든 것이 허용된다(부자는 제멋대로 무엇이든 할 수 있다?).

… everything is permitted to the rich., p. 347.

* 그녀가 말한 것을 다시 주워 담을 수 없고, 내가 이미 저지른 일을 되돌릴 수 없다.

She cannot unsay what she said, and I cannot undo what I have done., p. 369.

[콘래드가 거의 마지막 장(章)(12장)에 와서 이 책 주인공의 한 사람인 노스트로모의 변신을 다음과 같이 묘사하는 것이 내 눈길을 끈다]

* 한 인간의 존재 속에 들이닥친 죄악, 범죄가 마치 이 존재를 악성 종양(암세포)을 먹어 치우듯이, 열병처럼 소화해버렸다. 노스토로모는 그의 마음의 평정을 잃었다. 그가 지닌 모든 장점들의 진정성이 산산조각이 났다. 그 스스로도 그가 표변한 것을 느꼈고, 그는 자주 (그가 악마처럼 돌변한 것을) 산 토메[은광, 銀鑛의 이름] 은(銀)의 탓으로 돌려, 저주했다. 그의 용기, 그의 당당함, 그의 여유, 그의 일, 모두 옛날처럼 남아있었지만, 이제는 모두 가짜다. (그가 훔친) 보물(은괴, 銀塊 등)만이 진짜다. 그는 이 보물만 더 끈질긴 마음가짐으로 붙들고 틀어쥐었다. 하지만 그는 그가 붙잡고 있는 은괴의 느낌은 싫었다.

A transgression, a crime, entering a man's existence, eats it up like a malignant growth, consumes like a fever. Nostromo had lost his peace; the genuiness of all his qualities was destroyed. He felt it himself, and often cursed the silver of San Tome'. His courage, his magnificence, his leisure, his work, everything was as before, only everything was a sham. But the treasure was real. He clung to it with a more tenacious, mental grip. But he hated the feel of the ingots., p. 4.

미주

# 소포클레스

1   Sophocles, *Antigone*, translated by Richard Emil Braun(New York and Oxford:
    Oxford University Press, 1973), 다음부터는 Braun 옥스퍼드 번역본; *The Complete
    Plays of Sophocles*, trans. by Sir Richard Claverhouse Jebb, edited and with an
    introduction by Moses Hadas (New York: A Bantam World Drama edition, 1967,
    1978), Jebb 반탐 번역본; Sophocles, *The Complete Plays*, Paul Roche, translator (New
    York: Signet Classic, 2001), Roche 시그넷 고전 본; Sophocles, *Three Theban Plays:
    Oedipus the King, Oedipus At Colonus, Antigone*, trans. by Peter Constantine, with
    an Introduction and Notes by Pedro de Blas, George Stade, Consulting Editorial
    Director(New York: Barnes & Noble Classics, 2007).

2   Thomas Bulfinch, *Bulfinch's Mythology: The Age of Fable, the Age of Chivalry,
    Legends of Charlemagne* (New York: The Modern Library, 1982); Edith Hamilton,
    *Mythology: Timeless Tales of God and Heroes* (New York: Warner Books, Inc.,
    1942, 1999); *Mythology: Myths, Legends, & Fantasies* (Lane Cove, Australia, 2003,
    2007).

3   자세한 가계보는 Hamilton의 부록 Genealogical Tables(pp. 331−336)의 The Royal
    House of Thebes and the Atreidae 참조바람. *Mythology*, p. 100. "The Royal House
    of Thebes" 족보는 "바다의 신" 포세이돈(Poseidon)과 그의 처 리비아(Lybia)에서
    시작한다.

4   Bulfinch, p. 94. Hamilton, p. 250.

5   Hamilton, *위의 책*, pp. 266−268.

6   *Mythology*, p. 102.

7   *위의 책*, p. 103.

8   젊은 티레시아스는 어느 날 하루 우연히 지혜, 기예, 전쟁의 여신(女神), 미네르바
    (Minerva)가 옷 벗고 목욕하는 것을 보았다는 죄로 여신이 그를 영원히 장님으로 만들어
    버렸으나 그 뒤 이 벌로 장님이 된 그를 측은하게 여겨 최고의 예언자로 만든다. Hamilton,
    *위의 책*, pp. 268−273.

9   *Mythology*, p. 108.

10  Hamilton, *위의 책*, pp. 275−276.

11  *Mythology*, p. 107.

12  *위의 책*, 같은 페이지.

13  *위의 책*, 같은 페이지.

14  *위의 책*, p. 108.

15  Hamilton, *위의 책*, p. 276.

16  Hamilton, *위의 책*, 같은 페이지.

17  정유재란 때의 명량해전(선조 30년)은 이순신 장군이 이끈 12척의 전함으로 적선 31척을
    격파하자 왜군은 패주(패주)했다. 이홍직 박사 편, 국사대사전 신개정증보판(서울:

삼영출판사, 1984) 참조.

18 이순신 장군은 중국 전국시대 오기(吳起)의 吳子. 治兵 3 에 나오는 "무릇 병사가 싸움을 벌인 곳과 시체가 널린 곳에서는 반드시 죽으려 하면 살고 살기를 바라면 죽는다(凡兵戰之場 立屍之地 必死卽生 幸生卽死)"을 인용한 것이라고 한다. 다만 이순신의 '행생즉사' 원문을 '필생즉사'로 바꾼 것이다. 노승석, 이순신의 난중일기 완역본(서울: 동아일보사, 2006), p. 460. 참조 바람.

19 Mythology, p. 108.

20 Hamilton, 위의 책, p. 278.

21 Hamilton, 위의 책, p. 278.

22 Constantine, B&N 번역본, Sophocles 참조 바람.

23 Jebb 반탐 번역본, p. viii 참조바람. B&N은 이 행사가 3월에 열리고 18번 가량 일등상을 받았다고 하고, Roche 번역본 20번 일등을 했다고 하는 등 약간 차이가 있다.

24 소포클레스를 번역한 폴 로츠는 유리피데스가 죽었다는 소식을 듣고 상복을 입은 합창단을 장례식장에 데리고 왔다고 하니, 소포클레스가 당대의 라이벌이었던 유리피데스보다는 몇 달이라도 더 오래 산 것 같다. Roche 시그넷 고전본, Introduction, pp. xii−xiii 참조 바람.

25 Jebb 반탐 번역본, "Introduction," by Moses Hadas, p. ix에서 재인용.

26 위의 책, 같은 페이지.

27 이 책에서 1차적으로 읽고 쓰고 인용한 소포클레스의 3부작 희곡, 오이디프스 왕, 코로누스의 오이디푸스, 안티고네 는 Sophocles, Three Theban Plays, Oedipus The King, Oedipus At Colonus, Antigone, translated by Peter Constantine, with an Introduction and Notes by Pedro de Blas(New York: Barnes & Noble Classics, 2007) 임.

28 . Dante, Alighieri, The Portable Dante, trans., edited and with an Introduction by Mark Musa (New York: Penguin Books, 1995), p. 194 도표 참조. 이 도표에 의하면, 일곱 가지 큰 죄악을 저지른 순서는: 오만한 자(1); 시기하는 자(2); 화내는 자(3); 게으른 자(4); 탐욕스럽고 방탕한 자(5); 게걸스런(食貪) 자(6); 음탕한 자(7)다. 영어로는: the Proud; the Envious; the Wrathful; the Slothful; the Avaricious and Prodigal; the Gluttonous; and the Lustful. 여기에 사기(詐欺, Deceit)와 공포(Fear)를 합쳐, 아홉 가지 인간 죄악을 말하기도 한다. 보기를 들면, Don Richard Riso with Russ Hudson, Personality Types: Using the Enneagram for Self−Discovery, revised edition(Boston: Houghton Mifflin Company, 1996), p. 19.

29 이 예언은 소포클레스의 3부작 속에서는 찾을 수 없고, 다만 Edith Hamilton, Mythology: Timeless Tales of Gods and Heroes (New York: Warner Books, 1999), p. 275에 짧게 나온다.

30 Hamilton, 위의 책, p. 276.

31 여기서는 Plato, Complete Works, edited, with Introduction and Notes, by John M. Cooper(Indianapolis/Cambridge: Hackett Publishing Company, 1997)에 영어로 번역된 The Republic, 특히 Book VIII와 Plato, Apology, Crito, Phaedo, Symposium and Republic, translated by B. Jowett, edited, with Introduction, by Louise Ropes Loomis (New York: Walter J. Black, Inc, 1942) 의 Republic, Book VIII을 비교 참조했음을 밝힘. 이 두 책은 약간의 영문 번역 문장 차이가 있음.

# 세르반테스

1 James Gleick, "How to Publish Without Perishing" in *The New York Times*, November 30, 2008. 그리고, "Google's Big Plan for Books", editorial in *The New York Times*, July 29, 2009 참조바람.

2 Miguel de Cervantes Saavedra, *Don Quixote of La Mancha*, Trans. and with an Introduction by Walter Starkie, (New York: New American Library, A Signet Classic, 1979.

3 영국은 당시 달력을 개혁하지 않았기 때문에 두 나라 달력으로는 같은 날이지만, 실은 셰익스피어는 세르반테스 보다 열을 뒤에 사망했다고 한다. *위의 책*, p. 35 참조.
또 세르반테스 사망일에 대해서도 4월 23일은 그의 묘비에 쓰여 있는 날짜로 당시는 매장하는 날을 묘비에 적는 관습이 있어서이고 그가 실제로 사망한 날은 하루 전인 22일일 것이라고 주장하는 사람도 있다. *Wikipedia*의 Cervantes 참조. 아무튼 중요한 것은 서양 문학의 두 거장이 거의 같은 시기에 사망했다는 사실이겠다.

4 Ivan Turgenev, "Hamlet and *Don Quixote*," in *Essays of the Masters*, edited by Charles Neider(New York: Cooper Square Press, 2000), pp. 379-396. 그가 분류한 두 인간형의 영문 묘사는: *"…a spirit of meditation and analysis, a spirit heavy and gloomy, devoid of harmony and bright color, not rounded into exquisite, oftentimes shallow forms; but deep, strong, varied, independent, and guiding…… a spirit light and merry, naïve and impressionable—one that does not enter into the mysteries of life, that reflects phenomena rather than comprehends them, p. 391.*

5 햄릿 극(play)이 Stationers' Register 에 기록된 것은 1602년이지만, 정확하게 언제 출판되었는가는 불분명하다고 본다. 자세한 것은 *The Riverside Shakespeare*(Boston: Houghton Miflin Company, 1974), "Hamlet, Prince of Denmark, 특히 pp. 1135-1140 참조 바람.

6 Turgenev, *위의 글*, p. 391.

7 *위의 글*, p. 391.

8 Harold Bloom, *Genius: A Mosaic of One Hundred Exemplary Creative Minds* (New York: Warner Books, An AOL Times Warner Co., 2002), p. xi.

9 *위의 책*, p. 11.

10 *Encyclopedia Britannica* (1977), Volume 3, p. 1182.

11 Harold Bloom, *위의 책*, p. 18, p. 38. 참조.

12 *Don Quixote*, Part II, p. 523, footnotes 1.

13 Charles Murray, *The Pursuit of Excellence in the Arts and Sciences, 800 B.C. to 1950, Human Accomplishment* (New York: HarperCollins Publishers, 2003), p. 142.

14 *위의 책*, Appendix 5, pp. 563-573.

15 *Encyclopedia Britannica* (1977), Volume 3, p. 1182.

16 *Wikipedia*, Miguel de Cervantes.

17  *Don Quixote of La Mancha*, p. 17.

18  J. Fitzmaurice—Kelly, *The Life of Cervantes*, 9. *Wikipedia*, Miguel de Cervantes에서 재인용.

19  *Don Quixote of La Mancha*, p. 20. 위 *Wikipedia* 에서는 스페인 카탈란 연안(Catalan coast)에서 붙잡혔다고 하나, 그가 나폴리를 떠난 시점(9월 6일이나 7일), 붙잡인 시점(9월 26일), 당시 배의 속도 등을 감안하면, 프랑스 남쪽 연안이 더 신빙성이 있어 보인다.

20  *Don Quixote of La Mancha*, p. 22.

21  일본의 대한민국 강점 직전인 1909년 8월19일부터 10월 12일까지 '대한민보'에 실린 풍자 소설, 병인간친회록(病人懇親會錄), 작가 굉소생(轟笑生)에 "나는 곰배팔이요. 20세기 경쟁시대를 당하여 국권을 확장하던지 민족을 보호하던지 모두 완력으로 하는데, 남보다 팔이 두서너 개 더 있어야 이 빈약한 나라를 구할 터인데 본래 있는 두 팔도 남과 같이 다 쓰지 못하니 어찌 원통치 아니하오리까" 라는 구절이 내 눈길을 끈다. 권영민, "두 팔다리 멀쩡한데 능욕을 참소?" 조선일보, 2009년 9월 2일, 재인용.

22  위의 책, p. 25.

23  위의 책, p. 26.

24  위의 책, Part II, p. 522.

25  "*Over himself, over his own body and mind, the individual is sovereign.*" Quoted in John Stuart Mill, *On Liberty*, edited by David Spitz (New York: W.W. Norton & Company, 1975), p. 11.

26  "*There is a way to get the empire:——get the people, and the empire is got. There is a way to get the people:——get their hearts, and the people are got. There is a way to get their hearts:——it is simply to collect for them what they like, and not to lay on them what they dislike. The people turn to a benevolent rule as water flows downward, and as wild beasts fly to the wilderness.*"(天下有道, 得其民基得天下矣, 得其民有道, 得其心, 既得, 得其心有道, 所欲, 餘地, 趣旨, 小惡, 勿施爾也. 民之歸仁也, 猶水之就下, 獸之走壙也), Quoted in James Legge, *The Four Books: Confucian Analects, The Great Learning, The Doctrine of The Mean, and The Works of Mencius*, with Original Chinese Text, English Translation and Notes (New York: Paragon Book Reprint Corp. 1966), p. 705.

27  Tsze—kung asked about government. The Master said, "The requisites of government are that there be sufficiency of food, sufficiency of military equipment, and the confidence of the people in their ruler." Tsze—kung said, "If it cannot be helped, and one of these must be dispensed with, which of the three should be foregone first?" "The military equipment," said the Master. Tsze—kung again asked, "If it cannot be helped, and one of the remaining two must be dispensed with, which of them should be foregone?" The Master answered, "Part with the food. From of old, death has been the lot of all men; but if the people have no faith in their rulers, there is no standing for the state."(子貢問政. 子曰 足食, 足兵, 民信之矣. 子貢曰, 必不得已而去, 於斯三者何先. 曰, 去兵. 子貢曰, 必不得已而去, 於斯二者何先. 曰, 去食, 自古皆有死, 民無信不立. 위의 책, pp. 161–162.

28  "*Man is born free, and everywhere he is in chains.*" Quoted in Jean—Jacques Rousseau, *The Social Contract* (1762), I, ch. 1.

29 김윤덕의 사람人, "두만강을 세 번 건넌 여자" *조선일보*, 토일 섹션, 2011년 4월 9－10일, B1. '임진강' 대표, 탈북 시인 최진이 인터뷰 기사에서.

30 Frederick Douglass, *My Bondage and My Freedom*, Introduction and Notes by Brent Hayes Edwards (New York: Barnes & Noble Classics, 1855, 2005).

31 *위의 책*, p. 278. 킹 목사의 명연설 구절은: *"I have a dream that my four children will one day live in a nation where they will not be judged by the color of their skin, but by the content of their character."*

32 *위의 책*, p. 328.

33 세르반테스의 *Journey to Parnassus* (1614)의 Postscript에 나오는 구절로, 여기서 사용한 *Don Quixote*의 Introduction, p. 24에서 재인용.

34 *위의 책*, p. 29.

35 Ovid, *Tristia* I, IX, 5－6. *위의 책*, 서문, p. 45, footnote #7.

36 *The Portatable Dante*, translated, edited and with an Introduction and Notes by Mark Musa(Penguin Books, 1995), p. 194 도표 참조바람.

37 이덕일, 고정칼럼, *古今通義*의 "만가"(중앙일보, 2011년 4월 13일 자)에서 재인용 함.

# 셰익스피어

1 리어왕이 책으로 출간 된 것은 셰익스피어가 44세인 1608년인 것으로 알려 짐.

2 그는 과연 이 모든 작품들의 원작자(authorship)인가? 그의 신앙(religion)은 무엇인가? 그가 연하 청년과 동성연애, 유부녀와의 성관계(sexuality)는? 그의 실물 사진(portraiture)은 없지 않은가? 등등 그를 둘러 싼 논쟁도 끊이지 않는다. 보다 상세한 것은 *Wikipedia* on William Shakespeare 참조.

3 실은 나는 대학시절부터 영문 또는 우리 말 번역본 셰익스피어 희곡 등을 사서 모았지만 읽지는 안 했다. 몇 년 전 내가 처음 정독(精讀)한 King Lear는 *The Riverside Shakespeare* (Boston: Houghton Mifflin Company, 1974)의 1249쪽에서 1305쪽 이다(다음부터는 RS로 약칭).

4 William Shakespeare, *King Lear* (New York: Barnes & Noble, 2007), Andrew Hadfield, Editor; Barnes & Noble Shakespeare Series Editor, David Scott Kastan(다음부터는 BN으로 약칭).

5 Anon., *The Chronicle History of King Leir* (c. 1590). The Riverside Shakespeare, p. 55에서 재 인용.

6 리어왕을 1606년 12월 26일에 극으로 연출했다는 1607년 11월 26일자 The Stationers' Register 기록 등 여러 해석이 가능한 증거들이 있다. 위의 RS, p. 1249.

7 Tate의 변형 본은 1681년에 만들어진 것으로 추정한다. 자세한 것은 *Wikipedia*의 Nahum Tate 참조 바람. 그리고 위 BN, Andrew Hadfield의 King Lear Introduction 참조 바람.

8 BN, pp. 2－3.

9   BN, p. 3.

10  BN, p. 3.

11  A.C. Bradley's *Shakespearean Tragedy*, BN. P. 7서 재인용.

12  RS, p. 1249.

13  BN, Andrew Hadfield 글에서 재인용, pp. 1-2.

14  *위의 책*, 같은 쪽.

15  *위의 책*, p. 8. 서 재인용.

16  *위의 책*, pp. 8-12.

17  *위의 책*, David Scott Kastan,"Shakespeare and His England," pp. 13-14.

18  헨리 8세는 1533년 1월 앤 볼인(Ann Boleyn, 1507-1536)과 결혼을 강행한다. 같은 해
    9월에 딸 엘리자베스를 낳는다.
    같은 해 5월 영국 대주교 토마스 크랜머(Thomas Cranmer)를 시켜 헨리의 첫 번 째
    결혼을 무효화시키고, 그의 첫 부인이요, 스페인 북동지역 일아곤(Catherine of Aragon)
    왕국의 공주, 캐서린(1485-1536)과의 이혼을 아들이 없다는 등 구실로 강행한다. 이에
    로마 교황은 헨리 8세를 파문하지만, 1534년 영국국교를 설립 그 국교의 교주(敎主)가
    되어 맞선다. 이로서 영국에서도 영국 형 종교개혁이 시작된다.
    하지만 엘리자베스가 겨우 두 살 8개월 째 되던 해인 1536년 그의 어머니 앤 보린을 헨리
    8세는 처형한다. 헤리는 엔 보린을 처형한지 열하루 만에 제인 심어(Jane Seymour)와
    결혼, 첫 아들 에드워드를 낳는다.
    헨리 8세가 1547년 56세로 사망하자, 엘리자베스는 그 때 13살이고, 에드워드 VI (1537-
    1553)는 겨우 열 살이었지만 왕위를 계승한다. 1553년 15살의 에드워드 VI 가 사망하자,
    헨리의 첫 부인 캐서린과의 사이에서 난 37세의 딸이 메리 I세(1516년 태어남, 1553-
    1558 재위)로 여왕이 된다. 그 다음해인 1554년 7월, 여왕 메리와 당시 스페인 황태자
    필립(1556년 필립 II 세 즉위)과 전형적인 "정략적"결혼이 성사된다.
    1558년 11월 42세로 여왕 메리가 사망하자, 그의 이복(異腹, half-sister) 여동생인
    엘리자베스가 왕위를 계승한다. 보다 자세한 왕위 계승을 둘러싼 궁중 음모와 가톨릭,
    신교, 영국국교 사이의 권력 싸움은 http://en.*Wikipedia*.org/wiki/Mary_I_of England
    와http://en.*Wikipedia*.org/wiki/Elizabeth_I_of_England 참조바람.

19  당시 스페인 무적함대는 세계 최강으로, 영국 침공에 배 132척과 해군 등 30,493명이
    참가했다고 함. BN, p. 18.

20  David Scott Kastan, "Words, Words, Words: Understanding Shakespeare's
    Language," in BN, p. 30.

21  *위의 글*, p. 33.

22  William Shakespeare, *King Lear*, Andrew Hadfield, editor, (New York: Barnes &
    Nobles, 2006).

23  3막 2장에서도 어릿광대는 보다 더 직설적으로 다음과 같이 리어왕을 비꼰다.
    "제 머리를 처박을 집이라도 있다면, 그는 그래도 머리가 좋다"(He that has a house to
    put's head in has a good headpiece.), Act 3, Scene 2, 25-26. 거꾸로 말하면, 리어는
    그런 집도 없는 멍텅구리라는 지적이다.

24  3막 4장에서도 리어는 비슷한 말을 다음과 같이 내뱉는다. "*의지할 곳 없는 사람은
    너처럼(에드가에게) 가난하고, 헐벗고, 갈래 진 동물일 따름이야*"(Unaccommodated man

is no more but such a poor, bare, forked animal as thou art…. , Act 3, Scene 4, 102-103.

25 심청전을 김기동 교수는 활자본 1915년 박문서관 판이 처음인 것으로 본다. 그의 심청전에 대한 분석은, 김기동, 한국고전소설연구(서울: 교학연구사, 1983), pp. 861-868 참조.

26 옛 그리스의 대 철학자요 과학자인 아리스토텔레스(384-322 B.C.)는 벌써 거의 2400년 전에 덕(德, virtue)과 악(惡, vice)을 다시 덕성과 덕행, 악성과 덕성, 둘로 나눈다. 다시 그는 인간의 행동과 감정의 범위를 초과(지나침), 중용(알맞음), 결핍(모자람)으로 나누어, 12가지 인간 감정과 행동을 세분한다. 보기를 들면, 그는 노여움이 지나치면 격분이 되고, 모자라면 무관심이며, 알맞으면 인내라고 풀이한다. 보기 하나 더 들어보면, 부끄러움이 지나치면 수줍음, 모자라면, 파렴치, 알맞으면, 겸손이라는 것이다. 동서양 철학과 종교의 문외한의 입장에서 감히 말하자면, 그가 말하는 'Golden Mean'과 동양 유교의 중용(中庸)은 근본적으로는 많이 닮은꼴이 아닐까 한다. 보다 자세한 아리스토텔레스의 덕과 악의 설명은, *The Ethics of Aristotle: The Nicomachean Ethics*, trans. by J. A. K. Thompson, revised with notes and appendices by Hugh Tredennick and Introduction and Bibliography by Jonathan Barnes(Middlesex, England: Penguin Books, 1953, reprinted 1980), p. 104. 12가지 덕성, 덕행, 악성, 악행 표의 우리말 번역은, 양성철, 옮: 민구의 작은 발견(서울: 현대시문학, 2007), 초판 3쇄, p. 53 참조바람.

27 BN, p. 196 Note No. 9 참조.

# 괴테

1 그의 이 첫 소설은 1774년 출판했다. *Faust I*(1808), *Faust II*(1832)외에도 *Wilhelm Meisters Lehrjahre*(1795-96), *Wilhelm Meisters Wanderjahre*(1821-29) 등이 있다.

2 *Faust, A Tragedy* by Johann Wolfgang von Goethe, translated, in the original metres, by Bayard Taylor, Two volumes in one(Boston, Houghton, Mifflin and Company, 1887), Volume 1, Appendix, p. 340

3 *위의 책*, p. 346.

4 *위의 책*, pp. 338-339.

5 *위의 책*, p. 235. Note no. 43 참조.

6 *위의 책*, pp. 351-352.

7 *위의 책*, p. 263. Note 63 참조.

8 그리스 신화에서는 헬레네는 아킬레스와의 사이에 아들을 류크 섬에서 낳는다. 이 날개를 가진 아들의 이름은 유포리온 이다. 같은 책, 제 2권, note 121, p. 425 참조바람.

9 1. 심우(尋牛), 2. 견적(見跡), 3. 견우(見牛), 4. 득우(得牛), 5. 목우(牧, 6. 기우귀가 (騎牛歸家), 7. 망우존인(忘牛存人), 8. 인우구망(人牛俱忘), 9. 반본환원(返本還源), 10. 입전수수(入廛垂手). 불일보감(佛日寶鑑)(서울, 불일출판사, 1987 개정증보판)에는 '소 찾는 노래'(尋牛頌)는 두 가지가 실려 있다. *위의 책*. pp. 462-481 참조.

10 불교에서 삼독(三毒)은 탐(貪), 진(瞋) 즉 노여움, 치(痔) 즉 미친 듯한 짓을 함 등이다. 다시

탐은 중생의 진성(眞性)을 더럽히는 다섯 가지 더러움 五塵(오진) 즉 色, 聲, 香, 味, 觸과 오욕(五慾) 즉 재물, 色事, 음식, 명예, 수면 등으로 나눈다. ,

11  W. John Campbell, *The Book of Great Books: A Guide to 100 World Classics*(New York: Barnes & Nobles, 2000), pp. 251−258).

12  Taylor의 위 번역본, Scene III.

13  *위의 책*, Prelude on the Stage, p. 4.

14  p. 9.

15  파우스트의 몸종인 바그너가 읊는 구절로 그리스의 히포크라테스(? 460−377 B.C.) 의 구절의 일부분을 괴테가 재인용한 것임.  1권 장면 4장(Scene 4, p. 72)에서도 메피스토펠레스의 입으로 "예술은 길고, 시간은 날아가듯 지나고("The art is long, the time is fleeting")를 반복한다.  역자는 미국 시인 핸리 웨드워스 롱펠로우(1802−1882)의 *A Psalm of Life*(1832)에서 똑 같은 구절을 찾는다.

16  p. 37.

17  p. 43.

18  p. 63.

19  p. 129.  고진감래(苦盡甘來)같은 얘기다.

20  p. 139.

21  P. 296.

22  역자는 Hartung의 이 구절을 Note no. 135에서 인용.

23  제 2권, Act III, p. 199.

24  제2권, Act IV, p. 230.

25  p. 239.

26  pp. 277−278.

27  p. 285.

28  p. 291.

29  p. 401.

30  p. 434.

31  p.437, p. 451.

# 도스토옙스키

1  톨스토이(Leo Tolstoy, 1828−1910)의 *전쟁과 평화*(1866); 발자크(Honore de Balzac, 1799−1850), *Pere Goriot*(1834); 핸리 필딩(Henry Fielding, 1707−1754), *톰 존스*(1749); 제인 오스텐(Jane Austen, 1775−1817), *오만과 편견*(1813), 스땅달(Stendhal, 1783−1842), *적(赤)과 흑(黑)*(1831); 에밀리 브론테(Emily Bronte, 1818−1848), *Wuthering Heights*(1847); 프로벨(Gustave Flaubert, 1821−1880), *보라리 부인*(1857); 찰스

디킨스(1812-1870), *데이비드 코퍼필드*(1849-1850); 도스토옙스키(1821-1881), *카라마죠프 형제들*(1851); 허만 멜빌(Herman Melville, 1819-1891), *모비딕*(1851)이다.

2  Dostoyevsky, *Notes from Underground, White Nights, The Dream of a Ridiculous Man and selections from The House of the Dead*, a new translation with an afterword by Andrew R. MacAndrew(New York: Signet Classic, Mentor, Plume and Meridian Books, the New American Library, 1961).

3  George Orwell, *1984*(New York: Signet Classic, the new American Library, 1961(1949), pp. 206-207.

4  실은 프로이트가 도스토옙스키의 소설, 카라마조프 형제들을 지나칠 정도로 극찬했고, 프로이트가 자신의 저서, *Totem and Taboo*에서 원시시대의 아버지(Primal father)는 모든 여자를 독차지했다고 하는 주장(가설)도 바로 도스토옙스키의 이 소설에서의 아버지와 아들들 간의 젊은 여인들을 둘러싼 각축과 갈등에서 많은 영향을 받았다고 Harold Bloom이 밝히고 있는 것이 흥미롭다. 보다 자세한 것은, Harold Bloom, *Genius: A Mosaic of One Hundred Extremely Creative Minds* (New York: Warner Books, 2002), 특히 p. 788.

# 입센

1  *Four Great Plays* by Henrik Ibsen, trans. by R. Farquharson Sharp with an introduction and prefaces to each play by John Gassner (New York: Bantam Books, 1984).

2  *위의 책*

3  정달호, "솔제니친 떠나다," *외교*, 제 87호(2008. 10), p. 119에서 재인용.

# 콘래드

1  그의 아버지가 7개월 옥살이를 했다고도 한다. 그리고 *Encyclopedia Britannica* (1977), vol. 5, pp. 28-31.

2  Joseph Conrad, *Heart of Darkness*, Edited by Robert Kimbrough, Third Edition(New York: A Norton Critical Edition, 1988), 저자의 노트, p. 4 참조.

3  구절 "the most famous, the finest, and most enigmatic story,"은 위의 *Encyclopedia Britannica*, Vol. 5. p. 30 에서 인용.

4  G. Jean-Aubry, "From Sailor to Novelist," *같은 책*, p. 195.

5  Joseph Conrad, *Heart of Darkness*, edited by Robert Kimbrough, third edition (W.W. Norton & Company, New York, 1988). Heart of Darkness 는 1899년 첫 발간됐다.

6  "Kurtz became more savage than the so-called savages"는 Francis B. Singh, "The Colonialistic Bias of *Heart of Darkness, 위의 책*, p. 277서 인용.

7  Juliet McLauchlan, "The 'Value' and 'Significance' of *Heart of Darkness*," 같은 책, p. 377.

8  *위의 책*, p. 284.

9  Robert LaBrasca, "Two visions of "The Horror," 같은 책, p. 289.

10  C.P. Sarvan, "Racism and the *Heart of Darkness*, 같은 책, p. 283.

11  Robert Lee, Conrad's Colonialism (The Hague: Mouton, 1969), p. 49. 같은 책, p. 283 재인용.

12  Ian Watt, "Impressionism and Symbolism in Heat of Darkness," 같은 책, p. 312.

13  Zdzislaw Najder, "Joseph Conrad: A Selection of Unknown Letters," Polish Perspectives 13(1970): 32, *위의 책*, p. 315에서 재인용.

14  콘래드의 HD가 T. S. Eliot에 미친 영향에 관한 상세한 설명은, Lyndall Gordon, T.S. Eliot, *An Imperfect Life*(New York: W.W. Norton & Company, 1998), 특히 Chapter Five, 'The Horror! The Horror!' pp. 147-191 참조. 그리고, B.C. Southam도 엘리엇이 콘래드의 HD 를 거꾸로 'Heart of Light'로 표현한 것을 지적하고 있는 것도 눈에 띈다. 자세한 설명은 B.C. Southam, *A Guide to the Selected Poems of T.S. Eliot* (San Diego: A Harvest Original, Harcourt Brace & Company, 1998), 6th edition, p. 146. 이 구절은 "Looking into the heart of light, the silence." *The Wasteland* (1922), I., The Burial of the Dead, Line 41 in T.S. Eliot, *Collected Poems, 1909-1962* (New York: Harcourt Brace & Company, 1991), p. 54.

15  Francis B. Singh, "The Colonialistic Bias of *Heart of Darkness*," Kimbrough, pp. 268-273.

16  *위의 책*, p. 278.

17  Chinua Achebe, "An Image of Africa: Racism in Conrad's *Heart of Darkness*," 같은 책, pp. 250-262 참조.

# 부록

1  Joseph Conrad, *Heart of Darkness,*(New York: W .W. Norton& Company,1988), Third Edition, Edited by Robert Kimbrough.

2  Joseph Conrad, *Nostromo*, with an Introduction and Notes by Brent Hayes Edwards(New York: Barnes & Noble Classics, 2004).

# 찾아보기

## 엮은이

엮은이 양성철(1939년생)은 그의 전문분야인 비교정치 전공 관련 저서 외에도 『*북한 기행*』(공저, 1986년), 『*삶의 정치*』(1997년), 『*물구나무서기 정치*』(1998년), 『*움: 민구의 작은 발견*』(2007년)과 『*Polemics and Foibles: Fragments on Korean Politics, Society and Beyond*』(1998년) 등 산문 저서가 있다. 그는 10년가량 정치와 외교 마당에서 봉직한 바 있다. 미국의 동 켄터키 대학교를 시작으로 경희대학교 평화복지대학원을 거쳐서 고려대학교 국제대학원을 마지막으로, 그는 거의 31년 동안 대학 강단에서 가르치고 배우고 일했다.

# 글이 금이다

초판발행        2019년 8월 31일

엮은이          양성철
펴낸이          안종만

편 집          강민정
기획/마케팅      노 현
표지디자인       조아라
제 작          우인도·고철민

펴낸곳          도서출판 박영사
                경기도 파주시 회동길 37-9(문발동)
                등록 1952. 11. 18. 제406-3000002510019520000002호(倫)
전 화          02)733-6771
f a x          02)736-4818
e-mail          pys@pybook.co.kr
homepage        www.pybook.co.kr
ISBN            978-89-10-98010-0  03800

정 가          27,000원